ki

Zu diesem Buch

Der halbwüchsige, sensible Sergej wird 1942 aus dem besetzten Rostow zur Zwangsarbeit in das Ruhrgebiet verschleppt. Er ist nun Ostarbeiter. Im Lager lebt er wie ein Gefangener. Er wird geschlagen, ausgebeutet, gedemütigt. Da sind nicht nur die Aufseher, da sind auch seine Leidensgenossen, höchst verschiedene Menschen alle, hilfsbereite, gleichgültige, zynische, ja auch Ganoven und Spitzel. Sergej versucht verzweifelt, mit allem fertig zu werden, will nicht verkommen. Als das Nazi-Reich in die Katastrophe taumelt, ändert sich die Lage. Seine frühe Flucht war fehlgeschlagen, jetzt hat Sergej gelernt, sich zu behaupten. Am Ende erschießt er fast aus Versehen einen SS-Soldaten. Die Tat bleibt ungesühnt. Dann kommt die Befreiung.

«Mich hat dieser Bericht Vitalij Sjomins ungemein fasziniert. Nicht nur, weil er unsentimental und ohne geifernden Haß geschrieben wurde, sondern auch wegen der speziellen Perspektive: der des Heranwachsenden, der mit dem Egoismus der Jugendlichen das Überleben als sein Problem ansieht, nicht als ein kollektives. Und darum die vielen Appelle an sich selber: Durchhalten, Mut beweisen (obwohl er furchtsam ist), sich nicht bemitleiden; denn ‹Moskau glaubt nicht an Tränen›, wie Sergej sich zur eigenen Ermutigung rekapituliert» (Elsbeth Wolffheim, Frankfurter Rundschau).

«Daß Sjomin nicht nur nüchtern-sachlich berichten, sondern auch zart erzählen kann, beweist am besten jenes Kapitel, wo sich die Typhuskranken auf dem Revier gemeinsam in die Ärztin verlieben. Sein flüssig geschriebener, gekonnt von Alexander Kaempfe ins Deutsche übersetzter Bericht hat zwei Ebenen: Präsentierung der Vorgänge, wie sie der Autor damals sah, und das Wiedererleben des Ganzen dreißig Jahre danach» (Tadeusz Nowakowski, FAZ).

«Sjomin erzählt ohne Haß und ohne Rachegefühle. Von diesem Deutschland, das er immer nur aus der Angstperspektive des Eingesperrten und Geprügelten sieht, sagt er einmal, wie schön es eigentlich sein könnte» (Neue Zürcher Zeitung).

Vitalij Sjomin, geboren 1927 in Rostow, wurde während des Krieges zur Zwangsarbeit nach Deutschland verschleppt und 1945 befreit. Nach dem Schulabschluß wirkte er am Aufbau des Kujbeschew-Kraftwerks mit und arbeitete als Journalist und Lehrer. 1960 erschien sein erster Erzählband.

Vitalij Sjomin

Zum Unterschied ein Zeichen

Roman

Aus dem Russischen von
Alexander Kaempfe

rororo
Rowohlt

Die russische Originalausgabe erschien unter dem Titel
«Nagrudnyj snak ‹Ost›», zuerst abgedruckt in der Zeitschrift
«Drushba narodow» Nr. 4 und 5/1976

Veröffentlicht im Rowohlt Taschenbuch Verlag,
Reinbek bei Hamburg, Oktober 1989
«Nagrudnyj snak ‹Ost›»

Satz Garamond (Linotron 202)
Gesamtherstellung Clausen & Bosse, Leck
Printed in Germany
1080-ISBN 3 499 12575 7

1

Das Gebäude war dreistöckig, ein früheres Fabrikgebäude, mit Zementfußböden, die für das Befahren mit Schubkarren besonders gut geeignet waren, mit großen säulenförmigen Öfen inmitten von Räumen, die früher als Werkhallen gedient hatten. Bei uns werden solche Öfen nicht hergestellt, sie sehen aus wie überdimensionale *Bourgeoisöfen*, die wir aus Filmen über den Bürgerkrieg kennen. Irgendwelche Vorrichtungen zum Warmhalten oder Kochen besitzt so ein Ofen nicht, er hat nur ein Zugloch und einen Rost, auf dem der Koks brennt. Verblüffend an diesen Öfen ist ihre Wirtschaftlichkeit, bereits eine kleine Menge Koks bringt den Ofen zur Glut, und der riesengroße Eisenleib des Ofens, der innen mit Ziegelsteinen ausgelegt ist, speichert die Wärme. In den Ofen münden lange, gewundene Rauchabzugsrohre, die das beim Brennen entstehende Gas zum Fenster abführen. Die Rohre verlaufen oberhalb der zweistöckigen Pritschen, sie sind durch einen dicken Eisendraht an eigens dafür bestimmten Deckentragsteinen aufgehängt. Die mit feuerfester schwarzer Farbe gestrichenen Rohre, die niedrige Decke über den Pritschen und natürlich diese hölzernen oder eisernen Zwangsarbeiterpritschen, die aus rohen Fertigbauteilen bestehen, verleihen dem Raum ein unwirkliches, unerträgliches Aussehen. In solchen Räumen leben hundert bis zweihundert Menschen, die Pritschen sind in der Regel zweistöckig, entlang der hinteren Wand dreistöckig. Auf jeder Pritsche liegt eine Baumwollmatratze, die mit Stroh gefüllt ist, dazu ein, ebenfalls mit Stroh gefülltes Baumwollkissen. Zu jeder Pritsche gehören zwei Decken: die eine dient als Laken, die andere zum Zudecken. Die Bettdecken sind vom langen Gebrauch verschlissen und zerknautscht. Und dies alles: die Pritschen, die eine entfernte Ähnlichkeit mit grob gezimmerten, in Reih und Glied aufgestellten Wiegen haben, und die Baumwollmatratzen und der Fußboden und die Zimmerdecke und selbst noch die Luft – dies alles ist grau gefärbt, es hat die Farbe des Strohmulms, der die Kissen und Matratzen füllt. Glühbirnen gibt es drei: am Eingang, über dem Tisch und neben dem Ofen, um den herum ein wenig Raum freigeblieben ist. Die Birnen brennen schwach, ihnen entströmt ein ebenfalls graues, strohfarbenes Licht, das auch nach Strohmulm zu riechen scheint.

Im ganzen Raum stehen nur zwei Tische. Sie sind in der Art von Saisonküchentischen gezimmert, die einen Sommer lang halten sollen: blankgehobelte Bretter, die Tischbeine über Kreuz, von einem langen Querbalken zusammengehalten. An den beiden Tischen finden etwa dreißig Personen gleichzeitig Platz, jedoch die Plätze an den Tischen bleiben immer leer. Gegessen, geschlafen, gesessen wird auf den Pritschen.

Wenn sich die Menschen schlafen legen, hören sie unter dem Ohr das Knirschen des Strohmulms und atmen den Geruch, der von diesem alten, staubigen, zerriebenen Stroh ausgeht: den Geruch nach Hunger, Fabrik und Kaserne. Außerdem riecht es in den Räumen sehr stark nach Desinfektion, nach Karbolsäure und Kalk. Wer aus der im Keller gelegenen Toilette zurückkehrt, spürt den Geruch nach Karbolsäure und Kalk in allen Dingen: in den eigenen Kleidern, in der Bettdecke, in der ausgeatmeten Luft. Und wenn er sich im Besitz einer Zigarette befindet, wird er eine Weile warten, bevor er sie anzündet, sonst wird auch der Tabak nach nichts anderem als Kalk und Karbolsäure riechen.

Wenn jemand stirbt, wird er in den Waschraum hinuntergeschafft, der neben der Toilette gelegen ist, und allmählich erwirbt dieser dumpfe Kellergeruch für alle hier Lebenden eine ganz bestimmte Bedeutung. Sie heftet sich für lange Zeit an den Geruch nach Kalk und Karbolsäure. Und man erschauert, wenn man nachts in die Toiletten hinuntersteigt, selbst wenn nebenan im Waschraum gerade niemand liegt.

In der Toilette brennen die ganze Nacht über blaue Verdunklungslämpchen; dieses blaue Kellerlicht verbindet sich gleichfalls mit dem dichten, giftigen Geruch nach Kalk und Karbolsäure. Das Aufsuchen der Toilette ist auch noch deshalb mit einem Schauer verbunden, weil sich direkt am Kellereingang ebenerdig die Wachstube, das Polizistenzimmer, befindet. Nicht daß die Polizisten einen daran hindern würden, in die Toilette oder in den Waschraum zu gehen, aber es ist besser, ihnen nicht vor die Augen zu kommen, damit sie sich einen nicht merken. Das verheißt nie etwas Gutes, noch keiner ist ungestraft aufgefallen.

Tag und Nacht, rund um die Uhr, brennt vor den Augen der Lagerbewohner abwechselnd trüb und hell, das elektrische Licht. Am Morgen stehen sie bei elektrischem Licht auf, rennen in den Keller zur Verrichtung der Morgentoilette, anschließend laufen sie ein zweites Mal in den Keller zum Morgenappell. Bevor man eine Mannschaft auf die Straße hinausläßt, wird sie im Waschraum nachgezählt.

Der Weg zur Arbeit durch die Stadt wird im Dunkeln zurückgelegt, in den Werkhallen brennt Tag und Nacht das Licht, die Rückkehr ins Lager vollzieht sich wieder in der Dunkelheit. Wer Nachtschicht hat, bekommt das Tageslicht ebenfalls kaum zu sehen. Nach der Nachtschicht kommt er in der Morgendämmerung im Lager an, wenn das elektrische Licht im Raum noch nicht ausgeschaltet ist, die blauen Verdunklungsrollos noch nicht hochgerollt sind. Die Leute von der Nachtschicht haben es auch gar nicht eilig, die Rollos hochzurollen, die sicherste Lösung ist, sich nach der Arbeit gleich aufs Ohr zu hauen. Viele stellen sich jedoch vor der Wachstube an, wo Obmann Grischka die Brotration verteilt. Wer in der Gießerei arbeitet, bekommt einen Viertellaib, alle anderen bekommen ein Fünftel. Morgens stellen sich die nach Brot an, denen die größere Ration zusteht, dazu die Hungrigsten und Kleinmütigsten. Die Brotschlange zieht sich durch den ganzen Korridor hin, sogar noch bis zum Treppenabsatz. In dieser Schlange drängt sich niemand vor, keiner bittet, daß man ihn vorläßt. Jeder hält sich an seinen Platz, um das Schicksal nicht herauszufordern. Wenn du dich vordrängst, kann es dir passieren, daß du die kleinere Ration bekommst.

In der Nähe der Schlange streunen welche herum, die so tun, als befänden sie sich auf dem Weg zum Waschraum oder auf dem Rückweg von dort. Aber auch die halten es nicht aus und stellen sich mit an.

Im Korridor und auf dem Treppenabsatz brennen Glühbirnen, die Rationsempfänger und Obmann Grischka begegnen einander an der Grenze von künstlichem Licht und Tageslicht. In der Wachstube ist schon Tag, die Rollos sind hochgerollt, das Tageslicht strömt in den Raum und lüftet ihn gewissermaßen aus. Wenn man durch das Brotausgabefenster schaut, erblickt man hinter Grischkas Rücken einige Hilfspolizisten, die in aufgeknöpften Uniformen entspannt dasitzen. Indessen tut man gut daran, dem Blick der Polizisten nicht zu begegnen. Deshalb schlüpft der Rationsempfänger nach Empfang der Ration sofort wieder in den Korridor zurück, in die nach Stroh riechende elektrisch beleuchtete Trübheit, steigt die Treppe hoch, verweilt eine Minute lang am Tisch, wo er seine Ration mit den Rationen der anderen vergleicht, und begibt sich dann in seine Pritschenfinsternis. Dort duckt er sich, igelt sich ein, raschelt mit der Matratze, versteckt die Überreste der Ration. Die restliche Ration wird nicht in den Spind, sondern unter die Matratze oder unters Kopfkissen gelegt. Bei denen allerdings, die ihre Ration schon am Morgen bekommen, liegt kein Brot unter dem Kissen. Eßbares unter der Matratze verheißt schlechten Schlaf.

Die Empfindung, daß das Tageslicht mit Gefahr verbunden ist, bildet sich sehr schnell heraus. Sogar auf dem Werkgelände kannst du beim Überwechseln von einer Werkhalle in die andere angehalten und gefragt werden, was du hier zu suchen hast. Der Lagerbewohner hat einen Platz in der Fabrik und einen im Lager, deshalb gewöhnt er sich daran, daß der elektrische Staub sogar am Tag in der Luft zu schweben hat, so ein elektrisches Sediment, und das Auge hat ständig diese elektrische Ermattung, diese elektrische Trübsal zu verspüren. Sogar am Fenster hält sich ein Lagerinsasse tagsüber kaum je auf. In den Fabrikhallen befinden sich die Fenster weit oben, direkt unterm Dach, und ins Lager kehrt man erst in der Dunkelheit zurück. Und die Nachtschichtarbeiter schlafen tagsüber. Oder liegen wachend auf ihren Pritschen. Sie stehen erst auf, wenn im Raum wieder das elektrische Licht eingeschaltet wird. Dann versammeln sie sich am Ofen, den einer der Stubenältesten vor dem Eintreffen der Tagesschichtarbeiter anzuzünden hat, und warten, daß man sie in den Waschraum zum Antreten treibt.

Im Lager wird nicht gewohnt. Das Lager ist die Fortsetzung der Fabrik. Der Mensch arbeitet in der Fabrik, dann wird er ins Lager befördert, damit er sich wieder für die Arbeit rüsten kann. Er erhält und verzehrt seine Ration, liegt auf der Pritsche und hegt die wahnsinnige, endlos aufgestachelte Hoffnung, irgendwo eine Zigarettenkippe aufzutreiben und den Tabaksqualm in die Lungen einzusaugen.

Von Woche zu Woche, von Monat zu Monat wird das Stroh in der Matratze immer mehr zerrieben, es rieselt durch das Gewebe des Matratzensacks, das Kopfkissen wird immer flacher, das Stroh im Kissen und in der Matratze raschelt beim Aufschütteln längst nicht mehr, es knarzt nur noch. Zieht man aus der Matratze einen Strohhalm heraus, dann sieht man, wie elendiglich er sich verändert hat. Er hat seine strohgelbe Farbe verloren, ist plattgedrückt worden, fühlt sich so mürbe wie Pulver und so dünn wie Papier an. Innendrin in diesem Pulverstroh leben Insekten, sie passieren unbehindert das löchrige Gewebe der Matratze und des Kissens und kehren genauso ungehindert wieder zurück. Es ist schier unmöglich, das Ungeziefer einzufangen, du liegst wehrlos auf der beißenden, stechenden Matratze, und das Kissen versengt dir die Wange. Einst ragte der mit frischem Stroh gefüllte Matratzensack über die Seitenwände der Pritsche hinaus, in plattgedrücktem Zustand liegt er ein ganzes Stück unterhalb des oberen Bretterrandes, deshalb ähnelt die Pritsche einer Wiege oder einem Kinderbett mit hohen, dem Schutz des Säuglings dienenden Seitenwänden. Das zerriebene und plattgepreßte Stroh hat sich in der Matratze ungleichmäßig verteilt. An der einen Stelle ist noch Stroh vorhanden, an der anderen Stelle liegst du direkt auf den Brettern.

Die ungewaschenen Bettdecken riechen nach Fabrik, nach Gießerei, nach Äther, nach Karbolsäure, die Kleider riechen am Morgen nach Kälte, nach Hunger, nach Stroh und nach schmutzigen Kleidern. Wenn die Lagerinsassen auf die Straße hinausgetrieben werden, kommen ihnen alle hellen Stadtfarben, die sie auf dem Weg in die Fabrik zu sehen bekommen: die reklamehaft grellen, roten und gelben Karosserien der Autos, das fast blaupolierte Straßenpflaster, die Schaufenster der Bäckerläden – herausfordernd und überheblich wie eine deutsche Armeeuniform vor.

Das Lagergrau jedoch verschmilzt mit dem Fabrikgrau, und nur wenn über der Stadt die Fliegeralarmsirene aufheult, stellt sich im Lagerbewohner die unvernünftige, selbstmörderische Hoffnung auf den Volltreffer einer Fliegerbombe ein. Doch die Stadt ist klein, und die Flugzeuge fliegen vorbei. An jene kurze Rebellion in unserem Lager erinnere ich mich auch noch deshalb so gut, weil Gendarmen ins Lager gestürmt kamen, die so schmuck und farbenfroh aussahen in ihren grünen Uniformmänteln und den hohen Helmen mit den lackierten Mützenschirmen inmitten unserer grauen, nach Stroh und Desinfektion stinkenden Lagerluft!

Gendarmen waren es auch, die uns sonntags zur Arbeit trieben, und ich habe sie im Tageslicht im Gedächtnis behalten. Die Sonntage haben sich meinem Gedächtnis in Verbindung mit langwährendem Tageslicht eingeprägt. An den Sonntagen mußten wir Güterwaggons entladen oder Straßenarbeiten verrichten.

2

In dieses Lager wurde ich zweimal gebracht. Im Durchgangslager war der Stacheldraht auf die Porzellanschalen der Hochspannungsisolatoren gespannt gewesen, da hatte ich meine Hoffnungen aufs Fabriklager gesetzt. Aber als man uns herschaffte, standen schon die aus Fertigteilen gefertigten Pritschen da, und das ungestrichene Holz und das gestrichene Eisen der Pritschen waren bereits nachgedunkelt und glänzend geworden: so oft hatte man es angefaßt und desinfiziert. Auf dem Treppenabsatz war es deshalb dunkel, weil es ein fensterloser Treppenabsatz war, und in den Räumen deshalb, weil die Fenster zwei oder sogar drei Stock hoch mit Pritschen verstellt waren, und auch die Luft war hier mit diesen Pritschen verstellt und durch die Pritschen verdrängt. Die Fußböden waren feucht, weil man sie kurz vorher gefegt und gewaschen hatte, doch in den Zement war, wahrscheinlich schon seit Jahren, so viel Dreck hineingerieben worden, daß die Fußböden lackiert wirkten: so, als seien sie von einer nicht abwaschbaren grauen Ölschicht bedeckt. Und auch die Wände waren abgeschabt: von den gegen sie gepreßten Rücken der Rauminsassen, von den Schultern und Ellbogen, die sich an ihnen rieben. Es roch nach Lederersatz, nach Baumwolldecken, nach Stroh, nach Schweiß, nach dem Atem von Menschen, die einen kranken Magen haben, und diesen säuerlichen Geruch hätte man nur dann ausmerzen können, wenn man zugleich die ganze Baracke vernichtet hätte. Selbst noch die Luft war hier grau: sie war in allzu vielen Lungen gewesen. Ich kannte das bereits vom Durchgangslager her: die Enge in der Baracke, und den mit Pritschen vollgestellten Raum, und die hölzernen Gestelle der Pritschen, und die aus dünnen Rohren grob und nachlässig zusammengeschweißten Eisengestelle, mit den dicken Nähten an den verschweißten Stellen, die die Erinnerung an die Fabrik oder an einen Zaun wachriefen, und die Bretter oder Metallnetze über den Köpfen der auf der unteren Pritsche Liegenden, die ebenfalls den Gedanken an Fabrik und Lagerzaun nach sich zogen, und jenes Gefühl des gereizten Erstarrens, das jeden anfällt, der in einen Raum gerät, wo er lange Zeit hindurch mehrere Dutzend Nachbarn haben wird, vor deren Augen er sich anziehen und ausziehen muß, reden und schweigen muß, essen muß, sich eine Minute des Alleinseins stehlen muß, wenn sich nachts im Dunkeln seine von der Pritschendecke und den vier Pfählen am Kopf und an den Füßen begrenzte Zelle endlich von den anderen genauso beschaffenen Zellen abgelöst hat, und er jetzt allein daliegt und denkt und stöhnt, doch stöhnen muß er in den Bart hinein und mit geschlossenen Augen, denn wenn er laut aufstöhnt, ist seine Einsamkeit sogleich zerstört, und irgendwer schnauzt ihn an: «Halt deine Fresse, oder scher dich raus!» Und alle wälzen sich auf ihren Pritschen und quietschen mit den Matratzen und Metallnetzen, und sofort riecht es nach dem Strohmulm, der aus den Matratzen rieselt, und jemand zündet sich eine aus Machorka gedrehte Zigarette an, und alle wälzen sich auf die andere Seite und beobachten stumm (wir schreiben das Jahr zweiundvierzig!), wie jemand in der Dunkelheit ab und zu einen Feuerpunkt zum Mund führt.

Nur war in diesem Fabriklager die Luft verbrauchter als im Durchgangslager. Man brachte uns am Tag her, aber keiner der Nachtschichtarbeiter erhob sich von seinem Bett, um einen Blick auf uns zu werfen. Und die Matratze, die man mir gab, hatte schon irgendwem gehört, und das Stroh, als ich den Sack aufband, floß in blaßgelben dünnen Fladen heraus, strömte und rieselte und bedeckte nur andeutungsweise das Steinpflaster des Lagerhofes. Irgend jemand hatte lange Zeit auf dieser Pritsche gelegen. Als man mir die Pritsche zuwies, die für mich jetzt Endstation und Sackgasse war, konnte ich mich lange nicht entschließen, sie einzunehmen.

Auf dem Boden des Güterwagens, in den Durchgangslagern, in der Enge und Hitze der Desinfektionszellen hatten meine Kleider schon längst die Formlosigkeit, Farbe und das Aufgerauhte der Kleidung eines Lagerinsassen angenommen. In keiner Stadt würde man mich fortan noch für einen gewöhnlichen Passanten halten. Aber in diesem Augenblick spürte ich auf meinem Körper die von daheim mitgebrachte Hose, das Hemd, den väterlichen Mantel, und ich klammerte mich an diese Empfindung. Das war ein völlig kindliches Gefühl, und ich begriff das auch, aber es war nichts da, woran ich mich sonst hätte klammern können, und außerdem war ich noch nicht fünfzehn. Später belegte ich, wie alle anderen, die mir zugewiesene Pritsche – und das war ein neues Stadium der Verzweiflung. Und als man uns zum Auffüllen der Matratzen in den Lagerhof trieb, da war ich schon tief in der Sackgasse drin. Ich erinnere mich genau an die Stelle hinter dem Lagergebäude, an die dort herumliegenden rostigen Rohrteile, an Draht und noch an irgendwelche Eisenstücke, die aus der Zeit stammten, als das hier eine Fabrik war, ich erinnere mich an den Lagerpolizisten in der schwarzen Uniform, erinnere mich an den Russen in grauer Arbeitskleidung – er war zusammen mit uns herausgekommen, um das alte Stroh zu verbrennen und uns zu zeigen, woher wir das neue Stroh nehmen sollten. Er war schlechter gekleidet als wir und vertrug die Luft draußen schlechter. Ich erinnere mich an die Ähnlichkeit dieses alteingesessenen Lagerbewohners und des deutschen Polizisten, die mich wie ein Schreck durchzuckte: die jetzt beide, im Gefühl ihrer Alteingesessenheit, uns Neuankömmlinge empfingen. Ich erinnere mich an zwei Franzosen in braunen Uniformen und mit braunen Käppis auf dem Kopf. Auch sie verbrannten irgendwelchen Abfall, blickten mürrisch, schauten nicht zu uns rüber, und ich hielt sie zunächst für Polizisten. Aber man sagte mir, das seien französische Kriegsgefangene, und ich bemerkte die vom Speichel schwarz gewordenen Zigarettenstummel, die an ihren Unterlippen klebten: ein Deutscher saugt, wenn er raucht, die Zigarette nicht an seiner Lippe fest. Und noch an vieles andere erinnere ich mich, das irgendwo von der Seite her auf mich zukam und mich erschütterte. Ich begriff, daß jeder normale Wunsch hier sinnlos war, dabei wünschte ich mir nichts sehnlicher, als daß mir irgendwer sein Mitgefühl bezeugt oder mich zumindest wahrnimmt. Ich ließ die Zeit verstreichen, und schon hob ein Polizist drohend den Arm gegen mich, und der Lageraltbewohner sagte emotionslos: «Mach schnell, sonst schlägt er dich!»

3

Heute weiß ich, daß es ein läppischer, ein kindlicher Fluchtversuch war. Um sechs Uhr früh entfernten wir uns, Waljka aus Rostow und ich, aus der Kolonne, als man uns in die Fabrik trieb, gegen sieben Uhr abends fanden wir uns im Polizeirevier wieder. Als man mich dort ablieferte, saß Waljka bereits da und weinte, während der diensthabende Gendarm, der mir unter der brennenden Tischlampe hervor einen Blick zuwarf, gerade dabei war, Waljkas Fotos zu betrachten. Er nickte friedfertig und stellte keine Fragen – er sprach kein Russisch, und wir verstanden kein Deutsch. Er wartete ab, bis Waljka und ich ein paar Worte gewechselt hatten, und sagte erratend: *«Kamerad?»* Waljka begann sogleich zustimmend zu nicken: *«Kamerad, Kamerad!»* Da holte der Gendarm aus der Tischschublade eine Brieftasche und schüttelte aus der Brieftasche, direkt auf Waljkas Fotos, ein verrostetes Stück Eisen. Daraufhin knöpfte er sich den Uniformrock auf und zeigte uns eine Schramme: die Stelle, wohin dieser russische Granatsplitter ihn getroffen hatte. «Charkow», sagte der Gendarm. Er redete deshalb mit uns, weil ihm sein Dienst genug Zeit zum Reden ließ, er sprach mit uns von oben herab, wie ein Erwachsener mit Halbwüchsigen, wie ein Deutscher mit Russen, er sah uns zum erstenmal und würde uns gleich irgendwohin weiterbefördern, aber in diesen wenigen Minuten wollte er unser Verständnis und Mitgefühl erwecken. Waljka weinte, und ich wartete darauf, daß man uns schlagen wird. Daß der Gendarm leutselig war, beruhigte mich nicht, es erschreckte mich sogar. Gleich wird sein Vorgesetzter eintreten, und dieser gutmütige Mensch wird seinen Uniformrock wieder zuknöpfen und wird schlimmer und fürchterlicher zuschlagen, als wenn er gleich von Anbeginn geprügelt hätte.

Statt eines Vorgesetzten trat jedoch ein Untergebener des Gendarmen ein und führte uns ins Kellergeschoß. In Gegenwart des zweiten Polizisten war der diensthabende Gendarm nicht direkt strenger geworden, doch er hatte zu erkennen gegeben, daß er keine Erklärungen mehr abgeben würde. Er nahm Waljkas Fotos und legte sie in die Schublade. Auf Waljkas Bitten hin erwiderte er nur: *«Nachher»* und trieb uns durch ein Zeichen zur Eile.

Wir trotteten hinter dem Polizisten her, der vorausging und das Licht im Kellerkorridor einschaltete. Der Polizist schien zu erraten, was zwei Halbwüchsige empfinden, die zum erstenmal im Leben in so einen Keller geführt werden. Er ging voraus und blickte sich nicht um. Er schloß die Tür zu einer Zelle auf, wartete ab, bis wir die Zelle betreten hatten, und zeigte auf eine ziemlich breite Liege, auf der eine Decke lag: auf diese Liege sollten wir uns beide legen. Er traf Anstalten, uns einzuschließen, da redete ihn Waljka mit «Pan!» an, hielt ihm eine Reichsmark hin, bettelte um Zigaretten. Der Polizist reagierte gereizt, wies das Geld zurück, nahm indessen aus einer Zigarettenpackung eine Zigarette und reichte sie Waljka, wobei er durch ein Kopfnicken zu verstehen gab, daß die eine Zigarette für uns zwei bestimmt war. Und wieder kam es zu einer kleinen Verzögerung. Der Polizist wollte die Tür zuschließen, als Waljka ihn um Feuer bat. Wieder gab der Polizist nach und gab Waljka Feuer. Zugleich deutete er mit einer Gebärde an, daß dies alles verboten sei, wir müßten im geheimen rauchen und den Rauch so, seht ihr: so mit der Hand im Raum verteilen. Dann verschloß er die Tür und entfernte sich.

Das Licht hatte er ausgemacht, wie blieben im Dunkeln zurück. Waljkas Schluchzer gingen mir mächtig auf die Nerven, wir stritten uns deswegen. Wäre ich allein gewesen, hätte ich auch geweint, aber in Gegenwart eines anderen oder gemeinsam mit ihm konnte ich nicht weinen. Waljka weinte wegen der Fotos, er hatte dem Polizisten klarzumachen versucht, daß das seine letzten Fotos waren. Es handelte sich um Familienbilder, Waljka war auf ihnen mit den Eltern und Geschwistern abgebildet, ich verstand ihn, meinte aber, wir würden bald gewichtigere Ursachen zum Weinen haben. So saßen wir zu zweit in der Dunkelheit. Waljka rauchte die Zigarette, die er sich erbettelt hatte, und konnte sich immer nicht entschließen, sie an mich weiterzugeben.

Das Licht ging erst am Morgen wieder an. Die Tür öffnete der gleiche Polizist, der uns hergebracht hatte. Er wies uns an, uns bereitzumachen. Er trug Straßenkleidung, das fiel mir gleich auf. Er hatte einen langen grünen Uniformmantel an, auf seinem Kopf saß so ein hoher Helm mit einem lackierten Schirm. Er führte uns zu einer Trambahnhaltestelle, und wir fuhren mit ihm etwa vierzig Minuten lang mit der Straßenbahn: auf der hinteren Plattform des Anhängers. Die Straßenbahnlinie verband mehrere Städte miteinander. Als ich begriff, daß wir weit zu fahren hatten, wurde mir etwas leichter ums Herz. Solange wir nicht in der anderen Stadt angekommen sind und den Zielort nicht erreicht haben, wird man uns nicht schlagen. Die deutschen Fahrgäste fragten den Polizisten nach irgendwas, einige von ihnen bedrohten uns, doch in der Tram war es sauber, die Tram war schwach besetzt, die Fahrgäste redeten den Schaffner alle mit «bitte» an, und in mir stellte sich das Gefühl ein, daß hier zwei Halbwüchsige, fast noch Kinder, von einem Erwachsenen irgendwo hingebracht werden und daß dieser Erwachsene, kraft seines Erwachsenseins, uns nichts Böses tun wird.

Doch als wir aus der Straßenbahn ausstiegen, stellte sich die Angst wieder ein. Der Polizist blieb mit uns eine Minute lang vor dem Eingang in ein großes Gebäude stehen, dann gab er uns ein Zeichen, daß wir ihm folgen sollten. Wir kamen in eine große menschenleere Vorhalle, dahinter sah man eine breite, mit einem Läufer bedeckte Treppe. Vielleicht gab es auch gar keinen Treppenläufer, jedenfalls rief diese Treppe in mir den Eindruck der Ruhe, Hoffnung und Pracht hervor. Wir stiegen hinter dem Polizisten her ins Obergeschoß, der Polizist klopfte an ein verschlossenes Sperrholzfensterchen, von dort blickte, wie aus einer Kinokasse, ein Mensch heraus, dieser Mensch nahm das Papier, das der Polizist ihm hinhielt, und äußerte dem Polizisten gegenüber etwas Mißbilligendes, wobei er auf uns zeigte. Der Polizist erwiderte etwas, wir gingen wieder auf die Straße hinaus. Jetzt begriff ich auch, weshalb der Polizist gezögert hatte, bevor er uns in dies Gebäude hineinführte: wir hätten es von der anderen Seite her betreten müssen. Jetzt standen wir vor einem Tor, aus dem gerade ein Lastwagen herauskam, und ich erriet sofort, was das für ein Tor und Torweg war, obwohl ich solche Toreinfahrten in meinem ganzen Leben noch nie gesehen hatte. Diese Toreinfahrt wurde vom Hof wie von der Straße her durch zwei Metalltore verschlossen, die beide so dicht an den Torbogen heranreichten, daß in dem Raum zwischen den zwei Toren selbst noch am Tag Dunkelheit herrschen mußte. Auch das Torgewölbe war ganz besonders, und auch die Farbe des Gewölbes war eine besondere Farbe. Und der Mann, der das Tor hinter dem Laster verschloß, scherzte und lachte so laut, daß sofort klar wurde, wo man uns hingeführt hatte. Er ließ uns nicht gleich hinein, sondern rief einen anderen Mann herbei, und auch der scherzte und lachte beim Lesen des Papiers, das ihm der Polizist gab.

Wir betraten einen Hof, in dem nichts war außer der Glätte und Leere des grauen Zements, und hielten vor einem neuen, genauso dicht schließenden Torbogen an. Und wieder kamen hintereinander zwei Tore, und wieder empfanden wir, jetzt bereits stärker, die zementene Glätte und Leere und den sorgfältig gekehrten Asphalt. Wahrscheinlich gab es hier auf diesem Asphalt nie irgendwelche Abfälle, trotzdem wurde er gekehrt, man sah sogar Besenspuren.

So passierten wir zwei oder drei Höfe. Ins eigentliche Gefängnis gelangten wir aus einem kleineren Hof. Der Polizist läutete, eine Tür öffnete sich, dahinter war ein langer, schmaler zementierter Gang, den zwei Gitter verschlossen: ein inneres und ein äußeres. Der Mann, der die Tür vor uns geöffnet hatte, stand jenseits des Außengitters und nahm durch das Gitter hindurch das Papier des Polizisten entgegen. Ich glaubte zu bemerken, daß die zwei miteinander bekannt waren – der Mann hinter dem Gitter scherzte, während der Polizist seine Scherze verlegen erwiderte. Dann nahm der Polizist das Papier wieder an sich und entfernte sich, ohne mich und Waljka noch einmal angeblickt zu haben. Dafür wurden wir jetzt endlich von den Gefängniswärtern bemerkt. Sie schlossen das Gitter vor uns auf und führten uns in den Gang hinein. Wir kamen in die Kanzlei, wo man uns anwies, die Hosentaschen nach außen zu stülpen.

Auf diesen Augenblick hatte ich lange gewartet. Auf dem Polizeirevier hatte man uns nicht durchsucht, seine Familienfotos hatte Waljka dem diensthabenden Gendarmen aus eigenem Antrieb gezeigt, und er hatte die Fotos am Morgen wiederbekommen. Jetzt holte er wieder das Paket heraus und brach in Schluchzen aus. Für mich begann jetzt eine Angst, die ich hätte vermeiden können, denn ich hätte mich von dem fraglichen Gegenstand längst trennen können. In der Innentasche meines Mantels lag, mit dem Griff nach unten, damit die Manteltasche nicht aufgeschlitzt würde, ein selbstgefertigter Dolch mit schmaler, langer Klinge. Alles, was wir aus den Taschen holten, mußten wir in kleine Kästchen legen – Waljka bekam sein Kästchen, ich bekam meines. Ich stülpte die Hosen- und Westentaschen um – ich wollte Zeit gewinnen. Legte drei Brotrationen ins Kästchen. Das Brot war in den

Taschen warm und mürbe geworden, es krümelte, als ich es aus den Taschen löste. Neben die drei Brotrationen legte ich eine Blechbüchse, in der früher einmal Zahnpulver gewesen war, während jetzt etwas Zucker drin war. Außerdem besaß ich noch ein Stück Lehmseife in einer vermoderten Papierhülle. Das alles hatte ich, während ich den Fluchtplan hegte, gegen jene Kleidungsstücke eingetauscht, die sich nicht anziehen ließen (ich hatte zwei Paar Unterhosen und zwei Hemden übereinander gezogen, um direkt auf der Erde schlafen zu können). Außerdem hatte ich neun Reichsmark bei mir, die tat ich ebenfalls ins Kästchen. Jetzt war aus den Taschen nichts mehr herauszuholen. Ich stellte mich so hin, daß mich nur der Dolmetscher sehen konnte – das war genau kalkuliert! –, und legte rasch das Messer in das Kästchen. Doch als der Dolmetscher den Dolch erblickte, tat er maßlos erfreut. Er nahm den Dolch am Griff und bohrte ihn ins Kästchen. Jetzt steckte das Messer im Sperrholz und wippte hin und her, während sich der Dolmetscher auf seinem Stuhl zurückwarf, den Dolch anblickte und lachte. Alle Leute in der Kanzlei drehten sich nach uns um, und ich sah, wie sich der Ausdruck ihrer Gesichter veränderte.

Da betrat jemand den Raum und trieb uns zur Eile an. Der Dolmetscher riß das Messer aus dem Sperrholzbrett heraus, warf es ins Kästchen, stellte das Kästchen in einen riesengroßen Wandschrank und führte uns zur Desinfektion. Ich fürchtete die Desinfektion deshalb, weil die Schläge im Saunadampf, mit denen ich fest rechnete, demütigender sind als gewöhnliche Schläge, aber andererseits verspürte ich Erleichterung, weil man mich aus der Kanzlei wegführte, wo jetzt mein Dolch lag, der mich eine so lange Strecke Weges begleitet hatte.

Ich hatte den Dolch aus einem russischen Bajonett geschliffen. Noch jetzt sah man die Facettierung, und auch die brünierte Färbung, durch das lange Herumfeilen nur leicht aufgehellt, hatte das Metall beibehalten. Wir Kinder hatten nach Waffen gesucht. Wir hatten zwei Kisten mit Minen auf den Dachstuhl unseres Hauses geschafft, im Hof hatten wir ein Gewehr vergraben. Wir gingen auf die Suche nach Pistolen, aber Pistolen waren nicht aufzutreiben. Vom Gewehr, bevor es vergraben wurde, hatte ich das Bajonett entfernt und es ein Stück kürzer gemacht. Ich schuftete mindestens einen Monat lang, mehrere Feilen gingen dabei drauf. Der Bajonettstahl war sehr hart.

Von meinen Fluchtabsichten wußte das ganze Lager. Ich konnte nicht umhin, davon zu reden, so, wie Waljka nicht umhin konnte zu weinen, wenn man ihm seine Fotos wegnahm. Einmal fragte mich sogar Obmann Grischka: «Sag mal, bist du der Kerl, der abhauen will?»

Grischka war ein richtiger Ganove. Vor dem Krieg war er gerade aus dem Gefängnis entlassen worden, und jetzt war er hier in Deutschland mit dem Verteilen von Brotrationen befaßt. Er hatte ein feistes Gesicht und eine fahle Haut: von der Arbeit hatte er sich befreien lassen, aber auf die Straße ließ man ihn nicht. Seine Stielaugen hatten einen besonderen, glasigen Ausdruck. Man wurde nie klug daraus, ob er einen bemerkte oder nicht. Gut eine Minute lang musterte er das Zeug, das ich gegen Brot umtauschte, dann verglasten sich seine Augen, er stand noch eine Weile so da, ohne mich wahrzunehmen, seinen eigenen Gedanken nachhängend, und entfernte sich dann.

Meine Sachen – die Reservehose und ein Unterhemd – hatte für drei Rationen ein Mann mit Familie aus dem zweiten Stock erstanden. Für den Dolch – auch der war im Lager wie ein bunter Hund bekannt – hatte er zwei weitere Rationen geboten. «Du brauchst ihn doch gar nicht», bedrängte er mich. «Und ich kann, wenn ich wieder daheim bin, Säue damit abstechen. Ich hab genau die Hand zum Schweineschlachten. Und dieses Messer kommt mir wie gerufen.» Er ließ und ließ nicht locker: halb drohte er, halb redete er gütlich auf mich ein. Mein Dolch mußte es ihm mächtig angetan haben. Mich brachte vor allem die mir unbegreifliche Herablassung dieses Mannes aus der Fassung, der sich so sicher war, daß ich den Dolch selber nicht brauchte. Er war ein Schlitzohr und kehrte mir gegenüber seine Durchtriebenheit und Gerissenheit noch besonders hervor. Ihm stand noch ein langes Leben bevor, während ich weder dieses Messer brauchen würde noch die Sachen, die ich übereinander anzog.

In der Kanzlei gab uns der Dolmetscher das Brot zurück. «Ihr werdet es hier noch brauchen», sagte er vielversprechend. Dann sagte er etwas, an die Deutschen gewendet, und begann zu lachen. «Er hat ihnen übersetzt, was er uns zuerst gesagt hat», dachte ich. Waljka hatte zwei Brotrationen dabei. Er ging und schlang das Brot in sich hinein, dann konnte man es ihm nicht fortnehmen. Ich schämte mich wegen Waljka, ich dachte: Waljka benimmt sich ungeniert, er heult, er frißt Brot, er bettelt um Zigaretten, er tut stets das, was gerade Vorteil bringt.

Im Saunavorraum, direkt vor dem kleinen aus zwei, drei Kabinen bestehenden Duschraum, mußten wir uns nackt ausziehen. Dann wurden wir noch mal durchsucht. Man untersuchte das Kleiderfutter, stülpte die Taschen um. Unsere Kleider trug man fort, uns selbst übergab man dem Friseur. Der Dolmetscher war hinausgegangen. Der Friseur zeigte auf einen Schemel. Ich war nackt, hielt in der Hand die drei Brotrationen, doch der Friseur tat so, als sei ich richtig angezogen und aus eigenem Antrieb zu ihm in den Laden gekommen. Er führte die Haarschneidemaschine von der Stirn zum Nacken, während ich vor Erwartung erschauerte. Der Saunavorraum war gekachelt, wirkte kühl und trocken. Man spürte, daß wir heute die ersten waren, die hierhergeführt wurden. Zwei Glühbirnen brannten: die eine im Vorraum, die andere im Duschraum. An der Wand des Vorraums glänzte eine vernickelte Vorrichtung, die die Stärke des Wasserstrahls und die Wassertemperatur regelte, eine Art Steuerrad unter dem Manometer und Thermometer. Etwas ganz Ähnliches, nur größer, hatte ich im Fabrikduschraum gesehen. Der Friseur trug einen weißen Friseurkittel und behandelte mich mit ausgesuchter Höflichkeit – das hatte ich sofort gespürt: Höflichkeit hatte ich hier am wenigsten erwartet. Der Friseur war Deutscher und Häftling, doch seine Nationalität erriet ich nicht gleich. Um nicht auf prompte Ablehnung zu stoßen, verständigte er sich mit Hilfe von Gesten. Wenn er meinen Kopf ein Stück vorschob, gab er einen muhenden Laut von sich. Oder er gab mir durch ein Zeichen zu verstehen, daß er Qualitätsarbeit leistete. Das wollte mir nicht einleuchten, das Kahlscheren eines Schädels ist schließlich keine große Kunst. Ich traute dieser Höflichkeit nicht ganz, und daß der Friseur Deutscher und überdies Häftling war, erriet ich erst, als er sich nach der Tür umblickte und mir vorschlug, ich solle mein Brot gegen Zigaretten umtauschen. Dem Ausdruck seiner Augen nach zu urteilen, besaß ich keine Zeit zum Überlegen: jemand würde gleich den Raum betreten. Ich nickte. Dieser Deutsche war ein Häftling, folglich ein Genosse, ein Kamerad – dieses Gefühl saß tief in mir. Ich wartete schon lange auf ein Zeichen, auf eine Gelegenheit, mit dem Untergrund Verbindung aufzunehmen. Außerdem hatte ich es noch nicht gelernt, nein zu sagen, wenn man mich, so wie jetzt, um etwas bat. Der Deutsche nahm eine Ration und steckte sie unter den Friseurkittel, dann verstaute er die zweite Ration am gleichen Ort. Ich schämte mich, daß ich das dritte Stück Brot zurückhielt – vielleicht war das Brot für eine Widerstandszelle im Gefängnis bestimmt. Aber der Friseur drängte mich nicht. Sein Blick war plötzlich glasig geworden: wie Obmann Grischkas Blick, wenn er das Interesse an mir verlor. Gerade noch hatte er mich umzustimmen versucht, hatte mir durch Zeichen zu verstehen gegeben, daß er mir später – wir würden ja sowieso zusammen im Knast brummen! – Zigaretten und Suppe im Geschirr geben würde, und jetzt drückte sein Gesicht nur noch Erleichterung aus. Solche schnellen Wechsel des Ausdrucks waren mir bei Ganoven schon öfter aufgefallen. So einer redet auf dich ein, schwört Eide, nennt dich seinen Freund – hat er aber das Gewünschte bekommen, es dir praktisch abgepreßt, ist der Mann wie verändert. Sein Interesse an dir ist schlagartig erloschen. Ich hatte das von Anfang an befürchtet, aber es nicht über mich gebracht, mich zurückzuhalten.

Der Friseur achtete darauf, daß sich Waljka und ich mit der Desinfektionsflüssigkeit den Schädel und die Achselhöhlen einschmierten. Dann schickte er uns in den Duschraum. Lange durften wir unter der Dusche nicht bleiben. Kaum hatte ich mich unter den Duschstrahl gestellt, da versiegte der Strahl auch schon. Waljka bettelte um einen Nachschlag. Der Friseur erklärte, das sei verboten, und drehte für einige Sekunden das kalte Wasser auf. Nackt und halbgewaschen saßen wir im Saunavorraum und warteten, daß man uns die Kleider wiedergab. Der Friseur kehrte die Haare auf dem Fußboden zusammen. Ich fragte:

«Und die Zigaretten?»

Er steckte mir etwas in Zigarettenpapier Eingewickeltes zu.

«Eine für zwei Brotrationen!»

Er schaute sich nach der Tür um und legte den Finger an die Lippen, während ich vorsichtig, um den Tabak zwischen den Fingern zu spüren, die Zigarette zu kneten versuchte. Doch das war gar keine Zigarette. Im Zigarettenpapier war Watte drin.

Man brachte unsere Kleider, der Dolmetscher trat ein, der Friseur sagte:

«Prima Tabak!»

Im Lager war ich von einem Gefühl besessen, das sich nicht

einmal mit Hunger vergleichen läßt: ich sehnte mich wahnsinnig nach einem älteren Vertrauten. Der hätte mich von mir aus zum Laufburschen machen können: «Lauf dorthin, bring das mit.» Wenn er mir nur eines Tages gesagt hätte: «Wenn wir in eine neue Baracke kommen, legst du dich auf die Pritsche neben mich.» Damit hätte er mich mit Haut und Haaren für sich gewonnen. Was die blöde Zigarette betraf, dachte ich: vielleicht ist es mit Nikotin getränkte Watte, die Deutschen sind große Meister im Erfinden von Ersatzstoffen. Ich streifte wieder Unterhose und Hemd über – unsere Kleider hatte man einfach auf den Fußboden geworfen. Wir angelten uns die Kleidungsstücke aus dem desinfizierten Haufen heraus und zogen das warme, nach irgendwas stinkende Zeug an.

Und wieder ging der Dolmetscher vor uns her. Seine Schuheisen klickten auf den eisernen Treppenstufen, er rief den auf jedem Stockwerk postierten Gefängniswärtern Scherzworte zu. Ein solches Gebäude hatte ich noch niemals zu Gesicht bekommen. Wir stiegen über Steigleitern in den brunnenartigen Treppenschacht hinunter. Die Leitern waren an jeder Seite des Schachtes angebracht, die bewohnt war. Die gegenüberliegende Ziegelmauer war taub. Die Zellentüren gingen auf die Treppenabsätze hinaus, zwischen ihnen und der Ziegelmauer – sie war nicht einmal gekalkt – war ein leerer Raum. Dieser Raum bildete den Schacht. Von irgendwoher fiel Tageslicht ein, es vermischte sich mit dem elektrischen Licht, und letzteres überwog. Das Licht warf fast keine Schatten, weil nichts da war, was hätte Schatten erzeugen können. Die Treppen haben sich meinem Gedächtnis als schwarz und metallisch eingeprägt. Da es Steigleitern waren, spürte man die Tiefe und Leere besonders stark.

Ich hatte schon so lange auf Güterwagenböden und Lagerpritschen herumgelegen, hatte meine Kleider so rettungslos zerknautscht und verschmutzt (in dieser Hose und in diesem Mantel mußte ich ja auch meine Arbeit verrichten), daß ich die Sauberkeit im Gefängnis fast körperlich spürte. Wir sollten in einer dieser Zellen eingeschlossen werden, und ich wünschte mir sogar, daß man uns einschließt und allein läßt. Aus dem Gefängnis wird man nicht zur Arbeit getrieben, deshalb kam mir das Gefängnis nicht schrecklicher vor als das Lager. Allerdings fürchtete ich mich vor der Einsamkeit, denn ich hatte Hunger. Die dritte Brotration hatte ich aufgegessen, damit man sie mir nicht wegnähme. Ähnlich wie

Waljka sorgte ich mich im Gefängnis um mein Brot. Drei Rationen bedeuteten Geschütztsein. Ich hatte sie gefühlt, unter den Fingerspitzen, und mir überlegt, daß ich die eine Ration heute aufessen und dann immer noch zwei Rationen besitzen würde. Diese Empfindung war mir das bißchen Hungerei schon wert gewesen, ich hatte den Zeitpunkt immer hinausgezögert, zu dem ich mit dem Verzehr der drei Rationen beginnen würde. Jetzt war ich, ohne Brot, in diesem Gefängnis ganz allein. Sogar die Angst vor Schlägen lenkte mich nicht ab. Mit Augen, die es schon gewohnt waren, nach etwas halbwegs Eßbarem zu suchen, betrachtete ich die Metalltreppenstufen, die Lücken dazwischen, die graue bewohnte Wand, das Ziegelrot der unbewohnten Mauer (das Fehlen des Putzes erweckte den Eindruck, daß man sich auf der Straße befand) und fühlte, daß es inmitten dieser Sauberkeit nichts Eßbares gab. Ich blickte den fröhlichen Dolmetscher an und fragte mich, was der wohl essen mochte. Der Gedanke, daß in Deutschland auch die Deutschen wenig zu beißen hatten, fesselte mich.

Wir stiegen immer tiefer hinab, und ich begriff, daß die über der Erde gelegenen, mit Fenstern versehenen Zellen nicht für uns bestimmt waren. Unterhalb der untersten Steigleiter, am Grund des Schachts, drehte der Dolmetscher an einem Lichtschalter und führte uns vor eine niedrige Tür. Er öffnete die Tür, ich sah dahinter Dunkelheit.

«Hier sind zwei Neue für euch», rief der Dolmetscher aufgekratzt.

Aus dem Dunkeln kamen ein paar Stimmen:

«Kein Platz mehr da!»

«Macht schon, geht rein!» sagte der Dolmetscher.

Ich trat hinter Waljka ein. Das Dunkel war nicht undurchdringlich: in der Zelle brannte ein schwaches Lämpchen, praktisch ein Glühdraht. Direkt neben mir – hier im Raum war alles direkt neben einem – stand ein Abtrittkübel. Er ähnelte jenen Kübeln, in denen die Lagersuppe durchs Lager getragen wurde. Von einer Pritsche herunter sagte eine Stimme:

«Die Zelle ist für vier Mann bestimmt und mit zwölf Mann belegt.»

«Wo sollen wir mit denen hin?» sagte eine andere Stimme. «Die sollen gegen die Tür schlagen und den Dolmetscher rufen!»

«Dann kommt einer und verprügelt sie», äußerte eine dritte Stimme mitfühlend.

Daraufhin sagte die zweite Stimme mitleidlos:

«Jeder kommt auf seinen Beinen ins Gefängnis!»

Waljka schluchzte, irgendwer rief ihn herbei. Mir sagte jemand:

«Setz dich auf den Scheißkübel drauf.»

Ich weiß nicht mehr, wie lange ich dastand. Nach einiger Zeit begannen sich die Pritschen zu bewegen. Ich keilte mich zwischen die dichtgedrängten Westen und Mäntel ein, die einen vertrauten Geruch ausströmten. Man lag auf Brettern, hatte sich eine Mütze, eine Faust oder Schulter unter den Kopf geklemmt. Als ich endlich einen Platz gefunden hatte, fragte man uns:

«Habt ihr was zu rauchen mitgebracht?»

Die Frage klang, als hätte der Fragende lange daran herumgeschluckt.

Ich zeigte die Zigarette, die mir der Friseur gegeben hatte, und erzählte, wie ich in ihren Besitz gekommen war.

«Vielleicht ist das mit Nikotin getränkte Watte?» äußerte ich.

Wie auf ein Signal erhoben sich alle von den Pritschen. Zu meiner Verwunderung – man hatte sie doch alle durchsucht! – reichte mir einer einen glimmenden Zunder. Die Zigarette brannte nicht gleich, dann flammte die Watte plötzlich auf, und ich bekam einen Stich in die Lungen. Ich wollte das Zeug wegwerfen, doch man entriß es mir. Einer versuchte, die Watte anzurauchen. Immer wenn sie aufflammte, blies er drauf, dann zog er wieder vorsichtig daran: offenbar in der Hoffnung, daß weiter hinten irgendwo das Nikotin beginnen würde.

«Wirf sie weg», sagte man ihm. «Es ist auch so keine Luft in der Bude!»

Erst im Lager hatte ich Menschen kennengelernt, die immer fieberhaft auf der Suche nach Gras, Zigarettenkippen oder Dung waren. Nach irgendwas, was man mit Papier umwickeln und anrauchen konnte.

Waljka fragte:

«Werden sie uns schlagen?»

Jener gereizte Mann, dessen Gesicht ich im Dunkeln nicht sah, sagte:

«Na klar, du weißt doch, wo du bist?»

Manchmal glaubte ich, die Nacht sei schon angebrochen, aber

es kam kein Zapfenstreich, und der Glühdraht in der Birne glimmte endlos vor sich hin. Alle Tagesthemen waren beredet, jeder lag mit seinem Hunger da, und ein Ende war nicht abzusehen. Doch als man mit dem Warten schon fast aufgehört hatte, erlosch der Glühdraht endlich. Finsternis trat ein. Jemand sagte erleichtert:

«Feierabend.»

Ein anderer erwiderte:

«Wieder ein Tag rum.»

Es gab wieder Bewegung und Gedränge. Alle wälzten sich von einer Seite auf die andere. Als alle anderen verstummt waren, begannen zwei Männer zu reden. Es waren erwachsene Männer, sie waren wütend, daß sie hierhergeraten waren.

«Wir haben das nicht begreifen wollen!» sagte der eine. Dieses Nichtbegreifen bezog sich nicht nur auf den Krieg, es bezog sich aufs ganze Leben. Er hatte dies nicht begriffen und jenes nicht begriffen. Er hatte, kurzum, nichts begriffen. Zum Beispiel, daß man besser verreckt als in Gefangenschaft gerät. Und seinen Borschtsch hatte er früher auch nie ausgelöffelt.

«Ich habe als Fahrer gearbeitet», sagte der Mann. «Du kommst in die Kantine, holst dir deine hundertfünfzig Gramm Wodka, nimmst noch eine Pulle Bier dazu und fünf Pasteten Marke *Hundefreude*. Mein Gott, waren wir blöd!» Er hatte eine klare Stimme, die Zelle und die Dunkelheit beirrten ihn nicht.

Sein Kumpel gab sich zurückhaltender. Beide waren im wehrfähigen Alter. Ich erriet, daß es entflohene Kriegsgefangene waren. Wahrscheinlich war ich nicht der einzige, der das erriet.

«Der Dolmetscher fragt mich», erzählte der ehemalige Fahrer, «der Kerl fragt mich also: ‹Wo hast du den Zivilmantel her? Bestimmt geklaut?› Ich sagte: ‹Den hat mir eine deutsche Frau geschenkt. Bevor du mich verprügelt hast, war ich ein schöner Mann.› Der Kerl lacht. So ein fröhlicher Bursche! Wenn du ihm in die Augen schaust, sieht er fast nach Mensch aus!»

Ich hatte bereits solche Dolmetscher erlebt (meistens waren es Dolmetscher). Sie lächelten, als würden sie alles verstehen. Oder als würden sie, mit Hilfe ihres Lächelns, ein Spielchen mit den Umständen spielen wollen, die sich ja auch ins Gegenteil verkehren konnten. In solchen Menschen schwelte offenbar eine Vorstellung von dem, was man normale menschliche Beziehungen nennt. Auch ihre sozusagen naturgegebene Grenze, die ihrem derzeitigen

Status als Herren über Leben und Tod so wenig entsprach, spürten sie deutlich. Sie überschritten diese Grenze x-mal, aber das Bewußtsein der Grenze blieb in ihnen erhalten. Vielleicht fanden sie sogar Gefallen daran.

«Er sagt: ‹Wir schicken dich zurück ins Lager. Die warten dort bereits auf dich.› Ich fragte: ‹Warum so weit weg? Abmurksen könnt ihr mich auch hier.›»

Er sagte das so, als würde er nicht zum erstenmal davon erzählen. Er lauschte beim Reden den eigenen Worten.

Der andere sagte:

«Bei mir war das so: ich geh in ein Lokal, erster Gang Kohlsuppe, zweiter Gang Gulasch. Die Kartoffeln rühr ich nicht an, ich esse nur das Fleisch...»

Die Pritschenbelegschaft lichtete sich etwas, die zwei setzten sich. Ich hörte sie in der Dunkelheit über uns atmen. Nur diese beiden verließen bedenkenlos ihre Pritschenplätze. Wenn sie das taten, bekamen wir Luft und füllten den freigewordenen Raum, aber wenn sie sich wieder hinlegten, machten sich alle bereitwillig dünn.

«Wir waren wirklich reichlich blöd!» sagte der, der vorhin, zu meiner Verblüffung, von einer Pastetenmarke *Hundefreude* gesprochen hatte.

Ich hatte im Lager bereits Menschen erlebt, deren Glücksvorstellung jämmerlich eingeschrumpft war, sie träumten von einem Stück Margarine, einer Zigarette oder davon, für einen Tag krankgeschrieben zu werden. Als Gipfel der Seligkeit gilt ein gelungener Kartoffeldiebstahl oder ein Gewinn beim Kartenspiel. Die Bedeutung von Dingen, die zu gewöhnlicher Zeit fast unbemerkt bleiben, steigt ins Unermeßliche. Man rechnet sich die eigene Gesundheit als Verdienst an, ist maßlos stolz darauf, sieht voller Verachtung auf die Moribunden herab. Das rührt offenbar von dem rüden Selbsterhaltungstrieb her. Motiviert wird es mit den Ekelgefühlen, die ein schon dem Tode naher Mensch in einem gesunden Menschen auslöst. «Wann hast du dich zuletzt gewaschen?» wird so jemandem zugerufen. Das Sichwaschen ist im Lager alles andere als leicht. Man muß rechtzeitig aufstehen, was auf Kosten des Ausschlafens geht. Der Waschraum wird nicht beheizt und ist gedrängt voll. Der Stubenälteste brüllt: «Steht auf!» Er muß vor Arbeitsbeginn die Stube gekehrt haben, muß sich vergewissert haben, daß alle Betten gebaut sind. Der Hilfspolizist wird beim Kontrollgang nicht erst lange fackeln, er wird die Sitzbänke umwerfen, den Tisch auf die Tischplatte stellen, wird die zweistöckigen Pritschen umstoßen, damit den Stubenbewohnern die Vorteile der Reinlichkeit und Ordentlichkeit so recht zum Bewußtsein kommen. Dem Stubenältesten schließen sich die Hartgesottenen an. Und diesen dann allmählich jene, die selbst nicht ganz auf dem Damm und eher von sanftem Gemüt sind, denen es selber leicht passieren kann, in die Kategorie der Moribunden abzusinken. Sie sind aufgestanden, haben sich gewaschen (so wie sich Kinder waschen, wenn die Eltern gerade wegblicken: einmal mit der nassen Hand über die Wange, dann mit dem Handtuch darübergefahren, und die Grenze zur grauen ungewaschenen Haut zeichnet sich von Tag zu Tag deutlicher ab), sie haben das Bett gemacht, haben sich der Gefahr der Demütigung entzogen, und da liegt jener Mann auf der Pritsche, den keine Macht der Welt vom Fleck bringt. Euer Grimm und der Grimm der Hilfspolizisten fechten ihn nicht an. Wer sich vor den Hilfspolizisten nicht fürchtet, steht in der öffentlichen Lagermeinung sehr hoch. In der Regel. Auf Moribunde trifft diese Regel nicht zu, denn die Gleichgültigkeit der Moribunden gegenüber dem eigenen Leben bringt die Nachbarn gegen ihn auf. «Jetzt rühr dich!» schreien sie ihn an. «Du ziehst die anderen mit hinein!» Schließlich hat niemand Lust, den Spind umgestoßen zu bekommen. Der eine oder andere hat eine Schüssel mit Suppe im Spind stehen. Doch auch dieser Zuruf bringt den Moribunden nicht auf Trab. Das Selbstopfer ist für ihn das einzige Mittel, seinen Beleidigern eins auszuwischen… Nein, niemand im Lager will so aussehen, als sei er kurz vor dem Abkratzen. Deshalb benutzt man auch diesen munteren Umgangston. Ich kannte mich bereits in den Nuancen dieser Munterkeit aus. Doch jener Kriegsgefangene, der von den Pasteten Marke *Hundefreude* sprach, besaß eine klare und bestimmte Stimme – das spürte ich genau.

Später lauschte ich Dutzende von Malen solchen Gesprächen. Die Hauptqual bestand darin, daß es ihnen irgendwann an Wissen gefehlt hatte. Sie schämten sich nicht, in Gefangenschaft geraten zu sein, aber sie konnten es sich nicht verzeihen, daß sie jemals die Waffe aus der Hand gegeben hatten. An der Front hatten sie nicht schlechter als andere gekämpft, in Gefangenschaft waren sie als gewöhnliche Soldaten geraten, die alles in ihrer Macht Stehende getan und nur vor der sonst unausweichlichen, überdies offenbar sinnlosen Aufgabe des eigenen Lebens zurückgeschreckt waren. Aber das war es ja gerade; daß alles dann Folgende schlimmer war als der Tod. Und nicht ums Leben tat es ihnen leid – das Leben gab es sowieso nicht mehr. Leid tat es ihnen um das Wissen. Sich selber schätzten sie jetzt als Menschen ein, die ein hohes Wissen besaßen. Sie waren der Meinung, daß dieses Wissen mit nichts aufgewogen werden konnte. Irgendwem an der Front mangelte es jetzt daran, und sie besaßen so viel davon, daß sie jedermann überreichlich damit hätten versorgen können. Deshalb waren sie ja geflohen: um dieses Wissen zu retten und an den Mann bringen zu können.

Außerdem lebte in ihren Gesprächen noch die mir wohlbekannte Lagerqual: sie spielten Handlungen noch einmal durch, die nicht mehr durchgespielt werden konnten.

«Hätte ich doch ...»

Sie warteten die Nacht ab, um sich selber zu schmähen, um sich dies alles von der Seele zu reden. Niemand störte sie dabei, niemand schloß sich ihrem Gespräch an. Ich aber lag da und fühlte immer nur das eine: ich bin an allem schuld, sonst läge ich nicht hier, auf dem Grund dieses Verlieses. Ich dachte an das, was ich versäumt hatte. Ich hätte fliehen müssen – und war nicht geflohen, ich hätte wagen sollen – und hatte nicht gewagt. Ich allein wußte, wie oft ich dies alles unterlassen hatte. Aus den Dingen, die ich nicht getan hatte, fügte sich ein ganz anderes Leben zusammen. Jede Nacht bastelte ich immer wieder aufs neue an diesem anderen Leben herum. Immerzu kam ich auf ein und dasselbe zurück: eine ungetane Tat reihte sich an die andere. Ich zog mit meinem Vater an die Front (er wollte mich nicht mitnehmen, doch ich bestand darauf), ich schloß mich der letzten Armee-Einheit an, die unsere Stadt verließ. Ich dachte mir diese nie vollbrachten Taten nicht aus. Sie lebten in meinem Gedächtnis.

Einmal erlebte ich es so: du mußt jetzt aus dem Zug springen, der Wachtposten schaut gerade weg, der Zug fährt bergauf, der Wald ist ganz nahe. Doch die Minute verstreicht, der Wald entfernt sich, der Posten schaut wieder her. Ich hatte mich nicht von der Stelle gerührt, keiner hatte was bemerkt – aber das Ungetane hatte mich vergiftet. Dann sprang ich bei voller Fahrt aus dem Zug, rannte auf den Wald zu, erreichte den Waldrand, suchte und fand eine Gruppe Partisanen – und kehrte wieder zu jenem Augenblick zurück, als ich hätte abspringen müssen, und wieder stellte ich mir vor, wie ich das tue, und diesmal tat ich es noch besser als beim erstenmal. Ich schlug Haken beim Wegrennen oder blieb in einem Graben liegen und wartete ab, bis der Zug vorbeigefahren war. Ich verbesserte meine unterbliebenen Fluchtversuche, kam außer Atem, empfand Freude und Rachedurst und spürte, wie mich das fruchtlose Brennen des Gedankens vergiftete. Doch ich konnte ihm nicht Einhalt gebieten, denn sobald ich das tun wollte, roch ich das stickige Dunkel der Zelle, sog ich den säuerlichen Geruch meines schmutzigen Mantels ein, den ich mir über den Kopf zu ziehen versuchte.

Nachts war mir, als hätte ich schon damals, als ich das Fällige ungetan ließ, vorausgefühlt, vorausgewußt, wohin mich das führen wird. Und ich haßte mich und dachte: Das geschieht dir ganz recht! Dann dachte ich wieder: Ach, hätte ich es doch gewußt! Auch dieser Gedanke ließ mich nicht los. Nur über eines grübelte ich seltsamerweise nicht nach: ich korrigierte nicht an meinem realen Fluchtversuch herum, ich dachte nicht: Du hättest nicht dahin, sondern dorthin abbiegen müssen...

Außerdem empfand ich Mitleid mit meiner Mutter, ich machte mir Vorwürfe, nicht auf sie gehört zu haben, ihr auf die Nerven gegangen zu sein, ihr nach der Einberufung meines Vaters durch die Sorge, die sie sich jetzt meinetwegen machte, das Leben noch schwerer gemacht zu haben.

In der Nacht benutzte keiner den Abtritt, alle hatten wohl Angst, daß sie hinterher keinen Platz mehr auf der Pritsche finden würden. In der Zelle war es kalt geworden, wir lagen dicht aneinandergepreßt, als seien wir eine große Menschenmenge. Dann glimmte in der Dunkelheit das Drähtchen in der Glühbirne auf: entweder war die Nacht vorbei, oder man hatte die Birne einfach so angezündet. Dann drehte sich der Schlüssel im Türschloß, und der Dolmetscher rief:

«Alles raustreten!»

Als ich gestern die Zellentürschwelle überschritten hatte, glaubte ich, daß ich diese Minute nicht würde erwarten können, aber jetzt hatte ich keine Lust, die Zelle zu verlassen.

«Jetzt kommt der Morgenputz! Alle Mann raus!» rief der Dolmetscher, als würde er uns etwas Erfreuliches mitteilen. Wir begannen, die Zelle zu verlassen.

In der Dunkelheit hatte ich, so schien es mir wenigstens, die Bekanntschaft meiner Nachbarn gemacht, ich hatte sie an der Stimme erkannt und unterschieden. Doch jetzt war es uns irgendwie peinlich, dem anderen in die Augen zu schauen.

Wie hell war es hier, und welch hohe unverputzte Mauer erhob sich über unseren Köpfen!

Der Dolmetscher hatte zwei Deutsche mitgebracht. Es waren Häftlinge. Sie hatten Eimer und Besen dabei. Durch das Gefängnis wehte der Zugwind des Morgenputzes. Ich hatte Schüttelfrost. Ich sagte zu meinem Nachbarn:

«Meine Kleider sind wie ein Sieb, sie lassen die Kälte durch.»

«Das kommt von der Desinfektion», sagte mein Nachbar, und der reizbare Mann sagte:

«Hammel und Ziegenbock übernachteten einmal im Freien. Der Hammel, kerngesund wie er war, schnarchte die ganze Nacht hindurch. Am Morgen wachte er auf und sagte: ‹So eine Saukälte!› Und der Ziegenbock blökte darauf: ‹Die ist schon seit gestern abend...›»

Der *Ziegenbock* war natürlich ich. Am Grund des Treppenschachts ging ein Zugwind, und den Treppenschacht hoch ging ein anderer Zugwind, und ich fror jämmerlich und konnte den Schüttelfrost nicht niederkämpfen. Aber ich mußte dem Reizbaren etwas erwidern. Wenn du zuläßt, daß man dich unerwidert einen Ziegenbock nennt, dann mußt du gewärtigen, daß man dir nächstes Mal einen schlimmeren Namen anhängt. Doch der Reizbare hatte sich schon abgewendet. Waljka und ich wurden zum Hinaustragen des Klokübels abgestellt. Ich wollte mich dagegen sperren – da sah man es wieder: eben haben sie dich einen Ziegenbock genannt, und schon mußt du die Scheiße raustragen. Aber der eine der beiden Deutschen blinzelte mir zu:

«Komm schon, komm...»

Ich faßte den Kübel am Griff. Der Deutsche ging mit uns in die Toilette, machte die Tür zu und gab uns ein Zeichen, daß wir uns nicht beeilen sollten:

«Langsam, langsam.»

Wir standen zu dritt eine Viertelstunde im Klo herum.

Hier war es sauber, das Auge ruhte sich förmlich auf den weißen Kacheln aus, die Klotür schied uns vom übrigen Gefängnis.

Dann wuschen wir Korridor und Zelle. Das Wasser mußten wir

direkt auf die Pritschen gießen. Ich dachte: wie sollen wir jetzt auf den nassen Brettern liegen? Doch nach dem Saubermachen führte man uns nicht in die Zelle zurück, sondern in den Spazierhof.

Ich kam hier im Gefängnis aus dem Staunen nicht heraus. Man führte uns, durch einen Zementkorridor, auf den Grund eines im Gefängnishof ausgeschachteten und auszementierten quadratischen Brunnens. Der Brunnen hatte steile Wände. Einige Minuten lang durften wir von einer Wand zur anderen gehen, dann schloß man uns in den Korridor ein. Dieser Gang diente der Entlüftung. Aus dem Hof wehte starker Zugwind ins Gebäude. An beiden Enden des Ganges waren Gittertüren.

Weder auf dem Polizeirevier noch im Gefängnis hatte man Waljka und mir etwas zu essen gegeben.

An meinem allerersten Lagertag hatte ich die Lagersuppe zurückgewiesen. Ich wurde gewarnt:

«Wenn du diese Brühe nicht fressen willst, bist du bald hinüber. Brot gibt es nur einmal am Tag.»

Aber ich konnte mein Lagerleben nicht längerfristig planen.

Die Lagersuppe wurde mit irgendeinem Kunststoffmehl angemacht. Die Papiersäcke mit diesem Mehl standen frei und unverschlossen herum und wurden auch nicht bewacht. Es war keiner da, der das Mehl hätte stehlen wollen, weil keiner da war, der es hätte essen können. Grischkas Brot war zwar auch ein Kind der Technik, es wurde aus Brauereirückständen hergestellt, schmeckte nach roten Rüben und sah wie verbrannt aus. Doch es hatte seinen Brotcharakter nicht völlig eingebüßt. Mein Lagerleben fand seinen Höhepunkt im Schlangestehen vor Grischkas Brotausgabefenster. In dieser Brotschlange wartete jeder Hungrige auf die Auszehrung und jeder Ausgezehrte auf den Kollaps.

Was für ein Hunger im Gefängnis herrschte, hatte ich begriffen, als ich die Gier des deutschen Friseurs auf meine Roterübenbrotrationen erlebt hatte.

Am Morgen brachten uns deutsche Häftlinge vierzehn weiße Emailkrüge (eigentlich eher Zylinder – es war kein Henkel dran) mit dünnem lauwarmen Kaffee-Ersatz sowie einer durchsichtigen Scheibe Brot. Die Deutschen erkannten einige von uns wieder, sie nickten den beiden Kriegsgefangenen zu. Die Anwesenheit des Dolmetschers schien sie wenig zu bekümmern. Am Brot durfte man nicht kauen, sonst wäre es im Nu die Kehle hinuntergeglitten, man mußte daran saugen und dabei die anderen anblicken, um nicht vor den Nachbarn fertig zu sein. Es war unerträglich zuzuschauen, wie andere essen.

Ich verzichtete auf den Kaffee – dieses mit verbrannter Baumrinde angesetzte Wasser schmeckte bitter und widerlich. Man sagte mir:

«Es schmeckt nicht, aber es wärmt.»

Diese Erfahrung hatte ich noch nicht gemacht. Ich mochte nicht glauben, daß heißes oder gar lauwarmes Wasser einen von innen her aufwärmen kann.

Die Essenträger kamen wieder, sammelten die Krüge ein und gossen den nicht ausgetrunkenen Kaffee in einen Eimer. Sie entfernten sich, während der Dolmetscher noch einen Augenblick stehenblieb, um durch das Gitter eine angezündete Zigarette in die Zelle zu werfen. Ich sah, wie er sie aus der Packung nahm und anrauchte, ich spürte, daß die Leute in der Zelle darauf gewartet hatten. Ich begriff, daß der Dolmetscher das nicht zum erstenmal tat.

Diese Zigarette und auch die Art, wie die deutschen Essenträger den Kriegsgefangenen zugenickt hatten, erregten mich. Ich war geneigt, beides für geheime Hinweise auf eine im Gefängnis bestehende Widerstandszelle zu halten.

Die Zigarette fiel neben mir auf den Fußboden, aber ich hob sie nicht auf. Waljka griff gierig nach ihr und machte einen so heftigen Zug, daß das Papier versengt wurde und der Tabak zum Vorschein kam. Aber auch Waljka schien etwas begriffen zu haben. Er reichte die Zigarette jenem Mann, der nachts von den Pasteten geredet hatte, und bettelte:

«Läßt du mir den Rest?»

Der Mann hielt die Zigarette wie ein Stäbchen nach oben, damit alle sehen konnten, wieviel Papier Waljka verbrannt hatte. Der Stummel machte die Runde, es rauchten nacheinander etwa sechs Mann. Jeden fragte Waljka mit kläglicher Stimme:

«Läßt du mir was übrig? Wenigstens einen Zug!»

Dem sechsten und letzten sagte er:

«Wenn du sie wegwirfst, dann wirf sie hierher.»

Jener nahm den Stummel von den rissigen Lippen und warf ihn auf den Zementfußboden, direkt neben Waljka. Der machte den Versuch, dies Ineinander von Asche und Glut aufzuheben, aber der Stummel zerfiel in seinen Händen. Da kniete Waljka hin und blies die Asche und die Tabakkrümel zum Gitter hinaus und zerrieb die Spuren mit dem Finger auf dem Boden. Wer bettelt, muß auch dienen können.

Dann heulte plötzlich die Luftschutzsirene, und das Gefängnis erdröhnte. In die Häftlinge kam Leben, sie lauschten aufmerksam. Doch im Gefängnis blieb es still und ruhig. Ich dachte, daß diese Stille zehn, vielleicht zwanzig Jahre währt. Dann kam, feierlich auftönend, die Entwarnung.

Es wurde wenig gesprochen. Jemand erinnerte sich, daß vor einem Monat Häftlinge in eine Limonadenfabrik zum Flaschenwaschen geschickt worden waren. Diese Leute waren nicht mehr hier, man hatte sie an einen anderen Ort verlegt, aber die Limonade hatten sie getrunken.

«Mit Saccharin gesüßte Limonade?» fragte Waljka.

Der Reizbare, erstaunt über Waljkas Dummheit, erwiderte:

«Mit Honig gesüßte!»

Mich verblüffte die Tatsache, daß man Gefängnisinsassen in eine Fabrik geschickt hatte. «Und wo lebten sie?» fragte ich.

«Hier im Knast. Man holte sie ab und brachte sie zurück.»

Das wollte mir nicht in den Kopf, aber weiterbohren mochte ich nicht.

Zur Mittagszeit tauchten wieder die weißemaillierten Zylinder auf, die nach Krankenhaus aussahen. Diesmal war das Wasser leicht gerötet. Darin schwammen Andeutungen von roten Rüben und von Kohl. Als ich diese Brühe aus den Händen des deutschen Essenträgers entgegennahm, dachte ich: wie wird der mich wohl erkennen, falls der Friseur ihm etwas für mich mitgibt? Keiner lachte mich aus, als ich anschließend in der Zelle von meinen Problemen berichtete.

Im Gefängnis machte meine Auszehrung rasche Fortschritte. Das führte dazu, daß ich mich immer phantastischeren Hoffnungen hingab.

Am Abend gab es wieder die Emailzylinder. Diesmal war, wie am Morgen, wieder Kaffee-Ersatz drin. Dazu gab es die hauchdünne Scheibe Brot. Jetzt warteten wir darauf, daß man uns für die Nacht in die Zelle führte. Den ganzen Tag über hatte ich im Entlüftungsgang gefroren. Ich gab mir schon gar keine Mühe mehr, mich aufzuwärmen. Ich saß einfach so da: unbeweglich, auf dem Zementboden.

«Bring uns in die Zelle», sagte der Mann, der vor dem Krieg als Fahrer gearbeitet hatte, zum Dolmetscher. Der Dolmetscher drohte ihm mit dem Finger und feixte, als hätte ihn der Mann um etwas Verbotenes gebeten. In die Zelle führte er uns drei Stunden nach dem Abendessen. Die Dunkelheit, die dicht zusammentretenden Mauern, das schwach glimmende Drähtchen in der Glühbirne, die uns wärmende Enge und vor allem die hölzernen Pritschen: alles dies kam mir jetzt anheimelnd vor. Als der Riegel an der Zellentür vorgeschoben wurde und noch etwas Eisernes aufschepperte, verspürte ich große Erleichterung: man hatte uns tagsüber nicht zum Verhör gerufen, jetzt würden wir Ruhe bis zum Morgen haben. Als dann der Zapfenstreich kam und die Nacht begann, nahmen jene beiden Männer wieder ihr Gespräch auf. Sie machten sich bittere Vorwürfe, daß sie hier waren, sie erinnerten sich daran, wie das Essen vor dem Krieg war, und in der Hartnäckigkeit, mit der sie über das Essen sprachen, steckte etwas Krankhaftes und Fieberwahnhaftes. Ich hätte ihnen gern zugerufen, daß sie endlich schweigen sollen, daß sie uns in Ruhe lassen sollen mit ihren kulinarischen Gesprächen. Ich wollte meinen eigenen Gedanken nachhängen, aber solange diese zwei vom Essen redeten, war es unmöglich, an etwas anderes zu denken. Doch ich konnte ihnen das nicht zurufen. Ich brachte es nicht über mich. Dazu achtete ich die zwei zu sehr. Sie waren so erwachsen, und außerdem waren sie aus dem Kriegsgefangenenlager geflohen. Sogar die deutschen Essenträger behandelten sie mit Respekt. So lag ich also da und schwieg.

Auch für den Reizbaren empfand ich große Achtung. Mir imponierte die Miene der Unerbittlichkeit und Unabhängigkeit auf seinem kleinnäsigen, wie gegerbten Gesicht. Mir gefiel, daß das nicht sein erster Fluchtversuch war, daß er in den Lagern von Essen und Düsseldorf und einiger anderer deutscher Großstädte gesessen hatte. Dieser Mann suchte nicht krampfhaft nach einem, dem er sich anschließen konnte, sein Verhalten verriet Selbständigkeit. Auf Fragen pflegte er furchtlos zu antworten.

In dieses Gefängnis hatte man ihn aus Frankreich hergeschafft. Eine solche Kühnheit konnte ich mir einfach nicht vorstellen. In ein Land zu fliehen, wo keiner auch nur ein Wort von dir versteht, um auf diesem Umweg an die Front zu gelangen oder zu den Partisanen zu stoßen: daß es Leute gab, die so etwas wagten, hörte ich damals zum erstenmal.

Später, im Jahr vierundvierzig, versteckten sich viele Russen in den Ruinen der zerbombten Stadt Essen. Die Polizei machte Jagd auf sie und erschoß sie auf der Stelle.

Seine rechte Hand war verstümmelt, es fehlten die oberen Fingerglieder: als wären sie ihm mit einem Beil abgehauen worden. Davon war die Hand nur noch schneller und geschickter geworden. Der Reizbare lächelte ein jähes Lächeln, rasch und selbstsicher wie seine verkürzte Rechte. Er lächelte – und gleich darauf stellte sich auf dem gegerbten Gesicht wieder der Ausdruck der Verschlossenheit ein: als wolle er den kurz Angelächelten auf die Hörner nehmen. Hinterher war sich der Angelächelte nicht sicher, ob das Ganze freundlich oder drohend gemeint gewesen war. Einmal schnauzte der Dolmetscher den Reizbaren an. Der lächelte ihm in der ihm eigenen Art grimmig zu:

«Den Vogel kann ich dir nicht zeigen», sagte er. «Dafür hab ich nicht genug Finger.»

Alle erstarrten, während der Reizbare den Dolmetscher weiter anlächelte. Ob das einige Sekunden oder mehrere Minuten anhielt, weiß ich nicht. Aber als der Dolmetscher als erster den Blick abwendete und vorwurfsvoll den Kopf schüttelte, als würde er an unser Mitgefühl appellieren, war der Reizbare absolut ruhig. Als hätte ihm dieses gefährliche Spiel überhaupt nichts abverlangt.

«Warst du bei den Panzern?» fragte der ehemalige Fahrer und zeigte auf die abgehackten Finger. Der Reizbare erwiderte mit seinem berühmten Lächeln. In der Zelle war er der einzige, der plötzlich fröhlich werden konnte. Allerdings verflog seine Fröhlichkeit auch sofort wieder. Ein Mann hat seiner Schwachheit nachgegeben, aber er beobachtet dich genau – so wirkte das. Nach dem Eklat mit dem Dolmetscher versuchte jemand auf den Scherz mit dem Vogel einzusteigen.

«Wie war das mit dem Vogel?»

Der Reizbare lächelte, bewegte seine Fingerstummel, warf jedoch dem Witzbold einen solchen Blick zu, daß dem das Possenreißen verging.

Als der Dolmetscher diesmal die Zigarette in die Zelle warf, wurde sie von den beiden Kriegsgefangenen dem Reizbaren übergeben. Doch der sagte: «Ich rauche nicht.» Das konnte man verstehen, wie man wollte.

Am Abend bemerkte der Mann, der ihm die Zigarette gegeben

hatte, es gäbe Leute hier im Knast, die genau den gleichen Schlangenfraß in sich hineinwürgen und sich trotzdem Gott weiß was einbilden. Das klang gekränkt.

Der Reizbare schaute nicht einmal hin. Er hielt in der Zelle sehr auf Distanz, drängte sich den beiden Kriegsgefangenen nicht als Gesellschafter auf, beteiligte sich nicht an ihren Gesprächen über das Essen. Er war auf das konzentriert, was jenseits der Zellentür vorging. Nie hätte er gesagt, daß er früher etwas nicht gewußt hatte, das er jetzt endlich weiß. Nein, er wußte schon immer Bescheid, und auch jetzt weiß er Bescheid. Würde er sich für eine Minute nach außerhalb der Zelle versetzt sehen – er würde sofort das tun, was er tun muß. Im Güterwagen, in der Menge, in der Baracke hatte ich es mir angewöhnt, solche Leute aus der Zahl der anderen herauszulösen. Ich suchte ihre Nähe, bemühte mich, ihnen nachzueifern. Sie aber bemerkten mich nicht, sie nahmen sich andere zu Kumpeln.

Es war gefährlich, allzu penetrant um sie herumzustreichen. Man mußte gewärtigen, daß sie einen kränkten. Sie waren sogar jenen gegenüber erbarmungslos, die ihnen offenkundig wohlwollten.

«Nimm deine Füße fort! Du hast sie wohl seit hundert Jahren nicht gewaschen?»

Als ob man hier einfach so, nur weil man Lust hatte, in die Sauna gehen konnte!

Diese Menschen hatten das, worauf es ankam: sie wunderten sich nie, ihre Energie war unversiegbar, und sie wußten in jedem Augenblick, was gerade zu tun war.

Offenbar gab es Regeln für Leute, die in unsere Lage geraten waren. Irgendwer war schon vor uns in dieses Lager, dieses Gefängnis, diese Zelle gekommen. Ich hätte über diese Regeln nichts erfahren, hätte es nicht Menschen wie den Reizbaren gegeben. Immer und überall – im Güterwagen, in der Baracke, in der Zelle fand sich einer, der diese Regeln besser kannte als die anderen. Wer das war, stellte sich immer sehr schnell heraus, obwohl in der Baracke wie im Transportzug einander völlig unbekannte Menschen zusammengewürfelt waren. Daß es sich trotzdem herausstellte, lag daran, daß die meisten nach jemandem suchten, auf den sie sich stützen konnten. Ich hielt in der Zelle zunächst die zwei Kriegsgefangenen für die Menschen mit der stärksten Autorität, erst hinterher begriff ich, daß der Reizbare der Stärkere war. Er sagte nichts, aber ich spürte, daß er die endlosen Redereien über das Essen mißbilligte. Er blinzelte den deutschen Essenträgern nicht zu, wie das die beiden Kriegsgefangenen taten, er nahm, ohne Dolmetscher und Essenträger anzublicken, mit seinen verstümmelten Fingern den emaillierten Zylinder, stellte ihn auf den Zementfußboden, nahm den Löffel, wischte ihn ab, und man sah, daß ihn die verstümmelte Hand doch behinderte. Im Entlüftungsgang, wohin man uns das Essen brachte, war es eng, aber alle machten bereitwillig ein Stück Fußboden frei, damit der Reizbare seinen Zylinder abstellen konnte. Auf die deutschen Essenträger trat er als letzter zu, schaute nicht in den Kübel hinein, streckte die Hand nicht nach dem Emailkrug aus, sondern wartete, daß ihm der Krug gereicht wurde. Die Späße und Scherze des Dolmetschers, der diese dünne Knastbrühe mit *Borschtsch* und anderen schmeichelhaften Namen betitelte, stießen bei ihm auf taube Ohren. Er richtete das Wort nicht an die Deutschen, erhob auch nicht den Blick zu ihnen, aber aus allem, was er tat, aus der Art, wie er die Stirn runzelte, wie er lustlos von der Pritsche oder vom Fußboden aufstand, war die Provokation deutlich herauszuspüren.

«Wozu mit dem Kopf durch die Wand rennen?» sagte der eine der Kriegsgefangenen.

Auch ich wartete voller Furcht auf den Eklat. Ich fürchtete, daß die Deutschen ihn verprügeln und zerbrechen würden und daß er sein Verhalten daraufhin aufgeben würde. Sowohl im Transportzug wie im Durchgangslager hatte ich wiederholt mitansehen müssen, wie Leute, die sich provokant benahmen, verprügelt und gebrochen wurden. Sie traten in den Schatten zurück, bestimmten fortan die Verhaltensregeln im Lager nicht mehr, denn diese Regeln kann nur der bestimmen, der sich selber so verhält und daran hält. Ich hielt mich zurück, ich spürte keine Kraft in mir, die mir ein festes Auftreten erlaubt hätte. Natürlich wünschte ich mir insgeheim, daß der Eklat stattfindet und daß der Reizbare als Sieger daraus hervorgeht, denn eine nicht erhärtete Herausforderung, das begriff ich sehr wohl, wiegt nicht viel. Indessen kam die Sache auf ganz unerwartete Weise zum Ausbruch.

An jenem Tag trat der Reizbare wie stets als letzter auf den Suppenkübel zu. Es ging um kaum Wägbares: er war etwas später als gewöhnlich aufgestanden, hatte sich dem Kübel etwas zu langsam genähert, hatte etwas träger als gerade noch zulässig die Hand nach dem Emailkrug ausgestreckt. Das ging von Tag zu Tag so, und die deutschen Essenträger wußten das. Auch sie waren gerüstet. Der eine rief: «Du Schwein!» schwang den Schöpflöffel und goß die Brühe in den Emailkrug des Reizbaren. Der blickte ihn mit seinem berühmten Lächeln an und sagte:

«Was hast du mir da reingetan, du Widerling?»

Der Deutsche bekam einen hochroten Kopf – er hatte den Tonfall verstanden. Er fragte den Dolmetscher nach etwas, der Dolmetscher nickte. Der Suppenkübel trennte den Essenträger vom Reizbaren. Der Deutsche hatte eine Schürze umgebunden, er trug einen blauen Gefangenenkittel, sein Gesicht war weiterhin rot. Er hob den Schöpflöffel drohend empor, während der Reizbare Anstalten machte, den Inhalt seines Emailkruges dem Essenträger ins Gesicht zu schütten. In den Augen des Reizbaren war keine Furcht, im Gegenteil, er wirkte seltsam fröhlich. Die den Emailzylinder zusammenpressenden Fingerstummel waren weiß geworden. Der Dolmetscher wartete sichtlich interessiert. Der Essenträger wendete sich ab, der Reizbare goß den Krug in den Klokübel aus. Der Dolmetscher erbleichte. Waljka sagte:

«Er hätte den Krug lieber mir geben sollen.»

Auch mich überkam einen Moment lang Verzweiflung, als ich sah, wie die Suppe im Klokübel verschwand. Der deutsche Essenträger sagte etwas Hämisches und Belehrendes. Er schien voll befriedigt zu sein. Es war sogar besser gekommen, als er erwartet hatte. Er klappte den Suppenkübeldeckel zu, verschloß ihn: das alles geschah demonstrativ und laut. Genauso laut wurde das Gitter zugeschlagen und verschlossen, wurde der Schlüssel im Schloß umgedreht. Der Dolmetscher drehte sich zu uns herum, wie um Mitgefühl heischend, und deutete durch Zeichen an, daß er den Reizbaren für verrückt hielt. Die Deutschen entfernten sich.

Ich sah, daß die Verzweiflung über die Vernichtung von etwas Eßbarem alle ergriffen hatte. Waljka schlürfte rasch seinen Krug leer. Noch jemand anderer hatte es eilig. Die übrigen warteten. Für den Kraftakt des Reizbaren würden alle bezahlen müssen. Nicht alle wollten bezahlen. Die Blicke waren jetzt auf die zwei Kriegsgefangenen gerichtet.

«Was hat dich so aufgebracht?» fragte der eine.

«Die Kartoffeln sind faul», sagte der Reizbare.

«Da drin ist alles faul», sagte der Kriegsgefangene. Er schaute mißmutig in seinen Krug, rührte darin, machte einen Schluck, maß den verbliebenen Inhalt mit den Augen ab und sagte zu uns:

«Gießt etwas in seinen Krug.»

Aber der Reizbare hielt die Hand über seinen Krug. Er wollte die Brühe nicht.

Den Sinn dieser tagtäglichen, gefährlichen, aufreibenden und scheinbar völlig fruchtlosen Selbstbehauptung begriff ich erst später, aber schon damals stand ich voll und ganz auf der Seite des Reizbaren. Über Deutschland sprach er, als ginge es überhaupt nicht um Deutschland. Als würde man hier nicht auf Schritt und Tritt einem Deutschen begegnen, so daß für Russen gar kein Platz mehr blieb. Er hätte mich restlos für sich gewonnen, wenn er zu mir gesagt hätte: «Du wirst dich neben mich legen.» Ich wäre ihm überallhin gefolgt – doch diese Aussicht blieb mir verwehrt. Er kränkte Waljka und herrschte mich an, er schob uns einfach weg, wenn ihm der Platz gefiel, auf dem wir saßen. Es war fast so, als würde er Eifersucht empfinden, weil es uns Grünschnäbel ins Gefängnis verschlagen hatte, auf das wir, seiner Meinung nach, keinen Anspruch hatten.

In der Zelle waren außer uns beiden noch vier junge Burschen von sechzehn, siebzehn Jahren. Wir hätten uns gern an sie angeschlossen, aber sie hielten auf Distanz, beantworteten Fragen einsilbig und redeten selbst miteinander möglichst wenig. Auch sie waren von irgendwo geflohen. Ihrem Verhalten konnte man entnehmen, daß sie die Flucht so bald wie möglich wiederholen wollten. Sie warteten auf die Gelegenheit. Ihr Plan bestand darin, sich in einem nach Osten fahrenden Truppentransport zu verstecken und eine Woche oder noch länger ohne Verpflegung darin auszuharren, bis der Zug über die Grenze ist. Ungefähr den gleichen Plan hatten auch Waljka und ich, wir wollten uns in einen Güterwagen mit Kriegs- oder Baumaterial schleichen und uns dort bis zur Ankunft des Zuges am Zielort verstecken.

Das Problem war, einen solchen Zug zu finden, zu wissen, auf welcher Bahnstation er abgestellt ist und wie man zu dieser Station gelangt, und noch manches andere in dieser Art. Wir mußten uns einfach auf unser Glück verlassen.

Ich hatte aber auch kaum Aussichten, mich den anderen Burschen anzuschließen. Was hätte ich denen schon bieten können?

Ich besaß weder die bei solchen Unternehmungen unerläßliche Körperkraft noch Durchhaltevermögen noch einen geselligen, umgänglichen Charakter.

Ich dachte immerzu darüber nach, daß ich mit meinen fünfzehn Jahren ziemlich schlecht dran war. Ich war hochaufgeschossen und dürr. «Zu lang und zu dünn», hatte der deutsche Arzt im Durchgangslager gesagt. Meine offenkundige Körperschwäche bei gleichzeitiger Überlänge weckte Antipathien. Die Folge davon war, daß ich mich ständig übernahm. Ich lud mir mehr Lasten auf, als ich tragen konnte, ich trat forscher auf, als ich in Wirklichkeit war. Ich dachte: Wenn ich doch ein, zwei Jahre älter und entsprechend kräftiger wäre, dann wäre alles anders!

Am Sonntag ließ man uns den Tag über in der Zelle. Am Sonntagmorgen gab es kein Brot. Dafür fanden sich am Sonntagmittag in unseren Emailzylindern einige gut durchgekochte Kartoffeln. Die Kartoffeln wurden im Suppenkübel gebracht, wir sahen dessen verzinkte Innenseite und beobachteten, wie der deutsche Essenträger die dampfenden Kartoffeln mit dem Schöpflöffel nahm, sie in einen Emailkrug warf und den Krug schüttelte, um sich zu vergewissern, daß die Kartoffeln den Boden des Kruges bedeckten. Dann gab er den Krug an seinen Kumpel weiter, der über die Kartoffeln einen Löffel Soße goß.

Keiner wollte den ersten Krug nehmen. Alle glaubten, daß nur die erste Portion so kärglich ausgefallen war.

Sonst gab es am Sonntag nichts mehr zu essen.

Es vergingen zehn Tage. Während dieser Zeit nannte der Dolmetscher meinen und Waljkas Namen kein einziges Mal. Weder in der Zelle noch im Entlüftungsgang nahm er Notiz von uns. Ich glaube, er hatte uns in der Zwischenzeit sogar vergessen, denn als er uns dann endlich doch noch abholen kam und Waljkas Familiennamen aufrief, wartete er eine Zeitlang, wer sich daraufhin wohl melden würde. Waljka wurde als erster von uns beiden weggeführt. Unterdessen versuchte ich mit aller Kraft, meinen Schüttelfrost niederzukämpfen, aber ich spürte, daß mir keine Zeit mehr blieb. In der Kolonne, in der Menge, beim Appell hatte ich ab und zu was abgekriegt, aber richtig geschlagen hatte man mich bisher noch nicht.

Als Waljka wiederkam, sah ich seine geschwollene, wie umgestülpte Unterlippe. Er schluchzte und rührte behutsam mit der

Oberlippe an die Unterlippe. Seine Hose war naß, er hatte, als man ihn schlug, urinieren müssen. Er spuckte rötlichen Speichel auf die Handfläche und berührte ihn mit dem Finger.

Der Reizbare blinzelte mir zu und bewegte seine Stummelfinger. Das sollte wohl heißen: es gibt ungleich schlimmere Schmerzen.

Dann wurde ich weggeführt. Ich trottete hinter dem Dolmetscher her. Vor Hunger und Angst schaffte ich die Treppenstufen nur mit Mühe. Ich überschritt die Schwelle der Gefängniskanzlei und blieb stehen. Das war jedoch für die Deutschen aus irgendeinem Grund unbequem. Der Dolmetscher zeigte auf eine andere Stelle im Raum und sagte:

«Stell dich dorthin.»

Ich tat es. Der Dolmetscher nahm an einem Tisch Platz, zwei andere Deutsche saßen an ihren eigenen Tischen und führten ein Gespräch, während sie mich kaum anblickten. Dann drehte sich einer von ihnen leicht zu mir herum.

«Wenn du die Unwahrheit sagst», sagte der Dolmetscher, «wird man dich schlagen.»

Ich hatte wiederholt erlebt, wie halbwüchsige Ganoven in solchen Fällen vorgingen. Um die Schläge zu verhindern oder abzumildern, begannen sie zu schluchzen und zu flennen, stießen gekünstelte Schreie aus, sobald einer zum Schlag ausholte. Erniedrigt ist der Übertölpelte, war die Devise. Der größte Dummkopf ist jener, der sich einfach verhauen läßt und nicht den Versuch macht, den Schlägen auszuweichen.

Dieser Gedanke kam auch mir. Ich hätte gern aufgeschluchzt – aber ich konnte nicht. Bei mir wäre nichts herausgekommen. Außerdem war dieser Gedanke schlimmer und widerwärtiger als das Warten auf die Schläge.

«Von wo seid ihr geflohen?» fragte der Dolmetscher.

Ich wußte nicht, wen ich anschauen sollte, den Dolmetscher oder jenen Deutschen, der sich zu mir herumgedreht hatte. Ich fürchtete, mir eine Blöße zu geben.

«Weiß ich nicht.»

Ich sagte, ich sei noch nicht lange in Deutschland und würde mir die Ortsnamen schlecht merken.

«Er kann kein Deutsch», dolmetschte der Dolmetscher.

In der Kanzlei roch es nach Stube, nach Zimmerwärme, nach

Wänden, nach Holzfußböden, nach dem Tageslicht, das durch die Fensterscheiben drang. Ich hatte mich bereits an die Keller- und Korridorbeleuchtung gewöhnt. An das von kahlen Flächen, von Zementböden und graugestrichenen Wänden zurückgeworfene künstliche Licht.

«Wo habt ihr gearbeitet? In der Fabrik? Was habt ihr dort gemacht?»

Ich sagte, wir hätten in einer Gießerei gearbeitet, hätten Schubkarren geschoben. Das russische Wort für *Gießerei* kannte der Dolmetscher nicht, ich mußte es ihm erklären, er schaltete langsam. Endlich dolmetschte er:

«Sie haben Minen hergestellt.»

«Warum seid ihr geflohen?»

«Es war schwer dort», sagte ich und dachte sofort, daß ich einen Fehler gemacht hatte. Gleich sagen die: «Wozu hat man dich nach Deutschland gebracht?» und beginnen, mich zu schlagen. Doch der Dolmetscher dolmetschte mit monotoner Stimme weiter.

Mit seinem Russisch war es nicht weit her, aber auch seine deutschen Sätze waren gar zu schlicht. Das hätte ich auch selber hingekriegt.

Sie schwiegen eine Weile. Der zweite Deutsche, der bisher kein einziges Mal den Blick zu mir erhoben hatte, schaute mich jetzt flüchtig an.

Der Dolmetscher sagte:

«War die Arbeit schwer? Gab es genug zu essen?»

Ich begann zu erzählen und hatte den Eindruck, daß mir der Dolmetscher mit Interesse folgte. Da drehte sich der zweite Deutsche, ohne mich mit seinem Blick auch nur gestreift zu haben, zum Dolmetscher herum und sagte etwas.

«Geh in die Zelle», sagte der Dolmetscher.

Da spürte ich erst richtig, wie sehr es in dieser Kanzlei nach einer gewöhnlichen Stube roch, nach Tischen, nach Papier, nach Stubenluft. Ich spürte die drei Deutschen förmlich auf ihren Stühlen sitzen. Der Dolmetscher stand auf, um mich abzuführen. Ich dachte noch einmal, daß er mich jetzt schlagen würde, doch er ging zur Tür. Jetzt begriff ich, was mit Waljka passiert war. Er war so sehr auf seine Angst und die Erwartung von Schlägen konzentriert gewesen, daß alles übrige in ihm erschlafft war. Auch mir hätte es so ergehen können.

Hinter dem Dolmetscher her stieg ich den Treppenschacht hinab und dachte, daß sie mich nicht nach dem Dolch gefragt hatten.

Nachts wachte ich wie immer auf: vor Kälte und Enge. Meine eine Hand war eingeschlafen. Jemand hatte meine Beine eingeklemmt, doch die Hautnähe wärmte nicht mehr. Ich mußte austreten, aber auch das war unmöglich, ich hätte mich nachher nicht wieder zwischen die anderen zwängen können. Die Rettung bestand im schnellen Wiedereinschlummern, doch der Schlaf war bereits verflogen. Ihn verdrängte die gewöhnliche Verzweiflung, die im Augenblick des Aufwachens besonders heftig war. Wenn du dich davon übermannen läßt, kannst du nicht mehr einschlafen. Ich wehrte mich noch, doch in der Zelle wurde geredet, irgendwer lachte sogar, da horchte ich hin:

«Ich sag zu ihm: ‹Man sachte, ich hab selber Angst!›»

Es war die Stimme des Reizbaren. Er erzählte von seiner Flucht aus dem Lager. Wie er auf einem Bahnhofsvorplatz in einer Müllkiste übernachtet hatte, wo ihn ein Bahnpolizist bei einem Kontrollgang entdeckt hatte. Der Reizbare hatte den Polizisten an der Gurgel gepackt, der Polizist hatte zu schreien begonnen, da hatte ihm der Reizbare jene Worte zugerufen.

«Nimm dich etwas mehr in acht», sagte jener Kriegsgefangene, der früher als Fahrer gearbeitet hatte. «Es sind zwar alles unsere Leute, aber wer weiß...»

Ich dachte: jetzt sind sie doch noch ins Gespräch gekommen. Erst hielten sie Distanz, jetzt haben sie sich nebeneinander gelegt.

Der Reizbare sagte mit Nachdruck:

«Meinst du vielleicht, die scheren sich darum, wer ich bin oder wer du bist? Du hast den Dolmetscher selber erlebt. Ich kann besser Deutsch als der Russisch. Überall sind solche Dolmetscher, ich hab genug davon gesehen. Wenn es ein Deutscher ist, kann er gerade zehn Worte Russisch. Ist es aber irgendein russischer Dümmling, dann ist sein Deutsch zum Lachen. Wenn es denen um dich oder mich ginge, dann hätten die ganz andere Dolmetscher. Das kannst du mir glauben. Weißt du, was die mit uns anstellen werden?»

«Weißt du es?»

«Ich weiß es. Die jungen Burschen werden vielleicht noch mal

Schwein haben. Uns Erwachsene bringen sie ins KZ. Länger als drei Monate hält es dort keiner aus.»

Er begann zu erzählen, wie man Neuankömmlinge im KZ empfängt.

«Hast du verstanden?» sagte er. «Im Gefängnis wird nicht viel geschlagen, und verhört wird auch kaum. Schlagen werden sie dich im KZ. Die machen sich dort einen Spaß daraus. Hier lassen sie dich hungern. Damit du nicht abhauen kannst. Was sage ich: abhauen – damit du nicht mehr laufen kannst. Und im KZ geht dann alles im Laufschritt. Du denkst wohl, die wollen ein Geständnis von dir haben? Du kannst ihnen das schönste Geständnis anbieten – sie könnten gar nichts damit anfangen, wegen diesem Scheißdolmetscher. Die warten nicht auf dein Geständnis, die warten auf den Marschbefehl für dich. Damit sie wissen, wo sie dich hinschicken sollen. Bei denen läuft alles nach System. Ich, oder du, oder der, oder jener: das ist denen schnurzegal... Ob mit Geständnis oder ohne... Solche Gedanken kannst du dir sparen. Zum Schißhaben ist es zu spät. Du mußt jetzt mit den Zähnen...»

Sie senkten die Stimmen, begannen zu flüstern. Ich dachte, daß die Beobachtungen des Reizbaren mit meinen eigenen Beobachtungen zusammenfielen. In dem Lager, aus dem ich geflohen war, war Obmann Grischka der Dolmetscher.

Noch einige Tage behielt man uns in der Zelle und im Entlüftungsgang, dann jagte man uns in die Kanzlei hinauf. Es konnte jetzt nicht schnell genug gehen. Wir sollten verlegt werden: die vier Burschen, die immer die Köpfe zusammensteckten, Waljka, ich und noch drei Leute. In der Kanzlei holte der Dolmetscher die Kästchen mit unseren Sachen aus dem Schrank und stellte sie auf einen Tisch. Ich war verblüfft: alles im Kästchen war heil. Ich steckte die neun Reichsmark in meine Hosentasche, die Büchse mit dem Zucker, die Seife in der festpappenden, halb vermoderten Papierhülle und schließlich auch noch meinen Dolch. In der Kanzlei waren viele Leute, ich nahm den Dolch anscheinend unbemerkt an mich. Aber eine Angst durchzuckte mich sofort. Während wir durch das Gefängnis marschierten, die Torbögen der Innenhöfe passierten, uns auf den Laster setzten, darauf warteten, daß der Generatorofen, der den Laster antrieb, warm wurde, dachte ich, daß man uns wahrscheinlich unmittelbar vor dem Verlassen des Gefängnisses ein letztes Mal durchsuchen würde.

Alle waren wir erregt, etwas Neues begann. Jemand sagte:

«Das war von Anfang an klar, daß sie uns nicht lange dabehalten. Sonst hätten sie uns die Kleider weggenommen.»

Auch in der Zelle hatte man davon gesprochen. Die Ausgabe oder Nichtausgabe von Gefängniskleidung sei ein sicheres Zeichen. Aber in der Zelle glaubst du gar nichts mehr. Jetzt aber saßen wir bereits auf dem Lastwagen, und der Generatorofen ließ den warmgewordenen Motor aufbrummen. Ein Deutscher blickte in den Laderaum, zählte uns noch einmal, dann fuhr der Laster in den letzten Torbogen. Noch ein allerletzter Blick zu uns in den Laderaum, dann ging es hinaus in die Stadt.

Jemand sagte:

«Schade um die Kerle. Die kommen bestimmt ins KZ.»

Der Laderaum war offen, im Fahrerhaus saßen der Fahrer und noch ein Deutscher in Zivil, der uns im Gefängnis in Empfang genommen hatte, und wir dachten, daß man uns vermutlich nicht ins KZ bringen würde. Und die Männer waren in dem eiskalten Entlüftungsgang zurückgeblieben, in der Zelle mit dem glimmenden Glühdraht, mit ihren schon an Wahnsinn grenzenden Gesprächen über das Essen. Das Hungern fiel ihnen schwerer als uns, sie saßen auch schon länger im Gefängnis.

Wir fuhren mit Kopfstein gepflasterte Vorstadtstraßen entlang, vorbei an Fabrikzäunen und Werktoren. Wir rätselten: biegen wir gleich ab, oder geht es erst noch weiter?

Der Wagen fuhr durch ein gewöhnliches Werktor in einen Fabrikhof hinein. Der nicht sehr große Hof hatte ein Steinpflaster, auf dem Pflaster lag Eisen aufgestapelt, die Eisenstücke waren alle in der gleichen Länge zugeschnitten. Ein Tor in eine Werkhalle war weit geöffnet, im Dunkel der Halle konnte man vom Laster aus den Haken eines Laufkrans erkennen. Der Haken war massiv gearbeitet. Ich dachte: falls wir hier inmitten dieses vielen Eisens schuften müssen, kommen wir aus dem Kohldampfschieben nie mehr raus.

Der Deutsche, der uns im Gefängnis abgeholt hatte, erteilte ein Kommando. Wir sprangen auf die Erde, ließen die Hinterwand des Laderaums herunter und begannen, das Eisen auf den Laster zu laden. Die zu verladende Eisenmenge gab ein Werkangehöriger in Arbeitskleidung an. Wir errieten: man bringt uns an einen anderen Ort, und zugleich wird die Transportgelegenheit genutzt. Weil wir so hungrig und so geschwächt waren, machte uns die Arbeit besonders müde. Dann setzten wir uns auf das Eisen, und die Reise ging weiter.

Die Stadt blieb in unserem Rücken zurück, die Straße kam mir irgendwie bekannt vor. Selbst noch diese Gasgeneratoröfen an den Seiten des Fahrerhauses, die dem Laster etwas Geruhsames und ungemein Breites verliehen, glaubte ich bereits irgendwo gesehen zu haben. Auch der Deutsche, der uns im Gefängnis in Empfang genommen hatte, hatte etwas Bekanntes an sich. Ich hoffte immer noch, jedoch der Wagen fuhr in die Straßen des Städtchens, ich erkannte den Weg, den man uns immer entlanggetrieben hatte aus dem Lager in die Fabrik. Ich erkannte auch ein Ladenschild wieder, das eine gelbe Semmel darstellte. Ich duckte mich, damit ich nicht gesehen wurde: vielleicht würde der Laster die Stadt einfach passieren. Als er dann anhielt und ich hinausschaute, standen wir bereits vor dem Lagergebäude.

4

Wodurch unterschied sich der Lagerhof von den benachbarten Höfen? Das gleiche Steinpflaster, die gleiche zum Abtransport bereitliegende Ofenschlacke, die gleichen Kratzer auf dem Putz. Die Lagerinsassen schienen so genau und so lange hinzublicken, daß auf Pflaster und Putz Blickspuren zurückblieben. Auch mein Blick hatte hier schon eine Spur hinterlassen: auf diesem dreistökkigen ehemaligen Fabrikgebäude mit den Gittern vor den Fenstern, mit der Tür, die eigens schmäler gemacht worden war, als man das Gebäude für Russen umbaute.

«He, los!» rief man uns zu, und ich erriet, daß jetzt das Eisen abgeladen werden mußte. Doch diese Arbeit war schnell getan, sie gewährte uns nur kurzen Schutz, dann führten uns Hilfspolizisten ins Lagergebäude hinein. Ich war darauf gefaßt, daß man Waljka und mich beim Eingang in die Wachstube packen würde, aber man führte uns direkt in den ersten Stock.

Ich erkannte sofort meine Pritsche: es war die erste in der zweiten Reihe, von der Wand her gerechnet.

Ein Hilfspolizist zeigte auf einen Stapel gestanzter roter Näpfe, der auf dem Tisch auf uns gewartet hatte.

«Es gibt Suppe», sagte er.

Als wir treppauf stiegen, sah ich im Korridor die großen Thermoskübel, in denen die Lagersuppe für die Nachtschichtarbeiter und Kranken angefahren wurde. Mit Hilfe der Spuren an den Rändern der Kübel versuchten wir herauszufinden, woraus die heutige Brühe zubereitet war.

Zum Suppenholen schickte Grischka jedesmal zwei Freiwillige. Als Fahrzeug diente ein Pferdewagen mit zwei hohen Wagenrädern, den ein französischer Kriegsgefangener lenkte. Das schlichte und etwas tumbe Bauerngesicht des Franzosen machte es erklärlich, warum die Deutschen gerade ihm das Pferd mit dem Zweiradwagen anvertrauten und weshalb sie ihn den Wagen ohne Bewacher durch die Stadt kutschieren ließen.

Die bereits geleerten Kübel schepperten, wenn Grischka sie zur Seite neigte. An den eingedellten Rändern waren Spuren von Ersatzmehl zu sehen. Die Aluminiumschöpfkelle reichte nicht bis ganz nach unten, dazu war sie zu breit, und Grischka nahm den viele Eimer fassenden Thermoskübel in die Hände und goß den Suppenrest in eben diese Kelle. Er behandelte den Kübel wie einer, dem der Kübel völlig wurscht ist. Meinen Napf nahm er genauso blind entgegen wie die Näpfe der anderen. Die beiden Leute, die die Suppe hergeschafft hatten, standen abseits, sie warteten, daß Grischka ihnen die leeren Kübel übergäbe. Im stillen hofften sie natürlich, daß er ihnen, als Entgelt für ihre Arbeit, etwas übriglassen würde. Doch Grischka schenkte den beiden nicht die geringste Beachtung und goß alles weg. Für diese zwei würde nur das übrigbleiben, was an den Rändern und am Boden haften geblieben war. Sie werden diese Stellen abschaben und glattlecken, dann werden sie die Thermoskübel auswaschen und vor die Tür stellen.

Trotz Hunger fanden sich im Lager kaum Freiwillige für diese Arbeit. Auch diese beiden standen abseits, verschlangen Grischka auch nicht mit ihren Blicken und trugen die Kübel sogleich hinaus, als Grischka sie laut hallend auf dem Fußboden abgestellt hatte.

Wir saßen am Tisch, als Grischka und ein Hilfspolizist zu uns in den ersten Stock kamen.

Jetzt begriffen die Neuankömmlinge, wes Geistes Kind Grischka war, dieser Augenblick des Durchschautwerdens war

Grischka peinlich. Seine hervorquellenden Augen wurden gläsern. Ohne Not verließ er nie seinen Platz hinter dem Ausgabefenster, die Ausgabe der Rationen vollzog sich bei ihm stumm, Grußworte erwiderte er nicht. Auch jetzt wendete er uns den Rücken zu.

«Fertig los zum Matratzenauffüllen», sagte der Hilfspolizist.

Ich brach mit den anderen auf, doch an der Tür sagte Grischka zu mir: «Und du, siebenhundertdreiundsechzig, leg dich auf deine Pritsche.»

Weder ich noch Waljka hatten bisher den anderen Burschen gesagt, in welches Lager man uns gebracht hatte. Wir hegten die wahnsinnige, die kindliche Hoffnung, daß man uns nicht wiedererkennen würde. Jetzt hatten wir nichts mehr zu verbergen. Waljka ging zu sich rüber, ich setzte mich auf meine Pritsche. Es war unbequem, so dazusitzen. Die Seitenwände ragten über der zusammengeschrumpften Matratze hoch und schnitten sich ins Fleisch der Schenkel ein. Alles, was auf dieser Pritsche einmal mir gehört hatte, was von mir auf sie übergegangen war – auf das mit Stroh gefüllte Kissen, die Matratze, die beiden Decken –, hatte sich in diesen zehn Tagen restlos verflüchtigt. Die Decken rochen nach Kälte und Fabrik, die dünne Matratze und die darunterliegenden Bretter strömten die Kälte des Zementfußbodens aus.

Während dieser Zeit hatte keiner versucht, meine Pritsche zu besetzen, denn die stand sichtbar vor aller Augen und schützte ihren Besitzer nicht vor neugierigen Blicken, ganz zu schweigen von den Luchsaugen Grischkas und der Hilfspolizisten.

Von meiner Pritsche konnte man den Treppenabsatz sehen – nach der Lagerordnung durfte die Tür nicht zugemacht werden.

Ich saß im Mantel da. Aus der Tiefe der Pritschenreihen ging ein Nachtschichtarbeiter auf Holzsohlen an mir vorbei. Um seinen Schlaf nicht ganz unterbrechen zu müssen, hatte er sich vom Scheitel abwärts in eine Decke gehüllt. Er klickte mit seinen Holzpantinen treppab, klickte eine Weile später wieder treppauf. Ich preßte mich gegen die Pritsche, doch er erkannte mich.

«Da bist du ja wieder», sagte er mit ukrainischem Akzent. «Dann haben sie dich also wieder eingefangen. Was mögen die jetzt mit dir anstellen?»

Jetzt traten auch noch andere auf mich zu. Unter ihnen war der dumme, laute, gutmütige Stassik, der immer den schneidigen Kerl herauskehren mußte. Nicht einmal das Lager hatte ihm das leise Sprechen beigebracht. Er hatte Glotzaugen, die er am liebsten dann hervorquellen ließ, wenn er wieder mal was herausbrüllen wollte. Diesmal rief er: «Jetzt werden sie dich töten, nicht?»

Ich war genau in dem Alter, in dem das Bedürfnis nach Liebe und Vertrauen übergroß ist. Das Lager hatte dies Bedürfnis weiter geschärft. Das Herausgerissensein aus den häuslichen Verhältnissen empfand ich als Qual. Ich wußte natürlich, wie wichtig es ist, unabhängig zu sein, aber ich hängte mich immer wieder an Menschen, die sich in meiner Nähe aufhielten. Einige ziemlich harte Erfahrungen hatten in meinem Gedächtnis zwar eine Spur hinterlassen, mich aber nicht vorsichtiger gemacht. Mein Bedürfnis nach Liebe war mit einer fieberhaften Ungeduld verquickt. Ich betrachtete mein Verhalten als eine Schwachheit, ich erriet, daß Leute wie der Reizbare just aus diesem Grund Distanz zu mir hielten und mich nicht zum Kumpel wählten, ich übte mich im Zurschaustellen jener unabhängigen Miene, an der mannhafte Männer erkannt werden – aber alles half nichts, nichts davon gelang. Eine gewisse Erfahrung hatte ich zwar erworben. Ich erriet im vorhinein, welchen Ärger mir meine soundsovielte überstürzte Anhänglichkeit einbringen würde. Doch auch dies vermochte mich nicht zu bremsen. Sonst hätte das Heimweh mich einfach erwürgt. Das Heimweh, die Liebe zur Mutter konnten scheinbar nicht noch stärker werden, und dennoch wuchsen sie immer weiter an, und zugleich wuchs in mir das Gefühl einer Schuld, die ich, so schien es mir, nie würde abbüßen können. Es war ähnlich wie bei den Kriegsgefangenen im Gefängnis: ein Gefühl, das mit Worten schwer auszudrücken oder, genauer, auszuschöpfen ist. Hier war kein Leben – das Leben war dort. Und auch der Sinn des Lebens war dort. Jetzt erschien er mir denkbar klar. Im Licht dieser Klarheit und Überdeutlichkeit kam mir mein vergangenes Leben unwürdig vor, und ich machte mir, genau wie jene Männer im Gefängnis, bittere Vorwürfe: «Mein Gott, was für ein Dummkopf war ich doch!»

Unter meinen jähen Anhänglichkeiten waren auch solche, die für mich wichtig blieben. Diese Menschen nahmen meistens keine Notiz von mir, von meiner Sympathie für sie ahnten sie erst recht nichts. Das hinderte mich nicht daran, ihnen Treue zu bewahren, solange wir uns im gleichen Waggon oder im gleichen Lager befanden. Und selbst wenn die Lagerumstände uns trennten, behielt ich diese Menschen im Gedächtnis. Im Transportzug war das Jurka aus Rostow gewesen – oder Juron: wie ihn sein Kumpel nannte. Juron war ein bildschöner, witziger, offenherziger Bursche von siebzehn, achtzehn Jahren. Das Gesicht seines Kumpels habe ich nicht behalten, die Zeit hat es weggewischt, während Juron in meiner Erinnerung mit jedem Tag immer schöner, witziger, mutiger wurde. Ich träumte davon, ihm zu begegnen und zu erzählen, wie ich darauf gekommen war, daß er mit seinem Kumpel fliehen wollte. So etwas zu erraten war nicht schwer, diesen Gedanken hegten alle, außerdem bemerkten sie mich kaum, während ich sie nicht aus den Augen ließ. Zweimal war ich drauf und dran, sie zu bitten, bei ihrer Flucht mitmachen zu dürfen, aber die Vorstellung, daß ich mich in ein fremdes Geheimnis hineindrängen würde, hielt mich davon ab. Außerdem prallte ich jedesmal gegen ihren nicht erkennenden, nicht verstehenden Blick. Einen Tag nachdem sie geflohen waren, ergriff auch ich die Flucht, wurde aber von einem Bahnpolizisten aufgegriffen und dem nächsten Transport zugewiesen.

Dann gab es noch, bereits im Durchgangslager, Grischka den *Uhrmacher*. Der hatte einem ihn bedrohenden Hilfspolizisten einen Schlag versetzt und hatte sich lange gewehrt, bevor ihn die Deutschen überwältigten. Es gab Fedja aus Minsk, der sich ein behindertes Bein zugelegt hatte: mit Hilfe eines furchterregenden Geschwürs, das er auf irgendeine Weise erzeugt hatte. Er wollte damit erreichen, daß man ihn heimschickte. Er verweigerte die Arbeit und stampfte, zur Bekräftigung seiner Invalidität, ab und zu mit dem kranken Bein auf.

Jetzt war der Reizbare meine bevorzugte Bezugsperson. Er hatte alle anderen verdrängt oder beiseite geschoben. Mir gingen seine spitzen Worte nicht aus dem Sinn, das jähe Lächeln, die Entschlossenheit, die schnell zupackende Hand mit den Fingerstummeln, die ständige Bereitschaft zum Widerstand. Ich dachte immer an die paar Lektionen, die er mir, ohne es zu wissen, erteilt hatte: an die in den Klokübel weggeschüttete Brühe, an seine Unerbittlichkeit sich selbst und den anderen gegenüber, an seinen Spruch: «Ins Gefängnis kommt man auf den eigenen Beinen!» Daran, daß er sich sein weiteres Los genau ausmalte: den Weg ins KZ, wo es kaum einer länger als drei Monate aushält. Ich bedauerte, daß man mich wieder aus dem Gefängnis geholt hatte, sonst hätte er vielleicht doch noch eines Tages: «Leg dich neben mich!» zu mir gesagt. Die Gedanken an den Reizbaren lenkten mich ab und stärkten mich zugleich. Ich gab mir Mühe, mich darauf zu konzentrieren. Im Lager würde man Waljka und mich mit Sicherheit verprügeln, und ich suchte nach etwas, das mir geholfen hätte, mit der Erwartung fertig zu werden und eine Art von innerem Gleichgewicht zu erwerben. Ich wußte bereits, daß hier, wo der Schmerz und der Hunger ständige Einrichtungen waren, das erste Gebot der Selbstachtung darin bestand, kein Mitleid mit sich selbst aufkommen zu lassen. Mit dem kranken Fuß aufzustampfen und herausfordernd zu lachen. Bisweilen war mir, als hätte ich einiges dazugelernt, doch jetzt spürte ich deutlich meine Angst vor den Schmerzen und vor der Demütigung.

Und es gab noch etwas, worin ich die Kraft des Reizbaren erriet, wessentwegen ich ihn verehrte: er machte sich selber nichts vor, gab sich keinen Hirngespinsten hin wie ich oder wie jene beiden Kriegsgefangenen. Er wußte genau, was ihm bevorstand, und vermied es, sich darüber irgendwie hinwegzutrösten. Ich aber machte mir allerhand vor, ich gab mich phantastischen Hoffnungen hin, suchte nach phantastischen Lösungen. Wie alle anderen hoffte ich damals auf ein alliiertes Luftlandeunternehmen.

Mit dem mir bereits sattsam vertrauten Anschein einer gönnerhaften Anteilnahme an meiner Person trat Petjka der Kleine auf mich zu. Nicht nur seine stutzerhafte Arbeitskluft, selbst noch seine Haut waren sauber und gepflegt, was daran lag, daß er in der mechanischen Werkabteilung arbeitete. Petjka gehörte zu jenen Leuten, die einem im Lager gleich auffielen. Sein Lieblingsplätzchen war der Treppenabsatz zwischen Erdgeschoß und erstem Stock. Von hier aus sah man den Hilfspolizisten, wenn dieser die Wachstube verließ. Hier fing Petjka die Frauen aus dem zweiten Stock, dem Familienstockwerk, ab. Wenn man treppab ins Klo hinunterstieg, sah man Petjka den Kleinen jedesmal auf dem Treppenabsatz stehen, mit dem Rücken gegen die Mauer. Kam man aus dem Klo zurück, stand Petjka noch immer in der gleichen Pose da, mit dem gleichen albernen Lächeln auf dem Gesicht. Dazu ließ er seinen Goldzahn aufblinken. Und auch die Frau stand weiterhin am gleichen Ort, mit dem Rücken zur Treppe. Das Blinken seines Goldzahns konnte Petjka, je nach Wunsch, verstärken oder abschwächen. Manchmal glänzte der Zahn kalt metallisch, dann wieder ölig trüb. Wenn ein Hilfspolizist Petjka am Schlafittchen packte, strahlte ihn Petjka mit seinem Goldzahn an. Hinterher führte er uns dieses Lächeln noch einmal vor und auch den Tonfall, in dem er den *Herrn Altenfeld* oder den *Herrn Klemerius* angeredet hatte. An diesem Bericht war vor allem dies wichtig, daß Petjka sich in den Familiennamen der Polizisten genau auskannte und daß auch jene Petjkas Namen kannten und sogar wußten, welchen Beinamen man ihm im Lager angehängt hatte.

Im ersten Stock wohnten einige Polen. Mehrere zusammengerückte Saunaspinde aus Preßpappe trennten unsere Pritschen von den zweistöckigen Pritschen der Polen. Dort hinter ihren Spinden pflegten die Polen ihren Sonderstatus, sogar zum Ofen kamen sie nur selten. Auch sie holten ihre Brotration bei Obmann Grischka ab, vor dessen Ausgabefenster sie eine kleine Sonderbrotschlange bildeten. Sie bekamen etwas mehr Brot zugeteilt als wir, auch ihre Margarinewochenration war etwas größer.

In der *russischen* Stubenhälfte gab es fast keine gesunden Männer im wehrdienstpflichtigen Alter – die Mehrzahl bildeten Halbwüchsige und ältere Männer. Petjka der Kleine war eine Ausnahme. Er mochte neunzehn, zwanzig sein. Er hielt sich gern bei den Polen auf, weil im Lager jeder abgegrenzte Winkel sofort etwas Privilegiertes erwarb, und auch deshalb, weil die Polen erwachsene Männer waren. Er unterhielt sich mit ihnen in einem Kauderwelsch aus polnischen und deutschen Brocken, doch man merkte, daß Petjka weder Polnisch noch Deutsch konnte. Allerdings half sein blinkender Goldzahn nach.

Einmal beschloß ich, einen Blick hinter die polnischen Spinde zu werfen. Petjka hielt sich gerade dort auf.

«Was willst du hier?» fragte er mich mit einer plötzlichen Aggressivität, als würde er schon lange einen Haß auf mich mit sich herumtragen, und jetzt sei endlich der Augenblick gekommen, diesen Haß aus sich herauszulassen. Mich verblüffte diese plötzliche und scheinbar selbstlose Feindseligkeit. Man hätte meinen können, daß es Petjka um nichts anderes ginge als darum, die Polen vor meiner Zudringlichkeit zu schützen. Dabei hatte ich den Schritt hinter die Spinde nur deshalb gewagt, weil ich Petjka den Kleinen hier gesehen hatte. Ich hatte mir angewöhnt, sein obligates Lächeln für bare Münze zu nehmen.

Als Petjka sah, daß ich verlegen wurde, ging er mit dem Ausdruck der unbeirrbaren Feindseligkeit auf mich los. Ich war für ihn minderjährig, er erwartete von mir Unterwerfung. Ich hätte mich auch selber gern wieder zurückgezogen, aber jetzt war das nicht mehr möglich. Ich machte einen Schritt nach vorn und spürte ein fiebriges Erschauern. Dies und der Umstand, daß ich links und rechts nichts mehr sah, diente mir als Zeichen, daß einer Rauferei nicht auszuweichen war.

«Verdufte!» sagte Petjka, während ich ihn, aus Furcht, daß er mir einen Schlag versetzen könnte, am Kopf packte. Ich versuchte, ihn zu Boden zu drücken, er wiederum versetzte mir von unten Fausthiebe. Ich drückte immer stärker. Wir kamen in Hitze, auf seinem Gesicht stellte sich allmählich wieder das ewige Lächeln ein. Petjkas Gesicht hatte sich gerötet und wies bisher noch keinen einzigen Kratzer auf. Dagegen war mein eines Auge angeschlagen und begann anzuschwellen. Das erbitterte mich, machte mich tollkühn. Petjka war zwar älter und stärker als ich, aber dafür war ich mit Abstand der Längere, und das hätte meine Niederlage zu einem lachhaften Ereignis gemacht. Ich setzte mich auf einen Schemel, von dem ein Pole bei Beginn der Rauferei aufgestanden war, und versuchte zu verbergen, daß ich bereits außer Puste war und daß meine Beine zitterten. Eine neue Rauferei fing ich nicht an, doch ich gab zu erkennen, daß ich mich nicht von hier entfernen würde. Die Fähigkeit, nach den Seiten zu schauen, hatte ich inzwischen wieder erworben. Ich beobachtete Petjka und sah mit einer mir unverständlichen Enttäuschung die polnischen Pritschen und Spinde vor mir. Alles war wie bei uns: die gleichen zweistöckigen Pritschen, die gleichen Spinde, der gleiche Zementfußboden, das gleiche graue, strohfarbene Kasernenlicht. Hier bei den Polen war es sogar noch düsterer: weil weiter weg von den Fenstern und von der Glühbirne.

Das Schamgefühl, das ich von Anfang an verspürt hatte, wuchs immer mehr an. Ich saß noch einige Minuten auf dem Schemel und ging dann hinaus.

Dem Mitgefühl, das mein blaues Auge hervorrief, versuchte ich mich, so gut es ging, zu entziehen. Irgendwer sagte vorwurfsvoll:

«Schlag deinen Nächsten, damit dich der Fremde nicht fürchtet!»

Da begriff ich die Bedeutung dieses Sprichworts. Auch der Sinn mancher anderer Sprichwörter, die in meinem Gedächtnis haftengeblieben waren, ging mir damals zum erstenmal auf. Er kam mir altertümlich und dunkel vor, wie die Schatten auf den Ikonen, die ich manchmal in den Häusern von älteren Verwandten gesehen hatte. Es war nicht das, was ich gern erfahren hätte.

Petjka der Kleine lächelte mich jetzt an, als sei überhaupt nichts geschehen. Auch heute wieder blinkte mir sein Goldzahn ölig zu. Er sagte:

«Ich hab gedacht, die kriegen euch nicht wieder – ich würde nämlich selber gern abhauen.»

Er heuchelte. Die Hose seines stutzerhaften Arbeitsanzugs legte er nachts unter die Matratze, damit sie ihre Bügelfalte behielt. Ich machte ihm das einmal nach, aber meine Hose war am Morgen noch zerknautschter als vorher. Es ist nicht jedermanns Sache, auf diese Weise seine Hose zu bügeln. Wer so was macht, muß einen gesunden Schlaf haben.

Aber jetzt bekümmerte Petjka mich nicht. Er merkte das auch. Die Burschen kehrten mit strohgefüllen Matratzen zurück, angeführt von jenem Polizisten, der die Näpfe an uns ausgeteilt hatte. Er war weiter in leutseliger Stimmung, erteilte Ratschläge, gab Erklärungen ab.

Auf den Zementboden war Stroh verstreut worden, Grischka zeigte den Burschen, wo die Besen standen.

Von der Pritsche entfernte ich mich nur, um nachzusehen, ob der Spind belegt war, in dem einst mein Napf gestanden hatte. Ich vermied es, mich weiter weg zu entfernen. Wenn Grischka mich verpfiffen hat und man mich abholen kommt, muß ich an Ort und Stelle sein, sonst suchen sie mich, jagen hinter mir her und geraten erst recht in Wut. Trotzdem trat ich auf die Burschen zu. Gleich darauf trat Petjka der Kleine goldzahnstrahlend ein. Im Lager kann man auf diese Weise prüfen, ob die Leute Achtung vor dir haben. Gehst du auf eine Gruppe von Leuten zu, und die Redenden verstummen nicht, glotzen dich nicht fragend an, dann gehörst du zu ihnen. Nur einer, der sich der Achtung der anderen völlig sicher ist, wird es wagen, ohne Aufforderung auf eine Gruppe von Menschen zuzutreten, die sich zum Gespräch versammelt haben. Im Lager geschieht alles vor aller Augen, sich zurückziehen kann man nur, indem man den anderen den oder die Rücken zukehrt. Überdies besitzen nur die Tätigen und die Geachteten Geheimnisse. Was für Geheimnisse können schon die anderen haben? Außerdem tut es freilich auch sehr gut, auf eine

Gruppe einfach so zuzutreten: um sich als ein ihr Zugehöriger und von ihr Akzeptierter zu fühlen. Mich befiel stets diese Versuchung. Doch ich gab ihr nur selten nach. Und jetzt besaß ich also selber ein Geheimnis.

Petjka war hinzugetreten, um den Neuankömmlingen zu zeigen, daß er ein allseits geachteter Mensch war, daß es für ihn im Lager keine geheimen Gespräche gäbe. Sein Zahn glänzte unerträglich, aber ich schwieg, und die Burschen schwiegen ebenfalls. Petjka sah sich genötigt, sich wieder zu entfernen.

Ich wollte den Burschen davon erzählen, welche Arten von Arbeit hier im Lager auf sie zukamen. Sie lauschten mir, jedoch der Ausdruck der Fremdheit wich nicht aus ihren Augen, als würde das Gesagte sie nicht betreffen.

5

Jede neue Arbeit in Deutschland war für mich eine neue Stufe des Schrecklichen. Bevor Waljka und ich uns zur Flucht entschlossen hatten, war ich durch zwei solcher Stadien hindurchgegangen: das erste Stadium war die Arbeit unter Tag, das zweite war die Arbeit in der Gießerei. Gleich am ersten Lagertag trieb man mich an den Fuß eines Hügels, in den hinein zwei breite Stollen führten. Aus dem unterirdischen Dunkel der Stollen kamen die Gleise einer Schmalspurbahn, die am Rand einer Halde aufhörten. Solche Gleise werden in Sektionen verlegt. Die Sektionen – an eisernen Schwellen festgeschraubte Gleise – werden an den Ort gebracht, wo man sie benötigt, und dort gestapelt. Hier an dieser Stelle gab es bereits Drehscheiben mit Abzweigungen, die Loren konnten einander ausweichen, das hier war ein ganzes Kombinat, das offenbar seit Jahren in Betrieb war. Man bekam den Eindruck, daß es endlos lange dauerte, bis eine solche Menge Gestein zu den Stollen herausbefördert und als Halde abgelagert war. Das Entsetzliche war, daß vier Russen und zwei Polen diese Arbeit innerhalb von zwei Monaten verrichtet hatten.

Die Gleise und die Loren waren alt und verbogen und höllisch laut beim Betrieb. Die Gleise hatten sich deshalb verbogen, weil man sie x-mal auf unebenem Boden verlegt hatte, die Loren deshalb, weil sie häufig von der Halde herunterstürzten (wir selber warfen sie manchmal hinunter). Das Gestein, das Metall der Gleise und Schwellen: alles war feucht und lehmverschmiert. Und alles ringsherum war durch dies aneinanderklebende unterirdische Gestein feucht, gelb und glitschig geworden. Von der Stollendecke nieselte und tropfte es, jedoch die Luft, durch die Feuchtigkeit, den unterirdischen Nebel wie aufgequollen, war unbeweglich, und wenn wir aus der Kälte hier eintraten, glaubten wir einen Moment lang, hier unter der Erde sei es warm.

Arbeiten mußte man «bis zur sauberen Wand», die schrägen Sohlenköpfe machten dem Spaten sehr zu schaffen. Der Spaten rutschte immer wieder ab und erwies sich im letzten Augenblick als leer. Wenn uns doch der vierzehnstündige Arbeitstag Geschicklichkeit beigebracht hätte! Du plagst dich mit dem Spaten herum, legst dich mit dem Bauch auf ihn drauf, und der Spaten wird nur immer schwerer. Endlich ist die Lore gefüllt, wir stemmen uns mit allen Kräften dagegen, wir müssen sie vom Fleck rükken und die Halde hinaufschieben. Das ist schwer, doch es bringt eine Veränderung. Wir haben die Lore auf der rostigen Drehscheibe gedreht, wir haben sie mit größer Mühe bis zum Abhang geschoben, haben die Lore umgekippt, haben mit dem Spaten das Festklebende entfernt und rollen jetzt die leere Lore zurück. Auch das ist wieder eine Veränderung im Ablauf unseres schweren Tages. Der Regen draußen hat uns durchnäßt, und wenn wir nachher in den unterirdischen Bereich eintreten, wird uns das zum soundsovielten Mal als ein Übergang in die Wärme vorkommen. Gleich am ersten Tag sollte ich erfahren, daß Veränderungen im Rahmen des Schweren unsere einzigen Möglichkeiten waren.

«Schipp, schipp», treibt uns Vorarbeiter Paul an. Er steht hinter uns. Aber nicht einmal das ist das Furchtbare. Wirklich schlimm ist, daß die Gesteinsmenge auf jener Seite der Lore, wo Andrej arbeitet, schneller abnimmt als auf meiner Seite. Andrej ist vielleicht zwanzig, er ist fast taub. Er neigt seinen Kopf zur Seite und blickt ausweichend und verlegen. Diese Art zu blicken war mir lange verhaßt. Andrej zog mich in ein Wettarbeiten hinein, das entschieden über meine Kräfte ging. Das *«Schipp, schipp»* schien nur an mich gerichtet.

«Du biederst dich bei den Deutschen an», sagte ich zu Andrej.

Aber er hörte meine Worte nicht und bemerkte nicht, daß ich mich an ihn wandte. Ich sah seinen ausweichenden Blick und dachte, daß er nicht so taub war, wie er tat. Einmal versetzte mir Paul einen Hieb, da begriff Andrej, was ich meinte. Er sagte mit seiner näselnden Stimme, die er selber nicht hörte:

«Ich muß einfach arbeiten.»

Er zeigte auf den Untergrund und auf alles ringsum. Seine Stimme hatte verzweifelt geklungen. Sein Blick war jetzt noch ausweichender. Andrej schien wirklich auf diesen Spaten mit dem kurzen Stiel gedrillt zu sein, als hätte er sein Leben lang in dieser Dunkelheit und Enge geschuftet: so präzis bohrte er ihn ins Gestein, so geschickt schob er ihn auf sein Knie hinüber, ohne mit dem Stiel die Wand zu streifen. Selbst große Gesteinsbrocken las er nicht mit den Händen auf, wie ich das tat, er erwischte sie mit dem Spaten und warf sie, sich zurückbeugend, hinter sich auf die Lore. Nachdem Andrej begriffen hatte, ging er fortan immer auf meine Seite rüber, sobald sich Paul entfernt hatte.

Vermutlich hatte man Andrej in der Kindheit wegen seiner Taubheit und der näselnden Stimme gehänselt. Auch jetzt kostete es ihn große Anstrengung, ein Wort über die Lippen zu bringen. Er zeigte mir stumm, daß ich beiseite treten sollte, und der Gesteinshaufen, in dem ich wahllos mit meinem Spaten herumgestochert hatte, begann rasch und gleichmäßig abzunehmen, während zugleich die Stollensohle vor dem Haufen sauber wurde. Aber Paul war ein heller Kopf, und er merkte bald, was gespielt wurde. Daraufhin wurde mein Leben unter der Erde noch entsetzlicher.

Alle deutschen Arbeiter in der Fabrik und unter Tage trugen Arbeitskleidung. Paul erkannten wir an seinem hellen Mantel. Im grauen unterirdischen Nebel, den ein gleichsam feucht gewordenes elektrisches Licht trüb beleuchtete, tauchte ein langsam näher kommender heller Fleck auf: das war Paul, der auf dem Weg zu uns war und sich dabei peinlich bemühte, nicht auszugleiten und seinen Mantel nicht schmutzig zu machen. Seine Langsamkeit war auch krankheitsbedingt. Paul konnte keine körperliche Arbeit verrichten. Er hatt Tb, die Haut auf seinen hervorstehenden Bakkenknochen und an den Schläfen war pergamentfarben und schweißbedeckt, er blickte uns beunruhigt und mißtrauisch an, als wüßte er, daß wir alle auf seinen Tod warteten. Er brüstete sich damit, daß er eigentlich gar nicht arbeiten mußte und trotzdem arbeitete. Meine Körperschwäche und Ungeübtheit hatte er sofort vermerkt, ich mußte mir immerzu sein *«Schipp, schipp!»* anhören.

Bevor er auf uns zutrat, stand er lange hinter einer Biegung des Stollens und lauschte darauf, wie das Gestein gegen die Metallwände der Lore prallte. Nach dem Laut, der dabei an sein Ohr drang, bestimmte er, mit wie großem Eifer wir arbeiteten und wer häufiger den Spaten bewegte: Andrej oder ich. Ich denke, er steigerte sich extra in eine Wut hinein, um dann schreiend und drohend auf uns zuzukommen. Er versuchte, mich hinter der Lore mit der Faust zu erreichen oder mit dem Stock zu treffen. Dann stand er hinter uns in seinem hellen Mantel und mit dem Schal, die ihn natürlich nicht wärmten, und atmete den Stollennebel ein. Dieser Nebel mußte tödlich für ihn sein, doch Paul stand da und wich nicht. In unserer Gegenwart versuchte er, seine körperliche Schwäche zu verbergen, er hustete nicht, unterdrückte die Erstikkungsanfälle. Doch nach einiger Zeit hatte die unterirdische Feuchtigkeit seine kranken Lungen derart durchsetzt und gereizt, daß er selbst noch im Stillstehen heftig zu atmen, zu husten, zu glucksen begann. In solchen Augenblicken wurde er besonders bösartig, jetzt konnten wir ihm nichts mehr recht machen. Oft wischte er sich die Stirn mit einem Taschentuch ab, als würde der sich in seinen Lungen stauende Nebel in flüssiger Form durch die Haut treten. Dieses Schwitzen in der Kälte verblüffte mich. Ich konnte lange nicht begreifen, wie man in dieser eiskalten Feuchte schwitzen konnte. Später erklärte man mir, daß Paul krank sei. Mir war schon aufgefallen, daß Pauls für diesen dreckstarrenden Ort denkbar ungeeigneter heller Mantel alt und fleckig war, obwohl den Flecken freilich mit einem Fleckentferner zu Leibe gerückt wurde. Für mich selber unerwartet begriff ich – deshalb unerwartet, weil ich über Deutsche schon nicht mehr wie über Menschen denken konnte –, daß Paul ein armer und bedauernswerter Mann war. Das brachte ihn mir nicht näher, im Gegenteil: fortan erweckte er Ekel in mir. Ich sah, daß er gleich oft in Wut wie in Verlegenheit geriet. Pauls Reizbarkeit wurde ständig von seiner Schwachheit angeheizt. Das Gefühl des Angewidertseins schärfte meine rachelüsterne Hellsicht. Dieser kleinwüchsige, todkranke Mann aus diesem kleinen deutschen Städtchen erfüllte nicht nur mit selbstmörderischer Leidenschaft seine Pflicht, indem er darauf achtete, daß wir uns nicht vor der Arbeit drückten, er litt außerdem auch noch dartunter, daß wir seine Armut und Schwäche sahen.

In diesem Krieg, in dem so viele Menschen getötet wurden, lagen sogar unsere Lagerinsassenchancen höher als seine Chancen. Ich bildete mir ein, stets den Augenblick zu erraten, in dem dieser Gedanke Pauls Gesicht fahl werden ließ. Von Krankheiten verstand ich damals noch nicht viel, und Pauls Transpiration bei Kälte hörte nicht auf, mich zu verwundern. Wenn Paul in unserem Rükken stand, war mir, als würde sogar der Nebel im Stollen etwas Krankhaftes annehmen.

Doch immerhin gab es im Bergwerk zwei Stollen, und über Tag war auch noch ein Kompressor zu beaufsichtigen, und Paul konnte sich nicht immer bei uns aufhalten. Im zweiten Stollen arbeitete Andrejs Landsmann Wolodja. Die beiden waren Belorussen. Wolodja war drei Jahre jünger als Andrej, und der umsorgte ihn wie eine Kinderfrau. Im Lager standen ihre Pritschen nebeneinander, und Andrej war immerzu bemüht, etwas für Wolodja zu tun, er nahm ihm den Eßnapf aus den Händen und näselte in mütterlichem Tonfall: «Komm, ich trag ihn für dich.» Auch in solchen Augenblicken schweifte sein Blick verlegen ab.

Andrejs selbstlose Anhänglichkeit war so eklatant, daß im Lager jeder davon wußte. Alle sahen, wie Andrej für Wolodja die Hemden wusch, wie er dessen Hosen flickte – er beherrschte das Schuster- und das Schneiderhandwerk –, und Wolodjas Kleider waren immer in gutem Zustand. Die zwei waren denkbar verschieden. Wolodja kam aus der Stadt, Andrej kam aus dem Dorf. Wolodja liebte die Schau und das Schauspiel, während Andrej, wenn er erst einmal in der Stube war, nicht mehr von seiner Pritsche aufstand. Er saß auf der Pritsche, den Kopf stets über eine Näharbeit gebeugt. Die beiden redeten auch kaum miteinander. Um von Andrej gehört zu werden, mußte man laut schreien, sonst trat nicht der Ausdruck des Verstehens in seine Augen. Wenn der Schreiende ihm unangenehm oder für ihn uninteressant war, oder wenn Andrej meinte, daß man ihn bloß hänseln wollte, schüttelte er den Kopf und entfernte sich stumm. Wolodja war oft genötigt, Andrej zweimal hintereinander anzuschreien. Vorher warnte er die Nachbarn:

«Gleich werde ich mit Andrej reden.»

Andrej erriet das aufgrund des lachenden Gesichtes von Wolodja und auch deshalb, weil sich die Nachbarn auf etwas vorbereiteten. Sein Blick wurde verlegen, das Gesicht drückte Mühe und Pein aus. Er nickte, errötete, zeigte, daß er verstanden hatte, und reichte Wolodja einen Löffel oder sonstwas. Wolodja lachte und schrie:

«Du hast mich gar nicht verstanden, Andrej!»

Ringsherum wurde gelacht. Wolodja schrie noch ein weiteres Mal. Ich beneidete Wolodja und warf ihm zugleich seine ulkigen Verrätereien vor. Es mißfiel mir, daß er von Andrej ein Stück Brot entgegennehmen und es allen mit den Worten zeigen konnte:

«Schaut her, das hat mir Andrej gegeben!»

An Andrejs Anhänglichkeit hatte er sich nicht gleich gewöhnt, aber dann begann er, ihm seine Hemden zu geben:

«Andrej, wasch das mal!»

Oder er reichte ihm seine Socken:

«Stopf die Löcher!»

Ein wenig war ihm das peinlich, weshalb er das Ganze ins Spaßige kehrte. Andrej hatte seinerseits nie Hemmungen, seine Liebe zu Wolodja zu zeigen, die irgendwie mütterlich war. Er war offenbar überzeugt, alle Menschen müßten Liebe für Wolodja empfinden.

Wolodjas Trinkkrug, Löffel und Eßnapf wurden in Andrejs Spind aufbewahrt. Wenn jemand Andrej um den Napf bat, sagte der: «Besetzt.»

«Und dieser?» fragte der Bittsteller und zeigte auf Wolodjas Napf. Andrejs Blick wich dem Blick des Fragenden aus, und mit näselnder Stimme und dem Ausdruck der Bedeutsamkeit und Hoffnungslosigkeit schlug er die Bitte ab.

«Der gehört Wolodja.»

Es war ein Ding der Unmöglichkeit, von Andrej etwas zu erbitten, das Wolodja gehörte.

Man mußte gesehen haben, mit welch schuldvoller Miene Andrej Wolodja dessen gewaschene Hemden und gestopfte Socken wiedergab.

«Die Seife wäscht nicht richtig», sagte er dann. «Ich habe gespült und gespült...»

Es hörte sich an, als würde er Furcht davor empfinden, daß ihm Wolodja seine Hemden und Socken nächstes Mal nicht wieder anvertrauen würde.

Wolodja war hager wie alle Lagerbewohner, aber gesund. Auch

seine Gesundheit verdankte er Andrej. Und auch, daß er sich im Umgang mit anderen leichttun konnte. Er war ein schneidiger Bursche, und eines Tages kamen unsere Lagerganoven – es gab ein paar – angerückt und stellten sich vor Wolodjas Pritsche auf. Andrej nahmen sie natürlich nicht zur Kenntnis, er konnte außerdem auch gar nicht hören, was sie redeten. Er saß wie immer auf der Pritsche, über eine Arbeit gebeugt. Doch just in dem Augenblick, als das Gespräch heftig wurde, lockerte und zog Andrej ein Brett aus seiner Pritsche. Und gab der Sache sogleich eine Wendung, die Wolodja vielleicht gar nicht angenehm war. Die Ganoven hatten Andrej weder diesen Zorn noch diese Kraft, noch – das vor allem – diese Entschlossenheit zugetraut. Sie liefen vor ihm davon, entflohen in die Tiefe der Pritschengänge oder auf die Treppe, in die Nähe der Polizisten.

Als Paul einmal die Hand gegen Wolodja erhob, ergriff Andrej mit einer solchen Geste seinen Spaten, daß Pauls pergamentenes Gesicht schwarz wurde.

«Ein Verrückter!» sagte Paul und wich zurück.

Im Stollen arbeiteten außerdem noch zwei Polen: Bronislaw und Stefan. Der stämmige, haarige Stefan besaß ein ungemein rundes Gesicht und sprach gut Russisch. Beim Arbeiten hatten wir das beste Verhältnis zueinander. Wenn wir uns nach dem Passieren der Kontrollbude trafen, um gemeinsam unter Tage zu steigen, trat Stefan auf uns zu, grüßte, sprach von der «verdammten Kälte», von den «verdammten Deutschen», von der «verdammten Düsternis». Zum Beschimpfen der Deutschen fehlten ihm die russischen Worte, und er begann auf polnisch zu fluchen.

Bei der Arbeit deckten wir einander. Doch im Lager wurde Stefan trübsinnig, sein Schneid war verflogen, er war nicht mehr zu Gesprächen aufgelegt. Er wagte sich nicht über das polnische Spindareal hinaus, und wenn wir uns im Waschraum begegneten, und einer von uns redete ihn an, antwortete er einsilbig und immer auf polnisch.

«Wenn seine Landsleute dabei sind, will er nicht reden», sagte ich.

«So ist es», lachte Wolodja.

Bronislaw war psychisch krank, aber sehr friedlich. Er hatte helles Haar, ein schönes, längliches Gesicht und eine fein geschnittene Nase. Mich zog es zu ihm hin. In seinen Augen glimmte eine ständige, wortlose Güte. Diese Güte war es, die mich anzog. Doch sie hatte etwas nicht Gesichertes, sie ruhte nicht in sich, war auf nichts konzentriert und bezogen. Bronislaws Blick schien den Angeblickten nicht zu erreichen. Schaute ihm ein anderer lange und intensiv in die Augen, um ihn zu nötigen, seine Aufmerksamkeit irgendeiner Sache zuzuwenden, pflegte Bronislaw plötzlich zu lächeln, schuldbewußt den Kopf zu senken und etwas Unartikuliertes zu äußern. Niemals konnte man ihn dazu bringen, diese vagen Laute deutlicher zu wiederholen. Stefan spielte den Vormund von Bronislaw, aber manchmal wollte er uns zu unserem Spaß vorführen, wie blöd die deutschen Militärkommandoworte sind. Dann rief er Bronislaw zu:

«Bronislaw! *Stillgestanden!*»

Bronislaw knallte seine Hacken aneinander und erstarrte in einer verkrampften Pose. Er hatte wirklich irgendwann in der deutschen Armee gedient.

«Augen rechts! Augen links!» kommandierte Stefan, und Bronislaw ließ seine blauen zerstreuten Augen beflissen erst nach rechts, dann nach links flitzen. Indessen war es unmöglich, ihn längere Zeit in dieser Haltung zu belassen. Er erschlaffte sogleich, die Zackigkeit löste sich in Wohlgefallen auf, der bei solchen Darbietungen unerläßliche komische Effekt war dahin. Jetzt komandierte Stefan:

«Musik!»

Bronislaw holte aus der Jackentasche eine Mundharmonika, blickte sie mit seinen gütigen Augen von der Seite an und entlockte ihr ein paar vage Takte.

Diese Klänge erweckten in uns einen Hunger, von dem wir nichts geahnt hatten: den Hunger nach Musik. Wir baten Bronislaw, uns noch mehr vorzuspielen, doch die Töne wollten sich nicht zur Melodie fügen. Stefan sagte:

«Bronislaw spricht Englisch, Französisch und Italienisch. Jawohl, er ist ein hochgebildeter Bursche! Ein Intellektueller!»

Bronislaw sagte gehorsam: «Manger, fumer», dann folgte eine kombinierte deutsch-italienische Wendung, die wir alle kannten: «Nix mangare, nix fumare, nix laurare.»

Alle lachten, jeder kommandierte:

«Bronislaw! *Stillgestanden! Augen rechts! Augen links!* Musik, Bronislaw!»

Bronislaw hörte nicht auf alle. Manche Leute übersah er. Doch für Wolodja hatte er eine Schwäche. Und Wolodja liebte es zu kommandieren.

Bronislaw wurde schnell müde und schien auch zu begreifen, daß man sich über ihn lustig machte. Etwas Unartikuliertes murmelnd, entfernte er sich wieder, während ihn Wolodja festzuhalten versuchte:

«Bleib doch, Bronislaw...»

«Laß ihn in Frieden!» sagte ich.

Wolodja lachte:

«Der versteht sowieso nichts!»

Bronislaw war der einzige Pole, der manchmal die polnische Zone hinter den Spinden verließ und zu uns Russen kam. Die ersten Schritte machte er schnell, als hätte er sich etwas Wichtiges vorgenommen, dann blieb er plötzlich vor einer Gesprächsgruppe stehen, stützte sich mit dem Rücken gegen ein Pritschengestell, in einer ungezwungenen, überhaupt nicht lagermäßigen Haltung. Die Arme wurden erwartungsvoll auf der Brust gekreuzt, der eine Fuß wurde vor den andern gestellt, dies alles mit dem Ausdruck, als wäre er mit einer Überraschung zu uns gekommen. Man bemerkte ihn natürlich sofort. Man bemerkte seine lässige Haltung, das zerstreute Lächeln, man begrüßte ihn:

«Na, Bronislaw, wie lebt es sich? Erzähl mal was, Bronislaw!»

Er erwiderte mit einem Lächeln, murmelte wieder etwas Unartikuliertes. Aus der polnischen Ecke wurde ungehalten gerufen:

«Bronislaw!»

Ohne seine Haltung zu verändern und ohne sich nach dem Rufenden umzuwenden, erwiderte er:

«Was ist?»

Da sich auf seinem Gesicht nichts veränderte, meinte man, nicht Bronislaw würde antworten, sondern etwas in seinem Innern würde als Resonanz auf die ihm bekannte Stimme von selber ertönen. In seinem «Was ist?» war etwas von einem Vogelruf oder etwas sehr Weibliches.

Manchmal redete ich ihn an, doch er erkannte mich nicht, hob mich nicht aus der Masse der anderen heraus. Dann kam Wolodja, und die Umstehenden baten ihn:

«Wolodja, sag ihm, er soll spielen.»

Wolodja lachte: «Musik, Bronislaw!»

Dessen Gesicht drückte jetzt große Unruhe aus. Die Bitte war ihm unangenehm, aber ausschlagen konnte er sie nicht. Es kamen wieder die unartikulierten Laute, er versuchte, etwas Unerklärbares zu erklären, holte dann endlich die Mundharmonika hervor und entlockte ihr ein paar Töne.

Bisweilen hatte man den Eindruck, daß sich die Töne jeden Augenblick zur Melodie fügen werden, daß es einer lächerlich kleinen Anstrengung bedurfte, damit sie es endlich taten, daß wir anderen Bronislaw dabei helfen müßten, die dumpfe Trägheit seines kranken Gehirns zu überwinden. Alle riefen durcheinander, forderten etwas, bemühten sich, mit der Entschiedenheit ihrer Stimmen den Willen Bronislaws zu wecken.

«Musik, Bronislaw!»

Immer freilich fand sich auch ein mißtrauischer Mensch, der glaubte, Bronislaw würde sich verstellen. Für sich selber macht er doch Musik! Wozu trägt er sonst die Mundharmonika mit sich herum?

Aber aus der Melodie wurde nichts, und Wolodja begann zu kommandieren:

«Stillgestanden! Augen rechts! Augen links!»

Mit scheuem Lächeln führte Bronislaw die Befehle aus. Doch dann kam ein hochgewachsener Pole, der den deutschen Namen Walter trug, und führte Bronislaw weg. Walter hielt ich für den ältesten unter den Polen. Zumindest war er der längste, und er redete selbstsicherer und lauter als die anderen. Er war so gekleidet, als hätte er einen Koffer voller neuer Kleider nach Deutschland mitgebracht.

Dieser Walter führte Bronislaw weg und schalt ihn aus, während ich zu Wolodja sagte:

«Warum tust du das? Du hörst doch, wie der Walter schimpft?»

«Na und? Was ist dabei?» erwiderte Wolodja so sorglos, daß auch ich einsehen mußte, daß wirklich nichts weiter dabei war.

Übrigens konnte Bronislaw wirklich Französisch, ich hatte gesehen, wie er mit französischen Kriegsgefangenen sprach. Auch Deutsch sprach er recht gut. Und den Spaten wußte er nicht schlechter zu gebrauchen als die anderen, und vor dem Schieben der Lore drückte er sich auch nicht. Aber Paul meinte immer, Bronislaw sei ein Simulant. Er stieß ihn weg, stellte sich selber in seinem hellen Mantel vor die Lore und zeigte, wie man sie schieben mußte. Doch er kam sofort außer Atem, die gelben Pergamentwangen wurden fleckig, auf die Schläfen trat Schweiß, der sorgfältig gebundene Schal war hoffnungslos verrutscht. Paul hätte auch uns am liebsten gegen Bronislaw aufgebracht: Was rackert ihr euch für ihn ab! Wenn ihm Paul Stöße versetzte, zuckte Bronislaw zusammen, als könnte er nicht dahinterkommen, wo der Schmerz herrührte. Er plapperte wie immer vor sich hin, beschleunigte für eine Sekunde seine Schritte, aber gleich war er wieder der schlaffe, muskellose Bursche, der hinter der Lore herging, statt sie zu schieben. Und wieder stieß ihn Paul an, begann vor Wut zu husten, wurde bleich und gab die Sache auf. Er entfernte sich, um sich zu beruhigen und Kräfte zu sammeln.

Ich erriet, daß Bronislaws Schutzlosigkeit Paul reizte und anfeuerte. Doch auch mit uns führte Paul einen Kampf auf Leben und Tod. Wir besaßen nur wenige Möglichkeiten, die Arbeit zu vorzögern, aber diese wenigen Möglichkeiten nutzten wir. Wir warfen die Lore die Halde herunter: als hätten wir sie beim Umkippen des Laderaums nicht mehr festhalten können. Die Lore konnte auch von selber die Halde herunterpurzeln, deswegen gab es besondere Bohlen, die in den Rahmen gesteckt werden mußten. Diese Bohlen, an denen noch etwas Baumrinde hing, lagen hier lehmverschmiert herum. Wir setzten sie in den Rahmen der Lore ein, kippten den Laderaum mit lautem Geschrei um und achteten auf das Zeichen, das Wolodja uns geben sollte. Wenn sich die Lore nicht von selber in Bewegung setzte, stießen wir sie mit jenen Bohlen an, die ihr eigentlich Halt geben sollten, und sprangen dann beiseite. Andrej sah dabei verlegen aus, er legte seinen Kopf wie mißbilligend auf die Seite, als seien unsere Streiche für ihn die reinste Kinderei. Die Lore rollte donnernd in die Tiefe, purzelte über ihren eigenen Laderaum hinweg, ging aber niemals kaputt. Der Rahmen, die Räder, die Achsen, der Laderaum: alles war massiv gearbeitet.

Ich kann mich an keinen Fall erinnern, bei dem Paul uns der Sabotage bezichtigt hätte. Er beschimpfte uns als «faule Hunde», doch vermutlich war es für ihn unvorstellbar, daß jemand freiwillig die dann folgende Mordsarbeit auf sich nehmen würde. Wir mußten dann wieder jene Bohlen nehmen, mit ihnen die Halde hinunterlaufen, den Laderaum von dem schweren, klebrigen Inhalt befreien, der beim Sturz nur zum Teil herausgefallen war, mußten die Lore wieder auf die Räder stellen und sie über Schotter und glitschiges Gestein den steilen Hang hinaufschieben. Der uns mißbilligende Andrej tat das alles wütend. Ihn belebte die Arbeit als solche. Außerdem verspürte er ständig den Wunsch, Wolodjas Arbeitspensum auf sich zu nehmen. Eine Stunde oder zwei, mit schnell taub gewordenen Händen, unsere Beine an den Steinen abschürfend, mit Paul feilschend, der unsere Arbeit in seinem hellen Mantel vom Gipfel der Halde aus beobachtete, schoben wir die Lore bergauf, entfernten den Lehm von der Lore (von uns selber brachten wir ihn nicht mehr weg), stellten die Lore aufs Gleis und begaben uns wieder in den Stollen. Es ist begreiflich, daß wir uns daraufhin eine Zeitlang scheuten, die Lore die Halde hinunterstürzen zu lassen. Aber früher oder später kam wieder der Augenblick, und wir spürten alle sein Herannahen voraus, denn Veränderungen im Rahmen des Schweren waren unsere einzige Möglichkeit. Wolodja blinzelte uns anderen verwegen zu, und die Lore purzelte bergab. Wir blickten ihr nach und hörten, wie sie sich träge überschlug, wie das lehmverschmierte Eisen dumpf donnerte und schepperte. Uns erfüllte das Gefühl eines jähen Triumphs. Wir hätten uns sicher seltener im Hinunterwerfen der Lore geübt, wäre Wolodjas Verwegenheit nicht derart grenzenlos gewesen. Er dachte in solchen Augenblicken am allerwenigsten an die Folgen, so prompt sie auch eintreten würden. Oder er lachte:

«Der Andrej kriegt es wieder hin!»

Ich beneidete Wolodja um seinen Mut, der ihn nie verließ. Man sah das an seinem schnellen Lächeln, mit dem er, hoch aufgerichtet und unbesorgt um sein Gleichgewicht, den steilen Haldenhang hinunterging, oder auch an der Art, wie er mit Paul sprach. Seine Haut war so stark gebräunt, wie sie es, nach meinem damaligen Glauben, nur bei einem überaus mutigen Menschen sein konnte. Niemals mußte Wolodja erst darauf warten, daß sich der für irgendeine Tat erforderliche Mut in ihm einstellte. Er selber wußte einen Moment vorher nicht, wozu ihn sein Mut gleich verleiten würde. Deshalb schwelte in seiner Nähe immer Gefahr.

Er brachte es fertig, direkt hinter Pauls Rücken eine elektrische Leitung abzureißen oder den Kompressorschlauch mit der Spitzhacke zu bearbeiten.

Wolodjas Mut erregte Andrej und ermattete mich. Mir erschien es nicht zwingend erforderlich, dicht hinter Pauls Rücken die Leitung abzureißen. Mir ging die Kunst ab, meine Gesichtsmuskeln wie auf Befehl zu gebrauchen, meinen Zügen aus dem Stegreif einen verwunderten oder unabhängigen Ausdruck zu verleihen. Doch der Aufenthalt an Wolodjas Seite fiel mir trotzdem auch wieder leicht, denn sein Gesicht konnte zwar ernst oder fröhlich sein – niemals aber sah ich jenen furchterregenden Zorn, mit dem manchmal die erschöpften und gereizten Menschen im Lager ihr Recht auf den eigenen Platz, die eigene Pritsche oder sonst etwas Eigenes erkämpfen wollten.

Sicherlich hätte ich mich Wolodja untergeordnet, wenn er es nur gewollt hätte. Doch er beließ mir meine ganze Freiheit. Vermutlich durchschaute er mich. Er lächelte spöttisch, wenn ich ihn fragte, wie ich mich verhalten sollte:

«Das ist deine Sache. Ich bin nicht dein Vormund.»

Dieses verstehende Lächeln ging mir an die Nieren. Ich bot ihm meine Treue an, und er schlug sie aus. Über Andrej sagte er:

«Keiner zwingt ihn, er tut das von selber.» Und wieder das ironische Lächeln.

Ich hätte dieses Lächeln gebührend würdigen müssen – im Lager gab es genug Leute, gegen die man seine Unabhängigkeit verteidigen mußte. Doch ich war gekränkt. Ich war es auch wegen Andrej. Wolodja hätte nicht über ihn sagen dürfen: «Er tut das von selber.»

Andrej hatte Wolodjas gestopfte Socken gebracht, und jemand hatte verwundert zu Wolodja gesagt:

«Ja, schuldet er dir was?»

Andrej hatte es nicht gehört. Sein Gesicht drückte die übliche trostlose Sorge aus, ob er es Wolodja auch recht gemacht hatte, und ich dachte, was wohl wäre, wenn Andrej dahinterkäme, wovon Wolodja redete. Zwar sah es Wolodja nicht darauf ab, von Andrej gehört zu werden, aber er lächelte sein gewöhnliches, mutiges Lächeln, als sei er bereit, das gleiche laut herauszuschreien, damit Andrej es hörte und bestätigte. Da begriff ich, daß Worte wie «deine Sache» oder «du selber» nicht nur hart, sondern grausam und ungerecht sein können.

Zwei-, dreimal gelang es uns, den Kompressor außer Betrieb zu setzen, manchmal fiel er auch von selber aus, dann befahl uns Paul, die in den Stollen führende Straße zu pflastern. Das war eine schwere Arbeit, und das Unangenehme daran war, daß sie ständig auf uns lauerte. Ob der Kompressor ausfiel oder ob sonst eine Verzögerung eintrat: jedesmal mußten wir an dieser Straße bauen. Sie führte vom Stolleneingang steil bergauf. Die Arbeit bestand darin, daß auf die lehmige, vom Herbstregen aufgeweichte Haldenoberfläche Schotter geschüttet wurde. Der Schotter wurde in einem eisernen Einradschubkarren angefahren. Der Karren stammte aus der Fabrik, sein Rad war klein und nur für Zement- oder Asphaltböden geeignet. Über den Schotter und den feuchten Lehm wollte er nicht rollen, und wir mußten uns vor den Schubkarren spannen. Andrej nahm die beiden Griffe, während Wolodja, Bronislaw und ich Ziehgurte anlegten. So schoben und schleiften wir den Karren hügelauf. Paul konnte sich entfernen – wenn er wiederkam, sah er genau, wieviel wir in der Zwischenzeit geleistet hatten. Wir schütteten den Schotter möglichst dicht auf, aber der weiche Lehm schluckte sofort die Schotterschicht.

Während einer der Pausen, als der Kompressor versagt hatte, stellte Paul Andrej, Wolodja, Bronislaw und mich an den Schubkarren. Er gab uns das Arbeitspensum an, stieß eine Drohung aus und ging fort, um jemanden zu holen, der den Kompressor wieder in Gang bringen sollte. Das Ende der Schicht war nicht mehr fern, wir schleiften eine Schotterladung die Halde hoch und hielten ein, ohne den Karren zu entleeren. Sobald jemand auftauchte, würden wir das Entleeren sofort nachholen und so den Eindruck der Stetigkeit der Arbeit hervorrufen. Einstweilen ließ sich niemand blikken. Paul schien für länger fortgegangen zu sein. Wolodja setzte sich auf den Karren, ich setzte mich neben ihn. Nur Andrej werkelte mit seinem Spaten, ebnete den Grund, stampfte ihn fest – es sollte eine Radspur für den Karren werden.

«Mach Feierabend, Andrej», rief Wolodja. «Ruh dich aus!»

Andrej hörte es, fuhr jedoch fort zu arbeiten.

«Das macht doch nichts, das macht nichts», entschuldigte er sich näselnd bei Wolodja. «Ich tue das gern.»

Auch Bronislaw hatte Wolodjas Worte gehört. Er stand da, hielt den Ziehgurt, wartete auf das, was weiter zu tun wäre. Jetzt drehte er sich fragend zu Wolodja um, der beruhigend sagte:

«Nichts läuft mehr, Bronislaw. Nix laurare.» Wolodja lachte.

Bronislaw warf den Ziehgurt fort und setzte sich hügelab in Bewegung.

«He, Bronislaw!» rief ihm Wolodja nach.

Doch Bronislaw murmelte nur etwas Unartikuliertes, drehte sich aber nicht um. Er erreichte den Stolleneingang, hob dort seinen Spaten auf und trug ihn in den Geräteschuppen, wo die Spaten, Spitzhacken, Abbauhämmer und Gummischläuche aufbewahrt wurden. Er hatte aus Wolodjas Verhalten wohl geschlossen, daß die Arbeit für heute beendet sei. Das komplizierte die Lage. Wenn Paul wiederkommt, wird er gleich alles durchschauen.

«Wird schon schiefgehen», sagte Wolodja.

Paul tauchte aus einer unerwarteten Richtung auf. Er sah uns auf dem Schubkarren sitzen und rannte auf uns zu, wobei er den kurzen Stiel seines Bergmannspatens drohend schwang. Ich wußte genau, wieviel dieser kräftige, von Arbeiterhänden glattpolierte Spatenstiel wog. Obwohl Paul bergab rannte, war sein Gesicht schweißbedeckt. In diesem Augenblick packte der sonst so friedliche Andrej seinen Spaten verkehrt herum, mit dem Stiel nach unten, während Wolodja mich anstieß:

«Sag, Bronislaw ist fortgegangen. Ohne ihn können wir nichts tun. Dem Verrückten passiert schon nichts...»

Er hatte geschaltet und begriffen, daß es offenbar keinen Ausweg mehr gab, und hatte die Sache dann auch noch mir anvertraut. Die Freude darüber durchzuckte mich, ich jubelte verzweifelt auf. Solche Angelegenheiten pflegte Wolodja in der Regel selber zu erledigen, jetzt war ich es, der Paul Einhalt gebieten und dessen ersten Schlag auf mich nehmen sollte. Folglich war Wolodja zur Einsicht gekommen, daß die dafür benötigte Kraft in mir steckte. Zugleich ergriff mich aber auch Verlegenheit. Bronislaw zu beschuldigen kam nicht in Frage, mochte er verrückt sein oder nicht.

Ich machte einen Schritt nach vorn. Paul schleuderte mich beiseite und blickte einige Augenblicke lang schwer atmend Andrejs Schaufel, Wolodja und mich an, als würde er nachzählen, wie viele wir waren. Dann rannte er die Halde weiter hinab.

Er stieß auf Bronislaw, als dieser aus dem Schuppen kam. Wir hörten einen Aufschrei, der von einem Hasen herrühren konnte. Am liebsten hätte ich die Augen zugemacht, so sehr drang mir Bronislaws Stimme durch Mark und Bein. Bronislaw sprach immer nur halblaut, und auch sein Schmerzensruf klang leise, als würde er befürchten, ein lauter Schrei könnte gegen die guten Sitten verstoßen.

Paul war es, der kreischte, und man merkte, daß er nicht so bald einhalten würde. Mit jedem neuen Schlag wollte er sich irgendwohin vorarbeiten, und sein Kreischen rührte daher, daß ihm das nicht gelingen wollte. Bronislaw stieß Schmerzensrufe aus, versuchte, den Schlägen auszuweichen, versuchte zu fliehen und blieb nach ein paar Schritten wieder stehen.

Jetzt rannte Wolodja los, Andrej und ich hinter ihm her. Das war kein Gedanke, kein Gefühl. Das saß unter den Fingerkuppen, in der Wirbelsäule, in den plötzlich blinden Augen: Töten, töten! Ich sah, wie Paul den Spatenstiel fortwarf und schreiend davonlief. Der Abstand zwischen uns war ziemlich groß, trotzdem verdeckte Paul den Kopf mit den Händen, und sein Schreien war auch dann noch zu hören, als er unseren Blicken schon entschwunden war. Wir rannten auf Bronislaw zu, Wolodja wollte ihn abtasten, doch der entwand sich ihm, und ich verstand zum erstenmal den Sinn seiner unartikulierten Rede:

«Laß mich doch!» sagte er und erklärte etwas oder rechtfertigte sich. Vermutlich hatte er Paul mit seinen blauen Augen genauso angeschaut, in denen der trübe Bodensatz des Nichtverstehens am Schmelzen war, ohne je völlig zerschmelzen zu können. Er ließ es nicht zu, daß Wolodja ihm die Mütze vom Kopf nahm. Daraufhin kommandierte Wolodja:

«Stillgestanden! Augen rechts!»

Fuhr mit der Handfläche über Bronislaws verschwitztes, verwirrtes Haar und lachte:

«Soweit heil!»

Sorgen, die sich aufgelöst hatten, vergaß Wolodja sofort: als würde er aufwachen und sich an nichts mehr erinnern. Gleich wird er rufen: «Bronislaw, Musik!»

Gerade erst noch war er vor uns hergelaufen, ich hatte gesehen, wie kühn und sicher seine hageren, sehnigen Füße auf dem glitschigen Haldenboden auftraten, und jetzt lachte er, als hätte nicht er diese ganze Geschichte ins Rollen gebracht.

«Du hättest Bronislaw zurückhalten sollen!» rief ich ihm zu.

Er war verblüfft, wurde dann dunkel im Gesicht. Sagte: «Bin ich seine Kinderfrau?» Fragte: «Besitzt er nicht selber einen Kopf?» Sagte noch etwas über jene Leute, über die man ständig stolpert, die sich an einen heften wie die Kletten, obwohl man sie recht gut entbehren kann.

Er trat auf den Stollen zu. Andrej folgte ihm, wobei er sich entschuldigend nach mir umschaute. Ich selber hielt es keine Minute aus und ging dann selber in den Stollen. Lieber sterben als allein bleiben.

Wolodja und Andrej rollten langsam die leere, scheppernde Lore an. Ich ging neben ihnen her. Die eine Hand legte ich auf den mit einer fest zementierten Schmutzschicht bedeckten gebogenen Rand des Laderaums. Mal trat ich auf die Schwellen, mal ging ich um sie herum.

«He, Bronislaw!» rief Wolodja.

Er dachte an jene, die keinen eigenen Kopf besaßen. Paul war natürlich vor Wolodja, nicht vor Andrej oder mir erschrocken. Ich streckte die Hand nach der Lore aus und war froh, daß man mich nicht davonjagte (Wolodja hätte sagen können: «Vier Mann auf eine leere Lore, das geht nicht. Such dir was anderes!»), jedoch das Warten auf die Gefahr, die mit Paul gleich kommen würde, Wolodjas Imrechtsein, verbunden mit der ihm stets eigenen Leichtigkeit, in der für mich, wie ich wohl spürte, kein Platz war, die Reue und die Unfähigkeit, dies alles auszudrücken, machten mich streitsüchtig:

«Auch das mit dem Fahrrad wäre nicht passiert, wenn du auf Andrej gehört hättest.»

«Nicht passiert, nicht passiert», sagte Wolodja. «Bei dir passiert wirklich nichts.»

Vor einer Woche hatte ich einmal auf dem Fabrikhof Wolodja gesehen, wie er auf dafür viel zu schmalem Raum auf einem Fahrrad hin und her raste. Andrej stand mit weinerlicher Miene daneben und versuchte, Wolodja zum Aufhören zu bewegen, der immer wieder das Rad gegen Andrej wendete, um ihn zu erschrekken. Das ziemlich verstaubte Fahrrad gehörte offenbar einem Arbeiter. Die deutschen Arbeiter ließen ihre Räder gewöhnlich vor der Kontrollbude stehen, dieses Rad war indessen irgendwie in den Fabrikhof geraten. Daneben stellten sich französische Kriegsgefangene zum Appell auf. Sie trugen jene Käppis, die ich früher für ein spanisches Attribut gehalten hatte, Uniformmäntel sowie Umhänge von der Farbe des nassen Lehms in unserem Stollen. Die Franzosen traten zu kleinen Gruppen zusammen, schauten Wolodja zu, sagten «Oh!» und lachten. Diese Männer in den fremdfarbigen Uniformröcken hatte ich zunächst für irgendwelche obskuren Bundesgenossen der Deutschen, für ausländische Hilfstruppen gehalten. Ihre französische Sprache war mir damals noch nicht aufgefallen. Die Erfahrung, die es auch einem Sprachunkundigen erlaubt, vom Sprachklang her zu bestimmen, in welcher Sprache gesprochen wird, ging mir damals ab. Die Uniformröcke waren nicht gerade funkelnagelneu, aber just das paßte gut zur Vorstellung von den Hilfstruppen. Und auch der Geruch ihrer Zigaretten, an denen sie offenbar keinen Mangel litten, war ungewöhnlich: genau wie die Farbe der Uniformjacken, wie der Klang ihrer Stimmen, betont nachlässig, unbesorgt darum, daß die Deutschen oder auch wir Russen sie nicht verstehen konnten, genau wie ihre Art zu rauchen, ohne die Zigarette aus dem Mund zu nehmen, ohne die Asche abzuschütteln, eine Art des Rauchens, die keiner anderen glich, die ich bisher zu Gesicht bekommen hatte: das Feuer ist schon an den Lippen, verbrennt die Lippen aber nicht, das Papier ist angekohlt, aber nicht verbrannt, das Feuer ist durch das Innerste der Zigarette hindurchgegangen. Die Angewohnheit zu paffen und zu schnaufen, aber keine gierigen Züge zu machen. Wenn sie sich an Deutsche wendeten, waren in ihrer Rede keine deutschen Worte zu hören. Selbst wenn sie den deutschen Bewacher, der sie an der Kontrollbude festhielt, dazu aufforderten, sie schneller ins Wohnlager zu bringen, bedienten sie sich lässiger Ausrufe in ihrer Muttersprache.

Und wenn der Bewacher zurückrief, erwiderten sie mit einer langen Tirade, die sich flapsig und ironisch anhörte.

Für ausländische Hilfstruppen der Deutschen hielt ich diese eher schmächtigen Leute deshalb, weil sie ihre Unabhängigkeit betonten. Allerdings hatte ich gleich in den ersten Lagertagen erfahren, daß sie einem zehnmal so schwachen Druck ausgesetzt waren wie wir. Die Mehrstufigkeit des Drucks fiel überall sofort auf: in der Werkkantine, vor Grischkas Ausgabefenster und bei der Arbeit. Die schmutzigste Suppenbrühe und die schmutzigste Arbeit war uns Russen zugedacht und vorbehalten. Die Polen bekamen etwas mehr Brot und Zigaretten. Der Unterschied bemaß sich nach Grammen. Wichtig war nicht die Menge, wichtig war der Unterschied. Bisweilen tauchten Unklarheiten auf: wie soll man zum Beispiel die Balten einstufen? Doch einem jeden war seine Stufe zugeteilt. Je sauberer die Suppe, desto leichter die Arbeit, desto sanfter die Behandlung. Die Franzosen durften in der deutschen Kantine mitessen, sie bekamen ihre Suppe aus dem deutschen Suppenkübel eingegossen. Doch die Unabhängigkeit in ihrem Verhalten rührte zweifellos nicht nur daher, daß sie es hier leichter hatten als die anderen. Die Deutschen hatten unsere Grenzen noch nicht überschritten, ein ungemein massives Stück Zeit trennte mich von dem, was später geschehen würde – und diese Franzosen waren schon lange hier. Ihr Schicksal hatte für mich in zwei Zeitungszeilen oder in einigen unscharfen Zeitungsfotos gesteckt, ich hätte alles andere eher geglaubt, als daß ich mich eines Tages am gleichen Ort wie sie befinden würde. Ihr Land war zerschlagen, ihre Gefangenschaft war unbefristet, die aus dem Osten neu eintreffenden Gefangenen mußten sie in diesem Gedanken noch weiter bestärken, doch sie wahrten, so gut es ging, ihre Unabhängigkeit und weigerten sich, ein Bündnis mit den Deutschen zu schließen, obwohl die Deutschen ihren Krieg jetzt gegen uns führten und die Franzosen gern zu Bundesgenossen gemacht hätten. Der Feind jedoch bewegt den Gefangenen nicht nur durch gute, sondern auch durch schlechte Behandlung zur Zusammenarbeit. Die Lagerwohnräume der Franzosen glichen den unseren aufs Haar. Dort standen die gleichen normierten zweistöckigen Pritschen, dort herrschte der gleiche Sauerstoffmangel, dort roch es genau wie bei uns nach Stroh.

Doch wie dem auch war – sie hatten zur Gefahr ein anderes Verhältnis als wir. Deshalb belächelten oder mißbilligten sie Wolodja, als der mit dem Fahrrad auf Andrej losfuhr, während Andrej, der in seinem Leben wahrscheinlich noch nie Rad gefahren war und eine Heidenangst vor diesem Vehikel hatte, dennoch nicht zur Seite wich, sondern immer wieder versuchte, Wolodja zum Halten zu bringen und ihn mit weinerlicher Stimme davor zu warnen, daß ihn die Deutschen ganz bestimmt verprügeln würden.

Wolodja flitzte an Andrej vorbei und wendete rasch: als könnte er es nicht eilig genug haben, Andrej gleich wieder einen Schrekken einzujagen. Ich wollte Andrej zu Hilfe eilen, doch Wolodja herrschte mich so unwirsch an, richtete das Fahrrad so drohend gegen mich, daß ich beiseite sprang.

Einige Leute riefen Wolodja zu:

«Mann, du hast den Verstand verloren!»

Daß das Ganze schon kein Spiel mehr war, spürten jetzt auch die

Franzosen. Auch aus ihrer Menge ertönten warnende Rufe. Doch es war bereits zu spät. Leute vom Werkschutz und Lagerpolizisten kamen angelaufen. Sie zerrten Wolodja vom Rad und schleiften ihn zur Wachstube. Wolodja wand sich und wehrte sich, strampelte mit den Beinen. Es wollte lange nicht gelingen, ihn durch die Wachstubentür zu zerren. Er stemmte sich gegen die Türfüllung, klammerte sich an der Türklinke fest. Man zerrte und schubste ihn, er ließ nicht locker. Auch jetzt, wie vorhin auf dem Fahrrad, wirkte er wie berauscht, er schien den Schmerz gar nicht zu spüren. Jemand rief:

«Die werden mit dem einen Mann nicht fertig!»

Auch die Franzosen riefen etwas. Weitere Hilfspolizisten kamen angerannt. Man drängte uns weg, die Tür zur Wachstube wurde endlich zugeschlagen.

Zehn Minuten später kam Wolodja wieder heraus. Er blieb an der Türschwelle stehen, bückte sich, fegte den Staub von den Hosen. Andrej stürzte auf ihn zu und rief:

«Haben Sie dich geschlagen?»

«Nein, Andrej, sie haben nicht!»

Andrej glaubte es zunächst, doch als er alle lachen sah, sagte er verwirrt:

«Stimmt gar nicht! Sie haben dich geschlagen!»

Ich aber behielt Wolodjas berauschtes Gesicht im Gedächtnis, das er hatte, als er auf dem Fahrrad dahinflog, stets in Gefahr, jemanden umzufahren und selber zu verunglücken. Er wollte sich einfach sattfahren, wollte nicht vom Rad steigen, bevor man ihn packte und abführte. Er hatte vorher selber nicht gewußt, daß ihn der Anblick eines abgestellten deutschen Fahrrads derart berauschen würde. Das kam daher, daß ein Fahrrad für uns zu den unzugänglichen, den verbotenen Dingen gehörte.

Das wollte ich Wolodja sagen, er aber erwiderte nur:

«Wenn du viel denkst, dann brichst du dir das Bein.»

An dieser Antwort war gar nichts Erfreuliches, doch ich war zufrieden, daß Wolodja mit mir sprach.

«Warum gerade das Bein?» fragte ich, obwohl ich die Antwort vorausahnte.

«Weil du keine Zeit hast, dir vor die Füße zu schauen.»

Im Lager gab es noch die Redensart: «Wer denkt, kriegt Läuse.» Läuse gab es im Lager genug. Alle im Lager grübelten, hingen trostlosen Gedanken nach, deshalb war dieses Lagersprichwort kaum zu widerlegen.

Als oben auf der Halde Paul mit zwei Leuten vom Werkschutz auftauchte, rollten wir die Lore auf die Drehscheibe und gingen schreiend daran, sie zu wenden. Die Werkschutzleute trugen eine etwas schlichtere Uniform als die Lagerhilfspolizisten, mit uns hatten sie normalerweise nichts zu tun, sie öffneten uns bloß am Morgen, nach kurzer Zählung, das Werktor.

Wir wendeten also die Lore, sie aber blieben am Rande des Pflasterwegs stehen, sie hatten keine Lust, den Dreck mit den Stiefeln zu kneten. Paul war vorausgelaufen, doch die zwei anderen zögerten. Wolodja merkte das und reagierte sofort. Er lüpfte Bronislaws Arbeitsjacke hoch und zeigte die Striemen auf dessen nacktem Rücken. Bronislaw riß sich los, seine Augen waren schamhaft gesenkt.

Es kam darauf an, die Werkschutzleute auf dem gepflasterten Weg zu halten. Wenn sie in den Dreck treten und sich die Stiefel beschmutzen, bekommen sie eine Wut auf uns – und wir bekommen das sofort zu spüren.

«Er ist verrückt!» sagte Wolodja.

Immerhin war es beruhigend, daß die Strecke von den Männern bis zur Lore, an die wir uns pflichteifrig klammerten, ziemlich weit war und daß sie durch Lehm und Schlamm führte.

«Ich hol die Lagerpolizei», sagte einer der Werkschützer. Dann entfernten sie sich, vorsichtig auftretend, dem Dreck ausweichend.

Von diesem Tag an war Paul beim Betreten des Stollens vorsichtiger als bisher. Wir sahen aus dem Dunkel heraus, wie er unschlüssig am Stolleneingang verweilte, als wolle er seinen hellen Mantel nicht den Grundwasserbächen im Stollen aussetzen. Paul mußte sich erst an das elektrische Dämmerlicht unter Tag gewöhnen. Er klopfte mit einer kurzen Bergmannspicke die Holzträger ab, betrachtete mißtrauisch die Stollendecke. Unter der Last des Gesteins, das sich in den Lücken zwischen den Wandverschalungsbrettern und der steinernen Tunneldecke ansammelte (wenn ein Felsbrocken einbricht, stößt er gegen ein Steinkissen, statt mit voller Wucht die Bretter zu treffen), sowie auch durch die Einwirkung der Feuchtigkeit hatten sich die Deckenbretter verformt und durchgebogen. Dort raschelte und knisterte es immer – das Wasser verschob die Steine, den Kies, der Kies rieselte, blieb irgendwo hängen, bahnte sich einen Weg durch die Ritzen in der Bretterdecke. Wenn man sich die Fugen zwischen den Brettern etwas genauer ansah, konnte man diese tote Bewegung wahrnehmen und sich die Steine merken, die bald runterfallen würden. Paul stieß sie mit dem Stiel der Picke an – damit sie sich lösten. Wir sahen den hellen, schwankenden Fleck langsam auf uns zukommen. Er kommt näher, du schaust dich nach ihm um – er lächelt. Und bestätigt durch sein Lächeln den Unterschied zwischen dem, wie er früher auf dich zukam, und dem, wie er das jetzt tut. Zwei Tage lang ließ er uns in Frieden, dann begann er wieder zu drohen, doch er tat es jetzt behutsamer.

Ich begriff endlich vieles von dem, was in Paul vorging: die Abfolge der Launen, das Vergnügen, das er dabei empfand, wenn es ihm gelang, uns zu erschrecken oder zu schlagen, das Grinsen, das er beim Rückzug aufzusetzen pflegte. Er erhebt den Arm gegen dich, du erhebst gegen ihn die Schaufel, und schon macht er einen Rückzieher und grinst. Mir fiel auf, daß auf seinem Mantel die Flecken jetzt stärker hervortraten.

Was ich nicht begreifen konnte, war dies: Aus welcher Quelle bezog Paul immer wieder seine Bösartigkeit? Wo lud er sich mit ihr auf? Etwa bei sich daheim, wo er seinen hellen Mantel ablegt, ihn auf einen Kleiderbügel hängt, wo die Flecken vom Mantel entfernt werden? Er wohnte irgendwo in der Nähe, in der Mittagspause ging er heim. Aber je besser ich mich in seinen Absichten und Stimmungen auskannte, desto weniger begriff ich das Grundlegeende und Entscheidende.

Nach einem besonders schweren Hustenanfall wurde er manchmal für Minuten gütig. Seine Augen trübten sich, auf die graue Pergamenthaut traten fiebrige Flecken, er betrachtete sein Schnupftuch, wischte sich damit über die Lippen und sagte:

«Aaah! Alles Scheiße!»

Einmal gab er mir sogar den Auftrag, die Familiennamen aller hier Arbeitenden aufzuschreiben. Ich hatte in der Schule Deutsch gehabt und nickte, als er mich fragte: «Kannst du deutsch schreiben?» Er mußte wohl während seines Hustenanfalls dem Tod ins Gesicht geschaut haben, so ungewöhnlich und sogar unmöglich war dieses Angebot. Ich sah, wie verblüfft die Deutschen waren, als ich sie nach ihren Familiennamen fragte. Keinen einzigen deutschen Namen konnte ich fehlerfrei aufschreiben. Ich reichte das Papier den Befragten und sah, mit welcher Anstrengung sie selber schrieben. Diese mühsam hingekritzelte Liste gab ich Paul. Ich erwartete eine Fortsetzung und Ausweitung dieser Minuten der Güte und Freundlichkeit. Mir schien es ganz natürlich, daß es so kommen würde. Doch in Pauls Augen trat wieder das lauernde Schillern, wieder begannen die Rippenstöße und drohend geballten Fäuste.

«Verrecke!» sagte Wolodja zu Paul.

Wenn sich Paul mir zuwendete, grinste Wolodja und machte mir gleichsam den Platz frei: «Jetzt zeig, was du kannst!»

Paul entging dieses Mienenspiel nicht, er gab sich halsstarrig, und ich hob den Spaten gerade so hoch, daß man die Drohung spürte, aber keinen Anstoß nehmen konnte. Doch es war unmöglich, sich auf ein und demselben Niveau zu halten. Die Erwartung der nächsten Konfrontation war zu deutlich in mir.

An sich war es erstaunlich, daß sich Paul überhaupt auf Spielregeln einließ. Die Lagerpolizei konnte jeden Augenblick sämtliche Spiele und Spielchen unterbinden. Ein kranker, an seinem Husten erstickender Mann versuchte, sich und uns etwas zu beweisen. In seinem Feixen, seitdem er Bronislaw fast umgebracht hatte, war eine Anspielung. Ich unterschied Pauls Stimmungen und Launen nach der Art seines Atmens, nach der Art seines Schweigens, wenn er hinter uns stand. Seine Stimme jedoch löste in mir einen Anfall von Blindheit, eine Woge von Haß aus – es war jene Empfindung in der Wirbelsäule und den Fingern, die wir hatten, als wir Bronislaw zu Hilfe geeilt waren. Ich hätte mich mit Wonne in Brand gesteckt, wenn mein Leib aus Sprengstoff bestanden hätte, um mich von diesem unerträglichen Druck zu befreien, um alles ringsherum in die Luft zu jagen. Doch ich war schwach, meine Hände konnten gerade noch den Spaten betätigen.

Paul entfernte sich, ich war verblüfft: was ging mit mir vor? Das war nicht ich. So muß sich eine Bombe eine Sekunde vor der Explosion fühlen. Ich selber konnte das nicht in mir wachrufen. Das kam und ging und kam mit Paul.

An einem dieser Tage sah ich Paul in SA-Uniform.

An einem Sonntag trieb man uns auf den Lagerhof hinaus und ließ uns in drei Reihen antreten. Vom frühen Morgen an bereitete sich etwas vor. Niemand wurde an den Arbeitsort gebracht, nie-

mand nach der Suppenbrühe ausgeschickt. Auf den Hof trieb man alle heraus: die Frauen aus dem Familienstockwerk, die Kranken, den Obman Grischka. Auch ihn zwängte man in Reih und Glied. Als er nicht schnell genug schaltete, bekam er eine geklebt. In wichtigen Minuten zogen die Hilfspolizisten selbst noch zwischen solchen Russen und sich einen Trennungsstrich. Dann ging ein kleinwüchsiger, untersetzter Mann in Zivil an den Angetretenen entlang und musterte unsere Gesichter. Ihn begleiteten zwei Gestapoleute in Schwarz. Die Gestapoleute waren flachbäuchig und stramm und blickten teilnahmslos, sie suchten keinen. Der Suchende war der Mann in Zivil. Er mußte unbedingt jemanden wiedererkennen. Der Zivilist war Russe. Langsam ging er an der ersten Reihe entlang, betrat dann den Korridor zwischen der ersten und zweiten Reihe, und ich sah, was für ein rotes, verlegenes, lauerndes Gesicht er hatte. Er blickte uns an, wir – einige hundert Mann – blickten ihn an. Er trug einen deutschen Anzug mit Weste, ein deutsches Hemd, eine deutsche Krawatte – lauter deutsche Dinge. Sogar noch die Gesichtshaut schien deutsch geworden zu sein – die Wangen waren rosig und sommersprossig: das lag wohl daran, daß er deutsche Lebensmittel aß. Das Sackförmige und Abgetragene seines Anzugs unterschied ihn von den frisch eingekleideten Gestapoleuten. Sein Gesicht war wohl deshalb verlegen, weil er schon längst – schon als man uns in den Hof trieb und antreten ließ – bemerkt hatte, daß der Gesuchte nicht hier war – trotzdem mußte er jetzt an unseren Reihen entlanggehen, begleitet von unseren Blicken: sonst hätte er seine Arbeit nicht getan. Ich merkte mir für immer das Dunkel seiner Pupillen. Er stand jetzt vor mir. Ich hatte scheinbar nichts zu befürchten, doch ich fürchtete mich. Er hätte trotzdem auf mich zeigen, mich bei etwas ertappen oder mit jemandem verwechseln können. Vielleicht wollte er sogar eine Verwechslung, seine Verlegenheit war mir nicht geheuer. Er sah, daß der Gesuchte nicht unter uns war, aber er hatte sich noch nicht entschieden, ob er das den Gestapoleuten sagen durfte. Dadurch daß sein Gesicht Verlegenheit ausdrückte, entstand der Eindruck, daß er auf ein Lächeln oder Zublinzeln prompt und freundlich erwidern würde. Doch als er auf meiner Höhe angelangt war, begriff ich, daß er mich gar nicht richtig sah. Er schien vor Anspannung erblindet zu sein – so groß war der Unterschied zwischen den gleichmütigen Gesichtern der Gesta-

poleute und seinem Gesicht. Dies Gesicht indessen veränderte sich: je nachdem, wen er gerade anstarrte. Seine Verlegenheit nahm zu, als seine Augen Wolodjas Augen begegneten. Wenn er dem Blick jener begegnete, die nach meiner Vorstellung die mutigsten und geachtetsten Leute im Lager waren. So ging es auch Paul mit uns. Er schlug Bronislaw, stieß und schubste mich, erhob den Arm gegen Andrej, brüllte Wolodja jedoch nur selten an und ging um den mürrischen Stefan im Stollen herum.

Nachdem der Mann in Zivil seinen Rundgang beendet hatte, trat er auf die Gruppe der Hilspolizisten zu. Sein Gesicht war wie freigetaut, an die Stelle der Verlegenheit war eine hochmütige, grimmige Gereiztheit getreten, sogar etwas wie Inspiration stellte sich ein, wenn er uns jetzt, mit schriller Stimme, anschrie. Er nahm jede Möglichkeit wahr, ein Wort auf deutsche Weise auszusprechen. Mit einem koketten Grassieren sagte er:

«Konzent'g-g'ationslage'g-g...»

Diese Diktion sollte Distanz schaffen zwischen uns und ihm, sollte den Gestapoleuten und Hilfspolizisten zeigen, wie sehr er sich für sie ins Zeug legte. So redeten alle Lagerdolmetscher russischer Abstammung, denen ich begegnet war. Doch so einen hatten wir bislang noch nicht erlebt. Das war kein ehemaliger Kriegsgefangener und nicht jemand, den man unlängst außer Landes gebracht hatte – das war ein Altemigrant. Die Rosigkeit und Sommersprossigkeit der Wangen trug er nicht erst seit gestern: genausowenig wie den deutschen Westenanzug. Und dennoch spürte man, daß der deutsche Anzug, die deutsche Hautfarbe und selbst noch die deutsche Sprache ihm im Grunde fremd geblieben waren. In seinem Hochmut verbarg sich keine Kraft. Und auch der Hochmut war polizeideutsch, aus zweiter Hand bezogen, nicht auf dem eigenen Mist gewachsen. Und irgendwie hing dieser Mann von uns ab, irgendwas verband ihn mit uns. Irgendein dünnes Fädchen, das er beim besten Willen nicht abreißen konnte. Er verschmolz nicht mit der schwarzen Gruppe der Lagerpolizisten.

Alle Polizisten trugen heute schwarze Wettermäntel, hatten schwarze Lackstiefel an. An gewöhnlichen Tagen kleideten sie sich lockerer. In den Reithosen, die selbst noch die Oberschenkel straff umspannten, sahen sie heute ungewohnt stelzbeinig aus. Das war ihre Paradeuniform, nicht unähnlich der der Gestapo. Schon gleich am Morgen konnten wir an ihren blendend weißen Hemd-

kragen, an den schwarzen Krawatten, an dieser ganzen knisternd neuen Kluft, an den Stimmen, die plötzlich höher und dünner geworden waren, als wollten die Polizisten ohne Übergang gleich im aggressivsten Tonfall beginnen, unschwer erraten, daß sich etwas Gefährliches ankündigte. Grischka, den man aus seiner Kammer in den allgemeinen Wohnraum getrieben hatte, wußte nichts. Jetzt erklärte dieser rosige, sommersprossige und etwas verschlissene Mensch, worum es ging. Das KZ und die Erschießung auf der Stelle stellte er jedem in Aussicht, wer bei Fliegeralarm durch das Blinken elektrischer Lämpchen Flugzeugen Signale gibt, wer Fallschirmspringern und Deserteuren hilft, wer sie versteckt, wer Sabotage treibt, wer Widersetzlichkeit zeigt, wer gegen die Wohnlagerordnung und die Arbeitsdisziplin in der Fabrik verstößt. Er kündigte an, daß heute im Lager eine Durchsuchung stattfinden würde. Wir hätten uns jetzt in die Wohnräume zu begeben, die Spinde zu öffnen und an Ort und Stelle zu bleiben.

Jetzt wurde klar, warum sich die Gestapoleute und die vielen braungelb uniformierten SA-Leute bei uns im Lager eingefunden hatten. Auch für die SA-Männer waren die Paradeuniform und die leuchtend roten Armbinden mit dem Hakenkreuz wahrscheinlich eine aufregende Sache. Wenn sie sich miteinander unterhielten, konnte man aus den Stimmen eine polizeiliche Beflissenheit und Schrillheit heraushören. Die Lagerpolizisten kamen sich wie Prüflinge vor. Gestapo und SA waren die Examinatoren.

Fast alle Lagerpolizisten waren bereits in gesetztem Alter. Sie würden sicher bald mit Opa angeredet werden. Ein Opa ist ein Großvater, ein Greis, ein altes Haus, ein Patriarch. Mit diesem zugleich achtungsvollen und familiären Namen redet man in Deutschland auf der Straße einen älteren Mann an. Zum erstenmal hörte ich das Wort *Opa* im Durchgangslager. So wurden dort die Lagerpolizisten angeredet.

Dort wurden die Frauen von den Männern getrennt, dort wurden nach dem Alter die Gruppen zusammengestellt. Wer zusammenbleiben wollte, wurde auseinandergerissen. Hier stürzte alles auf einmal auf uns herab: der Verlust der nächsten Menschen, die den Körper rasch auszehrende Hungerration, die beleidigend klägliche Suppenbrühe. Hier endeten die systemlosen Fuchteleien der Transportzugwachmannschaften, und es begann das methodisch durchdachte Prügeln. Die Opas traten schnell, grausam und beschwingt in Aktion. Sie schlugen nicht nur mit dem Gummiprügel zu, sie machten auch von ihren Armen und Beinen Gebrauch und von jedem Gegenstand, der ihnen gerade in die Hand fiel. Damals begriff ich, was der die Seele von innen nach außen kehrende Haß ist. Die Seele kehrte sich deshalb von innen nach außen, weil, wie man heute sagen würde, das System der Weltorientierung zerstört wurde. Die todsichersten, instinktsichersten Merkmale der Vernunft, Duldsamkeit und Güte trogen fortan. Der ältere Mensch, der gebildete Mensch, der Mann im weißen Arztkittel: dies alles galt jetzt nicht mehr, verbürgte keine Menschlichkeit. Einer meiner stärksten Eindrücke in Deutschland war und bleibt dieser: man treibt uns die Straße eines kleinen Ruhrgebietsstädtchens entlang. Eben haben wir Möbel in ein Haus geschleppt, die Begleitpolizisten scheinen mit uns zufrieden zu sein. Auf dem Gehsteig kommen uns zwei gutangezogene junge Frauen mit einigen gutangezogenen Kindern entgegen. Die Kinder bewerfen uns mit Steinen. Ich warte, daß die Frauen oder die Polizisten eingreifen und den Kindern Einhalt gebieten. Aber nichts dergleichen geschieht. Weder die Polizisten noch die Frauen sagen den Kindern auch nur ein Wort.

Auch dies verblüfft und stülpt die Seele um: wir schreiben das Jahr zweiundvierzig, die deutschen Soldaten kämpfen in fernen, fremden Ländern, der Krieg kommt zwar bisweilen mit Flugzeugen angeflogen, doch die kleinen Ruhrgebietsstädtchen sind alle noch heil und unversehrt. Heil ist die neue Asphaltdecke und das alte Steinpflaster, heil sind die Schaufenster der zahlreichen kleinen und großen Geschäfte. Wo rührt dann diese Energie des blinden Hasses her, für den es gleich ist, ob einer von uns jung oder alt ist? Man kann sich doch nicht einfach so mit Haß aufladen: zur Morgenstunde, mit dem Morgenkaffee. Man kann den Haß nicht wie das Frühstück in sich aufnehmen, der Haß ist kein Werktagsgefühl. Dabei verblüffte an der gegen uns gerichteten Grausamkeit gerade die Energie und Folgerichtigkeit, die Organisiertheit, die werktägliche Universalität. Sonderbar ist auch, daß diese Grausamkeit zwar eine amtliche, formelle Seite hat, daß sie aber oft auf Privatinitiative beruhte. Im Zivilanzug steckte genauso ein Hassender wie in der Polizisten- und Gestapokluft. Die Varianten einte ein ganz bestimmter Tonfall: die schrille Stimme, wie eine Polizistenpfeife, hoch und immer höher.

Der Dolmetscher erläuterte mit seiner auf das Aussprechen deutscher Wörter von langher geeichten Stimme, wie wir uns bei der Durchsuchung der Spinde zu verhalten hätten. Unterdessen betrachteten wir die SA-Leute. Wolodja, der neben mir im Glied stand, begann plötzlich zu lachen, Angst blieb ihm auch jetzt fremd:

«Schau mal, der Paul!»

Ich erkannte Paul sofort, ich hatte ihn selber schon länger gemustert. Die SA-Mütze mit dem übertrieben hohen, aggressiven Mützenboden ließ sein pergamentfarbenes, schweißbedecktes Gesicht noch hagerer erscheinen. Die braune Uniform war neu, der weiße Schal jedoch war oft gewaschen worden. Paul merkte, daß wir ihn erkannt hatten, und wurde unruhig. Sein Gesicht spannte sich. Vermutlich hatte er sich, als er unseren erkennenden Blick spürte, sofort seines vielgewaschenen Schals geschämt. Wir erkannten jetzt immer neue und neue SA-Leute:

«Urban!»

«Schulz!»

«Der Opa!»

«Der Gänsehirt!»

«Hans!»

Unser erstauntes Erkennen und erkennendes Staunen teilte sich quer über den Hof den Erkannten mit. In der angetretenen SA-Formation hatte man wohl auf den Augenblidk des Erkanntwerdens gewartet. Diese Parteiaktivisten waren alles Werkmeister und Fabrikarbeiter. Es war ihnen nicht gleichgültig, daß sie von uns erkannt wurden. Ihre Stimmen klangen jetzt schärfer. Sie redeten einander an und zeigten nicht uns, sondern einander, daß sie in ihrer braunen Uniform erkannt worden waren. Das war kein Feldgrau, diese Kluft war nicht für die Front, nicht für den Dreck bestimmt: keine Armee-, eine Paradeuniform. Auch die blutroten Armbinden mit dem schwarzen Hakenkreuz im weißen Kreis stachen in die Augen. Das war eine Uniform für Straßenverkehrspolizisten, sie sollte möglichst viele Blicke auf sich lenken. Zwischen ihrer Farbe und der Erregung jener, die sie angezogen hatten, bestand ein direkter Zusammenhang. Doch nicht allen verlieh sie ein stattliches Aussehen, sie stand jedem anders.

Das rote, verwitterte Gesicht Meister Urbans kannte ich gut. Er war für das Beladen und Entladen von Eisenbahngüterwaggons zuständig. Ihm unterstanden die Fabrikgleise, die Stollen sowie sämtliche Erdarbeiten und Ladearbeiten auf dem Fabrikhof. An den Sonntagen wurden jene Lagerbewohner zum Verladen und Entladen von Güterwaggons eingesetzt, die sich irgendwas hatten zuschulden kommen lassen, das heißt: es gab unter uns kaum einen, der Meister Urban nicht kannte. Es war oft vermerkt worden, daß er nie prügelte. Er trug auch nicht jenen braunen Kittel, den sonst alle Werkmeister in der Fabrik über ihrem Anzug anhatten. Er trug eine kragenlose Steppjacke, die jener, die wir trugen, nicht unähnlich war. Auch jetzt schien die effektvolle Uniform ihn nicht gerade mit Kampfeseifer zu erfüllen. Auch seiner Körperhaltung half die Uniform nicht nach, und die hohe SA-Mütze machte ihn nicht größer. Wie stets, stand er gekrümmt da: als hätte er auch heute seine Arbeitsjacke an. Und es ging seinem Blick jene Eindringlichkeit ab, jene auf Wache stehende Aufmerksamkeit, die übereifrige Bereitschaft, den Beobachteten jählings zu ertappen, die die deutschen Werkmeister offenbar in sich ausbildeten. Urban setzte einem auch bei der Arbeit mit seinen Blicken nicht zu, blieb nie längere Zeit neben dem Arbeitenden stehen, er schnauzte nicht einmal die Straffälligen an. Er verweilte eine Minute, als sei er nur zufällig vorbeigekommen, sein Blick glitt achtlos und wie abwesend an uns entlang, dann wechselte er ein paar Worte mit dem Vorarbeiter, drehte uns wieder den Rücken zu und entfernte sich, ohne sich umzublicken. Die niemanden erkennende Trübheit in den Augen, der den Danebenstehenden gleichsam von seiner Gegenwart dispensierende Blick zur Seite und abwärts, endlich der gekrümmte Rücken: dieses unaufdringliche Wesen und Gehabe war längst beachtet und gewürdigt worden.

Auch jetzt bedrohte er keinen mit seinem Blick, suchte unsere Reihen nach niemandem ab. Doch in seinem Gesicht war etwas, das ärger erschrecken konnte als Pauls schweißige Gereiztheit. Auf Urbans Gesicht stand der Ernst geschrieben, die Einsicht in die eigene Pflicht und die Bereitschaft, diese Pflicht zu erfüllen. Dieser Ernst wendete sich nicht an uns, sondern an die Deutschen. Er redete den leichtsinnigen Schreihälsen unter ihnen stumm ins Gewissen, tadelte ihre Unbeherrschtheit, wies sie zurecht.

Neben Urban stand Hauptingenieur Schulz, von dem gesagt wurde, er würde auf russisch den Satz auswendig kennen: «Dort ist der Schubkarren, dort ist der Spaten. Wenn du nicht kannst, lehren wir dich, wenn du nicht willst, zwingen wir dich.» Die Nennung gerade dieses Arbeitsgeräts verwunderte mich, der Hauptingenieur hatte schließlich nichts mit Schubkarren oder Spaten zu tun. Schulz hatte einen stechenden, sich in den Angeblickten hineinbohrenden, ihn sich merkenden Blick. Er ließ sich selten in den Werkhallen blicken, noch seltener im Fabrikhof oder bei uns unter Tag. Aber jedes Auftreten von Schulz gipfelte in Gebrüll und Prügelei. Er war hochgewachsen und sicherlich schön. Ich sage deshalb *sicherlich*, weil es mir damals unmöglich war zu denken: Dieser Deutsche ist gut gewachsen und schön. Das vorausgehende Wort *Deutscher* vernichtete die darauf folgenden Attribute. Dabei war der Internationalismus die Luft meiner Kindheit gewesen. Das Wort *Internationalismus* füllte und beherrschte die Schulstunden und war nicht frei von schulischer Langeweile, denn im Unterricht war davon die Rede, daß irgendwann in grauer Vorzeit auch solche Menschen gelebt hatten, die keine Internationalisten waren. Ein Kino in unserer Stadt hieß *Jungsturm*, ein anderes Kino hieß *Rouge*, ein drittes hieß *Coloseum*. Bei einer deutschen Frau namens Maria Fjodorowna hatte ich noch vor dem Kindergarten meine ersten deutschen Worte gelernt: *Die Lampe* und *der Tisch*. In der Musikschule übte ich die Etüden von Goedike und Kuhlau. Tante Grete, die Frau von Mutters Bruder, war ebenfalls eine Deutsche. Doch es ging natürlich nicht um Tante Grete und auch nicht um Tante Gretes Vater Onkel Ernst – all diese familiären Perfekte und Plusquamperfekte kamen mir in Deutschland kein einziges Mal in den Sinn. Jedoch die Losung *Proletarier aller Länder, vereinigt euch!* und die Worte der Internationale fielen mir immerzu ein. Es war nicht meine Schuld, daß die Oberfläche meiner deutschen Erinnerungen nur aus Haß und Angst bestand. Um jemanden wie Schulz präzis beschreiben zu können, muß ich in meinem Gedächtnis die ein oder zwei obersten Schichten durchstoßen. Erst in der dritten Schicht hat sich zusammen mit der Neugier und dem Neid auf jene Menschen, die das Brecheisen, den Pickel oder den Vorschlaghammer so geschickt zu handhaben wußten, auch noch dies abgelagert: daß Schulz ein schöner Mann war. Das heißt: ich sah, daß er sich mit Geschmack kleidete, daß er mit souveränen Körperbewegungen um die Werkbänke herumging, treppauf oder treppab stieg und daß der lange braune Kittel über dem Anzug, den er trug, ihn vorzüglich kleidete. Fast den gleichen Kittel trugen die Werkmeister, aber Schulzes Kittel war sauberer, neuer und länger.

Auf meinem Körper saßen Kleidungsstücke niemals gut, und ich wußte auch, daß sie nur jenen wie angegossen passen, die einen gut durchgebildeten Körper haben. In Schulzes Blick, mit dem er mich festnagelte, schimmerten jene paar russischen Brocken, die er sich eingeprägt hatte. Und dann hatte der Blick noch dies: es hatte den Anschein, daß Schulz mir nicht einfach Verstöße gegen die Lagerordnung vorwarf, sondern etwas weitaus Gravierenderes und für mich Schmerzlicheres, nämlich Kleinmut und Charakterschwäche, genau jene Untugenden, bei denen ich mich selber immer wieder ertappte. Es war natürlich lachhaft, sich am Hauptingenieur messen zu wollen. Aber meine Hoffnung, die stets nach einem Haltepunkt suchte, konnte Schulzens einfach nicht entbehren. Er war Ingenieur und nicht Aufseher, wie der bei allen, auch bei den Deutschen, verhaßte *Gänsehirt*.

Der *Gänsehirt* hatte die SA-Uniform immer an. Nur manchmal trug er statt des Uniformmantels eine Lederjacke.

Sein Haus stand direkt neben der Fabrik, sein Grundstück grenzte ans Werkgelände. Dieser Teil des Fabrikhofs diente als Abfallplatz. Hier hörten die Werkgleise auf, hier lagen rostige Eisenteile herum, hier gab es ein Reservertor, das unbewacht war. Das Grundstück des Gänsehirten lag hinter diesem Tor, dort weideten seine weißen Gänse, die dem Gänsehirten seinen Beinamen eingebracht hatten. Durch dieses Tor betrat der Gänsehirt das Werkgelände, und es wird wohl eher so gewesen sein, daß auch dieses Tor nicht völlig unbewacht war, sondern daß seine Bewachung dem Gänsehirten und dessen Familie oblag. Er hatte ein sehr schmales, hageres Gesicht, war klein und sehnig. In seiner braunen Uniform tauchte er an allen Ecken und Enden des Fabrikhofs auf, aber nie, um eine Arbeit zu verrichten. Wenn ihn einer aus der Ferne sah, warnte er sofort die anderen:

«Der Gänsehirt kommt!»

Ich war erstaunt, ihn einmal beim Arbeiten zu sehen. Er lenkte ein Doppelgespann schwerer Lastgäule, die eine flache breite Plattform mit niedrigen Seitenwänden zogen – sie ähnelte dem Laderaum eines Lasters. Die Plattform war mit Kartoffelsäcken beladen. Der Gänsehirt saß auf dem hohen Kutschersitz. Er hatte eine Reithose und Stiefel an, dazu eine Arbeitsjoppe. Er hob seinen

Arm, wie gewohnt. Aber diesmal bedrohte er Gäule – nicht Menschen. Er hielt vor dem Lagerraum der Werkkantine. Der Gänsehirt stieg ab und half beim Abladen der Säcke mit. Er hatte die Armbewegungen und Handgriffe eines Packers und die Ungeduld eines gesunden Mannes, der es mit Leuten zu tun hat, die selber keine Schwerarbeit verrichten können. Der Gänsehirt war also nicht nur Aufseher, er hatte außerdem eine Arbeit. Der Fabrik war ein Stück Landwirtschaft angeschlossen, diese Landwirtschaft unterstand ihm.

Jetzt stand er in der uns wohlvertrauten Uniform neben Urban und Schulz. Dahinter konnten wir Hans sehen: den einzigen Deutschen in der ganzen Fabrik, der, und zwar in der Gießerei, einen Schubkarren schob. Er war schwerhörig und stämmig wie Andrej. Doch im Unterschied zu Andrej war Hans stets frohgemut. Er summte ein Liedchen vor sich hin oder lauschte auf eine Musik, die in seinem Inneren erklang. Diese flotte Musik tönte immer in ihm, ob er den leeren Schubkarren aus der Gießerei zurückkarrte, ob er den neuaufgefüllten Karren anschob oder mit einem Spaten Formmasse oder Sand in den Schubkarren schippte. Bevor er die Schubkarrengriffe packte, rieb er sich, wie im Vorgefühl eines ihn erwartenden Vergnügens, die Hände, den ersten Schritt machte er zu den Klängen des ersten Taktes der Melodie, die in diesem Augenblick in ihm ausgereift war. Er stampfte mit dem rechten Fuß auf, und die Holzpantine am rechten Fuß schlug weiter den Takt. Seine Schultern hingen unter der Last des gewissenhaft gefüllten Schubkarrens durch. Von Zeit zu Zeit schüttelte er sich im Gehen und richtete die Schultern auf. Vom Hals zum Kinn wurde seine Haut von einer Narbe zusammengezogen. Hans bewegte manchmal ruckartig das Kinn, als wolle er es möglichst weit hinter die linke Schulter versetzen und den Hals vom engen Kragen befreien. Seine Äuglein glotzten dazu im Takt. Das Glotzen war ihre Lieblingsbeschäftigung, als wolle Hans seine Schwerhörigkeit wettmachen, das ungehört Gebliebene durch Blicke kompensieren. Hans war der am wenigsten bösartige unter den deutschen Werkmeistern in der Fabrik. Es kostete uns keine Überwindung, ihn anzuschauen. Ihn hier zu sehen, hatte ich nun wirklich nicht erwartet. Die Uniform saß auf ihm wie das Faltengewand eines Clowns, die Mütze auf dem zuckenden Kopf war zur Seite gerutscht. Doch das Kinn war sorgfältig rasiert, und die kleinen Äuglein glotzten bedeutungsvoll.

Bis ich etwa vierzehn war, waren mir nur lauter verständliche Dinge widerfahren. Mein Leben hatte das weitläufige Gebiet des Unbegreiflichen, auf dessen Existenz die Erwachsenen Rücksicht nehmen, einfach noch nicht einbezogen gehabt. Im Lager wuchs ich nicht nur körperlich. Doch gerade deshalb kehrte sich meine Seele von innen nach außen: weil ich über nichts verfügte, das mir geholfen hätte, die Bewohner dieses kleinen Ruhrgebietsstädtchens Velbert zu begreifen, die jetzt in SA-Uniformen hergekommen waren.

Das Schlimmste ist vielleicht nicht einmal das Lager, sondern dieses Städtchen, durch das man dich treibt. Und auch darum wieder geht es weniger, daß du wie ein Pferd die Straße entlangtrottest, daß an deinen und deiner Nachbarn Füßen Holzschuhe sind, von denen du zu Hause nie gehört hast – schließlich und endlich kannst du irgendwo ein abgetragenes Paar Schuhe auftreiben, notfalls eintauschen. Es kann geschehen, daß du auch einmal ohne Bewacher ein Straßenquadrat weit gehen darfst. Der Bewacher hat es vielleicht eilig gehabt, er hat dir gezeigt, wohin du was bringen sollst, hat drohend hinzugefügt: *«Aber paß auf!»* Und ihr geht also wie Menschen auf dem Gehsteig, obwohl der Vorsichtige sich freilich streng an die Bordkante hält, um jeden Augenblick auf den Fahrweg ausweichen zu können. Und er hat richtig kalkuliert, der Vorsichtige: Mit Sicherheit läuft euch ein Deutscher über den Weg, der euch vom Gehsteig runterstößt.

Und der deutsche Passant sucht auch noch nach dem Bewacher und brüllt ihn an, und der Bewacher wünscht den Passanten nicht etwa zum Teufel, fordert ihn nicht etwa auf, sich um seine eigenen Angelegenheiten zu kümmern – nein, er brüllt mit und schwingt die Faust. Es geht nicht einmal darum, daß sie dir niemals Brot geben, nie eine Zigarette schenken: das kennen sie einfach nicht. Der Brauch, sich die eigene Seele durch kleine Gaben zu erweichen, ist unbekannt. Schlimmer ist, daß Gehsteig und Zigaretten als Privileg gelten.

Die Straßen der deutschen Städte sah ich abschnittweise. Etwa hundert Meter Straße in Wuppertal waren von jenem Ort aus zu sehen, wohin man uns aus dem Durchgangslager gebracht hatte, damit wir Kartoffeln ausluden. Es roch nach Rauch: Bahnhofsviertel. Mit dem Geheul einer Messerschleifmaschine rasten die Wägelchen der Schwebebahn vorbei. Dieses metallische Geheul erweckte den Gedanken an Flugzeuge, und die Wägelchen legten sich auch wie Flugzeuge seitlich in die Kurven. Direkt über uns hing das verrostete Schutznetz. Durch die Maschen im Netz sah man Menschen die Treppe zur Schwebebahnhaltestelle hinaufsteigen. Der kleine rote Triebwagen zog einen Anhänger hinter sich her. Die auf dem Wagendach angebrachten Rädchen heulten gleich auf, die Bahn ging schon im Anfahren in die Kurve. Das ging den ganzen Tag so: während wir die Kartoffeln ausluden. Die Straße führte bergab. Man sah das Schaufenster eines Lebensmittelladens und das Schild einer Bierbar an der Ecke. Anhaltende Feuchtigkeit hatte Steinpflaster und Asphalt nachdunkeln lassen. Mitten am Tag nahm der Nebel so zu, daß im Laden und in der Bar das Licht eingeschaltet wurde. Bunte Reklamelämpchen glimmten auf.

Als ich unter dem Verdeck des Lasters hervor auf die Straße sprang, verblüffte mich eine bereits vergessene Empfindung: jene, wieder festes hartes Straßenpflaster unter den Füßen zu haben. Von dieser Empfindung hatte ich früher nichts geahnt, bis man sie mir dann wegnahm. Einen ganzen Monat lang war unter meinen Füßen der Fußboden des Güterwaggons oder der Lagerbaracke, die Eisenbahnböschung oder der Lagerplatz gewesen. Jetzt stellte sich heraus, daß meine Füße vergessen hatten, wie sich der harte Stein der Stadtstraßen anfühlte. Auch die Schaufensterbeleuchtung hatte ich nie wie jetzt angestarrt.

Die Straße hinauf zur Schwebebahn stiegen Männer mit und ohne Aktentaschen, Frauen in Hutchen und mit Handtäschchen. Die beiden roten Wägelchen entführten sie in ein Leben, das nach den Richtlinien der *Neuen Ordnung* für uns fortan für immer verschlossen bleiben sollte. Sogar die Empfindung der steinernen Festigkeit des Straßenpflasters sollte künftig Deutschen vorbehalten sein. Uns schenkten sie keine Beachtung. Ich aber betrachtete das tief durchhängende Schutznetz, das sie absicherte, wie Trapezkünstler im Zirkus, und dachte: «Ihr lebt, als sei es euch um niemandes Leben schade: nicht um unseres und auch nicht um eures, und trotzdem habt ihr dieses Schutznetz hingehängt!»

Genauso wie damals in Wuppertal bekamen wir manchmal Gelegenheit, ein Stück Straße zu sehen, oder ein Stück Straßenbahnschiene, fein säuberlich in akkurates Pflaster eingelassen, oder Häuser mit hohen Dächern, oder eine Kirche mit Turm und Turmuhr, oder ein Kohlenlager auf einem Güterbahnhof. Wir schleppten Koks in Heizungskeller, luden Schlacke aus, stapelten Bretter. Man fuhr uns auf schwarze Höfe, führte uns in Speicher und Kellerräume. So war die Stadt für uns beschaffen: es war eine Stadt der Keller und der rußgeschwärzten Hinterhöfe. Alles dies kam aus dem Nirgendwo, verschwand im Nirgendwo und stand in keiner Beziehung zu den vier Weltteilen. Am besten kannte ich natürlich die Straßen in der Nähe der Fabrik. Fünf taube Straßenquadrate ohne Geschäfte und ohne Cafés, fast ohne Passanten, mit Häusern, deren Fenster irgendwie bar jeder Neugier waren. Keiner schaute uns je aus diesen Fenstern zu, obwohl das Holzpantinengeklapper unserer Kolonne einige Viertel weit zu hören war. Balkone gab es nicht vor diesen Häusern. An den Sonntagen waren die Fenster geöffnet, und auf den Fensterbrettern hingen die Federbetten zum Auslüften.

Die Härte des Steinpflasters auf diesen Straßen war Jahrhunderte alt. Selbst noch die Lichtreflexe auf den spiegelblanken Fensterscheiben schienen uralt zu sein. Der Zusammenhang der Reflexe mit der Unverwüstlichkeit des Pflasters und der Granithärte der Bordkanten, die wir vom Fahrweg her anstarrten, erschien uns ewig und unaufhebbar.

Alles war hier auf Jahrhunderte berechnet – auf ewige Zeiten und tägliche Pflege. Die Prachteingänge der zweistöckigen Herrschaftshäuser, die gußeisernen Gitter vor den Vorgärten. Wir gingen vorbei, und die Ruhe der Straße stellte sich gleich wieder her. Nur die nächtliche Verdunklung und unsere Kolonne erinnerten an den fernen Krieg. Nichts war hier zerstört, und das erweckte Trübsal und Haß, als sei die Zeit zum Stillstand gekommen.

Jetzt waren also die in diesem Städtchen lebenden Menschen in unser Wohnlager gekommen, um es zu durchsuchen. Wenn ich ihnen in der Fabrik über den Weg lief, blickte ich sie mit Sorge und Abneigung an. Doch natürlich hatte ich Hoffnung, sie hätte noch auf das geringste Zeichen erwidert. Ich spürte natürlich, daß die an Hans schlaff herabhängende Uniform nichts bedeutete. Seine Äuglein glotzten wie immer verständnislos, der Hals zuckte, und nur das Kinn schob sich bedeutungsschwer nach vorn, und die Unterlippe stand ab. Schulz trug keine Uniform, er hatte einen Hut und einen Zivilmantel an. Trotzdem war die braune Uniform das, was sie alle einte. Diese Menschen trennte von uns die morgendliche Sattheit und Gesundheit, der Geruch nach Zigaretten und Zigarren, die sonntägliche Jägerfröhlichkeit. In der Fabrik, in der Vereinzelung, spürten sie vermutlich den Unterschied zwischen sich und uns nicht so stark. Daß sie ihn jetzt spürten, sah man den Gesichtern an – wie die Spuren der Morgenrasur.

Dies alles lagerte sich irgendwo in meinem Gedächtnis ab, obwohl sich meine Gedanken nicht damit beschäftigten. Im Traum hatte mich ein Hund angesprungen, und ich versuchte, mich zu erinnern, ob er mich auch gebissen hatte. Der Traum und der Hund im Traum waren mir gleich wieder eingefallen, als der Dolmetscher die bevorstehende Durchsuchung des Wohnlagers ankündigte. Die Angst, die seine Worte in mir auslösten, schien aus dem Traum herzukommen und dessen direkte Fortsetzung zu sein. Aber ich hatte vergessen, ob der Hund zugebissen hatte. Eben noch hatte ich in die vor Anspannung wie blinden, von dem Wunsch, es den Dienstherren möglichst recht zu tun, erfüllten Augen des Dolmetschers geblickt, gerade erst hatte ich erleichtert aufgeseufzt, als der Dolmetscher nicht auf mich gezeigt hatte und an mir vorbeigegangen war. Doch ich hatte mich zu früh entspannt, und der Ärger darüber versengte mich. Es gab keinen Ausweg, und ich mühte mich, darauf zu kommen, ob der Hund im Traum mich nun gebissen hatte oder nicht. Wolodja fragte:

«Ist wer die Suppe holen gefahren? Hast du was gesehen?»

Am Sonntag gab es nur einmal am Tag Suppe, aber dafür war mehr drin als an den Werktagen. Und es war ausgeschlossen, sämtliche Etappen des Sonntagssuppenholens zu verschwitzen: den Aufbruch, die Abfahrt, den Augenblick kurz vor der Ankunft, die Ankunft.

Ich zuckte die Achseln:

«Ich habe nichts gesehen.»

Wolodja berührte Andrej an der Schulter.

«Andrej», fragte er und versuchte jede Silbe deutlich zu sprechen, damit Andrej den Wortlaut von seinen Lippen ablesen konnte, «ist heute wer zum Suppenholen gefahren?»

Andrej stand da wie in der Kolonne, wenn sie vor dem Fabriktor angelagt war. Die Augen gesenkt, ein trostloses Gesicht, die eine Schulter angehoben, die Arme schlaff herabhängend. Er war verlegen und unruhig geworden wie eine Mutter, die eine Frage ihres Sohnes aus der Fassung gebracht hat.

«Weiß ich nicht», näselte er und drehte sich hilfesuchend nach mir um. «Hast du was gesehen?»

Er hatte das, was uns der Dolmetscher gesagt hatte, überhaupt nicht gehört. Hatte in Gedanken versunken dagestanden. Erst jetzt wurde er trübsinnig, weil er Wolodjas Frage nicht beantworten konnte. Für Wolodja, wie für viele andere in unseren Reihen, war die erste Ungewißheit, die erste Anspannung schon gewichen. Er fühlte sich gelockert und erleichtert und hatte gleich nach der Suppe gefragt.

Neben mir standen zwei Altersgenossen von mir: Kostik und Schafskopf. Kostik war mein Landsmann. Nur der Zufall hatte uns gehindert, unsere Bekanntschaft schon vor dem Krieg zu machen: wir hatten im gleichen Viertel gelebt. Schafskopf war Westukrainer. Anfangs war er derart scheu, daß er selbst noch die simple Frage: «Wie heißt du?» für eine Falle hielt.

«Du bist ein Neuer?» fragte ich, als man ihn in unseren Stollen brachte. «Von wo denn?»

Er erwiderte nichts und gab nicht zu erkennen, daß er mich verstanden hatte.

«Du bist wohl taub? Wie heißt du?»

Er blickte abwechselnd auf die Spitzen seiner Soldatenstiefel und zur Seite, er schielte. Ich schüttelte ihn, vermochte seinen Blick aber auch jetzt nicht aufzufangen. Sosehr ich mich abmühte, in sein Blickfeld zu kommen – er wendete sich jedesmal ab.

«Ich zum Beispiel, ich bin der Sergej», kämpfte ich verbissen gegen seinen Starrsinn. «Und du? Kommst du vom Dorf? Du glaubst wohl, du wirst weniger, wenn du sagst, wie du heißt?»

Da kam Wolodja.

«Er sagt nicht, wie er heißt», sagte ich.

«Wirklich?» lachte Wolodja. «Dann soll er es bleiben lassen. Wir denken uns schon einen Namen für ihn aus. Wir erfinden einfach irgendeinen Namen.»

Erst nach zwei Stunden gemeinsamer Arbeit, den Blick weiterhin auf die Stiefelspitzen geheftet, sagte er:

«Wassil.»

Ich begriff nicht gleich. Als ich begriff, rief ich:

«Wassil! Schau einer an, was du uns für ein Geheimnis lüftest! Du hast es lange behütet!»

Sein Kopf war rund und kahl geschoren, die Backen waren nach

Biedermannsart rund, die Lippen waren starr und verschlossen: als wüßte er, obwohl er mich eben zum erstenmal im Leben gesehen hatte, bereits eine Menge Schlechtes über mich. Den Kopf hielt er wie ein Stier, das Kinn war gegen die Brust gestemmt. Die Augen waren abgewendet, vielleicht aus Furcht vor dem bösen Blick. Diese Schüchternheit kam mir übertrieben und unglaubwürdig vor, um so mehr, als ich dahinter eine im Zupacken geübte Hand und einen hellen Kopf erriet. Bei der Arbeit stellte sich der Bursche geschickt an, verstand alles auch ohne Worte. Wo es notwendig war, stemmte er die Schulter gegen die Lore, schritt über Lehm und Schotter schnell und ohne auszugleiten. Dieser Starrsinn mit Köpfchen kam mir verdächtig vor. Im Lager brauchst du dich nicht aufzuspielen, dort mußt du jeden Augenblick deinen Nachbarn decken. Mir schien, daß ich diesen Typ bereits kannte.

Im Grunde sind das Menschen aus einem Guß und Stück. Sie haben eben eine Lebensart, die den meisten anderen unbegreiflich und fremd ist. Die Fremdheit ihrer Umwelt ertragen sie nicht deshalb so gut, weil sie stark wären, sondern deshalb, weil sie der Gesellschaft anderer Menschen nicht bedürfen. Meistens sind es Bauern. Einer, der Geselligkeit braucht, der vom Urteil der anderen abhängt, kann nicht nur deren Verachtung – er kann selbst die Entfremdung schwer verkraften.

Ich überwand Wassils Sturheit und meine Aversion gegen ihn anläßlich eines kleinen Vorfalls:

Von der Halde aus sah man eine Backsteinkirche. Sie stand vor unserem Blick, wenn wir die Lore aus dem Tunnel schoben. Diese Kirche besaß eine Kirchturmuhr. Einmal war ich allein mit Wassil und fragte ihn, wie spät es sei. Er drehte sich nicht einmal um.

«Ich sehe schlecht», sagte ich. «Sonst hätte ich dich nie gefragt. Kannst du dich nicht mal umwenden?»

Wassil wendete sich nicht um, sondern ab. Da kam mir plötzlich die Erleuchtung:

«Sag mal, du kannst die Uhrzeit gar nicht ablesen? Du kannst vielleicht auch keine Bücher lesen?»

Wassil nickte – und dieses Nicken war wie eine Befreiung. Der Hauptgrund für seinen Starrsinn und seine Menschenscheu war aus dem Weg geräumt. Jetzt lachte er sogar, wenn wir ihm vorführten, wie er das Kinn gegen die Brust gestemmt und seine Stiefelspitzen angeblickt hatte. Es erwies sich, daß er nicht nur pfiffig, sondern auch zum Lachen aufgelegt war. Er entwickelte jetzt genau wie wir ein Interesse am Ablauf der Tageszeit. Anfangs gab er die Position des großen und des kleinen Uhrzeigers an, später bestimmte er die Tagesstunde ganz allein und ohne unsere Hilfe. Jetzt bat er nicht nur um Zigarettenstummel, sondern verschenkte auch selber welche. Nur noch Kostik betitelte ihn weiterhin hochmütig mit Schafskopf.

Wegen seines schlurfenden Moribundengangs kam Kostik immer und überall zu spät. Er war der letzte beim Suppenfassen, der letzte, der sich in ein Gespräch einschaltete. Und je später er hinzutrat, je unpassender sein Einwurf war, desto hochmütiger wurde sein Mienenspiel. Kostik war ein selten schöner Mensch. Er wusch sich längst nur noch *bis zum Strich*, schlief fast immer angekleidet. Seinen Hals bedeckte der graue Gießereistaub, der auch auf seiner flaumigen Oberlippe saß. Doch unter dieser Ungewaschenheit und Ausgezehrtheit, unter dem in die Haut dringenden Staub aus der Fabrik, trat seine Schönheit noch deutlicher hervor. Die Körperschwäche machte seine Bewegungen langsam, doch man hätte meinen können, daß es nicht die Schwäche, sondern das Bewußtsein seiner Schönheit war. Die Erwachsenen ließen ihm einiges durch und zollten ihm jene Aufmerksamkeit, deren Fehlen mich so bitter traf. Die Unterstützung, die ihm zuteil wurde, bestand natürlich nicht in Essensrationen, sie bestand im Kosenamen Kostik. Nikolaj *Fälkchen*, der angesehenste unter den Lagerganoven, redete ihn mit *Söhnchen* an, wie ein Adoptivvater. Kostik war es also, der mit einem Gesicht, als wüßte er allein alles über das Leben, zu Wassil sprach:

«Du Schafskopf!»

Kostik nahm Andrej die Anhänglichkeit an Wolodja übel, beschimpfte ihn als *Gehörlosen*, klatschte höhnisch in seine dreckigen Hände, suchte mit den Augen Unterstützung bei den anderen. Andrejs selbstlose Art erschien ihm unsinnig.

Wenn im Lager jemand einen Beinamen erhielt, pflegte Kostik diesen Mann fortan nur noch so anzureden. Den Lagerganoven hatte er die klägliche Überheblichkeit, das Theaterhafte ihrer Gebärden und Manieren abgeguckt. Doch Kostiks läppischer Hochmut vermochte keinen zu kränken.

Dieser Hochmut war genauso schwächlich wie seine schlurfende Gehweise.

Schwerlich hätten Kostik und ich uns angefreundet, wären wir uns schon vor dem Krieg begegnet, doch er war nun mal mein Landsmann, fast mein Straßennachbar, und meine ganze Gier nach Freundschaft richtete sich auf ihn. Indessen war es schwer, mit ihm befreundet zu sein. Auch mich traf sein hochmütiger Blick:

«Wie willst du den Heimweg finden? Von Schwelle zu Schwelle?»

Er brauchte Zeugen seines Triumphes über mich. Und obwohl unser Gespräch ein Geheimgespräch war, rief er jemanden herbei:

«Du, der will auf den Heimweg von Schwelle zu Schwelle.»

Nach diesen Worten wandte er sich ab, der Anblick einer solchen Dummheit tat ihm offensichtlich weh.

Ich suchte einen Kumpel für die Flucht, mit Kostik rechnete ich nicht mehr. Es ging nicht nur um das, was er redete. Zum Fliehen war er denkbar ungeeignet. Mit seinem Schlurfgang kam er auch im Lager immer zu spät. Indessen standen unsere Spinde nebeneinander. Auch die Pritschen standen nebeneinander, und beim Appell hielten wir Tuchfühlung. Einmal machten wir den Versuch, gemeinsam Kartoffeln zu stehlen.

Die Fabrikküchenbaracke stieß mit der Rückwand gegen einen steil ansteigenden Hügel. Zwischen Wand und Hügel blieb ein Spalt. Durch diesen Spalt arbeitete ich mich zu dem einzigen nach hinten hinausgehenden Barackenfenster vor, das durch einen Fensterladen verschlossen war. Der Laden gab leicht nach. Verglast war das Fenster nicht. Zweimal am Tag – in der Mittagspause und nach der Arbeit – passierten wir alle eine Holztreppe von Hügel zu Hügel. Es war ein sehr belebter Ort, und nur der Hunger zwang mich zum Wagnis. Ich ging zu Kostik und erklärte ihm die Umstände. Er wurde bleich, ging aber mit mir mit. Er besaß eine Tasche aus Sackleinwand, etwas größer als ein Gasmaskenbehälter. Mit dieser Tasche stieg ich in die Baracke ein, während Kostik in die Gießerei laufen und von dort einen Zementpapiersack mitbringen sollte. Die Tasche hatte ich rasch gefüllt, hatte mir auch die Hosentaschen mit Kartoffeln vollgestopft. Den Fensterladen hatte ich angelehnt. Jetzt saß ich in völliger Finsternis da. Der Raum, in dem ich saß, diente als Gemüsemagazin. Jeden Augenblick konnte jemand reinkommen, hinter der Tür in der Küche hörte man Stimmen, man hörte auch die Schritte jener Leute, die die Treppe hinauf- und hinabstiegen. Kostik aber kam und kam nicht. Er kam wie immer zu spät, ich machte mir bittere Vorwürfe, mich auf ihn eingelassen zu haben. Die Nachtschichtsirene heulte auf, gleich würde der Appell beginnen, ich mußte sehen, daß ich von hier fortkam.

Schlecht war, daß ich mich blind hinaustasten mußte. Wenn jemand die Treppe entlangging, würde er mich gleich sehen. Ich stieß den Laden auf, stieg nach draußen... und lief zwei Polizisten direkt in die Arme, die schon fast vorübergegangen waren, jedoch stehenblieben, um zu sehen, wer durchs Küchenbarackenfenster gestiegen kam. Flankiert von diesen beiden Polizisten, die mir die Tasche gleich abgenommen hatten, erschien ich zum Appell. Kostik war bereits dort. Er hatte keinen Sack gefunden, hatte sich verspätet, hatte die Sirene gehört und war zum Appell gegangen. Ich hatte Glück. Die Kartoffeln gehörten der Fabrik, die Polizisten gehörten zum Lager. Es blieb bei Rippenstößen, die ich unterwegs bekam.

Jeder Sonntagmorgen begann für mich jetzt drei Stunden früher als für die anderen. Das war die Strafe für den Kartoffeldiebstahl: sechs Sonntage lang Frühaufstehen. In der Dunkelheit rief ein Polizist eine Reihe von Nummern auf. Ich sprang auf, wenn meine Nummer dran war.

Meine Pritsche war die erste in der zweiten Reihe, von der Wand aus gerechnet. Blickte man vom Treppenabsatz in den Wohnraum hinein, sah man die jeweils ersten Pritschen von vier langen Pritschenreihen. Insgesamt standen im Raum fünf Reihen. Jedoch die Pritschen der fünften Reihe waren so aufgestellt, daß man sie von der Tür aus nicht sehen konnte.

Nach der Lagerordnung war die Tür zur Treppe nachts immer geöffnet. Beim Aufwachen sah ich jedesmal den Polizisten. Die anderen Delinquenten hatten es leichter. Zwischen ihnen und dem Polizisten waren die Pritschenreihen. Sie standen auf und kleideten sich an, ohne ihn anblicken zu müssen.

Von meinem Platz aus sah man nachts zwei Glühbirnen: eine blaue vor dem Eingang und eine strohgelbe auf dem Treppenabsatz. Nachts waren die Treppenabsätze heller beleuchtet als die Wohnräume, das blaue Verdunklungslicht in der Stube kam mir unbeweglich vor, während das Treppenlicht zusammen mit dem Geruch nach Karbolsäure und Kalk aus dem Waschraum hochstieg. Im unbeweglichen Blaulicht sah ich den Zementfußboden und die Reihe der Spinde aus grauer Preßpappe entlang der Wand. An diesem blauen Licht erriet ich beim Aufwachen, wo ich mich befand. Und jeden Tag hoffte ich eine ganze Minute lang, daß das Blaulicht, der Zementboden und die Reihe der Spinde ein böses Traumgesicht waren, das sich gleich in nichts auflösen würde.

Sonst hatte ich es wie alle anderen: zwei nicht gestrichene Bettseitenwände, vier Bettpfosten und über dem Kopf die Decke, die von den Brettern der oberen Pritsche gebildet wurde. Durch die Ritzen rieselte mir der Strohmulm aufs Gesicht, wenn sich der Nachbar herumwälzte. Zwei Bettdecken: auch dies wie bei allen anderen. Und eine Spindhälfte. Doch das gab es im Lager nicht: daß es einer genau wie die anderen hatte. Ich war fünfzehn, noch nie im Leben hatte ich vorher Pritschen gesehen, ich konnte diesen Lagerhorror mit nichts vergleichen, konnte ihn nicht einordnen und nicht entschärfen. Über die Zeit wußte ich das Entscheidende nicht, das die Erwachsenen über sie wußten: daß sie vergeht.

Der Polizist überschreitet nicht die Schwelle unseres Wohnraums. Er steht auf dem Treppenabsatz, doch auf seinem Glatzkopf, auf seiner Brille liegt der blaue Schatten, den unser blaues Lämpchen wirft. Er ist nur halb angezogen, über einem dicken Nachthemd trägt er Hosenträger. Nicht er wird uns zur Arbeit treiben, dafür sind andere Polizisten da. Sie bereiten sich jetzt unten in der Wachstube darauf vor, nehmen ihre Gewehre, hängen sich Taschenlampen vor die Brust. Am Zustand ihrer Regenumhänge erkennen wir, ob es draußen kalt und regnerisch ist. Das sind die anderen Polizisten. Der auf dem Treppenabsatz wird uns wecken und dann in sein Zimmer gehen, um weiterzuschlafen.

«Siebenhundertdreiundsechzig!» ruft es auf deutsch.

Das bin ich. Jetzt muß ich rasch aufspringen. Gott verhüte, daß er noch mal rufen muß. Um jetzt schneller aufzustehen, habe ich mich schon in der Nacht angezogen und bin schon in der Nacht durchgefroren. Es gibt diese Art von naßkalter Muffigkeit, wenn du angezogen schläfst und weißt – im Schlaf weißt –, daß es beim Erwachen noch kälter sein wird. Die ganze Lagerverzweiflung konzentriert sich in diesem Frühaufstehen. Nichts ist schwerer zu ertragen, als wenn zur allgemeinen großen Not noch dein persönliches Ungeschick kommt. Die Not ist so groß, daß die Schwachheit im Angesicht dieser Not, die Unflexibilität, das persönliche

Pech zur unverzeihlichen Dummheit werden. Ich vermerkte bei vielen Lagerinsassen diese Einstellung, und meine Verzweiflung wuchs noch weiter an.

Mein ganzes Leben war ein falsches Leben, ich hatte in meinen Muskeln nicht genug Energie und Kraft gespeichert, sogar, daß ich nicht ausgezogen schlafen konnte, war ein Zeichen meiner Schwäche, ein Zugeständnis an die große Not. Ich sah, daß die Stärksten und Tatkräftigsten ausgezogen schliefen, und zog mich auch selber am Abend aus. Doch während der Nacht wachte ich mehrmals vor Kälte auf und streifte alles über, was sich überstreifen ließ. Am Morgen erkannte jedermann an meinen zerknautschten Hosen und an der Jacke, daß ich angezogen schlief.

Ich erriet natürlich, daß ich kein sehr kühner Mensch war. Ich litt, als mir das durch den Sinn ging. Mein Mut war mir keineswegs immer zur Hand. Bevor ich mich zu einer Handlung entschloß, mußte ich erst einmal abwarten, bis sich genug Mut in mir angesammelt hatte. Jedoch die Umstände ließen mir fast nie Zeit dazu, ich mußte mich überanstrengen, mußte so handeln, als sei die Entschlossenheit in mir schon ausgereift. Deshalb suchte ich ja auch nach einem älteren Freund. Mir war leichter, wenn mich eines anderen Mannes Kühnheit führte. Ich war fest überzeugt, daß die Erwachsenen deshalb mutig sind, weil der Mut mit dem Verstand und dem Gefühl der eigenen Würde wächst. Das Lagerleben lehrte jeden Tag, daß nicht alle Erwachsenen mutig waren. Aber kein Beispiel *aus dem Leben* vermochte den Gang meiner Gedanken zu verändern. Meine Gedanken gefielen mir, die Beispiele gefielen mir nicht. Ich hatte überhaupt die Feststellung gemacht, daß Überzeugungen zwingender sind als jede Zahl von Beispielen, offenbar deshalb, weil sie ja auch dem Leben entstammen. Jedenfalls erschien mir Schüchternheit nicht als angeborene Eigenschaft, sondern als Krankheit, als eine Art von Egoismus, als Seelenträgheit. Und die Angst – die eigene oder die fremde – war deshalb so widerwärtig, weil sie dem Egoismus entsprang. Ich haßte jene, die die Angst in mir hervorriefen, doch zugleich verachtete ich mich, weil ich Angst empfand. An meiner jetzigen Angst gab ich meinem früheren Leben die Schuld, in dem es zuviel Mutterliebe und -sorge gegeben hatte.

Die Front verlief zweimal direkt durch meine Stadt. Wir lebten lange im Bombenhagel und unter ständigem Artilleriebeschuß.

Wasser mußte geholt werden, Essen mußte beschafft werden, und außerdem mußte ich einfach mit anderen Kindern durch die zerbombten Straßen rennen. Ob ich wollte oder nicht, ich mußte mich Tag für Tag in Gefahr bringen, und ich bekam Gelegenheit genug, mich mit der eigenen Person zu befassen. Ich zog mit jenen mit, die älter und mutiger waren, und mischte mich nie ein, wenn ältere Kinder darüber stritten, welches Ziel wir wählen sollten. Zu den Mutigen und Unternehmungslustigen zog es mich deshalb hin, weil meine Kräfte gerade ausreichten, nicht schlechter als die anderen zu sein. Von jenen Dingen, die ich mit den anderen unternahm, blieb nur wenig in meinem Gedächtnis haften. Nur an einen Vorfall kann ich mich noch gut erinnern.

Während unserer Streifzüge, auf der Suche nach Waffen, stießen wir einmal auf einen zerschossenen deutschen Schützenpanzerwagen. Die anderen Kinder kletterten in den gepanzerten Laderaum und schepperten mit den dort abgestellten Kanistern, während ich mich auf den breiten Fahrersitz vorn in der Kabine setzte und durch das dicke Glas der Sehluke schaute. Ich sagte zu den anderen Kindern, dies Glas sei kugelfest.

«Woher weißt du das?» fragte man mich.

«Ich hab es gelesen.»

«Dann setz dich wieder vorn rein», sagten die anderen, «wir schießen von draußen auf dich.»

Meine Belesenheit verärgerte die anderen manchmal. Ich machte es mir also nach Möglichkeit hinter der vorderen Panzerplatte bequem und versank im Fahrersitz, meine Knie rutschten bis zum Kinn. Ich mußte mich an den Rand des Sitzes vorschieben und nach vorn beugen. Das Glas war so dick, daß es sogar ein wenig matt war, doch man sah nicht schlechter als durch eine Fensterscheibe. Um den Panzerwagen herum lagen deutsche Stahlhelme, Wellblechbüchsen und Kanister verstreut. Jenseits des Glases zielte mein Freund mit einem Gewehr auf mich. Das Gewehr hatten wir am gleichen Tag gefunden und schleppten es mit uns herum. Als mein Freund den Gewehrlauf gegen meine Stirn richtete, wendete ich den Kopf unwillkürlich zur Seite. Jetzt war ich mir schon nicht mehr ganz sicher, irgendwo vom kugelsicheren Glas gelesen zu haben. Vielleicht hatte ich auch bloß von einem anderen Jungen davon gehört. Oder ich hatte es zwar gelesen – aber es war ein anderes Glas gemeint.

Von draußen wurde gerufen:

«Halt den Kopf gerade!»

Erst als die anderen dann dran waren, begriff ich, wie schwer es mir fallen mußte, den Kopf nicht abzuwenden. Hinterher wollten alle durch das Sicherheitsglas schauen, während man aus nächster Nähe mit einem Gewehr auf sie schoß. Manche hielten es trotzdem nicht aus und rutschten mit dem Kopf zur Seite. Einer stieg lieber gleich wieder aus.

Meine größte Vorkriegsleidenschaft war das Lesen. Manchmal glaubte ich, mein ganzes Leben vor dem Krieg habe nur aus Büchern bestanden. Ich wußte natürlich, daß die Jungen meines Alters auch in früheren Zeiten etwa die gleichen Bücher wie ich verschlungen hatten, doch ich war mir sicher, daß mein Lesen ein anderes Lesen war. *Der Verstand hat uns stählerne Flügel gegeben, statt des Herzens einen flammenden Motor*, hieß es in einem vielbesungenen Lied – und gemeint war nicht eine ferne Zukunft, sondern die Zeit, in der ich lebte. Motor und Flügel erweckten Begeisterung, aber noch attraktiver war für mich das Flammende dieser Zeilen. Es war die Zeit der Verwirklichung gedruckter Worte, auch wenn sie in längst vergangenen Epochen niedergeschrieben worden waren. Schriftsteller wie Jules Verne, Main Read und sogar Dumas konnte ein Junge früher nicht so gelesen haben, wie ich es heute tat. Alle Worte in ihren Büchern waren wie aufgefrischt, waren viel farbiger und inhaltsvoller geworden: weil unsere Zeit ihnen Stütze und Bürgschaft war. Alle Siege des Guten über das Böse waren schon errungen oder standen kurz bevor, alle technischen Voraussagen trafen ein. Der Jubel darüber war so groß, daß er den Zweifel weckte, ob uns noch etwas zu tun übrig blieb. Meine Faulheit und meine Verzärteltheit, meine Rolle als Muttersöhnchen machten mir nicht sonderlich angst – Leute meines Schlages hatten jetzt Zeit genug, in aller Ruhe erwachsen zu werden.

Unter den großen und kleinen Erschütterungen, die der Krieg mit sich brachte, war auch die, daß ich das Interesse am Lesen verlor. Beim Lesen der Bücher hatte ich Hunderte von Leben gelebt, jedoch mein Körper war unbeteiligt gewesen. Jetzt war es der Körper, der lebte. Er ertrug nur mit Mühe den Hunger und die Kälte und war nicht für den Kampf mit der Todesangst gerüstet. Doch ich versuchte, nicht nachzugeben. Nicht daß ich bedauert hätte, soviel Zeit auf das Lesen von Büchern verwendet zu haben. Ich schwor meiner Leidenschaft nicht ab. Ich verschob sie nur bis nach Kriegsende, wie das alle Leute mit ihren Lieblingsdingen taten. Die Zeit der Knabenlektüre war vorbei, wie ein Erwachsener verstand ich noch nicht zu lesen. Ich mußte jetzt zügig erwachsen werden und merkte jeden Tag, wie wenig ich wußte oder konnte.

Voller Furcht näherte ich mich dem ersten deutschen Druckerzeugnis, das an einer Hausmauer klebte. Auf gelbem Papier, so gelb wie ungereinigter Zucker, sah man ein Gesicht mit dicker Nase und großen Ohren. Darüber war ein Käppi mit einem Stern. Die Unterschrift lautete: *Hau den Jud, den Politruk, hau nur immer feste druff!*

Mich verblüffte die Kleinlichkeit des Hasses, die zu den militärischen Erfolgen der Deutschen im krassen Widerspruch zu stehen schien. Außerdem verblüffte mich der Stich ins Analphabetische, diese armselige Gossenhaftigkeit – mit dem Geist der Sprache lebte der Verfasser offenbar auf Kriegsfuß. Dabei war ich darauf gefaßt gewesen, etwas Bedrohliches und Feindseliges zu lesen.

Später kamen mir Zeitungen, die auf russisch erschienen, unter die Augen. Ich nahm sie nicht ohne Furcht in die Hand, ich fürchtete, mich zu besudeln, ich dachte, die eine oder andere Zeile könnte mein Interesse erwecken, ich könnte gegen meinen Willen mit etwas einverstanden sein und dadurch Verrat begehen. Ich wußte, welche Macht das gedruckte Wort über mich besaß.

Aber diese blöden Wichte hatten nichts zu sagen. Sie renommierten mit der Garderobe eines deutschen Chauffeurs, der sage und schreibe zwölf Leibhemden sein eigen nannte. Und diese lakaienhafte Prahlsucht war nicht einmal das Schlimmste. Unter den Händen dieser Zeitungsschreiber starben die Worte. Das fiel mir gleich auf. Nicht lebendige Energie, wie ich sie gewohnt war, fügte die Wörter zum Satz, sondern hysterische Drohungen und Erinnerungen an Dinge, die sich weder heraufbeschwören noch wiederherstellen ließen. Dort, wo die Drohungen fehlten, geschah etwas vollends Entsetzliches: eine unerträgliche Versimplung des Lebens und seiner Ziele. Der Wortsinn wurde verballhornt. Die wunderbaren, vielfarbigen Wörter starben dahin und wurden grau wie das rauhe Zeitungspapier. Sie starben daran, daß ihren Schreibern jedes Lebensziel fehlte, das ihre Produkte halbwegs sinnvoll gemacht hätte. Ich spürte das deutlich. Deshalb vielleicht kam mir nie der Gedanke, daß die Deutschen siegen könnten. Er war schlichtweg widernatürlich.

Mein Vater entstammte einer kinderreichen Arbeiterfamilie, in seiner Kindheit arbeitete er als *Junge* in einem Petroleumladen. Er nahm am Bürgerkrieg teil, besuchte nach dessen Ende eine weiterführende Schule und wurde Angestellter. Dies alles, weil das, wie er gern sagte, die natürliche, die in der Natur der Dinge wurzelnde Ordnung war. *Die Macht der Dinge*, die *Natur der Dinge*: das waren seine Lieblingsworte, die mir im Lauf der Zeit zum Hals raushingen. Doch das wäre nun wirklich der Macht und Natur der Dinge zuwider gewesen: wenn sich mein Vater vorgenommen hätte, alles zu vergessen, was er dazugelernt hatte, um in der Eigenschaft eines *Jungen* in seinen Petroleumladen zurückzukehren! Dabei waren die Worte in den von den Deutschen herausgegebenen Blättchen, in den deutschen Befehlen und Flugblättern nicht einmal für ein Gespräch mit einem Petroleumladenburschen geeignet. Nur in den Köpfen von Leuten, die in einem entscheidenden Punkt schlichthin dumm waren, konnten solche Worte entstehen. Das spürte ich nicht einmal soseh r mit dem Verstand, eher mit den den Gedanken zugrundeliegenden Gefühlen und Empfindungen. Mit diesen Gefühlen blickte ich die deutschen Soldaten und das deutsche Kriegsgerät an, das durch unsere Stadt strömte. Mit dem gleichen Gefühl betrachtete ich jetzt den Hilfspolizisten, der auf dem Treppenabsatz stand und unsere Namen herausbrüllte. Der blaue Schatten der Nachtlampe lag auf seinem kahlen Schädel und auf den Gläsern seiner starken Brille. Es war ein Nachthilfspolizist, er hatte oft Nachtdienst. Ich war daran gewöhnt, ihn am Morgen halb angezogen und noch nicht ganz wach auf dem Treppenabsatz zu sehen.

In dem untersetzten Körper dieses nicht mehr jungen Mannes schien eine Art gereizter Energie zu stecken. Die Treppe stieg er rasch hinauf, aber mit einem Schnaufen, als hätte er einen feindlichen Widerstand zu überwinden. Auch wenn er im Gehen den Kopf nach einem Rufenden umdrehte, sah das aus, als würde es dazu eines höllischen Aufwands bedürfen. Und obwohl es das dicke Brillenglas war, das seine Augen ins Unmäßige vergrößerte, hätte man meinen können, daß es die Wirkung eines nach einem Ausgang suchenden Grimms war. Jeden Morgen brüllte er durch die offene Wohnstubentür:

«Aufstehn!»

Schwer schnaufend und stampfend rannte er daraufhin in den zweiten Stock hinauf und brüllte dort ebenfalls: *«Aufstehn!»* Es war einer der bösartigsten und meistverachteten Hilfspolizisten. Die schlechten Augen und der zweifelhafte Gesamtzustand – die eigenen Leute ließen ihn immer bloß Nachtwache schieben – machten seine Zornesblitze schaurig und komisch zugleich. Sein Spitzname hätte einem Hanswurst angestanden – wir nannten ihn, vermittels einer Lautverschiebung, *Appstein*. Wenn er am Morgen sein *«Aufstehn!»* herausbrüllte, rief jedesmal einer von uns *«Nix verstehn!»* zurück. Schnaufend, aufstampfend, tobend kam er in den Wohnraum gerannt, fuchtelte mit den Armen, heulte vor Wut. Hinter den Brillengläsern waren die wäßrigen Augen erstarrt. Auch der Zapfenstreich fiel manchmal in seine Dienstzeit. Dann rannte er von Stockwerk zu Stockwerk und schrie:

«Feierabend!»

Wir bekamen fünf Minuten zum Hinlegen und Sich-schlafend-Stellen. Von der Wachstube aus wurde das helle Licht ausgemacht. Die helleren Glühbirnen gingen aus, die blaue Nachtlampe ging an. Viele von uns kamen in den fünf Minuten nicht zurecht. Auf sie begann Appstein eine Treibjagd. Man konnte hören, wie er im Erdgeschoß auf jemanden einprügelte. Daraufhin erhob sich bei uns ein Geschrei. Es traten Freiwillige vor, deren Pritschen näher zur Tür lagen, sie gingen auf den Treppenabsatz hinaus, um uns vorzuwarnen, wenn Appstein in den ersten Stock stürmte. Sie hatten gerade genug Zeit, zu ihren Pritschen zurückzulaufen und sich die Bettdecke übers Gesicht zu ziehen. Manchmal änderten die Hilfspolizisten ihre Taktik. Im ganzen Wohnlager erlosch das Licht. Wir hörten, wie sich Appstein in völliger Finsternis stapfend heranschlich. Einige Minuten lang lauschten alle nur darauf. Dann wurde, von der Wachstube aus, das volle Licht eingeschaltet. Mit einem Revolver in der Hand stürzte Appstein auf die nächstgelegene Pritsche zu, riß jemandem die Bettdecke weg, hielt dem dort Liegenden fuchtelnd den Revolverlauf ins Gesicht. Der Finger auf dem Abzugshahn zuckte. Die unbewegt starren Augen füllten die Brillengläser. Aus der Wachstube eilten weitere Hilfspolizisten Appstein zu Hilfe. Anschließend mußten wir eine halbe Nacht lang die beschädigten Pritschen reparieren und das auf dem Boden verstreute Stroh zusammenkehren. Meistens jedoch war es anders. Die Hilfspolizisten taten der Reihe nach Dienst, nur Appstein war ständig Nachtdiensthabender. Entsprechend war auch sein Anblick: nächtlich, halb angezogen. In diesem Aufzug ging er hinaus, um dem Nachtkonvoi die Tür zu öffnen, in diesem Aufzug kam er zu uns gerannt. Die anderen Hilfspolizisten betraten unsere Räume stets in Uniform. Nachts waren sie wohl auch einmal verhandlungsbereit. Und wenn das Wohnlager zur Ruhe kam, führten sie den wütende Drohungen ausstoßenden, vor Haß schäumenden Appstein weg. Das Licht wurde ausgemacht, die Erregung legte sich, der Schlaf trat in seine Rechte ein.

An den Sonntagen rief Appstein die Nummern der bestraften Missetäter aus. Daß es ausgerechnet Appstein war, rückte mein Mißgeschick mit den Kartoffeln in ein besonders ungünstiges Licht. Wenn jemand im Lager von Appstein Prügel bezog, gab er das meistens nicht zu, denn es galt als Gipfel der Peinlichkeit, sich von Appstein erwischen zu lassen.

Kostik schlief und hatte sich im Schlaf die Decke über den Kopf gezogen. Es gab nichts, worauf er hätte stolz sein können. Aber wenn man uns am Abend ins Lager zurückgebracht hat, wird er mich mit einem spöttischen Lachen empfangen. Nur am ersten Tag war er etwas verlegen. Jetzt gab er sich mir gegenüber so, als hätte er das Schicksal besiegt oder zumindest überlistet. Ich war geschnappt worden, er nicht. So hatte er sich also über das Schicksal und zugleich über mich erhoben. Kostik beglich mit dem Schicksal sonderbare Rechnungen, er mühte sich mit allen seinen schwachen Kräften, es unseren wenigen Lagerganoven gleich zu tun.

Den Bestraften war verkündet worden, sie würden die Strafe fürs nächste Vergehen im KZ verbüßen müssen.

Ich hatte meine sechs Sonntage noch nicht abgearbeitet, und die Durchsuchung stürzte förmlich über mich herein. In meinem Spind stand ein Papiersack, in dem früher Zement war. Jetzt waren Kartoffeln drin. Der Zement war sorgfältig entfernt worden, aber in den Papierfalten hatten sich Zementreste erhalten. Wenn Kartoffeln rausgeholt wurden, knisterte das Papier und verstreute Zementpuder, innen war der Spind deswegen weiß verstaubt. Ich brauchte nur die Spindtür zu öffnen, und gleich würden die Durchsuchenden den Staub und den Sack sehen. Ich malte mir aus, wie sie, in sauberen Kleidern und Lackstiefeln, den Sack angewidert berühren werden, wie sie mich zwingen werden, ihn aus dem Spind zu holen, wie sie den Spind dann noch mal gründlich durchsuchen und im oberen Regal den Dolch finden werden. Das alles war so unausweichlich, daß ich mir die Posen, Gesichtszüge und Stimmen deutlich vorstellen konnte. Ich sah, mit welch waidmännischer Begeisterung sich Paul dieser Maßnahme anschloß.

Die Kartoffeldiebstähle hatten die Werk- und Lagerpolizei vor ein Problem gestellt. Trotz der täglichen Leibesvisitation am Lagertor und obwohl man den *Gänsehirten* und seine Helfer neuerdings zur Kartoffelbewachung einsetzte, gelangten immer wieder Kartoffeln ins Lager. Hier wurden sie in Matratzen versteckt, und abends wurden sie gebacken oder in Suppenschüsseln gekocht. Während der Zeit des Kartoffelschälens und des Kartoffelkochens wurden Horchposten aufgestellt. Doch den Geruch nach gekochten und gebackenen Kartoffeln konnte man nicht verstecken. Und eines Tages schnupperte der Lagerkommandant, ohne die Türschwelle zu überschreiten, in der Luft und verkündete, daß wir zur Strafe vierzig Tage ohne Ofen leben würden.

Die Kartoffeln im Papiersack hatte man mir zur Aufbewahrung gegeben. Jemand hatte die Kartoffeln eingeschmuggelt, war aber davor zurückgeschreckt, sie selber aufzubewahren, hier war das Risiko genauso groß wie beim Schmuggeln, und es wuchs ständig an. Jederzeit konnte jemand reinkommen, die Matratzen durchschütteln, in die Spinde schauen. Den Besitzer der Kartoffeln kannte ich nicht. Den Sack hatte mir Ljowa-Krank gegeben. Er stand jetzt im ersten Glied und blickte sich nicht um.

Ljowa-Krank hatte ein sanftes Weibergesicht, einen seiner Finger hatte eine Elektrodrehbank verkürzt. Die Worte, die er an einen richtete, schmeichelten dem Angeredeten und schnitten ihm den Rückzug ab. Er sagte, Leute von Wert und Gewicht hätten ihr Auge auf mich geworfen, und es hinge von mir ab, ob sie mir die Gunst ihrer Nähe gewähren würden oder nicht. Die Aufmerksamkeit der Leute von Wert und Gewicht hatte natürlich mein Versuch erweckt, in die Küchenbaracke einzusteigen. Ljowa-Krank selbst hatte ihn zunächst anders bewertet.

«Wenn du was nicht kannst, dann laß es bleiben!» – das waren damals seine Worte gewesen. In ihnen steckte eine Drohung. Ich hatte irgendwem geschadet. Hatte vielleicht das einzige Schlupfloch verstopft, das andere mit Verstand und Umsicht benutzt hatten. Ich erriet, daß mein Mißerfolg irgendwen tangierte, begriff, daß meine Ungeduld von der Angst herrührte, ahnte aber nicht, daß andere das noch klarer sahen als ich. Am wenigsten hatte ich erwartet, daß ausgerechnet Ljowa-Krank im Namen der Leute von Wert und Gewicht sprechen würde. Die Leute, als deren Sprecher er auftrat, mußten ihm wohl selber ähnlich sein. Doch ich konnte nicht widerstehen. Ich nahm die Kartoffeln. Ljowa gab mir ein Vorhängeschloß, mein Spind war fortan abschließbar.

Von dem Augenblick an, als der Dolmetscher verkündete, daß eine Durchsuchung stattfinden würde, wartete ich darauf, daß sich Ljowa-Krank nach mir umdrehen, mich mit den Augen suchen und finden, mir zumindest zublinzeln oder sonst ein Zeichen der Anteilnahme geben würde. Neben ihm stand Fälkchen, und es war leicht zu erraten, daß niemand anderer als er der Mann von Wert und Gewicht war. Ljowa wendete sich ihm zu, ich sah Ljowas Weiberbacke. Das war das Entsetzliche! Diese Leute hatten meine Pechsträhne bemerkt und sie kaltblütig für ihre Zwecke ausgenutzt! Seit ich ins Lager gekommen war, hatte ich begriffen, daß ich mich ändern mußte – doch ich konnte mich nicht ändern. Ich sah, daß die Nachgiebigkeit zu nichts Gutem führte, ich verspürte Erschrecken, wenn mir aufging, daß Typen wie Ljowa-Krank mich schon beim ersten Blick durchschauten. Aber ich konnte nicht dagegen an. Irgendwann, ich weiß nicht mehr, aus welchem Anlaß, sagte mir mein Vater: *Moskau glaubt nicht an Tränen!* Mein Gedächtnis bewahrte eine Reihe von Sprichwörtern und Redensarten, die für mich unverständlich und unenträtselt blieben, doch dieses eine erschien mir ganz besonders grausam. Mein Vater war an jenem Tag, es war ein Sonntag, gutgelaunt gewesen. Wir hatten einen Spaziergang gemacht, waren lange gewandert, meine Füße in meinen neuen Schuhen taten mir weh, ich werde wohl gequengelt haben. Die Worte meines Vaters hatten mich getroffen. Ich fragte: warum glaubt Moskau denn nicht an Tränen? Der Vater erklärte es, so gut er konnte. Doch für ihn war die Sache allzu klar, und für mich war sie zu unbegreiflich. Ich verstand nicht, was er meinte, und half mir mit dem, womit ich mir in solchen Fällen bisher immer half. Ich bog das so hin: *Früher* hat Moskau an Tränen nicht geglaubt. Schließlich hatte mein Vater das Sprichwort nicht jetzt, sondern *früher* gehört.

Selbst wenn ich mich im Lager hätte ändern wollen, wäre ich mit den Ereignissen und Menschen nicht fertig geworden. Doch im Grunde wollte ich mich gar nicht ändern. In diesem Nichtwollen steckte Verzweiflung, Starrsinn und jenes Bewußtsein, im Recht zu sein, das mir Kräfte verlieh. Menschen wie Ljowa-Krank bestärkten mich noch darin.

Am Eingang ins Wohnlagergebäude hatten die Polizisten einen Korridor gebildet, sie standen jetzt bereit, uns hineinzutreiben.

Andrej fragte Kostik flehend und näselnd:

«Hast du gesehen, ob jemand die Suppe holen gefahren ist?»

«Du taube Kinderfrau!» sagte Kostik. «Wie geht es deinem Wolodjaschatz? Nein, ich hab nichts gesehen.»

Wassil starrte die Spitzen seiner Soldatenstiefel an.

«Ich hab Kartoffeln im Spind», sagte ich.

Kostik mimte Entsetzen:

«Du armer Kerl, jetzt bist du dran.»

Wolodja drehte sich nicht nach mir um, aber ich sah, wie sich der Ausdruck seiner Augen veränderte.

«Wenn die uns reintreiben», sagte er rasch, «gehst du vor und wirfst sie weg. Sollen die den Mann suchen, dem die Kartoffeln gehören!»

«Die werden selber vorangehen», sagte Kostik.

«Am Sack klebt Zement», sagte ich. «Am Zementstaub werden sie mich finden.»

«Sag, du hast den Schlüssel verloren», sagte Wolodja.

«Die brechen das Schloß auf», sagte Kostik.

Das Ganze mutete nicht wie ein Streitgespräch, sondern wie die Folge einzelner, zusammenhangloser Äußerungen an. Jeder ging von etwas anderem aus. Wolodja überhörte Kostiks Bemerkungen, während es Kostik Spaß machte, Wolodjas Mutmaßungen zu zerstören. Seine Pose war die einer verachtungsvollen halben Abwendung. Im Wolodjas Augen entbrannte das wohlbekannte Feuer.

«Versteck dich solange im Klo», schlug er vor, als sei ihm sehr daran gelegen, mich zum Handeln zu bewegen. Er blickte mich jetzt an. Wassil, der sich am Streit nicht beteiligt hatte, riß sich von seinen Stiefelspitzen los und schaute Wolodja und mich an.

«Die lassen jetzt keinen ins Klo», sagte Kostik verächtlich. Und wieder bemerkte Wolodja ihn nicht. In Wolodjas Augen war jetzt auch noch das Bedauern darüber zu sehen, daß diese Prüfung nicht ihm zugefallen war.

«Gib mir den Schlüssel, ich gehe voraus und werfe die Kartoffeln aus dem Spind. Wenn die Zeit nicht reicht, versteck ich den Schlüssel. Und du sagst, du hast ihn verloren.»

Er schüttelte mich, damit ich meine Benommenheit rascher überwand. Ich fühlte schon, daß es einen Ausweg geben könnte. Wolodja würde ihn finden. Jedenfalls erwachte meine Entschlossenheit, und ich begann, mich nach vorn zu arbeiten.

Man ließ mich sogar durch, obwohl sich die am Eingang ins Wohnlagergebäude postierten Polizisten so benahmen, als müßten sie diesen Eingang gegen uns verteidigen. Sie zersprengten unsere Reihen, schlugen mit Gummiknüppeln auf uns ein:

«Schneller, schneller!»

Etwas abseits steht Pierek, seines Zeichens Oberpolizist. Er geht nicht blind auf die Menge zu, er wählt jemanden aus. Ihn knöpft er sich vor, ihn bedroht er. Pierek ist ein ewiger Griesgram, er läßt sich gern auf Streitereien ein. Er ist nach Greisenart rechthaberisch, doch der Ausdruck der Empörung auf seinem Gesicht hält sich im Rahmen des Schicklichen. Neulinge glauben deshalb, Pierek sei zugänglich für Bitten, Anreden und Gespräche. Selbst wenn sie die Bekanntschaft seiner geschwollenen Greisenfaust gemacht haben, fahren sie fort, ihn anders als die anderen Polizisten einzuschätzen. Sie bewahren ihm eine sonderbare Sympathie, die darauf fußt, daß Pierek seine Empörung immerhin in Worte kleidet, irgendwas erklärt – und nicht bloß stumm prügelt. Ein Lagerinsasse, der ihm einmal aufgefallen ist, bekommt seine Aufmerksamkeit fortan ständig zu spüren: beim Appell, in der Kolonne. Pierek droht ihm mit seinem geschwollenen, durch das vorgerückte Alter und die lebenslange körperliche Arbeit gekrümmten Finger. Pierek hat breite runde Schultern und eine breite, aufgedunsene Brust. In seiner Jugend soll er als Ladearbeiter gearbeitet haben, damals konnte er angeblich einen Güterwaggon mit Koks innerhalb von zwei Stunden leer machen. Auch noch als Greis ist er salopp gekleidet. Ins Lager kommt er halbuniformiert: Uniformstiefel, Uniformhosen – und darüber ein Zivilhemd mit aufgesetzten Brusttaschen, um das Hemd herum ein Zivilgürtel. In dieser Halbuniformiertheit, in der Brummigkeit, in der mürrisch herabhängenden greisenblauen Unterlippe, im Kneifer, der mal auf der fleischigen Nase sitzt, mal herunterbaumelt, steckt etwas Altväterliches und Häusliches, das Neulinge trügt. Jeden Abend führt er seinen Schäferhund aus, der auch nicht mehr der Jüngste ist, geht mit dem Hund, egal ob er gerade Dienst hat oder nicht, durch alle Stockwerke des Wohnblocks, blickt in die Gänge zwischen den Pritschenreihen hinein und auf die oberen Pritschen hinauf. Das tut kein anderer Polizist. Im blauen Nachtlicht, unter jemandes stechendem Blick jäh erwacht, kann man manchmal ein bleiches, breites Gesicht mit unwillig zuckenden Lippen über sich gebeugt sehen. Piereks Regenumhang riecht nach Freiheit, nach Regen und Straße. Diesen Duft nach Kälte und Freiheit bringt nur er ins Wohnlager mit, alle anderen Polizisten legen ihre Mäntel in der Wachstube ab.

Unter den Lagerinsassen hat er seine Favoriten. Wem er wohlgesonnen ist, den redet er beim Appell an. Meistens sind das ältere, körperlich kräftige Männer wie er. Die Geschwächten und Kranken kann Pierek nicht leiden. Und er läßt sie seine Abneigung spüren.

Erstaunlich, daß der Haß grausamer Menschen stets den gleichen Opfern gilt. Genau wie Paul hat es auch Pierek auf Bronislaw abgesehen. Er äfft dessen unartikulierte Redeweise nach, hält ihn für einen Simulanten. Jeden Morgen baut sich Pierek vor der Pritsche des armen, tumben Bauernburschen auf, der wegen des hundsmiserablen Lageressens und der seelischen Belastungen des Lageralltags nachts nicht aufwachen kann und sein Bett naß macht.

Den reinlichen Geruch nach Kälte ausströmend, steht Pierek in seinen blankgewichsten Stiefeln vor ihm, stößt Drohworte aus, zunächst noch friedlich, zerrt dann die Bettdecke herunter, tritt Bronislaw mit dem Stiefel, kündigt irgendwem an, er würde Bronislaw künftig auf die Pritsche über ihm legen, damit er nachts auf ihn herabpinkele.

Noch entsetzlicher anzuschauen ist es, wenn Pierek einen von denen verprügelt, denen bislang sein Wohlwollen galt.

Den Polen Walter, der besser Deutsch konnte als die Hilfspolizisten, behandelte Pierek zunächst bevorzugt, bis er ihn eines Tages beim Appell wüst verprügelte. Walter, der sich bis dahin so gab und kleidete, als erwarte er eine Wende in seinem Schicksal, war daraufhin völlig verändert, wie vernichtet: als seien seine muntere

Gangart und die laute Stimme des freien Mannes in Flammen aufgegangen und zu Asche verbrannt. Walters laute Stimme war uns allen auf die Nerven gegangen, aber es tat weh, mitansehen zu müssen, wie dieser schöne, strahlend blonde Mensch zerbrach – er konnte sich weder seine gestrigen Hoffnungen noch seine jetzige Demütigung verzeihen.

Ich fürchtete Pierek mehr als alle anderen Polizisten. Als ich einmal eilig auf den Eingang zum Lagergebäude zuging, spürte ich auf meinem Rücken einen Gummiknüppel. Es war so, als sei ich aus größerer Höhe heruntergesprungen und ungeschickt auf die Fersen gefallen. Pierek hatte meine Eile bemerkt und mir mit dem Knüppel einen Schlag auf den Kopf verpaßt.

Zusammen mit den anderen stürzte ich jetzt durch die Tür und jagte, als ich sah, daß der Weg in den Waschraum und die Toilette unbewacht war, die Treppe hinunter. Hier unten herrschte das übliche Halbdunkel, hier brannte das blaue Verdunklungslicht, und es roch stechend nach Desinfektion. Ich hatte mich von Anfang an vor diesem Ort mit dem feuchten Leichenhallengewölbe, dem fahlen Licht der schwachen Birnen gefürchtet, die der Desinfektionsmief am Hellerbrennen zu hindern schien. Nachts hatte ich Angst davor, allein in den Keller zu gehen. Wenn ich aufwachte, lag ich lange ohne Schlaf da, in der Hoffnung, daß sich noch wer anderer zum Klogang entschließen würde. Es war eine kindliche Angst, aber sie war stärker als manche anderen Ängste, mit denen ich wohl oder übel fertig werden mußte. Wenn sich kein Weggefährte fand und schlaflos dazuliegen über meine Kräfte ging, rannte ich rasch hinab und schaute, bevor ich die Toilette betrat, zunächst einmal in den Waschraum: auch wenn ich wußte, daß im Lager niemand gestorben war. Das blaue Licht warf keine Schatten. Das Dunkel sammelte sich unter den runden Zementwaschkübeln und in den Kübeln, ergoß sich über den Fußboden und floß auf die Tür zu. Dieses langsame Vorrücken der blauen Finsternis erschreckte mich am meisten. Ich spürte das mit dem Rücken, wenn ich wieder hinauflief.

Auch jetzt reizte das mit dem Geruch nach Karbolsäure und Kalk durchtränkte Blaulicht meine Nasenflügel und Augen. Oben wurde gestampft und gebrüllt, ich aber dachte, daß ich es hier nicht aushalten werde. Dann hörte ich, daß sich in der Toilette etwas rührte. Es war eine sich verbergende, fast unmerkliche Bewegung: ich hatte irgendwen aufgeschreckt. Mutiger werdend, schaute ich in den Kloraum und sah in einer abgelegenen Ecke des Raumes einen sonderbaren Mann, der unlängst im Lager aufgetaucht war. Der Mann war von niedrigem Wuchs, ein ganzes Stück kleiner als ich. Er stand seitlich zu mir und blickte nicht gleich hin, sondern erst nach einer Weile und zögernd. Ich sah, daß es kein Hilfspolizist war, verspürte aber keine Erleichterung, sondern wendete mich ab. Doch ich wußte nicht, wo ich mich hinwenden sollte, und er hatte hier nichts zu suchen, also fragte ich ihn:

«Du versteckst dich wohl auch?»

Er zuckte mit den Achseln. Ich fragte noch einmal. Er erwiderte mit starkem Akzent:

«Verstehe nicht.»

Vor fünf Tagen hatte mich Wolodja eines Abends zu sich auf die Pritsche gerufen. Das tat er sonst nie, ich war gleich hingeeilt. Auf Wolodjas Pritsche saß in einem grünen deutschen Jäckchen, mit sorgfältig gebundenem Schal und gesenktem Blick ein Mann, den ich im Lager bis dahin nie gesehen hatte. «Der kommt von der Familienetage», dachte ich. Wolodja fragte:

«Hast du deine Ration gekriegt?»

«Hab ich.»

«Eine große?»

Als groß galt die Brotration, wenn ein Kanten dabei war.

«Nein», sagte ich und blickte den Mann im Schal an: das Gespräch über die Brotration bezog sich irgendwie auf seine Person.

«Schon alles aufgefuttert?»

Jetzt mußte ich nachdenken, bevor ich wieder etwas erwiderte. Am besten wäre es gewesen, die Frage zu bejahen, um das Gespräch einschlafen zu lassen, das Wolodja mit der ihm eigenen Leichtigkeit in eine Richtung wendete, aus der es ohne Verluste kein Zurück gab.

«Ich habe es für den Morgen aufbewahrt», sagte ich in der Meinung, daß diese Antwort der Wahrheit nahekam und zugleich diplomatisches Geschick verriet.

«Bis zum Morgen hältst du sowieso nicht durch.»

In einer anderen Lage hätte ich ihm gern beigepflichtet. Jetzt aber sagte ich:

«Ich halte durch.»

Wolodja begann zu lachen. Er hatte recht: bis zum Morgen

durchzuhalten war noch schwerer, als sich ganz vom Brot zu trennen. Doch ich beharrte auf meiner Position. Hier ging es um ein wichtiges psychologisches Moment. An einem Mann, der imstande war, seine Ration in zwei, drei Teile zu teilen und bis zum Morgen durchzuhalten, wurden Selbständigkeit und Charakterstärke noch mehr geachtet als das Recht auf die Ration. Keinem würde es einfallen, an so jemanden Ansprüche zu stellen. Wer jedoch mit dem Strom schwimmt, wer jedesmal dem Hunger nachgibt, wer charakterschwach ist, wer das eigene Leben auf die leichte Schulter nimmt: so einem Menschen kann man sagen: «Deine Ration ist sowieso verloren!» Von dort aber ist es nicht mehr weit bis zu jenem Gedanken, zu dem Wolodja mich jetzt hinführte. Wolodjas spaßhaftes Ansinnen (die Möglichkeit, daß das Ansinnen ernst war, ließ ich vorerst nicht zu) war mir nicht einfach unangenehm – es ließ mich förmlich an Wolodja zweifeln. Wenn im Lager der Starke die Brotration des Schwachen zum Gegenstand seiner Witzeleien macht, kann er dem Schwachen scherzend die Sehnen aus dem Leib ziehen. Der Starke muß selber spüren und wissen, worüber er nicht scherzen darf, wenn er den Schwachen nicht in eine unerträgliche Lage bringen will. Doch Wolodja schien auch in diesem Punkt keinerlei Grenzen zu respektieren.

Die kleinen Ganoven, die es unter einigen Hunderten in eine Notlage geratenen Menschen stets gibt, wissen genau, wie sie einen Halbwüchsigen einwickeln und sich gefügig machen können. Der Halbwüchsige geht ihnen deshalb ins Garn, weil er noch keine Erfahrung besitzt, und auch deshalb, weil er eine kindlich gläubige Einstellung zum Wort hat. Scheinbar beginnt es mit Ulk, dem Umgarnten entschlüpft eine scherzhafte Verpflichtung. Daraufhin werden die Augen des Spaßmachers eiskalt: «Du hast es doch versprochen, oder?» – «Aber…» – «Nächstes Mal wirst du eben nichts versprechen.» Die große Not ist für alle die gleiche, doch der Halbwüchsige hat außerdem noch seine eigenen Sorgen. Erfahrung besaß ich bereits, doch es war Wolodja, der mich jetzt mit seinen Worten umgarnte, da fiel mir die Verteidigung besonders schwer.

Plötzlich wurde Wolodja ganz ernst.

«Er hat drei Tage nichts gegessen», sagte er und zeigte auf den Mann im Schal.

«Kommt er vom Familienstockwerk?» fragte ich.

Der Mann drehte sich nicht zu mir um, und Wolodja sagte mit lauter Stimme, als ginge es um einen Abwesenden:

«Ein Deutscher. Kann kein Russisch.»

Der Mann im Schal, der sich bisher nicht einmal mit Blicken an unserem Gespräch beteiligt hatte und immer nur vor sich hingestarrt hatte, wandte sich uns jetzt mit einer mich befremdenden bittstellerischen Bereitwilligkeit zu und sagte einige Sätze auf deutsch, denen ich entnahm, daß er tatsächlich lange nichts mehr gegessen hatte, weil er sich nämlich vor der Polizei verstecken mußte.

Er sprach, soweit ich das beurteilen konnte, ein gutes Deutsch, nicht das Lagerkauderwelsch. Indessen war auch ein Akzent herauszuhören. Was konnte unwahrscheinlicher sein als ein in unserem Lager Rettung und Zuflucht suchender Deutscher?! Ich schaute und horchte genauer hin. Die Schwankungen im Lagerjargon, je nachdem ob er von Franzosen, Polen oder Holländern gesprochen wurde, hatte ich bereits vermerkt. Den Akzent des Mannes im Schal konnte ich indessen nicht bestimmen. Mir fiel auf, daß er nicht wie ein Deutscher, sondern bloß in Nachahmung der deutschen Sitten gekleidet war. Das Jäckchen war alt und verschlissen, der Schal saß schief. Wolodja lächelte zwar nicht mehr, aber der Schatten eines Lächelns war immer noch auf dem Grund seiner Augen. Mich beunruhigte das.

Andererseits: wie mußte sich wohl ein Deutscher kleiden, der sich vor der deutschen Polizei in einem Russenlager verbarg? In unserem gemischten russisch-polnischen Lager konnte er durchaus als ein vom Pech verfolgter, des Deutschen mächtiger Pole oder Ukrainer gelten. In seiner Stimme fehlte völlig jener Kommißtonfall, durch den sich die Rede der deutschen Polizisten und Soldaten auszeichnete, jene Lautstärke und Rüde der Soldatensprache, die für jeden waschechten Germanen offenbar Pflicht war. So sehr Pflicht, daß sogar die Nichtdeutschen unwillkürlich diesen Ton übernahmen. Bei diesem Mann waren die Worte zwar deutsch, aber der Ton war ein gewöhnlicher Gesprächston, wie er in anderen Ländern üblich ist. So hatten Onkel Ernst und Tante Grete gesprochen. Deutsche Worte, aber ein russischer Tonfall. Auch sonst stimmte an diesem Menschen manches nicht. Doch auf diese Widersprüche ließ ich mich gar nicht erst ein, ich wußte schon, daß das Ungewöhnliche seine Ungewöhnlichkeit nur zu rasch wieder verliert: ich hatte bereits mehrmals vergeblich darauf gesetzt. Andererseits versprach nur das Ungewöhnliche eine schnelle Schicksalswende. Mein ganzes Lagerleben, meine Lagerhoffnungen waren nichts als die Erwartung des Ungewöhnlichen. Dann ist der Mann eben kein Deutscher, und Wolodja macht mir bloß was vor. Sei's drum. Das Ungewöhnliche kommt trotzdem. Der beste Beweis dafür ist nicht das Jäckchen und nicht die deutsche Rede, sondern der Umstand, daß Wolodja sich dazu entschlossen hatte, für diesen Mann um Brot zu bitten.

Die Brotration kann man umtauschen, man kann sie verkaufen, aber man kann nicht einfach darum bitten. Das hatte es im Lager noch nie gegeben. Hier war der springende Punkt. Noch wichtiger war meine Bereitschaft zum Glauben. Der Mann im grünen Jäckchen erweckte Zweifel, doch meine Gefühle taten nichts dergleichen, ich war danach ausgehungert. Eines der Gefühle war die Empfindung für das Internationale, die mir anerzogene Fremdenliebe, der Sinn für eine höhere Gerechtigkeit. Und dann das Entscheidende: das Gespür für das Schicksal, für *mein* Schicksal. Nicht umsonst hatte Wolodja mich gerufen. Wenn es diesen Deutschen nun mal gibt, wenn Wolodja ihm glaubt, dann gibt es auch Solidarität, Rotfront und Untergrund.

Ich brachte das Brot und teilte es in zwei Hälften. Der Mann im Schal griff nicht gierig danach, er wartete beherrscht, fast teilnahmslos. Sagte «danke» und nannte seinen Familiennamen, was er meiner Ansicht nicht hätte tun dürfen:

«Essmann.»

Der Name konnte freilich auch erfunden sein, aber Essmann zeigte, solange ich dasaß, auch sonst eine durchaus überflüssige Bereitschaft zum Beantworten von Fragen. Ich hatte erwartet, daß er sich kurz fassen und ausweichen würde, das wäre den Umständen weit angemessener gewesen; meine Fragen pflichteten eher bei, als daß sie förmlich nach etwas gefragt hätten. Ich wollte meinen Scharfsinn zeigen, meine Eignung für eine Sache, zu der man mich nun mal herangezogen hatte und die jetzt ohne mich nicht laufen würde. Aber Essmann lauschte aufmerksam einer jeden meiner Fragen und beantwortete die Frage dann: mit einer Ausführlichkeit, die mich verblüffte, und einer Offenheit, auf die ich kein Recht besaß. Dabei erwies sich, daß er vorzüglich Russisch sprach und deutsche Worte nur dann verwendete, wenn ihm ein russisches Wort fehlte. Dies alles bestärkte mich sofort in meinen Zweifeln, aber Essmann verblüffte mich gleich darauf noch mehr. Er sagte, er hätte sich zunächst für einen Franzosen ausgeben und im Franzosenlager verstecken wollen. Zu diesem Zweck war er auf das Werkgelände eingedrungen und hatte die Bekanntschaft von Franzosen gemacht, aber die Franzosen hatten ihm nicht geglaubt, außerdem sei es schwer, eine französische Uniform aufzutreiben. Da sei er auf Wolodja gestoßen und mit ihm ins Gespräch gekommen. Wie war er aufs Werkgelände gelangt? Nichts einfacher als das. Der Fabrikzaun hat eine Lücke.

«Sie können auch Französisch?» fragte ich.

«So ist es», erwiderte Essmann. Und sprach mit der gleichen Bereitwilligkeit einige französische Sätze. Diese Sätze enthielten eine Frage an mich. Ich zuckte nur verlegen mit den Achseln. Essmann nickte. «Ja, ja, auch Italienisch und Spanisch. Auch Englisch?» fragte er sich selber. Und erwiderte zweifelnd: «Nein, ein klein wenig nur. Und etwas Norwegisch. Und Litauisch. Mein Vater sagte, man muß alle Sprachen können.»

Er war höchstens fünfundzwanzig. Er prahlte nicht, er beantwortete einfach meine Frage, und zwar so ausführlich wie möglich. Diese Ausführlichkeit machte mich verlegen: was konnte ich gegen einen derart gebildeten Mann aufbieten? Er jedoch schien weder den Altersunterschied noch das Wissensgefälle zu bemerken. Er erläuterte in allen Details, wie er in die Kirche eingedrungen war, in der er einige Tage genächtigt hatte. Hier fehlte es ihm an russischen Worten – und mir fehlte der Einblick in die Besonderheiten der sakralen Architektur. Ich verstand nicht, was er erzählte.

Es blieb unbegreiflich, wie ein in seinen Antworten derart einfältiger Mann Handlungen vollbringen konnte, die nicht nur Mut, sondern hohes Geschick erforderten. Um ins Lager zu gelangen, mußte er zwei Personenzählungen passieren: eine am Fabriktor, die andere am Lagertor.

«Ach, was», erklärte er, «gefährlich ist es nur, wenn einer zu wenig ist. Man muß noch mal nachzählen. Eins, zwei, drei...» Er zeigte, wie die deutschen Polizisten zählten. «Einer zuviel? Ein Irrtum! Eins, zwei, drei... Ach was! Nicht weiter gefährlich... Kannst passieren!»

Das leuchtete mir nicht recht ein. Es wurde immer genau nachgezählt, mehrmals hintereinander, durch die Tür ließ man uns in Zehnergruppen. Der Mann saß in seinem Schal und seinem Jäckchen auf Wolodjas Pritsche und kam mir immer sonderbarer vor. Ich sagte ihm, er müsse vorsichtiger sein, dürfte Grischka nicht unter die Augen geraten, dürfe Fragen nicht so offen beantworten.

Diese Einstellung zur Gefahr und zum eigenen Schicksal war doch recht eigenartig.

Er kaute langsam, es wurde nicht klar, ob ihm der Roterübengeschmack des aus Brauereirückständen hergestellten Lagerbrotes vertraut war oder ob er ein solches Brot zum erstenmal im Leben aß. Als der Mann den letzten Krümel verschlungen hatte, schickte mich Wolodja wieder weg:

«Das wäre es, Sergej. Später rufen wir dich wieder.»

Ich hatte keine Lust zu gehen, doch Wolodja trieb mich zur Eile an:

«Geh jetzt. Kostik wird gleich kommen. Er sucht dich.»

Kostik saß auf seiner Pritsche. Als ich auf ihn zutrat, fragte er, halb abgewendet, mit seinem üblichen Hochmut:

«Du warst bei Wolodja?»

«War ich.»

«Hat er dich gerufen oder einfach so?»

«Einfach so.»

Kostik drehte sich noch mehr von mir weg.

«Ich an deiner Stelle wäre nicht gegangen.»

Nachts lag ich wach da – die Hoffnung ließ mich nicht einschlafen. Einige Meter weiter weg vollzog sich etwas Ungewöhnliches. Am nächsten Tag im Stollen fragte ich Wolodja:

«Was macht der Deutsche?»

Wolodja lachte:

«Der ist genauso Deutscher wie du Franzose. Ein Litauer ist er!»

«Nein, wirklich?»

Aber Wolodja lachte nur, er spielte sein Spiel, entzog sich meinen Fragen nach Essmann. Ich gab das Fragen bald auf. Das also war der Mann, dem ich jetzt im Keller begegnet war. Und als er meine Frage mit «Verstehe nicht» erwidert hatte, unterließ ich es, ihm meine Person in Erinnerung zu rufen. Ich spürte nur wieder die seltsame Einfalt, die von diesem Mann ausging. Vielleicht war es gerade diese unbegreifliche Naivität und das Linkische, die ihn beschützten? Schon viele Leute im Lager wußten von der Existenz des ungewöhnlichen Neuankömmlings. Und es war ausgeschlossen, daß sie Grischka entgangen war. Essmann übernachtete abwechselnd hinter den polnischen Spinden und in unserer russischen Stubenhälfte, er bezog die Pritschen jener Leute, die zur Nachtschicht gingen. Dieses Wohlgelingen in einer Lage, in der sich ein Gelingen eigentlich verbot, flößte mir Hoffnung ein.

Es war unmöglich, hier im Klo längere Zeit zu stehen, ohne sich anzublicken und das Wort aneinander zu richten. Ich sagte also:

«Große Durchsuchung! Es wimmelt von Braunen.» Ich zeigte hinauf.

Essmann blieb in der gleichen Stellung stehen, reagierte kaum auf meine Worte. Ich spürte plötzlich, daß er Angst hatte. Deshalb die Starre. Ich dachte: wahrscheinlich ist er der Mann, den sie vorhin suchten und nach dem sie weiterfahndеn.

Der Lärm von oben drang in Wellen her. Mal hörte man deutsche Stimmen, und ich rüstete mich darauf, daß sie uns gleich holen kommen. Mal ebbte der Lärm ab – dann malte ich mir aus, wie die Durchsuchenden Spind um Spind öffneten und schließlich vor meinem Schränkchen stehenblieben. Diese Empfindung wurde immer deutlicher, und immer unerträglicher wurde die durch die Desinfektionsausdünstungen vergiftete Luft im Keller. Unerträglich wurde auch der Gedanke an diese entwürdigende Zufluchtstätte, in der ich mich infolge meiner Dummheit verkrochen hatte. Während ich hier hocke, nehmen Ereignisse ihren unabwendbaren Lauf und spitzen sich zu. Das Schicksal wird mich so und so ereilen: ich mag hier sitzen, solange ich will. Der Lauf dieser Dinge erschien mir so klar und einfach, daß ich mich allenfalls durch ein unverzügliches Hinaufsteigen von jener zusätzlichen Demütigung befreien konnte, die ich mir selber aufgehalst hatte. Angst und eine vage Hoffnung hielten mich einstweilen noch zurück, doch die Angst trieb mich zugleich auch an: nur so konnte ich sie loswerden. Außerdem wußte ich: wenn ich mich am gleichen Ort wie Essmann aufhielte, verdoppelte sich die Gefahr für ihn. Wenn sie mich holen kommen, nehmen sie ihn gleich mit. Wolodja würde es mir nie verzeihen, wenn man wegen mir grünem Jungen diesen Deutschen oder Litauer, oder wer auch immer er war, schnappen würde.

«Ich gehe rauf», sagte ich zu Essmann. «Viel Glück!»

Im Licht des Tages war die Lagertreppe zu einem gewöhnlichen Hinteraufgang geworden – von den Wänden und Treppenstufen war der irreale Anflug der Nacht gewichen. Die Lichtsäule, die durch das Fenster einfiel (morgens und abends war das Fenster durch ein Rollo verdunkelt), ließ so viel Staub aufscheinen, daß ich unwillkürlich den Atem verhielt, um nicht so viel davon schlucken zu müssen. Auch Appsteins Schädel war nicht so glatt und glänzend, wie er bei künstlicher Beleuchtung wirkte. Er stierte mich mit grimmiger Kurzsichtigkeit an, als ich an der Tür zur Wachstube vorbeiging. Im Tageslicht war er ausgebleicht und gealtert und fühlte sich wie ein aus dem Schlaf gestörtes Tier der Nacht. Auf der Treppe begann bereits ein sonntägliches, festliches Treiben und Huschen. Diese Festlichkeit rührte von der Durchsuchung der Spinde her. Festlich gestimmt waren jene Lagerinsassen, deren Spinde bereits durchsucht worden waren. Sie hatten ihre eigene Erregung gerade überwunden und waren von der Erregung der anderen angesteckt. Für sie nahmen die Dinge einen günstigen Lauf: je länger die Durchsuchung anhielt, desto größer würde die Gewißheit, daß man sie heute in Ruhe und im Lager ließe und nicht zur Arbeit triebe. Jemand rief mir im Gehen zu: «Man sucht dich!»

«Weshalb?» fragte ich.

«Dein Spind ist verschlossen.»

Ich wollte sofort kehrtmachen und wieder in den Keller rennen, doch eine neue Ungewißheit und eine neue Erwartung würden, das fühlte ich deutlich, über meine Kräfte gehen. Also trat ich in die Stube.

Auch hier war sonntägliches Tageslicht. Keine Birne brannte: weder über den Pritschen noch in den Gängen. Die Verdunklungsrollos an den Fenstern waren hochgerollt. An den Knicken des von den Pritschenreihen zurückgeworfenen Fensterlichts schwebte der bei der Durchsuchung der Spinde aufgewirbelte, noch nicht wieder zur Ruhe gekommene Staub. Im Tageslicht roch es stärker als sonst nach Strohmulm und Kälte. In den Gängen zwischen den Pritschen und neben den Spinden bewegten sich die SA-Männer in ihren blanken Stiefeln und den neuen Mänteln etwa so, wie man an einem frisch gestrichenen Zaun entlanggeht: als würden auch sie, wie wir, jene nicht abwaschbare Ablagerung spüren, die unser hungriger Atem und unser ungesunder Schweiß auf den Bettpfosten hinterlassen hatte. Es war seltsam, ihre durch Gesundheit, Sattheit, Straßenkälte und zügige Bewegung verfärbten Gesichter, die grelle, saubere Kleidung, die glänzenden Stiefel in unserem verputzlosen und farbenlosen Wohnraum zu sehen, die lauten Stimmen zu hören, mit denen sie sich über die Pritschen hinweg etwas zuriefen. Die Zinnäuglein des tauben Hans blinkten auf. Durch Bewegungen des Kinns versuchte er, seinen Hals von dem engen Kragen zu befreien. Plötzlich gähnte er krampfhaft. Es war genau der Augenblick, in dem ich eintrat, unsere Blicke begegneten sich. Einen Moment lang schien mir, daß sich Hans über mein Staunen wunderte. Aber er wandte sich sofort wieder ab. Seine Backen blähten sich, wie bei einem Menschen, der einem Blasinstrument einen Ton entlocken will, energischen Schrittes setzte er sich irgendwohin in Bewegung. Indessen waren das die Schritte eines Mannes, der nicht wußte, welches Ziel er ansteuerte. Hans blieb sofort wieder stehen, bewegte wieder das Kinn, als wolle er nachprüfen, ob sich der Kragen endlich geweitet habe, und blickte sich verwundert im Raum um. Auch er fürchtete sich vor irgendwas: vielleicht vor seinem Nichtverstehen? Mir war gleich aufgefallen, daß hier im Raum jene ungezwungene, feiertägliche Bewegtheit fehlte, die draußen auf der Treppe das Ende der Durchsuchung anzeigte. Unsere Spinde standen an der Wand links von der Eingangstür. Genau an der Stelle, wo mein Spind war, standen Urban, Werkmeister Brock aus der mechanischen Werkabteilung, den das Lager deshalb kannte, weil Brock sich einmal mit einem Knüppel auf einige ukrainische Mädchen gestürzt hatte, die während einer Arbeitspause Volkslieder angestimmt hatten, außerdem Paul und noch zwei oder drei Deutsche aus der Gießerei. Am gleichen Ort hielten sich auch Kostik und Wolodja auf sowie der mit dem Goldzahn ölig schimmernde Petjka der Kleine. Kostik war gerade durchsucht worden, Wolodja wartete, wie alles wohl ausgehen würde, während Petjka durch das matte Leuchten seines Goldzahns Eindruck auf Brock machen wollte, in dessen Werkabteilung er arbeitete. Brocks Gesicht war unbeweglich starr, er bemerkte Petjkas Spielchen nicht. Urban wog das Vorhängeschloß, mit dem der Spind verschlossen war, in seiner Hand, er wartete darauf, daß jemand hinzutrat. Wolodja sah mich und machte entsetzte Augen. Kostik zeigte mir den Vogel: du bringst dich selber ins Verderben! Die Bewegung in meine Richtung wurde von Urban und Paul bemerkt. Doch in Gegenwart von Urban und Brock hielt sich Paul lieber zurück. In den Augen von Urban, der sich mir jetzt zuwendete, war noch keine Vermutung aufgetaucht, auf Brocks glattem Gesicht stand nichts außer einem elementaren Mißtrauen. Urban und Brock hatten wie immer ihre Parteiabzeichen angesteckt, Urban bekundete seine Treue zur Partei außerdem noch auf eine in Deutschland weitverbreitete Weise: Kopfhaar und Schnurrbärtchen waren einem großen Vorbild nachempfunden, während Brock hingegen glatt rasiert war, Streichholzschnitt trug und jenen Typ der dienstlichen Gewichtigkeit hervorkehrte, zu dem ein gewisses Übergewicht genauso gehört wie die Unmöglichkeit eines nicht ganz frischen Hemdkragens. Sowohl seine Arbeitskluft wie seine SA-Uniform waren aus teurerem Stoff geschneidert, als das gemeinhin üblich war. Das kleine Parteiabzeichen blinkte bescheiden und matt.

Auch auf den Gesichtern der beiden drückte sich die Parteilichkeit verschieden aus. Auf Urbans von Ernst gezeichnetem Gesicht ließ sich folgende Einsicht erkennen: «Jawohl, die armseligen Spinde, dieser Zementfußboden, jawohl, diese Durchsuchung, aber da kannst du nichts machen, das ist nun mal Pflichterfüllung, so ist nun einmal Deutschlands historische Mission.» Auf Brocks Gesicht war die Parteilichkeit schlichtweg furchterregend. Sie ließ uns keinerlei menschliche Möglichkeit. Unsere Erregung prallte an ihm genauso ab wie Petjkas Anbiederungsversuche. In seinem Blick, wenn er einen von uns anschaute, fehlte jede Frage, fehlte darüber hinaus jene lebendige Veränderbarkeit, die sich einstellt, wenn Menschen einander anblicken. Er schien unsere Augen gar nicht zu sehen: vermutlich deshalb, weil ein Blick in unsere Augen ein Zugeständnis und Nachgeben gewesen wäre, ein Verstoß gegen gewisse Normen. Diese Verhaltensweise war keine Eigenart von Brock. Ich stellte sie bei vielen Deutschen fest: bei Hilfspolizisten, bei Werkmeistern, bei Straßenpassanten. Urbans davon abweichende Art war eine Seltenheit. Deswegen blickte ich ihn nicht ohne Hoffnung an. Da sah ich plötzlich, daß es nicht mein Vorhängeschloß war, das er in der Hand wog. Mein Spind war der letzte vor dem Fenster. Dieses Schloß hing vor der Nachbarsektion (jeder Spind hatte vier Sektionen). Mein Schloß hing weiterhin an seinem Ort. Sie hatten es also nicht weggerissen. Noch zehn

Minuten – und alles wäre vorbei gewesen! Ich begriff das in dem Moment, als Petjka zu schreien begann:

«Man sucht ihn, und er treibt sich irgendwo herum!»

In den Augen von Urban, der weiter jenes Schloß in der Hand wog, begann sich etwas zu verändern, Brock drehte sich zu mir um, ich spürte die lastende Schwere seines Blickes.

Kostik wandte sich ab.

«Miststück!» sagte er zu Petjka.

Wolodja sagte: «Ein schneller Mann. Hat es nicht abwarten können, daß man nach ihm ruft.»

Urban blickte Wolodja an und ließ den Blick zu Petjka hinüberschweifen. Jetzt lächelte Petjka breit übers ganze Gesicht, der Zahn erstrahlte für Urban, Wolodja und Kostik zugleich, das kam von Petjkas Herzenseinfalt... Wolodja zeigte auf den verschlossenen Spind und sagte: «Nachtschicht. *Fabrik, Arbeit.*»

Ich sagte:

«Gleich ruf ich ihn!» – und rannte in den zweiten Stock zu den Leuten mit Familie. Das war ein schwach belegtes Stockwerk, hier war die Durchsuchung bereits vorbei. Dort fand mich nach einiger Zeit Kostik.

«Sie sind fort», sagte er. «Wovon hast du heute nacht geträumt?»

Ich erzählte ihm den Traum mit dem Hund, von dem ich nicht mehr genau wußte, ob er mich gebissen hatte.

Wir sahen, wie die SA-Männer die Treppe hinabstiegen, wie sie mit den Stiefeln auf die abgeschabten Treppenstufen auftraten, wie sie sich Scherzworte zuriefen. Diese in eine Uniform gesteckten Arbeiter aus der Fabrik hatten die ganze Sache offenbar mehr als eine Art Hobby aufgefaßt, als Liebhaberei und Sonntagsjägerei. Mehr war das nicht gewesen. Deshalb war mein Schloß heil geblieben und auch das Schloß meines Nachbarn. Die Treppe stiegen sie dichtgedrängt herab, wie Filmbesucher, die aus einem Kino strömen. Das Treppengeländer berührten sie nicht, und sie versuchten, auch die Wand nicht zu streifen. Die Armbinden loderten grell wie Fähnchen. Der eine oder andere drehte sich jetzt um, winkte einem Bekannten zu:

«Iwan! Auf Wiedersehen! Bis morgen!»

Diese Ausrufe waren von Lachen begleitet.

Als Kostik und ich wieder in den ersten Stock hinuntergestiegen waren, trafen wir dort den Dolmetscher. Er benahm sich, als sei diese Durchsuchung genau der richtige Weg, unsere nähere Bekanntschaft zu machen. Mit leicht schmollender Miene holte er, unter den Blicken einiger Leute, die ihn umstanden, aus der Jackentasche eine Packung deutscher Zigaretten, nahm eine Zigarette heraus, steckte sie an und steckte die Packung wieder ein. So führte er uns vor, daß wir nicht auf der gleichen Stufe mit ihm standen. Aber auch die Leute von der SA und Gestapo waren nicht seinesgleichen. Sonst hätte er hier nicht herumgelungert, sondern wäre mit den anderen die Treppe hinabgestiegen oder hätte den Hilfspolizisten in der Wachstube Gesellschaft geleistet. Natürlich wollte er gern mit uns Russen reden und sich zugleich vor uns in Positur setzen. Die Weste unter der Jacke vorführen, die Taschenuhrkette, die neuen Halbschuhe und dann noch diese Zigaretten *Nummer 5*, die uns vollends davon überzeugen sollten, daß er nahezu ein Deutscher war. Er setzte auf unsere Neugier, und so seltsam es klingt, auf unser Wohlwollen. So stand er also da, bot sich unseren Blicken dar, hatte die Weste lässig aufgeknöpft, suchte unter uns nach dem Ältesten und Gewichtigsten, dessen Fragen er hätte beantworten mögen, mit dem zu reden seiner würdig gewesen wäre. Mich und Kostik nahm er gar nicht erst wahr. Voller Neugier blickte ich in seine blauen Augen, deren Oberfläche von jener Spannung gezeichnet war, mit der er uns beim Abschreiten der Formation angeschaut hatte. Es war wie eine untilgbare Spur, ein Widerschein jenes Unbegreiflichen und Entsetzlichen, aus dem das Leben dieses Mannes bestand. Jetzt hatte die Spannung nachgelassen, doch die Spur war geblieben. Eine ganze Welt mir unverständlicher Ursachen und Folgen verbarg sich hinter diesem Ausdruck. Es war verblüffend – er spürte nicht, daß man ihn anblickte! Sein im Grunde durchaus natürliches Bedürfnis, Interesse und Neugier zu wecken, gedachte er bei Leuten zu befriedigen, die ihn keine Minute am Leben gelassen hätten, wenn sich das Blatt gewendet hätte.

Wolodja fragte:

«Was ist das: ein Konzentrationslager?»

Den Dolmetscher schien allein schon das Wort in Erregung zu versetzen, die Möglichkeit das deutsche *r* in diesem deutschen Wort zu rollen, mehr noch aber war es wohl jenes Reglement des Schrekkens, das zudem auch noch einen so schönen, klangvollen Namen trug. Er begann, den Unterschied zwischen einem Arbeitslager und einem Konzentrationslager zu erläutern.

Jemand sagte:
«Auch hier schlägt man uns.»
Der Dolmetscher begann zu lachen.
«Überhaupt kein Vergleich!» sagte er.
Man fragte ihn noch, ob er schon lange in Deutschland lebe und wo er wohne, dann begannen wir uns zu zerstreuen. Auch ich ging zu meiner Pritsche und sah von dort aus, wie der Dolmetscher auf den Treppenabsatz hinaustrat und eine Zeitlang dort stand, vermutlich darauf wartend, daß man ihn in die Wachstube riefe.

Aus der Tiefe der Pritschen trat Ljowa-Krank auf mich zu, warf einen Blick auf mein Vorhängeschloß, zuckte mit seiner wie zerknitterten weichen Wange, blinzelte mir zu:
«Hast du es oben abgewartet?»
Ich haßte ihn genauso wie den Dolmetscher.
Dann blinzelte er Kostik zu:
«Wir kommen über den Winter, was?»
Unten wurde ein großer Suppenkübel gegen den Zementboden geschmettert: man lud die Sonntagssuppe aus. Noch ein Schmettern und noch eines. Nicht nur ich horchte hin – alle lauschten. Doch es schlug kein Metall mehr auf den Zement auf. Also würde es Kartoffeln geben. In zwei Kübeln sind die Kartoffeln, im dritten Kübel schwimmt eine Tunke aus Saucenwürfeln. An den Sonntagen gab es sonst meistens eine Brühe aus Sauerkraut, *nicht* mit Schilfrohrmehl versetzt. Aber dann wären es vier Kübel gewesen. Kartoffeln waren natürlich besser, deshalb gab es sie ja auch nur selten. Heute sollten sie uns wohl die Durchsuchung der Spinde versüßen. Aber zwei Kübel fürs ganze Lager: das waren anderthalb Kartoffeln pro Nase. Brot wurde sonntags nicht ausgeteilt, am Sonntag ruhte sich Grischka aus. Die Sonntagsbrotration, zusammen mit der Margarinewochenration und dem Zucker für eine Woche – zwei, drei Löffel – verteilte Grischka schon am Samstag. Noch am gleichen Samstag wurden alle nur denkbaren Tauschgeschäfte praktiziert: eine Brotration gegen sechs Zigaretten, eine Wochenration Margarine gegen zwölf Zigaretten. Ich gab eine halbe Margarineration für sechs Zigaretten weg.

An den Samstagen gab es auch Glücksspiele um Zigaretten. Deshalb begann der Sonntagmorgen mit hungrigen Stoßseufzern und mit noch qualvolleren Vorahnungen. Ein ganzer Tag ohne Brot und fast ohne Essen stand bevor. Seine Länge maß sich am

Hunger. Wenn sich unten Lärm erhob und der schwere Thermoskübel gegen den Zementboden donnerte, horchte das ganze Lager hin. Die Zahl der Donnerschläge besiegelte die Hoffnungen.

Heute, so viele Jahre nach Kriegsende, kann man sich den Hunger als den heftigen Wunsch nach Essen vorstellen, ähnlich einem körperlichen Leiden oder Gebrechen. Doch Hunger ist anders. Er verändert nicht nur das Atmen, den Puls, das Gewicht, die Muskelkraft, er beherrscht alle Empfindungen und selbst die Gedanken, läßt sogar im Schlaf nicht nach, lenkt das Denken in eine ganz bestimmte Richtung. Und was vielleicht das Furchtbarste ist: er verändert die Vorstellungen, die einer von der eigenen Person hat. Und wieder etwas anderes ist das Hungern vieler, gemeinsam eingesperrter Menschen.

Wenn der Hunger das Stadium der Auszehrung erreicht hat, erwirbt er den Geruch nach Fieber, Typhus und Karbolsäure, den einzuatmen eine Unmöglichkeit ist. Ein etwas schwächerer Hunger hat einen faden, grippösen Geruch, der den Geschmack des Brotes und Tabaks verändert. In diesem penetranten grippösen Unwohlsein kommen einem alle Fußböden wie Zementböden vor, und alle Wände sind ohne Verputz. Der Hunger ist ein lautloses, nie versagendes Mittel des polizeilichen Druckes, und nichts ist vielleicht wichtiger als dies: nicht zu zeigen, daß du Hunger hast. Natürlich begriff ich erst allmählich, daß es nicht nur um die Wahrung des eigenen Gesichtes geht. Wer das Gefühl der eigenen Würde behält, dem bleiben, auf Grund irgendwelcher Lebensgesetze größere Chancen zum Überleben.

Deshalb hatten die zwei, drei freiwilligen Suppenfahrer keine Konkurrenten. Am Sonntag schickte Grischka freilich meistens mit ihm befreundete Ganoven zum Suppeholen.

Alle hörten das Donnern der Kübel. Die Kübel wurden den Gang entlang in Grischkas Zimmer geschleift. Doch keiner von uns hatte es besonders eilig. Je später du die Suppe kriegst, desto später ißt du sie auf.

Auch ich saß abwartend auf meiner Pritsche. Durch die offene Tür sah man den Dolmetscher auf dem Treppenabsatz rauchen. Er blickte sich nach dem Lärm um, schaute hinunter. In diesem Moment sah ich Essmann. Er stieg die Treppe hinauf. Auch er hatte wohl aus dem Donnern der Suppenkübel geschlossen, daß alles vorbei sei, und hatte sich herausgewagt. Das Erdgeschoß mit der

Wachstube hatte er bereits hinter sich gebracht, jetzt fühlte er sich sicherer. Im gleichen Augenblick spürte ich an dem sich straffenden Rücken des Dolmetschers, daß er Essmann erkannt hatte.

Um die Aufmerksamkeit des Dolmetschers abzulenken, begann ich zu brüllen.

«Die Kartoffeln sind da, die Kartoffeln sind da!»

Man zischte mich aus. Der Dolmetscher blickte sich nicht einmal um. Jetzt sah ihn auch Essmann. Sein Gang stockte, er wurde bleich, während der Dolmetscher, rasend schnell, mit einem Schrei die Treppe hinabstürzte. Er lief an Essmann vorbei, machte sogar einen Bogen um ihn herum. Er war es nicht gewöhnt, die Treppe hinunterzurennen. Sein Gesicht war so panisch und so ungeduldig, als könnte Essmann plötzlich im Erdboden versinken oder sich von hinten auf ihn stürzen. Essmann lief die Treppe hinauf. Weiter hinauf als in den zweiten Stock konnte er nicht kommen, aber vermutlich wollte er verhindern, daß ihn die Polizisten in unserem Wohnraum griffen. Unten im Erdgeschoß erhob sich jetzt ein unvorstellbares Geheul. Es war so ungeheuerlich, daß Essmann auf dem Treppenabsatz zwischen dem ersten und dem zweiten Stock stehenblieb. In keiner anderen Sprache kann man derart wütend brüllen. Jede andere Sprache würde die dafür benötigten Laute verweigern. Ich haßte jeden Laut. Wir rannten auf die Treppe hinaus. An uns vorbei liefen Gestapoleute und Hilfspolizisten. Pierek stieg als letzter treppauf. Schob alle auseinander, beugte sich über Essmann, redete belehrend auf ihn ein, schlug ihm mit der schweren Greisenfaust ins Gesicht. Dann drehte er sich zu uns um. Der Kneifer warf das Licht zurück, die Unterlippe hing mürrisch herab, und auch von ihr ging ein schwaches bläuliches Schimmern aus: als hätte Pierek sie abgeleckt. Uns trieb man in den Wohnraum, während man Essmann die Treppe hinunterschleifte. Ich hatte gerade noch Zeit, sein irreparabel verändertes Gesicht zu sehen.

Grischka kam angelaufen, blickte aus glasigen Augen, sagte:

«Ihr müßt jetzt antreten!»

Der Dolmetscher rief das gleiche aufgekratzt auf deutsch:

«Antreten!»

Man stellte uns auf dem freien Platz vor den Pritschen auf. Wir standen ziemlich lange da, während Essmann durchs Erdgeschoß geführt wurde. Dann kam Appstein angerannt und brüllte:

«Stillgestanden!»

Essmann wurde in den Raum hineingestoßen. Pierek führte ihn, der Dolmetscher hielt sich abseits. Pierek beugte sich immer wieder über Essmann und bohrte seinen Finger einem nach dem anderen von uns ins Gesicht:

«Dieser?»

Dann stieß er Essmann ein Stück weiter:

«Dieser?»

Bisweilen ließ er verachtungsvoll ein oder zwei Leute in der Reihe aus, verweilte dafür länger vor dem dritten, schlug Essmann mit der Handkante in den Nacken, hielt den Mund ganz dicht an Essmanns Ohr, brüllte, fuchtelte mit dem Finger:

«Dieser? Dieser?»

Piereks umgestülpte Lippe glänzte mattfeucht, die Wangen hatten sich sanft gerötet. Essmann zuckte jedesmal zusammen und schüttelte den Kopf, während Pierek dem Bezeichneten mit dem Finger drohte. Ich harrte auf meine Minute, doch Pierek bohrte nur kurz seinen Finger in mich und ging weiter, ohne Essmanns Antwort abgewartet zu haben. Auch an Kostik ging er vorbei. Vor Andrej angelangt, machte er nur eine abwertende Handbewegung, doch vor Wolodja blieb er stehen. Wolodja wippte Pierek provokant entgegen. Pierek zeigte auf ihn. Ohne hinzuschauen, schüttelte Essmann den Kopf. Pierek umschlang ihn von hinten und stemmte mit dem Oberarm Essmanns Kinn hoch. Er redete noch lange auf ihn ein, während Essmanns Kopf immer tiefer in den Nacken gedrückt wurde. Wolodja wurde immer bleicher, während Pierek plötzlich Essmann losließ und Andrej aus der Reihe zerrte. Bis dahin hatte Pierek den Dolmetscher weggeschoben, hatte immer nur abgewinkt, wenn er dolmetschen wollte, jetzt rief er ihn herbei. Andrejs Gesicht verfärbte sich, wie es das immer tat, wenn er etwas nicht verstand und deshalb verlegen wurde. Sein Gesicht bekam einen weinerlichen Ausdruck.

«Kennst du den?» fragte ihn der Dolmetscher und zeigte auf Essmann.

Andrej wies mit dem Finger auf seine Ohren:

«Ich höre nicht.»

Er schaute hilflos um sich, als würde er alle Anwesenden zu Zeugen seiner Taubheit machen. Der Dolmetscher brüllte:

«Hast du diesen Mann schon mal gesehen?»

Und wieder zeigte Andrej auf die Ohren:

«Ich verstehe nicht.»

Pierek machte eine wegwerfende Handbewegung. Brummend ging er an Ljowa-Krank vorbei und hielt einen Augenblick lang vor Petjka dem Kleinen an. Der richtete den Goldstrahl seines Goldzahns sogleich bereitwilligst auf Pierek.

«Und du, Kleinpeter?» fragte Pierek.

Petjka schnitt eine Fratze, die etwa besagen mochte: Ich wäre Ihnen gern zu Diensten, mein Herr, aber leider ist nichts zu machen!

Pierek brummte enttäuscht und verächtlich.

Man befahl uns, zu unseren Pritschen zu gehen, Essmann wurde durch die Pritschengänge geführt und mußte vor jeder Pritsche anhalten. Und wieder fragte Pierek:

«Hier?»

Schlug Essmann mit der Stirn gegen das Brett des Pritschenoberstocks und brüllte:

«Hier?»

Drehte sich zu den stummen Gestapoleuten herum, gab durch Gesten zu erkennen, wie sehr ihn Essmanns Verstocktheit befremdete und erzürnte. Wir kamen indessen bald dahinter, daß sowohl unsere Antworten wie auch Essmanns Verstocktheit Pierek durchaus gelegen kamen. Er zeigte den Gestapoleuten, daß Essmann erst kürzlich ins Lager eingedrungen sein konnte, höchstens vor einem Tag. Sonst hätte ihn die Lagerpolizei mit Sicherheit aufgespürt. Und wenn sogar wir das begriffen, die wir vielleicht ein Drittel der Worte von Pierek verstanden, dann mußten das die Gestapoleute um so deutlicher sehen. Doch sie schwiegen und mischten sich nicht ein.

Die Luft hinter den Lagerfenstern begann sich ins Blaue zu verfärben, im Raum verdichtete sich die Dämmerung. Von der Wachstube aus wurde das elektrische Licht eingeschaltet, die Verdunklungsrollos vor dem Fenster wurden heruntergelassen. Auf der Preßpappe der Spinde, auf den Wänden, den Bettpfosten lagerte sich wieder der übliche elektrische Film ab. Es roch jetzt wieder stärker nach Stroh, nach menschlicher Enge, nach sauerstoffarmer Luft. Das dicke schwarze Papier vor den Fenstern schnitt das Lager von der übrigen Welt ab. Es begann Appsteins Nachtdienst, und die Arbeiter der Nachtschicht mußten sich langsam bereit machen. Essmann hatte man abgeführt und anschließend mit einem Wagen weggebracht. Es wurde verkündet, daß dem ganzen Lager heute das Essen entzogen wird. Doch nach einer halben Stunde Trübsal und Erwartung blinkte wieder Hoffnung auf. Grischka rief in den Raum:

«Nachtschichtarbeiter, Kartoffeln fassen!»

Und nach einer weiteren Stunde:

«Alle Mann nach Kartoffeln anstellen!»

Ich hoffte, daß mich Wolodja rufen würde, aber Wolodja rief mich nicht zu sich. Nachts verfolgte mich Essmanns von den vielen Schlägen dunkel gewordenes Gesicht, ich entsann mich der seltsamen Worte, mit denen er mich zu größerer Vorsicht ermahnt hatte: «Beunruhigen Sie sich nicht meinetwegen, man wird mich sowieso schnappen, die deutsche Polizei ist einfach zu tüchtig!» Darauf hatte ich erwidert, es gäbe doch sicher die Möglichkeit, hier im Lager festen Fuß zu fassen und den Namen zu ändern. «Nein», sagte Essmann. «Diese Möglichkeit gibt es praktisch nicht.»

In der Kindheit hat einmal etwas einen gewaltigen Eindruck auf mich gemacht. Meine Mutter erzählte die Geschichte, wie ihr Bruder, also mein Onkel, bei einer Blinddarmoperation auf die Narkose verzichtet hatte: er schonte sein Herz. Der Bericht hatte einen Hintersinn, er sollte mir verdeutlichen, wie wichtig es sei, auf seine Gesundheit zu achten. Meine Mutter hatte nicht damit gerechnet, daß ihre Mitteilung einen solchen Eindruck auf mich machen würde. Von da an musterte ich meinen Onkel, wenn er uns besuchen kam, mit Furcht und Befremden. Mich hätte ein Mensch begeistert, der beispielsweise in einen Trambahnunfall verwickelt worden wäre und jähen Schmerz mannhaft ertragen hätte. Zufälle, unerwartete, sogar furchtbare Schicksalswendungen: das war etwas, das ich schon kannte. Sich jedoch den kommenden Schmerz klar vorzustellen, ihn gleichsam einzuplanen, die Mittel zu seiner Vermeidung von sich zu weisen: das eröffnete mir entsetzliche Möglichkeiten in jener Welt, in die ich gerade eintreten wollte. Am liebsten hätte ich nichts von diesen Möglichkeiten gewußt, aber der Onkel kam in unser Haus, trank Tee, stritt sich mit meinem Vater, sprach mit der Mutter, scherzte manchmal mit mir, und ich fühlte vage voraus, daß ich mit Dingen konfrontiert werden würde, die für ihn bereits geläufig waren. Die Art und

Weise, in der Essmann redete, hatte etwas von einer Operation ohne Narkose an sich. Sein Denken schien der Befreiung von Schmerz durch die Hoffnung gar nicht zu bedürfen. Für mich war die lebendige Hoffnung absolut notwendig, und ich war außerstande, diese Verhaltensweise zu verstehen. Was auch immer geschehen wäre, ich hätte bestimmt bis zum bitteren Ende gehofft. Essmann aber hatte auf die Hoffnung verzichtet, noch bevor überhaupt etwas geschehen war. Er hatte von der Absicht gesprochen, die Grenze zur Schweiz zu überschreiten, doch eine Chance bestünde kaum. Er hatte gesagt, wir müßten von hier fliehen, uns jedoch eine noch geringere Chance als sich selbst gegeben. Oder hörte sich das nur deshalb so an, weil er uns das in einer Sprache gesagt hatte, die er nicht wirklich beherrschte? Jedenfalls war ich vor dieser sonderbaren Kälte zurückgeschreckt und hatte nicht mehr seine Gesellschaft gesucht: nicht nur deshalb, weil mich Wolodja nicht mehr rief.

Und dann dachte ich noch, daß ich heute den Schlägen, aber nicht der Angst entgangen war.

Prügeln zu entgehen ist im Lager, wenn man Glück hat, durchaus möglich, immerhin gibt es weit weniger Polizisten als Lagerinsassen, und selbst wenn sich die Polizisten alle maßlos große Mühe geben, wird es ihnen nicht gelingen, alle Lagerbewohner zu verprügeln. Doch die Angst: die setzt nie aus.

6

Am Montag im Stollen kam Paul aus dem Husten und Herumfuchteln nicht heraus: als hätte er seine sonntägliche Erregung nicht ganz aufgebraucht. Am Dienstag tauchte ein neuer Vorarbeiter auf. Wir sahen, daß die Deutschen Geld sammelten. Wolodja fragte den Kompressormechaniker, ob was passiert sei. Es stellte sich heraus, daß Paul in der Nacht gestorben war. Der Mechaniker teilte uns das mit und stellte uns, vielleicht zu seiner eigenen Verwunderung, anheim, uns an der Geldsammlung zu beteiligen. «Die Familie ist arm», sagte er. «Es sind drei Kinder da.» Er blickte abwartend. Wolodja schlug sich mit der Hand gegen die Hosentasche und lachte. Als der Mechaniker fortging, stand auf seinem Gesicht geschrieben: «Man hat mich vor diesen Russen gewarnt...» In meinem Gedächtnis hat sich der Vorschlag des Kompressormechanikers schärfer eingeprägt als Pauls Tod. Der Mann hatte in unserer Nähe gearbeitet und gesehen, wie Paul mit uns umgegangen war.

Am Mittwoch teilte man mich beim Morgenappell jener Gruppe zu, die in die Gießerei geschickt wurde. Der neue Vorarbeiter hatte mich abgeschoben.

Gleich während meiner ersten Tage in der Gießerei begriff ich, daß man unter Tag durchaus leben konnte, während die Arbeit in der Gießerei die reinste Folter war, an die man sich weder gewöhnen noch anpassen konnte. Wenn die Fabriksirene den Feierabend verkündete, hatte ich buchstäblich nicht mehr die Kraft, mich über den Beginn dieses freiesten Augenblicks im Lagerleben zu freuen: deine Schicht ist zu Ende, die Leute von der Nachtschicht werden in einer Viertelstunde deinen Platz einnehmen, diese fünfzehn Minuten sind eine Art Niemandszeit, sie sind wie der Kanten, den man bei der Brotration nicht mitzählt.

In fünfzehn Minuten beginnt das Abzählen, irgendwen wird man an der Kontrollbude erwarten, irgendwen wird man verprügeln, die Zeit wird einen immer schnelleren Lauf nehmen von jenem Augenblick an, da die Nachtschichtarbeiter die Spaten ergreifen, die Werkbänke einschalten und aus den Werkhallen das Scheppern und Klirren, der Klang von Metall gegen Metall ertönen wird – wenn der Ablauf der zweiten Lagertageshälfte beginnt. Auch ihr Ablauf wird wieder qualvoll werden, einstweilen aber stehst du dort, wo du stehst, gehst dorthin, wohin du gehen sollst, und du tust das scheinbar sogar mit einem in dir wiedererwachten Gefühl der eigenen Würde. Die Fabrikobrigkeit bekümmert sich nicht mehr um dich, die Lagerobrigkeit wartet erst noch auf dich. Und es gibt Leute, die ungleich unglücklicher sind als du: du hast es für heute schon hinter dir, während die Leute von der Nachtschicht erst noch antreten müssen. Das ewige Hungergefühl äußert sich in diesen Minuten im Wunsch zu rauchen. Die hungrigen Nasenflügel fangen den Tabakrauch aus großen Entfernungen auf. Nicht einmal im Klo kann sich der Rauchende verstecken. Sogleich wird sein schnuppernder Kollege von Unruhe gepackt und geht in der Richtung des Rauches, auch wenn er gar nicht gehen möchte. Der ausgemergelte Organismus wird sich – was bleibt ihm anderes übrig – auf den wahnsinnigen Wunsch konzentrieren, sich vom Nikotin aufputschen oder vergiften zu lassen. Von diesem Moment an ist man nicht mehr locker, die Empfindung eines *Fensters*, einer kurzen Zwischenpause in der furchtbaren Unfreiheit ist verflogen.

Ich verbrannte mir die Hand, indem ich sie gegen den glühenden Ofen hielt: ich wollte krank sein.

Zu jenem Zeitpunkt wußte ich bereits einiges über die Scheinkranken. Der Unterschied zu den echt Kranken wurde von Lagerinsassen wie Polizisten deutlich erkannt.

Am Morgen werden alle Lagerbewohner zur Arbeit getrieben. Für den *Kranken* ist das der Augenblick eines unruhevollen Glükkes. Das Glück besteht darin, daß er just in dieser Minute so richtig spürt, um wieviel besser er es jetzt unter seiner Bettdecke hat als alle anderen, die sich ihre Fußlappen um die Füße wickeln, die beim Bettenmachen vor Kälte zittern, die vor ihrem Spind stehen und von einem Fuß auf den anderen treten, obwohl dieses Füße-Vertreten recht sinnlos ist, denn der Spind ist leer, die Regale aus Preßpappe sind glattpoliert und kahl und rufen Sodbrennen hervor, wenn du sie mit der Hand oder auch bloß mit dem Blick berührst. Das Brot – der Rest der Brotration, der gestern hier lag, scheinbar aufbewahrt fürs Frühstück – ist aufgegessen. Der Besitzer hat es selber verzehrt, und er weiß das. Gestern hatte er es selber hingelegt, hatte den Schlüssel im Vorhängeschloß umgedreht, hatte sich bemüht, an etwas anderes zu denken und zu vergessen, daß im Spind das Brot lag. Doch wohin er seinen Schritt auch wendete – er kehrte jedesmal zum Spind zurück, öffnete die Tür, redete sich ein, daß er etwas herausnehmen muß, etwas im Spind besichtigen muß, und jedesmal hielt er immer nur das Stück Brot in der Hand. Hauchte es an, roch an ihm und legte es an seinen Platz zurück, ohne es anzurühren, aber einige Zeit später nahm er es wieder in die Hand und schnitt ein dünnes Scheibchen ab: dort wo der Kanten ungleichmäßig war – er machte das Brot eben gleichmäßig! Der Clou bestand darin, am Brot ein wenig rumzuschnipseln und ihm zugleich das gleiche Volumen zu belassen. An dieser unlösbaren Aufgabe versuchten sich die Brotrationsbesitzer regelmäßig jeden Abend. Die Ration wurde ein wenig nach unten abgerundet und auf jenes glattpolierte Regalbrett aus Preßpappe – das zweite von oben – gelegt. Das zweite Regalbrett war eigens für das Brot und andere Nahrungsmittelvorräte bestimmt: für die Margarine, die Kartoffeln – falls es gelang, welche zu stehlen –, für die Steckrüben. An sich war das zweite Brett von oben natürlich nicht für die Aufnahme von Lebensmitteln konstruiert worden, aber irgendwer hatte den Anfang gemacht und sein Brot dorthin gelegt, und alle anderen hatten es ihm nachgetan. Ein Zufall war es indessen auch nicht gewesen, das Brett befand sich nämlich genau auf der Höhe, auf der sich ein Lebensmittelregal zu befinden hat: du machst die Spindtür auf, und sofort öffnet sich alles deinem Blick. Allerdings erweckt das auch Befürchtungen: vielleicht soll man das Brot lieber verstecken, es irgendwo weiter oben deponieren, wo ein Dieb es nicht so leicht findet. Und es gibt besonders Vorsichtige, die ihr Brot zunächst nicht auf das zweitoberste, sondern auf das oberste Brett legen und es dann auch noch ins Innere des Spindes schieben. Du machst die Spindtür auf – und siehst nichts. Ein kahles Regal aus Preßpappe, nichts weiter. Und bevor du dich erst mal richtig auf die Zehenspitzen gestellt und dich an das Brot ganz hinten im obersten Regal herangetastet hast, wird dein Herz zehnmal zu zittern beginnen. Besonders wenn du inzwischen vergessen hast, in welche hintere Regalecke du das Brot gelegt hast. Wenn du ein paarmal dies grausame Spiel mit dir selber gespielt hast, hast du endgültig genug davon. Nächstes Mal legst du das Brot – wenn du welches hast – wieder aufs zweitoberste Regal. Du öffnest die Spindtür – und hast es vor Augen.

Abends trägt jeder seine Brotration, nachdem er sie an Grischkas Ausgabefenster in Empfang genommen hat, zu seinem Spind und legt sie hinein. Die einen legen sie völlig heil und unversehrt hinein, die anderen leicht angeschnitten. Das Brot kommt deshalb in den Spind, weil es vernünftig ist, es für den Morgen aufzubewahren, wenn nichts zum Essen da sein wird. Es ist eine wahre Lust, das Brot abgewogen und ausgemessen auf der Handfläche zum Spind zu tragen. Eine Nacht und dann noch einen Tag lang wirst du es nicht so in Empfang nehmen und besitzen. Vierundzwanzig Stunden lang nicht. Da ist es ganz natürlich, daß du dir die große Lust und Freude möglichst lange bewahren willst. Damit sie dir so lange wie möglich bevorsteht. Man trägt das Brot auch deshalb in den Spind, weil irgendwer das sowieso tun wird.

Das aber wäre eine kaum erträgliche Qual: wenn einer sein Brot vor deinen Augen essen würde – und wo soll er es sonst essen? –, in deinem Spind jedoch ist alles kahl und leer.

Und so kommen die Leute mit ihren Brotrationen, mit ihren halben Rationen, ihren Zweidrittelrationen, und schätzen mit den Augen die fremden Rationen in den fremden Händen ab. Ob die anderen schon genausoviel aufgegessen haben oder weniger. Und was für eine Ration ihnen zugefallen ist: eine große oder eine kleine. Es gibt Glückspilze, die immer eine große Brotration bekommen.

Dann legt man sich auf die Bettdecke, zündet sich eine Zigarette an, wenn man eine hat, erbettelt sich im Notfall einen Stummel – die über Achtzehnjährigen erhalten vierzehn Zigaretten in der Woche –, unterhält sich über die Frontlage, über Lagerangelegenheiten, beginnt wohl auch ein Kartenspiel, aber nicht Schafskopf und nicht Sechsundsechzig, im Lager gelten nur Glücksspiele. Unterdessen kreisen eines jeden Gedanken um die Brotration.

Irgendwer hält das nicht aus, öffnet den Spind... Und am Morgen steht man vor leeren Regalen.

Bei einem *Kranken* ist der Spind erst recht ganz leer. Seine Brotration ist kleiner, sein Zeitvorrat ist ungleich größer: er hat den ganzen Tag zu seiner Verfügung. Und die Ration bekommt er früh am Tag, zusammen mit den Leuten von der Nachtschicht. Man könnte zwar warten und die Ration erst am Abend entgegennehmen, zusammen mit denen, die von der Tagesschicht zurückgekehrt sind. Aber das hält keiner durch! Der *Kranke* wird also sein Brot schon früh am Tag erhalten – und er wird es ziemlich früh am Tag verschlingen. Ein *Kranker* macht sich nichts vor. Es wäre ein Unding, den ganzen Tag auf der Pritsche zu liegen und den Gedanken ertragen zu müssen, daß dicht neben dir Brot im Spind liegt. Nein, das Brot wird sofort aufgegessen. Die *Kranken* sind sowieso verwegene Burschen, eine Art Lageraristokratie. Sie schrecken nicht einmal vor Selbstverstümmelung zurück, um der Arbeit zu entgehen.

Deshalb erfüllt den *Kranken* am Morgen nicht nur das Glück eines Menschen, der von der über seine Kräfte gehenden Zwangsarbeit befreit ist, ihn erfreut außerdem die Gewißheit, ein ganzes Stück pfiffiger und gewitzter zu sein als diese keuchenden, von Sodbrennen geplagten, unausgeschlafenen Menschen. Die gehen dorthin, wohin man sie treibt, während er über seinen Körper frei verfügt, während er eigenhändig sein Lagerschicksal schmiedet. Aber auch Furcht ist dem *Kranken* nicht fremd, sich länger hinziehendes Krankspielen erweckt Verdacht, und wer es als *Kranker* zu toll treibt, wird irgendwann aus dem Lager entfernt. Das ist bereits mehreren *Kranken* passiert, und sie sind in einem KZ gelandet. Indessen hat die Morgenangst des *Kranken* keine genauen Umrisse. Es ist ganz einfach etwas unheimlich, allein im Wohnraum zurückzubleiben, während alle anderen zur Arbeit gehen. Falls nachher ein Hilfspolizist reinschaut, erblickt er nur dich – und sonst keinen.

Endlich sind alle fort, der Raum ist leer. Die Stimmen der Polizisten ebben ab, sie haben ihr Morgenwerk vollbracht und jedermann zur Arbeit getrieben. Dem *Kranken* sind jetzt einige halbwegs ungestörte Minuten geschenkt. Die Polizisten ruhen sich aus. Später machen sie ihren Kontrollgang. Schauen in den Raum, zählen die wenigen hier Verbliebenen nach. Fragen, warum sie hier verblieben sind. «Nachtschicht? Geht in Ordnung!» Die Leute von der Nachtschicht werden nicht belästigt. Aber die *Kranken* jagt man sicher von der Pritsche runter. An Krankheiten glauben die Polizisten nicht. Die krankheitshalber von der Arbeit befreiten Lagerinsassen werden von ihnen genau unter die Lupe genommen. Eine Chance, unter der Bettdecke liegenzubleiben, hat nur jemand, der hohes Fieber hat, der im Fieber phantasiert oder sonstwie offenkundig hilflos ist. Leute mit dem Arm in der Binde oder Gehbehinderte müssen sich den ganzen Tag lang verstecken, sonst werden sie von den Hilfspolizisten zur Arbeit getrieben. Leute mit einem schlimmen Fuß oder einer schlimmen Hand gehören gewöhnlich in die Sparte der Berufskranken. Ihr Gebrechen hält lange an, nur von kurzen Pausen unterbrochen. Wenn das Krankspielen gefährlich zu werden beginnt, wird der *Kranke* wieder gesund und begibt sich zur Arbeit. Einen Monat lang oder anderthalb Monate steht er zusammen mit allen anderen um sechs Uhr früh auf, rennt in den Waschraum und ins Klo, baut sein Bett, hüllt sich fröstelnd in seine Arbeitsjacke, unter der nichts weiter als die nackte Brust ist – während seines Krankspielens hockte er stets in der Stube, konnte sein Hemd gut entbehren und hat es gegen Brot umgetauscht. Vor Kälte bibbernd, vor Ungewohntheit zitternd, denn Fabrik und Arbeitsweg sind für ihn längst zu etwas geworden, womit man sich nur unter Demütigungsqualen abfinden kann, geht er in seine Werkhalle, ergreift einen Schubkarren und macht den anderen was vor, tut so, als sei das mit dem Schubkarren nicht ernst gemeint: er wird sich doch nicht an dem Dreckskarren die Hände dreckig machen!

Indessen ist das Krankspielen gar nicht so einfach. Es gehören Erfahrung und Mut dazu. Mich zum Beispiel ließ man nicht einmal zum Feldscher.

Die irrwitzige, furchtbare Bedeutung der Arbeit in der fremden Werkhalle, in der fremden Fabrik, unter der Fuchtel der Deutschen, die hier von früh bis spät und von spät bis früh ihre Minen, Granaten und Panzerketten herstellen, kam mir gleich am ersten Tag ganz deutlich zum Bewußtsein. Den Lagerinsassen deprimiert besonders die Bedeutung der Zwangsarbeit: einer Arbeit, die nicht nur keinen Sinn für ihn persönlich hat, sondern die sogar gegen ihn gerichtet ist. Allerdings ist sein eigener Beitrag minimal. Seine ganze Arbeit besteht darin, mit dem Schubkarren Erde von einem zum anderen Haufen zu fahren: vom Haufen im Hof zum Haufen in der Werkhalle neben der Mischmaschine.

Die Maschine wird die Erde zermahlen, durchseien und mit dem Sand und den anderen Grundstoffen vermischen, und erst am Ende dieses Vorgangs wird die gewünschte Masse daraus entstehen. Die Masse werden andere Arbeiter – Russen, Polen, Ukrainer, Franzosen – mit Schubkarren zu den Formmaschinen bringen. Die an den Formmaschinen arbeitenden Deutschen werden diese Masse mit Spaten in die Formen schaufeln und werden sie feststampfen, und die fertigen Formen werden sie in Reihen aufstellen, und diese Reihen werden Straßen und Gassen bilden, durch die man dann im Laufschritt die Pfannen schleppen muß: hohe Eimer, die innen mit feuerfesten Ziegeln ausgelegt sind. Diese Eimer, die mit flüssigem Metall bis zu den Rändern gefüllt sind, wiegen gute achtzig, neunzig Kilo und werden von zwei Mann an langen Spezialgriffen aus Metall getragen. Vorne ist ein Griff, hinten sind zwei Griffe. Der vordere Mann hält die Pfanne an einem Griff, der hintere Mann trägt sie an zwei Griffen. Der zweite Mann ist der wichtigere, er trägt die Pfanne nicht nur, er gießt auch das Metall in die Formen. Er zielt mit dem Eimer in den schmalen Trichter der Form, neigt den Eimer und achtet genau auf den Augenblick, wenn im Kontrolloch das Metall erscheint – sofort reißt er den Eimer weg und rennt zur nächsten Form. Deswegen ist der zweite Mann ein Deutscher, und der erste Mann ist ein Gefangener. So rennen diese zwei, der Deutsche und der russische Gefangene: von der großen Gießpfanne, die der Hallenlaufkran gerade herbefördert hat, zu den Formen. Sie rennen deshalb, weil das Metall nicht wartet: einige Minuten zu lange – und schon fließt das Metall nicht mehr, erstarrt in der großen oder in der kleinen Pfanne, gerinnt auf halbem Weg in der Form. Und auch deshalb wird gerannt, weil jeder seine Formen hat, die er sowieso vollgießen muß. Je schneller du das tust, desto schneller hast du es hinter dir. Der Deutsche hat seit heute früh Formen gemacht, jetzt gießt er die Formen aus, und wenn die halbe Stunde verstrichen ist, die für das Erkalten des Metalls zugemessen ist, wird der Deutsche die Bolzen wegschlagen, die die Hälften der Formen zusammenhalten, und der Russe wird durch Schläge mit dem Hammer die Erde in den Formen zerschlagen, wird die Erde von den Minen trennen, zu denen das Metall in der Erde gebacken wurde. Dies alles – das Gießen und Auseinandernehmen der Formen – nennt sich in allen Fabriken der Welt heiße Arbeit. So nennt sich diese Arbeit auch in dieser deutschen Fabrik, denn das ist wirklich eine Arbeit mit dem Feuer, mit einem Metall, das sich bis zu anderthalbtausend Grad erhitzt und das im Erkalten diese Grade an die Erde abgibt, die Erde bäckt und austrocknet, die Poren dieser Erde mit übelriechendem Gas füllt. Die zerschlagenen Formen, die auseinandergefallene Erde, die taubengrau und schwarz schimmernden Barren der Minen, die durch eine metallene Nabelspur zusammengebunden sind: dies alles erfüllt die Luft in der Werkhalle mit stinkendem Gas. Und wenn sich die Leute bücken, um mit einem Haken ein Bündel solcher Barren aufzuheben oder mit dem Spaten heiße Erde wegzuschaufeln, dann tun sie das scheinbar just nur zu dem Zweck, dies Gas möglichst tief in die Lungen strömen zu lassen. Sie vergiften sich an diesem Gas, aber wenn man sie nicht so genau betrachtet, bekommt man den Eindruck, daß das hier ein fröhliches Arbeiten ist. Denn es gibt keine Bewegung, die sie langsam machen würden. In keiner anderen Werkabteilung wird so rasch, geradezu im Laufschritt, und mit solchen Zurufen gearbeitet wie hier in der Gießerei. Und nirgends wird so zügig gearbeitet wie beim Guß.

Vermutlich würden die Gießereiarbeiter sogar einen noch fröhlicheren Anblick abgeben, gäbe es in der Gießerei nicht soviel Schwarz, das von der Erde und vom Ruß herrührt, wären die Gesichter der Arbeiter nicht so verrußt und von ungesundem Schweiß bedeckt, wäre nicht das Licht der verrußten elektrischen Glühbirnen, vor allem aber das rote, funkensprühende, pulsierende Leuchten des Metalls, von dem sie ihre Gesichter abwenden und das ihnen trotzdem von unten die Gesichter peitscht, nicht so düster und sogar gefährlich. Manchmal benimmt sich das in den kleinen Pfannen siedende oder aus ihnen auf die feuchte Erde herausspritzende Metall direkt wie bengalisches Feuer: es zischt und zerspringt zu Hunderten von Funken. Doch es ist kein bengalisches Feuer, diese Metallfunken wiegen ungefähr soviel wie schwere Schrotkugeln. Und jene, die die Eimer halten, zucken zusammen, lassen die Griffe indessen nicht los: wenn sie das täten, würde das ganze Metall in die Luft fliegen. So rennen sie also: vornean der ausgemergelte Russe, den nicht nur die Hitze und die Gefahr, sondern außerdem auch seine körperliche Schwäche in Schweiß ausbrechen läßt, und hinter ihm drein der sattere, aber ebenfalls hagere und verrußte Deutsche. Dicke Deutsche gibt es hier beim Gießen nicht. Daß der Russe mit dem Rennen seinen Tod einholt, sieht jedermann deutlich. Und der Deutsche: der schreit und treibt den Russen an, der Deutsche tut seine Arbeit, es sind ja seine Formen, in die er das Metall gießt, es ist ja seine heiße Arbeit, die ihm die Befreiung vom Fronteinsatz und eine erhöhte Brotzuteilung einbringt, weshalb er auch bestrebt ist, seinen Platz an der großen Pfanne, aus der das Metall in die kleinen Pfannen fließt, möglichst rasch einzunehmen, weshalb er auch laut ruft und scherzt. Er ruft und scherzt deshalb so laut, weil seine Arbeit eine Teufelsarbeit ist, weil der Rauch, den er zusammen mit dem Russen einatmet, ein Rauch ist, den kein normaler Mensch freiwillig einatmen würde, weil das Metall, dessen Strahl in den Eimer strömt, Gefahr bringt. Wenn du den Eimer nicht genau unter den Strahl stellst, wird der Strahl gegen den Boden prallen oder am Eimerrand zerschellen, und du wirst der erste sein, den eine Ladung tausend Grad heißer Funken an der Brust und im Gesicht trifft, dem sie unters Hemd spritzt, von wo du sie nicht einfach wie Abfall wieder herausschütteln kannst. Der Deutsche ruft laut und rennt davon: rennt der Front und dem glühenden Metall davon – je rascher die Arbeit getan ist, desto früher liegt sie hinter ihm. Er rennt davon – und holt den Russen ein. Die Barren, die sie hier gegossen haben, werden sich in Minen verwandeln, die Minen werden an die Front gelangen, in die Schlacht geworfen werden. Doch bereits hier in der Fabrik haben der Russe und der Deutsche ihr Teil abbekommen.

Aber noch bevor der Guß beginnt, stellen sich in der Gießerei Finsternis und Grauen ein: die zwei Konverter beginnen zu blasen. Insgesamt gibt es in der Gießerei vier Konverter und einen großen Elektroofen. Jeweils zwei Konverter werden überholt, während die zwei anderen das Metall liefern.

Eingang und Ausgang der Halle sind so breit, daß sie ohne weiteres drei oder vier Laster auf einmal aufnehmen könnten, doch nicht Lastwagen beliefern die Konverter und Elektroöfen mit dem Metall. Die Halle steht auf einem hohen Fundament, und entlang der Außenseite läuft ein Industriegleis. Die Güterwagen fahren dicht an die Laderampe heran. Ein Magnetkran greift sich von den offenen Plattformen den Metallschrott heraus, während ein Baggerkran den Sand und den Lehm herausbaggert. Dies alles gelangt in die Kellerräume neben Konverter und Elektroofen. Im Keller befinden sich auch die Schlackengruben, in die jeden Tag die beim Gießen entstehenden Abfälle kommen. Entleert werden sie in bestimmten Zeitabständen: wenn die dazu benötigten Spezialwaggons kommen, wenn Zeit genug übrig ist, wenn die Schlackengruben mit Schlacke überfüllt sind. In diesen Kellern arbeiten die größten Unglücksraben unter den Lagerinsassen. Sie leiden noch ärgeren Hunger, sind noch ausgemergelter als alle anderen.

In den Kellern konzentrieren sich Kälte und Feuchtigkeit. Hier herrscht immer Dunkelheit – und wärmen kann man sich nur an der noch nicht ausgekühlten Schlacke. Schlimm haben es die, die in der Gießerei arbeiten, doch am allerschlimmsten haben es jene, die irgendwo im Gießereiuntergrund herumkriechen. Das ist schon keine Arbeit mehr, und die hier Arbeitenden sind eher Würmer als Arbeiter. Sie brauchen nichts gelernt zu haben. Und es hat den Anschein, daß sie dort in ihrem Keller nicht nur an der Schwerarbeit und am Hunger und an den todbringenden Zugwinden zugrunde gehen, sondern auch an der Verachtung der Deutschen.

In den Keller steigt manchmal auch jemand hinab, der in der Gießerei arbeitet, um in der Schlacke eine gestohlene Kartoffel zu backen und sie gleich hier an Ort und Stelle zu verschlingen, in der Dunkelheit, etwas weiter weg von den Deutschen. Man steigt hier hinunter wie in die Hölle, man nimmt die eiserne Leiter mißtrauisch Stufe um Stufe. Und trotzdem haben es die in der eigentlichen Gießerei Beschäftigten vielleicht doch am schwersten. Die Kellerleute werden verachtet, sie werden öfter als die anderen geschlagen. Man hat auch schon mal auf eine Gruppe geschossen, die sich an einer Schlackengrube aufwärmte. Aber die Kellermenschen müssen nicht so furchtbar schuften. Sie werden zwar durch Zugwind und Feuchtigkeit dahingerafft, doch sie brauchen wenigstens kein Gas zu schlucken, brauchen keine solchen Lasten zu tragen, in diesem Wahnsinnstempo.

Die Gießerei bildet eine einzige Werkhalle. Aber Zwischenwände gibt es immerhin. Sowohl die Konverter wie der Elektroofen sind durch niedrige Zwischenwände voneinander getrennt. Die riesengroße Halle unter dem riesengroßen Dach ist auf diese Weise in kleinere Unterhallen aufgeteilt.

In der Gießerei brennt die ganze Zeit über an Dutzenden von Stellen ein stärkeres oder schwächeres Feuer. Mit blauer Flamme brennen die Gasbrenner, auf denen die kleinen Pfannen vor dem Eingießen erwärmt werden; es brennt das Feuer in den Trockenöfen der Kernabteilung, in heißem Zustand werden aus diesen Öfen die eisernen Gestelle mit den aus einem Spezialgemisch aus Sand, Lehm und Erde bestehenden Kernen geholt; heulend brennen die Konverter, in deren Feuer ein mächtiger Ventilator Luft hineinweht, und innendrin im Elektrofeuer brennt noch irgendein anderes knarzendes Feuer. Diese Tausende und Abertausende von Hitzegraden, erzeugt durch ein Feuer, das zu gleicher Zeit an allen Ecken und Enden der großen Halle brennt, sollten, so erwartet man, die Gießerei in einen einzigen gewaltigen Trockenofen verwandeln, in dem sich weder leben noch atmen läßt. Doch in Wirklichkeit ist es hier kalt. Die riesengroßen Eingangs- und Ausgangstüren, die Öffnungen in der Kellerwand, die die Halle mit der Abnahmerampe verbinden, ein Dutzend weiterer Türen an der Hinterwand der Halle, dazu noch die Ventilationsanlagen erzeugen sowohl ständige wie zeitweilige Luftströmungen, eine seltsam verdünnte Atmosphäre, eine Art von Weltraumkälte, gegen die selbst die mächtigsten Öfen nichts ausrichten können – man kann sich an diesen Öfen nicht einmal richtig aufwärmen. Im Winter herrscht in der Gießerei große Kälte. Und was vielleicht das Schlimmste ist, es gibt hier keinen einzigen Ort mit einer dem Menschen gemäßen Temperatur. Es gibt nur die Kellerkälte, die von den Zementböden, den Stahlträgern, der Erde, dem Sand ausgeht, und die alles versengende, lebensgefährliche Hitze des flüssigen Metalls – dazwischen gibt es nichts.

Der Zugwind trägt die Wärme fort, doch Staub und Gase bleiben in der Luft. Wenn die Konverter arbeiten, füllt sich die Halle mit Dunst, der sich zunächst, von der Decke aufgehalten, unterhalb von ihr verdichtet, bevor er absinkt und sich unten am Fußboden über den Raum ausbreitet. Es wird dunkel, in dieser Dunkelheit neigt sich der Konverter zur Seite, und aus seiner Mündung ergießt sich Metall in die große Verteilerpfanne. Der große Kran ergreift die große Pfanne und gibt sie an den kleineren Kran weiter, woraufhin dies Metall pfannenweise von jenen Männern in Empfang genommen wird, die die Vergußmasse befördern.

Doch bevor sie das tun, haben sie an Formmaschinen gearbeitet, haben auf manuelle Weise die Hälften der Formen vereinigt, haben, sich unter der Last des Eisens und der Erde niederbeugend, im Laufschritt diese Formen getragen, haben sie übereinander gestapelt, damit die Nutzfläche des Bodens wirtschaftlicher genutzt wird.

Sie haben an den Formmaschinen gestanden, die die Erde aufschütteln und verfestigen, die nicht einfach bloß Staub erzeugen, sondern die die Luft in der Halle mit richtiggehenden Erdklümpchen anreichern, sie haben diese Luft eingeatmet, haben sich mit den Handrücken über das mit Erde und Ruß verschmierte Gesicht gewischt, haben das Gas und den Ruß in ihre Lungen eingesogen. Im Verlauf des Tages hat der Verschmutzungsgrad der Luft ständig geschwankt. Am Morgen, als die Luft am reinsten war, fröstelten die Menschen, erschauerten vor Kälte und Zugwind. Dann hat sich die Luft verdichtet, ist staubig geworden, fast ins Knirschen gekommen, dann kam Gas und Rauch dazu, und endlich wärmte das Feuer des Gusses sie etwas auf. Diese ganze Zeit über erfüllte Heulen und Dröhnen die Luft. In der ganzen Gießerei gibt es keine einzige leise arbeitende Maschine.

In dieser staubigen, verschmutzten Luft, die zwölf Stunden am Tag eingeatmet wird von Menschen, die sich im Laufschritt fortbewegen, hätte kein feiner Mechanismus arbeiten können. Das konnten nur Maschinen mit groben und mächtigen Maschinenteilen, mit riesengroßen Lagern: die Trommeln, in denen die Erde von den Gußteilen entfernt wird, die Schmirgel- und Schruppsteine der Elektroschleifwerke.

In diese Halle, wo die Hälfte der Arbeit manuell verrichtet werden mußte, wo selbst ein Erwachsener nicht lange arbeiten durfte, hatten die Deutschen uns russische halbwüchsige Burschen hineingestellt.

Sie hatten das vor allem deshalb getan, weil es in der Gießerei mehr als sonstwo Arbeit für Ungelernte gibt. An sich sind die Arbeitsabläufe in der Fabrik in so viele Einzelverrichtungen aufgespalten, daß fast an jeder Maschine, fast an jedem Platz in jeder Halle ungelernte Kräfte eingesetzt werden können. Die Maschinen sind für die kompliziert, die diese Maschinen bauen, doch für jene, die sie lenken, sind sie denkbar einfach. Hochqualifizierte Schlosser, Einrichter und Gießer gab es in der Fabrik kaum. Um in der Dreherei zu arbeiten, wo der Führungsring auf die Minen aufgesetzt wurde, oder in der Kontrollabteilung, wo die Minen und Granaten an Hydromaschinen unter Wasserdruck gesetzt wurden, oder um einen Elektrokarren oder einen Laufkran zu lenken, bedurfte es einer zwei-, dreimaligen Unterweisung und einer gewissen Mindestauffassungsgabe. Trotzdem schickten die Deutschen uns junge russische Burschen nicht in die mechanische Werkabteilung, sondern in die Gießerei.

In der Gießerei war für mich alles viel zu groß. Zu hoch und zu breit war bereits der Eingang in die Halle. Daheim in Rußland hatte ich noch nirgends gearbeitet, hatte auch keine größeren Fabrikanlagen aus der Nähe gesehen, und dieser Eingang – eine gigantische Öffnung in einem riesigen Gebäude – drückte mich nieder. Bedrückend wirkten auf mich auch die aufgehäufte Erde, der Sand und Lehm im ersten Lagerraum gleich nach dem Eingang, bedrückend wirkte der diesen Hügeln entströmende Geruch nach Öl und Harz. Der Geruch mochte aus der eigentlichen Gießerei herkommen, von den Konvertern und dem Elektroofen, doch man bekam den Eindruck, nur Sand und Lehm könnten so sonderbar und unglaubwürdig riechen. Noch viele Jahre nach Kriegsende werden die von uns, denen es gelingen wird, zu überleben und heimzukehren, sich an diesen Geruch erinnern, vor ihm zurückprallen, zusammenzucken, wenn sie einmal an eine Straßenkreuzung kommen, wo Straßenarbeiter damit beschäftigt sind, mit einem Elektroschweißgerät etwas zu verschweißen. Vom Bogen des Geräts, in dem die Elektrode brennt und das Metall verflüssigt wird, wird es genauso riechen, wie es damals in der Gießerei gerochen hat. Wir werden von Unruhe erfaßt werden, wenn wir in der Straßenbahn oder im Trolleybus den uns erschreckenden Geruch nach Schmieröl wahrnehmen werden. Wir werden mit einem sonderbaren Haß die Muttern, Schrauben, Zangen, Hämmer hassen, die einrädrigen Schubkarren mit dem tiefen Laderaum aus Metall, in denen Erde, Sand und Minenwerkteile befördert werden, genauso auch die zweirädrigen Karren mit der unten angebrachten Metalladefläche, die dem Transport von Kisten und Körben dienten: jene Zweiradkarren, wie sie auf Bahnhöfen zur Gepäckbeförderung benutzt werden. Allerdings gab es in der Gießerei mehr einrädrige als zweirädrige Karren. Die zweirädrigen sind ein Zubehör der mechanischen Werkabteilung; das ist bereits *Leichtarbeit*!

Gleich am ersten Tag setzte man uns an den Einradschubkarren ein, die bis zu zweihundertünfzig Kilo fassen. So einen Karren schiebt am besten ein hochgewachsener, langarmiger Mensch. Dann legt sich die ganze Last nicht auf seine Arme, sondern auf das Rad, und es fällt leichter, dies Rad über den ebenen Zementboden zu rollen.

Bei uns jungen Burschen legte sich die Last auf die Arme, und die Arme mußten zwischen den zu weit voneinander abstehenden Karrengriffen gespreizt werden. Der Karren rollte nicht – er kippte um. Er kippte völlig unerwartet an einer Kurve, auf einem Bodenhöcker um – stets unterstellt, daß es gelungen war, ihn vom Fleck zu bringen –, und alles rutschte auf den Boden.

Es war etwas Demütigendes darin, daß wir diesem Karren, der auf mittlere Menschenkraft berechnet war, nicht gewachsen waren. Als seien wir in eine Schreckenswelt versetzt worden, in der man sich an nichts anzupassen vermag, wo einem nichts gelingen kann. Am ersten Tag verzieh man uns die umgekippten Karren, am zweiten Tag schlug man uns. Am dritten Tag wurden die, die sich an den Karren einfach nicht gewöhnen konnten, tiefer in die Gießerei verlegt, dorthin, wo die Erde von den Werkstücken weggeschlagen wurde und wo die größeren beim Guß entstandenen

Metallgrate entfernt wurden. Hier standen Windmaschinen, Brenntrommeln, Elektroschleifmaschinen. Hier dröhnte, donnerte und staubte es, hier war es kalt. Direkt neben den Maschinen lagen Berge von Granathülsen und Raupenketten. Die wurden hier noch nicht ordentlich aufgestapelt, wie nachher in der mechanischen Werkabteilung, sondern einfach auf einen Haufen geworfen.

Das Metall der Granathülsen war dunkel. Stieß es gegen genau solches Metall, erklang es dumpf. Die ersten glänzenden Streifen hinterließ das Elektroschleifgerät auf der Hülse, doch das waren vorerst nur Kratzer. Der Stein des Geräts, der eine Rotationsgeschwindigkeit von eintausendzweihundert Umdrehungen in der Minute hatte, schliff nicht nur ab – er sengte und buk das Metall, er brünierte dessen Oberfläche. In den Trommeln wurden die Granathülsen aneinander sowie an scharfkantigen stählernen Sternrädern abgewälzt und geglättet. Die Hülsen verließen die Trommeln leicht schimmernd, doch dies Schimmern war bleiern und grau, es entstammte der allerersten, gröbsten Formung. Alles in dieser Halle war grau, schwer und grob. Selbst noch der Staub unter den Füßen war schwer, grob, metallisch – er war von den Metallbarren heruntergefegt worden. Die von den Elektroschleifgeräten aufstiebenden Funken schienen Gefahr zu verbreiten, sie waren schwer und stählern. Und auch die Arbeit hier war für unsere schwachen Halbwüchsigenhände schwer, kalt, gefährlich. Unsere Kleider waren sofort zerrissen, denn das Metall, das wir aufheben mußten, war voller Grate. Die Haut an den Händen und auf den Gesichtern wurde grau und krank: von der ständigen Kälte, den unsere Kräfte übersteigenden Lasten, von der ausweglosen Trübsal, vom gebrannten Erdstaub und Eisenstaub, endlich von Haß. Schon allein die bloße Berührung der Luft in der Halle schien die Gesichter ins Graue zu verfärben. Schon vom Morgen an wurden sie leichengrau. Dies alles war einfach zu groß und zu hoch für uns. Wir brachten weder die Kraft noch die Neugier auf, von einem Ende der Halle zum anderen, von Mauer zu Mauer zu wandern.

Jedoch nicht einmal die räumlichen Ausmaße als solche waren hier übergroß, die Empfindung der Übergröße hing für uns irgendwie mit der Entfernung von hier bis zur Front und bis zum Elternhaus zusammen, die riesengroß war und Tausende von Kilometern betrug.

Aber auch das war noch nicht der schlimmste Ort in dieser Werkhalle. Die Angst hinderte uns daran, tiefer hinein in die Gießerei zu gehen. Hinter der Kernabteilung kam die eigentliche Gießerei. Von dort drang der Rauch der Schmelze her, die Gerüche nach flüssigem Metall, nach erhitzter und verbrannter Erde, aber auch der rhythmische Lärm der uns noch unbekannten Preßluftformmaschinen. Zweimal pro Schicht erhob sich dort ein Geschrei, die Leute rannten durcheinander, durch den Rauch hindurch sah man eine hochzüngelnde rote Flamme. Während dieser Zeit strömte Wärme von dorther, und wir wären gern auf diese Wärme zugegangen, doch wir wußten schon, daß im Lager wie in der Fabrik zugeschlagen wird, und wir fürchteten uns nicht nur vor den Deutschen, sondern vor sämtlichen beweglichen Gegenständen: vor den Schubkarren, vor den Elektrokarren, vor dem Haken des Hebekrans. Wir waren überzeugt, daß nicht einer dieser von Deutschen gelenkten Gegenstände um uns herumfahren würde, wenn so ein russisches Jüngelchen auf seinem Weg auftaucht! Wir waren eben erst in den Durchgängen zwischen den Maschinen und den Metallhülsenhaufen hier in der Kernabteilung ein klein wenig heimisch geworden, wir hatten gerade gelernt, Wesen und Gemüt unserer Vorgesetzten, das heißt: aller unseren Weg kreuzenden Deutschen, etwas genauer abzuschätzen. Das war schon viel – über die Grenzen unseres engeren Reviers trauten wir uns einstweilen nicht hinaus.

Jedoch der ständige Aufenthalt in der Werkhalle war qualvoll. Und wir suchten so oft wie möglich den Weg in die nahe gelegenen Toiletten. Doch das wiederholte Aufsuchen ein und derselben Toilette war zu gefährlich. Die Gießereiklos waren dreckig und düster wie die Gießerei selbst. Ihre Fenster waren nicht mit Farbe übermalt. Das war nicht notwendig: der Gußstaub lagerte sich dick auf den Scheiben ab. Die Toiletten waren jener Ort, wo die Jungen einsam weinten und gemeinsam rauchten, wo Fluchtpläne geschmiedet wurden, wo man die Fotos von daheim zeigte. Und hinter der Klosettwand dröhnte die Fabrik, der Fußboden in der Toilette zitterte, die Toilettenfenster klirrten, und die Wände dieser klirrenden, dröhnenden, nicht nur nach Latrine, sondern auch nach dem Rauch der Gießerei stinkenden Toilette waren ausweglos, verbreiteten Trostlosigkeit und waren mit jenem furchtbaren Haß angefüllt, der ebenfalls in dieser Gießerei gegossen wurde.

Waljkas Bekanntschaft hatte ich im Gießereiklo gemacht, dort hatte ich zum erstenmal seine Familienfotos gezeigt bekommen. Immer wenn Waljka die Fotos hervorholte, begann er zu weinen. Hier im Klo wurde auch die Flucht abgesprochen.

«Sollen sie uns lieber töten», sagte Waljka.

Ich schlug jedem die Flucht vor, und die meisten waren zunächst einverstanden, schoben das Unternehmen dann aber auf oder verzichteten ganz darauf. Am häufigsten setzte ich Wolodja damit zu, aber der lachte nur:

«Wohin denn?»

Sofort malte ich mir die braune Uniform aus, die blutroten Armbinden mit dem Hakenkreuz, die feindliche Wüste der fremden Städte. Ich hörte wieder die Stimmen, deren Zurufe kürzlich auch bei uns im Wohnlager ertönt waren, jenes metallische Imrechtsein und den berufsmäßigen Polizistentonfall, auf den wir hier gedrillt wurden. Die Entfernung bis zum Elternhaus nahm in dem Maß zu, in dem man uns immer weiter nach Westen brachte, und auch in dem Maß, in dem man mich von der Seite jener Menschen riß, deren Bekanntschaft ich im Transportzugwagen oder in der Durchgangslagerbaracke gemacht hatte. Diese Entfernung schien unüberwindlich, wenn ich mir den unbeirrbaren Ausdruck der Gesichter jener Leute vergegenwärtigte, die unlängst die Durchsuchung bei uns durchgeführt hatten. Sie errieten, wieviel Haß sich im Lager angestaut hatte. Doch waffenloser Haß erschreckte sie nicht sonderlich. Die Waffe ist es, die tötet – nicht der Haß: meinten sie wohl. Auf der Straße, die entlang man uns in die Fabrik trieb, herrschte jene infame Mischung aus spiegelnden Fensterscheiben, adretten Damenhütchen und dem Geklapper unserer Holzpantinen. Und in der Fabrik war der rote Widerschein der Metallschmelze, waren die Ammoniak- und Schwefelwasserstoffdämpfe der Gießerei, war die schleimige Feuchtigkeit der aufgerissenen und umgewühlten Lehmerde. Hier war alles auf Krieg abgestellt. Ich hatte den Treibriemen einer Maschine durchgeschnitten, er wurde sofort ausgewechselt. Weder mit dem Brecheisen noch mit dem Spaten konnte man in dieser Fabrik, wo alles grob, schwer und eisern war, etwas kaputtmachen. Auch waren meine Hände dafür zu schwach. Mit jedem Tag empfand ich jedoch immer deutlicher – und diese Empfindung füllte mich ganz aus –, daß mein Wert nicht in meinen schwachen Händen bestand, die nicht einmal mit Klein-Petjka fertig wurden, sondern im Erleben jener der Wahrscheinlichkeit hohnsprechenden Dinge. Darauf nämlich kam es an: *ich hatte gesehen*. Und das Gesehene durfte nicht untergehen. Mein Wissen war dutzendmal, sogar hundertmal wichtiger als ich selbst. Da gab es überhaupt keinen Vergleich. Diese Einsicht ließ mich fiebern und erschauern. Meine Aufgabe war, mein Wissen so rasch wie möglich an alle andern Menschen weiterzugeben.

Kostik machte sich über mich lustig. Ein alteingesessener Lagerbewohner sagte:

«Was ist deine Nummer? Siebenhundertdreiundsechzig? Du glaubst wohl, hier hätte vor dir keiner gesessen?»

Ich sah mich an Waljka zurückverwiesen, obwohl ich ihn nur ungern als Fluchtgenossen annahm: er weinte mir zu oft.

7

Dies alles fiel mir wieder ein, als ich jenen vier Burschen, die man zusammen mit uns beiden aus dem Gefängnis hergeschafft hatte, zu erklären versuchte, in was für einem Lager sie gelandet waren. Die Rückkehr ins Lager trennte mich sofort von Waljka, als hätte es die gemeinsame Flucht und den gemeinsamen Gefängnisaufenthalt nicht gegeben. Er trat zwei-, dreimal auf mich zu, klagte mir sein Leid: auf seiner Pritsche hatte jemand die Decke ausgewechselt, aus der Matratze war Stroh gestohlen worden. Ich sagte ihm:

«Versuchen wir es noch einmal?»

«Nein!» sagte er mit einer solchen Furcht, als könnte allein schon ein Gespräch darüber Unglück über uns bringen.

Fortan kam Waljka nicht mehr zu mir. Er war abergläubisch, und ich hatte ihn durch meinen zur Unzeit gemachten Vorschlag verschreckt und zurückgestoßen. Dumme Redereien, meinte Waljka, bringen einen noch schneller ins Unglück als unüberlegte Handlungen. Fortan lehnte er mich ab und mied mich wie einen ansteckenden Kranken.

Auch in den Augen der vier Burschen spürte ich Fremdheit. Ich beherrschte die Kunst des Erzählens nur schlecht, das war mir schon immer bewußt gewesen. Doch der springende Punkt war ein anderer. Sie wollten sich das Erzählte ihrem Gedächtnis nicht einprägen, wollten kein Mitgefühl in sich aufkommen lassen – ihr Wille war auf etwas anderes gerichtet. Es war ähnlich wie beim Reizbaren: dessen Augen hatten stets irgendein Ziel. Er hörte nur einen Teil von dem, was in der Zelle gesprochen wurde. Und wenn ihn diese Reden nicht interessierten, dann wendete er sich einfach ab. Im Hinschauen stieß er den seinem Blick Begegnenden zurück. Auch ich hatte in der Zelle kein einziges Mal an das Lager gedacht. Solchen Erinnerungen hing hier niemand nach. Hier standen ganz andere Erinnerungen hoch im Kurs: wie die Flucht vorbereitet, wie sie begonnen wurde, welche Zeitspanne man in Freiheit verbracht hatte, bis wohin man gekommen, wo man geschnappt worden war. Es war so: wenn du dich für die Flucht rüstest, wirst du dich nicht an wahllos alles der Reihe nach erinnern. Und schöne Erinnerungen wollen verdient sein.

Als man uns wieder ins Lager gebracht hatte, war mir das Lager noch fremder als vorher. Ich besaß jetzt andere Erinnerungen. Doch Petjka der Kleine trat auf mich zu, Stassik trat auf mich zu, und das Gedächtnis verband mich notgedrungen wieder mit diesem Ort. Aber jetzt wußte ich, daß man sich gegen dies Gedächtnis wehren mußte.

Das strohgelbe Licht der Glühbirnen ging an, die Verdunklungsrollos wurden heruntergerollt – die Leute von der Nachtschicht bereiteten sich auf den Appell vor. Sie traten aus der Pritschendunkelheit in den beleuchteten Teil des Raumes hinaus, knöpften und schnürten sich zu, und es war deutlich zu sehen, wie sonderbar manche von ihnen gekleidet waren. Einige trugen noch die von zu Hause mitgebrachten Sachen und das Vorkriegsschuhwerk, die Mehrzahl hatte bereits Schuhe mit dicken Holzsohlen und einem Oberteil aus Pappe an den Füßen. Das Holzschuhwerk brachte eine gleitende, schlurfende Gehweise mit sich, fast wie beim Skifahren. Es war der Schritt der Moribunden unter uns.

Im Lager wird der Gesundheitszustand eines Menschen nach dem Zustand der von ihm getragenen Sachen eingeschätzt und ermittelt. Der Kranke und körperlich Geschwächte trägt irgendwelche jämmerlichen Klamotten, obwohl doch, so sollte man meinen, alle die gleiche Ration und die gleiche Arbeitskleidung zugeteilt bekommen. Krankheit und Körperschwäche verschleißen die Kleider schneller, das gleiche gilt von der Matratze und Bettdecke.

Unter denen, die sich für die Nachtschicht rüsteten, gab es viele Moribunde. Sie hüllten sich in ihre Decken, an ihren Gürteln hingen Eßnäpfe. Für die Nachtschicht ist zwar keine Suppe vorgesehen, aber ein Moribunder schleppt seinen Eßnapf überall mit sich herum.

Das Los der Nachtschichtarbeiter erschien mir besonders entsetzlich. Ich unterschied mich von ihnen durch den Umstand, daß ich selber noch nie nachts gearbeitet hatte und mir nicht richtig vorstellen konnte, was das ist.

Die Nachtschichtarbeiter wurden zum Appell in den Waschraum getrieben. Die Männer mit Familie aus dem zweiten Stock – die man zusammen mit ihren Frauen nach Deutschland verschleppt hatte – klapperten mit ihren Holzschuhen treppab. Dann gingen unsere Leute los. Unten wurde wie immer mit den Füßen gestampft und laut gerufen. Die Nachtschichtarbeiter gingen zum zweiten Abzählen in den Hof, das Lager leerte sich. In dem riesigen Gebäude blieben die echten Kranken, die Scheinkranken, Waljka und ich und außerdem noch Grischka und ein Hilfspolizist zurück. Die anderen Hilfspolizisten führten die Kolonne in die Fabrik. Sie würden dort die Arbeiter der Tagschicht in Empfang nehmen und ins Lager bringen.

Als sich die Tür hinter den Nachtschichtarbeitern geschlossen hatte, überkam mich ein Anfall von Lagerglück: vierzig Minuten lang würden wir inmitten aller dieser Pritschen in sämtlichen drei Stockwerken die einzigen sein. Der eine verbliebene Hilfspolizist würde, solange er allein ist, die Wachstube nicht verlassen. Grischka würde in seinem Brotausgabestübchen bleiben. Noch wichtiger war dies: der Tag war ohne Arbeit verstrichen. Allein schon für den Gewinn dieses einen Tages hatte sich die Flucht gelohnt.

Doch dies Glück war durch den seelischen Hunger vergiftet, durch das psychische Ungesättigtsein, dieses vorherrschende unter allen Lagergefühlen. Da du nun mal im Lager bist, tust du doch immer bloß das Falsche: es mag sein, was es will. Ob du Hunger verspürst oder zufällig gerade was in dich hineingeschlungen hast, ob du dich fürchtest oder für einige Zeit frei von Furcht bist, ob du gesund oder krank bist: dieses Gefühl verläßt dich nicht eine Minute lang. Nicht einmal im Fieberwahn verläßt es dich. Später lag ich zehn Tage in der Typhusstation ohne Bewußtsein. Menschen, die viele Tage nach ihrer Wiedergenesung das Gehen wieder lernen mußten, die noch lange danach von Schwäche geschüttelt wurden, waren während ihrer Krankheit irgendwohin fortgerannt, waren auf die oberen Pritschen gestiegen, hatten ihre Nachbarn gewürgt – hatten also Handlungen vollführt, die man nur aus dem Fieberwahn heraus erklären konnte. Ich fuhr im Fieberwahn nach Hause. Zerrte die Matratze auf den Fußboden, setzte mich drauf und fuhr los. Später erzählten es mir die anderen, aber einiges hatte ich selber behalten. Das war jenes bitterste Gefühl des seelischen Hungers. Ich konnte nicht ankommen. Fast war ich schon zu Hause eingetroffen – da nahm man mir die Matratze weg. Wenn man mir zu trinken gab, begriff ich, daß ich im Lager war, daß meine Reise nirgendwohin geführt hatte und daß man dies Wasser nicht trinken konnte, weil es unerträglich bitter schmeckte.

Aber diese vierzig Minuten waren wieder so eine Veränderung im Rahmen des Schwererträglichen, und ich stellte mich darauf ein, mich von der Angst zu erholen. Wie der Hunger, hatte mich auch die Angst in allen diesen Tagen nicht losgelassen. Doch jetzt hatte sich das Lager geleert, das elektrische Strohlicht war einfach Licht geworden, und es ließ sich scheinbar bequemer auf der Pritsche sitzen. Einen Ort, an den ich hätte gehen können, gab es nicht, doch meine Gedanken regten sich freier, ich dachte an das Elternhaus, an meine Mutter, daran, daß ich nicht einmal, sondern hundertmal aus dem Transportzug hätte fliehen müssen, daß mein Vater und meine älteren Brüder und sämtliche Onkel von mir an der Front kämpften und die Deutschen schlugen und daß sie eines Tages bis hierher vorrücken würden. Das waren die in mir vorherrschenden Gedanken, denen ich mich in jeder freien Minute hingab, aber im Gefängnis hatten mich die Angst vor dem Verhör und die nächtlichen Gespräche jener beiden Männer daran gehindert, und heute im Lager wartete ich jeden Augenblick darauf, in die Wachstube gerufen oder zur Arbeit in die Fabrik getrieben zu werden. Ich hatte mich schon ganz verzehrt nach meinen Gedanken und dachte jetzt mit Bitterkeit und innerem Jubel daran, daß igendeines Tages unsere Truppen bestimmt hierher kommen werden: dann werden wir mit allen abrechnen. Und dann wiederholte ich noch in meinen Gedanken die Worte jenes Mannes im Gefängnis: «Was für ein Dummkopf bin ich doch gewesen, daß ich im Leben nichts verstanden hab. Wenn ich das durchstehe, werd ich nie wieder so ein Dummkopf sein.»

Die ersten Wochen im Lager sind die Zeit einer besonderen Einsamkeit. Dein Unglück ist so unermeßlich groß, daß du neben dir niemanden bemerkst. Sie können dich aus dem Lager zur Arbeit in die Stadt bringen, du wirst im Laderaum des Lasters sitzen oder den Laster mit Kohle vollschippen oder als Handlanger auf dem Bau arbeiten, du wirst scherzen oder fluchen – deine Einsamkeit wird davon nur noch giftiger werden. Wie ein durch hohes Fieber betäubter Kranker trägst du über deiner Haut die durch die Krankheit erwärmte und verpestete Luft. Du siehst und hörst durch diese Luft hindurch. Ich atmete weiter diese Luft ein, doch ich bedurfte schon lange eines Menschen, mit dem ich hätte davon sprechen können, was für Dummköpfe wir doch einst gewesen waren: da wir rein gar nichts begriffen, rein gar nichts zu schätzen wußten. Jedoch mit Ljowa-Krank, der auf mich zugekommen war, wollte ich dieses Gespräch nicht führen. Ljowa-Krank hatte sich zweimal den Finger am Elektroschleifgerät wundgeschliffen. Für eine Zigarette zeigte er die Stelle, wo der Knochen bloßlag. Band den Verband auf, krümmte den Finger, und der Knochen trat ans Licht hervor.

«Geschnappt?» sagte Ljowa. «Hast du Angst?»

Schon als man mich zum erstenmal in dies Lager einlieferte, fragte mich Ljowa, ob ich Angst hätte. Dann hatte er gesagt, ich müßte mich an die anderen halten, und hatte mir zehn Mark abgeknöpft. Später wollte ich sie wiederhaben. Ljowa war verwundert:

«Ich bring dir zu leben bei!»

Jetzt kam er wieder an:

«Hast du Geld? Fünf, sechs Mark?»

Die Standhaftigkeit fiel mir schwer, doch ich hielt stand.

«Und vier?»

«Nein.»

«Drei? Sag bloß, du hast keine drei Mark!»

Ich schwieg.

«Dann eben zwei. Du brauchst die doch gar nicht! Zwei hast du bestimmt, oder wie?»

«Hab ich nicht.»

«Aber eine Zigarette hast du! In welcher Tasche steckt sie drin?» Ljowa setzte sich neben mich auf die Pritsche, umschlang mich mit dem Arm mit dem kaputten Finger und griff mit der anderen Hand in eine meiner Taschen. Am schwierigsten war es, sich des umschlingenden Armes zu erwehren. Ljowa wußte, wen er ausnehmen mußte und wann. Er nahm mir eine Mark ab und ging fort. Ich ging ihm nach. Ljowa-Krank behandelte mich wie den letzten Dreck. Er hatte sein Geld im Kartenspiel verspielt und verschaffte sich jetzt neues, um das alte wiederzugewinnen.

Gespielt wurde in der *Krankenstube*. Ich trat ein und sah die Spieler. Sie schwitzten vor Anstrengung. Dieser Raum, in dem die Langzeitkranken untergebracht waren, war auf eine sonderbare Weise leer: die Pritschen standen hier nur neben-, nicht übereinander. Einst hatte sich ein Fabrikkontor hier befunden, aus jener Zeit stammten der Holzfußboden und zwei Glühbirnen an langen Drähten. Genau wie in den Wohnsälen herrschte hier die graue Zementfarbe vor, doch hier waren es nicht die Fußböden, die das Grau in den Raum brachten, sondern die hohe Zimmerdecke und die kahlen Wände. Im Zimmer wurde geraucht, und es roch nach allen Arten von Tabak, die es im Lager gab: nach purer Machorka, nach Machorkazigaretten und nach mürben Zigaretten unbekannter Herkunft. Gespielt wurde um Geld und um Zigaretten. Es war ein *großes Spiel* – hier in der Krankenstube trafen sich die Profis. Bisweilen kamen Spieler rein, die woanders Glück im Spiel gehabt hatten, aber zweimal hintereinander ließen sie sich hier nicht blikken. Gespielt wurde auf der Pritsche von Nikolaj Fälkchen. Er hockte im Türkensitz da, hielt das Kartenspiel in den geschwollenen Fingern seiner bandagierten Hand und gab mit der anderen Hand aus. Bevor er eine Spielkarte ausgab oder nahm, führte er seine an den Kuppen aneinandergelegten Finger zum Mund und spuckte drauf. Seine Lippen schimmerten rosig, als hätte er hineingebissen. Seine eigene Spielkarte nahm er zwischen die geschwollenen Finger und hielt sie sich dicht vor die Augen – er war kurzsichtig. Alle Kartenspielgewinne im Lager landeten früher oder später bei ihm. Das Geld, das durch die Hände zahlreicher Spieler gegangen war, war so zerknüllt, daß sich auf Fälkchens Bettdecke ein richtiger Geldberg auftürmte. Auf den Tabakduft hin waren die echten und falschen Kranken in die Krankenstube geströmt. Fälkchen drehte sich nach ihnen um und sagte:

«Was habt ihr hier verloren?... Geht doch weg!...»

Als ich eintrat, wendete er sich einen Augenblick von seinen Karten ab. Blickte mich wie ein Vogel mit einem Auge an – das andere zusammengekniffene Auge blieb in verwickelte Kartenspielkombinationen versenkt. Mir wurde nicht klar, ob er mich erkannt hatte und wie er mein Erscheinen aufnahm. Doch ich wußte aus Erfahrung, daß er schnell reagierte und alles bemerkte. Von meinen ersten Lagertagen an ging ich ihm irgendwie gegen den Strich, vielleicht weil ich willensschwach war oder weil ich die mit Schilfrohrmehl versetzte Suppe nicht aß.

«Du Langer», sagte er.

Ich hatte einmal erzählt, in meiner Kindheit hätte man mich mit *du Fetter* gehänselt, und Fälkchen hatte sich darüber gefreut und allen seinen spindeldürren Unterarm gezeigt, vom Ellbogen bis zur geballten Faust. Die Faust baumelte entspannt am Handgelenk, wie ein Kopf an einem durch Hunger ausgemergelten Hals.

Er hatte gerade die Bank gesprengt und steckte sich die zerknüllten Geldscheine unter die Jacke. Er nahm sie mit seinen bandagierten, geschwollenen Fingern und verzog dabei das Gesicht vor Schmerz. Die Schlinge, in der er seinen kranken Arm trug, baumelte vom Hals. Fälkchen rauchte selber nicht, und als er die im Spiel gewonnenen Zigaretten näher zu sich herschob, sagte ein gequält blickender Mann, dem Aussehen nach ein Tb-Kranker:

«Fälkchen, gib mir eine!»

Jemand schloß sich an:

«Eine für zwei.»

«Für drei!»

«Du hast so viel gewonnen, Fälkchen!»

Der wendete sich angewidert ab:

«Hab ich vielleicht eine Fabrik?»

Ljowa-Krank, der Zeit gefunden hatte, die bei mir stibitzte Mark zu verspielen, sagte devot:

«Geht doch klauen!» Und fügte hinzu: «Ohne Grips im Köpfchen geht nun mal nichts!»

Das waren Fälkchens gängigste Kartenspielsprüche, aber selber nahm er sie nur selten in den Mund. Ljowa-Krank kam ihm immer zuvor.

Nicht nur die Spieler waren schweißgebadet und erregt. Dieses Geld, die Möglichkeit, etwas zu essen und zu rauchen zu bekommen, hielten auch jene in einer ständigen Spannung, die bloß zum Kiebitzen gekommen waren. Die scheinbare Zugänglichkeit und unbegreifliche Leichtigkeit dieser Art von Gelderwerb war faszinierend. Der Tuberkulöse sagte wieder:

Es gibt eine ganze Reihe von Möglichkeiten …

… aus Geld mehr Geld zu machen. Ljowa zum Beispiel verschafft sich neues Geld, um das alte wiederzugewinnen. Aber wie man sieht, geht so etwas manchmal daneben.

Wie gut, daß es auch eine Möglichkeit gibt, bei der wirklich nichts schiefgehen kann …

«Du rauchst doch selber gar nicht, Fälkchen! Nur eine einzige Zigarette!»

Da nahm Fälkchen eine ganze Handvoll Zigaretten und schleuderte sie gegen den Mann. Dann begann er, mit dem zerknautschten Geld nach ihm zu werfen. Der Tuberkulöse stand bleich da und rührte sich nicht. Fälkchen sagte:

«Du hungerst wohl? Dann heb das auf...»

Ljowa-Krank hob die Zigaretten auf, suchte nach den unters Bett gerollten, sammelte das Geld wieder ein, gab es Fälkchen.

«Einen Kartenspieler darfst du um nichts bitten, das ist ein Aberglaube, sonst verliert er», sagte einer der Anwesenden.

Seinen Beinamen verdankte Fälkchen der Raubvogelnase sowie jenen Worten, die er einmal, sein Gesicht nach der Rasur im Spiegel betrachtend, gesprochen hatte: «Ein allerliebstes Fälkchen, nicht?» Er hatte eine der ersten Lagernummern, doch er arbeitete kaum in der Fabrik. Er spielte krank. In den Zustand des Kranken versetzte er sich regelmäßig auf die gleiche Art: er spritzte sich Petroleum in den Muskel eines Armes oder Beines. Er litt dabei große Qualen.

Im Lager kannte man schmerzlosere Methoden der Selbstverstümmelung, aber Fälkchen wollte auf Nummer Sicher gehen, oder sein Profistolz ließ sanftere Mittel nicht zu: damit jedermann vor Augen hatte, welch gefährlicher Lagerwolf er sogar noch im Stande der Selbstverstümmelung war. Er war wählerisch im Umgang, hielt auf Sauberkeit und war von kleinem Körperwuchs. Aus allem, was er tat, wie er den Schmerz überwand, wie er seine bandagierte Hand hielt, wie er die Hand frisch verband, wobei er statt Watte Gummi verwendete, damit die Wunde eiterte und nicht zuheilte, wie er mit zusammengebissenen Lippen die Mullbinde zwischen die Zähne nahm (er nahm niemandes Hilfe in Anspruch und rief nur zum Schluß irgendwen zum Zubinden der Binde herbei), wie er lachte und ausschritt, spürte man die Gewöhnung an die hiesigen Zustände. Er war ziemlich intelligent und geschickt, er wußte einiges. Vor dem Krieg hatte er in einem Stahlwerk in Mariupol gearbeitet, doch er erzählte bereitwilliger davon, wie er im hohen Norden mit geologischen Expeditionen umhergezogen war. Dort hatte er immer genug Graupen, Konserven und Frischfleisch gehabt.

Ich wurde zehn Jahre nach der Revolution geboren. In unserem Wohnhaus, wo neue Formen des Zusammenlebens praktiziert wurden und das ebenfalls genau zehn Jahre nach der Revolution erbaut worden war, lebten vorwiegend junge Menschen. Eine regelrechte Greisin sah ich zum erstenmal mit acht Jahren. Meine Großeltern waren bereits vor der Revolution gestorben. Deswegen waren hohes Alter und Tod für mich in die ferne vorrevolutionäre Vergangenheit gerückt. Alles, was vor der Revolution gewesen war, wurde von mir nicht einfach um zwanzig Jahre zurückversetzt. Es war vielmehr so, daß zwischen mir und dem, was einst war, ein unüberbrückbarer Abgrund klaffte. Die Menschen, die jenseits dieses Abgrunds zurückgeblieben waren, waren nicht einfach andere Menschen – es waren Antipoden. Aber auch Fälkchen war ein Antipode. Er fiel unter den Lagerinsassen auf. Und obwohl er oft angewidert und müde die Worte sprach: «Was habt ihr hier verloren?... Geht doch fort...», konnte er nicht unbemerkt und unscheinbar bleiben, denn er war trotz seiner Arbeitsscheu und der reduzierten Krankenration immer satt. Seine Verehrer waren notgedrungen selbstlos. Fälkchen teilte nie etwas mit ihnen, und die begeistertsten und ergebensten unter ihnen verhöhnte er und behandelte sie wie Dreck. Doch sie ließen nicht von ihm ab. Wahrscheinlich zog seine Lagerlebenskunst sie an, weckte vage Hoffnungen in ihnen.

«Grischka kommt», sagte ein Bursche mit einer seltsam wedelnden langen Nase, der Schmiere stand. Er trat beiseite, um Grischka durchzulassen.

Grischka kam jedoch nicht rein, er warf nur einen Blick hinein. Eine Minute lang schaute er uns alle mit seinen glasigen Quellaugen an. Ich erstarrte unter diesem Blick, doch keiner der Spieler versteckte die Spielkarten und das Geld, und einer sagte:

«Grischka, willst du eine Karte? Spielst du mit mir?»

In Grischkas Augen kam Leben. Es hatte den Anschein, daß er gleich losreden würde. Doch er stand noch eine Weile stumm da, machte dann kehrt und entfernte sich wieder. Niemand machte dem Wedelnäsigen einen Vorwurf, weil er Grischka durchgelassen hatte. Man überließ ihm weiterhin die Stummel zum Fertigrauchen, er ging rasch von der Tür in den Raum, um den Stummel zu nehmen, blickte den Spielenden über die Schulter in die Karten, fragte: «Wieviel ist in der Bank?», zog gierig am Zigarettenstummel, reichte ihn an einen der Kiebitze weiter und kehrte an die Tür zurück. Dem Mann schwamm alles davon: die Brotration, die Zigaretten und die Stummel. Er verspielte Geld und Arbeitsjacke und gab einen Stummel sofort weiter. Sogar wenn er in der Fabrik den Schubkarren mit Formmasse vor sich herschob, fiel einem gleich ein, daß das jener war, der vor zwei Wochen seine Brotkarte verspielt hatte. Mir hatte er gesagt:

«Hast du Geld dabei? Wozu kommst du her?»

Doch ich wußte bereits, wie man mit solchen Leuten umgehen mußte. Ich sagte:

«Halt die Klappe!»

Er war zweimal so stark wie ich, und ich sah nicht ohne Verwunderung und Erleichterung, wie er die Augen schloß, gleich wieder öffnete und sie dann abwendete. Seine lange Nase erbebte. Er war genausowenig nachtragend wie geizig. Kränkungen prallten schlichtweg an ihm ab, es blieb beim Wedeln der sonderbar biegsamen Nase und beim Klappern der Lider. Das nahm mich einerseits für ihn ein, andererseits fand ich es auch wieder reichlich läppisch. Nichts blieb an ihm haften, nichts fiel auf fruchtbaren Boden, nichts verweilte in ihm. Er schien eines anderen Leben nicht zu bedürfen, alles verbrannte in der sinnlosen, ziellosen Spielleidenschaft. Schmiere stehen, Stummel rauchen, in fremde Karten schauen: mehr brauchte und begehrte er nicht. Ein- oder zweimal erlebte ich es, daß er im Spiel gewann.

Im Lager rief er, der «Moskauer», Verwunderung, Gereiztheit und ein sonderbares Mitleid hervor. Man erschauerte, wenn man seine ständig bloße Brust sah, die von der zerschlissenen Arbeitsjacke nur spärlich bedeckt wurde, seinen tippelnden Lauf durch die Kälte, die Art und Weise, wie er beim Abzählen auf dem Hof wie ein Kutscher seine Arme über Kreuz um sich schlang und zitterte und tänzelte. Weshalb leidet ein Mensch? Wie ein Tier wurde er nie krank, erkältete sich nicht, sein Körper verbreitete durch die Löcher in der Kleidung hindurch immerzu ein gesundes Schimmern. Er hatte bereits seine Fans. Sie sagten: «Gewinn ein Spiel und hör dann auf.» Fragten: «Du kannst wohl nicht aufhören, was?»

Wolodja lachte:

«Moskauer, kannst du wirklich nicht aufhören?»

Der Moskauer klapperte mit den Lidern, wedelte mit der Nase und sagte dann:

«Ich muß jetzt laufen!»

Andrej sagte über ihn:

«Ein Unmensch!»

Der Moskauer hörte es und widersprach:

«Stimmt nicht, Andrej. Ich bin ein Spieler.»

Andrej beharrte:

«Nein, ein Unmensch!»

«Und du, Andrej, bist ein Dorfmensch», sagte der Moskauer.

Wolodja sagte:

«Verspiel deine Brotkarte nicht wieder, Moskauer. Du siehst aus wie der Tod in Person.»

Die Sache mit der verspielten Brotration nahm der Moskauer selber in die Hand. Er scharwenzelte eine Minute lang um Fälkchen herum, doch der behielt die Ration ganz für sich und gab ihm nichts davon zurück.

Aber auch Andrejs bäuerlichen Rigorismus konnte ich nicht akzeptieren. An diesem Ort, wo der Verzicht auf jeden Brotkrümel und jede Zigarette allen anderen so schwerfiel, beschämte der Moskauer diese anderen durch sein Nicht-an-den-Dingen-Hängen. Das wurde indessen weder vermerkt noch gewürdigt. Der beim Weitergeben von Stummeln so freigiebige Moskauer bekam regelmäßig eine Absage, wenn er selber einmal einen Stummel fertigrauchen wollte. Und der Neinsager war häufig jemand, der die schlampige Gutmütigkeit des Moskauers weidlich ausnutzte.

Der Moskauer merkte sich diese Leute nicht, trug keinem je etwas nach. Dieser Zug an ihm empörte mich. Mich ärgerte der Widerspruch zwischen der Schüchternheit seiner von vornherein auf eine Ablehnung gefaßten Bitte und der eher dreisten Bettelgeste, die der Bitte vorausging.

«Mit deinem Arm kannst du dich vor die Kirche zum Betteln hinstellen», sagte man ihm.

Ich war seinetwegen gekränkt. Im Gegensatz zu ihm selber merkte ich mir seine Beleidiger. Mich ärgerte, daß der Moskauer so gar nicht in meine Vorstellungen von der Welt und den Menschen paßte. Mit fünfzehn waren diese Vorstellungen weitaus bestimmter, in sich geschlossener und härter als heute. Indessen erschienen sie mir damals nicht hart genug. Vermutlich spürte der Moskauer meine auf ihn gerichtete ständige vorwurfsvolle Aufmerksamkeit. Sie mißfiel ihm. Ich aber wurde aus für mich unerfindlichen Gründen zu seinem Fan. Und als Wolodja einmal aus der Krankenstube kam und mitteilte, der Moskauer sei dabei zu gewinnen, eilte ich sogleich hin.

Der Moskauer mischte die Karten. Die zerbeulten Spielkarten knisterten wie Atlas. Die Hand des Moskauers flog über den Tisch. Bevor er eine Karte nahm, bedeckte er das ganze Spiel mit der Handfläche und spreizte die Finger. Sie bogen sich zurück. Der Moskauer besaß einen langen Rumpf, im Sitzen überragte er die anderen Spieler. Der Moskauer wendete sich zu seinen Anhängern um, und irgendwer nahm direkt aus seinem Mund den Stummel. Er zündete sich gleich die nächste Zigarette an und reichte auch sie bald weiter. Jemand riet ihm:

«Zahl deine Schulden ab, solange du Geld hast.»

«Kauf deine Brotkarte frei.»

Er hörte nicht. Auf dem Tisch neben ihm lag ein Haufen Geld. Ich dachte: der verliert gleich alles wieder. Und wirklich stand er noch am gleichen Abend für eine Mark Schmiere, und Leute traten auf ihn zu und fragten:

«Moskauer, stimmt das: du hattest gewonnen?»

Das Glück beim Spiel war ihm nur für Augenblicke hold. Irgendwas deutete darauf hin, daß er sich das Spielglück nie zunutze machen würde, obwohl er nur solcher Augenblicke wegen zu leben schien. Nicht nur mich allein empörte das. Aber nur mich motzte der Moskauer jetzt an.

Ich hatte gemeint, die Spieler würden ihn ausschimpfen, weil er Grischka durchgelassen hatte. Aber alle wußten, daß Fälkchen und Grischka Landsleute waren, beide kamen aus Mariupol, und Grischka hatte Angst vor Fälkchen.

Ich haßte diese Kartenspieler wegen ihrer Lagerlebenskunst und weil sie über dieses Leben alles zu wissen schienen und auch deshalb, weil sie kein Mitleid mit den Kranken und Moribunden hatten, aber zugleich wünschte ich mir so sehr, daß mich Fälkchen ein einziges Mal mit *Söhnchen* anreden würde, was er mit Burschen wie mir bisweilen tat. Fälkchen arbeitete nicht für die Deutschen, und – was schwerer wog – er war noch nie geschlagen worden. Wenn uns die Hilfspolizisten zu Paaren trieben, rannte er nicht wie die anderen davon, sondern schritt mit einer Grimasse des Ekels und Schmerzes, den Arm in der Binde, an ihnen vorbei. Ich war überzeugt, daß mich Grischka, hätte mich Fälkchen in seinem

Dabeisein mit *Söhnchen* angeredet, niemals an die Hilfspolizisten verraten hätte.

Fälkchen bemerkte mich nicht, während ich mich näher zu ihm vorzudrängen suchte. Dabei stieß ich gegen seinen Arm. Auf seinem Gesicht stellte sich wieder der Ausdruck des Ekels und des Schmerzes ein.

«Verflucht noch mal... du blöder Kerl!» sagte er und wendete sich ab: so degoutant erschien ihm meine Ungeschicklichkeit.

Seinen Schmerz meisterte er jedoch und schaute mich daraufhin mit einem klaren Blick an, als würde er sich überlegen, was mit mir anzufangen sei. Dann lachte er:

«Dem Moskauer hast du es gegeben, der soll sich das merken, schließlich kommst du aus dem Knast und nicht von irgendwo.»

8

Immerhin war ich ziemlich stolz darauf, daß ich geflohen war und im Gefängnis gesessen hatte. Der Moskauer hatte bestimmt gespürt, daß ich das Recht besaß, ihm ein «Halt die Klappe» zuzurufen. Ich war der Arbeit in der Fabrik entgangen, ich hatte Erinnerungen erworben, die ein anderer nicht vorzuweisen hatte, und jetzt erwartete ich freudig das Eintreffen der Leute von der Tagesschicht, um Kostik, Wolodja und allen, die es hören wollten, davon zu berichten, wie Waljka und ich getürmt waren, wie man uns eingefangen, ins Gefängnis geworfen hatte, und auch, daß ich jetzt ganz bestimmt noch einmal fliehen würde, ich müßte vorher nur ein paar Brotrationen sparen.

Das erste, was ich sagte, als ich Kostik erblickte, war:

«Jetzt türm ich erst recht, du wirst sehen!»

Er wußte schon, daß man uns wieder hergebracht hatte, und lachte:

«Haha! Also wieder von Schwelle zu Schwelle?»

Ich sagte:

«Du bist ganz schön dumm! Wenn du wüßtest, was für Leute im Gefängnis sitzen!»

Das machte Eindruck auf Kostik. Bei dem war selbst der Deutschenhaß ganovenhaft. Für ihn waren alle Deutschen Wachpersonen. Dieser schlaffe, durch lange Unterernährung ausgezehrte Bursche entwickelte sich immer mehr zum Ganoven. Er hatte kein Mitleid mit den Kranken. Immer war er über irgendwas empört. Zum Beispiel darüber, daß der Mann über ihm sich auf der Pritsche wälzte und Strohmulm auf Kostik herabregnen ließ. «Was treibst du da oben, du Hundesohn!» rief Kostik hinauf. Der schwache, kleinwüchsige Kostik war indessen nicht ganz die richtige Person, den Mann von der oberen Pritsche zu kränken. Der beachtete ihn nicht weiter. Hinterher spielte Kostik anderen die Szene vor, wie er den Mann mit Hundesohn angeredet hatte.

Ich war sehr verblüfft, als ich erfuhr, daß Kostik freiwillig nach Deutschland gekommen war.

«Und wer hätte mir dort was zu fressen gegeben?» empörte er sich über meine Naivität. «Meine Oma und ich hatten nichts mehr zu beißen.»

Kostik hatte weder Vater noch Mutter – nur eine Großmutter.

Jetzt zeigte mir Kostik, daß auch für ihn die Zeit, die er auf der Flucht und im Gefängnis verbracht hatte, nicht ungenutzt verstrichen war. Alle Leute, die an uns vorbeigingen, pflaumte er an. Einem alten Mann, der einen Napf mit kalter Suppe vor sich hertrug, sagte Kostik:

«Du ißt deine Suppe, alter Knacker, und deine Nichte ist vor Hunger aufgeschwollen. Du glaubst doch an Gott, deine Taten werden dir im Jenseits vergolten werden. Dann gib deiner Nichte die Hälfte der Suppe.»

Über diesen Greis war bekannt, daß er sich zum zweitenmal in deutscher Gefangenschaft befand. Das erstemal war er im Jahre fünfzehn hier gewesen.

«Du wirst deiner Nichte die Suppe nicht geben!» ereiferte sich Kostik. «Du glaubst zwar an Gott, aber leben willst du trotzdem! Wozu bist du zum zweitenmal hergekommen?»

Der Greis ging vorüber, ohne zu antworten. Er lebte ein stummes Leben, saß, ohne aufzustehen, tagelang auf seiner Pritsche. Aber Kostik ließ nicht locker.

Er rief dem Mann nach:

«Häng dich lieber gleich auf, alter Kerl!»

In mir rief der alte Mann abwechselnd Mitleid und Haß hervor. Wenn Kostik oder jemand anderer ihm zu sehr zusetzte, wenn sie ihn zu einem Streit herausforderten, dann tat mir der Mann leid. Er sah genau, wenn sich jemand auf ihn zu in Bewegung setzte, ließ sich aber nichts anmerken, nur seine Augen verfärbten sich ins Dunkle und begannen zu schielen. Sonst verriet der Greis durch keine Bewegung und kein Wort, daß er gehört hatte, wie man ihm zurief:

«Du trägst dein Kreuz! Dann sag uns, ob es Gott gibt!»

Es kam darauf an, daß der Greis sagte:

«Es gibt Gott.»

Daraufhin galt das Thema als erschöpft – der Alte war der übelsten Heuchelei überführt.

«Und was ist das?!» schrie man ihn an und zeigte auf die Pritschen. «Ist das auch Gott? Wo ist dein Gott?!»

Der Greis gab seiner an Hungerödemen leidenden Nichte tatsächlich nichts ab, und auch daß er gleichsam als Vertreter Gottes im Lager galt, machte ihn hassenswert. Durch seinen Gottesglauben übernahm er unserer Meinung nach einen Teil der Verantwortung für alles, was sich hier tat. Zumindest wies er diese Verantwortung nicht ausdrücklich von sich. Mich hatte er maßlos verblüfft, als er gesagt hatte, er sei zum zweitenmal in Gefangenschaft. Er sagte das ganz schlicht, und diese Schlichtheit konsternierte mich, ich war sprachlos. Ich fragte, ob es damals leichter gewesen war. Er erwiderte genauso schlicht, auch damals sei es schwer gewesen. Wegen dieser unsagbaren Schlichtheit begann ich ihn zu hassen.

Es kamen noch andere hinzu oder vorbei, und jedesmal fiel Kostik das passende Wort ein. Irgendwem rief er einen Gruß zu, zu einem anderen sagte er feindselig: «Na, geh schon weiter, was stehst du herum?» Wenn mich ein Ukrainer oder Belorusse nach der Verpflegung im Gefängnis fragte, äffte Kostik dessen Akzent nach.

Auch mir kamen die Worte, die ich zum erstenmal im Lager oder von Lagerdolmetschern gehört hatte, verdächtig vor. Für mich halbwüchsigen Burschen war das gehäufte Auftreten vieler neuer Wörter geradezu ein Merkmal des Krieges und Lagers. Und es waren weniger die deutschen Wörter wie *Fliege, Panzer* oder *Hände hoch!*, die mich so befremdeten, sondern gerade die aus der Heimat kommenden russischen, belorussischen und ukrainischen Wörter. Die Wörter – und Lieder, die ich vorher nie gehört hatte.

Zum Beispiel das Lied von einem Mann namens Griz, der irgendwohin nicht gehen durfte. Dieser Griz war mir maßlos fremd und unbegreiflich. Diese ganze Wortflut hatte etwas Erschreckendes. Natürlich war ich auch früher immer wieder auf mir unbekannte Wörter gestoßen. Doch die traten nach und nach in mein Bewußtsein und schlugen sich langsam auf den Grund des Gedächtnisses nieder, während sie jetzt hemmungslos über mich hinwegströmten. Die Welt weitete sich aus, und diese Ausweitung geschah in einem Katastrophentempo. Alles in mir sträubte sich dagegen.

Eine Minute lang verweilte Pawka der Friseur an meiner Pritsche. Pawka arbeitete wie alle anderen in der Fabrik, aber außerdem besaß er noch Rasiermesser und Schere. Man ließ ihn mitrauchen, lud ihn zu gestohlenen Kartoffeln ein. Abends stellte er einen Schemel neben den Ofen und schnitt jedermann für ein paar Pfennige die Haare. Man brachte ihm die eigenen Rasiermesser zum Abziehen, und es begann ein Gespräch über die Härte von Bartstoppeln und über Kinne mit und ohne Grübchen. Wenn Pawka einem eine Freude machen wollte, sagte er, der Betreffende hätte harte Stoppeln – er muß das Rasiermesser immerzu abziehen. Vor dem Krieg war Pawka Lehrling in einem Rayonfriseurladen gewesen. Er erzählte, wie er einmal einem Kunden mit einer tiefen Mulde am Kinn eine Schnittwunde beigebracht hatte. Pawka war einer von denen, die vor aller Augen lebten. Er bewohnte den pritschenfreien Raum: er schnitt die Haare, führte Gespräche, lachte, spielte Schach (das Schachspiel war ein Lagerprodukt). Er war stets der erste, dem ein Stummel gereicht wurde, obwohl Pawka gar nicht rauchte. Er nahm den Stummel, qualmte lange und quälte jene, die warteten, daß sie an die Reihe kamen. Sie riefen ihm zu: «Pawka, verschwende den Tabak nicht!» Auch Schachspielen konnte er eigentlich gar nicht, er hatte erst im Lager damit begonnen, ich gewann alle Partien gegen ihn.

«Da bist du ja wieder!» sagte Pawka und lachte.

«Gib ihm lieber eine Zigarette», sagte Kostik. «Du siehst doch, daß er rauchen möchte.»

«Nichts da», sagte Pawka und entfernte sich zu seinem Spind, an dem ein großes Vorhängeschloß hing.

Vom vielen Rasieren schuppte sich die Haut an Pawkas Schläfen, ansonsten trug er deutschen Soldatenhaarschnitt, mit der *Stufe* im Nacken. Diese Haartracht strebten viele an, doch Pawkas

Stufe war schlichtweg vorbildlich, Pawkas lange helle Haare, auf der *Stufe* etwas dunkler, fielen nicht auseinander, wenn sich Pawka herabbeugte, sondern lagen Härchen an Härchen. Außerdem lachte Pawka ein breites, lebensfrohes Lachen.

Seine Arbeitskleidung war, wie jene Kostiks, aus Kunststoff. Der Unterschied war, daß man bei Pawka darunter den hageren Körper erriet, während bei Kostik dort nur Leere war.

Und immer wieder gingen die Leute mit und ohne Eßnapf vorbei, solche, die in der Fabrik Futterrüben gestohlen hatten, und solche, die nichts in ihren leeren Händen hielten. Manche von ihnen hatte ich mir zu diesem Zeitpunkt bereits gemerkt und eingeprägt, mit anderen stand mir die Bekanntschaft erst bevor. Kostik redete sie alle mit *du* an.

Auch Vati Selinskij trat auf mich zu. Dieser kleine Mann mit dem langsamen Gang eines Sehgestörten war mir gleich zu Anfang aufgefallen. Vati Selinskij war kurzsichtig, und das beeinflußte nicht nur seine Sehweise, sondern auch seine Gehweise. Die Kurzsichtigkeit wurde noch durch die schweren müden Lider betont, die die hervorquellenden Augen fast ganz bedeckten. Das erweckte den Eindruck, daß er nicht vorwärts blickte, sondern unter seine Füße – oder daß er sich vielleicht sogar die Spitze seiner langen, durch chronische Erkältung geschwollenen Nase anschaute. Seine Augen schielten ein wenig, die Pupillen trafen sich am dünnen Nasenbein. Um jemanden anzublicken, mußte sich Vati Selinskij einen Ruck geben. Er hustete und schnaufte lange und zog erst dann seine Lider nach oben. Die Augen wurden riesengroß und trübblau, die Nase bekam einen Haken. Doch er kehrte sogleich erleichtert wieder in seine Beinah-Blindheit zurück.

Wenn er eine Zigarette rauchte, ließ er immer einen anderen den Stummel fertigrauchen. Doch seine Stummel waren nicht gefragt. Er hatte dicke feuchte Lippen und sog die Zigaretten in den Mund hinein, was die Empfänger seiner Stummel auf die Palme brachte:

«Leg dir wenigstens ein Mundstück zu, Vati!»

Ein Mundstück besaß er sogar, doch er benutzte es nur, wenn er einmal eine Kippe aufrauchte, rauchte er aber eine richtige Zigarette, nahm er sie weiterhin in den Mund. Er rauchte, ohne die Zigarette aus dem Mund zu nehmen. Seine Augen schielten zur glimmenden Asche hinunter. Im Takt des Zigarettenfeuers glimmten auch die Augen auf.

Er war auf meine Pritsche zugetreten, stand jetzt da und schnaufte mit seiner erkälteten Nase, als sammle er Kräfte. Endlich hob er die Augenlider. Doch das war noch nicht alles. Eine Zeitlang bewahrten seine riesengroßen Glotzaugen den Ausdruck der Blindheit, erst etwas später hellten sich die Pupillen auf – er hatte mich erblickt und sofort die Lider gesenkt.

«Sie haben dich also geschnappt», sagte er und betrachtete eine Zigarette, die er langsam aus seiner Blechbüchse geholt und sich tief in den Mund gesteckt hatte.

Der lagereigene rote Emailnapf war mit einem Bindfaden an seinem Hosengürtel festgebunden. Die Arbeitsweste aus Kunststoff hing von seinen leicht abfallenden Schultern herab. Das Gesicht war nachlässig gewaschen, an den Schläfen, Wangen und sogar auf den schweren Lidern hatte die Gießerei ihre Ruß- und Staubspuren hinterlassen: Vati Selinskij schob einen Schubkarren in der Gießerei. Wegen seiner Kurzsichtigkeit verschmierte er sich mehr als die anderen, doch er schämte sich weder seines Eßnapfes, der, wie bei einem Todeskandidaten, am Bindfaden hing, noch seiner unsauberen Arbeitskluft – ihn traf keine Schuld an dem allen.

«Haben sie dich geschlagen?» fragte er und warf einen Blick auf das aufglimmende Zigarettenfeuer. «Und im Lager?»

Er machte zwei tiefe Züge hintereinander, und zweimal leuchteten seine Augen auf – dann reichte er mir den Stummel. Vati Selinskij hatte die Zigarette eigens dafür angeraucht, um sie mir zum Fertigrauchen zu überlassen. Mir eine ganze heile Zigarette zu geben ging selbst noch über seine Kraft.

Rings um uns herum hatten sich bereits Leute versammelt, und daran, daß keiner von ihnen Ansprüche anmeldete, erkannte ich, daß sie mich, aus Mitgefühl und Achtung, den Stummel aufrauchen lassen wollten. Den Ausschlag gab, daß Selinskij auf mich zugetreten war.

Vati Selinskij wurde aus Gründen geachtet, die bei einem anderen den Anlaß zu Hänseleien geliefert hätten: wegen seiner Kurzsichtigkeit, seiner Langsamkeit, wegen des Bindfadens, mit dem er den Eßnapf am Gürtel festband. Wegen seiner von Ruß geschwärzten und dadurch noch schwerer gewordenen Augenlider.

Vati Selinskij wußte manches. Wenn irgendwo ein Streit entbrannte und die Streitenden nicht mehr weiterkonnten, ging man zu ihm: Er sprach Deutsch, gab das aber nur im Notfall zu erkennen. Im Lager gab es keinen ständigen Dolmetscher. Die Hilfspolizisten begnügten sich mit Grischkas Wortschatz, nur in Sonderfällen tauchte im Lager ein Berufsdolmetscher auf. Erwiesen sich Grischkas Sprachkenntnisse als ungenügend und war ein Dolmetscher gerade nicht verfügbar, dann griff man auf Vati Selinskij zurück. Alle im Lager begriffen sehr wohl, daß seine Spachkenntnisse Selinskij vom Schubkarren in der Gießerei hätten befreien können.

Ich hörte, wie ihn Pawka der Friseur einmal fragte:

«Daheim waren Sie wohl Ingenieur?»

Selinskij sagte nach einigem Schnaufen und Husten:

«Nein, ich war Schlosser.»

«Ein Schlosser muß gut sehen können.»

«Ich trug zu Hause eine Brille.»

«Und aus welcher Stadt kommen Sie?»

«Von der Bahnstation Shurawskaja», sagte Vati Selinskij.

«Wo liegt denn die?» erkundigte sich Pawka, aber Selinskij ließ statt einer Antwort nur ein Schnaufen ertönen.

Pawka fragte daraufhin nicht weiter.

Ich nahm den nassen Stummel und sog durch den feucht und wollig gewordenen Tabak hindurch vorsichtig den Rauch ein.

«So ist das also», sagte Vati Selinskij, «und ich kann dir nicht einmal was Gescheites raten. Komm später an meine Pritsche.»

Er betrat, mehr mit dem Gespür als mit den Augen sehend, den Pritschengang, um zu seiner Pritsche zurückzukehren.

An jenem Tag ging ich nicht zu ihm. Als ich einige Tage später an seine Pritsche kam, verblüffte er mich maßlos. Er saß da, durch seine Sehbehinderung von allen anderen abgesondert, seine Augen schienen geschlossen zu sein. Doch er bemerkte mich, erkannte mich sofort und rückte auf der schmutzigen, nach Gießerei riechenden Bettdecke ein Stück weg, um mir Platz zu machen. Meine Knie stemmten sich gegen die Nachbarpritsche, durch die Ritzen zwischen den Brettern der oberen Pritsche rieselte der Strohmulm. Vati Selinskij griff unter das Kissen und holte ein Heft hervor.

«Jetzt hör mal zu.»

Er setzte sich ins Licht, das in den Raum zwischen den Pritschen drang, und hielt sich das geöffnete Heft dicht vor die Augen. Von Zeit zu Zeit schnaufend, begann er, aus dem Heft vorzulesen: wie man uns am Morgen zum Appell treibt, wie der Feldscher die Kranken davonjagt, die sich bei ihm für eine ärztliche Untersuchung angemeldet hatten, wie ein Polizist auf einen älteren Mann einprügelt...

»Das alles muß man jetzt aufschreiben», sagte Selinskij.

Im Heft war nicht viel Text. Selinskij fand Zeit, mir alles vorzulesen, bevor jemand kam und uns störte. Doch ich behielt im Gedächtnis, wie sehr mich Selinskijs Verhalten verblüfft hatte. Das, wovon er schrieb, war gestern oder vorgestern gewesen, ich hatte es mit eigenen Augen gesehen, mit eigenen Ohren gehört, hatte wohl oder übel daran teilgenommen. Als er mit dem Vorlesen begonnen hatte, hatte ich zunächst ein Gefühl der Verlegenheit nicht bezwingen können. Selinskij war gewiß ein guter, kluger Mann, aber Bücher werden nicht von Leuten wie ihm geschrieben, nicht von solchen kurzsichtigen Menschen, in deren stets verschnupften Nasenflügeln sich der Schmutz festsetzt, deren Mund ständig feucht und deshalb unappetitlich ist. Und jenen anderen Büchern lauschen nicht halbwüchsige Burschen wie ich, deren Gedanken vom Hunger beherrscht werden und von der wahnsinnigen Hoffnung, irgendwo einen Zigarettenstummel aufzutreiben (während mich Vati Selinskij hier aufhält, hat sich jemand anderer vielleicht eine Zigarette angezündet, und ich könnte ihn bitten, sie mir zum Aufrauchen zu überlassen). Doch dann kam der Augenblick, da ich den Widerstand aufgab. Meine durch jahrelange Kinderlektüre geschulte Einbildungskraft setzte voll ein, und als Selinskij das Heft zuklappte, ergriff mich Enttäuschung: und weiter, wie geht es weiter?! Ich war konsterniert. Das war gewiß nicht jene Art Lektüre, die ich gewöhnt war, es war etwas ungemein Wichtiges und Gefährliches. Mein Zittern und die Anspannung, in der ich mich befand, rührten daher. Und auch daher, daß ich nicht wußte, was Vati Selinskij als nächstes vorlesen wird, und vor jedem neuen Satz Furcht empfand, er könnte sich irren. Und von der Freude, daß er sich nicht irrte, sondern jedesmal das Richtige traf. Noch lange nach Beendigung dieser Vorlesestunde spürte ich, daß ich an etwas Wichtigem und Gefährlichem (beides war für mich eins) teilhatte, an etwas, das mehr wog als mein Leben. Und ich war überhaupt nicht verwundert, als mir Vati Selinskij das Versteck in der Matratze zeigte, wo er das Heft aufbewahrte.

«Ich zeig es dir sicherheitshalber», sagte er. «Jetzt weißt du, wo das Heft liegt.»

Wie ein Blinder, ohne auf seine Hände zu schauen, strich er das Bett wieder glatt. Seither dachte ich immer an jenes Heft: wenn ich mit Selinskij in der Kolonne einhertrottete, wenn ich ihm in der Fabrik begegnete oder ihn in seiner Blindenstarrheit auf seiner Pritsche sitzen sah. Ich weiß nicht, weshalb er sich mir anvertraut hatte. Vielleicht deshalb, weil Vati Selinskij zu jenem Zeitpunkt sozusagen verwaist war.

Selinskij hatte einen Freund gehabt, einen älteren Belorussen, den alle Iwan Ignatjewitsch genannt hatten. Im Lager vollzog sich eine Umbenennung aller Insassen – keiner entging ihr. Es wurde gemeinhin nicht ein neuer Name erfunden, vielmehr war es so, daß jemand entweder nur mit Vornamen oder nur mit Vatersnamen oder mit dem Familiennamen angeredet wurde. Es gab also Nikolaj Fälkchen und Kolja aus Rostow, doch es gab auch Koljka aus Mohilew, es gab Witjka fünfhundertundzwo, es gab Sascha den Essener (man hatte ihn aus Essen herverlegt). Mit Vor- und Vatersnamen zugleich wurden höchstens zwei, drei Leute im Lager angeredet. Bei uns im Lager lebte auch ein echter Bürgermeister. Der wurde wie zum Hohn Boris Wassiljewitsch genannt. Auf der Flucht vor den Partisanen war er freiwillig nach Deutschland gekommen, wo man ihn ins Lager gesteckt hatte. In seinen Augen waren Erwartung und Mißtrauen für immer geronnen. Neuankömmlingen wurde seine Pritsche gezeigt:

«Hier schläft der Bürgermeister. Er ist waschecht!»

Er hätte längst taub werden müssen – so oft wurde er angemotzt:

«Boris Wassiljewitsch, es wird gesagt, Sie seien im weichen Abteil hergekommen?»

«Der hat eine Separatpritsche!»

«Der trägt Seidenwäsche.»

«Eben ein Bürgermeister!»

«Boris Wassiljewitsch, reden die Leute die Wahrheit, wenn sie sagen, Sie seien Bürgermeister gewesen? Ich glaub das nicht. Sie verstehen doch gar kein Deutsch.»

Er beachtete schon längst nicht einmal mehr die höflichsten Fragen. Seine Augen verhängten sich und wurden starr, wenn ihn jemand ansprach. Er war ein stämmiger Mann mit einem breiten

Gesicht. Die Kartenspieler nahmen ihn in ihren Kreis auf. Auch dort zog man ihn mächtig auf. Er ging darauf nicht ein, gewann aber immer. Was wiederum zur Folge hatte, daß er mit Eßbarem gut versorgt war.

Fälkchen redete Iwan Ignatjewitsch mit *Sie* an. Letzterer wußte mancherlei: genau wie Selinskij, dessen Wissen nicht nur Achtung, sondern auch Furcht erweckte. Seine Schiedsurteile riefen bei den streitenden Parteien Unmut und Mißtrauen hervor. Es erwies sich, daß sie oft nur eine vage Vorstellung vom Gegenstand ihres Streites besaßen. Iwan Ignatjewitschs Wissen steckte indessen weniger im Kopf als in den Händen. Er beherrschte das Schneider- und Schuhmacherhandwerk, redete von Zigeunernadeln, von Schusterahlen und Pechdraht. Diese Erinnerungen schienen ihm Vergnügen zu bereiten. Doch dann verstummte er gleich wieder und hegte fortan eine Abneigung gegen den, der sie in ihm wachgerufen hatte. Zungenfertigen Leuten gab er nie Antwort. Freundlichkeit war nicht seine Stärke. Wenn ihn der Moskauer begrüßte, pflegte Iwan Ignatjewitsch zu erwidern: «Was mich betrifft: ich bin gesund!» Sein Blick war mürrisch und abweisend. In der Enge, im Gedränge des Lagers versuchte er, seine Selbständigkeit zu wahren: die Augen waren auf die Arbeit gerichtet, sie wichen jedem fragenden Blick aus. Vermutlich zog gerade dieses Wesen und Gehabe die Leute an. Es brauchte nur jemand herzukommen und sich auf die Nachbarpritsche zu setzen – auf Iwan Ignatjewitschs Pritsche wagte sich niemand –, und schon setzte sich ein zweiter Mann daneben. Auf die Nacht zu bildeten sich auf den umliegenden Pritschen zwei Kreise: ein Kreis von Redenden und ein Kreis von Lauschenden, welch letzterer aus Halbwüchsigen wie ich bestand. Auch Fälkchen kam mit seinen Ganoven her, offenbar lag ihm an Iwan Ignatjewitschs Sympathie.

«Haben Sie daheim Familie?» fragte Fälkchen.

«Hab ich», erwiderte Iwan Ignatjewitsch unlustig.

«Kinder?»

«Freilich. Ehefrau, Sohn, Töchter.»

Er sprach fast akzentfrei.

Fälkchen stellte noch weitere Fragen, die Iwan Ignatjewitsch genauso zögernd beantwortete. Fälkchens Lippen röteten sich, er hätte sich so gern einmal richtig mit Iwan Ignatjewitsch unterhalten. Um ihn seiner Ehrerbietung zu versichern, schrie er ab und zu einen aus seinem Gefolge an: «Blöder Hammel... sitz ruhig da!» Oder er bot Iwan Ignatjewitsch Zigaretten an.

«Rauche nicht», erwiderte der.

«Wirklich?»

«Hab es mir abgewöhnt.»

Das hinterließ den stärksten Eindruck. Der Hunger nach Tabak war qualvoll, doch niemand im Lager gab das Rauchen auf.

«Wie haben Sie das geschafft?»

«Hab ich schon einmal erzählt.»

Man nötigte Iwan Ignatjewitsch immer wieder, davon zu erzählen, wie die Deutschen einen partisanenverseuchten Landstrich in Belorußland entvölkert hatten, wie sie die Menschen in den Häusern verbrannt hatten, wie sie andere Menschen ohne Essen und ohne Wasser im Freien nächtigen ließen. Iwan Ignatjewitsch sprach ungern über diese Greuel, er kam erst dann in Fahrt, wenn er davon erzählte, wie listig und geschickt das Leben ist. Er war über sich selbst verwundert: als man ihn aus dem Haus getrieben hatte, hatte er alles stehen und liegen gelassen, doch seinen Tabaksbeutel mitgenommen. Obwohl er sicher war, daß man ihn in den Tod trieb.

«Wollten wohl vorm Tod noch etwas rauchen?» – dieser Scherz hatte beim erstenmal große Heiterkeit erregt, und seit jener Zeit fühlte sich jedesmal jemand gemüßigt, ihn an dieser Stelle einzuflechten.

«Wollt ich, wollt ich», bestätigte Iwan Ignatjewitsch.

Im Polizeikeller gab es keine Ventilation. Iwan Ignatjewitsch erfuhr das erst, als er sich bereits eine Zigarette angezündet hatte. Einen Tag und eine Nacht lang stand der Rauch in der Kellerluft, ohne sich aufzulösen.

«Da habe ich mich fürs Leben sattgeraucht», sagte Iwan Ignatjewitsch.

An dieser Stelle machte jedesmal jemand den Einwurf:

«So sollte es mir mal ergehen.»

Der Zwischenrufer wurde ausgezischt, und es folgte der Bericht darüber, wie die Leute an Wasser gekommen waren, als man sie ins Lager eingeliefert hatte.

«Ich steh in der Schlange vor dem Wassertank», erzählte Iwan Ignatjewitsch, «und nehme mir fest vor: nicht ein einziges Glas! Ist das Wasser dir erst mal in die Füße gefahren, kriegst du es mit

Gewalt nicht wieder raus. Ich komme zu mir – und hab über einen Liter gesoffen. Nach einer Weile fühl ich: ich geh auf. Heute noch lauf ich mit jenem Wasser in den Füßen rum.»

Man bat ihn:

«Zeigen Sie mal her.»

Er bückte sich, etwas verlegen, krempelte das Hosenbein hoch, drückte mit dem Finger gegen den Fuß und zeigte die Vertiefung, die zurückblieb.

«Und wo ist jetzt Ihre Familie?»

Iwan Ignatjewitsch verdüsterte sich:

«Weiß ich nicht.»

Pawka der Friseur lud ihn zu sich auf den Schemel ein:

«Iwan Ignatjewitsch, nehmen Sie Platz, falls Sie Seife haben. Meine ist ausgegangen.»

Der war sofort bereit:

«Das machen wir mit Wasser ohne Seife. Wer diese Kunst beherrscht, kann sich auch mit dem Finger rasieren.»

Indessen holte er einen kleinen Lehmseifenrest hervor und band sich ein graues Handtuch vor. Pawka machte ihm das Kompliment:

«Ich bin nur einmal rübergegangen und hab das Rasiermesser zweimal absetzen müssen!»

Der über Iwan Ignatjewitsch gebeugte Pawka ähnelte in diesem Augenblick einer Frau. Unter seiner Arbeitsweste aus Kunststoff trug der Friseur kein Hemd, und sein hoher, bloßer Hals setzte sich im *Ausschnitt* auf der nackten Haut fort. Das Rasieren liebte Iwan Ignatjewitsch über alles, und auch sein Kopfhaar war immer kurz und sorgfältig geschnitten. Pawka lobte ihn:

«Wenn man Sie rasiert hat, ist Ihr Gesicht hinterher rosig wie nach der Massage. Selinskijs Haut ist immer gleich gereizt.»

Pawka konnte es nicht verwinden, daß er seine Haarschneidemaschine nicht dabeihatte, als man ihn aufgriff und nach Deutschland verfrachtete. Rasiermesser und Schere hatte er im Durchgangslager eingetauscht, doch eine Haarschneidemaschine war nirgends aufzutreiben. Pawka und Iwan Ignatjewitsch hatten dies gemeinsam, daß sie mit Hochachtung und Bedeutung über die verschiedensten Gerätschaften sprachen: über Rasiermesser, Scheren, Ledersorten, Feilen, Eisennägel. Auch daß Iwan Ignatjewitsch beim Verlassen seines Hauses den Tabaksbeutel mitgenommen hatte, war mir inzwischen verständlich. Unter einer Vielzahl anderer Gegenstände und Dinge zeichnete sich der eigene Tabak dadurch aus, daß er die Selbstachtung stählte. Iwan Ignatjewitsch erzählte, was für ein starker Raucher er früher einmal war. Doch den Tabaksbeutel hatte er nicht deshalb eingesteckt, weil er so maßlos aufs Rauchen versessen gewesen wäre, sondern um nicht der Versuchung zu erliegen, jemanden um einen Stummel anzubetteln. Aus dem gleichen Grund hatte er auch das Rauchen aufgegeben, und nicht etwa deshalb, weil er sich im Polizeikeller eine Rauchvergiftung geholt hatte. Die Leute wollten ihn dazu bringen, doch mal wieder eine zu rauchen, lachten ihn aus, aber er erwiderte nur: «Nach dem Krieg.» Und niemals bat er Pawka, ihn zu rasieren, stets wartete er darauf, daß Pawka selber diesen Vorschlag machte. Beide stammten aus Rayonstädten, Iwan Ignatjewitsch hatte als Schlosser in einer Werkstätte gearbeitet. Mir war, als sei ich vor dem Krieg solchen Menschen nie begegnet: mit derlei selbstverfaßten Lebensregeln (die wichtigste war: man darf um nichts bitten, man muß das Benötigte selber besitzen), mit dieser Einstellung zu kleinen Dingen (Seife, Mundstück, Handtuch, Löffel), die herauszuheben und hochzuschätzen ich mir sogar im Lager nicht angewöhnen konnte, mit diesem brennenden Interesse daran, *wie etwas gemacht wird*. Iwan Ignatjewitsch konnte beispielsweise vorführen, wie man einen schweren Sack so nahm, daß man sich ihn ohne allzu große Mühe auf die Schulter heben konnte. Auch für Pawkas Friseurhandwerk zeigte er von Anfang an Interesse, und Pawka ließ sich bald seinerseits von ihm rasieren. Fälkchens Kumpel mußten, auf dessen Geheiß hin, so tun, als würden sie mit allen Kräften jene Lebensregeln achten, und nur die mißlichen Verhältnisse im Lager würden sie daran hindern, diese Regeln genau zu befolgen. Leichter freilich fiel es ihnen, Iwan Ignatjewitsch ihre Wertschätzung auf andere Art zu zeigen: sie waren stets bereit, einem von ihm bezeichneten Mann eine Lehre zu erteilen. Ihren besonderen Unwillen erweckte der strenggläubige Greis, der zum zweitenmal in Gefangenschaft war. Selinskij und Iwan Ignatjewitsch mußten die Ganoven immer wieder zügeln.

Dieser sanfte Iwan Ignatjewitsch hatte einem Deutschen mit einem Hammer die Schädeldecke eingeschlagen.

Als einziger Lagerinsasse arbeitete er in der Werkzeugabteilung. Man hatte ihn dorthin eingeteilt, weil er ein guter Schlosser war, und vermutlich auch deshalb, weil er einen so ehrwürdigen und loyalen Eindruck erweckte. Er war dort der einzige Nichtdeutsche. Was wirklich vorgefallen war, war nicht mehr zu ermitteln – die Gendarmen hatten Iwan Ignatjewitsch gleich am Tatort festgenommen. Der betroffene Deutsche wurde mit verbundenem Kopf auf einer Bahre hinausgetragen. Es war ein noch junger Mann, in die Fabrik war er nach einer Verwundung gekommen, vorher war er in der Gegend, aus der Iwan Ignatjewitsch stammte, Soldat gewesen.

«Er hat es nicht ausgehalten», sagte Vati Selinskij.

Jetzt traten auch noch andere auf mich zu. Darunter war Iwan aus Kursk, ein in Gespräch und Bewegung langsamer Mensch. Dann noch Alexejew, genannt *der Student*. Er paukte jeden Abend zwanzig deutsche Vokabeln. Sagte, nach hundert Tagen würde er zweitausend Wörter beherrschen. Nach einem halben Jahr hätte er die Sprache erlernt. Er versuchte so zu leben, daß er das Lager nicht bemerkte. Ich weiß nicht, ob er sich darauf drillte oder ob sich das bei ihm von selbst ergab. Er stellte jedem, der es wünschte, anheim, seine Deutschkenntnisse zu prüfen, plapperte munter drauflos, breitete die Zettelchen mit den deutschen Wörtern auf dem Tisch aus. Doch es fand sich keiner, der die Probe machen wollte. Mich fragte er jetzt:

«In welcher Stadt hat man euch geschnappt?»

Er blickte munter in die Gegend, sein Gesicht war sauber gewaschen. Sein ganzes Auftreten sagte: schau nicht hin, nimm nichts wahr, sei wie immer – und alles rings um dich herum wird sich verändern. Es kommt nur auf dich an, auf dein Selbstgefühl. Lern Deutsch.

Endlich erschienen Wassil, Andrej und Wolodja in der Tür.

Sie waren mit der zweiten Gruppe aus der Fabrik eingetroffen. Ich hatte schon lange auf sie gewartet und selber nicht geahnt, wie sehr ich mich über ihr Erscheinen freuen würde. Andrej sah mich, sein Gesicht wurde mitfühlend und weinerlich. Er war wohl der einzige, der mit meinem Wiederauftauchen nicht gerechnet hatte.

«Sie haben dich gefangen!» näselte er mitleidig.

Wolodja lachte:

«Er hat einfach Sehnsucht bekommen nach uns. Und ist von selber wieder her!»

Wassil stand ein Stück weiter weg, den Kopf zwischen die Schultern eingezogen.

Kostik sagte:

«Auch du Schafskopf könntest ihn begrüßen...»

Dann wies er auf Wolodja:

«Er hat dem neuen Meister imponiert. Jetzt darf er ohne Bewacher in die Stadt. Er heizt die Öfen im Bürgerhaus.»

«Wirklich?» fragte ich.

Wolodja nickte lachend. Ihm war das Glück immer hold, er wußte es nicht zu schätzen.

«Wenn sie ihn von hier fortjagen», sagte Kostik, «wird er nicht gehen. Er hat sich eine Braut angelacht. Sie treffen sich in der Fabrik. Ich hab es selber gesehen.»

Das Frauenlager lag von unserem Lager ziemlich weit entfernt. Die Mädchen treffen, das heißt, mit ihnen sprechen, konnte man nur in der Fabrik. Aber auch diese Begegnungen wurden von der Lagerpolizei und von der Werkpolizei verfolgt. Indessen gab es eine andere größere Gefahr. Auch vor dem Krieg hätte ich nie als erster ein Mädchen angesprochen, so gewichtig und so verwickelt waren meine auf sie gerichteten Gedanken. Mir erschienen die Mädchen hier mutiger und geschickter als wir. Sie lernten schneller eine fremde Sprache, in ihrem Lager kam es öfter zu Eklats mit den Aufsehern und Aufseherinnen. Es tat mir weh zu sehen, wie sie Hunger litten, wie sie in der Fabrikkantine die Schilfrohrmehlsuppe löffelten.

Ich fragte Wolodja, ob sie etwas von Essmann gehört hätten.

Wolodja zuckte mit den Achseln.

«Was war der nun wirklich», fragte ich, «Deutscher oder Litauer?»

«Frag den Pierek», lachte Wolodja.

Sein Lachen bedeutete, daß mein Fluchtversuch seine Einstellung zu mir nicht verändert hatte. Ich war für ihn noch immer das gleiche Kleinkind.

Kostik wartete, daß ich ihm die Burschen aus dem Gefängnis vorstellte, ich führte ihn hin. Die Burschen saßen in ihren Mänteln auf ihren Pritschen weiter hinten im Raum. Als wir näher traten, verstummten sie.

Kostik stellte sich vor und streckte den Burschen seine Hand entgegen.

Ich spürte, daß ich etwas falsch gemacht hatte.

«Werdet ihr lange hier bleiben?» fragte Kostik.

«Wir schauen uns erst einmal um», erwiderten die Burschen zögernd.

Kostik sagte im Ganoventon und mit Bedeutung:

«Auch hier sind Menschen.»

Die Burschen schwiegen. Nach einem kurzen Herumdrucksen gingen Kostik und ich in die Krankenstube. Mir fiel der Reizbare ein, ich dachte, am besten wäre es für mich, wenn ich genauso stumm dasitzen würde wie diese Burschen. Mich auf keine Gespräche einlassen, keine Fragen beantworten, selber keine Fragen stellen würde. Ich hätte meine Gefängniserinnerungen nicht mit den Lageralltagserinnerungen vermengen dürfen, hätte Kostik den vier Burschen nicht vorstellen dürfen. Dann eher Wolodja, natürlich: Wolodja!

In der Krankenstube war es vollgeraucht und laut, die beiden Glühbirnen hingen an ihren Drähten herunter, um Fälkchens Pritsche herum drängten sich die Gaffer und Kiebitze. Ganz offensichtlich zog es auch uns Halbwüchsige hierher, zu diesen Krankspielern, Kartenspielern und Ganoven – und das war freilich nicht besonders gut. Auch Pawka der Friseur hielt sich hier auf, obwohl er selber niemals spielte, nicht einmal mit dem kleinsten Einsatz. Jemand hatte ihm einen Zigarettenstummel spendiert, er qualmte genießerisch, lachte und schüttelte jedesmal den Kopf, wenn sich ein anderer Raucher Hoffnungen auf seinen Stummel machte.

«Fälkchen gewinnt», sagte der Moskauer, «außerdem noch Boris Wassiljewitsch.»

«Dich muß man auf der obersten Pritsche aufhängen, Bürgermeister», sagte Kostik.

Alle lachten, doch auf Boris Wassiljewitschs breitem, flachen Gesicht veränderte sich nichts, er blickte höchstens noch angestrengter in seine Karten.

«Nikolaj», sagte Kostik zu Fälkchen, «wie lange wirst du Aas die Leute ausnehmen?»

Der ausgemergelte Kostik ließ Fälkchen solche Freiheiten durch. Auch ich duzte Fälkchen, begriff aber erst viel später, wo diese Lageregalität herrührte. Diese Männer trugen und empfanden für uns Fünfzehnjährige keinerlei Verantwortung.

In diesem Augenblick rief jemand:

«Siebenhundertdreiundsechzig, in die Wachstube!»

9

Unten im Korridor, wo vorhin die Brotschlange gestanden hatte, drängten sich jene, die man heute zusammen mit mir aus dem Gefängnis hergeschafft hatte. Waljka blickte erschreckt.

«Fünf Minuten zum Sammeln, dann antreten im Waschraum», sagte Grischka. Er sagte es durch sein Ausgabefenster hindurch, ohne zu uns in den Gang zu kommen. «Ihr werdet der Nachtschicht zugeteilt.»

Ich hätte gleich in den Waschraum gehen können, doch ich stieg in den Wohnraum hinauf, um Kostik zu sagen, daß man uns zur Nachtarbeit treiben würde.

«Das ist halb so wild», sagte Kostik. «Dort kannst du doch ausschlafen. Das tun alle Burschen von der Nachtschicht. Deutsche gibt es nachts kaum in der Fabrik. Sei froh, daß sie dich zur Arbeit treiben – da gibt es wenigstens keine Prügel.»

Im Waschraum roch es nach Karbolsäure und Kalk. Die Waschbecken standen in einer Reihe und teilten den Raum in zwei Hälften. Sie hatten eine gleichmäßige, runde Form, die Wasserhähne waren so angebracht, daß man sich an jeder Seite waschen konnte. Die Waschbecken, der Fußboden, die Decke: alles war zementgrau. Das strohgelbe Lagerlicht wurde hier vollends fahl und kellermäßig.

Jeden Morgen trieb man das ganze Lager hierher zum Appell. Alle gleichzeitig gingen in den Waschraum nicht rein, deshalb teilte man sie nach Stockwerken und Werkabteilungen ein. Erst kam das Erdgeschoß dran – die mechanische Abteilung, dann die Leute mit Familie: der zweite Stock, endlich die Gießerei – das waren wir. Bis die Reihe an uns gekommen war, wurde nicht erst beim Hinaustreiben, sondern bereits beim Hineintreiben geprügelt. Erfüllt von morgendlichem Grimm stellten sich die Polizisten vor der Tür auf, und man mußte erst einmal in den Waschraum durchbrechen. Wir brachen gezielt und in Gruppen durch. Man mußte rechtzeitig seinen Platz auf der einen Seite der Waschbecken einnehmen. Als Signal für den Angriff auf uns diente stets ein Fehler des zählenden Polizisten. Er verzählte sich und schwang seinen Gummiknüppel. Andere schlossen sich ihm an. Wenn sich aus Wutschreien und Kommandorufen bereits ein Chaos gebildet hatte, rannten die vor der Tür postierten Polizisten die Treppe hinunter. Diese treppab rennenden Polizisten, die auch während des Abzählens keiner von uns aus den Augen verloren hatte, riefen eine Panik hervor. Die Reihen brachen auseinander, die der Treppe am nächsten Stehenden stürzten sich den Polizisten entgegen und versuchten, an ihnen vorbei nach oben zu laufen. Es begann eine Treibjagd, irgend jemand wurde eingefangen und geschlagen. Doch schließlich zählten sich die Polizisten bis zur benötigten Zahl durch, und man trieb uns auf den Hof hinaus. Hier ging es etwas leiser zu. Die Kolonne wuchs, Polizisten waren nur wenige da. Sie bewaffneten sich mit Gewehren und mit Taschenlampen, zählten rasch noch mal nach und machten das Tor auf.

Obwohl wir bloß neun Mann waren, trieb man auch uns in den Waschraum. Waljka und ich starrten die Treppe an. Appstein lief auf uns zu. Als er an unserer kleinen Formation entlanglief, brüllte er: «Wo sind die beiden?»

Grischka, der etwas abseits stand, sagte mit teilnahmsloser Dolmetscherstimme:

«Wo sind die zwei, die aus dem Lager abgehauen sind?»

Niemand rührte sich. Appstein schritt noch einmal unsere Reihe ab. Er blickte jedem von uns aus so geringer Entfernung ins Gesicht, daß wir ihn durch die Gläser seiner Brille hindurch betrachten konnten. Die Augen hinter den Gläsern waren riesengroß und hatten keine Pupillen.

«Gut!» sagte er. *«Aber morgen ...»*

Er zeigte auf den Ausgang. Dort erwarteten uns zwei Hilfspolizisten. Im Hof ließ man uns in Dreierreihen antreten, dann ging es los. Es ging im Dunkeln die Fahrbahn entlang. Ich kannte diesen Weg bereits, die durch Verdunklung gedoppelte Finsternis, die elektrischen Lämpchen der Polizisten – auch das war wieder einmal eine Veränderung im Bereich des Schlechten. Solange du einhertrottest, kannst du deinen Gedanken nachhängen. Deine

Nachbarn riechen nach feuchter, nie richtig trockener Kleidung, nach Pritschenbettdecken, nach Lagerstroh, die Gerüche sind irgendwie leblos – du aber denkst vor dich hin, bis die Kontrollbude vor dir auftaucht. Aber jetzt war ich unfähig, über meine Angelegenheiten nachzudenken. Die Angst wollte nicht von mir weichen. Ich konnte nicht begreifen, warum Grischka mich so spät angezeigt hatte, warum er nicht einfach auf uns gezeigt hatte: «Der war es – und der!» Aber morgen würde Pierek alles herausbekommen. Das Schweigen der Burschen aus dem Gefängnis bedrückte mich. Der Art nach zu urteilen, wie sie den ganzen Tag lang stumm dagesessen hatten, ohne jemanden anzusprechen und jemandes Bekanntschaft zu suchen, hatten sie nicht die Absicht, länger hier im Lager zu bleiben. Ich erschrak: vielleicht wollen sie schon heute oder morgen fliehen, und ich finde keine Zeit mehr, sie zu überreden, mich mitzunehmen. Ich wollte ihnen schon lange sagen: Nehmt mich mit! Doch ich begriff, daß man über solche Dinge so nicht redet. Vielleicht redet man überhaupt nicht darüber: die richtigen Leute finden einander auch stumm. In solchen Dingen ist alles anders. Man bittet nicht, man macht das Angebot: Gehst du mit uns mit? Den ganzen Tag lang wartete ich, versuchte mit Hilfe ihrer Augen zu ermitteln, ob sie mich nicht vielleicht doch herbeirufen und ausfragen wollten. Immerhin war ich aus diesem Lager geflohen, kannte hier einiges, hätte mich nützlich machen können. Doch sie riefen mich den ganzen Tag lang nicht, und ich hielt es nicht mehr länger aus und trat mit Kostik auf die vier Burschen zu. Aber Kostik mißfiel ihnen gleich, wegen seiner gekünstelten Ganovenmanieren, und ich begriff, daß ich einen Fehler gemacht hatte.

«Jungens», sagte ich, «nehmt mich mit!»

Ich bekam keine Antwort. Dann sagte einer von ihnen:

«Für solche Gespräche ist es zu früh. Erst müssen wir uns hier umschauen.»

Es war ein ausweichender Bescheid, mich ergriff Trostlosigkeit. Als unsere Kolonne sich jetzt der Fabrik näherte, dachte ich darüber nach, in welche Werkabteilung ich wohl kommen würde.

Ich hoffte mit allen Fibern des Herzens, daß es die mechanische Abteilung sein würde. Ich rannte dort immer in das große Klo. Das Klo hatten einen mit weißen Fliesen ausgelegten Fußboden und weißgekachelte Wände. Zu beiden Seiten der niedrigen, ebenfalls gekachelten Zwischenwand, die den Raum in zwei Hälften teilte, waren die Urinierbecken angebracht. Die Zwischenwand war brusthoch, sie teilte die Toilette in einen deutschen und einen russischen Teil. In der russischen Klohälfte waren die Schlösser der Kabinentüren herausgeschraubt, während sie in der deutschen Hälfte wie in Friedenszeiten das *besetzt* und *frei* angaben. Durch die offene Klotür drang der Arbeitslärm in den Raum, der die menschlichen Stimmen indessen nicht völlig zu übertönen vermochte. Wenn die Tür geschlossen wurde, verwandelte sich der Lärm in ein Scheppern. Hier suchte ich immer wieder, wenigstens für eine Minute, Zuflucht: vor dem Donnern und Dröhnen der Gießerei, vor dem Licht der verrußten Lampen, angetrieben von der Hoffnung, daß das Sodbrennen weggehen würde, das mich ununterbrochen quälte. Es begann, sobald ich mich der Gießerei näherte.

Lange bleiben konnte man in der Toilette allerdings nicht. Gegenüber der Klotür stand ein Hilfspolizist auf Posten. Er betrat ab und zu die Toilette und öffnete die Türen der Kabinen in der russischen Hälfte.

Das Gebäude der mechanischen Abteilung war fast genauso groß wie die Gießerei, aber hier konnte man von einem Ende bis zum anderen sehen, denn der Raum über der Dreherei, der Kontrollabteilung, der Färberei und der Verpackerei war frei. Es fehlten hier die für die Gießerei charakteristischen Laufkräne. Das Fehlen der von der Decke herabhängenden massiven Haken ließ den Eindruck entstehen, daß die hier zu leistende Arbeit leichter war.

Der lauteste Lärm in der Mitte der Halle war das Zischen der Preßluft in den Zerstäubern der Karussellbank. Ein Arbeiter stülpte die Minen, die bereits die Dreherei und die Kontrollabteilung passiert hatten, über die Stifte der Karussellbank. Langsam rotierten sie unterhalb der beweglichen Farbstrahlen vorbei, erreichten einen leeren Raum, wo ein Arbeiter sie mit einem handbetriebenen Zerstäuber nachfärbte, und verschwanden im Schlund des Kreisofens. Drei Viertel des Kreises bewegte sich die Karussellbank in einem Gasofen. Die Minen verließen den Ofen trocken und hell angemalt wie Ostereier. Sie waren rot und blau, je nach Kaliber.

In der Nähe des Ofens roch es nach Aceton. Ich kannte diesen Geruch von Mutters Maniküre und vom Friseurladen her, aber hier war er unglaublich stark. Es war der stärkste Geruch in der ganzen Abteilung.

Wenn ich die Halle durchmaß, versuchte ich, den Anschein zu

erwecken, als wäre ich auf den Kaffee versessen, der hier in Zinkbehältern erwärmt wurde. Diesen aus gebrannter Baumrinde hergestellten Muckefuck trank niemand, aber man mußte so tun, als strebe man irgendeinem Ziel zu. In der Abteilung war es sauber, die Schutzgehäuse der Drehbänke waren glänzend grün gestrichen, die fetten Metallspäne landeten in eigens dafür bestimmten Eisenkästen. Und dann gab es noch die milchige Alkaliflüssigkeit auf dem Fußboden neben den Bohrmaschinen. Russen, die hier arbeiteten, erschienen mir als glückliche Menschen.

Es gab allerdings nur wenige. Sie schoben Schubkarren, beluden Eisenbahnwaggons: wie in der Gießerei. In der Dreherei war ein einziger Russe beschäftigt: der Bürgermeister Boris Wassiljewitsch. Man sah den hochgewachsenen Mann in seinem blauen deutschen Arbeitsdress schon von weitem.

Ich hatte den Versuch gemacht, in diese Abteilung überzuwechseln. Nach dem Vorbild unserer Ganoven hatte ich beschlossen, mir eine Verwundung zuzulegen und mir eine Leichtarbeit zuweisen zu lassen. Ich wußte noch nicht, wie man es anstellte, daß man ein Geschwür bekam. Deshalb hielt ich mich zunächst an Ljowa-Krank, sein Beispiel war am leichtesten zu befolgen. Indessen konnte ich mich nicht dazu entschließen, den Finger ins Elektroschleifgerät zu stecken. Daraufhin suchte ich bei Kostik Rat und Beistand. Wir gingen in die Kernabteilung, zum Trockenofen, der uns himbeerrot entgegenglühte. Kostik murmelte einen in Ganovenkreisen gebräuchlichen Beschwörungsspruch, aber als es darum ging, meine Hand zu nehmen und sie gegen die himbeerrote Ofenwand zu pressen, wurde er grün im Gesicht, und als es leise aufzischte, wie auf einer Bratpfanne, ließ er mein Handgelenk los. Es tat weh, und ich behielt für immer im Gedächtnis, mit welcher Schnelligkeit die gebackene Haut am glühenden Eisen der Ofenwand kleben geblieben war. Nachts bekam ich Schüttelfrost, aber der Polizeifeldscher ließ mich nicht zum Arzt.

Wir waren in der Dunkelheit vor der Kontrollbude angelangt. Dort warteten bereits drei Deutsche auf uns. Zwei von ihnen nahmen Waljka und die vier Burschen aus dem Gefängnis in Empfang, während der dritte – ein hochgewachsener Mann in Arbeitskluft – mich anwies, ihm zu folgen. Wir überschritten in der Dunkelheit ein Werkgleis, dann sah ich in der Ferne Licht in einem breiten Werkhalleneingang. Am prompt einsetzenden Sodbrand erkannte ich, daß das die Gießerei war. Das Sodbrennen nahm zu, als wir das erste Lagermagazin betraten. Hier brannte kein elektrisches Licht, die Haufen von Sand, Lehm und Formmasse hatten etwas Eisiges. Tagsüber arbeitete hier immer jemand, säuberte den Zementboden, trotzdem spürte ich gleich beim Betreten der Gießerei den Gießereistaub unter meinen Füßen. Die Staubschicht wurde immer dicker. Und schärfer wurde der Geruch nach Harz und Asphalt. Auch im zweiten Raum brannte kein Licht – vom Ofen mit seiner Vielzahl von Brennern ging ein fahles blaues Gaslicht aus. Das Gas brannte in den über dem Feuer umgedrehten Steinwannen. Es war das erste Feuer in der Gießerei, ich wäre gern einen Augenblick hier stehengeblieben, vor Hunger und Körperschwäche fror ich sehr.

In der Schruppabteilung brannte Licht. Schon von weitem hörte ich das Dröhnen der rotierenden Trommeln. Als wir in den beleuchteten Raum traten, zwang mich dieses grüne Licht, die Augen zuzukneifen, während mich das Donnern und Dröhnen betäubte. Der Deutsche, der bisher stumm vor mir hergegangen war, drehte sich jetzt nach mir um und sagte etwas, das ich wegen des Lärms nicht verstand. Er führte mich an den Trommeln und Elektroschleifmaschinen vorbei, der Weg ging um Haufen unlängst erkalteter Minen- und Granathülsen herum. Jetzt hatte ich Gelegenheit, mir den Deutschen näher anzuschauen – ich kannte ihn nicht. Das beruhigte mich. Uns erwartete ein anderer Deutscher in einem braunen Arbeitskittel über dem Mantel. Auch diesen Mann kannte ich nicht.

Der Deutsche im Arbeitskittel – ein Werkmeister – hinkte, und auch dieses Hinken wirkte auf mich aus irgendeinem Grund beruhigend. Der hochgewachsene Deutsche erregte sich jetzt darüber, daß man mich solange nicht aus dem Lager hergebracht hatte. Um die Werkbank herum, an die man mich führte, lagen Granathülsen aufgetürmt, die blau vom Zunder waren. Der Drehtisch beförderte die Hülsen ins Innere des Drehbankgehäuses. Dort wurde der Zunder durch Bleischrott und Preßluft weggeschlagen, die Formerde wurde weggeblasen. An der Drehbank mußten zwei Mann arbeiten: einer, der die Hülsen auf den Drehtisch legte, und ein anderer, der den Preßluftschlauch bediente.

Heute, da ich so alt bin, wie damals jener Deutsche war, weiß ich, daß es die Kräfte eines halbwüchsigen Burschen übersteigt, anderthalb Pud schwere Rieseneisendinger auf einen hohen Tisch zu legen und wieder von dort zu entfernen. Doch als ich die höllisch schwere Hülse nicht vom Stapel wegreißen konnte, stieß der Deutsche mich beiseite und zeigte mir, wie man das macht. Mit einer einzigen Bewegung legte er die Hülse in bereitliegende, eigens dafür bestimmte Lafetten auf dem Drehtisch, wendete sich dann leicht um und nahm die aus dem Drehbankgehäuse hervorkommenden Hülsen. Er schrie mich an, und obwohl ich die Worte nicht verstand, begriff ich die Bedeutung dessen, was er sagen wollte: Schau, wie viele Hülsen das sind! Man muß arbeiten! Mit den Armen fuchtelnd und schlenkernd, lief er hinter das Gehäuse zum Schlauch, und ich bezwang die Angst, daß die Hülsen mir die Beine abquetschen könnten, und hob mir die erste Hülse vor den Bauch. Die Hülse war lang, meine Arme waren weit gespreizt. Die Hülse ähnelte nur entfernt der fertigen Granate. An jener Stelle, wo der Boden der Granate hinkommen würde, hatte die Hülse einen erstarrten Gußgürtel, hinter dem Gürtel kam ein eiserner Barren, den man gleich hier in der Schruppabteilung wegsägen würde. Dieses höllisch schwere Metallstück, das mit Gießblasen bedeckt war, mußte ich hochhieven, um es auf den Drehtisch zu legen. Die leeren Lafetten schwebten an mir vorbei unters Drehbankgehäuse, von dort kamen die bearbeiteten Hülsen heraus, ich aber kam mit der Arbeit einfach nicht zu Rande. Der Deutsche stellte wieder seine Drehbank ab, rannte zu mir, und ich schaffte es mit großer Mühe, die Hülse auf den Drehtisch zu legen.

Ich legte noch zwei Granathülsen auf den Tisch und nahm zwei von dort weg und verspürte ein Gefühl der Stumpfheit.

Wie bisher verschwand die Mehrzahl der Lafetten leer unter dem Gehäuse, aber mir war inzwischen gleichgültig geworden, ob mir die Hülse die Beine abquetschte, wenn ich sie losließ. Der Gußgürtel zerriß mir die Kleider, bohrte sich in meinen Bauch, was ein zusätzliches Hindernis war bei meinen Bemühungen, die Hülse auf den Tisch zu heben. Der Deutsche rannte immer wieder herbei, brüllte, fuchtelte mit den Armen, was indessen nicht als eine gegen mich gerichtete Drohung, sondern als Herbeirufen des Meisters gemeint war. Wie durch einen Schleier hindurch vermerkte ich das Auftauchen des braunen Kittels und dachte darüber nach, wie spät es jetzt wohl sein mochte. Zwar hatte man uns mit Verspätung in die Fabrik gebracht, aber selbst wenn es jetzt bereits neun war, waren es bis zur mitternächtlichen Pausensirene noch drei Stunden, und von Mitternacht bis zum Ende der Schicht würden es noch mal sieben Stunden sein. Jedesmal wenn ich eine Granathülse vom Granathülsenstapel wegriß, gegen den Bauch hielt und einige Schritte machte, spürte ich mit allen Fibern und Gelenken, daß dies über meine Kräfte ging. Ich begriff den Sinn dessen, was mir der Meister gesagt hatte: «Hier kannst du dich nicht um die Arbeit herumdrücken!» Zweimal hatte er mich am Kragen gepackt, und beide Male hielt ich erleichtert in der Arbeit ein. Unterhalb des Bauches spürte ich ein ständiges Zittern. Wenn ich die Hülsen vom Stapel wegriß, fühlte ich, wie fest sie unter der Last des eigenen Gewichts aneinanderklebten. Ich versuchte, eine Hülse hochzuheben, doch die anderen hielten sie mit ihren gezackten Gußgürteln fest.

Der Schrot schlug gegen die dicken Zelttuchklappen des Drehbankgehäuses, unter den Klappen hindurch kamen ununterbrochen leere Lafetten und solche mit bearbeiteten Hülsen heraus.

Ich fürchtete mich nicht davor, daß der Meister mich schlagen würde. Die Weste auf dem Bauch und die Hose bis zum Knie waren zerrissen, und bis zum Morgen war es genauso unvorstellbar weit wie bis zum Kriegsende.

Ich hätte besser etwas damit warten sollen, aber ich wendete die einzige mir geläufige Methode der Arbeitsunterbrechung unverzüglich an.

«Abort!» sagte ich und ging zur Toilette.

Der Deutsche brüllte los und rannte zum Meister. Aber ich hatte das beleuchtete Gebiet schon passiert. In der benachbarten Kernabteilung herrschte Finsternis. Ich ging um die beleuchteten Stellen herum, ich eilte der Toilette entgegen, um dort zu weinen. Ich ging ins Klo, um mich dem Selbstmitleid zu ergeben. Ich war auch schon früher manchmal dorthin gelaufen, um Tränen zu vergießen, und wenn die Tränen nicht gleich kamen, sagte ich: «Mutter!» – und dann kamen die Tränen bestimmt. Seit meiner Flucht mit Waljka hatte ich nicht mehr geweint, und auch das zehrte an meinen Kräften. Von irgendwem mußte ich ein Wort des Mitgefühls hören, und ich eilte in die Toilette, um dort selber dieses Wort an mich zu richten.

In der Toilette war es dunkel. Ich öffnete die Tür und blieb stehen. Es vergingen einige Minuten. Es war kalt, ich berührte durch die Löcher in meinen Kleidern meine frierenden Beine. Alles war zerrissen: Die Hosen und die zwei Paar Unterhosen. Auch meine Soldatenschuhe mit dem groben Oberleder und der dicken Sohle lösten sich auf, die heiße Schlacke hatte sie versengt.

Ich unterließ es jedoch, mich der Erinnerung an meine Mutter hinzugeben. Als ich den Rückweg antrat, war in der Nachbarabteilung der Guß im Gange. Ein Kran hielt die Pfanne, und auf diese Pfanne zu, von der ein rotes Flackern ausging, stürzten Menschen mit Eimern an langen Griffen. Ihren Kopf von der Flammenröte abwendend, liefen sie auf die Pfanne zu und von ihr weg. Sie stießen dabei so entsetzliche Schreie aus, daß ich lieber um diesen Ort herumging.

Aus dem Dunkel der Kernabteilung sah ich die Elektroschleifgeräte in der Schruppabteilung, die Trommeln, in denen es donnernd rumorte. Die Türen der Trockenöfen in der Kernabteilung waren geöffnet, daneben standen die Stellagen, auf denen die Sandkerne in den Ofen befördert wurden. Ich kroch unter eine dieser Stellagen, der Formsand auf dem Fußboden war warm. Es schüttelte mich wie im Fieber – die Überanspannung, der Hunger und die Widernatürlichkeit dessen, was mit mir geschah, hatten ihre Wirkung getan. Ich hatte Kostiks Worte nicht vergessen, daß viele Arbeiter während der Nachtschicht schliefen.

Ich träumte vom Güterwaggon, in den man mich in meiner Heimatstadt gesperrt hatte. Ich fuhr nach Deutschland. Den Waggon rüttelte es durch, meinen Körper warf es gegen die Waggonwände, ich zog die Arme und Beine ein und versuchte, die Weste über den Kopf zu ziehen. Dann wurde die Waggontür aufgerissen, ein Lichtkegel traf mich. Das Licht blendete, ich machte eine heftige Bewegung und stieß mit dem Kopf gegen den Boden der Stellage. In der Hand des lahmen Meisters war eine Taschenlampe. Er schlug mit einem dreikantigen Eisenlineal, das zum Markieren von Metallteilen bestimmt war, auf mich ein. Ich mußte aus meinem Versteck herauskriechen.

Damit ich nicht wegrannte, verstellte er mir den Weg zwischen den Stellagen, doch als ich auf ihn zustürzte, gab er den Weg frei. Im Laufen wischte ich weg, was mir die Wange herabrann, was aus der Nase lief und mich am Atmen hinderte. Am Arbeitsplatz angelangt, wollte ich eine Granathülse packen, spürte aber, daß mein rechter Arm angeschwollen war.

Den Rest der Nacht verbrachte ich auf einem Hülsenstapel sitzend. Ich spürte nicht die Kälte und Rauheit des Metalls. In meinen Taschen fand ich zwei schmutzige Taschentücher, mit denen wischte ich mich ab, aber die Tücher waren bald naß, und ich warf sie fort. Das rechte Auge war geschwollen, ich konnte nicht mehr damit sehen, aber es tat nicht weh. Gott weiß warum. Sogar der Arm, der so stark angeschwollen war, daß ihm der Ärmel des väterlichen Hemdes zu eng wurde, beunruhigte mich nicht sonderlich. Ich fürchtete sogar, der lahme Werkmeister könnte kommen und mich zur Arbeit zwingen.

Einige Male verfiel ich in einen bewußtlosen Zustand und hörte beim Wiederwachwerden das Rumoren der Trommeln. Es hörte sich an, als würde es durch Wasser hindurch tönen. Dann wurden die Funken der Elektroschleifmaschinen blauer und kleiner. Die Öfen und Stellagen der Kernabteilung gaben ihre Umrisse preis, und ich war verwundert, wie schlecht ich mich versteckt hatte. Die Stellagen standen dicht neben dem Stehpult des lahmen Werkmeisters.

Fünf Minuten vor dem Ertönen der Sirene stellten die Elektroschleifmaschinen ihre Arbeit ein, die über ihnen angebrachten Lampen erloschen. Aus der Morgendämmerung heraus kamen, über den Gießereistaub, lautlos die Arbeiter der Tagesschicht auf mich zu. Am Tag arbeiteten Russinnen an den Schleifmaschinen. Die erste, die mich sah, rief:

«Was hat der Vermaledeite mit dir gemacht!»

Mit der für den Eßnapf bestimmten Tasche über der Schulter trat jener Mann aus dem Familienstockwerk auf mich zu, der mir Kleidungsstücke abgekauft hatte und auch den Dolch gern gehabt hätte. Jetzt lachte er bei meinem Anblick. Die Frauen schimpften ihn aus, er aber lachte nur und schüttelte den Kopf.

Die Sirene heulte auf – die Nachtschicht war zu Ende. Und obwohl bis zum Beginn der Tagschicht noch fünfzehn Minuten blieben, wurde in der ganzen Gießerei das Deckenlicht eingeschaltet. Da und dort flammten Glühbirnen über den Formmaschinen und Elektroschleifmaschinen auf, in ihrem Licht sah man emsig gebeugte Köpfe, die Hallen füllten sich mit deutschen Arbeitern, mit französischen Kriegsgefangenen und Russen. Irgendwo glimmten Zigaretten auf. Ich wäre gern auf einen der Rauchenden zugegangen, aber ich schämte mich. Ich ging aus der Halle hinaus. Draußen war es noch ziemlich dunkel, nur der während der Nacht aufgefrischte, kupferrote Rost auf der Eisenschlacke leuchtete. Hier fand ich Kostik, der schon alles wußte.

«Dafür brauchst du jetzt nicht zu arbeiten», tröstete er mich.

Zwei Franzosen blieben stehen und schnalzten mitfühlend mit den Zungen. Die Franzosen gefielen mir, und es war mir angenehm, daß sie neben mir stehengeblieben waren. Die Franzosen besaßen ein Rundfunkgerät. Sie hörten Radio London. Einer der beiden preßte die Hände zusammen, als wollte er etwas ausdrükken. Dann sprach er zwei Worte, deren Bedeutung mir erst später aufging:

«Wolga! Stalingrad! Oh!» – und er hob den Finger in die Luft.

Stefan sagte:

«Sie werden dafür bezahlen! Das sage ich dir!»

Die Fabriksirene verkündete den Beginn der Tagschicht – wir mußten zum Tor gehen. Dort drängten sich die Leute von der Nachtschicht. Die, die Runkelrüben gestohlen hatten – die Rüben lagerten auf einer freien Fläche neben dem Werkgleis – oder Kohlenbriketts für den Ofen im Lager, bemühten sich, in der Mitte der Menschenmasse zu bleiben. Die Männer vom Werkschutz standen etwas abseits. Einer von ihnen fragte, was mit mir geschehen sei. Man sagte ihm:

«Der Meister hat ihn gschlagen.»

Der Werkschutzmann glaubte es nicht und fragte, welcher Meister? Man versuchte, es zu ermitteln. Aber da keiner Deutsch sprach, war die Verständigung schwierig. Der Werkschutzmann nannte ein paar Namen.

«War es Urban?» fragte er.

Ich wußte es nicht.

Dann kamen die Hilfspolizisten aus dem Lager. Es begann das Abzählen und Abtasten. Der Berg der beschlagnahmten Rüben und Kohlenbriketts wuchs in die Höhe. Die Hilfspolizisten gingen eher nachlässig vor, aber da sie sich vor den Werkschutzleuten keine Blöße geben wollten, brüllten und fuchtelten sie ausgiebig herum. Jenseits des Fabriktors hörte die Leibesvisitation sogleich auf. Uns neun Exgefängnisinsassen stellte man ans Ende der Kolonne, damit der hintere Bewacher uns im Auge behalten konnte.

Waljka beneidete mich um meine Schlagspuren:

«Der Pierek rührt dich nicht an, und arbeiten wirst du auch nicht müssen.»

Wir marschierten an zwei namenlosen Fabrikgebäuden vorbei und noch an zwei anderen, auf denen *Walzwerk* und *Kupfermessing* geschrieben stand. Es waren lateinische Lettern, aber irgendwie gotisch gebogen. Der Ziegelstein war nachgedunkelt, die Fabrikgebäude waren alt und klein. Das hier war eine Industriegegend. Sogar die für den Lagerofen geklauten Kohlenbriketts wurden hier irgendwo in der Nähe hergestellt.

Wir hörten das Pfeifen des lokalen Morgenzugs, einer in der Kolonne maulte:

«So ein pünktliches Biest, du kannst die Uhr danach stellen.»

An der Straßenbahnhaltestelle, an der wir jetzt vorbeizogen, standen zwei Deutsche mit Aktentaschen. Beide trugen helle Mäntel. Diese hellen Mäntel mitten im Winter und die Schuhe mit den dicken Sohlen, ohne Gummischuhe, waren mir schon früher aufgefallen. Nun ja, das Wetter war regnerisch, doch es gab überall Asphaltdecken und gepflasterte Fahrbahnen: wo sollte man sich da schmutzig machen? Von dieser Haltestelle aus konnte man mit der Tram bis nach Essen und Wuppertal fahren, mit Umsteigen auch noch in andere Städte. So erzählte man es sich jedenfalls bei uns.

Hinter der Haltestelle war jene Gasse, in die sich Waljka und ich vor zwei Wochen geflüchtet hatten. Die Bewacher hatten unsere Flucht in der Dunkelheit nicht bemerkt, und wir waren der Meinung, daß die Zeit bis zum Eintreffen der Kolonne vor dem Fabriktor und dem darauffolgenden Abzählen gewonnene Zeit war. Indessen begann die Jagd auf uns sofort. Die Hoffnung, daß man uns in der Dunkelheit für gewöhnliche Passanten halten würde, schwand in dem Augenblick, als uns der erste Deutsche ansprach. Wir antworteten nicht, und der Deutsche war auf dem Weg zur Arbeit und nahm deshalb unsere Verfolgung nicht auf. Noch mehrmals wurde uns etwas laut zugerufen, die Rufenden wollten, daß wir auf sie zugingen, aber dann zögerten sie, ließen uns weitergehen und setzten ihren eigenen Weg fort.

Es tagte bereits, als Waljka und ich offenes Gelände erreichten. Wir bewegten uns auf ein nahe gelegenes Gehölz zu, um dort die Nacht abzuwarten. Doch man bemerkte uns vom Dach eines Bauernhauses. Uns blieb gerade so viel Zeit, bis der auf dem Dach arbeitende Deutsche heruntergestiegen war und Leute herbeigerufen hatte.

In meinen halbzerfallenen Soldatenschuhen war ich hinter Waljka zurückgeblieben. Als ich den Waldrand erreicht hatte, ließ ich mich in eine Mulde fallen. Ich lag in der Mulde und hörte die grimmigen Rufe unserer Verfolger. Als alles wieder still war, stand ich auf und sah zwanzig Meter von mir entfernt einen Gendarmen. In seiner laubgrünen Uniform hob er sich deutlich gegen das Dunkel des Nadelgehölzes ab. Ich erstarrte, und der Gendarm ging an mir vorbei. Waljka hielt ich für bereits geschnappt. Ich hatte gehört, wie die Verfolger einander zuriefen: *«Wo ist der andere?»*

Im Wald konnte ich nicht bleiben, und ich ging einfach irgendwohin los. Ich war der Meinung, daß ich auf die Eisenbahnlinie zuging. Noch zweimal rief man mich unterwegs an. Zuerst war es ein ziemlich mickriges Männlein, das an einem Strick einen Hammel hinter sich herzog, dann war es der Wirt eines an der Straße gelegenen Gasthauses. Der Gastwirt stand im Fenster des Obergeschosses und zeigte auf die Gasthaustür. Indessen pflegen Geflüchtete nicht mitten am hellichten Tag Landstraßen entlangzuwandern – das gab den Deutschen wohl zu denken. An einer Wegkreuzung bog ich aufs Geratewohl ab – und lief einer Gruppe von Schülern in die Arme. Sie kamen mir entgegen und hatten mich sofort umringt. Die Mädchen hielten sich zurück. Es gab einen Augenblick, da hätte ich ihnen so gern zugelächelt. Sie aber brüllten empört:

«Russki, komm mit nach Polizei!»

Ich steckte die Hand in die Hosentasche – sofort sprangen sie beiseite. Ließen mich vorbei. Als ich mich etwa zwanzig Meter von ihnen entfernt hatte, warfen sie den ersten Stein. Manchmal blickte ich mich um und sah, wie sie zum Steinwurf Anlauf nahmen und den Arm mit dem Stein schwangen. Ich dachte, sie würden den Stein nicht werfen, wenn ich sie anblickte, doch sie riefen mir etwas zu und warfen. Ich tat, als wollte ich auf sie zurennen – und gleich liefen sie ein Stück fort.

Meine Festnahme vollzog der Lehrer dieser Kinder. Ihn hatten die Mädchen herbeigerufen, die mich zu diesem Zweck überholt hatten. Die Jungen umzingelten mich wieder mit großer Gier. Sie liefen in ihren Schulhof und kehrten von dort mit Stöcken zurück, die alle gleich lang waren. Vermutlich waren sie für ein Kriegsspiel bestimmt. *«Polizei!»* sagte der Lehrer, und ich begriff, was mir bevorstand.

Ich hatte noch die schwache Hoffnung, daß der Lehrer mitgehen würde. Aber es gingen nur die Jungen mit mir hin. Einer berührte mich vorsichtig mit seinem Stock, und ich machte eine drohende Bewegung gegen ihn. Aber kaum hatte ich mich wieder umgedreht, als mir zwei oder drei Jungen ihre Stöcke in den Rükken bohrten. Ich wußte nicht, wer gefährlicher war: die älteren, die ihre Stöcke gegen meinen Rücken stießen, wenn ich einmal stehenblieb, oder die jüngeren, die gröhlend vorausliefen. Diese Knirpse *beschossen* mich aus *Maschinenpistolen*, das heißt: aus ihren Stöcken, suchten *Deckung* hinter Kilometersteinen. Ich spürte, daß sich die Lage mit jeder Minute zuspitzte – diese Kinder rächten sich dafür, daß sie meinetwegen noch einmal ihren Schulweg machen mußten. Mit meiner ganzen jugendlichen Lebenserfahrung begriff ich, daß für mich die Zeit zum Sterben gekommen war.

Es war nicht mein erster Schock als Folge einer Demütigung. In Posen, bei der Desinfektion, zog man uns in einem Korridor aus, durch den Frauen aus unserem Transport getrieben wurden. Es war das erste Mal, daß ich mich inmitten so vieler unbekannter Menschen nackt auszog. Unter den sich Entkleidenden waren welche, die wegen ihrer Nacktheit große Scheu empfanden. Sie kehrten ihren Nachbarn nach Möglichkeit den Rücken zu. Es gab andere, die die eigene und die fremde Blöße mit Gleichmut aufnahmen, und wieder andere, die albern aufkreischten, wenn sie irgend jemandes eingefallene Brust sahen. Ich wartete bis zuletzt. Indessen war Warten nicht möglich – alle wollten das ihnen Bevorstehende rasch hinter sich bringen. In dieser Menge nackter, um ihre Kleidung besorgter Menschen, die die Kleider schließlich auf Bänken oder Fensterbrettern zurückließen, konnte man seine Bekannten leicht aus den Augen verlieren und sich unter lauter Fremden wiederfinden. Als ich das begriff, begann auch ich, mich zu beeilen. Und als ich mich umblickte, um den anderen nachzufolgen, sah ich eine Gruppe Frauen, die man den Korridor entlangtrieb. Die erste Frau kreischte auf und prallte zurück. Doch im allgemeinen widersetzten sie sich nicht – sie trotteten splitternackt durch den Gang. Wir erkannten sie, sie erkannten uns. Aber weder damals noch später, als die Desinfektionssoldaten auf uns einprügelten, uns mit Gummiknüppeln ins Eiswasser hineinstießen, oder damals, als wir uns nach der Sauna zur ärztlichen Untersuchung anstellten und der Arzt auf den Lärm hin mit einem Stock angerannt kam, hatte ich den Gedanken gehabt, daß ich jetzt sterben müßte. Ich hatte mich stets in der Menge befunden. Jetzt aber, von deutschen Kindern und Halbwüchsigen umzingelt, wußte ich genau, daß mir kein anderer Ausweg blieb. Es war ausgeschlossen, diese haßerfüllten, johlenden Altersgenossen hinter mir her in die Stadt zu führen. Ich begriff, wie demütigend und lächerlich das sein würde.

Doch ich ging und ging und holte meinen Dolch nicht aus der Tasche – was meine letzte Hoffnung hätte sein müssen. Fliehen konnte ich nicht. Von der Landstraße aus sah ich, wie dünn das Gehölz war, in dem ich mich versteckt hatte, und jedes Stück Bauernland war mit einem Drahtzaun umgeben.

(Auch heute noch weiß ich, wie damals als fünfzehnjähriger Bursche, und obwohl über dreißig Jahre vergangen sind, sehr genau, daß ich in jenem Augenblick hätte sterben müssen: wenn der Tod überhaupt einen Sinn haben soll.)

Wir begegneten einer alten Frau – sie sagte den Kindern kein Wort. Dann sah ich einen Mann auf einem Fahrrad. Es war jener Gastwirt – er war losgefahren, um mich einzuholen. Er war à la Hitler frisiert, trug das obligate Bärtchen und hatte ein kleines Parteiabzeichen angesteckt. Er entließ die Kinder und übernahm es, mich zur Polizei zu bringen. Eine Stunde verbrachte ich in seinem Haus, dann führte er mich in eine Fabrik, wo er sich mit einem Meister unterhielt. Einiges bekam ich mit. Der Gastwirt fragte, ob sie in der Fabrik etwas mit mir anfangen könnten. Der Meister verneinte das. Daraufhin brachte mich der Gastwirt ins Polizeirevier. Als wir die Revierstube betraten, sah ich sofort Waljka. Er saß am Tisch, einem Polizisten gegenüber, der Waljkas Fotos betrachtete. Waljka hatte man direkt vor der Polizeitürschwelle geschnappt. Im Gehölz hatte er sich der Verfolgung entzogen, aber als ihm hinterher aufging, daß er allein war, bekam er einen Schreck und beschloß, ins Lager zurückzukehren. Er kam in dieses Städtchen und begann, vor einer Haustürschwelle Zigarettenkippen zu sammeln. Es war das Polizeirevier. Ein Polizist trat auf die Schwelle und rief Waljka herbei.

«Er kann kein Russisch», sagte Waljka jetzt.

Der diensthabende Gendarm, dessen Uniformrock aufgeknüpft war, blickte uns unter der brennenden Lampe hervor an.

«Kamerad?» fragte er, indem er auf mich zeigte.

Waljka nickte froh mit dem Kopf:

«Kamerad, Kamerad.»

Draußen war es bereits hell, als man uns direkt vor dem Lagergebäude fertig abgezählt hatte. Im Gebäude brannte noch das elektrische Licht, und die Verdunkelungsrollos waren heruntergelassen. Auf der Treppe zählten uns die Polizisten noch einmal nach, indem sie jedem von uns einen Klaps auf den Rücken gaben. Ich ging zum Ofen, wo die geschmuggelten Kohlebriketts abgeladen wurden. Noch unterwegs hatte ich mir vorgenommen, sofort nach meinem Eintreffen im Lager jemandem für zwei Mark zwei Zigaretten abzukaufen und eine davon gleich aufzurauchen, ohne sie erst in drei Teile zu teilen, wie das sonst mit Zigaretten getan wurde. Sechs Mark wollte ich für den Ankauf einer Tagesbrotration zurücklegen.

Der Mann, dem ich die Zigaretten abkaufen wollte, machte sich neben seinem Spind zu schaffen, sein Rücken versperrte den anderen die Sicht auf den Inhalt des Spindes. Ich steckte meine Hand in die Hosentasche, aber dort war kein Geld. Ich tastete sämtliche Taschen ab, zusätzlich noch das Westen- und das Mantelfutter – es war nirgends Geld zu finden. Ich wußte auch, wo es geblieben war. Es war heruntergefallen, als ich heute nacht in der Fabrik die Taschentücher aus der Hosentasche geholt hatte.

Der Polizeifeldscher, zu dem ich ging, führte mich zu einem Waschbecken und zerschnitt den Ärmel des väterlichen Hemdes. Der Arm war dick wie ein Balken geworden. Dann legte er mir einen nassen Gipsverband an und führte mich ins Krankenzimmer. Ljowa-Krank, der bereits vorher beim Feldscher gewesen war und einen neuen Verband an seinen wundgeschliffenen Fingern erhalten hatte, schlug mir vor:

«Spielen wir ein Spielchen?»

«Du hast ja gar kein Geld», sagte ich.

Ljowa sagte noch etwas, aber ich hörte nicht mehr hin. Der Haß, den ich jetzt in mir spürte, gehörte nicht mehr mir. Ich selber, ausgemergelt und von Fieberanfällen geschüttelt, wie ich war, hätte niemals so entsetzlich hassen können.

10

So wurde ich Langzeitkranker. Am Morgen bekam ich mit den Leuten von der Nachtschicht meine reduzierte Ration und verschlang sie sofort. Dann lag ich auf der Pritsche und kämpfte gegen den Wunsch an, das letzte, was ich besaß, nämlich den Mantel, gegen Brot umzutauschen. Der Gedanke daran verließ mich keinen Augenblick, ich hätte mich seiner nur dadurch entledigen können, daß ich mich von dem Mantel getrennt hätte. Am dritten oder vierten Tag brach ich den Gips auf. Die Haut war feucht und rosig geworden. Das Innere des Gipsgehäuses hatte die Form und die Wärme des Armes bewahrt. Durch den Gips führten die Pfade der Insekten. Niemals hatte ich so viele auf einmal gesehen. Ich hatte lange gezögert, bevor ich den Gips zerbrochen hatte. Die Tollkühnheit, mit der sich die Langzeitkranken verstümmelten, um der Arbeit zu entgehen, zog mich an und stieß mich zugleich ab. In der Unbefangenheit, mit der sie das taten, spürte ich einen Verstoß gegen wichtige Lebensgesetze. Man kann nicht seinen Finger am Elektroschleifgerät abschleifen, die Wunde immer wieder zum Eitern bringen – und weiterhin der gleiche Mensch bleiben, der man vorher war. In mir lebte noch das kindliche Staunen über jenes unbegreifliche Ganze, das mit meinem Ich identisch war. Wenn ich mir die Haut abgeschürft oder mich geschnitten hatte, blickte ich mein Blut natürlich nicht mehr mit dem Erschrecken der Erstmaligkeit an, aber als ich mit Kostiks Hilfe den Versuch gemacht hatte, meine Hand zu verbrennen, galt die Furcht, die ich dabei empfand, nicht nur dem Schmerz. Ich mußte den Widerstand jenes wichtigen, gesunden Gefühls überwinden, das uns dazu anhält, selbst ein ausgefallenes Haar oder einen abgeschnittenen Fingernagel mit Verwunderung anzublicken, und das die erste vage Frage in uns wachruft: «Wer bin ich?» Nach dem mißglückten Versuch des Versengens der Hand, nach dem Aufbrechen des Gipsverbandes spürte ich mit einem sonderbaren Schamgefühl, daß ein Teil dieser Furcht von mir abgefallen war. Ljowa-Krank, der Moskauer und Fälkchen bemerkten es sofort. Ich konnte jetzt den Gips abnehmen und zeigen, daß er die Form des Armes bewahrt hatte. Der Feldscher hatte mir den Knochen schlecht eingerenkt, der Oberarm verwuchs schief und säbelförmig. Darüber konnte ich scherzen, indem ich zeigte, daß ich kein Wasser in den Handflächen halten konnte, daß sich die Hand nicht richtig bewegte.

«Du wirst dich nicht waschen können», lachte Ljowa-Krank.

Mich beunruhigte mehr, daß meine Hand jetzt keinen Dolch mehr halten konnte. Je schwächer ich wurde, desto unabweisbarer wurde der Gedanke, daß ich vor Schwäche schließlich sterben würde, ohne mit irgendwem abgerechnet zu haben. Meinen Muskeln fehlte es an Eiweiß, Zucker und Vitaminen, die Knochen wurden mürbe – auch ihnen ging etwas ab. Selbst der Farbsinn, der Geruchssinn und das Geschmacksvermögen hatten sich verändert. Das Matratzenstroh roch jetzt nach jenem Diätreisschleim, den ich seit meiner Kindheit haßte. Mit diesem Geruch verbanden sich bei mir schlimme Kindheitserinnerungen – als Kind hatte ich einmal die Ruhr gehabt... Ich scheute mich jetzt, Toilette und Waschraum aufzusuchen, um den Geruch nach Kalk und Karbolsäure nicht einatmen zu müssen. Ich fürchtete diesen Geruch, von dem ich mich später lange nicht befreien konnte. Ich hatte irgendwo gelesen, daß Hungernde Lederriemen kauen und Harz essen. Ich konnte mich nicht dazu überwinden, die mit Schilfrohrmehl versetzte Suppenbrühe zu schlürfen. Ich zwang mich dazu – doch es ging nicht. Der vermischte Geruch nach Desinfektion und Verwesung verfolgte mich – es war der Geruch der Auszehrung und Krankheit. Doch im übrigen war mein Leben eher besser geworden. Man trieb mich nicht zur Arbeit in die Fabrik, und auch im Lager ließen mich die Polizisten in Frieden – mit gebrochenem Arm kann man nicht gut arbeiten. Ich lebte im Krankenzimmer, das, wie jeder vom übrigen Lager abgeteilte Winkel, ein privilegierter Ort war. Hier spielte man nicht nur Karten, es gab auch vertrauliche Gespräche und Mitteilungen – einer der Kartenspieler stand immer Schmiere. Durch das Krankenzimmer kursierten Lagerneuigkeiten und Gerüchte, was die Lust am Weiterleben weckte. Hierher wurde ein englisches Flugblatt gebracht, das vom Untergang der Paulusarmee berichtete. Der Student Alexejew brachte es mit. Er tauchte zum erstenmal hier auf. Die Flugblätter hatte nachts ein englisches Flugzeug abgeworfen, am Tag hatten die Deutschen sie eingesammelt, aber Alexejew hatte eines auf dem Fabrikgelände gefunden. Alexejew sah wirklich ganz wie ein Student aus, er war jugendlich und sportlich, auf der Haut waren die Restbestände zahlreicher sportlicher und touristischer Bräunungen erkennbar, die Hemdsärmel waren immer hochgekrempelt, obwohl es im Lager kalt war. Alexejew hatte das Flugblatt zunächst in der Wohnstube vorgelesen, dann war er damit zu uns gekommen. Er tat überhaupt nicht geheimnisvoll, senkte nicht die Stimme, mimte nicht den Verschwörer, blickte sich nach niemandem um, wartete auf kein Signal. Mir fiel das sofort auf, denn in der Krankenstube wurde stets geflüstert, man liebte hier das Geheimnis und kämpfte eifersüchtig um das Recht darauf. Ljowa-Krank war tiefer eingeweiht als der Moskauer, der Moskauer tiefer als Kostik. Alexejew sprach in einem Ton, nach dem ich förmlich ausgehungert war, ich wartete geradezu auf die Anrede «Bürger!». Aber er feuerte uns nicht an. Mit einem kühlen, klaren Tonfall interpretierte er einen ausländischen Text, statt uns zum Aufstand aufzurufen. Fälkchen lag auf seiner Pritsche und gab zu verstehen, daß er sich aus dieser riskanten Sache heraushalten würde. Zum erstenmal erlebte ich ihn so gereizt und verschreckt. Ursprünglich hatte er den Studenten in Ruhe anhören wollen, er hatte ihn sogar selber in den Raum geholt, aber als hinter Alexejew her ziemlich viele Leute in die Krankenstube geströmt waren, hatte sich Fälkchen auf seine Pritsche zurückgezogen und getan, als müßte er seine kranke Hand pflegen und beschützen. Fluchend verjagte er alle, die in den Bereich seiner Pritsche eindrangen.

Gewöhnlich lauschten die Kranken begierig auf Fälkchens Reden, aber jetzt war er mit sich alleingeblieben. Alle wollten das Flugblatt aus der Nähe betrachten, ein Blättchen Papier, das noch gestern auf der anderen Seite der Front gewesen war. Das Papier war grau und minderwertig: richtiges Kriegspapier. Mir kam der Gedanke, daß auf dem Luftweg aus England herbefördertes Papier besser aussehen müßte. In schwarzem Trauerrahmen wurden die vernichteten deutschen Divisionen aufgezählt. Dann kam ein Schlußstrich, darunter stand die Zahl 330000. Meine erste Empfindung war: «wie wenig...» Es gab damals keine Zahl, die meinem Haß hoch genug erschienen wäre.

Aber es war nicht Rachsucht, was solche Gedanken hervorrief. Vielmehr hatte sich in mir die Empfindung des unbeweglichen, des überlangen Krieges festgesetzt. Dazu gehörte die Gewöhnung an große Zahlen – und selbst die Riesenzahl 330000 vermochte in meiner Vorstellung den Kriegslauf nicht sonderlich zu beschleunigen. Die einzige Wendung, die in die Aufzählung der vernichteten deutschen Divisionen ein wertendes Moment brachte, war: *das Verdun an der Wolga*. Dieser Vergleich mißfiel uns. Jeden Tag sahen wir die Uniformröcke der französischen Gefangenen. Man rief nach Vati Selinskij. Schnaufend und seine Nasenspitze konzentriert betrachtend, kramte er in seinen Erinnerungen und erzählte uns dann den Verlauf der Schlacht bei Verdun. Doch unsere Gereiztheit nahm daraufhin noch zu. Uns ärgerte das *Geschichtliche* des Vergleichs. Darin steckte *Wohlanständigkeit*, die unserem eigenen Leben völlig abging. Sogar die kriegsgefangenen Franzosen bei uns im Lager hätten nie begriffen, auf welche Weise, unter welchen Umständen die Deutschen bei Stalingrad vernichtet worden waren.

«Und auf russisch steht dort nichts geschrieben?» fragte Wolodja.

Dieser Gedanke lag wirklich sehr nahe. Ein Flugblatt in deutscher Sprache erschien ungereimt und sinnlos. Die sollen lieber Waffen abwerfen statt Flugblätter. Die sollen Luftlandetruppen absetzen und die Lagerinsassen bewaffnen – und selbst noch der Lahme und der Blinde würden bis in den Tod das Gewehr nicht mehr aus ihren Händen geben.

Wir warteten immerzu auf ein Luftlandeunternehmen, jetzt lebten die Gespräche wieder auf.

Lange Zeit später begriff ich, daß das Flugblatt sehr gut war. Es brach dort ab, wo wir uns alle eine Fortsetzung wünschten. Wir vermißten die Drohungen an die Adresse der Deutschen und das an uns Russen gerichtete Wort, ein Wort der Verheißung und Aufmunterung, das dem in uns angestauten Grimm Ausdruck verschafft hätte. In unserer Gereiztheit riefen wir uns die Zahlenreihe mit den vernichteten Divisionen immer wieder ins Gedächtnis. Diese deutschen Infanterie- und Panzerverbände – Gesicht an Nacken, Gesicht an Nacken aufgereiht stehend – erweckten in uns allmählich das Empfinden dessen, was sich an der Wolga abgespielt hatte.

Und noch eine wichtige Nuance: wenn sogar die Engländer, die keine zweite Front eröffnen wollten...

Kostik brüllte dem strenggläubigen Greis in die Ohren:

«Würdest du mitkämpfen, Alter, wenn hier Luftlandetruppen landeten? Oder würde dich dein Glaube daran hindern?»

Der Greis schwieg, Kostik rief dem Bürgermeister zu:
«Dich, Boris Wassiljewitsch, knüpfen wir jedenfalls auf!»

Das Lager rüstete sich für den Umzug. Auf dem Fabrikgelände wurden neben der Küchenbaracke aus roten Holzfertigteilen neun lange Wohnbaracken aufgestellt. Eine Baracke sollte die Holländer und Belgier aufnehmen, zwei Baracken waren für die Franzosen bestimmt, in die restlichen Baracken sollten die Polen und wir Russen einziehen. Zwischen den Männer- und den Frauenbaracken stand eine Polizeibaracke. Der Fabrikzaun wurde durch lagereinwärts gebogene Piken aus Eisenbeton schwerer übersteigbar gemacht. Neben das obere Ende der Treppe, die aus der Küchenbaracke in die Fabrik führte, kam eine graue Betonkappe. Die Bauarbeiten vollzogen sich vor unseren Augen. Wir warteten auf die Übersiedlung, die uns dann trotzdem überraschte.

Desinfektion und Großreinemachen wurden stets so durchgeführt, als sei beides für die Polizei nur ein Vorwand für einen Überfall auf das Lager. Es kam zu einer Art Treibjagd mit Treibern, Fallen und Hinterhalten. Es begann am Morgen mit Schreien und Prügeln, die Panik auslösten. Die Prügelei baute sich etappenweise auf: erste Prügel beim Wecken, etwas stärker dosierte Prügel beim Appell und bei der Ansage des Tagesprogramms. Das steigerte sich weiter beim Ausladen am Ort der Desinfektion. Die Entfernung bis dorthin betrug etwa fünf Kilometer. An das Desinfektionskommando übergaben uns die Polizisten nicht ohne eine gewisse Verlegenheit, denn was sich dort inmitten der übelriechenden Karboldämpfe der Sauna abspielte, war selbst für ein Polizistengemüt ein bißchen viel. Möglicherweise war das der Grund, daß der Schlußteil solcher Desinfektionstage relativ friedlich verlief. Die endlich der Sauna entronnenen, grauen, nicht richtig trocken gewordenen, zerknitterten Gestalten wurden von den Polizisten ohne Nervosität in Empfang genommen.

Was nun die Übersiedlung betraf, so war sie Großreinemachen, Desinfektion, Ortsveränderung und zweitägige Lagerdurchsuche zugleich. Man verbrannte das aus den Matratzen geschüttete Stroh. Zum erstenmal standen die Außentüren offen. Auf der Treppe waren Hilfspolizisten postiert. Am Matratzenstrohfeuer hielt Pierek Wache. Der Umgang mit dem Feuer schien ihm Freude zu bereiten. Er stapfte über den breiten Fleck, den das verkohlte Stroh bildete, brüllte die Lagerinsassen an, entriß ihren Händen mal eine Heugabel, mal einen Spaten, machte das Stroh eigenhändig brennfertig und wartete auf das Aufflammen des Feuers und das Aufstieben der Funken. Man zerlegte die Pritschen, schaffte die Gestelle und Bretter nach draußen. Im Tageslicht hatte das Holz eine Farbe, als hätte man es längere Zeit mit Giftstoffen behandelt. Unsere bisherigen Lagerräumlichkeiten wurden mit dem Verschwinden der Pritschen immer höher und geräumiger – früher war das hier eine Fabrik. Man sah, daß auch die Wände in diesen Räumen schädlichen Einwirkungen ausgesetzt gewesen waren – der Wirkstoff war unser kranker, hungriger Atem. Die Fenster standen offen, genau wie die Türen, ein eisiger Zugwind strich über den Zementboden und bewegte das Stroh. Einen Mantel besaß ich nicht mehr, und ich meinte, daß ich deshalb die Kälte so schlecht vertrug. Uns Kranke brachte man als letzte zur Desinfektion.

«Ab durch die Mitte», sagte Fälkchen. «Wir waren die längste Zeit hier. Soll doch alles niederbrennen!»

«Ein paar Bömbchen wären auch nicht übel», erwiderte jemand.

Im Hof blieb ein riesengroßer kohlschwarzer Fleck zurück, über den Hof verstreut lagen Bretter und zerbrochene Spinde.

«Bei der Desinfektion», sagte Fälkchen, «werden sie dem Langen auch noch den anderen Arm brechen, und Ljowa-Krank werden sie seinen Finger abreißen.»

Der Fahrtwind drückte mich gegen den Boden des Laderaums – der Laster hatte kein Verdeck. Mir wurde immer elender. Der Geruch nach Desinfektion war unerträglich. Die Baracken, in die man uns verlegte, standen mit zugenagelten Fenstern und Türen da – drinnen rauchten die Desinfektionskerzen. Als die Türen aufgebrochen wurden, qualmte es uns entgegen. Auch dieser Räuchergeruch war nicht zu ertragen.

«Es ist Grippe», tröstete mich Kostik. «Du hast dich erkältet.»

Im Lager gab es viele Flecktyphuskranke. Man hatte sie im alten Gebäude im Erdgeschoß isoliert. Es begann eine Epidemie. Am dritten Tag setzte man mich auf den Pferdewagen, den der Franzose lenkte. Der Wagen verließ das Fabrikgelände. Das Stacheldrahttor machte ein Hilfspolizist auf, der den Spitznamen *Meine Flügel sind gebrochen* trug. Er blickte mich nicht einmal an. Ich war selber auf den Wagen gestiegen, hatte mich ohne fremde Hilfe auf dem flachen Wagenboden eingerichtet. Ich spürte ein seltsames Gefühl in mir: jetzt fahr ich also mit diesem Franzosen, einem schlichten, aber anscheinend gutmütigen Mann durch diese deutsche Stadt. Der Pferdewagen ruckt und zuckt, wie sich das für einen Zweiradpferdewagen gehört, die Pferdehufe klappern auf dem Pflaster, der Franzose schnalzt mit den Lippen, treibt das Pferd indessen nicht zur Eile an. Der Rücken des Franzosen ist gekrümmt, gleich wird er sich umdrehen und mir zur Aufmunterung ein «Olala!» zurufen.

Doch er dreht sich nicht um. Wir fahren vor dem Tor vor, das in den Hof des alten Lagergebäudes führt. Der Franzose hält das Pferd an, springt auf die Erde, öffnet das Tor, das noch vor wenigen Tagen streng bewacht wurde. Dann stellt er den Fuß auf die Radspeiche und steigt auf den Sitz. Er drückt auf die Speiche. Das Pferd stapft auf der Stelle und trottet dann langsam in den alten Lagerhof. Der Hof ist aufgeräumt, das Kopfsteinpflaster ist saubergefegt, der Strohfeuerkohlenfleck ist weggewaschen, doch jetzt ist das nicht mehr die tagtägliche, gewalttätige Lagersauberkeit, sondern eine von gestern oder vorgestern. Rauhreif bedeckt den Hof, doch es sind keine Fußspuren zu sehen. Appstein öffnet die Lagertür. Er trägt gelbe Gummihandschuhe, Gesicht und Glatze glänzen, als hätte er sie mit fetter Creme eingerieben. Als ich an ihm vorbeigehe, rückt er ein Stück von mir weg. Ich will mich vom Franzosen verabschieden, doch der blickt mich weiterhin nicht an. Ich komme in das vertraute Halbdunkel, wo es noch stärker als gewöhnlich nach Kalk und Karbolsäure riecht. Appstein gibt mir ein Zeichen, daß ich ins Erdgeschoß gehen soll. Hinter mir schlägt der Thermosbehälter auf dem Boden auf: der Franzose hat die Suppe ausgeladen, die er auf dem Pferdewagen mitgeführt hatte.

Im Krankensaal sah ich einige Pritschen, sie standen an der am weitesten entfernten Wand und waren alle belegt. Die Mehrzahl der Kranken lag auf Matratzen, die man direkt auf den Fußboden gelegt hatte. Manche rutschten von der Matratze auf den kahlen Fußboden herunter. Alle hier im Raum waren von der gleichen Krankheit befallen, die sie vereinigte und voneinander trennte, das gleiche Fieber brannte und verbrannte sie. Ich spürte sofort, daß auch ich mich in dies Fieber versenkte, der allgemeinen Bewußtlosigkeit verfiel. Die Angst vor dem Typhusbau, die mich im Lager bei Kräften gehalten hatte, die Hoffnung, daß es kein Typhus, sondern eine Erkältung sei, die Ablenkung durch die Fahrt mit dem Pferdewagen – alles war wie weggeblasen. Ich mußte mich so schnell wie möglich hinlegen, einen Platz finden. Doch es gab hier weder Arzt noch Sanitäter. Zwei oder drei Leute bemerkten mein Erscheinen, einer bat mich, ihm Wasser zum Trinken zu bringen. Ich zögerte, jemand sagte: «Der Eimer mit dem Wasser steht an der Tür.» Ich nahm den Schöpfkrug, schöpfte Wasser aus dem Eimer und trug den Krug zu jenem Mann, der mich um Wasser gebeten hatte. Es war ein älterer Mann, er war schweißgebadet, wie nach einem Malariaanfall. Er blickte mich von unten mit feuchten Todeskandidatenaugen an.

«Nicht mir», sagte er, als ich ihm den Krug hinhielt, und fragte: «Kannst du gehen? Dann hilf den Leuten, sich auf die Matratze zu legen.»

Der Gips rutschte auf meinen schwitzenden Arm, ich entfernte ihn. Ich trug die Suppe aus, verschüttete sie unterwegs. Jener ältere Mann wies mich an. Er sagte zum Beispiel:

«Dort am Fenster liegt ein junger Bursche. Bring ihm Wasser. Ihm ist der Krug umgefallen. Das Wasser ist aufs Laken geflossen. Nimm einen Putzlappen, wisch es weg.»

Oder er schlug vor:

«Es ist noch Suppe da. Iß sie auf, wenn du kannst. Es wäre schade drum.»

Die Suppe war eine Diätsuppe, es war kein Schilfrohrmehl drin. Doch ich hatte keinen Hunger mehr.

Einige Male fand ich meine Matratze wieder, neben die ich Eßnapf und Löffel hingelegt hatte. Aber jemand rief nach Wasser – und ich stand wieder auf. Ich wußte selber nicht genau, was mich jedesmal auf die Beine brachte. War es die Stimme des älteren Mannes, war es eine meinem kranken Körper übelwollende feindliche Macht?

Schon narrten mich die Entfernungen, schon zerschmolz die Stimme des Mannes, und sein Gesicht löste sich auf. Es schmerzte mein Arm. Der Mann starb einige Tage später, und mein Gedächtnis behielt nicht einen einzigen Zug seines Gesichts. Irgendwer stieß mit schweißbedeckter Hand meinen Arm weg, warf die Bettdecke ab, starrte mich mit zielendem Blick an, erkannte in mir einen Feind. Irgendwer anderer zerrte mich am Arm zu sich her, weinte, flüsterte, rief nach der Mutter.

Am weitesten war der Weg zu den Pritschen an der Wand. Ich reichte den Wasserkrug einem Mann, dessen Gesicht mit rotbraunen Stoppeln bewachsen war, und erkannte in ihm den Polen Stefan.

«Du bist das!» sagte er, rührte sich aber nicht.

«Was ist mit Bronislaw?» fragte ich.

Stefan wußte es nicht.

Der ältere Mann, solange er noch lebte, munterte mich immer wieder auf:

«Wenn es bei dir ans Sterben geht, wenn du das Bewußtsein verlierst, werden dir andere zu trinken geben – so wie du das jetzt machst.»

Die Schlichtheit, mit der im Lager vom Sterben geredet wurde, ging entschieden über meine Kraft.

Ich gestand dem älteren Mann das Recht zu, mir Anweisungen zu erteilen. Zwar gab es hier im Raum noch zwei, drei Leute, die ihren Nachbarn hätten helfen können, aber die hielten sich zurück. Im Transportzug, in der Panik der Durchgangslager hatten sich immer kleine Räuber hervorgetan und solche Leute, die ihre Angelegenheit gut zu regeln wußten. Wenn die Gefahr wuchs, traten Männer wie Juron aus Rostow, Grischka der Uhrmacher oder der Reizbare in den Vordergrund. Die Gefahr ließ sie gleichsam hell auflodern, sie nahmen die Gefahr auf ihre Kappe, man konnte sie von überall her sehen, man spürte, daß dies die wichtigsten Minuten im Leben dieser Menschen waren. Doch wenn die Zeiten wieder gewöhnlicher wurden, hielten sie sich an ihresgleichen, wichen den anderen aus, und wenn, wie hier in der Typhuskrankenstube, die Gefahr durch kein noch so tollkühnes Wagnis gebannt werden konnte, machten sie anderen Leuten Platz. Das waren meistens ältere Männer wie Iwan Ignatjewitsch oder Vati Selinskij. Es konnte sein, daß so einer eine Minute zuvor niemandem bekannt war. Die vielgesichtige Gefahr im Lager mußte sich irgendwann so verdichten, daß die Panik einer noch größeren Ratlosigkeit wich. Dann ertönte irgendwo von weiter hinten plötzlich eine Stimme:

«Kameraden, macht Platz! Hier geht es einem Menschen sehr schlecht. Hat einer Wasser?»

Und die anderen machten Platz und reichten das Wasser weiter. Die Macht der Stimme währte eine Minute oder eine Stunde, das hing davon ab, wie rasch sich die Dinge wendeten. Doch wie auch immer die Umstände und Verhältnisse den Menschen zusetzten, stets fand sich jemand, der jene an die Vernunft gerichteten, von Gerechtigkeit getragenen Worte sprach, die die anderen erwarteten. Oft war es so, daß die Kraft oder Hoffnung nicht in den Worten lag, sondern daß diese Worte die drohende, die Menschen erniedrigende Panik abwendeten. Die Seelen der Menschen strafften sich. Das Chaos war für den Augenblick gebannt, die Menschen waren wieder bereit, sich organisiert und vernünftig zu verhalten.

In meinem Leben bemerkte ich das häufig, und als ich in die Typhuskrankenstube kam, erkannte ich sogleich den Mann, der hier im Raum der ruhende Pol war. Dieser Platz blieb niemals leer – mochte ihn auch jemand besetzen, dem es sowohl an Wissen wie an hoher Würde gebrach. Im Lager war dieser ältere Mann vermutlich durch nichts aufgefallen, doch hier im Kreis der Typhuskranken brauchte ihn jeder. Auch ich spürte die von ihm ausgehende Gerechtigkeit und beruhigte mich. Es schwand die ständige Angst. Die Deutschen werden hier nicht reinkommen, das werden sie lieber bleibenlassen, solange Ansteckungsgefahr besteht. Auch Fälkchen oder einer von seiner Ganovenblase wird, wenn er hierher verlegt wird, sich dieser Gerechtigkeit unterwerfen und deren Unvermeidlichkeit im Angesicht der Krankheit fühlen. Meine Erleichterung war so groß, daß ich sie, trotz der Krankheit und halben Bewußtlosigkeit, spürte. Und ich begriff auch, daß dieser ältere Mann aus jener Tiefe heraus zu mir gesprochen hatte, in der das Wort *sterben* wahrscheinlich ganz von selber entsteht. Aber ich fürchtete mich vor diesem Wort, ich stieß es von mir weg.

Man lieferte noch zwei weitere Typhuskranke ein. Der eine stöhnte und streckte sich gleich aus, der andere wählte erst noch unter den Matratzen, sprach mit dem älteren Mann, brachte jemandem Wasser.

Dann kam die Bewußtlosigkeit über mich.

Das Heulen einer Sirene weckte mich wieder. Ich kannte die Sirene, sie stand in der Nähe des Lagergebäudes. Im metallischen Geheul, im Licht der blauen Lampe sah ich die Gesichter der Delirierenden. Ich kroch zum Fenster. Als die Flak losballerte, riß ich das Verdunklungsrollo herunter. Das Rollo fiel aus ziemlich großer Höhe herab, die Holzlatte, an der es befestigt war, traf mich am Kopf. Der Kopf begann stark zu schmerzen. Ich kroch zum nächsten Fenster, dort stürzte sich jemand auf mich. Wir kämpften, drückten einander die Gurgel zu. Auch der andere war geschwächt, er rief um Hilfe.

Dann folgte wieder eine lange Phase der Bewußtlosigkeit. Dann sah ich helles Tageslicht und mich selber auf der Pritsche. Auf einem Holzschemel neben der Pritsche lagen mein Eßnapf, die Blechbüchse mit Zahnpulver sowie ein Löffel. Außerdem lagen dort Sachen, die einem anderen gehörten. Darunter war ein Taschenmesser aus blauem Perlmutter. Das Messer gefiel mir sehr.

«Gehört das Messer mir?» fragte ich eine Frau im weißen Arztkittel, die sich über mich neigte.

Ich wunderte mich nicht über das Auftauchen dieser Frau. Während einer schweren Kinderkrankheit und auch, als ich einmal im Pionierlager einen Malariaanfall bekommen hatte, waren genau solche Frauen in weißen Kitteln, die aussahen wie unbekannte Lehrerinnen, auf mich zugetreten. Auf einem Stuhl neben meinem Bett hatte immer ein Geschenk für mich bereitgelegen.

«Nein», sagte die Frau zu meiner großen Enttäuschung, «dieses Messer gehört deinem Nachbarn.» Dann sah sie wohl meine Enttäuschung und fügte hinzu: «Aber wenn ich ein zweites Messer finde, werde ich es dir schenken.»

Ich wußte, wie ungern die Erwachsenen halbwüchsigen Jungen Messer schenkten, und wurde noch trauriger. Ihr Kittel roch nach Gesundheit und Straße. Ich riß mich zusammen und versuchte, Haltung zu bewahren.

«Maria», rief die Ärztin eine andere Frau herbei, «mein Landsmann ist zu sich gekommen. Was der für hohes Fieber gehabt hat!»

Alles war richtig und in Ordnung. Sie berichtete von dem, was ich nicht wissen konnte.

«Du hast den wilden Mann gespielt!» sagte sie.

Das war zwar kein vollwertiger Ersatz für das Messerchen aus Perlmutter, aber dennoch war es angenehm. Oder sie dachte, daß mir das angenehm sein müßte. Das Fieberdelirium war vorbei, und ich hätte mich ganz wie zu Hause gefühlt, hätte mich der rote Napf nicht so beunruhigt. Ich gab mir Mühe, ihn nicht zu bemerken.

«War Mutter hier?» fragte ich.

«Freilich war sie da», sagte die Frau mit einer solchen Bereitwilligkeit, daß ich beschloß, sie auf die Probe zu stellen.

«Wie heißt meine Mutter?»

Die Frau seufzte.

«Bald, ganz bald fahren wir heim», sagte sie. «Während du hier krankgelegen bist, hat man die Deutschen tüchtig geschlagen. Wir werden zusammen heimfahren. Willst du? Wir zwei sind doch beide aus Charkow.»

Ich war niemals in Charkow gewesen.

«Maria», sagte die Frau, «bring meinem Landsmann Wasser!»

Eine hagere Schwester, die gleichfalls einen weißen Kittel trug, brachte mir Wasser. Da begann ich zu weinen, denn ich hätte das Wasser furchtbar gern getrunken, aber das Wasser schmeckte unerträglich bitter.

Die Krankheit rief in mir einen entsetzlichen Durst hervor, und sie war es auch, die das Wasser bitter und giftig machte. Ein unauflöslicher Widerspruch war auch in meinem Erwachen aus der Bewußtlosigkeit: erst verspürte ich Erleichterung, dann wurde ich von einer noch ärgeren Verzweiflung erfaßt. Auch in diesem Fabrikkrankenraum steckte ein unerträglicher Widerspruch: Tageslicht, weiße Kittel, Zementfußböden. Ich sah, daß diese Frauen den Widerspruch nicht auflösen konnten, und fragte sie nicht, wie sie hierher gekommen waren und warum die Pritschen im Krankensaal jetzt in regelmäßigen Reihen dastanden, warum niemand mehr auf einer Matratze direkt auf dem Fußboden lag. Von ihren sauberen weißen Kitteln, von ihren *freien* Gesichtern ging eine gewisse Hoffnung aus. Irgendein Ereignis kündigte sich an. Vielleicht konnten sie mich nach Hause entlassen – die unheilbar Kranken wurden ja auch an irgendeinen unbekannten Ort gebracht. Ich sprach sie darauf an. Die Krankheit hatte mich in meine noch nicht so ferne Kindheit zurückversetzt. Daheim hatte man mich geliebt, und es wäre nicht verwunderlich gewesen, wenn auch diese Frauen mich liebgewonnen hätten. Doch ich sah, daß sie zu mir redeten, wie man mit einem Kranken spricht. An den entscheidenden Dingen und Umständen konnten sie nichts ändern. Und als sie mich behutsam fragten, was ich gern essen würde – ich hatte einige Tage nichts gegessen –, sagte ich, um sie nicht in Verlegenheit zu bringen:

«Ich möchte nichts essen.»

Verstehen konnte mich nur ein Kranker wie ich. Ich unterhielt mich ein wenig mit meinem Nachbarn. Dann sank ich wieder in Bewußtlosigkeit. Als ich ein weiteres Mal daraus erwachte, war der Nachbar nicht mehr da. Das Perlmuttermesser lag indessen weiter auf dem Schemel. Doch der Gedanke an den Tod vermochte mich jetzt nicht mehr zu erschrecken.

Jetzt kam eine Zeit, in der ich mir Mühe gab, den Fieberwahn in mir festzuhalten oder wachzurufen. Ich hatte keine Lust, gesund zu werden. Meine Gedanken an die Ärztin und die Schwestern waren ein Gemisch aus Fieberwahn und Phantasie. Hier im Saal gab es Wiedergenesende, ich lauschte ihren Gesprächen und erfuhr, daß die Ärztin Sofja Alexejewna hieß und die schwarzhaarige Schwester Maria. Es gab viele Marias im Lager, das war die *Schwarze Maria*. Diese Frauen waren zum Lagerkommandanten gegangen und hatten gesagt, sie seien bereit, die Flecktyphuskranken zu pflegen, es gäbe genug Freiwillige. Der Kommandant wählte einige der Mädchen aus. Im Lager wurde für diese Frauen gesammelt. Sofja Alexejewna bekam ein Seidenkleid und eine schöne Brosche.

Das Erscheinen Sofja Alexejewnas war ein Feiertag. Es hieß von ihr, sie würde die Lippen nicht schminken. Das war ungemein wichtig und ging allen nahe.

Ich hörte, wie einmal jemand fragte:

«Stimmt es, daß Sie sich auch vor dem Krieg nicht schminkten?»

«Doch, vor dem Krieg habe ich mich geschminkt.»

«Und warum haben Sie es bleibenlassen?»

«Wenn der Krieg vorbei ist, tu ich es wieder.»

Diese Antwort fand Zustimmung.

Ihr Auftreten und Verhalten war so frei und ungezwungen, daß es schon wieder Zweifel erweckte. Man fragte sie:

«Sind Sie eigentlich Russin?»

«Ja, ich bin Russin.»

Sie spürte, worauf der Fragende hinauswollte, aber sie ließ sich auf keine Erläuterungen ein.

Der, der sie auf das Schminken angesprochen hatte, kam sich sehr mutig vor. Man hatte ihm abgeraten, er hatte lange geschwankt und sich dann doch zum Fragen entschlossen.

Die Schwestern wohnten hier im Haus, die Ärztin kam von weiter her. Gemessen und freundlich betrat sie den Raum, und allen fiel der lebhafte Gesichtsausdruck auf, der sich so gar nicht mit Krankenhaus und Wohnlager vertrug. Ihr Kittel war von einer solchen Blütenreinheit, fühlte sich so gut gestärkt an, daß er gewiß nicht mit Lagerseife gewaschen worden war. Sie ging von Pritsche zu Pritsche, und jene, auf die sie zutrat, atmeten den Geruch nach Freiheit ein, der von ihren Kleidern und vom Arztkittel ausging. Der Geruch erweckte Unruhe und Sorge – und er weckte Hoffnungen. Die Tatsache, daß Sofja Alexejewna nicht im Lager wohnte, ließ vermuten, daß für sie manches möglich war. Nicht nur mich hatte die Krankheit wieder zum Kind gemacht. Die Genesenden waren erregt, sie wollten sich in eine Liste der Heimkehrer eintragen. Es gab Hysteriker, die glaubten, man würde sie deshalb nicht auf die Liste setzen, weil sie zu spät gesund geworden waren. Das waren die Nachwehen des Fieberdeliriums, das bewirkte der Glaube an die Macht der Medizin. Immerhin hatten uns die Deutschen einen Arzt zugeteilt!

Den Kranken erschienen Sofja Alexejewnas Seidenkleid und ihr Arztkittel allmächtig. Die Genesenden stellten sie auf die Probe. Daraufhin lächelte sie, fragte:

«Was ist mit den Gehversuchen? Klappt es?»

Einmal wurde sie geradeheraus gefragt:

«Sofja Alexejewna, wer sind Sie?»

«Ich bin Arzt.»

«Die Frage war anders gemeint.»

«Dann denken Sie mal nach.»

Wenn sie fort war, entbrannte der Streit. Hauptargument gegen die These, daß sie mit den Deutschen unter einer Decke steckte, war das Nichtschminken der Lippen.

Man sprach Schwester Maria auf die Ärztin an, die sagte:

«Sie will Menschen retten.»

Sofja Alexejewna betreute nicht nur uns, sondern auch noch einige weitere Typhuskrankenstuben in diesem und den umliegenden Lagern.

In uns weckte das Eifersucht: sie war also nicht nur unser Arzt! Zugleich fürchteten wir, daß man sie uns wegnehmen könnte. Dann ist es vorbei mit dem angenehmen Leben, dann haben wir wieder die Deutschen am Hals und die Lagersuppe im Bauch, dann stürzt diese sonderbare, zerbrechliche, so gar nicht lagermäßige Welt in sich zusammen, die – so schien es uns – nur durch den

Respekt der Deutschen vor Sofja Alexejewna zusammengehalten wurde.

Eines Tages fiel uns während der Visite auf, daß die Ärztin nach Parfüm duftete. Für die meisten war das ein Schlag, mir persönlich war es egal.

Meine Genesung war zugleich und noch mehr eine Rückkehr aus dem Elternhaus ins Lager. Ich selber war mir sicher, daß die Deutschen Sofja Alexejewna zu nichts herumgekriegt hatten.

Sie verweilte am Bett jener Kranken, die das Essen verweigerten und sich an ihre Krankheit klammerten. Sie setzte sich zu ihnen auf die Pritsche, redete sie mit *Landsmann* an, erzählte von den Kämpfen an der Front.

Gewöhnlich klärte uns die Schwarze Maria über die Kriegslage auf, doch die bezog ihre Informationen selber von Sofja Alexejewna. In Abwesenheit der Ärztin war Maria die Dienstha-bende.

«Er ißt nichts», sagte Maria, wenn die zwei Frauen bei der Morgenvisite vor meiner Pritsche stehenblieben.

Offenbar war mein Zustand immer noch ernst. Sofja Alexejewna verweilte an meinem Bett, fragte:

«Gibt es etwas, das du dir besonders wünschst?»

Wenn die zwei den Raum verließen, begannen mich die Kranken zu beschimpfen:

«Stirb, wenn du unbedingt mußt, aber halte den Doktor da heraus!»

Die mich so beschimpften, erhoben sich nicht von den Pritschen. Ihre Stimmen klangen schwach, ich konnte nicht herausfinden, wem sie gehörten. Aber ich merkte, daß sich unter den Genesenden Grüppchen bildeten und Sympathien ausformten. Ich kam zu spät und ging leer aus. Mein Nachbar, der Besitzer des Perlmuttermessers, war gestorben, seine Pritsche hatte einen schlechten Ruf, auch schon sein Vorgänger war gestorben. Der neue Inhaber der Pritsche lag im Delirium. Ich erriet, daß unsere ganze Ecke nicht in gutem Ruf stand. Hier lagen jene, die jederzeit den Weg in den Waschraum antreten konnten. Aber die Ängste und Empfindungen, außer der wichtigsten – ich bin wieder im Lager! –, waren zum Stillstand gekommen. Ich kam zu mir, ich erinnerte mich, und Starre ergriff meinen Körper. Und trotzdem steckte in mir die Furcht, schlechter als die anderen zu sein. Zum erstenmal während des Verlaufs der Krankheit aß ich, und von diesem Augenblick an trat Sofja Alexejewna seltener an mein Bett und hielt sich kürzere Zeit davor auf. Für mich begann eine Zeit der elenden Schwäche und des Weinens. Ich machte den Versuch aufzustehen und stellte fest, daß ich das Gehen verlernt hatte.

Vom frühen Morgen an wartete ich jetzt auf die Arztvisite, zählte die Augenblicke, die Sofja Alexejewna auf mich verwendete, war unglücklich, wenn sie nur kurz bei mir stehenblieb und zerstreut war. Ihre Zerstreutheit nahm zu. Sie fragte nicht mehr nach mir, wenn sie am Morgen über die Schwelle trat.

Ich erinnerte mich an jedes Wort, das sie mir gesagt hatte, als ich zum erstenmal wieder das Bewußtsein erlangt hatte, ich dachte unaufhörlich darüber nach. Meine Empfindungen und Gedanken waren noch ganz von der Krankheit geprägt, ich widersetzte mich diesem Zustand auch nicht.

Fälkchen (alle Berufskranken waren in der Typhuskrankenstube gelandet) fragte:

«Sofja Alexejewna, hätten Sie sich ohne die Epidemie als Ärztin gemeldet?»

Je mehr er gesundete, desto dreister wurde seine Zunge wieder.

«Haben Sie keine Angst? Auch Ärzte sterben.»

Fälkchen lag mit Sofja Alexejewna ständig im Streit, dessen wahre Ursachen ihr unklar zu sein schienen. Sie bemerkte nicht einmal, daß gegen sie angestritten wurde. Der abgemagerte, mit Stoppeln bewachsene Fälkchen sah edelmütiger aus als gewöhnlich, fast wie ein Intellektueller.

«Und die Mädchen?» spöttelte Fälkchen.

«Fragen Sie Maria.»

Doch das ließ Fälkchen bleiben. Streiten konnte man nur mit Sofja Alexejewna, die nicht im Lager lebte, die irgendwann nach Parfüm geduftet hatte. Fälkchen versuchte es anders.

«Wenn die Epidemie vorbei ist, kommen Sie dann wieder in die Fabrik?»

«Ich nehme es an.»

«Dann ist es für Sie von Vorteil, daß wir länger krank bleiben?»

Um sie zu zwingen, auf mich zuzutreten und meine Hand zu nehmen, versuchte ich, das Fieber hochzutreiben. Sie kam, aber ihre Hand war eilig und kühl, ihre Sorge galt jetzt nicht mehr mir.

Kindliche Illusionen sterben unter Schmerzen. Die Ärztin hatte

Hunderte von Kranken zu betreuen, aber ich wollte nichts davon wissen, ich pochte und bestand auf Liebe. Einmal trat sie ihr Mittagessen an mich ab: mit Saucenwürfelsauce übergossene Kartoffeln. Aber ich wollte das nicht essen – sie hatte es mir nicht selber gebracht. Da kam sie zu mir:

«Du mußt gesund werden, Landsmann! Sonst können wir zwei nicht nach Charkow fahren!»

Die Nachbarn beschimpften mich:

«Sie gibt ihm ihr Mittagessen, und er macht noch Umstände...»

Ich hatte eine Hoffnung: Sie wird kommen und mich mit meinem Namen anreden. Wird den Namen irgendwo erfragen... Mich kränkte es, daß sie mich ihren Landsmann nannte, obwohl ich nie in Charkow gelebt hatte.

«Ich bin nicht aus Charkow.»

«Wirklich? Und ich dachte, wir seien Landsleute.»

Sie war nicht sehr betrübt, ich hatte mehr erwartet.

Tags darauf wirkte Sofja Alexejewna sehr besorgt, hatte es eilig, kam nicht an mein Bett. Fragte nur im Vorübergehen, an Maria gewandt, beiläufig nach mir:

«Na, wie geht es ihm?»

Es war das erste Mal, daß sie nicht an mein Bett gekommen war – und ich wurde wieder krank, tauchte wieder in die Bewußtlosigkeit ein.

Jetzt kam sie wieder zu mir, sprach mit mir, ich hatte wieder ihr Interesse erweckt, doch ich ermüdete sie auch. Ich glaubte, daß jetzt alles davon abhing, ob sich im Lager irgendwer an mich erinnerte.

Wenn unten der Suppenthermos schepperte, wurden die Typhuskranken von großer Erregung ergriffen. Sie erwarteten Nachrichten aus dem Lager, hofften auf ein Paket. Dieser Augenblick war fast genauso aufregend wie jener, wenn Sofja Alexejewna bei uns erschien. Die Gesunden dachten an die Typhuskranken, denen ging es jetzt besonders dreckig. Die Pakete und Zettel weckten Eifersucht. Ich war einer von denen, die das Auftauchen des Pferdewagens mit der Suppe in Verzweiflung stürzte.

Noch vor kurzem hatte ich den Kontakt und jede Gemeinsamkeit mit denen, die Angst vor dem Fliehen oder keine Lust dazu hatten, gemieden. Jetzt aber hing mein Überleben davon ab, ob jemand im Lager sich an mich erinnern würde. Doch offenbar war keiner da, der das hätte tun können. Später erfuhr ich, daß sie mich dort bereits für tot hielten. So wurde meine Lage immer mißlicher.

Sofja Alexejewna fragte mich:

«Hast du Verwandte im Lager? Mutter, Brüder, Schwestern?»

Ich lag mit dem Gesicht zur Wand und antwortete nicht.

Am nächsten Tag reichte sie mir eine halbvolle Flasche mit warmer, durchgeschüttelter Limonade.

«Das hat Kostik für dich abgegeben», sagte sie.

Die Limonade verblüffte mich stärker als das Erscheinen der Ärztin. Dann mußte wohl was geschehen sein, eine unwahrscheinliche Wende in unserem Leben. Wie war Kostik an die Limonade gekommen? Und warum war die Flasche nur halbvoll und kein Zettel dabei? Indessen war die Freude stärker als der Verdacht. Ich war maßlos stolz und begann zu prahlen:

«Das hat mir Kostik geschickt!»

Mein Nachbar ernüchterte mich:

«Nicht Kostik – das war die Ärztin. Im Fieber hast du nach Kostik gerufen. Du plärrst und quengelst immer, daß dir keiner was schickt. Sie hat Fälkchen nach Kostik gefragt. Das ist ihre eigene Limonade. Die andere Hälfte hat Iwan der Bergmann gekriegt. Ich habe es selber gesehen.»

Der Nachbar war älter als ich, und auch für ihn gab nie jemand was ab. Meine Quengelzeit war indessen abgelaufen. Eine halbvolle Limonadenflasche hatte gezeigt, was Sofja Alexejewna vermochte. Der Einfluß der Fieberphantasien auf mein Gedächtnis ließ nach, meine Gedanken wurden nicht mehr so stark wie bisher davon geprägt. Nach wie vor brach Verzweiflung in mir aus, wenn die Suppe aus dem Lager eintraf, wenn Pakete und Zettel für die anderen abgegeben wurden, aber ich war bereits fähig, über die Fortbewegung des Tageslichts im Raum Freude zu empfinden.

Ich wachte auf, wenn sich die Ränder der Verdunklungsrollos bläulich verfärbten. Das war mir die teuerste Minute – der Beginn des in Freiheit zu verbringenden Tages. Die Nachtschwester hatte es mit dem Hochrollen des Rollos nicht eilig – vorher mußte das elektrische Licht im Raum ausgeschaltet werden. Doch ich bat sie darum – und das Rollo rollte hoch. Für die Gesunden war diese noch nächtliche Bläue furchtbar, sie war durch Hunger, gewaltsam abgebrochenen Schlaf und durch die Schreie der Polizisten vergiftet. In dieser Minute erfüllte mich ein Gefühl des Glücks: die

Flucht, das Gefängnis, der gebrochene Arm, der Flecktyphus. Es gab eine beträchtliche Anzahl von Veränderungen innerhalb des Schwierigen und Schlimmen für mich.

Die nächtliche Bläue löste sich im Alltagsgrau auf. Die Rekonvaleszenten wachten auf, erzählten, wie die Nacht verlaufen war und was die noch sehr Kranken nachts angestellt hatten – der Nachtfieberwahn ist grausamer und ausgeklügelter als der Tagfieberwahn. Die Schwestern brachten das einzige vorhandene Fieberthermometer und halfen uns beim Waschen. Bis zum Eintreffen Sofja Alexejewnas waren wir damit fertig. Die Sonne beleuchtete den Putz an der Zimmerdecke und an den Wänden und legte sich gegen zehn auf die Bettdecken. Das helle Sonnenlicht erfüllte uns mit unberechtigter Begeisterung und Hoffnung. Es hatte seine Helligkeit und Gemächlichkeit seit der Zeit, da wir aufgehört hatten, darauf zu achten, nicht verloren. Das war geschehen, als wir ins Lager kamen. Die Bewußtlosigkeit, durch die wir Typhuskranken hindurchgegangen waren, hatte uns verändert und besänftigt. «Die warten auf eine Kommission vom Roten Kreuz», meinte jemand, und keiner widersprach. Die Ärztin, die Schwestern, das Fieberthermometer, die Limonade und vor allem die zwanglose Art Sofja Alexejewnas: dies alles kam nicht von ungefähr. Vielleicht war sogar noch etwas Wichtigeres geschehen, und Sofja Alexejewna schwieg einstweilen und wartete die weitere Entwicklung ab.

Ich zog mir die Bettdecke über den Kopf, die Sonne schien honigfarben hindurch. Ich hielt meine Finger vor die Sonne, die sich daraufhin rosig verfärbten. Mir wurde vor meinen Hoffnungen bereits bange, doch es gab Genesende, die die Ärztin umstandslos auf die Internationale Kommission und das Rote Kreuz ansprachen. Sie sagte nicht «nein», sie lächelte und machte eine ausweichende Bewegung.

Sie kam um zehn und blinzelte von der Türschwelle aus in die Sonne. Ihr Gesicht wurde rosig und durchsichtig. Sie betrat den Raum bereits im Kittel und mit Arztkäppchen und bereitete sich dann noch einige Minuten auf die Visite vor. Sie hörte den Bericht der Schwarzen Maria an, erwiderte mit einem leichten Nicken den Gruß der Patienten, rieb das Hörrohr mit einem Tuch blank, richtete sich gerade auf, gab ihrem Gesicht den Ausdruck von Ernst und Gewichtigkeit, ging auf den ersten Kranken zu und ließ die

Zurufe der anderen fortan unerwidert. Nur in dieser Verfassung, mit bedeutender Miene und hochgereckter Figur, habe ich sie erlebt. Nach einiger Zeit fiel mir auf, daß sie immer im Sonnenlicht stehenblieb – sie wärmte sich. Jetzt sah ich, wie sie sich in die richtige Stimmung zu versetzen suchte und wie es ihr nicht gelingen wollte, die Sorge zu verscheuchen. Deutlicher als bisher sah ich, wie wenig sie vermochte, wie schwer es ihr fiel, die vom Beruf geforderte gewichtige Miene beizubehalten. Ich haßte jene, die mit ihr ihre Späßchen trieben, sie durch Fragen verwirrten oder verlegen machten, die ihren Scharfsinn an der Ärztin demonstrieren wollten.

Anfangs war es mir so vorgekommen, als hätte die Krankheit den Charakter Fälkchens, Ljowa-Kranks oder auch des Bürgermeisters Boris Wassiljewitsch in Sanftmut verwandelt. Ich hatte den weinenden Ljowa gesehen – er fürchtete sich, mit den anderen Kranken in einem Raum zu sein: jemand hatte ihn im Fieberwahn gewürgt. Ljowa hatte in panischer Furcht gerufen: «Schwester, Schwesterlein! Schwesterchen!» Hatte Maria, als sie an seine Pritsche kam, angefleht, sich zu ihm aufs Bett zu setzen. Er hatte etwas gestammelt, hatte schluchzend gefragt: «Ich werde nicht sterben, nicht wahr?»

Boris Wassiljewitsch ertrug hohes Fieber nur schwer. Seine Augen waren geöffnet und blickten starr. Er schwieg, beantwortete keine Frage, bat nicht um Wasser. Und wenn man ihm doch welches brachte, wenn man seine durchgeschwitzte Bettdecke auswechselte, bedankte er sich nicht. Wenn er sich übergeben mußte, rief er nicht Hilfe herbei – seine Nachbarn verständigten die Schwester. Er gab nicht zu erkennen, ob er zuhörte, wenn man ihn wegen seiner Unbeweglichkeit und Stummheit schalt. Einmal hörte ich, wie jemand zu Maria sagte:

«Den müßt ihr nicht heilen, der gehört sowieso umgebracht.»

Es wurde eifersüchtig vermerkt, wie lange sich Sofja Alexejewna am Bett des Bürgermeisters aufgehalten hatte.

Fälkchen ertrug die Krankheit sehr gefaßt. Er war fast immer bei Bewußtsein, verfiel nicht in Panik, befolgte geduldig die medizinischen Anweisungen. Die Krankheit hatte seine Gesichtszüge geschärft und zugleich irgendwie veredelt. Man merkte ihm die Kurzsichtigkeit jetzt deutlicher an. Wenn Sofja Alexejewna auf ihn zutrat, begrüßte er sie und sprach sie an. Einmal lobte sie ihn:

«Sie halten sich gut.»

Er war ihr dankbar für das Lob wie für das *Sie*.

Ich hatte es noch nicht erlebt, daß Fälkchen mit jemandem so höflich und ehrerbietig sprach. Ich war eifersüchtig und fürchtete mich ihretwegen. Sie konnte ja nicht wissen, daß Fälkchen, aus Gründen, die er vielleicht selber nicht kannte, früher oder später auch den ihm angenehmsten Menschen kränken mußte. Man sah, wie sich die Galle in ihm sammelte, aber die Ursache war niemals zu ermitteln. Es war, als würde er sich, gegen ein starkes Gefühl des Ekels ankämpfend, von seinem bisherigen Favoriten abwenden. Und wenn der das nicht begriff und nicht sofort darauf einging, fletschte Fälkchen förmlich gegen ihn die Zähne. Sein Grimm war vernichtend, der Favorit war sich indessen keiner Schuld bewußt. Es kam jedesmal zu einem Eklat. Obmann Grischka, Ljowa-Krank und der Moskauer hatten es am eigenen Leib erlebt.

Wenn in einem solchen Augenblick irgendwer den Vermittler spielen wollte, dämpfte Fälkchen seinen Grimm, ergriff mit der gesunden Hand die kranke, verzog das Gesicht theatralisch vor Schmerz, fuhr sich mit der Zunge über die Lippen, streichelte die kranke Hand, richtete Worte der Verachtung und Mißbilligung an die Anwesenden.

Die Fähigkeit, sich durch eine kaum wägbare, nur ihm allein sichtbare Ungerechtigkeit in einen wilden Grimm hineinzusteigern, der ihm selber Pein bereitete, die Selbstlosigkeit dieses Zornes und dieser Passion: dies alles war angetan, den Moskauer, Ljowa-Krank und die anderen Burschen aus dieser Ecke an Fälkchen zu ketten.

Manchmal glaubte ich, daß Fälkchen etwas Wichtiges wußte oder spürte – sein wilder Grimm konnte nicht einfach aus dem Nichts entstehen!

Wenn sich Fälkchen diszipliniert und folgsam gab, wie jetzt im Umgang mit Sofja Alexejewna, dann mußte das in der Folge zu einem jähen Ausbruch führen. Seine Lippen verkrampften sich und wurden feucht, als die Ärztin ihm nicht die Pritsche zuwies, auf die er sich hatte legen wollen. Sie erriet nicht, daß es nach seiner Meinung Nachbarn gab, die würdig waren, neben ihm zu liegen, und wieder andere, deren Nachbarschaft er als demütigend empfand. Er begann keinen Streit, doch sie spürte seinen Widerstand, und ihre Stimme wurde hart. Fälkchen wiederum war der Meinung, daß ihm

Unrecht geschehen war, und einen Streit hatte er deshalb nicht begonnen, weil er unfähig war zu feilschen. Als Sofja Alexejewna fortging, legte er sich so hin, wie er es ursprünglich gewollt hatte. Er siedelte zwei Patienten um und stauchte den verblüfften Ljowa-Krank zusammen.

Ljowa-Krank ging Fälkchen deshalb auf die Nerven, weil er weinerlich geworden war. Ljowa konnte sich seiner Ängste nicht mehr erwehren. Er schien vergessen zu haben, wie sehr er fremde Angst und Ratlosigkeit früher verachtet hatte. Fälkchen fiel ihm ständig ins Wort und verzog angeekelt das Gesicht.

Fälkchens Verachtung ließ Ljowa-Krank indessen kalt. Für ihn waren jetzt Sofja Alexejewna, die Schwarze Maria und die anderen Sanitäterinnen zu Bezugspersonen geworden. Dieser Machtverlust brachte Fälkchen noch mehr auf die Palme: eine treue Seele war ihm entglitten. Fälkchen wurde rasch gesund und befand sich bald wieder im Vollbesitz seiner Energie. Und obwohl er nie gern aufgefallen war und es vorzog, seine Rivalitäten im geheimen auszutragen, obwohl er seine Wahnsinnsanfälle zu dämpfen versuchte, konnte er es sich diesmal nicht verbeißen, Sofja Alexejewnas Herausforderung anzunehmen. Er begann, sich ihren ärztlichen Anweisungen zu entziehen, sagte schieflippig:

«Wenn es mir beschieden ist, werd ich gesund. Wenn es mir anders beschieden ist, sterbe ich...»

Als er spürte, daß die Krankheit von ihm wich, sagte er:

«Wenn du leben willst, wirst du gesund.»

Diese Worte klangen wie ein Zauberspruch. Die anderen klammerten sich daran. Und obwohl die meisten von uns noch nicht wieder gehen gelernt hatten und nicht von ihren Pritschen aufstehen konnten, spürte ich in mir die Wiederkehr jener Unruhe, die mich verlassen hatte, als ich die Schwelle des Typhusspitals überschritten hatte.

Sofja Alexejewna wirkte immer besorgter, brauchte länger, sich in die richtige Morgenstimmung zu versetzen. Man sah, daß etwas sie quälte, an ihr zehrte, von dem auch Maria nichts wußte. Das fiel nicht nur mir allein auf.

Man fragte sie:

«Nimmt man Sie uns wieder fort?»

Das war unsere Hauptsorge. Sofja Alexejewnas Erwiderungen klangen immer unsicherer:

«Früher oder später werden wir uns trennen müssen.»

Sie sprach weiter mit den Genesenden, blieb vor Fälkchens Pritsche stehen, fragte:

«Haben Sie Fieber? Oder sonst Beschwerden?»

Das war im Scherz hingesagt, Fälkchen fühlte sich besser als alle anderen. Und klagen konnte er sowieso nicht, das war gegen seine Regeln. Der Ärztin gefiel das. Nicht mal im Scherz nahm er dies Thema auf.

Als Fälkchen die Umgruppierung der Pritschenbelegschaft veranlaßt und sich selbst auf die ersehnte Pritsche gebettet hatte, nahm das Sofja Alexejewna von der leichten Seite. Sie sagte:

«Ich hätte Sie glatt übersehen. Ich habe Sie nicht an diesem Platz vermutet.»

Sie ließ den veränderten Zustand bestehen. Doch als sich Fälkchen eine weitere Umlogierung einfallen ließ und sich zusammen mit zwei Kumpeln den sonnigsten Platz aussuchte, der für die geschwächtesten Kranken bestimmt war, sagte die Ärztin:

«Wenn Sie nicht auf Ihren alten Platz zurückkehren, schreibe ich Sie morgen gesund. Sie sind ja auch gesund und arbeitsfähig.»

Sie sagte das beiläufig, als sei ein Einwand nicht möglich. Fälkchen zog sich die Bettdecke über den Kopf und rührte sich bis zum Ende der Visite nicht. Als Sofja Alexejewna wieder weg war, kehrte er auf seinen alten Platz zurück und erwiderte einem der Kumpel, als der etwas Abfälliges über die Ärztin sagte:

«Halt die Klappe, Widerling! Sie hat ja recht...»

Fortan bemerkte die Ärztin Fälkchen nicht mehr. Während ihrer Visiten drehte er sich entweder zur Wand um, oder er zog sich die Bettdecke über den Kopf.

Das war die erste Erwähnung der uns bevorstehenden Gesundschreibung. Und obwohl dies Wort mit halblauter Stimme an Fälkchen gerichtet worden war, hörten es alle. Es war wie ein Donnerwort. Der Donner reifte lange heran, und Sofja Alexejewna trug keine Schuld daran. Aus dem Lager wurden keine neuen Typhuskranken eingeliefert, die Epidemie war am Abflauen, und obwohl sich drei unserer Krankenschwestern angesteckt hatten und einige Kranke einen qualvollen Rückfall erlebten, gab es viele Rekonvaleszenten. Jedoch der Gedanke, daß uns Sofja Alexejewna nicht nur heilen, sondern auch gesundschreiben mußte, kam derart unerwartet, daß sich für einige Zeit eine Entfremdung zwischen uns einstellte. Sie besaß also nicht nur ärztliche, sondern auch andere Macht über uns, und diese andere furchtbare Macht bestand darin, daß sie uns zurück ins Lager schicken würde. In jenem Moment, da sie auf einen von uns zeigt und «Der ist gesund» sagt, wird sie sich in eine Mitarbeiterin der Lagerverwaltung verwandeln.

Es war nicht möglich, diesen Gedanken zu vertreiben. Und ihre ungezwungene, freie Art, der frisch gestärkte Arztkittel, das Seidenkleid bereiteten jetzt nicht nur Freude, sie weckten auch Befürchtungen.

Wir sprachen sie auf die Gesundschreibung an.

«Erst müßt ihr ausgeheilt sein. Dann kommt die Quarantäne. Das braucht alles seine Zeit. Typhus ist eine langwierige Sache.»

Sie begriff, worauf wir hinauswollten.

Indessen wurde trotzdem der Entschluß gefaßt, die Ärztin auf die Probe zu stellen. Man mußte sie fragen, ob sie einen Mann hat, ob der Mann an der Front ist oder in Gefangenschaft. Einer der Genesenden, ein Nachbar von Fälkchen, sagte:

«Fälkchen, sprich doch du sie an. Du redest sowieso immer mit ihr.»

Ich hatte erwartet, daß Fälkchen mit einem Zornesausbruch darauf reagieren würde, um so mehr als er überzeugt war, die anderen hätten seine Auseinandersetzung mit Sofja Alexejewna mitbekommen. Aber er schwieg. Der Nachbar ließ nicht locker:

«Komm, frag sie…»

«Laß mich in Frieden. Frag sie doch selber. Du hast eine eigene Zunge im Rachen. Immer wollt ihr auf einem fremden Rücken ins Paradies reiten.»

Jemand sagte:

«Fälkchen will die Frau nicht fragen. Er ist nämlich in sie verliebt.»

Jetzt war eine Explosion unvermeidlich geworden. Aber Fälkchen schwieg weiter.

Später, als ihn wieder jemand aufzog, kam es doch noch zum großen Eklat. Fälkchen schäumte und spuckte, als hätte er ein Haar in den Mund bekommen. Den Leuten verging das Lachen und die Lust auf Scherze. Und ich begriff, daß die Bemerkung über das Verliebtsein nicht nur auf Fälkchen zutraf. Wahrscheinlich konnte nur an diesem todesnahen Ort die massenhafte Verliebtheit hilfloser Männer in eine Frau entstehen, die ihre Lippen nicht schminkte und so auftrat, daß die aus der Bewußtlosigkeit Erwachenden nicht gleich bemerkten, daß sie sich in der Typhusisolierstation eines Zwangsarbeiterlagers befanden. Auch ich wartete jeden Tag auf ihr Erscheinen, mit einer Anspannung, von der mein Leben abzuhängen schien, ich war auf jeden eifersüchtig, mit dem sie aufmerksamer sprach als mit mir, mich quälte die Kürze des Augenblicks, den sie auf mich verwendete. Sie ging weiter, und ich zog mir die Bettdecke über den Kopf, damit mich keiner dabei störte, immer wieder die Erinnerung in mir wachzurufen: wie sie auf mich zugetreten war, wie sie, ohne in die Sonne zu blinzeln, aber von der Sonne hell beleuchtet, dagestanden hatte. Die Erinnerungen befriedigten mich nicht, ich malte mir aus, was ich ihr hätte sagen müssen, was sie mir hätte sagen können. Zeit zum Tagträumen hatte ich genug.

Als Kind war ich zweimal in erwachsene Frauen verliebt gewesen. Die eine war meine Mathematiklehrerin. Sie trat auf die erste Bank zu, in der ich wegen meiner Kurzsichtigkeit saß, blickte über meinen Kopf hinweg mit strenger Miene in die Klasse hinein, und ich sah ihre gepflegten, leicht mit Kreide verschmierten Finger. Die andere war eine Hausnachbarin. Sie wohnte auf dem gleichen Treppenabsatz und stieg ab und zu, selten genug allerdings, aus unserem dritten Stock auf die Straße hinunter – deshalb selten, weil sie herzkrank war.

Aber jetzt war es ganz anders. Verliebt, und zwar reichlich exaltiert verliebt, war ich in die Schwarze Maria, die mir indessen keinerlei Beachtung schenkte. Das störte mich aber nicht weiter, ich litt auch keine Eifersucht. Ich hätte es entsetzlich gefunden, wenn sie etwas bemerkt hätte. Mein Jugendtraum, den, wie ich inzwischen weiß, selbst noch die widrigsten Umstände nicht zu erstikken vermögen, bedurfte wohl eines weiblichen Gesichts. Der Traum als solcher war jedoch so überzogen, daß mir der Abstand, der mich von der wirklichen Liebe trennte, als der endlos lange Weg der Selbstvervollkommnung erschien. Der Typhus hatte das Frauenlager weitgehend verschont. Jedoch im zweiten Obergeschoß gab es eine Krankenstube für Frauen. Dort wohnten, zusammen mit den typhuskranken Frauen, auch die Schwestern. Die kahlgeschorenen rekonvaleszenten Mädchen traten in ihren fest zugebundenen Kopftüchern manchmal auf den Treppenabsatz hinaus und standen dort eine Weile herum. Die Schwarze Maria jagte sie immer mit den Worten fort:

«Schämt euch: Wo doch Krieg ist!»

Maria hatte den Ruf, daß sie mit keinem was hätte. Der Ruf wurde einer Frau vom Männerlager gleichsam zugesprochen. Maria war auf ihren Ruf sehr stolz. Sie mied selbst einen zufälligen gemeinsamen Treppenaufenthalt mit einem Mann. Die auf den Treppenabsatz zum *Herumstehen* hinaustretenden Mädchen waren weniger für meinen Traum geeignet.

Mit Sofja Alexejewna war das ganz anders. Mit ihrer Person verbanden die Kranken zu viele Hoffnungen. Das geriet auch dann nicht in Vergessenheit, wenn die Wiedergenesenden sahen, wie wenig Arzneimittel der Ärztin zur Verfügung standen, wie wenig sie, in unserer gemeinsamen Not, ausrichten konnte.

Auf ihren Ehemann sprachen wir sie doch noch an. Sie blieb stehen – sie spürte wohl, daß alle im Raum diese Frage an sie richteten.

«Mein Mann ist ein großartiger Mensch», sagte sie. «Ich habe sehr viel Achtung vor ihm.»

Ihre Antworten versetzten uns immer in helle Begeisterung. Doch die Begeisterung legte sich wieder, und zurück blieben Zweifel.

«Sie haben ihn lange nicht mehr gesehen?»

«Zuletzt bei Kriegsbeginn.»

«Ist er beim Militär?»

«Wer ist das heute nicht?»

«Lebt er?»

«Ich hoffe. Gibt es noch weitere Fragen?»

Etwas veränderte sich in unseren Beziehungen. Alle merkten, daß die Ärztin mit ihren Gedanken und Sorgen meistens woanders war – nicht in dieser Typhuskrankenstube. Irgendeine andere Gefahr erregte sie.

Einmal hörten wir, wie Appstein sie anbrüllte. Er ging hinter ihr her die Treppe hinauf, blieb aber draußen, als sie unseren Raum betrat. Appstein war zusammen mit uns allen isoliert. Es hieß, er würde sich mit einer Desinfektionssalbe einschmieren, würde Gummihandschuhe tragen und die Wachstube nur zum Öffnen und Schließen der Haustür verlassen. Manchmal, aber nicht jeden Tag, besuchte ihn seine Frau. Sie brachte ihm frische Wäsche und

Schüsseln mit Speisen. Er empfing sie draußen vor dem Haus und behandelte sie genauso unwirsch wie uns. «Der ist ganz verwildert», sagten die Schwestern. Appstein wurde nicht abgelöst, obwohl manchmal auch andere Hilfspolizisten herkamen. Ihm stand wohl die gemeinsame Quarantäne mit uns bevor.

Die Anwesenheit des in seiner Wachstube verschanzten Appstein wurde oft nicht bemerkt, sie war aber immer zu spüren. Am Abend schaltete er von dort das gewöhnliche Licht aus und das blaue Licht ein, das die Kranken schlecht vertrugen. Manchmal hörte man, wie er die Schwestern anfuhr oder Drohungen gegen die Schwarze Maria ausstieß. Doch die Treppe war er bisher nicht hinaufgestiegen, unseren Raum hatte er noch nicht betreten.

Der Typhus hatte die Deutschen erschreckt. Die Epidemie begann im Ausländerlager, doch die ersten Todesopfer waren der Polizeifeldscher, der meinen Arm in Gips gelegt hatte, sowie ein deutscher Arzt gewesen. Auch unter den Arbeitern in der Fabrik gab es Typhusfälle. Deshalb galt Appstein wahrscheinlich als Held. Es kann aber auch sein, daß er einfach sein Budget aufbesserte.

Zum erstenmal betrat Appstein unsere Stube zusammen mit dem neuen Lageroberhilfspolizisten Fritz.

Fritz tauchte Anfang dreiundvierzig im Lager auf, zusammen mit *Warze*, mit *Meine Flügel sind zerbrochen*, mit dem *Polen* und noch einigen anderen jungen Hilfspolizisten. Sie alle hatten an der Ostfront gekämpft, kannten zwei, drei Dutzend russische Worte (der *Pole* sprach polnisch), kamen ins Lager in halbmilitärischen Uniformen. Die linke Schulter des Feldrocks, den *Meine Flügel sind zerbrochen* trug, war ein Stück angehoben, das bleiche Gesicht wirkte wie gepudert, statt des linken Armes hatte er eine Prothese mit einem schwarzen Handschuh. Sein Blick glitt über unsere Köpfe hinweg, ohne uns zu bemerken. Der Blick war erschreckend. So jemand schießt, bevor er etwas sagt. Der Feldrock, das Hemd, die Krawatte, die Stiefel waren so sauber und unverschlissen, als hätte *Meine Flügel sind zerbrochen* noch nie auf einem Stuhl gesessen, als sei er nicht über die Erde zu uns gekommen, als würde er nicht diese, sondern irgendeine andere Luft einatmen. Nie sah ihn einer lachen oder lächeln.

Warze hatte eine piepsige Stimme und neigte zur Hysterie. Er litt darunter, daß die Russen etwas Schlechtes über ihn bemerken könnten. Beim Appell stürzte er sich plötzlich auf jemanden:

«Was hast du gesagt?»

Die Stimme rutschte unerträglich in die Höhe. Das Opfer wischte sich die blutig geschlagene Nase ab (*Warze* schlug hart zu, vermochte aber keinem angst zu machen), während ihn ein anderer abzulenken versuchte:

«Schneid endlich deine Warze weg!»

Er schien echt gekränkt zu sein. Dann gab er auf, schlaffte ab, schleppte zwei, drei Zigaretten an, schien einen Waffenstillstand anzusteuern. Aber gleich schlug er wieder um sich und steigerte sich in wilde Hysterie, weil jemand hinter seinem Rücken «Warze!» gerufen hatte.

Man versetzte ihn ins Frauenlager und dann wieder zurück zu uns. Die Frauen waren noch ganz anders mit ihm umgesprungen.

Die Opas unter den Hilfspolizisten waren grausamer und teilnahmsloser, aber im Charakter ausgeglichener als diese ehemaligen Frontsoldaten, die nach Verwundung und Lazarett bei uns im Lager eingesetzt wurden. Anfangs hatte noch die Neugier überwogen. Auch in uns versuchten sie sie zu wecken, indem sie beispielsweise fragten:

«Du von wo?»

Wenn sie unsere Antwort hörten, nickten sie:

«Ja, ja. Ich auch Minsk ...»

Fritz, der als einziger keinen Spitznamen bekam, und der *Pole* waren offenbar nicht abgeneigt, Bekanntschaften zu machen. Der *Pole* rief den Polen Scherze zu, bändelte mit ihnen an. Das heißt: er wagte sich soweit vor, daß er sich förmlich umblicken mußte, ob ihn einer von seinen eigenen Leuten nicht dabei beobachtete.

Die Langzeitberufskranken hatten die neuen Hilfspolizisten schon früher erlebt, hatten sie nicht nur während des Appells, sondern den ganzen Tag lang gesehen, hatten mitbekommen, wie sich jene in die neue Uniform einlebten, sich in Polizistenumgangsformen, in Polizeigang und Polizeitonfall einübten.

An einem seiner Diensttage war Fritz in den ersten Stock hinaufgestiegen, wo sich gerade Nachtschichtarbeiter und Berufskranke aufhielten. Man bemerkte ihn nicht gleich, er war ganz einfach so eingetreten. Er trug ein graues Hemd, den Feldrock hatte er in der Wachstube gelassen. Alle erstarrten. Er blieb vor dem Tisch stehen, auf dem ein selbstgefertigtes Schachbrett lag.

Ich spielte gegen Ljowa-Krank und verlor gerade. Auch wir zwei Schachspieler waren erstarrt – wir wußten nicht, wie der neue Hilfspolizist das Schachspielen unter Lagerinsassen aufnehmen würde. Fritz wies uns indessen nur darauf hin, daß sich mein König nicht mehr lange halten würde.

Ljowa-Krank, obwohl er am Gewinnen war, bot Fritz sogleich seinen Platz an. Fritz blickte erst ihn, dann mich fragend an. Dann begann er die Schachfiguren aufzustellen. Ohne sich hinzusetzen, machte er den ersten Zug. Man sah gleich, daß er mit diesem Spiel wenig vertraut war. Nach fünf, sechs Zügen gab er es auf. Zeigte auf seinen Kopf (er hatte eine Kopfverletzung). Wurde rot und ging wieder zur Tür hinaus, ohne erklärt zu haben, weshalb er gekommen war.

Fritz war von mittlerem Wuchs, hatte einen bedächtigen Gang, brüllte nur selten. Sein Gesicht, sein Benehmen, seine Nachlazarett-Müdigkeit, seine Nachoperations-Vorsicht, seine Genauigkeit hatten etwas Alltägliches. Dieses Alltägliche weckte Hoffnungen.

Der *Pole* verprügelte bereits am dritten Tag einen Lagerinsassen. Fritz schlug niemals zu und erwarb bald den Ruf, *nicht böse* zu sein. Doch dann erfuhren wir, daß Pierek zu einem gewöhnlichen Hilfspolizisten zurückgestuft und Fritz zum Chef ernannt worden war. Das wirkte wie ein Alarmzeichen.

Dies alles fiel uns wieder ein, als Fritz, der *Pole* und *Meine Flügel sind zerbrochen* in die Typhuskrankenstube kamen. Wir hörten, daß auf der Treppe deutsch geredet wurde. Sofja Alexejewna erbleichte, blickte die Schwarze Maria und die anderen Schwestern an, ihre Figur straffte sich, wie vor der Visite. Maria warf ihren Kopf hoch:

«Sofja Alexejewna, ich gehe lieber. Sonst sag ich denen noch was…»

Sie ging, ohne eine Antwort abzuwarten, auf die Tür zu. Wir hörten das Klicken ihrer Absätze auf der Treppe und zugleich die Schritte der sich nähernden Polizisten. Die Ärztin hatte nicht bemerkt, daß Maria gegangen war. Sie stand mit dem Rücken zur Tür, drehte sich nicht um, ließ sich nicht ablenken.

Einen Tag zuvor waren die Fieberkurven über unseren Pritschen ausgewechselt worden. Die neuen Kurven verzeichneten höhere Temperaturen. Es war das erste Mal, daß sich die Ärztin mit uns verschworen hatte. Wir verstanden, mit welcher Spannung sie die Deutschen erwartete.

Sie ging ihnen nicht entgegen, wandte sich nur leicht um. Als erster betrat Fritz den Raum, er wurde jedoch sofort von Appstein überholt. Der preschte hinter dem Rücken des *Polen* hervor und brüllte Sofja Alexejewna an, wobei er mit dem Zeigefinger vor ihrem Gesicht herumfuchtelte. Wir hatten Appsteins Anwesenheit hier in der Typhusstation stets gespürt, selbst noch seine unsichtbare Gegenwart war bedrückend, wir hatten aber auch mit der Möglichkeit gerechnet, daß sich Appstein verändert hatte. Wir selber hatten uns ja auch verändert. Er hatte, so schien es uns, Sofja Alexejewnas Überlegenheit anerkannt – jedenfalls hatte er sich bisher niemals eingemischt. Jetzt aber brüllte er:

«Das ist Sabotage!»

Seine Glatze lief rot an, die Brillengläser beschlugen sich.

Appstein hatte sich nicht verändert – es war Fritz, der sich verändert hatte. Von seinen Stiefeln, vom Schirm seiner Uniformmütze ging ein Glänzen aus. Er trug einen neuen schwarzen Uniformrock. Die Lazarettschlaffheit, die Vorsicht und Behutsamkeit in den Bewegungen waren wie weggewischt. Er blickte in die Richtung von Appstein und Sofja Alexejewna, er wartete, bis Appstein sich müdegebrüllt hatte.

Die Ärztin sagte auf deutsch:

«Im Krankenhaus schreit man nicht.»

Fritz wandte sich ihr auch jetzt nicht zu, er setzte sich vielmehr im freien Raum zwischen den Pritschen in Bewegung. Er ging langsam und betrachtete die Fieberkurven. Appstein überholte ihn wieder, er schnupperte gierig nach einem Corpus delicti. Die Augen hinter den Brillengläsern waren maßlos geweitet, sein schleichender Gang verbreitete Entsetzen. Und was nun doch verblüffend war: als der uns Typhuskranken zugeteilte Polizist vom Dienst haßte er uns in unserem entkräfteten, gehunfähigen Zustand noch mehr als früher. Die neuen Hilfspolizisten waren gefährlicher, doch ihnen fehlte dieser tiefsitzende Haß.

Fritz ging bis zur Wand, machte kehrt, ging, diesmal schneller, zur Tür zurück und sagte:

«Ihr bekommt einen richtigen deutschen Arzt. Dann werdet ihr schneller gesund und könnt wieder arbeiten. Ist das nichts? Ihr braucht Luft. Arbeit in frischer Luft.»

Die Polizisten entfernten sich wieder. Appstein blieb kurz in der Tür stehen. Er funkelte mit den blinden Brillengläsern und fuchtelte noch einmal drohend mit dem Finger:

«Das ist Sabotage!»

Wir hörten, wie er die anderen Polizisten auf der Treppe einholte, wie er treppab stapfte. Für kurze Zeit verstummten die deutschen Reden – die Polizisten waren in die Wachstube hineingegangen. Dann ertönten wieder deutsche Worte, dann fiel die Haustür ins Schloß. Wir waren wieder allein mit Appstein zurückgeblieben.

An jenem Tag versuchte ich, von meiner Pritsche aufzustehen. Ich konnte schon aufrecht im Bett sitzen, berührte mit den Füßen den Fußboden, aber diesmal stand ich richtig mannshoch auf und blickte von meiner Höhe wie von einem Berg herab.

Mir wurde schwindlig, ich fiel in Sofja Alexejewnas Arme.

Ich hatte gesehen, wie die anderen das Gehen wieder lernten, ich erriet, daß auch mir gleiches bevorstand, doch was dann geschah, konsternierte mich. Ich hatte ja auch die nachtwandlerische Sicherheit und Körperkraft der Delirierenden gesehen, hatte im Fieberdelirium selber die Matratze heruntergeworfen und war irgendwohin losgerannt. Was hinterher kam, die Kraftlosigkeit nach dem Delirium, schien mir eher seelische als körperliche Ursachen zu haben. Die kindlich linkischen Bewegungen erwachsener Menschen, der Ausdruck kindlicher Ratlosigkeit auf ihren Gesichtern reizten mich. Es hatte fast den Anschein, daß die Genesenden sich verstellten, um die Ärztin, die Schwarze Maria und die anderen Schwestern möglichst oft rufen zu können. Ich fand es beschämend, daß sie keine Scheu hatten, Frauen ihre Schwachheit zu zeigen. Sofja Alexejewna hatte mich schon mehrmals gefragt, ob ich nicht einen Gehversuch machen möchte. Aber ich fürchtete, mich als genauso schwach zu erweisen wie die anderen. Jetzt kränkte es mich, daß Sofja Alexejewna besser als ich gewußt hatte, was geschehen würde. Ich begriff, daß auch auf meinem Gesicht jene kindliche Verwirrtheit und Ratlosigkeit geschrieben stand, die ich bei den anderen gesehen hatte. Erst jetzt war mir klargeworden, in welch absoluter Abhängigkeit ich mich diese ganze Zeit über befunden hatte. Ich verstand endlich die Bedeutung jenes Kleinkinderlächelns, das die Mundwinkel eines Rekonvaleszenten umspielt, der den ersten Gehversuch macht. Irgend etwas ging dem Menschen in diesem Moment auf. Die Schwestern wurden jetzt mit *Schwesterchen* angeredet. Schmerz und Pein der Krankheit wichen – die Schwachheit blieb. Sie war so groß, daß sie die Vorstellung von der Welt, von der Entfernung von Pritsche zu Pritsche, vom Zugänglichen und Unzugänglichen völlig veränderte. Dem auf sauberem Laken liegenden, von einem anderen sauberen Laken bedeckten Menschen ging dies alles schlagartig auf. Er wurde sich bewußt, daß nur die grenzenlose, freiwillige Güte ihn am Rande jenes Abgrunds festgehalten hatte, wo es nichts anderes zum Festhalten mehr gab. Jetzt, nach der Krankheit, kehrte er in eine furchtbare Welt zurück, doch beim Erwachen sah er die Gesichter Sofja Alexejewnas, der Schwarzen Maria und der anderen Schwestern und blinzelte verwirrt und entkräftet ins Licht. Nach dem Wiedererlernen des Gehens wurde der Mensch selbständiger, doch er würde nicht vergessen, was er begriffen hatte, als er sich nach der Krankheit zum erstenmal auf seine einknickenden Beine gestellt hatte.

Das war wohl die wichtigste Lehre, die mir das Leben im Lager eintrug. Und ich begriff es nicht *später*, nicht nach vielen Jahren, sondern bereits damals (obwohl ich heute besser als damals verstehe, welch ein Wunder unsere Typhusstation eigentlich war).

«So, jetzt wirst du bald wieder gehen können», sagte mir die Ärztin. «Du wirst noch besser gehen können als früher. Wie heißt du? Sergej? Jetzt glaube ich an dich.»

«Und Sie? Wird man Sie ablösen?»

«Du bist doch erwachsen», sagte sie. «Es kann gut sein, daß man mich ablöst.»

Die Schwarze Maria trat auf uns zu. Mit vereinter Kraft betteten sie mich auf die Pritsche, und ich spürte eine Fieberwoge in mir aufsteigen. Aber es war kein richtiges Fieber – die Hitze rührte von der körperlichen Schwachheit und Anstrengung her.

Maria lachte. Es fielen alle üblichen Scherzworte:

«Tanzen wirst du.»

«Heiraten wirst du.»

«Er ist aus dem Lager abgehauen. So einer braucht schnelle Beine!»

Sofja Alexejewna wurde ernst:

«Du bist geflohen?»

Ich nickte.

«Sie haben dich geschnappt?»

«Ja.»

Ich spürte Interesse, wurde lebhafter.

«Sie haben dich geschlagen?»

«Den Arm haben sie mir gebrochen.»

«Wußte ich nicht. Welchen denn? Zeig.»

Sie setzte sich auf die Pritsche – nicht auf den Schemel. Nahm meine Hand, knetete das Handgelenk, zog an der Hand, bog den Ellbogen ein.

«Geht das gut?»

«Nicht ganz glatt», sagte ich. Ich wünschte mir sehr, daß sie länger neben mir sitzen blieb, meine Handwurzel noch lange knetete. Doch sie stand auf:

«So ein Widerborstiger bist du. Du warst auch während deiner Krankheit widerspenstig. Wir haben uns gequält mit dir.»

Sie sagte das trocken, als wollte sie Abstand schaffen, als wollte sie sagen, daß sie zu weich mit mir gewesen sei.

Als die beiden fortgingen, blieb Maria eine Sekunde lang in der Tür stehen, schnitt eine Grimasse und zeigte, wie Appstein mit dem Finger gedroht hatte.

Für mich begann jetzt die Wiedergenesung. Der Wunsch nach Bewegung kehrte wieder. Aber selbst meine Schwachheit machte mir jetzt Freude. Wie in der Kindheit kam, während ich dalag, alles von selber auf mich zu. Nachts trat die Nachtschwester an mein Bett, fragte, ob ich sie gerufen hätte, sagte: «Schlaf...» Ging dorthin, wo jemand schlaflos dalag, wo lange nächtliche Gespräche geführt wurden. Wie einst in der Kindheit weckten die Gespräche der Erwachsenen jetzt wieder mein Interesse und wirkten beruhigend. Allein schon die Länge ihres Lebens beruhigte. Wieder kam die Nachtschwester zu mir, um nach meinem Schlaf zu schauen, und wieder eilte sie davon, an den Ort eines Gesprächs, das auch für sie wichtig und interessant war. Am Morgen kam das Licht, erschien die frisch gewaschene Schwarze Maria. Endlich kam auch Sofja Alexejewna. Wir erwarteten sie immer voller Sorge: kommt sie oder kommt sie nicht?

Die Verzweiflung war in diesen Tagen zwar nicht gewichen, aber sie hatte sie irgendwie verändert. Sie erfüllte mich nicht mehr mit tödlicher Benommenheit.

Am zweiten Tag riß ich mich von der Pritsche los und blieb auf den Beinen stehen, fiel nicht wieder hin. Die Nachbarn warteten gespannt, ob ich die ersten Schritte schaffen würde.

Um diese Zeit wurde der erste Rekonvaleszentenschub gesundgeschrieben. Es gab unter uns bereits ein Dutzend Gesunde, die den Schwestern beim Wäschewaschen und beim Desinfizieren der Kleider halfen, die die Suppenkübel in den ersten und zweiten Stock trugen. Doch Sofja Alexejewna schrieb nur vier Personen gesund. Es waren alles ältere Leute. Sie kamen, um sich zu verabschieden. Bedankten sich bei Sofja Alexejewna und den Schwestern. Von der Schwarzen Maria konnten sie sich nicht verabschieden, die lag jetzt selber im Typhusdelirium. Zum erstenmal sah ich die Ärztin verlegen. Sie sagte jenen, die ins Lager zurückkehrten:

«Werdet nicht wieder krank. Versucht, gesund zu bleiben.»

Sie nickte, wenn man sich bei ihr bedankte. Alle begriffen, daß das Gastspiel der Polizisten in der Typhusstation nicht folgenlos bleiben würde. Aber warum hatte sie gerade diese vier gesundgeschrieben? Das hätte sie wohl selber nicht erklären können. Deshalb war sie so verlegen.

«Jemand mußte es sein», sagte mein Nachbar.

Ein anderer mutmaßte:

«Es sind alte Leute, sie haben selber rausgewollt. Sie sind das Arbeiten nun mal gewöhnt.»

Ein dritter sagte unwirsch:

«Lieg in deiner Falle und halt die Klappe.»

Dann verkündete Sofja Alexejewna, im Erdgeschoß seien künftig die Rekonvaleszenten untergebracht. Die in die Quarantäne gehen.

Alle verstanden: es war ein Schritt zur Gesundschreibung.

Sofja Alexejewna erklärte, sie selber würde hier im Erdgeschoß bleiben. Mir sagte sie:

«Du bist noch krank.»

Als ich in den ersten Stock kam, entdeckte ich sofort Andrej. Er saß auf seiner Pritsche. Ich rief ihm einen Gruß zu.

Andrej hörte mich nicht und verstand nicht, wem ich zuwinkte. Neben ihm war ein Platz frei. Ich bat, ihn einnehmen zu dürfen. Als ich vor ihm stand, erkannte er mich endlich, aber irgendwie lustlos und mißtrauisch.

«Die sagten, du bist gestorben», näselte er, und dieses Näseln heimelte mich an.

«Wo ist Wolodja?» fragte ich.

«Der ist krank», sagte Andrej trostlos.

«Und wo liegt er?»

«Krank ist er, krank», wiederholte Andrej. Da sah ich Wolodja. Seine Pritsche stand näher zum Fenster. Auf Wolodjas gebräuntem Gesicht lag die Krankheit, das Zahnfleisch war hell geworden. Ich sah ihn lächeln, hielt das aber für die Grimasse eines Delirierenden. Wolodja hatte gehört, wie ich auf Andrej eingeredet hatte.

«Du lebst?» sagte ich.

«So in etwa», erwiderte Wolodja. «Ich hab lange nicht mehr mit Andrej geredet. Ich bin zu schwach zum Schreien.»

«Schon lange hier?»

«Sieh selber nach. Steht auf der Fieberkurve. Und sag Andrej, er soll mir Wasser geben.»

Ich wollte ihm das Wasser reichen, aber Wolodja ließ das nicht zu:

«Sag es ihm.»

«Andrej», brüllte ich zu Andrej rüber, der mein Gespräch mit Wolodja eifersüchtig verfolgte. «Wolodja bittet dich um Wasser.»

Andrej erfüllte Wolodjas Wunsch und näselte:

«Er darf nicht sprechen. Er ist krank.»

Während Wolodja trank, stützte ihn Andrej. Sagte heiser, bittend, eifersüchtig:

«Du liegst flach. Ich leg dir mein Kopfkissen unter. Ich selber brauch es nicht.»

«Nicht nötig, Andrej», sagte Wolodja, aber Andrej nahm das Kissen in die Hand.

Wolodja sagte zu mir:

«Sag ihm, ich will das Kissen nicht. Ohne Kissen ist es bequemer.»

Andrej insistierte:

«Er liegt zu flach. Er hat Fieber. Ich selber brauche das Kissen nicht. Tagsüber schlaf ich nie.»

Er wandte sich von mir ab. Konnte seine Eifersucht, seinen Unmut nicht bezwingen. Das Kissen blieb bei ihm. Aber er konnte sich lange nicht beruhigen.

Wolodja winkte nur schwach ab. Andrej schalt ihn wie ein altes Weib:

«Du schonst dich nicht. Du schaust immer die anderen an. Denk auch mal an dich – nicht immer an die anderen.»

Wolodja sagte:

«Stefan ist hier, und Vati Selinskij. Geh sie suchen.»

Stefan fand ich rasch.

Sein Gesicht war mit Stoppeln bewachsen, aber überhaupt nicht hager oder eingefallen, eher aufgeschwollen. Die Polen hielten zusammen, Stefan bekam Pakete aus dem Lager. Jetzt saß er auf der Pritsche und erklärte seinem Nachbar, warum er sich nicht rasierte. Seine Gesichtshaut sei entzündet.

Ich grüßte und fragte nach seinem Befinden. Der Nachbar lachte:

«Noch ist Polen nicht verloren.»

Stefan mißfiel dieser Scherz, doch er nickte mir lächelnd zu. Man spürte, daß ihm auch die Fragen des Nachbarn nach den Ursachen der Nichtrasur mißfielen. Stefan wußte nie, ob man ihn ernsthaft nach etwas fragte oder bloß auf den Arm nahm.

Stefan zeigte mir Vati Selinskijs Pritsche. Auch der sprach gerade mit seinem Nachbarn.

«Alle Menschen fürchten sich», sagte Vati Selinskij. «Angst ist die gewöhnlichste Sache der Welt. Es kommt darauf an, was du mit deiner Angst anfängst. Wir werden hier alle durch die Angst auf die Probe gestellt. Kann man sich an Angst gewöhnen?»

«Es gibt auch segensreiche Angst», sagte Selinskijs Nachbar.

«Wir kommen nicht von diesem oder jenem Glauben her», sagte Selinskij, «sondern von der oder jener Empfindung. Wenn Angst widerwärtig ist, dann ist es unmöglich, mit ihr zu leben. Früher oder später wirst du dich deiner Angst entledigen wollen.»

Selinskij schien, wenn er mit jemandem redete, nicht den Gesprächspartner zu sehen, sondern die Worte, die jener sprach. Der Mensch konnte dumm sein, er konnte Selinskij mißfallen, konnte ihm auf die Nerven gehen. Die Worte indessen erzürnten ihn nie. Er schob die schweren Lider vor seine Quellaugen, schnaufte mit der erkälteten Nase und beantwortete mit gleichmäßiger Konzentration die Fragen der Klugen wie der Dummen oder auch die jener Leute, die niemand im Lager einer Beachtung für wert befand. Diese Art der Gesprächsführung machte auf mich den stärksten Eindruck, sie faszinierte mich. Jetzt sprach Selinskij mit dem strenggläubigen Greis, der im Lager stumm dahinlebte.

«Du kaufst einen Hammer», sagte der Greis. «Kaufst Nägel dazu. Schon bist du Herr über Hammer und Nägel. Dann kaufst du einen Schraubstock – und schon brauchst du Amboß und Schleifstein. Du kriegst einen Auftrag – du suchst dir einen Gehilfen. Du findest einen Gehilfen – schon brauchst du einen zweiten Hammer. Der einfache Hammer genügt nicht – du kaufst einen Vorschlaghammer. So ist es immer gewesen. Ohne Eigentum hat der Mensch eine krumme Seele. Ohne Eigentum gibt es keine Seßhaftigkeit. Und wo keine Seßhaftigkeit ist, da ist auch keine Angst. Ein seßhafter Mensch fürchtet sich vor dem Nachbarn. Ohne die Angst gibt es keine Scham. Jedoch Scham und Religion stärken die Seele. Hat einer seine Seßhaftigkeit verloren, dann ist er, sagst du, ein Saisonarbeiter. Ich aber sage: er ist ein Nomade. Des Nomaden Seele ist kalt und teilnahmslos. Er kümmert sich nicht um sich selbst, er kümmert sich nicht um den Staat.»

Der Greis erblickte mich, in seine Augen kam ein zinnerner Glanz, wie auf Heiligenbildern. Selinskij schwieg und betrachtete die Spitze seiner chronisch verschnupften Nase. Es sah aus, als würde er Ordnung in die Worte des Greises bringen wollen.

«Sie erzählen davon», sagte er, «wie das Eigentum in die Welt kommt. Aber Sie beginnen damit, daß es bereits in der Welt ist. Sie sagen: ‹Du kaufst einen Hammer.› Außerdem kaufen Sie zum Hammer noch gleich den Gehilfen hinzu und berauben den Gehilfen dadurch seines eigenen Standpunkts. Hier liegt nun, würde ich sagen, Ihr Hauptirrtum.»

Jedoch der Greis, der mich weiter ikonenhaft anschielte, fuhr hitzig und dunkel fort:

«Die Religion gibt dem Volk die natürlichen und geistigen Gesetze. Das Gebet reinigt den Gedanken von unsauberen Worten. Im Gebet steigt die Seele wie ein Vogel zum Licht empor. In die gottgefällige Welt ist das Unheil gekommen. Die Religion ist die Eiche, die den Stürmen trotzt. Sie ist der Granit. Sie ist sogar fester als Granit: man kann sie nicht wiegen, man kann sie nicht messen, doch es steckt eine Kraft in ihr... Der Glaube wächst und reift auch ohne Licht, noch in der größten Finsternis, so ähnlich wie ein Kellerchampignon. Wie gefrierendes Wasser... Du kannst das Wasser dem stärksten Druck aussetzen, es dehnt sich beim Gefrieren dennoch aus und sprengt das Gefäß... Die geistliche Kraft führt von selbst in den Tempel...»

In den Reden des Greises gab es viele zuckersüße Worte. Und je süßer die Worte waren, desto peinlicher berührten sie mich:

«Es zieht sie hin wie die Bienen zur Linde. Wie die Turteltauben... Der Betende atmet den Geruch des Weihrauchs ein.»

Die Turteltauben und Bienen waren offenbar an meine Adresse gerichtet – nicht an Selinskij.

Als ich noch nicht zur Schule ging, lebte bei uns in der Wohnung eine Kinderfrau. Sie betete oft, und wenn meine Eltern fortgingen, sang sie Kirchenlieder. Dieser Gesang erweckte in mir eine unerklärliche Furcht. Als hätte man mich in das entfernteste Zimmer geführt und dort das Licht ausgemacht. Meine Reaktion war lautes Geschrei. Die Kinderfrau redete mich mit zuckersüßen Worten an. Sie dachte wohl, daß man ein Kind so anreden muß. Dabei gab es nichts auf der Welt, was ich mehr haßte, obwohl ich wiederum nichts gegen Bienen und oder Tauben hatte. «Keiner kann Gott sehen», sagte die Frau, «weil er nämlich, beleidigt auf Leute wie mich, davongefahren ist.» – «Wohin ist er davongefahren?» – «Weit, weit weg.» – «Womit ist er davongefahren?» – «Mit der Eisenbahn.» Ich begann wieder zu schreien, ich erhob Einspruch gegen diesen Unsinn. Die Kinderfrau versuchte, mich zu beruhigen. Sie schlug mir eine neue Variante vor: «Er ist mit dem Flugzeug davongeflogen.»

Kostik war nicht hier. Es war keiner da, der dem Greis hätte zurufen können: «Häng dich auf, alter Kerl!» Es verblüffte, wieviel dieser sonst stumme Mann redete. Früher hatte ich mich manchmal gefragt, was sich wohl hinter diesem verschlossenen Gesicht verbarg. Jetzt stellte sich heraus, daß es matte, zinnerne Worte waren. Die Worte waren so alt wie der Mann. Sie hatten sich viele Jahre unverändert erhalten. Gleich werden die Worte fertiggesprochen sein, und die Fassade des Gesichts stellt sich wieder her. Du kannst mit dem Mann anstellen, was du willst: wenn er in ein, zwei Jahren wieder zu reden beginnt, wird er wieder genau das gleiche sagen. Das war schade: da doch Hartnäckigkeit eine so seltene und wertvolle Tugend ist. Dagegen kam auch Vati Selinskij nicht an.

Ich begriff indessen: es war gut, daß dieser Mann redete. Zwischen ihm und Selinskij vollzog sich etwas Gutes. Gut nicht nur für die beiden, sondern auch für mich und alle anderen.

Selinskij merkte endlich, daß jemand neben ihm stand. Er

schaute eine Weile vor sich hin, sammelte Kräfte. Dann zog er die Augenlider hoch. Der Nebel in seinen Augen lichtete sich, er klappte die Lider wieder herunter und sagte:

«Man hat mir gesagt, daß du hier bist. Ich habe auf dich gewartet.»

11

Ins Erdgeschoß kam ich zusammen mit Andrej, Wolodja, Stefan und Vati Selinskij. Es war der letzte Quarantäneschub. Mit uns gingen auch die Schwestern durch die Quarantäne. Es waren fünf Mädchen, sie liefen mit Kopftüchern herum. Ihre Pritschen standen am Fenster, in der Sonne. Beim Erwachen banden sich die Mädchen zunächst einmal die Kopftücher fest. Sie nahmen sie auch beim Schlafen nicht ab. Wenn bei einer im Schlaf das Kopftuch von den Haaren rutschte, wurde sie von ihren Freundinnen geweckt. Wir schielten hin: gleich wacht sie auf und wird sehr verlegen. Unsere Rechnung ging jedesmal auf. Der Schwarzen Maria waren bereits neue Haare gewachsen, sie ringelten sich. Sie waren noch kurz, aber Maria hatte als einziges Mädchen keine Scheu, ihren Jungenkopf vorzuzeigen.

Sofja Alexejewna hatten wir schon lange nicht mehr gesehen. Was aus ihr geworden war, wußte keiner. Wir fragten Appstein nach der *russischen Ärztin.* Er stierte uns mit seinen grimmigen, blinden Augen an und drohte mit dem Finger.

Tagsüber verließ Appstein nur selten die Wachstube. Ihn verwandelte und belebte das elektrische Licht, dessen Abschaltung in seine Zuständigkeit fiel. Die den kahlen Schädel umspannende Haut verjüngte sich, setzte elektrische Bräune an, in die Brillengläser kam ein Funkeln. Von der Wachstube bis zu uns war es nicht weit. Wenn Appstein Lärm hörte, kam er angerannt und stellte die Ruhe wieder her.

Die Brille funkelte. Die Augen waren unsichtbar. Es war nicht zu erkennen, wohin er blickte und was er sah.

Er war jetzt nicht mehr allein. An seiner Seite wechselten sich der *Pole, Warze,* Pierek und *Meine Flügel sind zerbrochen* im

Dienst ab. Allerdings taten sie das ohne Begeisterung. Zu uns in die Stube kamen sie ungern. Sie hielten lieber Abstand zu uns ehemaligen Typhuskranken. Immerhin kamen sie, im Gefolge von Appstein, zwei-, dreimal pro Abend. Postierten sich an der Tür, während Appstein mit dem Gummiknüppel im Zimmer herumraste.

Auch Fälkchen hatte sich bis zuletzt gehalten, er gehörte zu unserem Quarantäneschub.

Wolodja hatte mir vorgeschlagen, mich neben ihn zu legen. Ich freute mich – das waren genau die Worte, auf die ich so lange gewartet hatte.

In der Nähe standen auch die Pritschen Selinskijs, Fälkchens und Andrejs. Bei Selinskij fanden, wie früher, abendliche und nächtliche Gespräche statt. Ich hielt Wache vor der Tür, um Appsteins Erscheinen rechtzeitig zu melden. Dann rannten die Gesprächsteilnehmer sofort zu ihren Pritschen. Ich selber mußte den von den Pritschenreihen gebildeten Gang entlanglaufen, mich auf meine Pritsche legen und mir die Bettdecke über den Kopf ziehen. Nicht immer reichte die Zeit aus. Mein Weg war ziemlich lang, Appsteins Anmarschweg aus der Wachstube war kürzer.

Wenn es nicht mehr reichte, ließ ich mich zwischen den Pritschen auf den Boden fallen und erstarrte. Mein Herz pochte, aber nicht nur vor Angst. Wir hatten uns, ohne es selber richtig zu merken, durch die Krankheit stark verändert. Einige Male alarmierte Appstein die Lagerpolizei. Doch dort nahm man das wohl nicht so ernst. Fritz kam, ging an den Pritschen entlang, blickte mißtrauisch unsere hageren Gesichter und kahlgeschorenen Köpfe an, stieß drohende Worte aus, verkündete, daß er nächstes Mal unseren Puls kontrollieren würde. Dann würde man gleich sehen, wer wirklich schläft und wer ordnungswidrig wacht.

Er ging wieder fort, ohne Appstein anzublicken.

An jenem Abend schoß Appstein zweimal über die Pritschen hinweg in die Luft. Einen Tag später sollte die Quarantäne zu Ende sein. Sobald Appstein das Licht ausmachte, erhob sich ein großes Geschrei. Die Schwarze Maria sprang, in ihre Bettdecke gehüllt, auf ihre Pritsche.

In der Dunkelheit schlug, von der Tür her, ein kurzer, bläulicher Blitz in den Raum. Das Licht ging an. Appstein stürzte sich in den Pritschengang. Es roch nach Zunder. Der Schuß schien in unserem geschlossenen Raum nachzuhallen. Es wurde durcheinander gerufen. Es war nicht klar, ob jemand verletzt war. Selinskij hatte ein Gesicht, als müßte er gegen Übelkeit ankämpfen. Seine Augen waren geschlossen.

Appstein, wie betäubt durch das Geschrei, stürzte hinaus, doch das elektrische Licht brannte weiter. Licht nach dem Zapfenstreich konnte nur eines bedeuten: es bereitete sich etwas vor. Der vor sich hindämmernde Andrej blinzelte ins Licht und fragte Wolodja:

«Wollen die Kontrolle machen?»

«Schlaf, Andrej», lachte Wolodja. «Schlaf!»

Ich schaute Vati Selinskij an. Er war bleich, als hätte Appsteins Schuß ihn getroffen. Fälkchen lag stumm auf seiner Pritsche, die Bettdecke über dem Kinn. Er nahm keinen Anteil am Geschehen.

Ich hatte es mir angewöhnt, mich auf Fälkchens Reaktionen zu verlassen. Er witterte wie ein Wolf die Gefahr. Ich stand aber doch lieber auf und schlich mich auf Zehenspitzen zur Tür. Das Licht brannte, alle lagen auf ihren Plätzen, man konnte mich von überallher sehen – aber etwas stieß mich vorwärts. Vielleicht lag es daran, daß meine Pritsche jetzt neben Wolodjas Pritsche stand.

An der Tür horchte ich: ob Appstein hinter der Tür atmete. Dann drückte ich vorsichtig gegen die Tür – sie ging auf. Ich blickte hinaus, sah den beleuchteten Treppenabsatz, atmete den Geruch nach Kalk und Karbolsäure ein, der aus dem Waschraum aufstieg. Nach einem sekundenlangen Zögern ging ich auf die Treppe hinaus und gab allen ein Zeichen: schaut mal her, wo ich jetzt stehe! Ich blickte in den Gang, der in die Wachstube führte, und nahm dann wieder meinen Posten an der Tür ein.

Jemand drohte dem Bürgermeister:

«Nimm dich in acht, Boris Wassiljewitsch. Wenn du quatschst, hast du die längste Zeit...»

Die Lagerpolizei besaß keine eigenen Transportmittel. Die Lagerpolizisten gingen zu Fuß oder benutzten Fahrräder. Ich stand lange barfuß auf dem Zementfußboden, bevor es an der Haustür endlich klingelte.

Als Appstein, Fritz und der *Pole* die Stube betraten, lag ich bereits auf meiner Pritsche und hatte mir die Bettdecke über den Kopf gezogen. Ich glaubte, ich hätte alles noch rechtzeitig getan.

Aber Appstein ging auf mich zu, riß die Bettdecke weg, und ich blickte einige Augenblicke lang geblendet und gebannt, wie sein auf den Revolverabzug drückender Finger zitterte. Es waren sehr lange Augenblicke. Ich sah die vor Zorn gerötete Glatze, die auf mich zielenden Brillengläser, sah den Lauf des großen Revolvers, der auf mich gerichtet war, als wollte mich Appstein nicht nur erschießen, sondern außerdem noch durchbohren. Nicht von seinem, sondern von Fritzens und des *Polen* Gesicht versuchte ich abzulesen, ob Appstein schießen würde oder nicht. Die beiden standen hinter seinem Rücken, hatten nasse Regencapes an, die Capes rochen nach Regen, Straße und Wind. Es war jener Geruch nach Freiheit, für den wir hier so empfänglich, auf den wir geeicht waren. Sie warteten. Da machte ich eine kurze Bewegung nach vorn – so war es leichter, auf den Schuß zu warten. Als Appsteins am Abzug zitternder Finger schwach wurde und er mir den Revolverlauf unterhalb des Schlüsselbeins in den Leib stieß, verspürte ich keinen Schmerz.

Dann setzten die Polizisten ihren Weg zwischen den Pritschen fort. Appstein richtete den Lauf gegen irgendwessen Gesicht, und wieder zitterte sein Finger ungeduldig auf dem Abzug. Wahllos riß er Liegenden die Bettdecke weg. Der strenggläubige Greis und Selinskij reizten ihn dadurch, daß sie sich nicht schlafend stellten. Als er bei Andrej angekommen war, sah es ganz danach aus, als würde er ihn gleich erschießen: so bleich wurde Andrej, so flehend hielt er sich die Hände vors Gesicht. Der Greis wandte sich dagegen nur ein wenig ab, in seinen Augen war das übliche matte Glänzen.

Beim Weggehen sagte Fritz:

«Wer gegen die Ordnung verstößt, wird morgen arbeiten.»

Fritz ging fort, in der Wachstube blieben Appstein und der *Pole* zurück. Das helle Licht wurde ausgemacht, jetzt brannte nur noch die blaue Verdunklungsbirne.

Andrej murmelte etwas vor sich hin. Er empörte sicht nicht – er rechtfertigte sich. Die Schulter riß er hoch, als wollte er sie gegen sein krankes Ohr pressen.

«Andrej!» beruhigte ihn Wolodja. «Sie haben sich geirrt. Alles ist in Ordnung. Du hast an nichts schuld.»

«Sie sind so laut!» sagte Andrej mißbilligend. «Sie sind wütend. Wozu dieser Lärm?»

Ich war hellwach. Das Geballer, Fritzens und des *Polen* aufmerksam auf den Schuß wartende Augen, der Revolver, mit dem man uns zum erstenmal nach unserer Krankheit wieder bedroht hatte: das alles war unerträglich. Man wollte uns wieder den Lagerdrill beibringen, man wollte uns zeigen, daß sich für uns nichts verändert hatte.

Das Geschrei begann ganz von selber. Die Tür wurde aufgestoßen: der *Pole* und Appstein hatten draußen gewartet. Als der *Pole* an Fälkchen vorbeilief, sagte der:

«Verdammter Pollacke!»

Der *Pole* drehte sich um:

«Wer hat ‹Pollacke› gesagt?»

Er schrie mit einer solchen Hysterie, als hätte ihn dies Wort maßlos erschreckt. Vielleicht fürchtete er, Appstein könnte von seinem Spitznamen erfahren. Er ging auf Fälkchen zu, aber dann griff er sich wahllos einen Burchen von einer anderen Pritsche. Er stieß ihn zu Boden und trampelte auf ihm herum. Der Bursche schrie:

«Das war ich doch gar nicht!»

Fälkchen schwieg. Plötzlich griff Wolodja unter seine Pritsche, richtete sich auf und warf einen Holzschuh nach dem *Polen*. Von weiter hinten kam sogleich ein zweiter Holzschuh angeflogen. Obwohl weder der *Pole* noch Appstein getroffen wurden, begannen sie zu rennen. Sie rannten so schnell und so zielsicher und gewandt, daß uns blitzartig aufging: das hat schon immer in ihnen gesteckt! Hinter ihnen her flogen immer neue Holzpantinen durch die Luft. Wolodja löste ein Brett aus seiner Pritsche und lief damit zur Tür. Er stellte sich dicht vor die Tür – und alle verstummten. Wir spürten: gleich geht die Tür auf, und wir alle – nicht nur Wolodja – werden uns jenseits einer Grenze befinden, die wir bisher instinktiv eingehalten hatten. Wolodja zu Hilfe lief Stefan, ebenfalls mit einer Latte in der Hand. Sein unrasiertes Gesicht drückte Entschlossenheit aus.

Andrej rief flehend:

«Wolodja, laß das!»

Man zischte ihn aus.

An der eisenbeschlagenen Tür war ein Riegel. Er stammte noch aus der Zeit, als hier eine Fabrik war.

Einige Stimmen riefen:

«Wolodja, verriegel die Tür!»

Wolodja wartete ein paar Sekunden und machte dann die Tür auf. Ging auf Zehenspitzen auf die Treppe hinaus. Kehrte zurück.

«Sie haben sich in der Wachstube eingeschlossen.»

Das blaue Lämpchen erlosch. Man sah nur noch das Licht auf der Treppe.

Fälkchen, der geschwiegen hatte, als der *Pole* seinetwegen den Burschen mit Füßen trat, sagte haßerfüllt:

«Gleich kommen sie und murksen uns alle ab!»

Im erleuchteten Türrahmen sah ich die kräftige Figur des Bürgermeisters. In die Bettdecke gehüllt, ging er auf die Treppe hinaus. Man rief:

«Laßt ihn nicht raus!»

Wolodja erwiderte: «Soll er doch. Will noch jemand gehen? Ich schließe hinter euch ab.»

Noch einige Leute gingen, unter Mitnahme ihrer Bettdecken, hinaus. Sie stiegen in den ersten Stock.

Wolodja sagte:

«Es wäre gut, wenn auch die Mädchen gehen.»

Man redete auf die Mädchen ein, wollte noch jemanden zum Gehen überreden. Alle schienen plötzlich gütig geworden zu sein. Auch Stefan schlug man vor, daß er gehen sollte. Stefan erwiderte nichts. Jemand sagte:

«Er ist bereits fort.»

«Ich bin hier», sagte Stefan. «Ich bleibe hier.»

«Dann sperre ich jetzt die Tür zu», sagte Wolodja.

Es wurde dunkel im Raum. In der Dunkelheit quietschte der Türriegel. Dann hörte ich, wie sich Wolodjas hagerer Leib auf die Pritsche legte.

Das Licht ging nach zwei Stunden an. Auf der Treppe hörte man das Stapfen und Trampeln zahlreicher Stiefel. Gegen die Tür wurde geschlagen, dann begann man, an ihr zu rütteln. Man hörte die brüllende Stimme Appsteins und die etwas leisere von Fritz. Ich blickte die Reihe der Pritschen entlang. Im grauen elektrischen Licht waren nur graue Bettdecken zu sehen. Alle lagen stumm da. Hinter der Tür hörte man eine Bewegung, dann wurde es wieder still.

«Selinskij», sagte plötzlich eine selbstsichere, fast fröhliche Stimme. «Öffnen Sie die Tür!»

Die Stimme klang so deutlich, als hätte der Sprechende einen zum Sprechen besonders geeigneten Spalt in der Tür entdeckt. Alle erstarrten. Ich warf einen vorsichtigen Blick auf Selinskij. Er lag wie tot auf dem Rücken, vor seine Quellaugen waren, wie bei einem Toten, die schweren Lider geklappt.

«Selinskij», sagte die gleiche Stimme ohne Polizistenkrampf. «Schweigen ist zwecklos. Ich bin Schulz. Wir geben Ihnen fünf Minuten.»

Zu unserer Verblüffung sprach Schulz diese Worte auf russisch. Alle schauten auf Selinskij, doch der lag unbeweglich da. Mein Herz begann, die Minuten zu zählen, während bereits gegen die Tür geschlagen wurde: erst zögernd, gleich darauf heftig. Putz fiel von der Wand herunter. Auf der anderen Seite der Tür traten Stiefel auf den Putz. Man konnte hören, wie sich die Tür langsam lockerte, wie der Spalt immer breiter wurde. Die Stimmen und der Atem der die Tür Aufbrechenden schienen bereits diesseits der Tür zu sein.

«Ihr Lumpen!» rief jemand und schleuderte seinen Emailkrug gegen die Tür. Der Krug schlug scheppernd auf dem Fußboden auf.

Es flogen noch weitere Gegenstände durch die Luft. Auf der anderen Seite der Tür ertönte das Kommando:

«Vorsichtig!»

Die Tür wurde immer lockerer. Am Knirschen des Putzes spürten die Deutschen und wir zu gleicher Zeit, daß die Tür höchstens noch eine Minute widerstehen würde. Der Atem der an ihr Rüttelnden wurde heftiger.

Jetzt lief Wolodja wieder auf die Tür zu: auf Zehenspitzen, als würde er fürchten, die Eindringlinge zu verscheuchen. Ich sah seinen schmalen Rücken, sah, wie leicht, fast ohne den Fußboden zu berühren, er lief. Dann lief ich selber los: voller Verwunderung darüber, daß meine nackten Sohlen den Zementfußboden nicht spürten. Ich lief dahin, wo Wolodja, Andrej und Stefan mit Latten in der Hand standen...

Man rannte uns gleich um – nicht nur Lagerpolizisten, sondern auch Stadtgendarmen stürzten in den Raum. Nur Wolodja fand noch Zeit genug, gegen die Wand gepreßt, die Polizisten an sich vorüber lassend, seine Latte hochzuheben, als Appstein neben ihm auftauchte. Wolodja zielte noch ein zweites Mal und sackte dann, weiter gegen die Wand gepreßt, nach unten ab. Sofort schoben sich Polizistenrücken in Uniformmänteln vor ihn. Mich verblüffte, wie weich sich die Ärmel dieser harten Mäntel bogen. Ich hätte, mit so einer Uniform vor dem Brustkorb, nicht einmal ein- und ausatmen – geschweige denn den Ärmel einknicken können. Den Mann, der auf Wolodja schoß, hatte ich nicht gesehen. Ich erriet, daß Andrej ihn sah. Dessen Gesicht war wie tot. Man stieß ihn zu Boden, während er weiter nach Wolodja rief.

Selinskij, Stefan und die Schwarze Maria wurden abgeführt, Andrej wurde weggeschleift, Wolodja hinausgetragen.

Uns jagte man bei Tagesanbruch nach draußen. Unsere der frischen Luft entwöhnten Lungen sogen den scharfen Nachtfrost ein. In der Sonne dampfte es bereits. Wir hatten uns so lange in Räumen mit stickiger Stubenluft aufgehalten, daß uns die Kälte und Reinheit dieser Luft fast den Atem verschlug.

Als wir im Lager eintrafen, hatten sich die Baracken bereits geleert. Die erste Schicht war schon zur Arbeit gegangen. Die Leute von der Nachtschicht, die uns begrüßen wollten, wurden verjagt. Uns erwarteten Werkmeister Urban, Fritz und noch ein paar Meister und Hilfspolizisten. Man führte uns in einen Geräteschuppen. Der Boden im Schuppen war mit Rauhreif bedeckt. Der glattpolierte Stiel der Picke, die ich in die Hand bekam, war eiskalt. Wir mußten die Erde aufgraben: offenbar wurde eine Leitung neu verlegt. Unten auf der Grabensohle war es bitterkalt wie in einem Schützengraben. Die Erde war gefroren und hart wie Stein. Ich trödelte herum, da rief man mir zu:

«Mach endlich, die schauen her. Hau ein paarmal mit der Picke zu. Die gehen bald wieder.»

Ich schwang die Picke und fiel hin – das schwere Ding zog mich hinter sich her zur Erde. Ich warf die Picke weg und kletterte nach oben, ich spürte, wie der Rauhreif unter meinen Handflächen schmolz. Oben flüsterte jemand:

«Mach keinen Scheiß. Sonst bringen sie dich um. Stocher ein wenig im Boden herum. Die Deutschen gehen bald wieder.»

Diese Worte wärmten mich, der so Redende riskierte selber den Zorn der Deutschen.

In seiner vorn aufgeknöpften Joppe, die einer russischen Wattejacke nicht unähnlich war, in der Mütze mit dem schwarz lackierten Schirm, wie sie die Mehrzahl der deutschen Arbeiter in der

Fabrik trug, schaute Werkmeister Urban wie immer ein wenig zur Seite. Er trieb uns nicht an. Sein Gesicht war ernst. Er wartete.

Erst jetzt ging mir auf, warum jener Mann vorhin gesagt hatte, die Deutschen würden bald wieder gehen. Fritz trug weder ein Regencape noch einen Mantel. Den hatte er in der Polizeibaracke gelassen – und war im Uniformrock in die Vorfrühlingssonne hinausgegangen. An der Seite der anderen, die Mäntel oder warme Jacken trugen, wirkte er munter und sportlich. Er glich überhaupt nicht mehr jenem gerade aus dem Lazarett entlassenen, seinem Wesen nach eher unmilitärischen müden Mann, den ein günstiger Zufall der Kriegszeit – so hatten wir angenommen – zu unserem Hilfspolizisten gemacht hatte.

Auch Fritz wartete. Aus dem Nachbargraben wurde mir zugerufen: «Komm zu uns in den Graben. Wir haben hier handliche Picken. Komm schnell rüber.»

Auf den Holzstufen der russischen und der französischen Baracke sah ich Leute stehen. Ich sah, daß die Sonne bald die Gräben erreichen und daß es dann gleich wärmer werden würde.

«Denen ist es gleich, ob du krank bist», warnte mich jemand.

Aber offenbar war es Fritz doch nicht ganz gleich. Seine Augen hatten sich zwar bedrohlich gehärtet, aber er hinderte keinen daran, auf mich einzureden. Er packte mich bloß an der Schulter und stieß mich zum Graben hin.

Ich sah, daß er gleich in die Luft gehen würde, sobald es ihm nämlich gelungen wäre, Morgenfaulheit, Unlust und die Angst davor, die Stiefel zu beschmutzen, in sich zu bezwingen. Aber irgendein Signalmechanismus in mir war ausgefallen. Als die Gendarmen nachts die Tür aufgebrochen hatten, hatte mein Herz so heftig geklopft, daß diese Herzschläge in meiner Brust eine schmerzhafte Erinnerung hinterlassen hatten. Später wurde ich noch oft gestoßen und geschlagen, doch die Schläge und Stöße machten mir nicht angst – sie verdrängten sie. Und als mich Fritz jetzt zu Boden stieß, versuchte ich aufzustehen, um mich auf ihn zu stürzen. Und wartete auf den eigentlichen Schlag.

Zwei Tage hielt man mich in einem Keller eingesperrt. Dann wurde ich einer größeren Gruppe Kranker und Moribunder zugeteilt, auf deren Arbeitskraft der Fabrikbesitzer Franz Metzger verzichtet hatte. Man lud uns auf zwei Laster mit Verdeck und brachte uns in eine andere Stadt.

12

Das Städtchen hieß Langenberg. Das Lager lag in einem Flußgrund. Der Fluß hatte sich in eine faulende Industriekloake verwandelt. Das saubere Wasser bekamen die weiter flußauf gelegenen Fabriken. Die Baracken bildeten ein regelmäßiges Viereck. Sie lehnten am Kamm einer Böschung, die auf eine Brücke zuführte. Ein Zementabflußrohr, das die Böschung durchschnitt und dem Abfluß des Hochwassers diente, ging auf den Lagerplatz hinaus. Den Eingang in die Röhre verschloß eine Tür, die Röhre war zu einem Schutzraum umgebaut. Das Lager mit seinen deutschen Standardbaracken (in der Mitte ein Gang, links und rechts davon die Räume – es gab auch noch den Typ *deutscher Personenzugwaggon:* in jedes Abteil Eintritt von draußen) war von der Brücke aus einzusehen. Es war auch aus den Fenstern mehrerer drei- bis vierstöckiger Häuser zu sehen, die von unten, aus dem Lager, wegen ihrer hohen Ziegeldächer, übergroß wirkten. Wie oft versuchte ich, einen neugierigen Blick aufzufangen! Es gelang mir nicht ein einziges Mal. Ich war mir nicht schlüssig, ob es Teilnahmslosigkeit oder Disziplin war. Jedenfalls war es etwas, was ich nicht begriff.

Auch in den Baracken war alles wie überall: zweistöckige Pritschen, Baumwollmatratzen, Spinde aus Preßpappe, Geruch nach Strohmulm. Es gab aber auch Abweichungen und Unterschiede. Das Lager war kleiner. Wir durften sogar unsere Namen behalten, auf Numerierung wurde hier verzichtet. Obmann war nicht der Ganove Grischka mit seinen glasigen Augen, sondern der bildschöne Iwan mit der weizengelben, dörflichen Haartolle, den blauen Augen, der milchigen Haut und dem ukrainischen Akzent. Die Obmannschaft verdankte er seinem attraktiven Äußeren, der schlanken biegsamen Figur, der bis ins Detail spürbaren geistigen Unbedarftheit. An seiner unverhofften Erhöhung berauschte er sich genauso wie an der Goldkrone, die auf einem gesunden Zahn saß, genauso wie an seiner vernickelten Armbanduhr. Gleich am ersten Tag, bei der Inspektion der Neuankömmlinge, sagte er mir arglos und überzeugt:

«Lange schaffst du es nicht mehr.»

Er bekräftigte das auch den anderen gegenüber:

«Lange macht der es bestimmt nicht mehr.»

Iwan hatte einen langen Hals, den er immer neugierig vorreckte.

Seine Ansichten über meine Lebenserwartung waren begründet. Der deutsche Arzt, der mich untersuchte, als ich Fieber bekam, sagte: «Du bist nicht krank, das Fieber kommt von der Unterernährung. Gegen die gibt es im Lager kein Mittel. Du bist arbeitsfähig.»

In der Nacht hörten wir ein dumpfes Rumoren, das offenbar aus einer Fabrik kam. Am Morgen führte man uns in die Fabrik.

Die Fabrik mochte zu Beginn des Jahrhunderts gebaut worden sein. Das mit Ölspuren bedeckte hölzerne Fabriktor wurde von Metallschienen zusammengehalten. Auf dem rissigen Asphalt des Hofes hatte man für die Einradschubkarren anderthalb bis zwei Meter lange Metallrohrstücke verlegt: so was hatte ich noch nie gesehen. Dieses Eisenbähnchen führte in eine alte Fabrikhalle, in deren Mitte wir schon von weitem ein fahles Flimmern erblickten, wie man es in der Luft über Schiffsmaschinen sieht. Von dort kam jenes Rumoren, das wir nachts gehört hatten und das das Gebäude erzittern ließ. Die Fabrik war ein Walzwerk. Das Herzstück der Halle waren fünf in einer Reihe aufgestellte schwere Walzen. Eine in den Boden eingelassene Maschine mit einem riesengroßen Schwungrad hielt die Walzen in Bewegung.

Wie in allen alten Fabriken mit ihren zahllosen Transmissionen hatte das Schwungrad ein Riemengetriebe. Aber das Vibrieren der Luft wurde nicht vom Rad, nicht vom überdimensionalen Riemen verursacht. Es ging von stählernen Laufrollen aus. Die Wärme des plattgewalzten Metalls teilte sich ihrer nach unten rollenden Oberfläche mit. Die Vorstellung, wieviel Eisen sie wohl zerdrückt hatten, erfüllte mich mit Entsetzen.

Wenn die heißen Walzen arbeiteten, lief über die Rollgänge ein Surren wie von Wagenrädern. Die kalten Walzen apportierten das Metall mit dem Knirschen von Ochsenkarren auf Kies. Es waren die heißen Walzen, deren Stöße die Fabrikmauern und die Erde kilometerweit erzittern ließen.

Die Fabrik, in deren Gießerei ich früher gearbeitet hatte, war neu, aber auch dort wurde die Gußmasse auf manuelle Weise befördert. Hier war es ein bis zum Gürtel entblößter Holländer, der mit einer riesengroßen Zange das Rohstück aus dem Ofen holte. Die Glut schoß und gleißte durch die offenen Poren des Metalls.

In der Luft loderte der anderthalb bis zwei Pud schwere Barren auf und brannte hell, während der Holländer ihn zu den Walzen beförderte. Es folgte ein Schlag, und jetzt züngelten über die Rollen der Rollgänge die hinter dem Barren hereilenden Flammenzungen. In diesem Feuer, das sogar kaltes Eisen erfaßte, konnten gewöhnliche Menschen nicht arbeiten. Die beiden Deutschen und der Holländer, die die heißen Walzen bedienten, schienen auf märchenhafte Weise gegen Feuer gefeit zu sein. Sommers wie winters arbeiteten sie mit nacktem Oberkörper, und man sah, welch ungemein mächtig gebaute Brustkästen diese Männer hatten. Dem jungen Holländer gefiel es, in diesem halbnackten Zustand zu arbeiten. Die beiden Deutschen hatten breite Hüften, Bauch und Brust waren mit einem bereits graumeliertem Pelz bewachsen, sie waren durch die Hitze und die ständige Gefahr ermattet. Sie arbeiteten an den heißen Walzen ununterbrochen acht Stunden ohne Mittagspause. Sie betraten wortlos die Halle, legten die flammenden Rollgänge zwischen sich und die anderen Arbeiter und entfernten sich nach acht Stunden wie rätselhafte Übermenschen. Strenggenommen sah freilich nur der Holländer wie ein Übermensch aus – ein hochmütiger, ungewöhnlich gut gebauter Mann. Die beiden Deutschen wirkten schon vor Beginn der Schicht müde und bedrückt.

Das durch den Zunder wie verkupferte, länger gewordene Rohstück wurde auf die kalte Walze getragen. Es brünierte sich und nahm weiter an Länge zu. Man schob es zu den benachbarten Walzen, deren Laufrollen engere Spielräume hatten. Auf den letzten Walzen war das Rohstück bereits zu einer vibrierenden, vier Meter langen Stahlzunge geworden.

Der Deutsche beförderte das Rohstück auf die Walzen, der russische Junge nahm es mit einem Zelttuchhandschuh entgegen. Die Walzen stießen die Eisenzunge aus, und ein zweiter Junge, der unmittelbar neben den Laufrollen stand, packte die Zunge und hob sie auf die oberste Rolle. Das Rohstück wanderte zum Deutschen, und er reichte das nächste rüber.

Während der zwölf Stunden dauernden Schicht ging das Pendel eintausendsiebenhundertmal in die eine und genausooft in die andere Richtung. Die Walznorm betrug einhundertvierzig Stück. Jedes Rohstück wurde fünfzehnmal gewalzt.

Ich spürte: diesmal ist das Rohstück noch leicht, es hält sich zusammen. Und jetzt biegt es sich bereits durch, legt sich auf die Hand, drückt den Zelttuchhandschuh ein. Nach dem soundsovielten Walzen kriegst du Bauchschmerzen, und unerträglich ist es dann zum Schluß, wenn das Rohstück zu tänzeln beginnt. Damit es sich nicht bis zum Boden durchbiegt, ist eine lange Holzbank darunter aufgestellt. Das lebendig gewordene Eisen schlägt gegen das Holz, springt dir aus der Hand.

Die oberste Laufrolle bewegt sich auf den Deutschen zu. Aber man muß das Rohstück erst noch hineinstoßen. Von selber bewegt es sich erst weiter, wenn es über die Hälfte des Weges hinaus ist.

Und du kannst wieder warten...

Beim fünftenmal hat sich das Metall erwärmt, beim zehntenmal sengt es den Handschuh durch. Und du bist den ganzen Tag ans Eisen gekettet.

Mich selber sehe ich natürlich nicht. Ich sehe, wie der fünfzehnjährige Kostik altert, der gemeinsam mit mir ins Lager gekommen ist. Wie der sechzehnjährige Belorusse Sanja, mit den Runzeln eines älteren Liliputaners auf dem winzigen Gesicht, bei jedem Schritt wie ein Greis absackt. Der Deutsche treibt dich nicht an – hier geschieht alles von selbst. Ab und zu bedient er seine Ölkanne, oder er wischt die flimmernde Laufrolle mit einem Zelttuchhandschuh ab. Die Walzen trennen uns in Brusthöhe. Monatelang reden wir kaum ein Wort miteinander. Manchmal wechseln die Deutschen, oder wir werden an eine andere Walze gestellt. Doch weiter trennt uns die flimmernde Reihe der Walzen. Außer den Walzen ist in der Halle alles schwarz. Dunkel ist die rußgeschwärzte Decke, unter der, wie in alten Magazinräumen, Schwalben und Sperlinge fliegen.

Über die Deutschen, mit denen wir arbeiten, können wir uns nicht beklagen. Unterschreiten können sie die Norm nicht, aber sie gehen auch nicht darüber hinaus.

Ich haben zwei Paar Arbeitshosen übereinander an. Die Löcher der unteren Hose werden durch die Lumpen der oberen Hose verdeckt. Über dem bloßen Oberkörper trage ich eine Arbeitsweste aus stachligem Kunststoff. Die Kleidungsstücke, die ich von daheim mitgebracht hatte, sind alle längst verschlissen oder gegen Brot umgetauscht. An meinen Füßen sind Pantinen: das hintere Stück ist aus Pappe, das Oberleder aus Zelttuch, die Sohle aus Holz. Nicht nur das Rennen – selbst das Gehen in diesen Pantinen ist eine Qual. Die Haut an den Füßen ist wund. Die Sohle ist in der Mitte aufgesprungen, sie saugt Dreck und Schnee ein. Als die Sohle noch heil war, blieb der Schnee an ihr haften, wie an einem nicht gewachsten Ski.

Während der ersten Zehnminutenpause verzehrt der Deutsche, auf einer Bank jenseits der Walze sitzend, ein Butterbrot. Anschließend raucht er eine Zigarette, und der süßliche Rauch des schwachen deutschen Tabaks zieht, über die Walzen hinüber, zu uns. Während der zehn Minuten brennt kein Licht, und man sieht nicht, wie sehr uns dieser Duft quält.

Ich kann die Hoffnung, daß uns einer der Deutschen wenigstens in dieser Zehnminutenpause ein Stück von seinem Brot abtritt, einfach nicht unterdrücken. Eigentlich ist es nicht einmal eine Hoffnung, sondern ein Hungerkrampf. Es geschah nicht ein einziges Mal! Auch jetzt noch, viele Jahre nach Kriegsende, verspüre ich Angst und Scham. Ich konnte mich lange nicht entschließen, darüber zu schreiben. Früher erschienen mir andere Dinge wichtiger. Doch im Lauf der Zeit begann mich dies am stärksten zu verwundern: keinem dieser zahllosen jungen und alten, fröhlichen und griesgrämigen Menschen fiel es je ein, mir ein Stück Brot zu geben. Und immerhin war ich ein halbwüchsiger Bursche – und sie waren Erwachsene. Das Leiden an der Ermattung, am Hunger, an der Angst, an der Verzweiflung war so groß, daß mein Körper fordernder wurde als ich selbst. Hinsetzen, hinlegen, sich gegen Warmes pressen: das war seine ganze Logik.

Auch die Deutschen lebten von Lebensmittelkarten. Den Überdruck der staatlich verordneten Bosheit, in die sie verstrickt waren, spürte ich wohl heftiger als sie. Warum hätten sie mir Brot geben sollen? Aber wenigstens einem von ihnen hätte, während einer Zehnminutenpause, dieser abwegige Gedanke kommen können!

Mich inspiriert nicht verspätete Rache. Ein entsetzliches Experiment ist gemacht worden (wir leben jetzt in einer Zeit, da dies Wort gern verwendet wird). Zu dem darüber bereits Geschriebenen kann ich nicht viel hinzufügen. Man muß allerdings berücksichtigen, daß ich damals ein halbwüchsiger Junge war und daß ich keinen Tag im KZ saß.

Man müßte erklären, wie sich der Verstand von der Güte befreit. In der Kindheit war es einfach: der Verstand ist gut, die Bosheit ist dumm. Ein Tölpel kann dich beleidigen, der Kluge wird dich beschützen. Im Passantenstrom auf der Straße habe ich, von meiner Schwäche gedrillt, die gescheiten und gebildeten Gesichter bald erkannt und von den anderen unterschieden. Selbst noch der Anblick der deutschen Städte war kultiviert und bildungsträchtig. Das gleiche ließ sich über viele Gegenstände des Fabrikalltags sagen. Doch dies alles zusammengenommen würgte uns wie eine Schlinge. Hier war ein widernatürlicher Verstand am Werk – ein Verstand ohne Güte. Und ich haßte den glatten Asphalt und das ebenmäßige Steinpflaster, ich spürte, daß sich irgendwo tief unter diesen Dingen eine riesengroße, furchtbare, überaus tatkräftige Dummheit verbarg.

Ich will bis ins letzte ehrlich bleiben. Auf die andere Seite des Waagebalkens lege ich ein Bonbon. Es wiegt wohl genug, da ich mich noch heute daran erinnnere. Wir sahen das Bonbon auf einem niedrigen Zaun neben einem Bahnübergang liegen. Auf unserem Hinweg zum Entladen von Güterwagen lag das Bonbon noch nicht da. Jemand hat es in der Zwischenzeit hingelegt. Das himbeerrote Bonbonpapier war aus der Ferne zu sehen. Unsere suchenden, hungrigen Augen bemerkten es sogleich. Der Bewacher lachte und erhob keinerlei Einwände, doch zunächst wagte keiner von uns, auf das Bonbon zuzugehen: es hätte ja auch ein übler Scherz, eine Mystifikation sein können. Nun war das Bonbon aber offenbar teuer, und der Bewacher meinte wohl, daß so ein teures Bonbon nicht liegenbleiben und verkommen durfte. Und er herrschte einen von uns an und befahl ihm, das Bonbon zu nehmen.

Wir waren zu fünft, aber auch ich bekam ein Stückchen ab. Ich begriff nur das eine: aus meinem Körper war die geschmackliche Erinnerung an Vorkriegsbonbons restlos gewichen. Ich erlebte einen geschmacklichen Schock, eine Geschmackstragödie. Aber nicht darauf kam es an. Das Bonbon konnte auch zufällig auf den Zaun geraten sein. Doch mir leuchtet bis heute jenes himbeerrote Bonbonpapier entgegen. In jenem Staat mußte die Güte sich verstecken, sie mußte sich vor dem Erkanntwerden fürchten. Aber vielleicht versteckte sie sich etwas zu gut. Wir sollten den Boden, aus dem der Faschismus wächst, sorgfältiger erforschen als das Gewächs selber.

Im Jahre dreiundvierzig tauchten in der Fabrik Menschen auf, denen es dreckiger ging als uns Russen. Um sie herum war eine Atmosphäre der Naivität, sie waren unschuldig und untröstlich wie Vögel. Bereitwillig zeigten sie ihre Familienfotos her. Es waren *Badoglio-Italiener,* so wurden sie von den Deutschen genannt. Sie waren buchstäblich über Nacht aus dem Stand von Bundesgenossen auf die unterste Stufe deutschen Lagerinsassendaseins abgesunken. Sie trugen noch die gleichen Uniformen, aber jetzt war das eine schäbige Kriegsgefangenenkluft. Ich habe die Schnelligkeit solcher Verwandlungen oft bemerken können.

Diese Italiener litten noch schlimmeren Hunger als wir. Wir machten für sie eine Lagersuppensammlung. Aber dann geschah wieder etwas, und die Ration der Italiener wurde erheblich aufgebessert.

Im neuen Lager hatte ich mit Kostik eine Doppelpritsche. Ich lag oben, er lag unten. Mit Kostik ging eine Veränderung vor. Er spielte nicht mehr den Ganoven. Dafür gewöhnte er sich Redensarten an wie: «Morgenstunde hat Gold im Munde» oder «Überwintern ist alles».

Zu meinen Erinnerungen an Juron von Rostow, an Grischka den Uhrmacher und an den Reizbaren waren inzwischen die Erinnerungen an Wolodja, Andrej, Stefan, an Vati Selinskij, Sofja Alexejewna und die Schwarze Maria hinzugekommen.

«Und was habt ihr nun erreicht?» fragte Kostik und verzog verächtlich das Gesicht. «Was für einen Sinn hat das Ganze gehabt?»

Ich spürte, daß es einen Sinn gab, aber damals wäre mir nie eingefallen, daß er in mir selber war.

Ich hielt stumme Zwiesprache mit Sofja Alexejewna und Maria, ich malte mir immer wieder aus, wie die Gendarmen die Tür aufbrachen und in unsere Stube stürzten. Das blaue Wollhaar ihrer Uniformmäntel roch nach Feuchtigkeit, nach Straße, nach Putz und Staub. In diesem Mantelhaar war mehr gesunde Straßenluft als in unseren durch den Karbolsäuredunst vergifteten Lungen. Ich erinnerte die widerwärtig körperliche Wärme des Schusterleders, mit dem man auf mich einschlug. *Meine Flügel sind zerbrochen* war es gewesen, der auf Wolodja schoß. Zu ihm hin hatte sich Andrej vorarbeiten wollen. Ich erinnerte mich, wie Pierek, mit dem schwarzen Regencape raschelnd, zwischen den Pritschen hindurchgegangen war, sich über Selinskij gebeugt und halblaut seinen Namen gerufen hatte.

Dann hatte er Selinskij an der Schulter genommen, und Selinskijs Hals war eingeknickt wie bei einem Gehenkten, und aus seiner Nase hatte Blut zu fließen begonnen.

«Ihr alle verdient den Tod, aber wenn ihr gut arbeitet und euch Mühe gebt, wird das eure Schuld etwas mildern und entsprechend auch die Strafe», sagte Schulz. Dann forderte er: «Selinskij, übersetzen Sie das!»

Selinskij schwieg. Da führte man ihn weg.

Fast alle im Lager wußten oder errieten, daß Vati Selinskij Jude war.

Die Beziehungen zwischen Kostik und mir kühlten sich ab. Wir führten das gleiche Leben, aber wir formten verschiedene Erinnerungen an dieses Leben.

13

So sonderbar das klingen mag: ich überlebte wahrscheinlich deshalb, weil immerzu auf mich verzichtet wurde. *Zu lang und zu dünn,* sagte der Meister im Walzwerk. Ich war älter geworden, aber jene Lasten, die ich früher mit einiger Mühe in die Höhe gehoben hatte, gingen jetzt über meine Kräfte. Im Jahr vierundvierzig stand ich eines Tages vor einem Fabriktor, auf dem *Volkenborn* geschrieben stand. Die gleiche Inschrift trug der Füllkasten einer Landwirtschaftsmaschine, die hinter dem Tor stand. Im Hof standen tischartige Geräte auf Rädern: Elektro- und Motorsägen. Das zweistöckige Fabrikgebäude war sehr alt. Wie alt es war, bemerkte ich vom Dach aus.

In der Höhe von fünfzehn Metern spürte ich unter mir die geräumige Leere des Dachstuhls. Es war, als sei ich auf die Oberfläche eines riesengroßen Zeltes getreten. Auf dem Dach herrschte schwarze Teerhitze. Die Luft über dem frischen Teer, den ich zusammen mit einem alten Dachdecker über das Dach verrieb, flimmerte. Der Teer wurde in einem kleinen Hinterhof zubereitet. Der kleine Hof befand sich auf der Höhe des Dachfensters: die Rückseite der Fabrik lehnte an einem Hügel. Der Hügel war felsig, der Hinterhof war mit alten Ziegeln gepflastert, doch die Sonne reichte nicht bis hierhin, und Fels und Ziegelstein waren mit Moos bewachsen. Und noch eine unverhoffte Freude: zwei Birnbäume, die man wohl vergessen hatte, so wie man altes Gerümpel auf Dachstühlen vergißt. Die Bäume waren alt und trugen nicht mehr viel, doch immerhin las ich zwei Dutzend Fallbirnen vom Boden auf. Der alte Dachdecker, dem man mich als Gehilfen zugewiesen hatte, roch genauso wie die Rolle Teerpappe. Dieser alte Mann war der ärmste Deutsche, den ich bis dahin gesehen hatte. Er arbeitete nicht einmal in der Fabrik. Ich dachte: dann wird auch Herr Volkenborn arm sein, wenn seine Fabrik so ein geflicktes Teerpappendach hat und wenn er einen so alten Dachdecker beschäftigt. Ich bot dem alten Mann eine Birne an.

«Comme ci, comme ça», sagte der Mann feindselig.

Diese französische Floskel sollte so viel wie Diebstahl bedeuten. Offenbar bereitete es dem alten Mann Schmerzen, mitansehen zu müssen, wie unverfroren ich mit dem Gut seines Prinzipals umsprang.

Ich war verwundert. Seit der letzten Dachreparatur hatte keine Menschenseele in diesen Hof geschaut. Die Birnen waren angefault, sie hatten lange auf dem Boden gelegen. Es war kaum anzunehmen, daß Herr Volkenborn sie auf seine Speisekarte setzen würde. Dies alles versuchte ich dem Greis klarzumachen. Aber es war umsonst.

Einmal nahm mich der alte Mann zu sich nach Hause mit, dort waren Produkte, die ich in die Fabrik bringen sollte. In dem Raum, den ich betrat, roch es, wie in einem Schuppen, nach Dachpappe. Der vierzehnjährige Enkel des Dachdeckers half mir beim Transport. Der Bursche war Schornsteinfegerlehrling. Unterwegs sagt er: Hitler kaputt.

Schon blies über die Fronten hinweg ein orkanartiger Wind, schon hörte ich da und dort ein vorsichtiges: Ich war Sozialist. Es war das Jahr der Luftangriffe. In den Nächten fiel Phosphor vom Himmel, Essen, Wuppertal, Düsseldorf standen in Flammen. Am Tag hielten wir die Explosionswölkchen der Flakgranaten regelmäßig für die Fallschirme von Luftlandetruppen. Zum Voralarm und zum gewöhnlichen Fliegeralarm hatten die Deutschen jetzt noch einen akuten Superalarm hinzuerfunden, bei dessen Ertönen das Aufsuchen des Luftschutzraumes nicht mehr zu vermeiden war. Der Rundfunksprecher bat immer wieder um Aufmerksamkeit: *Achtung, Achtung, wir bringen eine Luftlagemeldung! Schwere Bomberverbände befinden sich im Anflug auf...* Es folgte die Angabe des mutmaßlichen Zielorts. Meistens steuerten die Bomber das Ruhrgebiet an, doch um das kleine Provinzstädtchen Langenberg flogen sie herum und bemerkten es nicht. Obwohl es von hier bis zu den Außenbezirken von Essen höchstens drei Kilometer waren. Wir sahen den Luftangriffen zu, wie man einem in der Nähe niedergehenden Regen zusieht. Nachts trieben uns die Hilfspolizisten in die Zementröhre, die jetzt als Schutzraum diente. Man wollte verhindern, daß wir den alliierten Fliegern Lichtsignale gaben. Noch fürchteten wir uns vor den Polizisten, wir spürten zugleich aber, daß sich die Polizisten, besorgt um die Zukunft, vor uns zu fürchten begannen. Unser lahmer Lagerkommandant rannte mit wutverzerrtem, bleichem Gesicht zur Baracke hinaus, um den Duft nach gebackenen Kartoffeln nicht bemerken zu müssen.

In das inmitten der Bombenkriegslandschaft heil gebliebene Langenberg schaffte die SS belgische, holländische und französische Lebensmittel und forderte für das Entladen der Güterzüge Insassen der französischen und russischen Lager an.

Im Bürgerhaus war ein Lazarett untergebracht. Vor dem mit Flaggen geschmückten Haupteingang fuhren Krankenwagen vor, und die Straßenpassanten erstarrten wie festgewachsen in Erwartung jenes schrecklichen Augenblicks, wenn die Sanitäter die Wagentür aufstoßen werden.

Auf den Rosten der Heizanlage im Bürgerhaus lagerte sich jetzt eine furchtbare Schlacke ab. Hier verbrannten die Sanitäter die amputierten Gliedmaßen.

Die Gestorbenen wurden in sackartigen Papiersärgen auf den Langenberger Stadtfriedhof gebracht und dort in Gemeinschaftsgräbern beigesetzt.

An den Soldatengräbern auf dem Friedhof und auf dem Platz vor dem Bürgerhaus versammelte sich die Hitlerjugend. Die Redner brüllten ihre Reden, ihnen antworteten im Chor die Hitlerjungen in ihrer braunen Uniform mit den roten Armbinden und den Fahrtenmessern, auf deren Klingen *Blut und Ehre* stand. Auf dem Friedhof wurden Gewehrsalutschüsse abgefeuert.

Insassen unseres Lagers mußten sowohl im Bürgerhaus wie auf dem Friedhof arbeiten, deshalb war uns dies alles bekannt.

Alles war dabei, zusammenzustürzen, und nur der alte Dachdecker wollte das Fallobst nicht annehmen, das seinem Dienstherrn gehörte. Die Äste der beiden Birnbäume streiften das Fabrikdach. Als das Fallobst aufgebraucht war, begann ich, die Äste zu schütteln. Am nächsten Morgen weckte mich der Gedanke an die Birnen. Als ich zum Dachstuhl der Fabrik hinaufstieg, traf ich den Oberwerkmeister, der einen Korb mit frisch weggeschlagenen Birnen wegtrug. Mir sagte er kein Wort. Bei Volkenborn verfuhr man mit mir anders, als Pierek mit mir verfahren wäre, wenn er erfahren hätte, daß ich Kartoffeln gestohlen hatte. Sie behandelten mich wie einen bösen Buben, dem man eine Lehre erteilen möchte.

Während der folgenden zwei, drei Tage, bis zum Ende der Birnenzeit, traf ich auf dem Dachstuhl jeden Morgen den stummen Meister mit dem Birnenkorb. Er mußte mindestens eine halbe Stunde früher als sonst zur Arbeit erscheinen, um mir beim Einsammeln der Birnen zuvorzukommen.

Der alte Dachdecker hatte mich also doch denunziert.

Ich traf jedesmal einen saubergefegten, kahlen Hof an. Ohne den Dachdecker weiter zu beachten, schüttelte ich die Äste, warf Steine in die Kronen und ergatterte ein paar Birnen.

Für mich war das ein kleines Glied in der Kette, die von der tätigen, grauenerregenden Dummheit geschmiedet wurde. Am anderen Ende der Kette war jene entsetzliche Schlacke, die in den Öfen des Bürgerhauses den Koks am Brennen hinderte. Doch zweifellos war es die gleiche Kette. Es war ein Land, wo die Dummen über die Klugen, die Grausamen und Gierigen über die Guten Oberhand gewonnen hatten. Das sind nicht meine heutigen, das waren meine damaligen Gedanken und Gefühle.

Und dennoch war es bei *Volkenborn*, besonders in den ersten zehn Tagen, als ich, verblüfft über diese Fülle von Sonne und Stille, über diese Abgeschiedenheit, über die ungewohnten Dachteergerüche und die unverhofften Birnen, auf dem Fabrikdach hockte, daß sich in meiner Seele etwas öffnete und ich Eindrücke erfuhr, die ich bis dahin noch nie wahrgenommen hatte. Viele Jahre später werden sie wieder hervortreten, wenn sich die Bitterkeit und der Haß gesetzt haben. Dann werde ich wieder in einem Omnibus mit laut in ihrer Muttersprache redenden deutschen Touristen fahren können, ohne an der nächsten Haltestelle gleich wieder aussteigen zu müssen. Und ich werde mich erinnern, wie schön wahrscheinlich dieses Langenberg ist, was für schöne grüne Hügel es umgeben und wie wunderschön *wahrscheinlich* Deutschland sein kann. Der Schmerz und die Bitterkeit werden in der menschlichen Seele auf seltsame Art verarbeitet. Auf dem dreistöckigen Lagergebäude, auf den Lagerbaracken, auf den Häusern und Straßen von Langenberg blieb die Spur meines Blickes. Dabei hatte ich gar nicht hingeschaut – mein Auge hatte sich abgestoßen. Was ich sah, war mir fremd – was ich suchte, das fand ich nicht. Selbst das saftige Grün der Nadelwälder kam mir wie Friedhofsgrün vor.

Im meiner südlichen Heimatstadt hatte ich mich daran gewöhnt, daß es seltener regnete, daß die Sonne heller schien, daß das Laub früher grünte und früher vergilbte.

In Deutschland waren die nachgedunkelten Dachziegel auf den spitzen Dächern für mich Friedhofsdachziegel. Die graugrüne Wehrmachtsuniform und die braune Parteiuniform waren für mich Friedhofsuniformen. Die Hitlerjungen mit ihren Kniestrümpfen, Koppeln und roten Armbinden, die sich vor den riesengroßen Gruben der Gemeinschaftsgräber auf dem Friedhof versammelten, waren auch dem Tod verschrieben. Indem sie den Tod hinter die Grenzen ihres Landes trugen, hielten sie sich möglicherweise wirklich für Übermenschen, für Angehörige einer militärischen Bruderschaft, für *Kriegskameraden* (es gibt eine ganze Menge solcher ritueller Beschwörungsworte!). Im Jahre vierundvierzig konnten sie gewiß nicht mehr umhin, ihre Uniformen als die Form ihrer Festschreibung auf den Tod zu betrachten. Wie nahe war es doch von hier bis zur Anerkennung seiner selbst als Mensch! Sich schlicht und einfach *Mensch* zu nennen – das ist schon ein Appell an Mitleid und Mitgefühl. Im Grunde waren es natürlich alles schlichte Menschen. Deshalb gesellt sich zur Bitterkeit der Erinnerungen stets auch Scham. Deswegen spüre ich in mir ja auch jenes untilgbare Band, das mich an einen Ort kettet, von dem ich vor vielen Jahren scheinbar für immer mit dem Herzen und mit dem Gedächtnis Abschied nahm.

Es gibt für die Klugen nur eine einzige Art, den entscheidenden Sieg über die Dummen zu erringen. Unter dem Druck der Verhältnisse unterwirft der Kluge sich selber einer Revision, nennt die Grausamkeit – Kompromißlosigkeit, die Bosheit – Entschlossenheit, die Beteiligung an Massenverbrechen – Pflicht oder Stimme des Blutes. Doch auch die Befreiung vollzieht sich in vielen Seelen schlagartig und gleichzeitig. Die erzwungenen Verkettungen lösen sich, den Begriffen wird ihre wahre Bedeutung wiedergegeben.

Das zynische *Egal – jetzt ist Krieg* enthielt in sich bereits die Möglichkeit einer weniger bornierten Betrachtung der Dinge.

Alles ist Scheiße war ein weiterer Schritt nach vorn, war das Liebäugeln mit der uralten Idee von der Gleichheit der Menschen auf der ganzen Welt, unter dem Vorbehalt allerdings – sofern man noch Vorbehalte machen konnte –, daß Eroberer und Eroberte gleichermaßen schuldig sind. Schuldig wovor? Nun, sagen wir: vor der Geschichte. Hier geht es freilich eher um praktische Dinge: die eigenen Generale sind nicht so gut, der Gegner ist nicht so schwach, wie zunächst angenommen wurde. Hier kommen wir schon in die Nähe der Philosophie. Bis zu einem Aufruf zur Barmherzigkeit ist zwar noch ein ziemlich weiter Weg. Der Aufruf zum gegenseitigen Erlaß der Sünden ist jedoch bereits da.

Als ich im Spätjahr vierundvierzig mit einem Eimer Teer auf dem Dach der Fabrik *Volkenborn* stand, war dies alles schon deutlich zu spüren. Vom Dach aus sah man Häuser, eine Kirche, eine Landstraße. Über die Straße rollten Armeelaster und Panzer. Die Panzer waren gelb angemalt – es war nicht schwer zu erraten, aus welcher Himmelsrichtung sie kamen. Man sah die Auswirkungen des Treibstoffmangels. Die häßlichen Generatoröfen waren jetzt nicht nur auf Laster, sondern auch auf Panzer montiert. Um Treibstoff zu sparen, mußte ein Ungetüm das andere auf sich herumschleppen.

In den Fabriken fiel auf, daß eine Versorgungsader nach der anderen abgeschnitten wurde. Bei *Volkenborn* standen immer mehr Elektro- und Motorsägen im Hof und in der Färberei herum – es gab keine Bestimmungsorte mehr für sie.

Etwas Wichtiges ging aus dem Leim, der Arbeitsrhythmus verlor seinen Sinn. Erwartung sammelte sich an. Auch hier gingen den sichtbaren die unsichtbaren Anzeichen voraus. Später begriff ich, wie verläßlich solche Anzeichen sind. Damals richtete ich mich einfach instinktiv nach ihnen. Später bemerkte ich dann, daß einem bestimmten Niveau und Zustand des Lebens eine bestimmte Färbung der Wände, ein bestimmtes Maß an Abgeschabtheit der Treppenstufen, eine bestimmte Länge der Erwartung, eine bestimmte, wie man heute sagen würde, Farbe der Emotionen entspricht. Damals bemerkte ich ganz einfach, wie unlustig die Deutschen nach einer Arbeitspause wieder an die Arbeit gingen, oder ich ertappte zwei Deutsche verblüfft bei einer Rauchpause im Kesselhaus – sie entdeckten jetzt jene geheimen Orte, an denen früher wir Russen uns versteckt hatten.

Daß ich auf dem Fabrikdach von *Volkenborn* Zeit und Gelegenheit zur Meditation fand, war auch eine Folge dieser Veränderungen.

Die Arbeit war *Leichtarbeit* – auch das war, für einen ausgezehrten halbwüchsigen Ausländer, erst in diesem Jahr möglich geworden.

Volkenborn war eigentlich kein richtiges Werk – es waren Werkstätten. Die fahrbaren Elektro- und Motorsägen wurden hier nicht hergestellt, sie wurden überholt und repariert. Die Belegschaft war etwa dreißig Mann stark. Darunter waren die Franzosen Jean und Marcel, der aus Frankreich stammende Russe Alexander Wassiljewitsch Gromow, der liliputanergesichtige Belorusse Sanja, der genauso unterernährt war wie ich, einige deutsche Burschen in jenem von sorgenvoller Erwartung erfüllten Alter, wenn dich von der Einberufung in eine dem Untergang geweihte Armee nur noch Monate oder Wochen trennen, und noch fünf oder sechs weitere Deutsche, denen wegen ihres fortgeschrittenen Alters oder aus Krankheitsgründen die tödliche Gefahr der Einberufung nicht mehr drohte.

Im großen ganzen war das ein Betrieb für Invaliden. Nach dem dröhnenden Zwölfstundenpendel im Walzwerk war es hier unglaubhaft still und leer. Mir fiel sofort eine Besonderheit dieser Stille auf, aber ich konnte mich nicht gleich entschließen, daran zu glauben. Es war eine *höfliche* Stille. Meine Ohren und Nerven, die auf ständige Gefahr eingestellt waren, die die Schreie, Drohungen und die zum Zuschlagen erhobenen Arme selbst dann noch wahrnahmen, wenn sie nicht gegen mich persönlich gerichtet waren, verloren in dieser neuen Umgebung ihre hohe Reizbarkeit. Die ständige Anspannung fiel zwar nicht weg, aber sie bekam keinen Rohstoff mehr geliefert, den sie hätte verarbeiten können. Auch die vielfach bewährte Fähigkeit, deutsche Gesichter blitzschnell einzuschätzen, begann zu versagen. Bis dahin war das leichter gegangen, als es heute im Rückblick erscheinen mag. In Extremlagen bilden sich feinnervige Orientierungssysteme aus. Außerdem versteckten sich Bosheit und Aggressivität damals nicht, sie galten ja als Ausdruck der Gutgesinntheit und der Staatstreue. Jedoch der Oberwerkmeister bei *Volkenborn,* den ich zunächst als «bösartig, gefährlich und rauflustig» eingestuft hatte, erhob nicht ein einziges Mal die Hand gegen mich. Und obwohl man sich denken konnte, daß Leute wie Sanja und ich, die sich aus dem Selbsterhaltungstrieb des Unterernährten heraus gegen jede Arbeit sperrten, in der Seele des Oberwerkmeisters Unwillen erregten, ließ er das geduldig über sich ergehen und gab uns seine Abneigung nicht allzu deutlich zu spüren. Ich kann mich nur an einen einzigen Fall erinnern, daß er uns einen Tadel erteilte.

Das war so. Sanja und ich waren dabei, eine Motorsäge aus der Montagehalle in die Färberei zu rollen. Unterwegs blieben wir mitten im Hof stehen, um uns in der Sonne zu wärmen. Im Hof war niemand, auch in der dunklen Türöffnung, die in die Montagehalle führte, war keiner zu sehen. Unser Sonnenbad zog sich in die Länge. Plötzlich bemerkten wir, daß aus der Schwärze der Türöffnung heraus sich der Oberwerkmeister auf uns zu bewegte. Man sah ihm an, daß er uns schon länger beobachtet hatte, sein Gang war beredt genug, und die Rede lautete: «Gleich zeig ich es euch!» Er trat auf uns zu, wies auf ein Fenster im ersten Stock und sagte:

«Aus diesem Fenster schaut Herr Volkenborn auf euch.»

Verdattert blickten wir zum ersten Stock hinauf und sahen in einem der Fenster ein Gesicht. Dann rollten wir unsere Säge weiter.

Ich kam zu dem Schluß, zu dem auch vor mir viele Leute gekommen sind: in Deutschland war es dort leichter, wo weniger Menschen waren. Wenn man einander öfter in die Augen blickt, bekommt man endlich Lust, dem anderen auch mal zuzulächeln, ihn nach etwas zu fragen, sein Lächeln zu erwidern. Und die Folgen entgleiten dann bald der Kontrolle.

Aber auch bei *Volkenborn* hatte ich einen Hasser und Widersacher. Das war ein etwa achtzehnjähriger Lulatsch mit einem pickligen Jünglingsgesicht. Aus irgendeinem Grund hatte er sich nicht Sanja, sondern mich zum Gegenstand seines Hasses erwählt.

In der Mittagspause traten wir auf die Gruppe zu, zu der auch Jean und Marcel gehörten, und der Bursche – er hieß Friedrich –

begann mich plötzlich anzustarren, während alle anderen es zunächst peinlich vermieden, mich oder ihn anzublicken. Sie warteten ab. Der Ausdruck auf den Gesichtern der Deutschen und Franzosen war unbestimmt: ein halbes Lächeln, ein gewisses Interesse, eine ziemlich starke Verlegenheit. Unbestimmt war der Gesichtsausdruck auch deshalb, weil diese Leute sich noch nicht entschieden hatten, wem sie ihre Sympathie zuwenden sollten. Ich war ein Neuling, während sie sich schon öfter während der Mittagspausen hier an dieser Werkbank versammelt hatten.

Längere Zeit konnte ich indessen nicht so tun, als verstünde ich nicht, daß man mich, meine ungesunde und verschlissene Erscheinung verhöhnte, wobei man die Ursache nicht aus den Verhältnissen im Lager, sondern aus meiner slawischen Herkunft ableitete. Friedrich hatte auch gar nicht die Absicht, Maß zu halten.

«Nix verstehen?» höhnte er. «Dann scher dich weg! Raus mit dir! Hast du verstanden, Russki?»

Dann sagte er noch, ich sollte woanders husten gehen, und machte mein chronisches Gehuste nach.

Das war gut gezielt. Ich begriff selber, daß mein die Bronchien zerreißender Husten bei gesunden Menschen unwillkürlich Befürchtungen erwecken mußte. Besonders ungern hätte ich das Mißfallen von Jean und Marcel erweckt. Der Rückzug war mir indessen abgeschnitten. Und immerhin beherrschte ich, Gott sei Lob und Dank, einige deutsche und französische Flüche. Ich antwortete Friedrich so, daß es die Deutschen wie die Franzosen verstanden. Da aber Friedrich doppelt so schwer war wie ich, nahm ich sicherheitshalber einen Hammer von der Werkbank. Ich bemerkte, daß die Unbestimmtheit von den Gesichtern von Jean und Marcel verschwand, während das Interesse an mir zunahm.

Auch die Deutschen trafen keinerlei Anstalten, sich einzumischen. Ich nahm mir sogar die Freiheit heraus, mit dem Hammer auf den Amboß zu schlagen, als würde ich Friedrich zu entschlossenen Taten ermuntern.

Er brüllte und fluchte, aber man sah deutlich, daß ich der Gewinner war. Mit diesem Vorfall begann eine Konfrontation, die meine Nerven stark beanspruchte.

Ich meinte, ich würde die Erwartungen der Franzosen, die sich rasch an dies Schauspiel gewöhnt hatten, enttäuschen, wenn ich nicht jedesmal auf die Gruppe zugehen würde, zu der auch Friedrich gehörte. Er begann sofort, die Faust gegen mich zu ballen, und versuchte, mich davonzujagen. Friedrich konnte jeden Tag einberufen werden, er prahlte mit seinen kommenden Kriegsheldentaten, er führte vor, wie er solche Elemente wie mich ausmerzen würde. In der örtlichen Hitlerjugend war er Unterführer. Er kündigte an, er würde nächstes Mal eine Pistole mitbringen und mich über den Haufen schießen. Ich erwiderte mit dem Griff nach dem Hammer. Als es Winter wurde und wir uns neben einem Ofen versammelten, nahm ich statt des Hammers den Schürhaken, brachte ihn zur Rotglut und hielt das Schürhakenende Friedrich vor die Nase. Einer der Franzosen gab mir eine Zigarette, das Nikotin besänftigte meinen chronischen Husten für eine Minute.

Der unterernährte, von Haß erfüllte, abgerissene Russenjunge mußte in dem wohlgenährten, in normalen Verhältnissen lebenden, anständig gekleideten jungen Deutschen begreiflicherweise Furcht und Abneigung erwecken. Aber Friedrich ließ es bei Drohungen bewenden. Und die anderen geboten ihm zwar nicht Einhalt, spornten ihn aber auch nicht an. Sie lachten, wenn ich mit dem Schürhaken in den glühenden Kohlen herumstocherte. Andererseits waren die Sympathien auch nicht eindeutig auf meiner Seite. Daß ich nach dem Hammer gegriffen hatte, war gewiß eine ungeheuerliche Unverfrorenheit. An einem anderen Ort hätte ich teuer dafür bezahlen müssen. Auch bei *Volkenborn* mußte den Deutschen meine Handlungsweise ungemein dreist vorkommen. Eigentlich waren sie verpflichtet, der Sache eine Wendung ins Politische zu geben. Wahrscheinlich gingen sie sogar ein gewisses Risiko ein, indem sie die Entscheidung im Streit zwischen Friedrich und mir uns beiden überließen. Ab und zu tauchte der Oberwerkmeister auf, um durch seine stumme Anwesenheit die Leidenschaften etwas zu dämpfen. Doch auch er war bereit, wegzublikken und nichts zu sehen.

Während der Luftangriffe suchten die jungen Deutschen nur ungern den Schutzraum auf, in den der Oberwerkmeister sie zu treiben versuchte. Meistens stellten sie sich im Hof vor die Tür und sahen dem Platzen der Flakgranaten zu.

Ich verließ den Schutzraum und stellte mich ein Stück weiter weg auf. In solchen Minuten fühlte ich mich nicht einsam. Die Deutschen begriffen das gut. Jetzt war ihre Sympathie eher auf Friedrichs Seite. Man rief mir zu:

«In den Keller mit dir!»

«Hier ist nicht Rußland!»

Es blieb aber beim Schreien. Schließlich fanden sie sich damit ab, daß ich blieb.

Das Erstaunlichste, was ich bei *Volkenborn* sah und miterlebte, war die leidenschaftliche Anhänglichkeit zweier deutscher Burschen – sie hießen Walter und Günther – an Jean. Es war eine laute, sofort auffallende, sich nicht verbergende Freundschaft. Jean war schon an sich ein lauter Mensch. Jeder seiner Sätze hatte zwei Ausrufungszeichen. Das erste stand am Satzanfang, wenn Jean im Zorn, im Einverständnis oder zum Scherz sein «O-ui!» hinaustrompetete. Er redete viel und gern, und niemals hörte ich von ihm ein Wort im grauen Alltagston.

Wenn der Meister ihm einen Auftrag gab, begehrte Jean jedesmal auf. Schon die sich lang hinziehende französische Rede war eine Herausforderung, dieser Schwall von Ausrufen, von mißbilligenden und ironischen Wendungen. Es klang verständlich und zugleich beleidigend dunkel. Eine weitere Provokation war, daß Jean nur ungern den deutschen Lagerjargon benutzte.

Jean war kräftig gebaut und stark, er liebte es, die Ärmel hochzukrempeln. Man spürte, daß seine Beredtsamkeit, Kühnheit und Beweglichkeit eine Folge seiner körperlichen Gesundheit waren, Ausfluß einer fröhlichen Lebensenergie. Sein Backenbart war dicht und ziemlich wild, das Kopfhaar war hart gekräuselt. Selbst unter Franzosen fiel er auf. Ich konnte Walter und Günther gut nachfühlen, daß sie sich für Jean begeisterten. Walter wartete auf die Einberufung, obwohl er nicht älter als sechzehn oder siebzehn sein konnte. Günther mochte vierzehn, fünfzehn sein. In dieser Freundschaft spielte er die zweite Rolle.

Diese Freundschaft konnte sich nur deshalb so offen entfalten, weil sie sich meistens im Schutzraum bei Fliegeralarm abspielte. Um Jean zu treffen, mußten Walter und Günther aus dem deutschen in den für Ausländer bestimmten Schutzraum überwechseln. Die beiden Kellerräume waren nur durch eine Tür getrennt, die sich nicht abschließen und nicht einmal richtig schließen ließ. Wir hörten aus dem Nachbarraum die deutschen Stimmen. Wegen der verschiedenen Schutzräume und der Trennung der Insassen war das Verhältnis zwischen den beiden Schutzraumhälften gespannt. Die über dem Dach platzenden Flakgranaten verschärften diese Spannung noch. Der Schutzraum, in dem wir während der Alarme saßen, war gar kein richtiger Keller und ganz bestimmt nicht bombensicher. Das Fabrikgebäude stammte aus einer Zeit, als noch kein Mensch an Luftkrieg gedacht hatte. Ich wußte besser als die anderen, welch ein zerbrechliches Dach sich über unseren Köpfen befand. Das Anwachsen der Gefahr erregte uns. Wenn eine Flakgranate in nächster Nähe explodierte, lachte Jean und rief etwas Drohendes. Hinter der Zwischentür wurde es still, man horchte dort feindselig. Es war sicher nicht leicht, in einem solchen Moment von drüben her zu uns zu kommen. Andererseits war die Zeit der Fliegeralarme die freieste Zeit am Tag. Die Tür ging auf, es erschien zunächst Walter, gleich darauf Günther. Sie wirkten unschlüssig – letztes Mal waren sie gekränkt wieder abgezogen. Jean begrüßte sie mit einem ironischen Ausruf. Im Umgang mit Walter bediente er sich des deutschen Lagerjargons, aber sichtlich ungern. Die Vereinigung von Allerweltsverben zu einer unsagbaren Satzkonstruktion stellte auch den Gescheitesten als Dummkopf hin. Dem eloquenten Jean ging das gegen den Strich. Er gab das Gestammel bald auf und verlor sich in einer endlosen französischen Sequenz. Walters und Günthers allzu simple Klarheit enervierte ihn. Es lag ihm daran, daß auch diese deutschen Burschen, genau wie die Franzosen, seinen Scharfsinn zu würdigen wußten. Das Gespräch spielte sich etwa so ab: die Reaktion der anwesenden Franzosen auf Jeans Worte war ein Lachen oder Lächeln, während die Deutschen mit fragenden Gesichtern zuschauten, krampfhaft bemüht, in den Sinn der dunklen Worte einzudringen. Jedes fremde Wort, jedes ungezwungene Lächeln wirkte in dieser Luft feindlich, Vertrauen und Sympathie waren auf Zwischentöne angewiesen. Welche Ängste mußten wohl die beiden deutschen Burschen überwinden, bevor sie es über sich brachten, hier bei uns einzutreten!

Der Ausgang des Krieges war klar, aber nicht für jeden von uns. Die Furcht hatte nicht nachgelassen, sie erweckte bloß keinen Respekt mehr. Ich litt, wenn ich mitansehen mußte, wie wenig Rücksicht Jean darauf nahm. Seine Scherze waren grob. Er zerdrückte Walter fast, nahm ihn in den Schwitzkasten, knurrte, redete ihn mit *Hitler* an. Der zerknautschte, fast zerdrückte Walter zog sich gerötet, schweißgebadet und gekränkt zurück und führte Günther mit sich fort. Aber es gab wohl auch andere Augenblicke in ihren

Beziehungen, bei denen ich nicht zugegen war, denn wenn ich bereits mit Bedauern feststellte, daß alles schlecht ausgegangen war, wendete Jean plötzlich seinen afrikanisch wild gekräuselten Rundkopf der Tür zu und rief etwas betont Freundliches in die andere Luftschutzkellerhälfte hinüber. Die Versöhnungen waren stürmisch und sanft wie bei Liebesleuten, die ihr Streit in Verzweiflung stürzt. Wie in einer alten Trambahn saßen wir einander auf langen Bänken gegenüber, lauschten dem Zerplatzen der Flakgranaten und dem Heulen der Flugzeugmotoren, verfolgten das Knurren oder Turteln von Jean, sahen, wie er Walter umarmte, wie jener errötete und sich ihm unterwarf. Günther schien es in solchen Momenten nicht zu geben, er hielt sich zurück. An ihn kam die Reihe, wenn Jean und Walter sich endgültig versöhnt hatten. Dann entsann sich Jean des jüngeren der beiden Burschen, umschlang ihn – und es begann das gleiche lärmende Ritual wie mit Walter. Wieder begannen die Fragen: «Hitler kaputt?» Die Antwort der deutschen Burschen hatte «Hitler kaputt» zu lauten. Die Tür in die deutsche Luftschutzhälfte stand auf, deren Insassen verfolgten Jeans Turnübungen und Späße.

Ich wäre versucht gewesen, Jean für einen typischen Franzosen zu halten, hätte es nicht an seiner Seite den schweigsamen Marcel mit dem wie glattgeleckten Haar gegeben. Er war etwas größer als Jean und etwas breiter in den Schultern, jedoch weil er wortkarg und zurückhaltend war, weil seine Kleidung und Haartracht glatt waren, wirkte er nicht nur unscheinbarer, sondern auch kleinwüchsiger. Er schien jedesmal wie aus dem Schatten aufzutauchen, und wenn seine Anwesenheit nicht mehr notwendig war, kehrte er sogleich in den Schatten zurück. Wie ihm das in der Fabrik gelingen konnte, wo alles vor aller Augen lag, war unerfindlich. In Marcel steckte eine nie aussetzende, jedem unserer Vorsätze zuvorkommende Höflichkeit. Er ließ uns den Vortritt, und wir merkten es nicht einmal – wir meinten, er sei einfach vom Weg abgebogen. Er grüßte als erster – aber nur wenn ihn der andere vorher bemerkt hatte. Er wirkte verschlossen und abwesend, aber wenn einer das Wort an ihn richtete, strahlte er vor Freude auf. Wenn das Bedürfnis nach etwas entstand, machte er aus dem Schatten, aus seiner Unscheinbarkeit heraus einen raschen Schritt auf den Bedürftigen zu und zog sich, nach einer kurzen Erklärung, genauso schnell wieder zurück.

So einen Eilschritt machte er auf mich zu: etwa zehn Tage, nachdem ich vom Dach der Fabrik in die Fabrikhalle hinabgestiegen war. Es war Mittagspause – der Hunger machte sich qualvoll bemerkbar. Ich stand etwas abseits – plötzlich hielt mir jemand ein mit Margarine bestrichenes Stück Brot hin. Es war die Hälfte einer Scheibe. Marcel entfernte sich, die andere Hälfte in der Hand. Mein verwirrtes *Dankeschön* beantwortete er mit einem knappen Nicken.

Am folgenden Tag wiederholte sich dieser Vorgang in allen Einzelheiten. Am dritten Tag begann mich die Erwartung zu quälen. Ich glaubte, ich würde Marcel durch meine Erwartung festlegen. Glaubte, nicht nur er, sondern auch Jean und andere wüßten, wie sehnlich ich die Mittagspause erwartete. Fürchtete, seinen Weg zu kreuzen. Indessen bemerkte ich ihn gar nicht, während seine Augen die Halle nach Sanja und mir absuchten. Und wieder kam genau das gleiche: der Eilschritt auf mich zu, das hingehaltene Brot, ein kurzes Nicken – und schon war Marcel wieder fort. Meine jungenhafte Schüchternheit traf auf seine Wohlerzogenheit, und es geschah zwischen uns nichts, was dem Gerangel zwischen Jean und Walter auch nur entfernt entsprochen hätte. Es geschah rein gar nichts, außer der allmittäglichen eiligen Überreichung der halben Scheibe Brot. Auch im Luftschutzraum saß Marcel immer höflich und stumm da. Ich war zwischen Hunger und Schamgefühl hin und her gerissen. Einmal beschloß ich, während der Pause die Werkhalle zu verlassen. Doch Marcel fand mich.

Marcel und Jean mochten beide Anfang Dreißig sein. Obwohl beide die Kluft französischer Kriegsgefangener trugen, standen sie sich nicht besonders nahe. Sie gingen einander offenbar sogar auf die Nerven. Ich sah, daß Jeans grobschlächtige und laute Scherze Marcel heftig mißfielen. Ich stand natürlich auf Jeans Seite, ich bewunderte ihn einfach. Ich kam mir undankbar vor: Marcel faszinierte mich nicht so wie Jean. Ich spürte schmerzlich das Fehlen einer demonstrativen Nähe zwischen Marcel und mir. Wenn mich Marcel in solche Ringkämpfe verwickelt hätte, wie Jean den Walter, dann hätte jedermann gesehen, daß Marcel mich protegierte. Man brauchte indessen nur einmal die glatte, angefeuchtete Frisur Marcels zu betrachten, die gleichmäßig abfallende Stirn, die mit der Nase eine Gerade bildete, um einzusehen, daß dies völlig unmöglich war. Auch der Anblick eines in Lumpen gehüllten Untergewichtlers, wie ich einer war, war gewiß nicht berauschend und anfeuernd. Ich erriet, daß Jean und Walter etwas geschenkt wurde, dessen Häufigkeit im Verhältnis eins zu hunderttausend oder sogar zu einer Million stand. Das begriffen auch die Deutschen. Deshalb wohl verspürten alle Wohlwollen und freundlichen Neid. Niemand griff ein.

Alexander Wassiljewitsch Gromow war der Sohn eines Petersburger Professors und einer Französin. Im Jahre siebzehn nahm der Vater den damals Siebzehnjährigen nach Paris mit. Als die Deutschen in Frankreich einmarschierten, ging Gromow als Freiwilliger zur Armee. Er motivierte das mit sachlichen Erwägungen. Mehr als zwei Jahrzehnte hatte er in Frankreich ohne französischen Paß gelebt, was ihn in mancherlei Hinsicht behindert hatte. Den Freiwilligen versprach man die Staatsbürgerschaft.

Gromow besaß eine lange unrussische Nase und ein langes Kinn. Sein Gesicht hätte einem hochgewachsenen Menschen gut angestanden. Den Kopf hielt er seitlich geneigt, als fürchte er um seine wohlgekämmte Haarpracht. Diese Stolz und Vornehmheit ausdrückende Haltung des großen Kopfes paßte überhaupt nicht zum kleinen, dicklichen Rumpf, der seinerseits auf kurzen, dicklichen Beinchen ruhte. Wenn Gromow auf der Bank im Schutzraum saß, reichten seine Füße, wie bei einem Kind, nicht bis zur Erde, und die Arme stemmten sich gegen die Bank. Denkbar unmilitärisch waren auch der tippelnde Gang, die nach hinten gereckten schmalen Schultern sowie die kokett oder wie willenlos entspannten Arme, die er gern in die Höhe hielt, als wolle er sie vorzeigen. Gromow arbeitete in der Färberei. Seine Hände waren immer mit Farbe verschmiert.

In der Färberei ist es still und menschenleer. Gromow ist hier der einzige Arbeiter. Er sitzt auf einem niedrigen Bänkchen und hantiert mit dem Malerpinsel. Du kommst rein – und siehst niemanden. Gromows Kopf verschwindet hinter den Motorsägen. Rufen willst du nicht – das würde gegen die ungeschriebenen Lagergesetze verstoßen (der Rufende erweckt stets die Aufmerksamkeit eines Dritten). Erblickst du ihn dann auf seinem Kinderbänkchen, ergreift dich ein Gefühl der Verlegenheit. Es hält auch dann noch an, wenn sich Gromow von seinem Bänkchen erhebt: er ist im Stehen fast genauso klein wie im Sitzen. Ihm selber macht das offenbar nichts aus: sonst würde er seinen Kopf nicht so stolz zurückwerfen und nicht mit seinen Händchen kokettieren. Das Käppi des französischen Infanteristen sitzt auf seinem Kopf adrett wie ein Damenhütchen. Seine Sprechweise ist selbstbewußt und umständlich, egal, ob er russisch mit mir und Sanja, französisch mit Jean und Marcel oder deutsch mit den Deutschen redet. Er ist der einzige Franzose in der Fabrik, der deutsch spricht. Das mag der Grund dafür sein, daß er bei sich im Lager so was wie ein Obmann ist.

Ich achtete genau darauf, wie Jean und Marcel mit Gromow – der immerhin Russe war – umgingen und ob sie ihn nicht komisch fanden. Mir fiel nichts dergleichen auf. Daraus schloß ich, daß Gromows für meine Begriffe etwas ausgefallenen Manieren in dem Land, wo Gromow lebte, ganz natürlich wirkten.

Ich schleppte zum soundsovielten Male fertige Sägen in die Färberei zum Färben, bevor mich Gromow endlich auf russisch anredete. Man kann sich ausmalen, wie verblüfft ich war, daß dieser zwergenhafte Franzose den Namen eines berühmten russischen Fliegers trug! Andererseits befremdete es mich, daß Gromow soviel Zeit benötigt hatte, sich als Russe zu erkennen zu geben.

Nachdem er es einmal getan hatte, begann er, Sanja und mir Eßbares zuzustecken. Er sagte, er hätte in Frankreich mit Bildern zu tun gehabt. Ich war überhaupt nicht darauf vorbereitet, einem solchen Mann Fragen zu stellen und mir dessen Antworten anzuhören.

Vor dem Krieg – Kunstmaler, in der Gefangenschaft – Anstreicher! Auf diese Formel brachte ich meine Mußmaßungen über Gromow. Die Formel hatte das Gute, daß sie alles ausglich und zugleich erklärte: die sonderbaren Manieren dieses Mannes, seinen kleinen Wuchs und die Ursachen, die ihn dazu gebracht hatten, sich als Freiwilliger in diesen entsetzlichen Krieg zu stürzen.

«Sie sind Maler? Oder vielleicht Fachmann für Bilder?» fragte ich.

Meine Unbildung und Ahnungslosigkeit erregten seinen Zorn. Er erwiderte, er würde sich allerdings der Ratschläge von Fachleuten bedienen, doch sei das nicht die Hauptbedingung seiner Arbeit. Er müsse die Auktionen verfolgen, müsse die auf einen Ruin zusteuernden reichen Leute im Auge behalten.

So war das immer mit uns beiden. Seine Antworten weckten nicht mein Interesse, sie tilgten es. Etwas hatte ich indessen doch begriffen. Ich war dahintergekommen, welchem Umstand er diese für einen Kriegsgefangenen seltene, sich in fast völliger Abgeschiedenheit vollziehende Arbeit verdankte. Nur in dieser Färberei konnte er seine Puppenmanieren bewahren und jene Gehweise, die sich in Räumen mit zerbrechlichem, antikem Mobiliar ausbildet. Seine Manieren bildeten einen seltsamen Kontrast zur Uniform des Kriegsgefangenen und zu der mit roter Farbe verschmierten Zelttuchschürze.

Diese eingefahrenen Manieren standen indessen anderen Tugenden nicht im Wege. Sonst hätte man Gromow wohl kaum zum Obmann gewählt, als der er immerhin berechnende Flexibilität entwickeln mußte.

Er selber fragte mich nicht aus. Höflich und geduldig deutete er an, daß ich ihm sowieso nichts für ihn Wissenswertes erzählen könnte. Wenn ich ein ihm unbekanntes russisches Wort verwendete, verzog er angewidert sein Gesicht und behauptete, ein solches Wort würde es in der russischen Sprache nicht geben.

Einmal suchte und fand er mich in der im ersten Stock gelegenen Dreherei, wohin er sonst nie ging, und teilte mir mit, Herr Volkenborn hätte den Wunsch geäußert, mich zu sehen. Dann blickte er zweifelnd meine Klamotten an und überzeugte sich, daß an ihnen nichts mehr gutzumachen war. Wir gingen los, er mit stolz geneigtem Kopf voraus. Unterwegs sagte er noch:

«Gib dir Mühe, einen guten Eindruck zu machen.»

Endlich war er aufgetaucht, der Mensch, von dem ich immer geträumt hatte. Er protegierte mich nicht bloß – er ging einen wichtigen Schritt weiter. In seiner höflich koketten Art, die ein unverhülltes Angebot und Versprechen ausschloß, ließ er durchblicken, daß er alleinstehend sei (abgesehen von einer französischen Verwandten, die ihm Lebensmittelpakete schickte), überdies wohlhabend. Nach Kriegsende würde er eine neue Firma gründen, in der Firma würde er einen ergebenen Gehilfen gut gebrauchen können. Jung sollte er sein und Köpfchen müßte er haben. Später würde er den Burschen adoptieren.

Das war kein förmliches Angebot und bedurfte deshalb auch keiner Antwort. Eine Antwort war sogar unmöglich. Wir waren beide noch nicht reif dafür: er fürs Angebot, ich für die Antwort. Alles, was ich zu tun hatte, war: diese Mitteilung zur Kenntnis zu nehmen. Die Antwort würde in meinem weiteren Verhalten bestehen. Ich empfand plötzlich Mitleid mit Gromow. Es hätte ihn so sehr gefreut, wenn ich während der Mittagspause immer zu ihm in die Färberei gekommen wäre. Er war dort ziemlich isoliert, er verließ die Färberei nur bei Fliegeralarm. Mich aber zog es zu Marcel und besonders zu Jean hin, zu Walter und selbst noch zu meiner Konfrontation mit Friedrich, die Gromow mißbilligte.

«Diese Geschichte macht deinem Verstand keine Ehre», sagte er.

Als ob es darum gegangen wäre, dem Verstand Ehre zu machen!

Wenn Gromow mir einen Tadel erteilte, kniff er die Lippen zusammen und spielte mir eine seiner höflich koketten Posen vor: jene des wohlerzogenen Mannes mit tadellosen Manieren, den nur die äußerste Notwendigkeit dazu treibt, einem anderen eine tadelnde Bemerkung zu machen. Diese Posen hatten auch noch eine weitere fast provokante Bedeutung: sie enthielten den Hinweis auf eine Sphäre, in der solche den Umständen und Zeitläuften trotzende, unverschleißbare Manieren ausgebildet und den Menschen anerzogen werden.

Im gleichen Tonfall, in dem er es ablehnte, meine Einwände auch nur anzuhören, wenn er irgendein von mir gebrauchtes Wort als *nicht russisch* bezeichnete, pflegte er mir zu sagen:

«Du kommst doch aus gebildetem Haus!»

Gromow war der zweite Mensch in Deutschland, der mir das auf den Kopf zusagte. Der erste war jener später an Typhus verstorbene Feldscher gewesen, der meinen gebrochenen Arm in Gips gelegt hatte. Nach der Eingipsung und dem Anlegen des Verbandes fragte er:

«Du bist wohl ein Gebildeter?»

Den stärksten Eindruck machte Gromow auf mich durch seine Reaktion auf meine haßerfüllten Erzählungen über das Russenlager. Er verwarf solche Gespräche. Es war der erste Mensch, bei dem ich als Antwort auf mein hartnäckiges Insistieren auf diesem Thema – ich spürte seinen Widerstand – ein «Ja, aber...» zu hören bekam. Auch das hing irgendwie mit seinen tadellosen Manieren zusammen, es war eine Anspielung darauf, daß wahre Weisheit dort sei, wo man solche Manieren erwirbt, während einem Menschen wie mir der wahre Standpunkt verschlossen bleiben müsse.

Er sah alles mit seinen eigenen Augen – das wühlte mich geradezu auf. Es gab also auch diese Variante: alles sehen und erkennen, und trotzdem nicht dagegen aufbegehren, es sich trotzdem nicht zu Herzen gehen lassen. Er war natürlich weder Russe noch Franzose. Aber er war doch immerhin ein Mensch!

Mich empörte das, doch er tat mir auch irgendwie leid.

Wir überwarfen uns wegen Jean, wovon dieser freilich nie etwas erfuhr.

Ich war in Jean verliebt, war vernarrt in seinen Tonfall, merkte mir Jeans Lieblingswörter. Einem jeden seiner Worte ließ er ein *Bon Dieu!* folgen. Ich reizte Gromow zur Weißglut, wenn ich diese Worte bei jeder sich bietenden Gelegenheit wiederholte.

«Das ist ein ganz schlimmer Fluch», sagte Gromow.

Einmal hatte er mir, um zu beweisen, daß das Französische das Russische in der Zahl der Flüche und Schimpfworte übertrifft, einige sehr deftige Ausdrücke aufgezählt und kaltblütig übersetzt. Jetzt war ich verwundert, als ich erfuhr, daß *Bon Dieu* nichts weiter war als *Guter Gott.* Da erklärte mir Gromow, es sei ein gotteslästerlicher Fluch aus der Zeit der Religionskriege in Frankreich, und er würde mich sehr darum bitten, ihn als Katholiken nicht durch die ständige Wiederholung dieser beiden Worte zu kränken.

Einen russischen Katholiken hatte ich noch nie gesehen. Ich spürte jetzt deutlich das Ausmaß der Gereiztheit zwischen uns. *Bon Dieu* war ein gängiges französisches Wort. Ich bekam es immer wieder zu hören. Dann hörte es Gromow mindestens so oft wie ich.

Ich hätte diese Geschichte längst vergessen, hätte mir Gromow nicht eines Morgens gesagt: «Gott hat dich bestraft!»

Ich war mit Blutergüssen in die Fabrik gekommen. Während eines nächtlichen Fliegeralarms hatten uns die Polizisten aus den Baracken gejagt. Ich versteckte mich, wurde entdeckt und verprügelt.

Ich fragte Gromow, warum Gott nicht Jean und die anderen Franzosen bestraft hätte, die Erwachsene sind und im vollen Bewußtsein ihres gottlästerlichen Tuns handeln. Gromow erwiderte, Jean sei genauso ein Bolschewik, wie es jene waren, derentwegen er schon einmal außer Landes gegangen war, und es läge durchaus im Bereich des Denkbaren, daß diese Kerle nach dem Krieg auch in Frankreich an die Macht kämen. Dann würde er nach Amerika auswandern. Nach so einem Krieg sei eine Revolution in Frankreich keineswegs ein Ding der Unmöglichkeit, während sie in Amerika noch lange auf sich warten lassen würde.

Aus dem *Voralarm* kamen wir praktisch nicht mehr heraus, oft gab es auch Vollalarm, bis hin zur höchsten Alarmstufe.

Im Lager wurde gemunkelt, man würde uns alle kurz vor dem Einmarsch der russischen oder amerikanischen Truppen erschießen. Die Anspannung der letzten Jahre ballte sich in diesen Monaten zusammen. Das Ende war deutlich sichtbar geworden, und dennoch war es unmöglich, daran zu glauben. Keiner von uns brachte die innere Freiheit auf, *nicht* an das jetzt fließende Blut zu denken. Selbst noch nach dreißig Jahren fällt mir nichts ein, womit ich jenen Krieg oder Nichtkrieg vergleichen könnte: die Größen sind inkommensurabel.

Eine Zeitlang hatte ich die Färberei gemieden. Jetzt war Gromow selber zu mir gekommen, um mich abzuholen. Lebhafter als gewöhnlich kokettierte er mit den Händen und preßte seine Lippen zusammen. Die Haltung seines Kopfes war so stolz, daß ich mich nicht entschließen konnte, ihn zu fragen, wozu Herr Volkenborn mich eigentlich brauchte.

Einen lebenden Kapitalisten hatte ich einmal in der Gießerei der ersten Fabrik gesehen. Damals, in jenen ersten Wochen, geschah fast jeden Augenblick etwas Unwahrscheinliches.

Franz Metzger, Besitzer der *Bergisch-Märkischen Eisenwerke*, stand mitten in der Werkhalle, umringt von Leuten in gelben Kitteln. Von ihm ging Hitze aus. Das war wohl auch der Grund, daß er so leicht gekleidet war. Der Kampf mit dem eigenen Körpergewicht schien ihn in wilden Grimm zu versetzen. Wie ein überfüttertes, verzogenes Kind wählte er immerzu die falsche Richtung, und es bedurfte jedesmal des ehrerbietigen Eingreifens der gelben Kittel, um ihn an einen ungefährlichen Ort zu geleiten. Es gab einen Augenblick, als er, wie vom Straßenverkehr überrascht, vor den Schubkarrenfahrern zurückprallte, die der Anblick des Herrn und Meisters zu erhöhter Aktivität anspornte. Er war der Chef all dieser Dinge. Es bereitete Furcht, ihn anzublicken.

Vor dem Eingang ins Fabrikkontor fragte ich doch noch, aber Gromow machte eine abweisende Handbewegung, die besagen sollte: du wirst es gleich selber erfahren.

Herrn Volkenborn bekam ich nur im Profil zu sehen. Dieser sehr dicke, quelläugige Mann sprach die ganze Zeit mit Gromow, und nur ein einziges Mal warf er auf mich einen kurzen Seitenblick seines blauen und gleichsam wohlgenährten Auges

«Herr Volkenborn», dolmetschte Gromow, «hat gehört, wie laut du hustest. Sein Bruder, gleichfalls ein Herr Volkenborn, ist Besitzer einer Apotheke. Er schickt dir eine Packung Antiasthmazigaretten. Herr Volkenborn drückt die Hoffnung aus, daß du zufriedenstellend arbeitest.»

An den Schreibtischen im Fabrikkontor saßen drei oder vier Angestellte. Einer stand auf und reichte mir eine graue Packung mit der Aufschrift *Asthmazigaretten*. Ich war erfreut, wurde zugleich aber mißtrauisch: wie damals im Gefängnis, als man mir statt des Tabaks die Watte zugesteckt hatte. War das auch hier vielleicht wieder ein Schwindel? Ich hustete seit anderthalb Jahren, es gab weitaus ärgere Ängste und Leiden. Mich verwirrte überdies die Bezeichnung der Zigaretten. Doch es kam nicht auf den Namen an – Hauptsache, es war Tabak. In der Färberei zündete ich mir an Gromows Feuerzeug eine *Asthmazigarette* an. Ich war enttäuscht. Gromow sagte:

«Es ist eine Arznei!»

Ich machte von den Zigaretten keinen weiteren Gebrauch. Indessen war es mir nicht möglich, von dieser Packung Antiasthmazigaretten *nicht* zu berichten.

Jenes Bonbon im himbeerroten Papier, das wir auf dem Zaun liegen sahen, und dann noch diese Zigaretten – das ist alles, was ich aufzählen kann.

Der zur Wehrmacht einberufene Friedrich kam in die Fabrik, um sich zu verabschieden. Vorher war er mehrere Tage fortgeblieben. Verlegen lief er durch die Werkhallen, als würde er jenen nicht finden, den er suchte. Vielleicht war das wirklich so, oder der Fabrikwerktag, der seinen Lauf seinetwegen nicht änderte, erschien ihm plötzlich überflüssig – jedenfalls blickte Friedrich verwirrt wie ein Neuling. Offenbar hatte er seine fürs Abschiednehmen bereitgestellte Sentimentalität noch nicht aufgebraucht, denn er sagte mit einer vagen Bewegung:

«Auf Wiedersehen, Russki!»

Lächelte, zeigte auf mich, sagte: *«Du bald heim!»* Zeigte dann auf sich: *«Ich Soldat!»*

Die Umstände waren offenbar doch stärker als seine Willenskraft und Härte.

Der Meister und noch ein zweiter Deutscher begleiteten ihn vors Fabriktor. Dort wurde endgültig Abschied genommen.

Einmal mußten Sanja und ich, auf Anweisung des Meisters, eine Schubkarrenladung Winkeleisen zu einem Kunden der Volkenbornwerke bringen. Der Rückweg führte uns durch die Stadtmitte. Auf dem Platz vor dem Bürgerhaus wimmelte es von Jungen und Halbwüchsigen in gelbbraunen Hitlerjugenduniformen. Offenbar war gerade ein Aufmarsch zu Ende. Erregte Hitlerjungen mit Koppeln und Fahrtenmessern brachen aus der Formation heraus und gingen verschiedene Wege. Die Trommeln trommelten bereits unrhythmisch, die Fahnen neigten sich über der Menge. Man trug sie ins Bürgerhaus. Auf der Rednertribüne standen noch einige erwachsene Hitlerjugendführer sowie Offiziere in der graugrünen Wehrmachtsuniform. Diese Jungen hatte man gerade aufgeputscht und angefeuert. Viele von ihnen arbeiteten in Fabriken. Sie mußten sich jetzt rasch umziehen und an ihren Arbeitsplatz zurückkehren. Sanja und ich gerieten mitten hinein in die sich erregt zerstreuende Menge. Jeden Augenblick konnte jemand auf uns zeigen und «Das sind Russen!» rufen. Wer weiß, wie das ausgegangen wäre... Plötzlich sah ich Walter. Ich begriff nicht gleich, daß dieser durchs Laufen erhitzte, im Gedränge atemlos gewordene Bursche Walter war. Sein Schulterriemen rutschte immer wieder von der Schulter, er schob ihn jedesmal wieder nach oben. Auch er erkannte mich nicht sofort: er hatte wohl nicht damit gerechnet, mich hier zu sehen. Mit einer gewissen Erleichterung rief ich ihm etwas zu, und er, ohne sich zu verbergen und ohne die Stimme zu dämpfen, erwiderte meinen Ruf. Auch die Bewegung seiner winkenden Hand war frei und unverkrampft. Man fragte ihn, wer wir seien, und er gab Antwort. Dann blieben wir stehen, und Walter wurde plötzlich sehr verlegen. Ich begriff den Grund seiner Verlegenheit. Ich zeigte auf seine Uniform, auf die Hakenkreuzbinde und sagte:

«Ich werde es Jean erzählen!»

Walter wurde noch verlegener und sagte:

«Tu das bitte nicht!»

Wir setzten unseren Weg fort, während Walter den anderen Hitlerjungen nachlief, wobei er im Laufen ab und zu den weiterhin abrutschenden Schulterriemen hochschob.

In der Fabrik nickten Walter und ich uns immer freundlich zu.

Um mir seine Geneigtheit zu zeigen, fragte mich Walter, mehr rhetorisch als im Ernst:

«In Rußland auch Straßenbahn?»

Oder:

«In Rußland auch Fahrrad?»

Zur Armee kam er in einem Monat, als man glaubte, das Schlimmste sei vorbei. Und er starb, obwohl er, nach unseren Berechnungen, buchstäblich erst einige Tage vor der Kapitulation an die Front geriet.

Vorher kam Walter noch einmal in die Fabrik, um sich von Jean zu verabschieden. Der nahm ihn wie immer in den Schwitzkasten, rang mit ihm, fragte, ob Walter schießen würde. Walter sagte, er würde in die Luft schießen.

Jean knurrte:

«Valtègg! Valtègg!»

Ohne darauf Rücksicht zu nehmen, daß er Walter in eine peinliche Lage brachte, begleitete er ihn vors Fabriktor und schubste die Deutschen weg.

Ohne Walter war Jean genauso laut, doch er rief nicht mehr jenes Interesse hervor. Ich hatte gedacht, Walter sei mir unter den Deutschen deshalb aufgefallen, weil ihn Jean aus deren Menge heraushob. Jetzt erwies sich, daß Jean ohne Walter farblos wirkte.

Nach der Befreiung sah ich Jean noch mehrmals. Er lief mit hochgekrempelten Ärmeln herum, das afrikanische Kraushaar seines Backenbartes ringelte sich härter und fröhlicher denn je. Er tauchte in unserem Lager auf, wollte uns dazu bewegen, Delegierte ins Städtische Antifakomitee zu entsenden. Ich sprach ihn auf Walter an, doch zu einem richtigen Gespräch kam es nicht. Jean fluchte nur:

«Diese Banditen! Diese Idioten! *Valtègg!*»

Heute weiß ich, daß ich jeden einzelnen für sich genommen kaum im Gedächtnis behalten hätte. Sie wären in Vergessenheit geraten – wie viele andere. Wie jenes Entsetzliche, von dem man annehmen mußte, daß es nie aus der Erinnerung weichen würde. An die Oberfläche der Erinnerung, in der schon so vieles versank, wurden Jean und Walter deshalb gehoben, weil sie zu zweit gewesen waren. Und Günther blieb im Gedächtnis haften, weil er der Dritte an der Seite dieser beiden war.

14

Im Januar fünfundvierzig tauchten zur gleichen Zeit mehrere Männer in unserem Lager auf, die allgemein *die Kriegsgefangenen* genannt wurden und die sich auch selber so nannten. Außerdem hießen sie noch *die Essener.* Sie sagten, sie hätten bei der Zerbombung der Essener Lager ihr Leben gerettet. Man sah sie immer nur zusammen.

Unser Lagerkommandant war lahm. Wie alle Menschen, die auf Krücken gehen, besaß er zwar nicht eine makellos gerade Figur, dafür aber athletenhaft ausgebildete Schultern und Arme. Im Zustand der zornigen Erregung bewegte er sich mit dem Ungestüm eines Gymnasten vorwärts. Flog über seinem steifen Bein empor, zog das Bein nach, flog wieder empor. Wurde dabei leichenblaß im Gesicht. Diese Leichenblässe, zusammen mit der sorgfältigen Kleidung, der unzweifelhaften Empfindsamkeit sowie seiner Hagerkeit, hinterließ den Eindruck einer hohen Disziplin. Die Hände trug er vor sich her, wie zum Trocknen. So benehmen sich leicht angeekelte Menschen, die davor zurückschrecken, eine Türklinke, einen Tisch oder ein Blatt Papier anzufassen. Man sah ihm deutlich an, eine wie große Mühe er darauf verwendete, seine Gehweise unter Kontrolle zu halten. Ins Lager kam er gestützt auf seinen Krückstock. Dabei bemühte er sich, so zu gehen, daß der Stock wie ein Spazierstock wirkte. Wenn er vor aller Augen die Lagertreppe hinunterlief, klemmte er den Krückstock in die Achselhöhle ein und achtete peinlich darauf, daß seine Hände nicht nach dem Geländer griffen. Die Treppenstufen waren mit dem steifen Bein leichter zu nehmen als ebenes Gelände. Überhaupt ging er mit dem Stock nicht wie ein Invalide, sondern wie ein Stutzer um. Er spielte damit, drehte daran, brachte es sogar fertig, sich, die Beine gegen die Erde gestemmt, auf den Stock zu setzen. Wenn er ins Lager kam, blieb er zunächst einmal vor der Wachstubentür stehen. Die Hilfspolizisten liefen auf ihn zu, der *Lange Iwan* kam herbei. Bei gutem Wetter standen sie eine Weile so da. Der Kommandant blinzelte in die Sonne, stellte Fragen, zeigte mit dem Krückstock auf die Baracken, die Speicher, die Toiletten. Er schien laufend Siege über seine Lahmheit zu erringen. In seiner Pedanterie und Feinsäuberlichkeit war etwas Didaktisches. In solchen Augenblicken hätte man ihn für einen Schullehrer halten können, der mit Hilfe seiner Willenskraft seinem behinderten Körper ständig Siege über die Lahmheit abtrotzt und seinen Schülern die Lektion erteilt, daß solche Sportsiege ein Jungbrunnen der Munterkeit und Disziplin seien.

Seine Kleidung war nicht einfach gepflegt, sie hatte etwas Kurörtliches: sommerlich lichte Capes, Westen und Hüte. In seiner SA-Uniform und der hohen SA-Mütze kam er nur selten ins Lager. Tat er es einmal doch, hatte das den Charakter einer Demonstration: Schaut einmal her und merkt es euch gut...

Die Hilfspolizisten waren in seiner Gegenwart gut beraten, ständig zu lächeln.

«N-na!» sagte er mit der Miene eines Menschen, der mit seinem Leben zufrieden ist, und stieg in die Wachstube hinauf. Die Wachstubentür ließ er offen.

Auf den Lagerhof ging er in häuslicher Kleidung hinaus: ohne Weste und Krückstock. Das Bestreben, Siege über die Lahmheit zu erringen, spürten jene, die ihm in Augenblicken des Zorns über den Weg liefen.

Mich schlug er dreimal. Einmal drückte ich mich vor der Desinfektion. Ich ging davon aus, daß man mich sowieso prügeln würde, und Prügel ohne Desinfektion waren die mildere Lösung. Als alle Barackeninsassen aus der Baracke getrieben wurden, versteckte ich mich im Waschraum, und als es im Lager still wurde, faßte ich den Entschluß, ein Bad zu nehmen. Wir waren zu dritt, und es ging nicht ohne Lärm ab. Der Kommandant ertappte uns im Adamskostüm.

Der zweite Vorfall folgte auf den ersten. An einem Sonntag sollten wir, auch wieder drei Mann, einen Speicher säubern. Im Speicher lagerten Kohle, Brennholz sowie eine Kiste Limonade für die Hilfspolizisten. Wir machten eine Flasche auf und ließen sie rundgehen. Leider hatten wir es versäumt, einen Posten an die Tür zu stellen.

Am ersten Mai vierundvierzig unterließ ich es, mit der Nachtschicht zur Arbeit zu gehen. Der Meister, der mich dem Aussehen nach kannte, arbeitete am Tag, und ich durfte hoffen, daß mein Fehlen bei der Arbeit unbemerkt blieb. Während der Nacht passierte nichts. Am Morgen wurde ich, gegen neun, zum Kommandanten gerufen.

Die Tür in die Wachstube war wie immer offen. Weiter hinten im Raum saßen der Lagerkommandant und der Obermeister des Walzwerks an einem Tisch. Den Meister hatte ich nie prügelnd erlebt, sein Anblick beruhigte mich etwas. Ich trat ein, blieb aber gleich hinter der Schwelle stehen. Der Kommandant stand vom Tisch auf, verschloß die Tür und steckte den Schlüssel in seine Hosentasche. Ich begriff, daß ich auch für die ersten beiden Male würde büßen müssen. Der Kommandant setzte sich wieder auf seinen Stuhl und besprach etwas mit dem Meister. Mich beachtete er nicht: obwohl die Nichtbeachtung eines Anwesenden in diesem kleinen Raum gar nicht möglich war. Im Zimmer standen ein Tisch, zwei Stühle und eine schmale Couch wie in Krankenhäusern, mit dem Unterschied, daß diese Couch nicht mit Wachstuch bedeckt war – es lag eine Bettdecke drauf. Außerdem, auch das erinnerte ans Krankenhaus, befand sich an der Wand eine Hausapotheke, auf die ein rotes Kreuz gemalt war. Mit meinen Knien spürte ich die Körperwärme, die von den Knien des Meisters ausging. Ich stand nahe bei ihm. Er hatte Regencape und Schirmmütze anbehalten – als sei er nur auf einen Sprung gekommen. Hut und Cape des Kommandanten hingen an der Garderobe, der Krückstock stand zwischen Schrank und Wand. Endlich fragte mich der Kommandant, wo ich heute nacht gewesen sein.

«Ich habe geschlafen», sagte ich.

«Wo?» fragte er und schaute dabei den Meister vielsagend an. Die Bedeutung dieses Blickes verstand ich nicht.

«Auf meiner Pritsche», erwiderte ich.

Er sprang auf, das steife Bein vorgestreckt. Die Schläge machten mich wie blind. Ich begriff, daß jetzt alles vom Meister abhing. Er war deswegen hergekommen. Wenn er wieder gehen oder etwas sagen würde, würde die Prügelei aufhören. Doch er blieb ruhig am Tisch sitzen, rückte nur seine Knie beiseite, um Platz zu machen. Mein Gesicht war vor Schlägen taub geworden, meine Zunge fand im Zahnfleisch eine leere Stelle, wo eben noch ein Zahn gewesen war.

Der Kommandant ließ von mir ab, dem Gesicht des Meisters war nicht anzusehen, ob er befriedigt war.

«Der Hilfspolizist hat ihn nicht auf der Pritsche gefunden», sagte der Kommandant zum Meister. «Er hat dort eine aus der

Bettdecke gefertigte Puppe zurückgelassen. Als aus der Fabrik angerufen wurde, ging der Polizist hin und fand die Puppe.»

Der Kommandant zeigte, wie ich die Bettdecke zusammengerollt hatte, damit sie Ähnlichkeit mit einem schlafenden Menschen bekam. Er gab sich Mühe, daß auch ich ihn verstand. Wenn der Meister sieht, daß ich verstehe und nicht widerspreche, wird er glauben, daß alles wirklich so war. Die Lagerpolizei hat sich ins Zeug gelegt, aber der schlaue Russenbengel hat sie überlistet.

Aus der zerschlagenen Nase tropfte es, der Mund war voller Blut, und es war nichts da, wohin ich hätte ausspucken können. Der Kommandant stand auf, ging angeekelt um mich herum und steckte den Schlüssel ins Schlüsselloch. Ich dachte, er würde mich gehen lassen, aber der Kommandant machte die Tür nicht auf. Er wusch sich lange und umständlich die Hände über dem Waschbekken, wobei er peinlich darauf achtete, daß seine Kleider keine Wasserspritzer abbekamen. Auch das anschließende Abtrocknen der Hände dauerte geraume Zeit. Dann machte er die Tür der Hausapotheke auf, holte eine Mullbinde heraus, wartete, bis ich mir Nase und Mund abgewischt hatte, gab mir dann eine zweite frische Mullbinde und öffnete die Wachstubentür.

Während er mich schlug und während er den Meister anlog, war er weder blaß geworden noch rot, obwohl die Lüge primitiv war. Freilich wußte ich nicht, was der Meister dem Kommandanten vorwerfen konnte, gegen welchen Vorwurf sich der Kommandant wehren mußte. Möglicherweise waren die Hilfspolizisten verpflichtet, nach dem Zapfenstreich alle auf ihren Pritschen liegenden Lagerinsassen nachzuzählen. Möglicherweise kamen sie dieser Pflicht nicht nach.

Bisher war mir der Lagerkommandant mit seiner Grausamkeit, seinem Reinlichkeitssinn, seinem behindertensportlichen Ehrgeiz als ein zwar furchtbarer, aber in sich geschlossener Mann aus einem Stück erschienen. Ich dachte nicht weiter darüber nach – ich empfand es einfach so. Diese Eigenschaft teilt sich den anderen mit: selbst wenn sie nicht darüber nachdenken und gar nicht wissen, wie sich das nennt. Wahrscheinlich sind Menschen aus einem Stück für andere Menschen beneidenswert. Es geht dabei nicht einfach um eine Summe von Eigenschaften, sondern um deren produktive Verbindung. Nicht umsonst vermerkt und achtet man sie sogar bei Feinden. Jetzt stellte sich heraus, daß es im Lager bisher einfach niemanden gab, der das scheinbar Ungebrochene des Lagerkommandanten auf die Probe gestellt hätte. Es mußte erst der Obermeister aus dem Walzwerk kommen.

Von der Wachstubentürschwelle aus sah ich Iwan. Wie ein Hausmeister werkelte er im Hof mit Schaufel, Harke und Schubkarren. Beim Arbeiten pflegte er gewöhnlich den Hilfspolizisten etwas zuzurufen, sie um Zuspruch und Anteilnahme zu bitten. Jetzt rief er nichts – er wartete auf mich. Er hatte mich nicht geschlagen – er hatte mich nur abgeholt. Aber auch das kam zu dem hinzu, was er sonst noch angestellt und ausgefressen hatte.

Als er mein verschwollenes Gesicht zur Kenntnis genommen und gebührend gewürdigt hatte, wendete er sich von mir ab, nahm seinen Schubkarren und karrte ihn davon.

Den Kommandanten hatte ich mir jetzt mit all seinen Eigenarten gemerkt. Ich sah, wie er die Schwelle der Wachstubentür überschritt, das kaputte Bein, wie zur Witterung, vorgestreckt. Wie er dann, als hätte ihn Leichtsinn erfaßt, gleich zwei Treppenstufen auf einmal nahm. Wie er, die Hilfspolizisten hinter sich, ohne Krückstock durch das Lagergelände raste. Wie er, bei der Ankunft im Lager oder vor dem Verlassen des Lagers, sich in Cape und Hut bewundern ließ, bedeutungsvoll auf seinen Krückstock aufgestützt. Die Natur hatte ihn mit einem schönen, ausdrucksvollen Gesicht ausgestattet. Und alle Willensimpulse und sportlichen Leistungen, die er für einen ehrenhaften Sieg über seine Lahmheit aufbot, mit denen er es erreichte, munter zu erscheinen, hatten sich zweifellos seinen Gesichtszügen eingeprägt. Grausamkeit hatte sich dort nicht niedergeschlagen. Oder allenfalls in der dunklen Tiefe der Augen. Doch es war mir nur selten vergönnt, dem Kommandanten in die Augen zu blicken.

Die Bleischwere der ihn haßerfullt beobachtenden Augen bemerkte er erst Ende vierundvierzig. Das hatte zur Folge, daß er sich fortan schwerer auf seinen Krückstock stützte, sich nur noch selten von ihm trennte. Er hörte auf, mit seinem alldurchdringenden Scharfblick zu prahlen. Fortan entging ihm einiges – oder er übersah es absichtlich.

Zu dieser Zeit sprachen die *Essener* bei ihm vor. Noch vor einem halben Jahr hätte er sie in den Karzer – die ungeheizte «Stube neun» – gesperrt und die Gendarmen gerufen.

Den Essenern sah man sofort an, daß es flüchtige Kriegsgefangene waren, die in einem Arbeitslager untertauchen wollten. Ihre Flucht konnte sie teuer zu stehen kommen. Doch vielleicht steckte noch mehr dahinter. Sie gingen nicht gleich zum Kommandanten – erst schickten sie den Langen Iwan als Verhandlungsführer vor. Iwan rannte durchs Lager mit stolz gerecktem Hals, seine weizengelbe Haartolle wehte im Wind. Er mimte den Verschwörer und war sehr ungehalten, wenn man ihn auf seine Vermittlertätigkeit ansprach. Er war sich seiner Wichtigkeit bewußt. Er wußte immer genau, was er tat.

Das ganze Lager verfolgte die Verhandlungen mit Interesse. Bis zum Schluß blieb unklar, wie sich der Kommandant verhalten würde.

Drei der «Essener» betraten die Wachstube. Die Tür schloß sich hinter ihnen. Einige Zeit später kamen sie zusammen mit dem Kommandanten wieder heraus. Der Kommandant stützte sich auf seinen Stock und war totenbleich. Er gab dem diensthabenden Hilfspolizisten und dem Langen Iwan die nötigen Anweisungen, zeigte mit dem Stock auf jene Baracke, in der die Essener einquartiert werden sollten.

Später kamen noch mehr Essener ins Lager. Und jedesmal, wenn der Kommandant einen von ihnen sah, erbleichte er und hatte sich nicht mehr ganz unter Kontrolle.

Im Lager gab es Abgänge durch Tod und Flucht – die Plätze der Abgegangenen wurden den Essenern überlassen. Dafür gab es eine amtliche Begründung: die Zerbombung des Essener Lagers. Die Neuankömmlinge hatten sich darauf berufen. Doch es war klar, daß es eigentlich um etwas anderes ging.

Bisher gab es im Lager nur unterernährte Jünglinge wie Sanja, Kostik und mich. Außerdem ältere, ebenfalls geschwächte Menschen. Dann gab es noch zwei Frauenbaracken. Das bedeutete, daß die Polizisten, von allem anderen abgesehen, stets den Vorteil körperlicher Überlegenheit besaßen.

Jetzt herrschte bei den Zählappellen eine gespannte Atmosphäre. Die Polizisten spürten sofort den Stimmungswechsel. Und obwohl sich die Essener zurückhielten und behutsam auftraten, wären die Polizisten im Lauf der Zeit bestimmt aggressiv gegen sie geworden. Das war einfach ihre stereotype Antwort auf selbstbewußtes Benehmen. Anders hätten sie die Angst im Lager nicht auf dem erforderlichen Niveau halten können.

In Langenberg hatten wir es in dieser Hinsicht etwas besser als im ersten Lager. Dort wurde blind zugeschlagen. In Langenberg fand der Verprügelte immerhin eine Erklärung für die bezogenen Prügel. Der Kommandant schlug mich dreimal, und jedesmal lag wirklich etwas vor. Es gab also, auf engem Raum, so etwas wie eine Freiheit der Wahl. Überhaupt hatte jedes Lager seinen eigenen Angstpegel. Der Insasse konnte ihn, bis zu einem gewissen Grad, ermitteln und vorausberechnen: zum Beispiel ging es in einem größeren Lager schlimmer zu als in einem kleineren. Aber sicher existierte auch eine gesamtstaatliche Norm, die nicht erheblich unterschritten werden durfte: dafür zu sorgen war die Aufgabe und Pflicht der Lagerpolizei. Über die Norm hinausgehen durften sie indessen fast unbegrenzt, die natürliche Grenze bildete unser Tod. Die nach Deutschlang geschleuste ausländische Arbeitskraft begann in den Arbeitslagern einen Weg, der oft in den Vernichtungslagern endete. Dies alles empfanden wir zu verschiedener Zeit verschieden. Heute, im nachhinein, weiß ich, daß ich mit Langenberg eher Glück hatte. Und selbst unser lahmer *Lagerführer* war sicher nicht der schlimmste aller wirklichen und möglichen Lagerkommandanten. Jedoch das alles hätte sich kaum ausgewirkt, wäre nicht der gewaltige Druck der Ostfront gewesen. Nicht daß die Lagerpolizisten Ende vierundvierzig, Anfang fünfundvierzig sich auf einen Schlag verändert hätten – was konnte sich da schon viel ändern? Aber zweifelnde Gedanken mußten ihnen wohl kommen. Wer die Sprungfeder zusammenpreßt, fühlt, mit welcher Gewalt sie vorschnellen wird. Nur Militärpersonen waren in der vergleichsweise glücklichen Lage, sich die Gedanken an die Zukunft sparen zu können. Die Armeedisziplin machte das möglich. Und wenn sie Gemeinheiten begingen, dann mußten sie doch wenigstens nicht an dem Ort bleiben, an dem sie die Gemeinheiten begangen hatten. Die Lagerpolizisten waren indessen Bewohner dieser Stadt Langenberg. Und obwohl es in einem solchen Staat strenggenommen keine Freiwilligen geben konnte, gab es doch Unterschiede. Wenn einer zur Lagerpolizei ging, fiel dabei gewiß die Entfernung vom Wohnort zum Arbeitsplatz mit ins Gewicht. Nur der Kommandant kam mit der Straßenbahn, alle anderen kamen zu Fuß zur Arbeit. Über Mittag konnten sie heimgehen. Diese Entfernung mußten sie auch jetzt wieder in ihre Berechnungen aufnehmen: was jetzt auf sie zukam, würde sie unweigerlich in ihren Häusern ereilen.

Das Wissen, wie viele Monate und Tage noch bis zum Kriegsende blieben, ist ein nachträgliches, ein heutiges Wissen. Überdies hatte sich so viel Haß und Wut angesammelt, daß der Selbsterhaltungstrieb darin gleichsam unterging. Jedenfalls war es so, daß mit dem Eintreffen der Essener, wenn auch nicht nachweislich durch ihre Schuld, sich die Verbote zu lockern begannen. Und der Kommandant, wenn er auf der Schwelle unserer Baracke auftauchte und der Duft nach gebackenen Kartoffeln seine Nase umspielte, wurde bleich, drehte sich aber gleich wieder um und entschwand.

Nur die Essener wahrten Zurückhaltung.

Iwan blickte sie mit seinen blauen ergebenen Augen an, reckte neugierig den Hals, sagte:

«Auch ich hab zwei Brüder bei der Roten Armee.»

Bei der Essenausgabe versenkte er den Schöpflöffel so tief wie möglich in den Suppenkübel, damit die Essener nicht nur die leere Brühe bekamen. Vor diesen Menschen war er rein, diese Menschen waren ihm verpflichtet.

Sie luden ihn nicht zu sich ein, jagten ihn aber auch nicht fort. Ich beobachtete sie aus der Ferne. Alle hatten die gleiche Art, zu blicken und zu reden. Besser gesagt: nicht zu Ende zu reden. Jeden neuen Mann tasteten sie mit den Augen ab, als würden sie befürchten, daß er sie erkennt und überführt. Ohne zwingende Not gingen sie nicht in den Lagerhof, und wenn jemand ihre Stube betrat, verteilten sie sich auf ihre Plätze. Ein oder zwei blieben zurück, um das Gespräch zu führen, doch das Gespräch stockte nach jedem Wort. Gewiß hatte das Lagerleben in uns allen Wachsamkeit, Mißtrauen und den Reflex ausgebildet, sich im Dunkeln zu verbergen, sich so hinzustellen oder hinzusetzen, daß man nicht gesehen werden konnte. Auch ich besaß einen wachsam mißtrauischen Blick. Es war eine natürliche Reaktion, den anderen als ersten reden zu lassen, ein Gespräch nicht selber anzufangen. Doch hier handelte es sich um einen anderen Pegel der Gefahr. Jeder, der die Stube der Essener betrat, spürte das sofort. Nur Iwan bemerkte nicht oder wollte nicht bemerken, wie man ihn anblickte.

Mein Herz begann heftig zu pochen, als mich einer der Essener fragte:

«Arbeitest du bei Volkenborn?»

Dieser Kriegsgefangene war wohl die Hauptfigur unter den Essenern. Er war etwa fünfunddreißig und wurde mit dem Vatersnamen *Petrowitsch* angeredet. Er war derjenige, der zurückblieb, wenn jemand in die Stube kam, um mit ihnen zu sprechen. Er blickte freier, sprach argumentativer, griff bereitwillig jedes Thema auf (während die anderen Essener gleichsam auf das konzentriert waren, wovon sie schwiegen), ging häufiger als die anderen in den Lagerhof, suchte Bekanntschaften.

«Du kommst jeden Tag an der Lachmannfabrik vorbei?»

Ich nickte. Es gab nur diese eine Straße. Neben der Lachmannfabrik war ein polnisches Frauenlager. Lager und Fabrik kamen uns geheimnisvoll vor, die Fabrik hatte etwas mit Chemie zu tun. Ich wartete, daß mich Petrowitsch auf die Lachmannfabrik ansprechen würde. Doch er fragte:

«Kennst du das zerbombte Haus?»

Natürlich kannte ich auch das zerbomte zweistöckige Haus an der Straße. Es hatte einen Volltreffer bekommen.

«Wer führt euch?»

Ich sagte, zur Arbeit würde uns ein deutscher Arbeiter, manchmal auch ein Hilfspolizist führen. Den Rückweg durften wir jetzt manchmal ohne Begleiter machen.

«Dann kannst du dich zehn oder fünfzehn Minuten irgendwo unterwegs aufhalten?»

«Freilich.»

Er nickte. Einige Tage später, als ich die Hoffnung, daß das Gespräch mehr als ein bloßer Zufall gewesen war, schon aufgegeben hatte, reichte er mir einen Zigarettenstummel. Wir standen etwa zu fünft da, und alle beoachteten, wie sich die selbstgedrehte Zigarette in Petrowitschs Fingern immer mehr verkürzte. Keiner wollte die Bekanntschaft mit einer Bitte beginnen. Petrowitsch mußte selber einen von uns wählen. Und obwohl ich mich abseits hielt, reichte er den Stummel mir.

«Warum kommst du nie zu uns? Tu das mal!»

Und wieder begann mein Herz zu schlagen.

Von dieser Zeit an begann für mich ein neues und glückliches Leben. Schon in der Fabrik dachte ich daran, daß ich den ganzen Abend bis zum Zapfenstreich bei den Essenern sitzen würde, und jede Minute würde ein Geschenk für mich sein. Vielleicht zum erstenmal in meinem Leben spürte ich in der Stube der Kriegsgefangenen den Lauf der Zeit: denn jede neue Minute war immer noch nicht genug. Dabei kümmerten sich die Stubeninsassen überhaupt nicht um mich, sie bemerkten mich kaum. Ich entsinne mich zum Beispiel keines einziges Wortes, das der Leningrader Arkadij an mich gerichtet hätte. Er hatte blaue Augen, aber einen schweren Blick, einen Blick, der nicht fragte, sondern alles schon im vorhinein wußte. Das Blau der Augen und die darin versteckte Machtgier bemerkte man nicht gleich, ein solcher Blick war bei einem Kriegsgefangenen ungewöhnlich. Arkadij beschäftigte sich nicht mit mir – aber darauf kam es auch gar nicht an. Er schloß mich in den Kreis ein, er nahm mich auf. Wenn etwas geteilt werden mußte, fragte er jedesmal: «Wie viele sind wir?» Und antwortete: «Wir sind drei...», «Wir sind fünf...» Das heißt, er nannte eine Zahl, die mich einschloß.

In seinen Augen war der Bodensatz der Ermattung durch Hunger und der allen Essenern gemeinsame Ausdruck der nie aussetzenden, aber indirekten Beobachtung. Alle vermieden es, den Kopf auf ein verdächtiges Geräusch hin umzudrehen. Aber wenn sich einige Menschen gleichzeitig nicht in eine Richtung umdrehen, in die sie sich eigentlich umdrehen müßten, dann fällt das noch stärker auf. Um die gespannte Lage zu entspannen, wurde irgendein Geräusch förmlich inszeniert, woraufhin sich die Essener auf ihre Plätze verteilten. Das mißtrauische Hinhorchen von Menschen, die bereit sind, im nächsten Augenblick in alle Richtungen zu zerstieben, war mir wohlbekannt. Es war ein Hinlauschen und Hinlugen, das die Möglichkeiten der Flucht wie des Angriffs blitzschnell abschätzte. Allen Leuten im Lager – nicht nur mir – fiel dieser Zug an den Essenern besonders auf. Ich staunte über Iwans Dummheit, der nicht merkte, daß man ihn wachsam musterte, als würde man auf seiner Stirn nach einem Fleck suchen, von dem er selber keine Ahnung hatte. In Gegenwart der Essener wurde Iwan erregt, in seine Augen trat Aufrichtigkeit: wie eine Träne. Er hoffte, daß die Essener Gleiches mit Gleichem vergelten würden. In dieser Barackenstube, die eine bloße Fortsetzung der Fabrikräume zu sein schien – so verrußt war hier alles –, wirkte Iwan als das schönste, vollwertigste Lebewesen. Das Blau seiner Augen war frischer und jünger als bei Arkadij, unter dem Milchweiß der Haut schimmerte die Röte der Gesundheit. Die biegsame, hochgewachsene Gestalt war von keiner Mattigkeit gezeichnet, kein Hunger dämpfte die Gesten und Bewegungen. Seine mit Aufrichtigkeit gefüllten, brennenden Augen, die furchtlose Bereitschaft, die Deutschen zu beschimpfen und mit den beiden älteren Brüdern zu renommieren, rührten von dieser verräterischen Gesundheit her, der die Lagersuppe und die Fabrikarbeit erspart geblieben waren. Iwan wurde aus der Hilfspolizistenküche verpflegt. Manchmal sprang er auf, krümmte den Rücken, versenkte die langen Arme in den Hosentaschen, verkündete bekennerhaft:

«Ja, wenn nicht ich gewesen wäre...»

Und zählte jene Leute auf, die ohne ihn gestorben und verdorben wären, die den Tod im KZ oder gleich hier im Ausländerlager gefunden hätten.

«Hab ich recht?» wendete er sich fragend und Hilfe suchend an mich.

Ich erinnere mich noch gut, wie er uns empfangen hatte, als wir in dieses Lager kamen. Damals hatte ich an der sonnengebräunten Haut, an der Dichte und Schönheit seines Weizenhaars, das ebenfalls von einem Übermaß an Lebenskräften zeugte, und allein schon an der Größe des Raumes, den sein Körper einnahm (während wir anderen alle einschrumpften), sofort erkannt, wes Geistes Kind und welch ein Mensch dieser Iwan war.

«Ihr seid Städter?» hatte er von der Höhe seines Wuchses herunter gefragt. «Eure Städtermätzchen werden euch hier rasch vergehen!»

Dann hatte er sich an seine Altersgenossen gewandt.

«Du rasierst dich schon? Wie dumm von dir. Ich rasiere mich nie. Hast du dich erst mal rasiert, mußt du das jeden Tag wieder tun. Der Bart wächst so schnell.»

Er hatte nicht einmal gelächelt:

«Du fragst, wofür du Brot eintauschen kannst? Was habt ihr anzubieten? Ihr seid mir zerlumpte Brüder!»

Er hatte uns bedroht:

«Hier gab es mal so einen Schnellen! Und was ist aus dem geworden?»

Hatte die Alteinwohner angezischt:

«Was glotzt ihr so blöd?»

Hatte sich seine vernickelte Schweizer Uhr vor die Augen gehalten, und der lange Arm in der kurzen Joppe hatte sich entblößt. Hatte sich mit seinen langen Beinen in Bewegung gesetzt. Hatte sich nach den Alteinwohnern umgedreht, die uns umringt hatten:

«Wetzt nur eure Zungen! Ich krieg alles raus!»

Auch jetzt legte er sich wieder mächtig und redlich ins Zeug. Die blaue Ader auf Schläfe und Hals war so stark angeschwollen, daß man fürchten mußte, der Adamsapfel könnte die Ader beschädigen. Ich verfolgte mit Sorge, wie der bläulich durchsichtige Schatten auf Iwans Schläfe, Backe und Hals sich hell verfärbte. Ich haßte Iwan, doch dies weibliche Äderchen tat mir irgendwie leid.

«Schrei nicht so», sagte ihm jetzt Petrowitsch, obwohl Iwan gar nicht schrie. Es war sonderbar: Iwan war weiter Herr der Lage, aber er kämpfte bereits um sein Leben.

Manchmal verstummte er, als sei man ihm ins Wort gefallen, während die Stirnader unter der dünnen Haut immer dicker anschwoll. Ich blickte diese Ader an und dachte: «Am Ende hat er wirklich zwei Brüder bei der Roten Armee?»

Vielleicht spürte er sogar die sich in Petrowitschs Stimme ankündigende Gefahr, doch das gebot ihm nicht Einhalt. Er stockte nur für einen Augenblick und begann dann, im Tonfall des Mitverschworenen irgendeine furchtbare Lagergeschichte zu erzählen, von der die Kriegsgefangenen und sogar ich nichts wissen konnten, denn sie hatte sich lange vor unserer Zeit abgespielt. Es ging jedesmal darum, wie jemand zu Tode geprügelt oder ins KZ überwiesen wurde und um Iwans unverschuldeten Anteil daran. Verblüffend war der komplizenhafte Ton, den Iwan selber wohl gar nicht an sich bemerkte, dessen Bedeutung er nicht begriff, dessen Wirkung auf die Zuhörer er nicht abschätzen konnte. Er schien jene Vorgänge noch einmal zu erleben, und zwar gegen seinen Willen, genau in der gleichen Weise wie damals.

Die Ader auf der Stirn war dicker denn je, die Stimme klang gekränkt. Er spürte, daß ihm Unrecht geschah. Er hatte inmitten der Vielzahl der Stimmen die Stimme seines eigenen und einzigen Lebens stets deutlich gehört, war sich seiner Gesundheit und Sauberkeit immer bewußt gewesen, hatte einst die Abneigung gegen die zerlumpte Städterbagage so schlicht und natürlich in sich aufgenommen, daß er keine Schuld fühlte. Es war auch wirklich eine Ungerechtigkeit, schuldig ist der Unaufrichtige. Iwan jedoch hing am Lagerkommandanten. Sattheit, Gesundheit und Reinlichkeit waren stets die Hauptmerkmale desjenigen, der recht hat im Leben. Außerdem hatte sich Iwan immer nur untergeordnet. Und wer tat das nicht?

«Sergej, sag es ihnen!»

«Das ist nicht nötig», sagte Petrowitsch.

«Was ist nicht nötig?»

«Daß Sergej was bezeugt. Zeugen braucht man vor Gericht. Im Leben erkennt man einen guten Menschen auch so. Oder nicht? Du lebst doch unter vielen Menschen.»

Iwan schluckte und neigte, zum Zeichen des Einverständnisses, seinen Kopf.

«Wir halten hier nicht Gericht über dich.»

Wieder schwoll die Ader an – Iwan dachte qualvoll nach.

Petrowitsch gab dem Gespräch eine andere Wendung:

«Welcher Hilfspolizist hat heute Dienst?»

Iwan nannte den Namen.

«Sehr gut», sagte Petrowitsch teilnahmslos, während Iwan rot anlief: man hatte ihm seine Aufrichtigkeit nicht abgenommen. Er kannte nur eine Methode, die anderen zu überzeugen: er erzählte noch eine Geschichte, gab Namen preis, die keiner von uns kennen konnte.

Der andere Iwan trat auf uns zu: der Kriegsgefangene Wanjuscha.

«Du sagt, keiner kennt die Namen?» – «Keiner.»

«Und du kennst sie?»

Iwan neigte jetzt den Kopf mit dem Weizenhaar so tief, als wollte er den anderen auf die Hörner nehmen. Auf die Stirn traten zornige Falten. Unter dem herabhangenden Haar hervor schaute er Petrowitsch, Wanjuscha und mich an. Sagte: «Wir haben genug geredet!» Stand auf, schlug die Tür zu. Wir sahen durchs Fenster, wie er in seinen zu engen Hosen den Lagerhof überquerte.

«Er könnte zubeißen», sagte Arkadij. «Man sollte ihn besser nicht reizen.»

«Du hast recht», sagte Wanjuscha.

Drei Tage später erklärten mir Petrowitsch und Wanjuscha, wie ich neben dem zerbombten Haus ein Versteck mit zwei Pistolen finden würde. «In zwei Touren schaffst du es, eine ist zu wenig», sagte Petrowitsch. «Die Pistolen sind schwer. In der Hosentasche würden sie zu sehr auffallen.»

Meine Hose wurde von einem alten Gürtel nur mühsam am Abrutschen gehindert. Man gab mir ein schwarzes deutsches Soldatenkoppel mit einer quadratischen Schnalle aus Metall.

«Du trägst die Dinger am besten unter dem Koppel, direkt auf der Haut», sagte Petrowitsch.

Ich mußte mir Gewalt antun, keine Fragen zu stellen. Was ich am meisten fürchtete, war, daß einer von den Essenern im letzten Augenblick anderen Sinnes werden und sagen könnte:

«Vergiß es wieder.»

Ich dachte, daß Arkadij, der den schweren Blick seiner Quellaugen ständig auf mir ruhen ließ, mir das schwere Koppel wieder abnehmen und gleichzeitig zu Petrowitsch – nicht zu mir! – sagen würde: «Er fliegt auf und reißt uns alle mit.»

Auf meinem Gesicht stand wohl eine fast wahnsinnige Erregung.

«Kühl dich ab», sagte Petrowitsch. «Was sagst du in der Baracke, wie du an das Koppel gekommen bist?»

Ich malte mir bereits aus, wie mich Kostik danach fragen würde, und ich würde beredt schweigen, und die Sache würde noch bedeutungsschwerer werden. Ich hatte mich natürlich verändert. Jedoch die vielleicht wichtigste Lektion, die ich damals nicht verkraften konnte, war die, daß der Mensch, selbst wenn er sich an schwere und schwerste Verhältnisse anpaßt, sich in seinem persönlichsten Kern kaum verändert. Diese Lektion überforderte mich deshalb, weil ich mich nur allzu gern verändert hätte. Alles rings um mich herum schien das zu bezeugen. Keiner konnte mich mehr wie ein Kleinkind behandeln. Und wenn ein Mann für ein riskantes Unternehmen gebraucht wurde, kam man auf mich – nicht auf Kostik oder Sanja. Das wiederum lag nicht nur daran, daß ich größer und erwachsener geworden war. Denn gleichzeitig war ich auch schwächer geworden und konnte mich des Hustens kaum erwehren. Und jetzt hatte man mir das schwarze Koppel gegeben, und ich hatte die freudige Bürde des Geheimnisses gespürt. Auch die Gefahr erfüllte mich mit Freude: die Kriegsgefangenen hatten den Tag und die Stunde genannt, und ich war mit ganzer Seele bereit. Ich fürchtete mich nur vor meiner Ungeschicklichkeit.

«Ich sage, Wanjuscha hat mir das Koppel geschenkt», sagte ich.

«Sag lieber eingetauscht, das klingt glaubwürdiger. Gegen was kannst du es eingetauscht haben?» fragte Petrowitsch.

«Gegen nichts.»

«Auch wieder wahr. Dann sag: geschenkt. Und komm dem Iwan nicht unter die Augen.»

Die Kriegsgefangenen arbeiteten im Walzwerk. Das heißt: sie bogen, vom Lager aus, zur Brücke ab und ließen die Straße nach Langenberg seitlich liegen. Sie waren früher im Lager zurück, der Weg vom Walzwerk zum Lager war kürzer als der Weg vom Lager bis *Volkenborn*. Ich fand das Versteck sofort, die Pistolen waren in ölgetränkte Lappen gewickelt. Ohne die Lappen zu entfernen, klemmte ich die eine Pistole unters Koppel, während ich die andere unters Hosenbein steckte und an dessen Innenseite, auf der Höhe des Fußknöchels, mit einer Schnur festband. Ich erwähnte schon, daß ich zwei Paar zerschlissene Hosen übereinander trug – die Pistole band ich an der inneren Hose fest. Mit jedem Schritt lockerte sich der Knoten, und ich spürte mit Entsetzen, daß sich die Schnur lösen würde, noch bevor ich das Lager erreicht hätte. Als wir am zerbombten Haus angelangt waren, hatte ich dem deutschen Bewacher gesagt, ich hätte Bauchweh bekommen. Er war unwillig gewesen, hatte mir bedeutet, daß ich rasch machen und sie gleich wieder einholen sollte:

«Aber paß auf, du!»

Im Klartext hieß das wohl: auch ein zerbombtes Haus ist Privateigentum. Plünderung wird sogar noch strenger bestraft als gewöhnlicher Diebstahl.

In meinen Pantinen holte ich ihn und Sanja rennend wieder ein. Der Deutsche musterte mich mißtrauisch, und ich spürte plötzlich, wie die Last an meinem Hosenbein ins Rutschen kam – die Hose befreite sich von der Schnur.

«Hast du dir den Fuß aufgescheuert?» fragte Sanja.

Der Deutsche blickte beunruhigt und mißmutig und stieß drohende Laute aus.

Wie man eine Kartoffel, zum Zweck des Schmuggelns, an der Unterhose festbindet, wußte ich vom Hörensagen, selber hatte ich es noch nie versucht. Indessen wußte ich, daß selbst zum Festbinden einer Schnur am Knöchel Erfahrung gehörte. Es kann sich ergeben, daß gerade dein Fußknöchel dafür ungeeignet ist. Bei mir gingen immer die Fußlappen auf, und die Strümpfe rutschten von den Waden. Abergläubische Furcht mäßigte meine Tollkühnheit, doch mein Starrkopf setzte sich durch.

Dort wo der Weg zum Lager abbog, ging es ziemlich steil bergab. In jeder Unebenheit schlummerte die Katastrophe. Durch den Stacheldraht des Lagertors sah ich einen Hilfspolizisten, der eine Kolonne passieren ließ. Er klopfte lustlos etwa jeden fünften ab.

Durch den Stacheldraht sah ich auch Petrowitsch und Wanjuscha. Wanjuscha machte mir ein Zeichen, während Petrowitsch beunruhigt eine Bewegung zum Tor hin machte. Wie ein gefesseltes Fohlen ging ich durchs Tor, der Hilfspolizist klopfte mir auf den Rücken, und in diesem Augenblick spürte ich, daß die Pistole den Fuß herab auf den Schuh glitt. Ich machte noch zwei Schritte, und der Lappen fiel auf die Erde. Wanjuscha bückte sich, hob ihn auf und schlug rasch den Weg in die Baracke ein. Petrowitsch sagte:

«Komm nicht gleich!»

Mein Rücken war naß vor Schweiß. Ich drehte mich um: der Hilfspolizist unterhielt sich mit jemandem über den Lagerstacheldraht hinweg. Ich setzte mich, hinter Petrowitsch her, in Bewegung, und als ich mich wieder von ihm gelöst hatte, sah ich Iwan. Er wartete auf mich:

«Was hast du geschmuggelt?» fragte er, und seine Augen wurden traurig.

«Gar nichts.»

Er wendete sich ab und schien sich entfernen zu wollen. Doch ich wußte, daß solche Spielchen nicht so bald ein Ende nahmen. Und wirklich blieb er wieder stehen.

«Wo hast du das Koppel her?»

«Eingetauscht.»

«Du hast das Koppel eingetauscht – und der Iwan ist ganz schön blöd, nicht wahr?»

Wieder wendete er sich ab, ließ mich scheinbar an sich vorbei, aber kaum hatte ich einen Schritt gemacht, schrie er wieder:

«Halt! Gib her! Wozu brauchst du so ein Koppel?»

Ich begann zu rennen. Iwan blickte mir unter seiner Haartolle hervor nach.

In der Baracke angekommen, kletterte ich auf die Pritsche und versteckte den zweiten Lappen unter der Matratze. Den ganzen Abend lag ich auf meiner Pritsche. Eine Stunde vor dem Zapfenstreich stand ich auf, ging in Richtung auf die Toiletten, blickte mich um und begab mich zu den Kriegsgefangenen. Sie waren nicht besonders erfreut über mein Erscheinen. Als ich auf Petrowitschs Pritsche zutrat und ihm den zweiten Lappen reichte, sagte er:

«Es ist also doch so!»

Das klang, als hätte er mich eben noch in Schutz genommen und müßte jetzt zugeben, daß er das nicht hätte tun sollen.

Der Lappen mit der zweiten Pistole wurde sofort versteckt. Alle nahmen ihre Pritschenplätze ein. Petrowitsch fragte mich nach nichts, gab mir auch keine Anweisungen. Er traf Anstalten zum Schlafengehen.

Erst drei Tage später sagte mir Wanjuscha:

«Komm vorbei und schau dir an, was du mitgebracht hast.»

Wenn mir einer gesagt hätte: «Gleich wirst du dich daheim befinden», hätte ich mich weniger darüber gefreut als über Wanjuschas Aufforderung. (Die plötzliche Heimkehr war aus meiner Verzweiflung und aus meinen Träumen längst verschwunden. Die wahnsinnigen kindlichen Träume von einem Wunder, die ich auch bei Erwachsenen festgestellt hatte, rührten von der Erschütterung her.) Jetzt bestand die Hoffnung, das Ende zu erleben, das Stacheldrahttor endgültig hinter sich zu bringen, sich diese Menschen in ihren Häusern und auf ihren Straßen einmal richtig anzusehen. Ich hatte gerade erst begonnen, mich meiner Ängste vermittels der Gefahr zu entledigen, und hätte um nichts in der Welt in den Stand der Einsamkeit und Ratlosigkeit zurückkehren wollen. Nur auf den ersten Blick erscheint es sonderbar, daß die Zahl der Ängste mit zunehmender Gefahr abnimmt. Ängste gibt es immer genug. Doch die meisten sind klein und kleinlich und bedrohen nur jenen, der allein steht. Instinktiv und vollbewußt strebte ich mit aller Macht zu den Kriegsgefangenen. Der Gefahrenpegel stieg zwar, aber auch das Beschütztsein nahm zu. Ich hätte auch eine Strafe von ihnen als gerecht empfunden. Wo alles nur einmal gemacht wird und eine Wiedergutmachung unmöglich ist, muß selbst die Dummheit bestraft werden. Doch sie hatten sich immerhin entschlossen, mich mit einer Aufgabe zu betrauen.

Wanjuscha zeigte mir auf einer türfernen Pritsche die Pistolen. Erst brachte er die eine Pistole, und als ich mich an der sattgesehen hatte, brachte er die andere. Auf der ersten flachen, unbrünierten Pistole war in lateinischen Lettern *Modell – 7,65* eingestanzt. Ich fragte: «Darf ich?» und zog am Schloß. Der matt glänzende Lauf schaute hervor. Das Griffstück war leer. Wanjuscha zeigte mir auch den Laderahmen. Doch der gehörte zu einer anderen Waffe. Er paßte zum gleichen Patronenkaliber, doch jene andere Waffe war kleiner. Der Rahmen saß locker im Griffstück. Als Wanjuscha meine Enttäuschung sah, sagte er:

«Schießen kann man trotzdem damit. Man muß mit dem großen Finger der linken Hand den Rahmen halten.» Und er blinzelte mir zu.

Meine Enttäuschung wuchs noch an, als mir Wanjuscha die zweite Pistole zeigte. Das war eine Parabellum mit einem schweren, handlichen Griff, einem dünnen Lauf und einem leergeschossenen Laderahmen. Ärgerlich war, daß diese einer modernen Parabellum täuschend ähnliche Waffe aus der Zeit der Jahrhundertwende stammte. Heutige Patronen waren nicht verwendbar, und seine eigenen Patronen hatten diese Schießeisen längst verschossen. Selbst wenn wir in ein Waffenlager eingebrochen wären, hätten wir uns nicht mit passender Munition versorgen können. Das bequem zu handhabende, fein geriffelte Griffstück war genauso unnütz wie der vorzüglich erhaltene Mechanismus. Ich wog die Pistole in der Hand.

«Möchtest du wissen, wegen welcher Kanone du fast aufgeflogen bist?» fragte Wanjuscha. «Wegen der hier.»

Er richtete die Parabellum gegen mich, seine Augen wurden erschreckend scharf, ich wich unwillkürlich zurück.

«Jetzt fragst du nicht mehr nach dem Baujahr und ob Patronen da sind!» lachte Wanjuscha.

Ich dachte, daß allein schon Wanjuschas scharfer Blick erschrecken konnte. In meinen Händen würde wohl nicht einmal die Waffe Eindruck machen.

Wanjuscha klopfte mit dem Finger gegen das Griffstück und zeigte, welch ein dünnes und stabiles Klemmplättchen drinsteckte.

«Das reinste Musikinstrument», meinte er lachend.

Alle Geschichten, die Wanjuscha erzählte, gingen komisch aus. Gleich zu Beginn des Krieges hatte ihn der Splitter einer Panzergranate am Bauch verwundet. Er hatte aus einer Panzerabwehrkanone auf den Panzer geschossen. «Ich hätte ihn nicht reizen dürfen», lachte Wanjuscha. Aber nicht das war das Kernstück der Geschichte. Im Lazarett hatte man ihm zwanzig Zentimeter Darm herausoperiert. Der Arzt warnte ihn: Alkohol bedeutet Tod für dich. Kaum stand Wanjuscha wieder auf den Beinen, lief er aus dem Lazarett weg und spülte sieben Glas Bier in sich hinein. Halbtot brachte man ihn ins Lazarett zurück. Die diensthabende Schwester fragte völlig aufgelöst und ratlos: «Was sollen wir denn jetzt machen?» Wanjuscha war um eine Antwort nicht verlegen. «Essen müssen wir», sagte er. «So rasch wie möglich und soviel wie möglich.» Das war sein Lieblingswort in undurchschaubaren Situationen, in allen jenen Fällen, wenn er keine Lust verspürte, sich mit etwas näher zu befassen. Die völlige Verachtung eigener und fremder körperlicher Leiden verband sich bei ihm mit dem Bestreben, ernsten Gesprächen durch einen Ulk im richtigen Moment aus dem Weg zu gehen. «Darauf kannst du herumhämmern», sagte er und zeigte auf die Operationsnaht auf seinem Bauch. Er sagte auch, er würde den Hunger leichter ertragen, weil sein Magen kleiner sei als bei anderen Leuten. Er hatte einen watschelnden Gang und krümmte im Gehen den Rücken. Seine Bauchverletzung nannte er *Magenrheuma,* doch er war kräftig und schnell in Bewegung und Entscheidung, hatte vorzügliche Augen, bemerkte die Gefahr früher als die anderen und fand immer noch Zeit zu einem die Spannung mildernden Scherz. Hinter jedem seiner Späße erriet man so etwas wie einen Schatten. Und in diesem Schatten erriet man ihn selber. Kaum hatte man sich arglos lachend entspannt, sah man bereits wieder seine wachsamen Augen. Mir fiel auf, daß er nicht nur in Leuten wie Iwan Furcht erweckte, sondern auch bei seinen eigenen Kumpels, denen Wanjuschas Überschnelligkeit nicht ganz geheuer war. Auch ich war, wie die anderen, der Meinung, daß Taten und Handlungen Worte vorausgehen sollten. Bei Wanjuscha war das anders. Die Gefahr zog ihn wie ein Magnet an, doch er schämte sich auch nicht davonzulaufen, wenn die Gefahr seine Kräfte überstieg. Hinterher berichtete er bereitwillig von den Umständen seiner Flucht. Im Lager mußten wir uns alle immerzu vor etwas verstecken oder retten, aber keiner sprach gern davon.

Mir gefiel Wanjuschas Wendigkeit, das Luchsgelb der wachen, nie blinzelnden Augen, seine scheinbare Tolpatschigkeit. Besonders imponiert hatte mir die Art, wie er meine Blamage mit der abgerutschen Pistole aufnahm. Unter den Essenern stand er mir altersmäßig am nächsten. Seinen Kumpels gegenüber wahrte er eine Distanz und Unabhängigkeit, deren Sinn mir nicht ganz aufging. Ich selber war in einer Phase, in der jeder unaufgeklärte Widerspruch qualvoll ist und nach sofortiger Lösung verlangt. Während dieser Jahre war ich Leuten begegnet, deren Worte von Haß und Mißtrauen diktiert waren, die um ihre Handlungen herum eine wortlose Dunkelheit auftürmten. Das waren Menschen vom Typ *Fälkchen.* Ich hatte eine Aversion gegen Handlungen, die außerstande waren, sich im Wort zu spiegeln. Ich befand mich in jenem Alter, in dem man alles benennen möchte, mit möglichst gewichtigen Worten. Alles Unglück, meinte ich, rührte daher, daß sich irgendwer nicht genug um Worte bemüht hatte. Mich verzehrte der Wunsch nach Bekenntnissen: eigenen und fremden. Ich wollte akzeptiert werden, wollte in mir freundlich gesinnte Herzen aufgenommen werden, wollte deren Haß und deren Liebe ungeteilt zu den meinigen machen. Die Kriegsgefangenen waren zu erwachsen und zu sehr Respektspersonen. Ich hätte so gern jede mir erteilte Lektion begriffen und beherzigt, und sie merkten gar nicht, welches Selbstbewußtsein mir meine gewichtige, wenn auch unfreiwillige neue Lebenserfahrung eingab, und daß sie mich an ihrer Seite akzeptierten. Angestrengt dachte ich über richtige und falsche Lebensführung nach, ich war überzeugt, daß sich auch die anderen am liebsten dieser Beschäftigung hingaben und mit der gleichen Intensität wie ich davon träumten, ihre Bemühungen mit denen ihrer Mitmenschen in Einklang zu bringen: denn wenn es viele falsch gelebte Leben gibt, dann gibt es wohl ein einziges richtig gelebtes. Deshalb verwirrte mich Wanjuschas Zurückhaltung. Indessen war gerade er es gewesen, der mich und vielleicht auch die anderen vor dem Auffliegen gerettet hatte. Er hatte auch nicht den Stab über mir gebrochen und geflissentlich weggehört, wenn die anderen das taten.

Gern hätte ich mein Gedächtnis gereinigt und jene Blamage getilgt. Damit das geschehen konnte, mußte ich sie noch einmal mit jemand nacherleben, der bereit war, mir zu verzeihen. Ich sprach Wanjuscha mehrmals darauf an, doch er winkte jedesmal ab, obwohl er sonst mit mir viel sprach. Er brachte mir bei, gute von bösen Vorzeichen zu unterscheiden. Zum Beispiel: wenn du zu einem gefährlichen Unternehmen aufbrichst, darfst du dich vorher nicht kämmen, darfst das Geld oder auch die ausgefallenen Zähne im Kamm nicht nachzählen. Meinen Bericht vom rachelüsternen katholischen Gott, der mich bestraft hatte, weil ich ohne deren Bedeutung zu kennen, Jeans Lieblingssprüche wiederholte, nahm er mit Ernst auf.

«Scherz beiseite», sagte Wanjuscha. «Vergiß das lieber.»

Aber selbst noch die todsichersten Vorzeichen zügelten Wanjuscha nicht. Vor dem Aufbruch zu einer gefährlichen Aktion wurde eine regelrechte Revision der Vorzeichen veranstaltet. Der eine faßte sie als Jux auf, der andere nahm es ernst, aber keiner der Essener entzog sich dieser Revision. Es ging darum, ob jemand in der Hetze das Hemd verkehrt herum angezogen hatte, oder auch darum, wen man beim Überschreiten der Türschwelle zuerst gesehen hatte: einen Mann oder eine Frau. Die anderen versuchten gar nicht erst, Wanjuscha seinen Aberglauben auszureden.

Anfang März schleusten Wanjuscha und ich noch weitere zwei Pistolen ins Lager.

An den Sonntagen, wenn in der Fabrik nicht gearbeitet wurde und auch im Lager keine Arbeit anfiel, durften die Lagerinsassen bei Deutschen in der Stadt arbeiten.

Das spielte sich so ab: Am Sonntagmorgen versammelten sich vor der Wachstube fünf oder sechs Leute aus der Stadt, die jeweils zwei oder drei Helfer für den Sonntag benötigten. Die Anfragenden standen abseits, man konnte nicht einmal ihre Gesichter sehen. Es war nicht zu ermitteln, ob der fragliche Deutsche dem Gesicht nach ein Geizhals oder freigebig, ein Unmensch oder ein Mensch war. Die Entscheidungen trafen die Hilfspolizisten. Von der Arbeit als solcher oder gar von Bezahlung war nicht die Rede. Ich kann es nicht beschwören, aber ich bin mir ziemlich sicher, daß die Verwendung des Tätigkeitswortes *helfen* statt *arbeiten* eine völlig offizielle Sache war. Bereits der Gedanke an die Bezahlung von uns *Helfern* war offenbar gesetzwidrig, man sah das an der Art, wie uns die Hilfspolizisten verschwörerisch anblinzelten, etwas von *Brot* und *essen* munkelten. Das hörte sich so an: Eigentlich ist es ja verboten, aber ihr werdet schon was zu futtern bekommen! Überhaupt wurde die Sache mit der Sonntagsarbeit so gehandhabt, als handle es sich um eine gelinde Rechtsbeugung im Interesse von uns Lagerbewohnern, um ein Entgegenkommen und Zugeständnis, vergleichbar der Erlaubnis, auf einer dem Lager benachbarten Ödfläche Brennesseln für die Lagersuppe zu sammeln. Die Aktion *Brennessel* wurde im Frühling fünfundvierzig durchgeführt, und der Lagerkommandant gab uns zu verstehen, daß er seine Befugnisse dabei entschieden überschritt und unseretwegen einiges riskierte.

Manchmal ließen sich die Hilfspolizisten dazu herab, die Berufe der um unsere *Hilfe* ersuchenden Städter anzugeben:

«Bauer.»

«Bäckerei!»

«Krankenhaus!»

Auch das war eine durchsichtige Anspielung: Es müßte schon mit dem Teufel zugehen, wenn euch ein Bauer oder Bäcker nichts zu fressen gibt!

Dem Gesicht des Kommandanten war anzumerken, daß er, angesichts seines Verstoßes gegen die Lagerordnung, zwar nicht gerade mit unserem Dank rechnete, indessen doch verwundert wäre, gar keine Dankbarkeit in uns zu entdecken. Den Haß, die Erbitterung, die Grausamkeit: das alles kann man sich auch heute recht gut vorstellen und ausmalen. Viel schwieriger ist es, das Gefühl der Überlegenheit nachzuvollziehen, das ein besonderes Licht auf den Haß und die Wut warf. Welche fehlenden anderen Eigenschaften es zu ersetzen hatte, ob es mit dem Faschismus entstanden war oder ihn hervorgebracht hatte: das alles weiß ich nicht. Doch diese Haltung drückte sich im herablassenden Benehmen nicht weniger deutlich aus als in den zahllosen Verboten. Worte wie *Hochmut*, *Hochnäsigkeit* oder *Stolz* erklären wenig. Die Einstellung zu den klassischen Menschheitslastern war in Deutschland genau die gleiche wie überall in der Welt. Hochmut wurde verurteilt, Bescheidenheit wurde gerühmt. Doch das waren Laster mit verschiedener Tendenz. Indessen einte die Hochmütigen wie die Bescheidenen das Gefühl der Überlegenheit der Deutschen über die Nichtdeutschen: wie die weiße Haut die Europäer, die schwarze Haut die Afrikaner eint. Der Unterschied der Gesichter wurde vermischt. Der Faschismus hatte es darauf abgesehen, daß der Nichtdeutsche am Deutschen ein einziges Gesicht sah, aus dessen Mund einen einzigen Tonfall hörte. Jedermann kennt diesen Tonfall. Im Kino, in der Straßenbahn, an einem jeden öffentlichen Ort führen rüde Burschen laute Reden und bestärken sich in der Meinung, die schneidigsten Burschen der Welt zu sein.

Natürlich ist das nur das Gerüst dieses Tonfalls. Wichtig ist auch, daß es sich um einen staatlichen, einen zur Uniform hinzugelieferten Tonfall handelt. Nicht immer und nicht von allen wird die Uniform getragen, es gibt auch Leute, die nur halbuniformiert sind. Bei Hauptingenieur Schulz und beim Lagerkommandanten hängt die Uniform im Schrank. Man redet mit uns, während die obersten Knöpfe der Uniformjacke aufgeknöpft sind und die Uniformmütze am Ständer hängt. Der Lagerführer erscheint jeden Tag in Zivil – so ist es bequemer. Doch wenn solche Menschen ihre Uniform anziehen, dann ist sie frisch gebügelt und tipptopp.

Regelmäßiger, natürlicher, alltäglicher wird die Uniform von den einfachen Menschen getragen. (Die Hilfspolizisten im Lager sind zweifellos einfache Menschen.) Sie jagen und prügeln uns, sie drohen und lachen mit einer Ungezwungenheit und Selbstverständlichkeit, als seien sie in der Uniform geboren worden. Sie paßt ihnen wie angewachsen, obwohl sie manchmal zerknautscht ist. Ab und zu wird sie dann wieder auf Hochglanz gebracht! Und der lahme Lagerführer rennt die Treppe hinab, den Krückstock unter die Achsel geklemmt, und sein ganzer Anblick bezeugt den Sieg über Lahmheit und Lässigkeit. Er ist mit dem Leben zufrieden, und die Hilfspolizisten reden in seiner Gegenwart wie junge Burschen, die ein Kino betreten, die Besucher angerempelt und eingeschüchtert haben und die sich jetzt über den Saal hinweg laut grölend unterhalten.

Und noch etwas gehört zum Tonfall der Überheblichkeit. Du vergißt keinen Augenblick, daß du dich in einem Land befindest, wo das Wort *Ordnung* großgeschrieben wird, dessen Alltag sich durch ein Mindestmaß an Gefahr und Risiko auszeichnet: Niemand wird bei Rot über die Straße gehen. Möglicherweise führte dieses ständige instinkthafte Bestreben nach einer Senkung des Alltagrisikos eines Tages dazu, daß die Verbindung zur Welt abriß. Und es entstand dann wohl die seltsame Vorstellung von einem mürben – nicht einem spröden Weltstoff, eine ungeheuerliche und zugleich kindliche Vorstellung vom eigenen Platz in der Welt.

Wir alle sind Menschen, war die deutsche Formel, mit der die Kriegsziele verworfen wurden – sie hat die Wende im Kriegsverlauf ausgedrückt und in Worte gefaßt. Den Russen oder auch den Franzosen wäre sie nicht eingefallen, denn sie behaupteten nie das Gegenteil. Man muß sich vergegenwärtigen, von welchem Abgrund sich der Deutsche abstieß und welchen Weg er zurücklegen mußte, bevor das *Wir alle sind Menschen* ihm in den Sinn und über die Lippen kam. Für die einen war das die weiße Flagge, für die anderen waren es sonntägliche Betrachtungen und Meditationen. Nur bei wenigen war es feste Überzeugung.

Die nach *Helfern* suchenden Stadtbewohner fanden sonntags im Lager immer genug Freiwillige. Im Lager werden sie dich über kurz oder lang sowieso zur Arbeit zwingen. So kommst du wenigstens aus dem Stacheldraht raus, kriegst vielleicht was in den Bauch, schaust dir zumindest die Stadt an. Die Kriegsgefangenen hatten mich nachdrücklich aufgefordert, mir die Stadt genau anzuschauen und mir alle Einzelheiten zu merken.

Ich versuchte, Kostik dazu zu gewinnen. Der schaute verächtlich und unwillig und sah den Sinn der Sonntagsarbeit nicht ein.

Kostik wurde immer schwächer. Wenn er eine Last hob, sackten seine Schultern ab, und der Hals verlängerte sich ins Unmäßige. Die Schwäche erfaßte auch seine Fähigkeit zum Hoffen und seine Lust, irgendwo mitzumachen. Wenn bei einem anderen etwas schieflief, fühlte er sich bestätigt und sagte:

«Aha! Und was hast du gemeint?»

Oder:

«Was hat sich der wohl gedacht!»

Als hätte der, der auf eigene Gefahr etwas versuchte, indem er das tat, die Hand gegen Kostiks Lebensgesetz erhoben. Kostik glaubte nicht, daß bei irgendwem irgendwas klappen könnte. Und wenn der Erfolg dann wirklich vom Mißerfolg abgelöst wurde, sagte er triumphierend:

«Das hab ich gleich gesagt!»

Als würde er über jedes Gelingen und Mißlingen Buch führen.

Es gab jedoch auch Leute, denen Kostik das Recht, ihr Glück zu versuchen, nicht absprach. Eines Sonntags überredete ich ihn, zusammen mit mir und Wanjuscha zum Arbeiten zu gehen.

Wir wurden einem Bäcker zugeteilt. Der Bäcker, ein hagerer Mensch, ging stumm vor uns her. Dabei lächelte er vor sich hin. Vielleicht machte ihn die Rolle des Bewachers verlegen – oder die Unvermeidlichkeit eines Gesprächs mit uns. Wir waren uns jedenfalls sicher, daß das Lächeln nur uns gelten konnte. Um das Gespräch endlich beginnen zu lassen, fragte Wanjuscha den Bäcker an einer Straßenkreuzung:

«Wohin?»

Der Bäcker blickte verwundert – sein Lächeln hatte mit uns überhaupt nichts zu tun. Es war genau jener Blick, mit dem ein Deutscher einen Nichtdeutschen anzublicken hatte: aufmerksam, durchdringend und zugleich wie aus weiter Ferne kommend, ohne

Neugier aufs Gesicht und aufs Detail. Im fremden Blick des anderen suchte man sonst nach dem eigenen Spiegelbild. Doch dieser Blick verätzt dein Ebenbild wie Säure. Irgendwas spiegelt sich, aber nicht du, sondern ein Wer oder Was, mit dem die furchtbarsten Verwandlungen geschehen können. Es gibt bösartige, stumpfe und sogar behagliche Gesichter, die allesamt eine Veranlagung für diesen Blick haben. Sie renommieren damit, setzen sich in Positur, drohen. Du weißt es eine Minute im voraus, daß so einer so ein Gesicht aufsetzen wird. Wenn der Lagerkommandant einmal in Uniform ins Lager kam, hatte sein Gesicht den ganzen Tag so einen Ausdruck. Jedoch der Bäcker besaß ein eigentümliches, keineswegs dummes Gesicht. Auf solchen Gesichtern erscheinen keine von anderen ausgeliehenen Mienen. Uns hatten außerdienstliche Umstände zusammengeführt, und auch der Beruf dieses Mannes war denkbar unmilitärisch. Er brauchte sich nicht zu verstellen – und er tat es auch nicht.

Die Straße war so schmal, daß die Bäckerei direkt auf den Fahrweg hinausging: für einen Gehsteig war kein Platz da. Statt dessen gab es Randsteine, die den Fahrverkehr begrenzten. Die Gasse wand und schlängelte sich, und es war nicht recht verständlich, wie ein Kohlenlaster diese Straße entlangfahren konnte – indessen lag ein großer Briketthaufen vor dem Haus des Bäckers. In der Straße gab es noch einige kleinere Geschäfte, und auch deren Schaufenster gingen direkt auf die Fahrbahn hinaus. Das Straßenpflaster und die Häuser: alles war uralt. Altertümlich war auch diese Enge.

Wenn man durch die Bäckerei hindurchging, kam man auf eine andere ebenfalls schmale Straße. Von der ersten Straße war die zweite nur durch eine Häuserreihe ohne Höfe getrennt. Hier war der mittelalterliche Stadtkern. Jedoch die Autoreifen hatten das Steinpflaster kautschukbraun gefärbt.

Wanjuscha ergriff eine Kohlengabel, deren Zähne blitzten, als würde man damit jeden Tag Tonnen von Koks oder Kohlenbriketts schippen, und füllte einen Korb, den Kostik und ich hinter dem Bäcker her ins Haus trugen. Die Brotregale in der Bäckerei, die wir als erstes sofort anstarrten, waren leer.

«So ein Geizkragen», lachte Wanjuscha. «Der hat das Brot extra wegen uns weggeräumt.»

Der Bäcker ließ uns nicht aus den Augen, sah uns dabei zu, wie wir die Briketts vom Straßenpflaster wegräumten. Brüllte mich und Kostik manchmal an, musterte beunruhigt Wanjuscha.

«Brot!» sagte Wanjuscha.

Der Bäcker tat sehr erregt, sagte, das sei verboten. Brot gebe es auf Brotkarten. Er selber würde keines essen. Wanjuscha lächelte und ging mit der Kohlengabel auf ihn zu. Daraufhin rückte der Bäcker zwei Scheiben Brot heraus.

Hinterher hatte Kostik eine Wut auf mich und auf sich selbst. Auf mich, weil ich ihn überredet hatte, auf sich selbst, weil er sich hatte breitschlagen lassen, auf sonntägliche Brotjagd zu gehen.

Kostik war der festen Überzeugung, daß nur ein von ihm selber akzeptiertes Leben richtig sein konnte. Er arbeitete weiter im Walzwerk. An seinem stockenden Greisenlachen merkte man besonders deutlich, wie ausgezehrt er war.

Als ich am nächsten Sonntag wieder mit Wanjuscha arbeiten ging, sagte Kostik herablassend:

«Du willst dir wohl was für den Sarg verdienen?»

Es gab offenbar Dinge, die mir von selbst nie eingefallen wären. Und wenn sie einem anderen einfielen, stellte ich mich nicht gleich darauf ein. Im Walzwerk arbeitete ein ausgebombter Deutscher, der nach Langenberg gezogen war. Die Kriegsgefangenen hatten mit ihm ausgemacht, daß er mich und Wanjuscha als Helfer beim Bau eines Behelfsheimes auswählen würde. Es war nicht einfach, diese Absprache zu treffen. Aber wir brauchten den bombengeschädigten Deutschen. Wir wollten bei ihm früher als gewöhnlich Feierabend machen und es so einrichten, daß er uns einfach laufen läßt. Anschließend sollte ich ein Fahrrad stehlen und mit dem Rad zu einem anderen Deutschen fahren, der uns für das Fahrrad einen Revolver versprochen hatte. An den Revolver glaubte ich nicht. Ich war überzeugt, daß wir in eine Falle tappen würden. Mich verblüffte die Blindheit der Kriegsgefangenen, doch ich sagte kein Wort: das hätte nicht zu meiner Rolle gepaßt. Doch diesen Sonntag behielt ich nicht wegen der Angst im Gedächtnis.

Der Bombengeschädigte führte uns zu einem Haufen von Papiersäcken. In den Säcken war Zement. Diese mit steinhartem Staub prall gefüllten Standardsäcke erschreckten mich mehr als das, was an jenem Sonntag außerdem noch zu tun war. Wanjuscha reichte mir einen der Säcke – aber nicht ein Sack, sondern eine Schmiedepresse legte sich mir auf die Brust. Es gab im Körper keine Sehne, die diesem Druck und Schlag hätte standhalten können. Mein Atem stockte. Das Gelände stieg steil an, jeder bergauf führende Schritt mehrte die Last auf meinen Schultern. Meine eigentlich gar nicht möglichen Empfindungen gebaren einen Gedanken, den ich für immer im Gedächtnis behielt: Des Lebens Grenze ist überschritten – und trotzdem gehe ich weiter: Und meine Muskeln können nichts dafür. Ich bewege mich ohne deren Hilfe voran!

Der zweite Sack, den mir Wanjuscha auf die Schultern heben half, versetzte mir einen Schlag in den Nacken – ich begriff nicht gleich, daß ich gestürzt war. Wanjuscha goß zementtrübes Wasser über mein verschrammtes Gesicht, der bombengeschädigte Deutsche fluchte. Er lief mit einem, dann mit einem zweiten Sack an uns vorbei, kam aber bald selber außer Atem. Wir brachten seinen Arbeitsplan durcheinander. Er wollte sich ein Haus aus Schlackenzement bauen, wollte selber den Zement anrühren und die Form ausstampfen, und wir sollten Zement und Schlacke herbeischaffen. Irgendwie hätte man die Arbeit anders einteilen müssen, und davor schreckte der Deutsche zurück. Vielleicht wollte er uns die Mauer seines zukünftigen Hauses nicht anvertrauen, vielleicht hatte ihn das Tragen dreier Säcke zu sehr geschwächt – jedenfalls war seine anfängliche Arbeitswut verflogen, er fing träge und unentschlossen das eine und gleich darauf was anderes an. Er zeigte mir den Spaten, fragte, ob ich damit umgehen könnte.

Mir taten die Rippen weh, der Hals war wie ausgerenkt, das Atmen klappte immer noch nicht wieder richtig. Aber Wanjuscha durfte auf keinen Fall den Eindruck bekommen, ich sei ein unsicherer Kantonist und lahmer Kumpel. Das Furchtbarste an den Zementsäcken war dies: Es waren gewöhnliche Standardsäcke. Vor zwei Jahren hatte ich in Wuppertal Säcke mit Kartoffeln geschleppt – und es war gegangen. Seither war ich um zehn Zentimeter gewachsen. Diese zehn Zentimeter hatten mein Leben verändert. Mein Selbstbewußtsein hatte zugenommen – im Gegensatz zu meiner Körperkraft. Damit konnte ich mich natürlich nicht abfinden.

In jenem Frühjahr bildete sich bei mir der Geruchssinn aus und meine Haut sprach auf die Sonnenwärme an. Es war ein Gefühl des Wohlbefindens, trotz aller Körperschwäche. Ich nahm den Spaten.

Gegen Mittag sagte Wanjuscha:

«Feierabend!»

Der Deutsche widersprach nicht, traf auch keine Anstalten, uns ins Lager zu bringen. Wanjuscha sagte mir:

«Du bist im richtigen Moment gestürzt!»

Wir säuberten und wuschen uns. Aber halbwegs sauber waren nur die Westen geblieben – wir hatten sie während der Arbeit abgelegt. Wanjuscha besaß eine eigene Weste, ich hatte Arkadijs Weste genommen. Ich konnte mich in sie einhüllen, wie in der Kindheit in den Arbeitskittel meines Vaters. Die Weste hatte ich angezogen, um auf der Straße nicht sofort als Russe erkannt zu werden. Damit ich schneller gehen konnte, hatte man mir fremde Schuhe gegeben. Die Einlegesohle hatte durch den Schweiß und Dreck einen Hökker bekommen, mein linker kleiner Zeh schaute raus und tat beim Gehen weh. Der Schmutz und der fremde Schweiß in der Einlegesohle hatten sie aufgeweicht, der Fuß rutschte im Schuh hin und her. Nach dem Trocknen nahmen die gewaschenen Schuhe wieder ihre graue Farbe an: als hätte ich sie in den frisch angerührten Zement getunkt.

Mit dem erst noch zu stehlenden Fahrrad sollte ich zu dem halbfertigen Luftschutzbunker fahren. Beim Bau dieses Bunkers hatte ich mitgewirkt.

«Fahr nicht gleich auf mich zu», sagte Wanjuscha und reichte mir ein Stück Brot, die Hälfte von dem, was uns der Behelfsheim-Deutsche gegeben hatte. Lachend fügte er hinzu: «Das hilft gegen die Angst.»

«Soll ich das gleich essen?» fragte ich.

«Unverzüglich», lachte Wanjuscha. Die ebenfalls erworbene Zigarette steckte er in eine Blechbüchse. «Die rauchen wir später – sonst steigt sie uns in den Kopf. Wir rauchen sie, wenn du mit dem Rad kommst.»

«Die ist schwach», meinte ich.

«Dafür sind wir bärenstark», lächelte Wanjuscha.

Er trieb mich nie mit seinen Späßen in die Enge. Und die Anweisungen, die er mir gab, trugen einen eher allgemeinen Charakter: Das Fahrrad soll ich besser weiter weg vom Arbeitsort stehlen, für die Fahrt zum Luftschutzbunker soll ich lieber einen Umweg wählen, am Zielort soll ich mir so rasch wie möglich ein Bild von der Lage machen. Im übrigen soll ich mich nach den Umständen und nach meinem Verstand richten. Wichtig ist nicht, wie man beginnt, sondern daß man richtig weitermacht. Man muß sich orientieren können. Muß einen klaren Kopf bewahren. Einen klaren Kopf und einen frohen Mut. Dann wird alles gelingen.

Vielleicht gebrauchte Wanjuscha andere Worte, aber so verstand ich ihn immer. Froher Mut war für Wanjuscha bei solchen Unternehmungen wichtiger als alles andere. Langweilige und triste Leute weckten in ihm Feindseligkeit. Langeweile und Trübsinn zogen Unheil und Mißlingen an, wie die schlimmsten Vorzeichen. Auch in Wanjuschas Mißachtung der festen Absprachen steckte ein die Gefahr liebender Frohsinn. Ich selber wäre für Absprachen gewesen. Ich begriff aber auch: wenn etwas bis in alle Einzelheiten festgelegt wird, und etwas trifft hinterher nicht ein, dann geht eventuell alles schief. Das aber gilt es zu vermeiden.

Das Fahrrad sah ich neben der Haustür eines zweistöckigen Hauses stehen, nicht weit von unserer Baustelle. Es stand angelehnt da. Einen Augenblick verblüfften mich, trotz der Angst, die ich empfand, die Lenkbarkeit der Lenkstange und die Leichtigkeit, mit der sich die Pedale drehten: die lange Zeit nicht mehr erprobte Fähigkeit, mit dem Rad umzugehen, war sofort wieder da. Gleich nach der ersten Kreuzung raste ich einen Berg hinunter. Ich sah einen erstaunten Blick und bog in eine Seitenstraße. Die Stadt kannte ich in Teilen, straßenzugweise. Und obwohl ich keine Zeit zum Überlegen hatte, war ich rasch am Luftschutzbunker: als hätte mich das Fahrrad ganz ohne mein Zutun zu den wohlvertrauten rostbraunen Halden befördert. Die Halden waren von eingetrockneten Rinnsalen durchzogen. Der Schutzbunker war am Fuß eines Berges angelegt, das Grundwasser konnte nicht zum Stillstand gebracht werden, man hatte nasses Gestein und Erdreich hinausbefördert. Das gleiche rostbraune Gestein hatte beim Bau der zum Bunker führenden Straße gedient. Sie war gleich darauf ihrem Schicksal überlassen worden. Neben der Straße standen zwei Schuppen, wo früher die Geräte aufbewahrt worden waren. Der Ort war verlassen und verödet. Wanjuscha und zwei Deutsche (zwei – nicht einen) erblickte ich gleichzeitig. Die Deutschen standen, mir halb zugekehrt, mit hochmütigen Gesichtern da. Zum Umkehren war es zu spät. Überdies hatte Wanjuscha die beiden bereits auf mich aufmerksam gemacht, und die Deutschen zeigten mit dem Kopf auf einen der Schuppen und begannen, langsam bergauf zu gehen, ohne sich vorher umgeblickt zu haben. Ich erriet: der eine hatte den anderen mitgebracht, weil er uns nicht traute. Das Erstaunliche war, daß er sich nicht gescheut hatte, eine weitere Person in die Transaktion einzuweihen. Noch erstaunlicher war, daß alles gelungen war. Im Lager gab es immer jemanden, der mit deutschen Zigaretten Handel trieb. Wer sich im Besitz von Reichsmark befand, konnte sogar Brot kaufen. Der Schwarze Markt verschmähte auch diese Einkünfte nicht. Allerdings war das Ganze so geringfügig und betraf so selten mich selber, daß in mir nur die verwunderte Frage zurückblieb, was das wohl für Menschen waren, wie sie einander ohne Sprachkenntnisse verstanden und weshalb sie bei so geringem Gewinn ein so hohes Risiko eingingen. Für den Lagerbewohner wog das Brot allerdings soviel wie das Leben, aber was um Gottes und Teufels willen ließ den Deutschen dies Risiko eingehen? Welch eine Art von Geschäftssinn feuerte ihn an?

Es war mir jedesmal ein Greuel, wenn ich etwas nicht verstand, was alle anderen durchaus begriffen. Ich wußte auch nicht, wie und wo die Kriegsgefangenen den Revolverkäufer aufgespürt hatten, dazu noch so schnell. Folglich wußten, verstanden, beherrschten sie etwas, das mir verschlossen und unzugänglich blieb. Ein und dieselbe Ursache zwang mich, mir den Fünfzigkilosack mit Zement auf die Schultern zu heben und Eifersucht auf die Kriegsgefangenen, wegen ihrer Erwachsenengeheimnisse, zu empfinden. Die gleiche Ursache brachte den entkräfteten Kostik dazu, altklug seine Lippen zu verziehen und sich Orten und Aktionen fernzuhalten, wo seine Schwäche nicht nur den anderen, sondern auch ihm selber aufgegangen wäre. Wegen des Fehlens einer anderen Speise verzehrten unsere Organismen unsere eigenen Sehnen und Muskeln. Wir wuchsen – das traf so zusammen – und waren um nichts auf der Welt bereit, zu einem muskellosen Leben ja zu sagen.

Der Umstand, daß irgendein mir unzugängliches Geheimnis die Deutschen und die Kriegsgefangenen miteinander verband, erweckte in mir jetzt die Lust, die beiden Deutschen grob anzufahren. Doch sie entfernten sich bereits. Wanjuscha zeigte auf den einen Schuppen, ich schob das Fahrrad dorthin und stellte es hinein.

Als ich wieder draußen war, stand Wanjuscha am Bunkereingang und rief mich heran. Wir traten in die Dunkelheit, Wanjuscha steckte mir ein Eisending zu. Es war ein Revolver, aber er war so klein, daß man ihn, wäre die metallische Schwere nicht gewesen, für eine Spielzeugwaffe hätte halten können. Er war geladen. Ich zählte in den Nestern der Trommel sechs messinggelb schimmernde kleine Patronen. Sein Gewicht verdankte der Revolver nur der Trommel. Das Griffstück und der schmale Lauf mit dem großen Korn waren winzig. Das Korn nahm die Länge des Laufes ein. Es war das einzige Detail, das nach Waffe aussah.

«Sind noch mehr Patronen da?» fragte ich.

«Alle stecken in der Trommel», sagte Wanjuscha.

«Und wenn das Ding gar nicht schießt?» zweifelte ich. «Wenn uns der Deutsche übers Ohr gehauen hat?»

«Verschieß eine Patrone», sagte Wanjuscha.

«Es sind nur sechs da!»

«Sechs oder fünf bleibt sich gleich.»

Es war schade um die Patrone, und ich bekam eine Wut. Weil die Hoffnung meinen Mund schon ausgedörrt hatte.

«Einverstanden», sagte Wanjuscha ganz schlicht. «Das Fahrrad brauchen wir nicht, und dieses Ding wird uns noch gute Dienste leisten. Du kannst es nehmen. Immerhin hast du das Fahrrad geklaut.»

Mein Gott! Der Revolver und die Welt sahen sofort ganz anders aus. Alle redeten von Gerechtigkeit, aber nur Wanjuscha war des Großmuts fähig. Ich legte den Revolver auf die flache Hand, bedeckte ihn mit der anderen Handfläche, zeigte Wanjuscha, daß er zwischen den Händen Platz hatte.

Noch vor einer Minute war das als Fehler erschienen, jetzt rief es Entzücken hervor. Wenn der Revolver nicht so klein gewesen wäre, hätte ich ihn nicht bekommen. Trotzdem hatte mich Wanjuscha sehr verblüfft. Ich hätte das nicht fertiggebracht. Dabei hegte ich bisher keine ernsthaften Zweifel, daß ich guter und gerechter Taten fähig war. Eine Welle der Dankbarkeit spülte über mich hinweg. Großmut geht vor Gerechtigkeit, das mußte ich mir merken.

Ich entleerte die Trommel auf meine Handfläche. Über die sechs kleinen Patronen hätte man gern sagen mögen: sie sehen aus wie echt. Ich drückte mehrmals auf den Abzug. Die Feder war fest gespannt, das Einschnappen volltönend, die Trommel drehte sich bereitwillig.

Wanjuscha schaute zu, wie ich den Revolver knetete und handhabte, er blickte jetzt konzentriert und wie abwesend. Ich merkte es immer, wenn Wanjuscha aufhörte, mich wahrzunehmen, und sich etwas Eigenem zuwandte. Dieser Augenblick beunruhigte mich stets. In solchen Augenblicken wurde deutlich, daß zwischen uns keine Gleichheit bestand. Wanjuscha war ein Erwachsener, ich war sein nicht gleichberechtigter Kumpel. Oder besser: ein Bürschlein an Kumpels Statt.

Und jetzt mußte ich wieder denken, daß meine jungenhafte Begeisterung Wanjuscha auf die Nerven ging. Er schaute mich sekundenlang mit diesem wie abwesenden Blick an und setzte sich dann auf den Bunkerausgang zu in Bewegung. Wenn er einen Entschluß gefaßt hatte, wurde er sofort stumm. Ich lud den Revolver, steckte ihn unters Hemd und folgte Wanjuscha. Fragen zu stellen wäre jetzt fruchtlos gewesen. Ich kannte diese Art an ihm, sie machte mich immer rebellisch. Aber jetzt war ich bereit, hinter ihm her zu gehen, egal wohin, und keine Fragen zu stellen.

Unterwegs hob Wanjuscha einen Stock auf und warf ihn wieder weg. Dann einen zweiten Stock. Dann ging er in einen der Schuppen und kehrte mit einem Pickenstiel zurück.

«Wohin gehen wir?» fragte ich nun doch.

Wanjuscha antwortete nicht. Es ging jetzt steil bergauf. Ich sah seinen Rücken, die Schulterblätter, die sich bewegten, wenn er den Stiel gegen den Boden stemmte. Bereits der bloße Anblick des Berges bedrückte mich. Alles, worauf ich mich heute eingestellt hatte, war zu Ende, jetzt war die Rückkehr ins Lager fällig, statt dessen begann etwas absolut Neues. Den Ausschlag gab, daß mir der Anblick des Berges Übelkeit bereitete. Meine ganze Schwachheit und alles, was ich heute erlebt hatte, regten sich in mir. Was war das für eine Art, nichts zu Ende zu sprechen, nichts zu erklären, sich nicht einmal beim Gehen umzudrehen! Als ob die Tatsache, daß er einen Entschluß gefaßt hatte, automatisch dazu führte, daß ich meinerseits alles begriffen habe und mit allem einverstanden bin. Meine Beine zitterten vor Schwäche, während ich mich krampfhaft bemühte, nicht hinter Wanjuscha zurückzubleiben. Ich hätte jetzt noch und noch schreien können – er hätte nicht geantwortet. Ich hatte das schon früher erlebt, hatte getobt und geschmollt. Das Äußerste, was ich ihm abringen konnte, war eine vage Bemerkung gewesen. Er blickte in solchen Momenten verständnislos und wie abwesend, und ich war so klug wie zuvor. Es blieb meinem Ermessen überlassen, wie ich mich weiter verhalten sollte.

Es gab noch einen Umstand. Beim Bau des Schutzbunkers arbeiteten Russen, vielleicht waren auch jetzt welche dort. Wenn uns vorhin ein Deutscher gesehen haben sollte, hatte er uns vermutlich nicht weiter zur Kenntnis genommen. Hätten wir uns aber um, sagen wir, zweihundert Meter seitlich entfernt, wären wir sofort aufgefallen. Im Wald und auf dem Berg hatten Russen erst recht nichts zu suchen. Auf der Bergkuppe stand ein hoher Funkmast, der von überall zu sehen war. Dort befand sich eine von der SS bewachte Funkstation. Eine asphaltierte Straße führte dorthin, sie schlängelte sich um den Berg herum. Wenn man uns im Wald entdeckt, findet man auch den Revolver unter meinem Hemd. Außerdem war ich den Wald nicht gewöhnt, Wald war nichts für meine Nerven. Halbwegs Verläßliches wußte ich nur über Straßenakazien und Pappeln. Auf der Straße mußten wir auffallen, in einem nicht zu dichten Nadelwald waren wir doppelt verdächtig. Dies alles wollte ich Wanjuscha sagen. Aber dazu mußte ich ihn erst einmal eingeholt haben. So stiegen wir also bergauf. Er ließ mich hinter sich zurück, ich stolperte hinter ihm drein, stets gewärtig, mir beim nächsten Schritt den Fuß zu verknacksen. Die Atemnot, die Körperschwäche, das mich demütigende Hinterdreinrennen ohne die Aussicht, ihn einzuholen, der mich blendende Schweiß: dies alles brachte mich endlich dazu, verzweifelt stehenzubleiben und zu rufen:

«Bleib stehen! Ich geh nicht weiter.»

Wanjuscha machte noch einige Schritte und blieb dann auch stehen. Der Impuls, der ihn erfaßt hatte, war offenbar am Abebben. So war es immer mit ihm. Wenn ihn etwas packte, war aus ihm kein Wort herauszukriegen. In solchen Augenblicken schien er einfach nicht zu verstehen, wonach man ihn fragte. Alles war auch so klar! Hinterher vermochte er doch einiges zu erklären.

Er wartete, bis ich ihn eingeholt hatte. Und als ich, mit keuchendem Atem und an nichts sehnlicher denkend als an eine Rast, bei ihm angelangt war, sagte er:

«Gleich probieren wir ihn aus.»

Gemeint war der Revolver.

Was hätte ich dagegen sagen können? Ich war es schon gewöhnt: der was wagt, hat recht. Und je größer das Wagnis, desto gewisser das Rechthaben. Wagnis geht vor Verstand, List und Gerechtigkeit. Von Vorsicht gar nicht erst zu reden. Alle führen ein gefährliches Leben, aber nur wenige gehen ein Wagnis ein. Wolodja hatte es getan. Unter den Essenern zeichnete sich Wanjuscha durch eine besondere Liebe zum Wagnis aus. Darin lag sein Rechthaben. Andere Menschen haben manchmal recht – und dann wieder nicht. Nur Wanjuscha hat immer recht. Andere lieben das Streitgespräch, während er seine Worte im Streit nicht vergeudet. Lieber macht er einen Scherz – oder er schweigt. Was er hinterher tut, hat ihm das Wagnis eingegeben. Es steckt auch kein wilder Haß in ihm. Und stets erachtet er auch für andere das als leicht, was ihm selber leichtfällt.

Nach dem Fahrrad wird natürlich schon gesucht. Vielleicht hat uns jemand am Bunker gesehen. Heute ist irgendein deutscher Totengedenktag. Am Morgen sah ich schwarz gekleidete Menschen zum Friedhof gehen und von dort kommen. Und obwohl das Gelände um die Funkstation vielleicht auch für Deutsche gesperrt ist, kann es durchaus sein, daß wir gleich jemandem begegnen. Man kann nicht einfach so schlendern, wenn dich jederzeit jemand einholen kann. Und überhaupt ist das nicht *unser* Wagnis. Und Arkadijs Weste ist mir viel zu groß. Das sieht jeder – und fragt mich womöglich danach.

Wanjuscha watschelte munter weiter, wählte bedachtsam den Weg. Ich stolperte, nicht so wählerisch, über Stock und Stein. Bisweilen drehte sich Wanjuscha nach mir um und wartete, bis ich ihn eingeholt hatte. Aber zu Atem ließ er mich nicht kommen. Kaum hatte ich ihn erreicht, ging er voller Ungeduld sofort weiter. Ich blickte ihn an und dachte, daß wir in diesem deutschen Wald noch fremder waren als in den Straßen der deutschen Städte. Doch allmählich verdrängte die Müdigkeit alle Gedanken aus meinem Kopf. Nur einer blieb zurück: Wann gibt es endlich eine Pause? Mein ermatteter Körper redete mir ein, daß nichts sein würde. Was kann schon sein, wenn die Kraft nicht einmal mehr zum Gehen ausreicht? Überdies kam mir der Revolver, der vorhin im finsteren Bunkergang Gefahr verbreitet hatte, jetzt, da er unter meinem Hemd versteckt lag, wieder wie ein Spielzeug vor. Ein Schuß aus diesem Ding würde höchstens bis zum nächsten Baum fliegen.

Im Wald war es hell und licht. Doch gerade das war gefährlich.

Das Licht hatte die grünliche Farbe einer deutschen Wehrmachtsuniform.

Wir stießen auf die Fahrstraße. Atemlos blickte ich über Wanjuschas Schulter hinweg und sah Asphalt. Der Asphalt hatte etwas Kurörtliches, das fiel mir sofort auf. Erinnerungen stiegen in mir hoch: südliche Landschaft, von südlicher Sonne gebleicht. Sie stammten wohl aus jener Vorkriegszeit, als ich mit meinem Vater in Pjatigorsk lebte.

Ich schaute mich um: Bäume liefen den Hang hinab. Zwischen ihnen verdichtete sich Bläue, die von einem Lagerfeuer aufzusteigen schien. Der Abstieg würde leicht sein. Weiter werden wir nicht gehen. Ein Ziel kann es hier für uns nicht geben. Unser Ziel war die Beschaffung des Revolvers und dessen Transport ins Lager. Einst hatte ich eigenmächtig gehandelt – Gottlob war es gut ausgegangen. Jetzt handelte Wanjuscha eigenmächtig. Doch auch er wird sicher bald müde sein.

«Hier sind Wagen gefahren», sagte er.

«Woher weißt du das?»

«Riechst du nicht das Kerosin?»

Ich schnupperte: es roch wirklich nach Asphalt und Treibstoff.

«Wir brauchen einen einzelnen», sagte Wanjuscha. «Einen zu Fuß.»

Er hatte mich gewarnt gehabt. Doch das war nur ein Bruchteil von dem, was er mir hätte sagen müssen! Gewiß hatte er mir manches beigebracht. Ich bemühte mich, munter und frohgemut zu sein. Ihn nicht mit Fragen zu bestürmen, keine Einzelheiten aus ihm herauszuklauben, die man sowieso vorher nicht wissen konnte. Und überhaupt: vor einem Unternehmen sollte möglichst wenig darüber geredet werden. Das Mundhalten hatte ich trotzdem nicht gelernt. Wanjuscha kam mir entgegen: Sprich, wovon du willst – nur nicht davon. Das war für ihn auch wieder so ein Omen.

«Die suchen sicher schon das Fahrrad», sagte ich.

«Das ist nicht deine Sorge.»

«Der Verdacht wird auf uns fallen.»

«Na und? Die sagen sich: wozu braucht ein Russe ein Fahrrad? Im Lager kann er mit dem Rad nicht angefahren kommen. Die Deutschen haben Köpfchen.»

Das beruhigte mich nicht – doch es brachte mich Wanjuscha

näher. Ich war mir sicher gewesen, daß es ihn deshalb so zu einem neuen Wagnis zog weil ihm das alte schon entfallen war. Plötzlich dachte ich, daß ich ihn selber darin bestärkt hatte, so wie er zu sein. Ich hatte mich sehr angestrengt. Und die heutige Sache wird schlimm ausgehen, weil ich mich mächtig übernommen habe. Ich wartete, daß Wanjuscha mir sagt: «Gib den Revolver her.» Er wird doch nicht unsere einzige Waffe meinen ungeübten Händen anvertrauen! Hier wird es sehr darauf ankommen, wer «Hände hoch!» sagt oder auf den Abzug drückt. Doch Wanjuscha schien mich vergessen zu haben. Ich nahm den Revolver und drehte an der Trommel.

«Laß das, das hört man weit», sagte Wanjuscha. «Und der Laut ist unverkennbar.»

Der Asphalt war und blieb leer. Man hätte meinen können, daß Pferde oder Maulesel hier den Verkehr aufrechterhielten. Es waren weder eine kautschukbraune Schicht auf dem Asphalt noch Ölflecken, und vor allem fehlten die auf einer belebten Fahrstraße üblichen Bombentrichter. Diese solide Straßendecke schien noch keinen ernsthaften Belastungen ausgesetzt gewesen zu sein. Seit der Stunde ihrer Entstehung lag sie ungenutzt und unbefahren in der Sonne. Und wenn du jetzt diese Straße entlanggehst, kommst du an einen Ort, wo es still und ruhig ist, wo Menschen in weißen Panamahüten spazierengehen, und keiner weiß was vom Krieg.

«Die Straße ist fast unbefahren», sagte Wanjuscha. «Sie führt nur zur Funkstation.»

Der Funkmast war hinter den Bäumen nicht zu sehen.

In völliger Stille – wir hatten uns gerade noch verstecken können – raste ein Soldat mit dem Fahrrad bergab.

«Den bringst du nicht zum Stehen», sagte Wanjuscha. «Wenn es bergauf gewesen wäre...»

Dann hörten wir ein Motorengeräusch. Der Wagen ging in die Kurve, die harte wackelnde Wand des Laderaums streifte uns fast. Und wieder stank es über dem Asphalt einige Zeit nach Treibstoff. Der Laderaum des Lasters war geschlossen gewesen. Im Laderaum hatten Soldaten gesessen.

«Vielleicht kommt einer aus der Stadt zu Fuß nach», sagte Wanjuscha.

«Den steilen Berg zu Fuß rauf?» zweifelte ich. Ich vermied es lieber, in die Richtung zu blicken.

Er verging wieder Zeit, die Stille hatte sich geschlossen. Wir hörten die Schritte eines bergab gehenden Menschen schon von weitem. Ein Schuheisen schepperte. Dieser Laut kam näher, der Mann trat hinter der Kurve hervor, die Sonne blitzte matt auf der Kokarde auf. Der Gürtel war so fest angezogen, daß die große dreieckige Revolvertasche überhaupt nicht vom Körper abstand.

«Ich stell mich in den Weg», sagte Wanjuscha. «Und du kommst rasch nach.»

Wanjuscha trat auf den Asphalt, während ich zögerte. Die Augenbrauen des Deutschen rutschten verwundert und drohend in die Höhe, die Augen begannen zu zielen. Als er mich sah, schien er sich über etwas zu freuen. Er knöpfte den Deckel der Revolvertasche auf – ich bemerkte, daß sie an den Rändern abgeschabt war –, die Bewegung der nach der Waffe langenden Hand hatte etwas Waidmännisches. Ich fürchtete, zu spät zu kommen, wollte etwas vorwegnehmen, mich in den Vorgang einschalten. Ich hielt mein Eisending gegen ihn hin. Die Schüsse hörte ich mit dem Nacken. Wanjuscha machte einen Sprung, als wollte er den Deutschen retten. Er packte ihn, ließ seinen Körper nicht zu Boden fallen. Rief mir zu:

«Komm, hilf mir! Er muß von der Straße weg!»

Ich beugte mich, sah aus großer Nähe den Asphalt, das rotbraune Haar, das schweißbefleckte Innere der hohen schwarzen Mütze.

«Nimm die Mütze», sagte Wanjuscha.

Die Mütze roch nach Kölnisch Wasser. Mit den Fingern spürte ich die lebendige Feuchte des Schweißes, die glattpolierte Innenseite auf der Höhe der Kokarde.

Ich packte die nachgebende Schulter, konnte mich aber nicht gerade aufrichten.

Zwischen den Bäumen drang von weiter unten das anstrengende Heulen eines Automotors zu uns her. Ich begriff plötzlich, daß ich das Heulen schon lange gehört, es aber für ein fernes Fluggeräusch gehalten hatte. Eine Zeitlang hörte ich das Heulen nicht mehr, dann knirschte jemand in nächster Nähe mit der Gangschaltung.

«Tu dein Bestes!» sagte Wanjuscha.

So wie kürzlich beim Tragen des Zementsacks, richtete ich mich nicht mit Hilfe der Muskeln, sondern auf eine andere Weise nun doch gerade auf und machte ein paar Schritte. Doch die leblose Last begann schon wieder meinen Händen zu entgleiten. Ich konnte mich kaum auf den Beinen halten. Erst als wir von der Straße weg waren und wieder den vom Vorjahrslaub bedeckten, abschüssigen Waldboden betreten hatten, fiel mir das Schleppen etwas leichter.

«Heb ihn richtig hoch. Es darf keine Schleifspur geben», sagte Wanjuscha. Sein Gesicht war wie entzündet.

Zwischen den Bäumen sahen wir über uns die Seitenwand des aus der Kurve hervorkriechenden Lastwagens.

«Sie haben die Schüsse gehört», sagte ich.

Wir preßten uns neben dem toten Deutschen gegen den Boden. Wanjuscha begleitete mit den Augen den Laster.

«Die Schüsse sind keine zehn Schritt weit zu hören», sagte er. «Und in dem Kasten ist ein Höllenlärm.»

Der Deutsche lag mit dem Kopf nach unten auf dem Hang. Ich sah, obwohl ich gar nicht hinblickte, die sommersprossige Wange mit dem daran klebenden Waldgrün. Damit mein Atem gleichmäßig ging, damit ich meine Last aufheben konnte und sie nicht gleich wieder fallen ließ, mußte ich oft Wanjuscha anblicken.

«Du schaffst es», sagte Wanjuscha. «Es ist bei dir das erste Mal.»

Diesen Trost hatte ich schon oft zu hören bekommen. Ich hatte mir angewöhnt zu denken: wenn es beim zweiten Mal passabel geht, dann kann man auch ein erstes Mal riskieren. Doch hier ging es um etwas anderes. Mit meinem ganzen Körper hatte ich das Aussetzen, das Pausieren der Herzschläge verspürt und behalten. Und ich brauchte nur meinen Blick kurz auf der sommersprossigen Wange, auf der mit Tannennadeln bedeckten Uniform des Deutschen verweilen zu lassen – und schon kündigte sich das Aussetzen des Herztakts wieder an.

«Jetzt ist es genug!» flehte ich Wanjuscha an.

Er antwortete nicht. Fragte:

«Du willst leben? Dann mußt du schleppen!»

Als ich schon ganz entkräftet war, spornte er mich an:

«Die werden nach ihm suchen. Sie dürfen ihn nicht finden. Die sollen denken, er ist desertiert.»

Mal schien Wanjuscha jedes beliebige und selbst noch das leichtsinnigste Wagnis eingehen zu wollen, mal war er, so wie jetzt, fest entschlossen, die Arbeit zu Ende zu führen. Ich sah ihm an, daß er auch mit jenem tiefen Graben – oder jener kleinen Schlucht – nicht recht zufrieden war, vor dem wir endlich haltmachten. Er gab nur der Müdigkeit nach. Wir legten den Deutschen in den Graben, brachten die Grabenwanderde ins Gleiten, legten Laub vom Vorjahr auf das Erdreich. Wanjuscha betrachtete abschließend noch einmal unser Werk:

«So wird es gehen. Was Besseres finden wir doch nicht.»

Er blickte sich noch einmal um und sagte:

«Das wäre es!»

Das klang, als würde er sich und mir das Kommando erteilen, das Geschehene aus dem Gedächtnis zu tilgen. Er selber bedurfte eines solchen Befehls freilich nicht. Er kehrte rasch in seinen gewöhnlichen Zustand zurück. Der Schweiß trocknete, die Müdigkeit verging, und zugleich schwand auch die Erregung, die uns einander nahegebracht hatte. Sogar die dem Deutschen weggenommene Parabellum betrachtete er nur kurz – dann gab er sie an mich weiter.

«Mit dieser Kanone hätte er große Löcher in uns hineingebrannt!»

Ich spürte sofort den Unterschied dieser Parabellum und jener anderen, die ich ins Lager geschleust hatte. Bei dieser war das Griffstück schwerer, und der Laderahmen war voll.

Die Pistole gab ich Wanjuscha zurück. Er hatte bereits wieder den Blick, als sei ihm plötzlich etwas eingefallen oder als hätte er in der Ferne etwas Wichtiges entdeckt. Mechanisch und gewohnheitsmäßig steckte er sich die Pistole hinten unter den Gürtel. Die Weste knöpfte er auf, damit sie zwangloser herabhing. Er fragte mich nicht, ob sich das gut machte, sondern begann sofort, bergab zu steigen, aber nicht in jener Richtung, aus der wir gekommen waren. An der mein Inneres ausdörrenden Gereiztheit und an der Verzweiflung, die Wanjuschas zielstrebiges Watscheln in mir hervorrief, merkte ich, daß mir wieder ein wortloses Wettrennen bevorstand. Und dann dachte ich noch, daß er es wohl plötzlich unerträglich langweilig fand an diesem Ort, den ich von einer solchen Angst erfüllt und nur unter Aufbietung aller meiner Kräfte erreicht hatte. Und ich begann zu schreien:

«Bleib stehen! Du hast wohl keine Zunge im Mund? Ich lauf hinter dir her wie ein Blöder. Sag irgendwas.»

Wanjuscha schaute sich verwundert um, während ich von einem Hustenanfall ergriffen wurde.

Zunächst nahm ich mich zusammen, dann begann ich, wild und fast stöhnend zu husten, daß der Wald davon widerhallte. Ich ließ mich auf die Erde fallen, ich konnte das meine Lungen erschütternde Gebell einfach nicht bezähmen. Ich hustete, und Wanjuscha stand stumm über mich gebeugt, ermahnte mich nicht zur Eile, behinderte mich nicht beim Husten. In den Pausen zwischen den Hustenanfällen schrie ich zusammenhanglose Anschuldigungen heraus:

«Wenn ich das gewußt hätte!... Das hättest du mir vorher sagen müssen!... Wir hätten es absprechen müssen!»

Ich begriff: indem mir Wanjuscha den Revolver überließ, handelte er weitaus mutiger, als wenn er ihn selber genommen hätte. Aber der Husten schüttelte mich, Entsetzen und Selbstmitleid quälten mich, ich sah das zerzauste rotbraune Haar mit den Tannennadeln vor mir, sah noch irgendwas, wovon ich mich krampfhaft abzuwenden versuchte. Wanjuscha hatte mir sein Leben anvertraut, und ich hätte ihm jetzt am liebsten zugerufen, daß ich eines solchen Vertrauens nicht bedurfte. Ich bin ein Jüngelchen, ich bin ein Bürschlein. Ich möchte nicht, daß man mir *so* vertraut.

«Steh jetzt auf», sagte Wanjuscha.

Ich stand auf. Er half mir dabei, meine Kleider zu säubern.

«Das geht vorbei», sagte er. «Manch einer hat ganz andere Dinge rausgehustet.»

Ein neuer Hustenanfall ließ mich fast ersticken: einen solchen Haß weckte in mir der Gedanke, daß etwas, das zum erstenmal geschieht, auch ein zweites und drittes Mal geschehen wird: Doch den neuen Hustenanfall brachte ich bald unter Kontrolle.

«Dumm sind jene, die den Krieg beginnen», sagte Wanjuscha. «Der Mensch ist weich. Den macht eine Winzigkeit tot.»

Obwohl es jetzt bergab ging und Wanjuscha nicht mehr so ausladend watscheln konnte, ließ er mich wieder hinter sich zurück. Fragen war zwecklos: Für ihn wie für mich war hier jeder Schritt Neuland.

«Du bist ein ganz geschickter Bursche», sagte Wanjuscha. «Das hätte ich dir gar nicht zugetraut. Kaum hab ich gerufen: ‹Schieß jetzt!› – und schon hast du...»

«Du hast gerufen?» fragte ich erstaunt.

«Allerdings.»
«Hast du noch mehr gerufen?»
«Ganz zu Beginn, zum Deutschen: *‹Ein Moment!›*»

Ich hatte nichts gehört. Im Gedächtnis geblieben war nur ein heftiges Stocken des Herzschlags. Sogar jetzt noch schnappte ich nach Luft und war immer nahedran, wieder loszuhusten. Die körperliche und seelische Erinnerung an das Stocken des Herzens belastete mich sehr. Von Zeit zu Zeit verspürte ich die Welle dieses Drucks, dann begann wieder das lungenzerreißende Bellen. Doch jetzt hielt ich nicht mehr damit ein – ich wollte diese Last so schnell wie möglich los sein. Ich sah, daß mir Wanjuscha dabei half, den Husten zu überwinden. Sonst wäre er nicht auf bereits Vergangenes zu sprechen gekommen. Er wußte, daß mir alles sehr naheging. Ich lauschte seinen Worten und erkannte mich darin zunächst nicht wieder. Wo waren sie geblieben: meine Müdigkeit, meine Atemnot? Dann dachte ich: von außen sieht man alles besser. Vielleicht war ich wirklich geschickt und behend...

«Ich hatte nämlich erst gemeint», sagte Wanjuscha, «daß der Pickenstiel die wahre Waffe ist. Ich hab gemeint, dein Spielzeug lenkt ihn ab. Doch dann kam alles anders, wie du siehst.»

Den Stiel hatte Wanjuscha nicht weggeworfen. Jetzt, da es bergab ging, klang seine Stimme beschwingt: es geht bergab, es atmet sich so frei...

«Die suchen uns bestimmt schon», sagte ich.

«Nicht vor morgen früh», sagte Wanjuscha. «Der Bursche war in den Urlaub unterwegs.»

«Woher willst du das wissen?»

«Er hat viel Zeit gehabt. Sonst wär er nicht zu Fuß gegangen. Und aufgetakelt und geschniegelt war er auch.»

Das klang überzeugend. Ich war froh darüber, dachte aber gleich, daß das Mutmaßungen und keine Fakten waren. Das galt auch vom Fahrrad. In Wirklichkeit konnte alles ganz anders sein.

«Das ist nicht unsere Sorge», sagte Wanjuscha. «Ausländer gibt es genug. Franzosen, Belgier, Holländer. Auch mit dem Fallschirm können welche abgesprungen sein. Wenn sie die Leiche finden, können sie lange nach dem Täter suchen. Die Deutschen sollen sich den Kopf zerbrechen – nicht wir.»

Dieser schöne Rat rief Ärger in mir hervor. Doch ich verstand: es war die richtige Therapie. Muntere Gedanken vertreiben düstere Gedanken. Willst du gewinnen, dann sei fröhlich. Willst du es nicht, dann halte dich lieber gleich heraus. Der fröhlich Blikkende ist schwer zu überführen. Not und Mißerfolg machen einen Bogen um ihn.

«Wohin gehen wir?» fragte ich. «Ins Lager?»

«Wohin sonst?» sagte Wanjuscha.

Ich blieb stehen:

«Ich glaub, es ist die falsche Richtung.»

«Du darfst den gleichen Weg nicht zweimal gehen», sagte Wanjuscha. «Für die Heimkehr mußt du einen anderen wählen.»

Ich spürte: Wanjuscha heckt schon wieder etwas aus. Er kennt keinen anderen Weg. Die Waffe, die er trägt, stachelt ihn an. Und er hält Ausschau nach Rechtfertigungen, weil ihm auch selber klar ist, daß er übertreibt. Ich beneidete Wanjuscha immer um seine Lust am Wagnis, aber ich ahnte bisher nicht, daß diese Lust eine schlimme Gier war. Ich nahm mir vor, künftig bei solchen Unternehmungen selbständiger zu bleiben. Fortan tu ich nichts ohne Absprache, merke mir genau den Weg, verlasse mich nicht auf Wanjuscha, denn das bringt mich in völlige Abhängigkeit. In Wanjuschas Gier steckte etwas, das mit dem richtigen Wort zu benennen ich mich scheute. Hätte ich ihn darauf hingewiesen, daß wir viele andere ins Verderben bringen könnten, hätte er das mit einem sarkastischen Lächeln quittiert.

Wir überschritten eine schmale Asphaltspur – und wurden angerufen. Im Waldesdunkel sahen wir einen Kleinkampfwagen und mehrere Soldaten, die sich an ihm und um ihn herum zu schaffen machten. Die Soldaten hatten zwei, drei freiwillige Helfer: sonntäglich gekleidete deutsche Zivilisten. Der gerufen hatte, war ein Soldat, im Moment betätigte er sich offenbar als Mechaniker: die Ärmel waren hochgekrempelt, die Hände ölverschmiert. Er hatte vorher dagehockt und an der Raupenkette herumgebastelt. Unser Erscheinen nahmen die Soldaten gleichmütig auf, während uns die Zivilisten anglotzten.

«Komm, komm», rief wieder der Mechaniker. «Komm helfen.»

Der Kleinkampfwagen war in einer Kurve von der Straße abgekommen. Die Raupenkette hing in der Luft und sollte mit Hilfe von Holzblöcken wieder flottgemacht werden.

Wanjuscha packte gleich mit an, während ich zögerte. Einer

der Zivilisten zeigte auf mich und redete auf den Mechaniker ein. Ich verstand ungefähr den Sinn seiner Rede:

«Zeiten sind das heutzutage! Russen laufen unbewacht im Wald herum. Die Jacke ist bestimmt gestohlen.»

Der Mechaniker rief mich zu sich heran, wischte sich die Hände an einem Lappen ab, blickte mich sonderbar an und hockte sich vor mich hin. Das kam so unerwartet, daß ich nicht gleich begriff, daß er mich abtasten wollte. Er tat es sorgfältig, war aber bemüht, mich nicht schmutzig zu machen. Ich riß bereitwillig die Weste auf, schob den Bauch nach vorn – der Revolver befand sich unter dem Hemd und war fast ganz vom Koppelschloß verdeckt. Der Mechaniker trat einen Schritt zurück und betastete meinen Rücken. Als er fertig war, drohte er mir mit dem Finger.

Endlich stand der Wagen wieder auf der Straße. Man befahl uns einzusteigen: damit wir nicht ohne Bewachung herumstreunten. Es begann eine quietschende, schaukelnde Fahrt. Nach etwa zwanzig Minuten hielt der Wagen vor dem Lagertor. Ohne den Motor abzustellen, rief der Mechaniker dem Hilfspolizisten am Tor zu:

«Sind das eure Russen? Nehmt sie in Empfang!»

Der Hilfspolizist machte das Tor auf. Als sich das Tor wieder geschlossen hatte und ich in der Tiefe des Hofes Iwans hochaufgeschossene Gestalt sah, dachte ich: die Gefahren, denen wir uns heute entzogen haben, könnten uns im Lager einholen.

«Hast du was verdient?» begrüßte mich Kostik.

Ich kletterte auf meine Pritsche und hatte das Empfinden, daß mich eine Flutwelle auf die Matratze gespült hatte. Das alles war mit mir geschehen, aber ich selber war daran wie unbeteiligt.

15

Ich merkte mir jetzt jeden, der neu ins Lager kam. Mein Blick wurde genauso scharf wie der der Kriegsgefangenen. In diesen Tagen dachte ich zum erstenmal, daß Petrowitsch doch nicht der Oberste war. Dafür hielt ich jetzt den schweigsamen Arkadij und seinen Freund Nikolaj. Ich sprach Wanjuscha darauf an. Der erwiderte unwillig:

«Wenn du was wagst, bist du der Chef.»

Mehrfach fing ich Iwans versonnenen Blick auf. Zweimal versuchte er, mich ins Gespräch zu ziehen:

«Hat das geklappt bei euch, am Sonntag? Habt ihr Brot bekommen?»

Er lockte mich ins Klo, schaute sich vorsorglich um:

«Man fahndet nach zwei Russen. Die Beschreibung paßt auf euch. Soll ich euch Bescheid geben, wenn was ist?»

An seiner geschwollenen blauen Ader sah ich, mit welcher Jägerleidenschaft er auf meine Antwort lauerte. Voller Entsetzen spürte ich in mir die Bereitschaft, ihm zu glauben. Diese gramvollen Falten im Gesicht, diese klaren blauen Augen, die in Geduld und Aufmerksamkeit zu mir herabgebeugte baumlange Gestalt: das konnten doch nicht lauter Kniffe eines Jägers sein! Wie furchtbar, daß ich mich fast nicht verändert hatte. Iwan hatte ich immer für geistig zurückgeblieben gehalten, dabei war der Kerl drauf und dran, mich *einzukaufen*. Um den Spuk zu beenden, sagte ich in Kostiks Tonfall:

«Scher dich zum Teufel, Blödmann...»

Iwan ließ sofort von mir ab, und ich begriff, daß ich fast in eine Falle getappt wäre.

Sogar Kostiks Tonfall war meinem überlegen. Immerzu halfen mir fremde Tonfälle aus der Patsche. Die ganze Zeit über dachte ich darüber nach, was wohl das richtige Leben sei, und zugleich bediente ich mich fremder Tonfälle. Und jedesmal bewährten sie sich besser als mein eigener. Was hatte ich nicht schon alles ausprobiert!

Doch woher mochte Iwans Mißtrauen kommen? Hatte er was in der Wachstube aufgeschnappt, oder hatte ich mich – entsetzlicher Gedanke! – am Ende verplappert? Fieber ergriff mich, als ich mich erinnerte, wie ich jemandem mit verschleiertem Blick gesagt hatte:

«Der Iwan soll sich einen Sarg bestellen. In einen normalen Sarg paßt er nicht rein...»

Wem ich das gesagt hatte, wußte ich nicht mehr. Mein protziger Ton ekelte mich im nachhinein an.

Kostik gegenüber hatte ich, um ihn zu Fragen zu provozieren, vielsagend bemerkt:

«Falls ich draufgehen sollte, weißt du, wie du meine Verwandten findest.»

Die Sache mit Iwan mußte ich Wanjuscha erzählen. Aber ich

mußte ihm alles erzählen. Davor schreckte ich zurück. Am nächsten Sonntag rief mich Wanjuscha wieder zu sich. Ich sagte, im Revolver seien nur noch drei Patronen.

«Davon rede ich die ganze Zeit», erwiderte er. «Wir besitzen keine Waffen für die Verteidigung. Nur für den Angriff.»

Die Kriegsgefangenen hatten diese Frage offenbar besprochen. Ich wußte nicht, was die anderen Wanjuscha erwidert hatten – in diesen Tagen zwang ich mich, möglichst selten in ihre Baracke zu gehen –, aber ich bemerkte, daß sich die Beziehungen zwischen Wanjuscha und den anderen abgekühlt hatten. Ich hörte, wie Arkadij und Nikolaj miteinander stritten. Wanjuscha schwieg dazu, obwohl es offenbar um ihn ging.

«Wir sind nun einmal keine Partisanen», sagte Arkadij.

«Was sind wir dann?» fragte Nikolaj.

«Wir müssen begreifen, daß hier die Bedingungen für einen Partisanenkrieg fehlen. Beim geringsten Verdacht stellen sie uns alle an die Wand. Die suchen nicht erst lange nach den Schuldigen. Wir aber müssen die Leute schützen.»

«Womit?»

Das war das Stichwort für Wanjuscha. Er sagte, mit unseren anderthalb Pistolen könnten wir das Lager sowieso nicht verteidigen. Im Falle eines Angriffs gäbe es indessen Chancen.

Ich erlebte es zum erstenmal, daß Arkadij mit dieser Entschiedenheit seine Stimme über die Stimmen der anderen stellte. Seine Stimme war herrisch: genau wie die hervorquellenden Augen. Es war die Stimme eines Militärkommandeurs oder eines Lehrers. Aber mit dem Bedauern darin, als hätte er sich einstweilen noch im Hintergrund halten wollen, könnte es aber nun nicht mehr tun. Es gab den einen Arkadij – jetzt gibt es einen anderen. Schuld daran sind Wanjuscha und ich.

«Abenteuertum», sagte Arkadij, «läuft immer aufs gleiche hinaus. Und immer geht es dabei kriminell zu.»

Er blickte Wanjuscha nicht an – er erwartete keine Erwiderung.

Zunächst wünschte ich mir, daß Wanjuscha antworten sollte, aber dann begann ich zu fürchten, daß Wanjuschas Einwand Arkadijs Überlegenheit noch vergrößern würde.

Auch Petrowitsch schwieg – er flickte seine Jacke. Alle in der Baracke stellten sich stumm auf Arkadijs neue Stimme ein. Er machte sozusagen Stimmübungen, die Probe aufs Exempel. Doch offenbar war die Zeit dieses kommandierenden und belehrenden, dieses offiziellen Tonfalls jetzt gekommen. Und es fiel, aus Arkadijs Mund, ein Wort, das jedermann zwang, die Augen zu senken, ein für alle verpflichtendes Wort:

«Wir müssen eine politisch richtige Entscheidung treffen.»

Ich hatte bei weitem nicht nur ans Überleben gedacht in all diesen Jahren. Todesangst, Unterernährung und Hunger aber waren nicht einen Augenblick lang von uns gewichen. Und unsere Selbstachtung mußte ständig erneuert und vor uns erläutert werden. Ein jeder wollte richtig leben. Ein kleines Wagnis gab es nicht. Das Wagnis war immer sehr groß. Und nicht im Haß allein erschöpfte sich das Verhältnis zu den Deutschen. Tausende von Ähnlichkeiten verbanden die Deutschen mit den Menschen, die ich vor dem Krieg gekannt hatte und nach dem Krieg kennenlernen sollte.

Im Jahre sechsundvierzig zum Beispiel standen wir Studenten des Eisenbahnertechnikums im Hörsaal von den Plätzen auf, um den neuen Dozenten zu begrüßen. Der Dozent betrat den Saal – und ich überlegte blitzschnell, ob ich die Miliz holen sollte. Bis hin zur Wangenröte, bis zum Zittern der nervösen, peinlich sauberen Finger ähnelte dieser Mann dem Langenberger Lagerführer. Was heißt «ähnelte»!... Es war ein und derselbe Mensch! Es fehlte nur die Lahmheit. Der Rotbannerorden, die Armeebluse, die Reithose: alles war pure Tarnung. Ich wartete, daß auch er mich wiedererkennen würde. Indessen tat er das natürlich nicht. Trotzdem mußte ich noch viele Jahre immerzu diesen für mich qualvollen Vergleich ziehen: Stimme, Haarfarbe, Alter glichen sich absolut. Und Jahre später erkannte ich auf dem Zeitungsfoto eines berühmten amerikanischen Klavierspielers den Langen Iwan wieder. Es waren unwahrscheinliche Koinzidenzen. Gewiß, es war ein blindes Spiel des Zufalls. Doch zugleich war das beunruhigend. Man sah daran, welch entsetzlichen inneren Wandlungen Menschen manchmal ausgesetzt sein können.

Die Welt, über die ich damals nachdachte, war verblüffend, furchtbar und wahrscheinlichkeitswidrig. Das Entsetzliche hielt sich mit Hilfe der Grausamkeit aufrecht. Auch in meinen Gedanken war viel Grausamkeit. Und in den Kriterien, die ich an mich selbst und an andere Leute anlegte. Auch viel Eitelkeit steckte drin. Die Formel für mein Selbstgefühl lautete: «Ich denke!» Über mich selber dachte ich: «Ich wachse, arbeite Grundsätze aus, verändere mich. Wenn ich damit fertig bin, werde ich mit den Veränderungen Schluß machen.» Deswegen stritt ich mich oft und unversöhnlich mit Kostik: Jeder von uns beiden klammerte sich an seine eigenen Entdeckungen. Doch dann hatte Arkadij das Wort von der *politischen Entscheidung* gesprochen, und ich war zusammengezuckt, wie damals, als Wanjuscha sagte, nicht nur von unten aus der Stadt, sondern auch vom Berg runter könnte vielleicht ein Fußgänger kommen. Immer entging mir etwas Wichtiges.

«Uns hat keiner demobilisiert», sagte Arkadij. «Den Grund seines Hierseins wird jeder rechtfertigen müssen. Die Front war den ganzen Krieg über überall die gleiche: die erste und zweite genau wie die zehnte. Unsere Armee hat die Front gehalten. Und wenn jetzt hier die Verbündeten einmarschieren, müssen sie unsere Befehlsgewalt vorfinden.»

Die Verbündeten hatten unsere Hoffnungen lange Zeit enttäuscht. Ihr Verhalten lief praktisch auf ein Einverständnis mit jenen entsetzlichen Dingen hinaus, die sich hier abgespielt hatten. Wir gewöhnten es uns an, genau in dieser Art von ihnen zu denken. Auch ihre Flugzeuge und Bomben änderten nichts daran. Erst saßen sie hinter dem Ärmelkanal, jetzt saßen sie im Raum von Aachen, obwohl schon jeder zweite deutsche Panzer ohne Treibstoff war und jedes zweite Auto mit einem Generatorofen fuhr. Niemand spürte und begriff besser als wir, daß dies entweder ein sehr schwaches oder ein unehrliches Spiel war. Noch nie war uns mit solcher Schärfe aufgegangen, was Politik ist und wie sie sich gebärden kann. Arkadijs Worte fanden Zustimmung.

Am Sonntag wurde mir wieder Arkadijs übergroße Weste ausgehändigt, dazu zog ich mit Kreide geweißte Sportschuhe an. Offenbar bekam ich immer nur den Widerhall der Gespräche mit. Arkadijs Augen, als er mich anblickte, waren abweisend. Wanjuschas Bereitschaft zum Wagnis wog mehr.

Wir arbeiteten im Gemüsegarten eines Deutschen. In der Mittagspause brachte er jedem von uns ein Stück Brot, auf dem Spuren von Margarine zu entdecken waren. Wir setzten uns in einen Schuppen und aßen die Brote. Plötzlich sahen wir in der Tür des Schuppens den Hausherrn und einen kleinen Jungen. Sie betrachteten uns. Der Mann sagte gutmütig:

«Schau sie dir an, die Russen.»

Einmal arbeitete ich an einem Ort der Barmherzigkeit: im Krankenhaus. Ich harkte die Wege im Park und dachte, daß man mir hier bestimmt etwas zu essen geben würde. Die Schwester, die mir die Anweisungen gab, war nicht einfach Krankenschwester, sie war eine Ordensfrau. Im Park war es still wie im Wald. Man rief mich zweimal in die Küche, wies mich an, die Abfalleimer hinauszutragen.

Dann kam auch noch die Schwester Oberin und sah mir eine Zeitlang bei der Arbeit zu. Ohne mich nach etwas gefragt zu haben, ging sie wieder fort. Auch hier im Krankenhaus bekam ich nichts zu essen.

Möglicherweise (dieser Gedanke kam mir erst später) bekam das Lager das Geld für unsere Arbeitsleistung, so daß die uns beschäftigenden Deutschen meinten, genug getan zu haben. Aber wie auch immer, sie hatten es mit unterernährten Leuten zu tun. Der auf uns verwendete Haß nahm gegen Kriegsende nicht zu, wie man vielleicht hätte erwarten können – er nahm ab. Der Haß war eine feste Einrichtung, ein Ritual, aber gegen Kriegsende lösten sich die festen Einrichtungen auf, und die Rituale lockerten sich. Selbst unter den Hilfspolizisten machten sich Schlaffheit und Trägheit breit. Sie gaben Wünschen nach, die sie früher gar nicht bemerkt hatten. Sie lungerten und standen herum, wählten sich sonnige Plätzchen. Der Posten am Tor blieb oft unbesetzt. Es lag also nicht am Haß, sondern wahrscheinlich wieder am Gefühl der Überlegenheit.

Schlaffheit und Lässigkeit breiteten sich auch unter den Soldaten aus. Selbst an den Luftbeobachtern in ihren staubigen Tarnmänteln, die auf den Kotflügeln der Militärfahrzeuge mitfuhren und die Fahrer auf anfliegende Tiefflieger aufmerksam machen mußten, merkte man deutlich, daß die deutsche Wehrmacht zu einer Armee der Geschlagenen geworden war. Und daß diese Front ohne Unterstützung aus der Luft kämpfen mußte.

Der Gemüsegartenbesitzer hatte ein Schnurrbärtchen und einen Scheitel à la Hitler. Offenbar bestrebt, unsere Anteilnahme zu wecken, sprach er zu uns davon, daß Deutschland auch diesen zweiten Weltkrieg, wie schon den ersten, verloren hätte. Ich starrte verdutzt das Hitlerbärtchen an, während der Mann bedeutungsvoll den Finger hob…

«Aber den dritten...»
Er begann bereits zu prophezeien.

Nicht im übertragenen, sondern im direktesten Sinne begannen wir in jenem Frühling, den wohltätigen Druck der Sonnenwärme zu spüren. Wir begannen, die Erde wahrzunehmen, die Farbe der Hausdächer, das Glitzern der Fensterscheiben in den Häusern.

Aus jenem Gemüsegarten, in dem wir arbeiteten, sahen wir den Funkmast auf dem Berg. Am Morgen schien er schwarz zu sein, jetzt ragte er hell in den Himmel.

«Dies lange Ding aus Metall», sagte Wanjuscha, «sollte man am besten sprengen.»

Einen Aktionsplan besaßen wir nicht, doch als der Deutsche uns nach der Arbeit entließ, schlug Wanjuscha wieder den Weg zum Funkmast ein. Er beschaffte sich wieder einen Stock – den Stiel eines Spatens oder einer Harke – und schulterte ihn unternehmungslustig. Etwaigen deutschen Augenzeugen bot sich dieses Bild: zwei Russen kehren bieder und aufgeräumt von der Arbeit zurück. Schon bald fühlte ich jedoch, daß uns der Weg von der Stadt wie auch vom Funkmast wegführte. Wanjuscha ging, ohne sich umzublicken, und erst als sich der Funkmast in unserem Rükken befand, änderten wir die Marschrichtung. Der erste Deutsche, der uns entgegenkam, prallte förmlich vor uns zurück und rief uns noch längere Zeit Drohungen nach.

«Das wird der Stock sein», sagte ich.

«Soll ich ihn fortwerfen?» fragte Wanjuscha.

Wir entschieden, daß der Stock Tarnzwecken diente, während der brüllende Deutsche ein Panikmacher war. Jedoch auch ein zweiter Deutscher, der uns aus der Ferne sah, zögerte weiterzugehen.

«Wir fragen ihn nach dem Weg», schlug ich vor und rief: *«Ein Moment!»*

Der Deutsche ging vom Weg herunter und begann, bergab zu gehen. Weiter unten verlief ein zweiter Weg. Ob dieser zweite Weg unseren Weg kreuzte, ob er von ihm abzweigte oder parallel verlief, wußten wir nicht. Jetzt war auch Wanjuscha beunruhigt.

«Bitte, ein Moment!» rief er.

Der Deutsche trat wieder auf den Asphalt und drohte uns stumm.

Das war schlecht. Diese Deutschen würden melden, daß sie im

Wald zwei verdächtigen Russen begegnet waren. Wir aber hatten Waffen dabei. Eine Zeitlang gingen wir, nach dem Gesetz der Trägheit, einfach so weiter. Wir mußten uns schleunigst der Waffen entledigen, umkehren und den Weg finden. Ich wartete darauf, daß Wanjuscha das sagte.

Wir gingen immer langsamer und hielten endlich an. Ein älterer Deutscher mit einem Jungen hatte uns beinahe eingeholt. Jetzt wollten auch sie auf den unteren Weg überwechseln. Sie suchten nach einem Verbindungspfad. Der Deutsche auf dem unteren Weg war ebenfalls stehengeblieben und beobachtete uns. Das waren Ortsansässige, die genau wußten, wem man auf diesen Waldwegen begegnen durfte und wem nicht. Oder hatte der erste Deutsche die anderen mit seiner Panik angesteckt?

Wenn es uns gelungen wäre, dem älteren Mann klarzumachen, daß wir harmlos und ungefährlich sind, wenn der andere Mann, auf dem unteren Weg, das gewürdigt hätte, dann hätte der weiteren Ausbreitung der Panik vielleicht Einhalt geboten werden können. Wanjuschas Stock sah freilich sehr nach Knüppel aus. Doch jetzt waren wir und unsere Kennzeichen bekannt, und das Wegwerfen des Stockes wäre gefährlicher gewesen als das Nichtwegwerfen. Man hätte uns gefragt: «Wozu habt ihr den Stock vorhin dabeigehabt?» Wir hatten uns zu weit von jenen Orten entfernt, wo unser Erscheinen eine alltägliche Sache war und wo wir uns selber unbefangener hätten geben können. Hier kannten wir niemanden, und niemand kannte uns. Meine übergroße Weste und die kreideweißen Schuhe fielen sofort auf. Und natürlich auch unsere Gesichter und unsere Art zu gehen, der man anmerkte, daß wir weder den Weg noch unser Ziel kannten. Wanjuscha schien das indessen nicht anzufechten. Er verwendete keine Mühe auf die Überwindung der inneren Sperre, als gäbe es so etwas bei ihm gar nicht. Zu einem anderen Zeitpunkt hätte ich ihn beneidet. Ich wußte, daß innere Sperren nicht leichter zu überwinden sind als äußere, und jene, deren innere Sperren überstark sind, verachtet man.

«Laß uns vom Weg runtergehen», sagte ich zu Wanjuscha. Ich wollte den Deutschen zu verstehen geben, daß der Weg frei war.

Da rief Wanjuscha:

«Friedrich!»

Der Junge schaute den älteren Mann fragend an, und ich begriff, daß sich Wanjuscha nicht getäuscht hatte.

Der ältere Mann erwiderte den Zuruf mit einem vagen Lächeln. Für einen Sonntag war er eher ärmlich gekleidet. Der Deutsche vom unteren Weg stieß eine Drohung aus. Wanjuscha ging auf den älteren Mann zu und rief mir zu, daß ich ihm folgen sollte.

«Das ist ein guter Mensch», sagte Wanjuscha. «Wir haben zusammen in Essen gearbeitet.»

Ich lächelte dem Jungen zu. Für ein Gespräch fehlte es uns indessen an Worten. So etwas konnte nur Wanjuscha passieren: mitten im Wald einem Deutschen, den er kannte, zu begegnen!

«Sergej!» sagte Wanjuscha und zeigte auf mich. In einem Gespräch dieser Art wird jedes Wort herausgebrüllt. Und auf das Wort folgt ein Ausruf, zum Beispiel ein «Oh!».

Friedrich war in Essen ausgebombt worden.

«Oh!» sagte Wanjuscha teilnahmsvoll, während Friedrich trostlos bemerkte:

«Es ist eben Krieg!»

Noch ein gemeinsamer Bekannter war ausgebombt worden. Dieser andere hatte außerdem ein Bein verloren und ging jetzt auf Krücken. Friedrich war mit seiner Verwandtschaft nach Langenberg gezogen.

«Bald ist der Krieg aus!»

«Krieg ist Scheiße!»

Wo es nach Langenberg geht? Auf diesem Weg, aber in der entgegengesetzten Richtung.

Der Deutsche vom unteren Weg verfolgte unsere Worte und Bewegungen. Friedrich fühlte sich sichtlich unwohl in seiner Haut, und seine Nervosität teilte sich dem Jungen mit. Plötzlich sahen wir, wie der Deutsche vom unteren Weg mit den Armen zu fuchteln begann: er wollte jemanden auf uns aufmerksam machen. In rasendem Tempo an uns vorbei, als sei er fest entschlossen, diesen gefährlichen Ort rasch hinter sich zu bringen, fuhr ein Radfahrer. Auch er rief irgendwelche Worte. Als er vorbei war, blickte er sich um, und sein Gesicht sah aus, als sei er gerade einer unverdienten, nicht voraussehbaren Gefahr entronnen. Wir verabschiedeten uns von Friedrich und setzten uns Richtung Langenberg in Bewegung, während Friedrich mit dem Jungen auf den unteren Weg hinabstieg. Friedrich sagte etwas zu dem dort stehenden Deutschen, doch der war nicht einverstanden und begann wieder zu schreien. Möglicherweise schrie er: die sind alle gleich, ob unbekannt oder bekannt. Er setzte sich auf unserer Höhe in Bewegung, blieb aber auf seinem unteren Weg. Im Gehen fluchte er weiter: sei es, um uns einzuschüchtern, sei es, um sich selber Mut zu machen. Doch dann lenkten ihn andere Sorgen ab, und wir verloren ihn aus den Augen.

«Nach der Kurve gehen wir vom Weg runter», sagte Wanjuscha.

Aber so weit kamen wir nicht – wir hörten hinter uns das Heulen eines Motors. Der Wagen war dabei, uns einzuholen.

«Geh runter von der Straße», sagte Wanjuscha. «Schau dich nicht um.»

Das Heulen wurde immer lauter und brach direkt hinter uns ab. Wir hätten uns jetzt umblicken müssen, aber wir zögerten noch eine volle Sekunde. Aus dem Straßengraben sah ich über mir einen hohen Wagen, in dem drei Männer waren. Alle drei zielten auf uns. Der auf mich Zielende war durch die Verfolgungsjagd merklich erregt, aber es war auch ein fröhlicher Zug in seiner Miene: Sieh einer an, du hast dich umgeblickt! Einen Moment lang hielt sich die verzweifelte Hoffnung: es ist ein Wehrmachtswagen, kein Polizeiwagen, der Fahrer schaut uns nicht an. Die wollen uns nur einen Schreck einjagen, gleich werden sie weiterrasen. Doch die drei sprangen vom Wagen runter. Ich begriff: jetzt ist es aus! Ich spürte, daß mich die Hoffnung entkräftet hatte. Außerdem war in mir noch das Warten auf Wanjuschas Schuß und das Bedauern über die verlorene Sekunde.

«Hände hoch!»

Wanjuscha ließ den Stock fallen und hob zweifelnd seine Hände.

«Spazierstock?!» rief einer der drei Deutschen mit jener schrillen Stimme, mit der sich der Schreiende anfeuert. Dann schlug er zu, und Wanjuscha sackte zu Boden und versteckte den Kopf zwischen den Knien. Beim Zu-Boden-Gehen hatte er sich indessen den günstigsten Platz ausgesucht. Jetzt kauerte er am Rande des Straßengrabens. Der Soldat hatte eine hämmernde Rekrutenstimme.

Jener, der auf mich gezielt hatte, war auf dem Weg stehengeblieben. Er sicherte seinen jungen, heißblütigen Kameraden ab, außerdem gefiel ihm offenbar das Schauspiel. Sein Lächeln drückte eine doppelte Überlegenheit aus: über den Übereifer des Rekruten, der herbeigeeilt war, um die vom Radfahrer und den anderen

Deutschen ausgestandene Angst an uns zu rächen, und zugleich über unsere Hoffnung, einer der Soldaten würde sich eine Blöße geben. So lächelt ein Ganove, der erkannt hat, daß er auch beim Kommiß seine Ganovendinger drehen kann. Als Wanjuscha zu Boden gegangen war, warf er ihm einen Seitenblick zu und blickte dann mich an: «Hast du gesehen, wie das geht?» Und genau wie kürzlich der Fahrer jenes Kleinkampfwagens ging er vor mir in die Hocke (schon wieder lasse ich eine Sekunde ungenutzt verstreichen!), strich mit den Handflächen von unten nach oben an meinen Hosenbeinen entlang, faßte mich dann wie ein Schneidermeister um die Taille, ließ die Hände unter die Weste gleiten. Sein Gesicht war so nahe an meinem Körper, als wollte der Mann sein Ohr gegen meinen Brustkorb pressen und meine Herzschläge zählen.

Er schlug die Westenschöße zurück. Lächelte drohend, fuhr mit den Fingern in die Westeninnentasche – das Lächeln wurde nachgiebiger, rätselhafter –, strich über das Koppelschloß, unter dem auf bloßem Körper der Revolver versteckt war, und zeigte dann auf den Wagen. Die Geste bedeutete, daß ich aufsteigen sollte.

Mein Herz zitterte: er spielte mit mir wie die Katze mit der Maus!

Wanjuscha kroch, sich gegen die Schläge abschirmend, hinter den Graben. Dann stand er auf, und ich sah ganz deutlich, als würde ich es nicht nur mit meinen eigenen, sondern auch mit den Augen dieser Soldaten sehen, hinter Wanjuschas Rücken die durch das Gras vom Vorjahr und das Erdreich kaum verdeckte Pistole.

Der Rekrut wollte wissen, wo der ältere Deutsche mit dem Jungen geblieben war und was wir mit ihm angestellt hatten. Wanjuscha machte mehrere rasche Schritte weg von der Pistole und zeigte auf den unteren Weg.

Sie sahen die Pistole nicht. *Sie hatten nicht erwartet, so etwas zu sehen.* Eine andere Erklärung kann ich auch heute nicht finden.

Man stieß Wanjuscha zum Wagen hin. Man hob uns in die Höhe, damit wir einsteigen konnten. Die Bordwand war hoch, eine Tür war nicht da. Innen sah es aus wie in einer Kiste mit Sitzbänken. Oder wie in einem Boot. Möglicherweise war das ein Amphibienfahrzeug. Die Schnauze war platt, die Reifen waren dick und gerippt, das Fahrwerk war breit ausladend wie bei einem Flugzeug.

Der Mann, der mich abgetastet hatte, setzte sich neben mich und hielt mir seine Pistole unter eine der untersten Rippen. Er hielt mich nicht in Schach, er fragte gleichsam: «Na, wie gefällt dir das?» Ich war mir völlig sicher, daß er den Revolver unter meinem Koppelschloß vorhin entdeckt hatte und daß nur sein hämisches Wesen ihn dazu veranlaßte, ein makabres Spiel mit mir zu spielen. Meine Überführung und Entlarvung behielt er sich für ganz zuletzt vor.

Der Fahrer, der sich während dieser ganzen Szene auf dem Waldweg kein einziges Mal zu uns umgedreht hatte, warf den Motor an, wendete, und der Wagen raste Richtung Langenberg davon. Hinten im offenen, verdecklosen Laderaum pfiff und heulte der Wind, das Tempo kam uns ungeheuer vor. Mein Bewacher nahm seine Pistole nicht fort, was mich noch mehr in der Meinung bestärkte, daß er genau wußte, was bei mir unter dem Koppel steckte. Er weiß es genau, und er findet es komisch.

Als Wanjuschas Trick gelungen war, hatte ich minutenlang Erleichterung verspürt. Aber dann hatte sich die Last auf mich verlagert. Unter den Augen mehrerer Leute kann man eine große Pistole weder verlieren noch verstecken. Die Sache geht schief – und dazu kommt die Demütigung! Die macht das Ganze noch furchtbarer. Wanjuscha hatte die sich selbst gestellte Aufgabe erfüllt! Jetzt war die Reihe an mir, etwas zu tun, aber mir fiel einfach nichts ein. Selbst wenn der seinen Revolver unter meine Rippe bohrende Soldat – ich gab mir Mühe, nicht in seine prüfenden Augen zu blicken – entgegen meiner Vermutung die Pistole unter meinem Koppelschloß nicht bemerkt hatte, würden das andere Leute tun. Aus dieser Falle gab es für uns kein Entrinnen. Dazu hätten zu viele verschiedene Dinge und Umstände zusammentreffen müssen. Und so was gibt es einfach nicht im Leben.

«Da drüben sind sie, der Mann mit dem Jungen!» rief plötzlich Wanjuscha und zeigte auf zwei kleine Gestalten, die sich den unteren Weg entlang bewegten.

Keiner der Soldaten drehte sich um. Mein Bewacher preßte vorsorglich den Pistolenlauf deutlicher zwischen meine Rippen. Noch zwei oder drei Kilometer jagte der Wagen diesen Weg entlang, dann bog er nach links ab, und wir waren auf dem unteren Weg. Wir fuhren jetzt dem Mann mit dem Jungen entgegen. Eine Minute später hielten wir neben ihnen an.

Der Rekrut fragte Friedrich etwas. Jener erwiderte etwas. Sofort kam das Kommando: *«Schnell, schnell! Raus mit euch!»* Offenbar hatten wir die Soldaten von einem wichtigen Einsatz abgehalten.

Wir sprangen auf den Asphalt. Der Fahrer, der uns während der ganzen Fahrt nicht beachtet hatte, wendete wieder seinen mit einem grau-braun gestreiften Tarnanstrich bemalten Wagen, und wir hörten das sich rasch entfernende Heulen des Motors.

Wieder gab es ein kurzes Gespräch mit vielen Ohs. Es gab entschuldigende Gesten. Nach einem neuerlichen Abschied machten wir uns schleunigst auf den Weg. Wir hatten eine lange Strecke vor uns – und kannten sie nicht einmal.

Als wir ein Stück weit weg waren, faßte ich unter das Koppelschloß: vielleicht war der Revolver gar nicht dort? Er konnte unterwegs herausgefallen sein. Doch nein, das kleine Eisending befand sich an Ort und Stelle. Doch was hatte dann das Lächeln meines Feindes bedeutet? Ich tastete mich selber ab und entdeckte, daß in der Westeninnentasche meine Brieftasche fehlte. Eigentlich war es keine richtige Brieftasche, sondern ein Eigenfabrikat aus Wachstuch, in dem ich einige Fotos aufbewahrte. Mich ergriff Selbstmitleid. Mir war, als hätte ich die Sprache oder das Gedächtnis verloren: ohne diese Fotos würde ich niemandem etwas erzählen oder erklären können.

Wanjuscha lachte:

«Sei froh, daß dein Kopf dran ist. Den kannst du später so oft knipsen, wie du willst.»

Wanjuschas Pistole fanden wir am gleichen Ort. Sie lag offen da, und wieder war ich verwundert, daß die Soldaten sie übersehen konnten. Wanjuscha steckte sie sich hinten unter die Weste.

«Du hustest heute gar nicht», lobte er mich. «Hast du alles herausgehustet?»

Ich hatte in mir im Lauf der Zeit Kniffe ausgebildet, die es verhinderten, daß die Angst alle meine Handlungen sinnlos machte. Es war nicht jener unvermischte, hochkarätige Mut, der Gewicht und Wert hat. Wäre ich mutiger gewesen, dann hätte ich nicht alles aufzuschnappen versucht, was Wanjuscha getan hatte. Ich hätte auf den Deutschen geschossen, als er neben mir in die Hocke gegangen war. Das war ein Augenblick, über den ich verfügen konnte. Daß man uns hinterher wieder laufenließ, war eine Ungereimtheit. Und auf Ungereimtheiten darf man nicht bauen.

Zum erstenmal verspürte ich in mir nicht mehr den Wunsch, Wanjuscha einzuholen, neben ihm herzugehen, ihm bei jedem Wort in die Augen zu blicken.

16

Aber das Gehen und die frische Luft stimmten mich allmählich wieder um. Wir waren am Leben geblieben. Wanjuscha hatte mich in Gefahr gebracht, und er hatte mich auch wieder aus ihr herausgeführt. Wir hatten nicht richtig geplant, schon gleich bei unseren ersten Schritten waren wir ertappt worden. Doch das lag einfach daran, daß jeder Weg und jeder Schritt auf dem Weg Neuland für uns waren. Meinem visuellen Gedächtnis begannen sich gerade erst die Straßen, Wege und Gehölze einzuprägen. Sogar jene Stadtstraßen, die ich entlanggegangen war, hatte ich nicht in Erinnerung behalten, denn ich war ja nicht aus freien Stücken unterwegs gewesen, man hatte mich diese Straßen entlanggetrieben. Ich hätte zum Beispiel den Weg zum Krankenhaus in Langenberg nicht zeigen können. Da war es nicht verwunderlich, daß wir uns keine Ziele zu setzen verstanden. Wir hatten auch weder Zeit noch Ort unseres Hierseins gewählt. Und unsere Gier nach dem Erkunden und Erkennen der von uns bewohnten Örtlichkeiten war eine fast kindliche. Es stellte sich ja aber heraus, daß auch die Deutschen, die hier lebten, sich eine Vielzahl von Blößen gaben. Sie machten unsere Fehler mehr als wett. Wanjuscha besaß zweifellos Erfahrung. Und das Bild, wie er den Kopf zwischen den Knien vor den Schlägen zu schützen versuchte – das habe ich bald wieder vergessen. Außerdem konnte er gar nicht über jenen Sekundenbruchteil frei verfügen, als sich der Deutsche vor mir hingehockt hatte und mich, verunsichert durch die unbequeme Körperhaltung, von unten herauf fragend angeblickt hatte. Im Wagen waren noch drei oder vier bewaffnete Deutsche geblieben, die hätten mich zusammengeschossen, noch bevor ich mein Revolverchen unter dem Hemd hervorgeholt hätte. Ich durfte auch nicht für Wanjuscha entscheiden und über ihn verfügen – man hätte uns beide abgeknallt.

Jetzt war alles klar: Wanjuschas Im-Recht-Sein, sein Mut, seine

Reaktionsschnelligkeit, die diebische Verlegenheit jenes Deutschen. Er hatte mir seine Pistole deshalb zwischen die Rippen gebohrt, damit ich den Verlust der Brieftasche nicht bemerkte. Wanjuscha hatte man auf den Vordersitz gesetzt, sein Nacken hatte mir wie ein Vorwurf vor Augen gestanden. Der Wagen war dahingerast, und ich hatte versucht, das mir Bevorstehende aus meinem Bewußtsein zu verdrängen, es gegen die bloße Vorstellung des Schmerzes zu vertauschen. Den Schmerz kann man mildern, indem man ihn bei wachem Kopf betäubt. Über den schlichten Schmerz wußte ich manches. Und ich hatte meine Kunstgriffe. Doch was jetzt bevorstand, nahm ihnen den Sinn. Und bewahrte mich nicht vor der Demütigung.

Dann gab man uns den Befehl, vom Wagen zu springen, und ich begriff nicht sofort, daß der Wagen davonfuhr – ich war auf etwas anderes gefaßt gewesen. Und jetzt war ich wieder mit Wanjuscha allein geblieben: mit seiner Kühnheit, seiner Raschheit, seinem Rechthaben, das sich eben erst wieder bestätigt hatte. Wie kam es dann, daß das, was ich dachte und fühlte, mir wichtiger erschien als das, was wirklich geschehen war?

Unser voriges Unternehmen war erfolgreicher verlaufen, aber erst heute begriff ich: man kann sich also aus der aussichtslosesten Lage befreien! Freilich steckte etwas Grausames in dem Gedanken. Ich hatte Kostiks Anpflaumereien stets geduldig über mich ergehen lassen, aber als er mir diesmal entgegenschlurfte und mich fragte, ob ich denn auch genug für den Sarg verdient hätte, erwiderte ich:

«Halt deine Klappe, du lebender Leichnam!»

Und als mir jemand daraufhin ins Gewissen reden wollte, begann ich zu lachen: «Mit seinen blöden Witzeleien kann mir dieser Kerl gestohlen bleiben!»

Noch eine Weile hatte ich den Eindruck, ich wüßte jetzt endlich das Wichtigste über das Leben. Endlich handle ich so, wie ich fühle. Die Zeit der Abhängigkeiten ist vorbei. Weder vermag mich Kostik mit seiner Schwachheit, die man nicht kränken darf, zu erpressen, noch imponiert mir Arkadijs Gewichtigkeit oder Wanjuschas ewiges Im-Recht-Sein. Ich brachte sogar etwas Verspieltes in meinen Blick. Tadelte gegenüber Wanjuscha Arkadij:

«Selber wagt er nichts. Sitzt in der Baracke, führt kühne Reden und belehrt die anderen!»

Wanjuscha war nicht einverstanden:

«Man hat lange an ihm herumgelehrt. Wenn man jemandem was beigebracht hat, dann eignet er sich nur noch für dies eine. Hier im Lager kann Arkadij seine Fähigkeiten nicht entfalten.» Wanjuscha lachte: «Bei mir ging das nicht so glatt mit dem Lernen. Deshalb kann ich von jedem etwas...»

Er lachte wieder:

«Von mir aus kann der Krieg noch lange dauern. Hier bin ich Gleicher unter Gleichen. Wenn der Krieg erst mal vorbei ist, wird mich Arkadij gar nicht mehr bemerken.»

Der Wunsch zu lachen wurde bei Wanjuscha durch den Wunsch nach tiefer schürfenden Betrachtungen ausgeglichen. Es war ihm wichtig, die Gerechtigkeit wiederherzustellen. Mir gelang es selten, Wanjuschas Stimmung zu treffen. Wenn ich scharf wurde, reagierte er ausweichend, sagte: «Wieso? Das ist kein schlechter Mensch.» Fand Entschuldigungen und mildernde Umstände für den Schüchternen, den Geschwätzigen, den Geizigen. Was mich verblüffte und empörte, war, daß er dabei manchmal sehr weit ging. «Das wird wohl seinen Grund gehabt haben», sagte er über einen Mann, der Brot gestohlen hatte.

«Welchen Grund?» begehrte ich auf.

«Den Hunger.»

«Wer ist nicht hungrig?»

«Dann wird er hungriger gewesen sein als andere!»

«Könntest du Brot stehlen?»

Wanjuscha blickte, ohne zu blinzeln:

«Das käme auf die Umstände an.»

Ich blickte in seine rotbraunen Augen mit den starren Pupillen und wartete, daß der Ausdruck der unerträglichen Eindringlichkeit daraus weichen würde. Wanjuscha merkte das, entspannte sich, lächelte. Ich wunderte mich, daß man ihn nicht schon im Kriegsgefangenenlager erschossen hatte. Als man uns auf dem Waldweg festnahm, dachte ich sofort, daß Wanjuschas Augen uns verraten würden. Mir war mehrmals aufgefallen, daß die Krakeeler im Lager zu verstummen pflegten, wenn sie Wanjuschas starren Blick auf sich gerichtet sahen. Es war, als würde eine Blinklaterne das Gelb um Wanjuschas Pupillen herum abwechselnd aufflackern lassen und wieder zum Verlöschen bringen. Vermutlich kannte er selber die Macht seines Blicks, jedenfalls senkte er ihn manchmal plötzlich wie eine Frau. Während der Dispute in der Baracke, an denen er sich meistens nur stumm beteiligte, war nur an seinen Augen zu merken, wie sein hartnäckiges, in sich gekehrtes Denken sich mit den Dingen beschäftigte. Auf längere Diskussionen ließ er sich nur mit mir ein. Aber auch hier hörte er auf, wo Worte ihre Macht und Wirkung verloren, wo ich ihn, seiner Meinung nach, nicht mehr verstehen konnte. Gewöhnlich pflegte er sich Streitgesprächen zu entziehen, als sei das eine unseriöse und etwas würdelose Beschäftigung, als würde die echte Klarheit dadurch nur verwirrt und geschmälert werden. Das *Leben* war jene Schwelle, vor der er innehielt. Als wären nicht auch die drei Jahre im Lager *Leben*! Als sei das *Leben* nicht das, was Tag für Tag geschieht, sondern etwas anderes, ein Bereich, in dem Prinzipien keine Geltung und Wirkung hatten, wo es keine Worte gab, deren Bedeutung mir verständlich gewesen wäre. Ich selber war der wildeste alle Prinzipienreiter. Ein Prinzip lautete: Du darfst kein Brot stehlen. Das war das schlichteste und unverbrüchlichste Gebot im Lager. Deshalb hatte ich die Rede darauf gebracht. Man mußte sich für dieses Gebot nicht einsetzen – Brot würde im Lager sowieso nicht gestohlen. Ich konnte mich nur an einen Fall von Brotdiebstahl erinnern. Entscheidend an diesem Gebot war der emphatische Hinweis auf die Brüderlichkeit. Die Gespräche über das Leben tilgten indessen jegliche Emphase. Und das ertrug ich nicht. Ich blickte in Wanjuschas starre Pupillen und dachte: er verstellt sich! Es gab nichts, was wichtiger war als Grundsätze und Gebote. Ich wußte das genau – weil ich es fühlte. Und auch der Feuereifer, sie zu verteidigen, war sehr wichtig, ohne ihn kamen die Gebote in Gefahr. Wanjuschas Worte weckten in mir den Verdacht, daß auch seine Einstellung zu mir frei von Emphase war. Diese Aussicht ließ mich erschauern.

«Du könntest doch nicht einen Kameraden in der Not verlassen? Beispielsweise... mich?»

Dies auszusprechen war mir schwergefallen. Aber ich hatte nach etwas gesucht, über das man auch im Scherz nicht einfach hinweggehen konnte. Ich blickte in das schimmernde Luchsgelb von Wanjuschas Augen, ich wollte mich vergewissern, daß es ihm ernst war. Ich bettelte ihn um diesen Ernst förmlich an – so sehr brauchte ich ihn. Das Lämpchen glühte auf und verglomm wieder. Wanjuscha sagte: «Das könnte ich.»

«Ich werde meinen Kameraden in der Not nicht verlassen», so lauteten meine und Kostiks gemeinsamen Schwüre. So endeten unsere Streitgespräche, dieser Spruch krönte jedesmal unsere Versöhnung. Niemand wußte besser als wir, was Not war. Ein anderer hätte durch Offenherzigkeit verblüfft und anschließend wortreiche Erklärungen abgegeben. Wanjuscha aber war gefragt worden – und hatte geantwortet. Und nichts in seinem Innern hatte sich verschoben, und die Pupillen waren starr geblieben. Ich hatte Kostik dutzendmal gesagt: «Spuck mir ins Gesicht, wenn ich nur ein einziges Wort an jenen richte, der seinen Kameraden in der Not verlassen wird!» Wanjuscha blickte mich jetzt abwartend an. Er hätte wohl große Achtung für mich empfunden, wenn ich mich entschlossen hätte, meinen Schwur wahr zu machen. Es gab keine anderen Worte, die ich mit genausoviel Feuer über die Lippen gebracht hätte – jetzt würgte mich eine tödliche Scham. Es kam absolut nicht in Frage, mit Wanjuscha zu brechen, das wäre weit über meine Kräfte gegangen. Wie unbedacht und dumm war es von mir gewesen, dies Gespräch zu beginnen! Allerdings hatte Wanjuscha noch nie einen in der Not verlassen. Es gab im Lager keinen Menschen, der so bereitwillig wie er sein Leben für andere aufs Spiel setzte. Die ganze Spannung und Freude in meinem Leben verdankte ich ihm. Jedoch das Wort wog schwerer.

An der Fieberepidemie der Schwüre war nichts verwunderlich. Sie war ein Ausfluß der bis zum letzten angespannten Erwartung. Mag sein, daß es Leute gab, die davon verschont blieben. Ich bemerkte sie einfach nicht. Selbst noch die Schüchternsten waren bestrebt, ihre Chance wahrzunehmen. Meine Gedanken hatten nichts Hermetisches. Es waren allgemein verbreitete Gedanken. Doch Wanjuschas Gedanken lagen auf der Lauer.

Am nächsten kam mir Arkadijs deutliche Art. Er war Kommandeur, Lehrer und Staatsmann in einem. Ich hoffte sehr, noch einmal bis zu dieser Klarheit vorzudringen und jemanden auf diesen Weg mitzunehmen. Auf die Wahrheit – das fühlte ich – geht man nicht allein zu. Das wäre eine dürftige Wahrheit.

Zu Wanjuscha kam mir der Gedanke, daß die Ehrlichkeit bei ihm wie eine Krankheit war. Damit tat er sich unrecht. Alle dachten gut von sich, nur er nicht. Das war nicht nur für ihn, das war auch für die anderen schlecht. Ich dachte plötzlich, daß Wanjuscha irgendwas nicht verstand, was ich verstehe. Das löste zunächst Jubel in mir aus, aber der Jubel schlug in Ungehaltenheit um.

Ich hätte Wanjuscha gern klargemacht, daß er mutiger ist als alle anderen, die ich hier kenne, daß sein Wagnis stets selbstlos ist und daß er nicht schlecht von sich reden soll. Ich konnte aber nicht begreifen, weshalb mich das quälte, weshalb ich unter seiner Ehrlichkeit so litt.

Ich sagte, ich hätte auf den Deutschen schießen wollen, als er sich vor mir hingehockt hatte, um mich abzutasten. Es täte mir leid, daß ich nicht geschossen habe. Wanjuscha blickte mich an, als hätte ich ihn verblüfft. Ich verstand nicht gleich, daß das Unerwartete unangenehm sein kann. Und vermochte den Ton nicht zu würdigen, mit dem er fragte:

«Meinst du das ernst?»

Ich ließ mich auf Erläuterungen ein, und Wanjuscha begann, so hart und grausam zu lachen, als verbände uns nichts mehr miteinander. Ich dachte: gleich dreht er sich auf den Hacken um und geht weg. Das wird furchtbar sein, denn ich werde hinter ihm herrennen und ihn fragen:

«Nimmst du mich mit?»

Daß sich doch nur nichts verändert! Daß ich doch nur, genau wie bisher, mit ihm Schritt halten kann, wenn er zügig durchs Gelände watschelt und sein kurzes Lachen lacht! Jedesmal versuchte ich zu begreifen, was an seinem Lachen eigentlich so angenehm war.

«Man kann mit dir nichts unternehmen», sagte Wanjuscha.

Ich fühlte erleichtert, daß die Gefahr vorüber war.

Jedoch die äußerste Abhängigkeit, die ich gerade eben schmerzhaft erlebt hatte, hatte in meiner Seele eine kleine Verwüstung angerichtet.

Als Wanjuscha zu lachen begann, war mir sofort eingefallen, wie man ihn durch Tritte zum Aufstehen hatte zwingen wollen, um ihn nach Waffen abzusuchen. Und er hatte die Schlagenden und Tretenden noch mehr in Wut gebracht, um weiter von der Straße wegrücken zu können. Alles hatte von ihm abgehangen. Und er hatte hinterher daran offenbar nicht mehr gedacht, hatte das Geschehene später mit keinem Wort erwähnt. Jetzt wurde klar, daß er das hätte tun können, wenn er nur gewollt hätte.

Ich spürte plötzlich, wie Wanjuscha von einem Gedanken gepackt werden konnte. Meine Gedanken konnten sich von mir ablösen. Wanjuscha jedoch wollte sein Gesicht gar nicht vor den Schlägen schützen, er wollte verhindern, daß seine Augen ihn verrieten. Und den Blick senkte er bei Streitgesprächen deshalb, weil kein fremder Gedanke an der Seite seines eigenen heimisch und plausibel werden konnte. Und wahrscheinlich würde er nur gegen jenen anstreiten, der den gleichen durchdringenden Blick und die gleichen starren Pupillen hatte wie er selbst.

Dann dachte ich noch, daß Wanjuscha früher einmal, wie alle anderen Leute, eigene und fremde Gedanken nebeneinander besaß. Aber in diesen Jahren stürzten die eigenen Gedanken mit einer solchen Wucht auf ihn ein, daß die fremden verdrängt wurden. Und das Flimmern in seinen Augen war deshalb so spannungsgeladen, weil alle Gedanken ihm selber gehörten.

Es war dumm von mir, mein Bekennermütchen an Wanjuscha kühlen zu wollen. Ich selber war mit Wanjuscha, meine Gedanken waren mit Arkadij. Wanjuscha jedoch spürte am fremden Gedanken nicht, ob er falsch oder richtig war, er spürte die Macht, mit der der Gedanke über den Menschen kam. Und wenn es der Mensch verdiente, konnte man sich auch mit seinem Gedanken vertraut machen. Es war dumm von mir gewesen zu meinen, daß mich einige gemeinsame Streifzüge Wanjuscha angeglichen hatten.

Wenn sie dir auf die Augen schlagen, wende deinen Blick nicht ab. Dann kannst du auch getrost predigen und bekennen. Solche Augen hatte ich beim Reizbaren, bei Wolodja, bei Grischka dem Uhrmacher und noch bei manchen anderen gesehen. Auch der an Gott glaubende Greis hatte solche Augen gehabt und sogar Fälkchen. Doch beim Greis waren die Augen mattes Zinn, und bei Fälkchen steckte Raserei darin. Die Raserei der von der Bosheit Faszinierten.

«So also ist es – das Leben!» Vor dem Krieg hatten sie keine Zeit gefunden, über etwas nachzudenken. Später hatte das den gegenteiligen Effekt zur Folge. Der schwer auf ihnen lastende Gedanke begann sich zu regen und zu rumoren, und schon brach die Raserei aus, und die bösartige Gewißheit kam über sie: «Ich verstehe alles! Künftig macht mir keiner mehr was vor!» Solche Menschen waren mir verhaßter als die deutschen Polizisten.

Zunächst glaubte ich, auch Wanjuscha sei von dieser Leidenschaft erfaßt. Jedoch die böse Wut bricht aus, wenn das Hindernis schon aus dem Weg geräumt ist. Wanjuscha schlug indessen seine Augen nieder, sobald er erriet, daß der andere den Blick seiner Luchsaugen nur schwer ertrug. Ich sah, wie die Spannung in seinen unbeweglichen Pupillen anwuchs, wenn sich seine Augen mit jenen eines Aufrührers und Krakeelers trafen. Die Krakeeler meinten fälschlich, er sei einer von ihnen. Dann verwandelte ein Lächeln Wanjuschas Gesicht. Und die Krakeeler sahen ihren Irrtum ein.

Ich machte sogar Wanjuschas watschelnde Gehweise nach. Und seltsam, ich begann, schneller zu gehen. Und weiter lernte ich, wie er, den Blick nicht abzuwenden. Der Tag begann glückhaft, wenn ich ganz unbefangen watschelte und wie Wanjuscha die Starre im Kreuz spürte. Wenn wir uns stritten, wurde mein Watscheln mir lästig: das Moment der Liebe war daraus gewichen. Und ich war unglücklich, daß dies Moment nicht ein für allemal gesichert war, daß es sich ohne Wanjuscha in nichts auflöste.

Manches an seiner Freiheit und an seinen Spannungen war für mich notwendig und unentbehrlich. Doch die Anspannung des Gedankens in seinen flimmernden Augen blieb mir stets fremd.

Sie gehörte zu sehr ihm allein an. Ein Austausch von Gedanken war mit ihm nicht möglich. Seine Gedanken lösten sich nicht von ihm. Ohne ihn gab es sie einfach nicht. Nur das Wagnis lockerte ihn auf. Machte ihn fröhlich. Aber auch auf dem Grund dieser Fröhlichkeit blieb die abergläubische Furcht, sich zu verplappern, seine Gedanken einem anderen zu verraten.

Wenn ich auf eine Klärung unserer Beziehungen drängte, sagte Wanjuscha etwas gehemmt:

«Du bist kein schlechter Kerl.» Und fügte geheimnistuerisch hinzu: «Aber wir werden nicht zusammenbleiben.»

«Warum?»

«Man wird uns auseinanderbringen.»

«Wer?»

«Der Krieg, das Leben.»

Ich meinte, er fände es reizlos, sich selber näher zu betrachten. Ich glaubte, es sei ihm egal, was er anderen über sich sagte. Das erschien mir ungemein gefährlich. Sag etwas Gutes über dich, binde dich, lege dich fest – du weißt ja, um wessentwillen du dich festlegst.

Doch es fehlten mir die Worte, mit denen ich mit Wanjuscha hätte sprechen können. Und es gab keinen fremden Gedanken, zu dem wir die gleiche Einstellung gehabt hätten. Wie aber soll man sich verständigen, wenn jeder nur über seine eigenen Gedanken verfügt? Ich spürte sowohl die Herausforderung wie die Schwachheit des Gedankens, für den ein einziger Mensch geradestehen mußte. Deswegen zog mich Arkadijs staatsmännisch-lehrhafte Art an.

17

Aber meinetwegen ließ sich Arkadij von seinen Gedanken, Gereiztheiten und Gesprächen nicht ablenken.

Eine Baracke: das sind viele Menschen. Beachtet werden die interessanten. Mich bemerkte Arkadij nicht. Fragte mich nach nichts, erteilte mir auch keine Aufträge, die ich natürlich mit dem größten Vergnügen ausgeführt hätte.

Bemerkt und beachtet zu werden ist sehr viel. Ausgewählt zu werden ist ein großes Glück. Ich erriet bereits, daß mir irgendwas fehlte. Etwas, das Kostik besaß, das Walter besaß. Kostik quengelt und mault und blickt den, den er ausschimpft, mit seinen wunderschönen Augen an. Doch er mag maulen, soviel er will: irgendein Etwas versiegt in ihm nicht. Einmal setzten ihn die Deutschen an einen Kran, und Kostik, in seiner Ungeschicklichkeit, warf mit dem Kranhaken die bereitstehenden Gußformen um. Jemand anderer hätte mit seinem Leben dafür bezahlt – Kostik wurde bloß ausgescholten. Er hätte Brot stehlen, hätte jemanden beleidigen können: man hätte ihn weiter genauso behandelt wie vorher. Das besagte Etwas steckte vielleicht gar nicht in ihm selber, sondern in jenen, die ihn anschauten. Aber so weit waren meine Gedanken noch nicht gediehen. Ich beneidete Kostik. Und beneidete noch mehr Jean und Walter.

Ich gab natürlich die Hoffnung nicht auf, daß sich dies Etwas auch in mir eröffnen würde. Dann wird in meinem Leben etwas Entscheidendes geschehen. Was ich auch immer tat: diese Hoffnung gab ich nicht eine Minute lang auf.

Es mag ungeheuerlich klingen: selbst noch, als ich dem Soldaten im Wald in die Augen blickte, hatte ich dies Etwas nicht völlig vergessen. Deswegen hatte mich sein Lächeln so verwirrt.

Ich sitze am Tisch, vor mir liegt ein Messer. Arkadij braucht gerade ein Messer. Er steht von seiner Pritsche auf und macht einen Schritt auf den Tisch zu. Er hätte mich um das Messer bitten können – ich hätte nur die Hand ausstrecken müssen. Aber der Bittende verpflichtet sich. Ich hatte immer den Eindruck, daß Arkadij mich nicht gern sah.

Jemanden zu bemerken ist wahrscheinlich genauso schwer, wie selber bemerkt zu werden. Und Arkadij mag das nicht. Unter dieser Vielzahl von Menschen verhält er sich so, als sei er auf ein Ziel fixiert. Ob er geht, sitzt oder redet: nie verläßt ihn der Ausdruck der Konzentration. Ich beneide die Menschen, die nur von ihren Wünschen abhängen. Wenn viele Leute in großer Enge leben, kommt es stets zu einem Wettbewerb der Wünsche. Da man sich durch nichts anderes voneinander absetzen kann, tut man es mit Hilfe von Wünschen. Die wahren Menschen sind jene, bei denen selbst die geringsten Wünsche beständig sind. Ob so jemand auf der Pritsche liegt oder zur Baracke hinaus möchte: im einen wie im anderen Fall bringst du ihn nicht aus dem Konzept, lenkst ihn nicht ab, ziehst ihn nicht auf deine Seite. Je schwächer jemand ist, desto leichter gibt er fremden Wünschen nach. Mich bringt man leicht aus dem Konzept. Da braucht nur Wanjuscha zu kommen und zu sagen:

«Komm, wir gehen los!»

Kostik wird verächtlich seinen Mund verziehen. Er weiß im vorhinein, daß ich mich freuen und von meinem Platz aufspringen werde. Er selber, sogar wenn er sich etwas sehr wünscht, wird vorher feilschen und den Desinteressierten spielen.

Ich indessen habe Angst, daß Wanjuscha sein Angebot zurücknimmt. Die echten Ziele sind von uns abgeschnitten, sie befinden sich jenseits des Stacheldrahts. Mir selber würde nie einfallen, zu jemandem zu kommen und ihm zu sagen: «Komm, wir gehen los und schauen uns was an!» Was soll man sich schon anschauen?! Aber ich bin den Menschen dankbar, vor denen solche Ziele auftauchen.

Solche Menschen erkennt man sofort (und sie sind, wie ich inzwischen begriffen habe, sehr wichtig). Sie sind stets entflammt.

Ohne Ziele gibt es für sie kein Leben. Um sie herum versammeln sich die, die selber kein Ziel finden, jedoch bereit sind, sich einem zielstrebigen Menschen anzuschließen.

Die Leichtigkeit, mit der ich immer von meinem Platz aufsprang, kam mir selber niemals übertrieben vor. Aber weil Kostik mich so hämisch anstarrte, wünschte ich mir bisweilen, daß man mich bitten würde: damit klar würde, daß ich auch ablehnen könnte. Irgendwie schämte ich mich. Eines anderen Menschen Abhängigkeit belastete mich so sehr, daß ich statt ihrer stets meine eigene zum Tausch anbot.

Es gab sehr wenige Menschen, die zu Arkadij sagen konnten:

«Komm, wir gehen los!»

Wie das zusammenhing, wie sich das fügte, wußte ich nicht. Arkadij duldete Abhängigkeit weder bei sich noch bei anderen. Vielleicht war das der Grund seiner Konzentriertheit und Verschlossenheit.

Alle anderen hörten ihm aufmerksam zu. Ich sah, wie er einmal mit einem jener mir verhaßten Männer redete, die sich durch den Druck des Hungers und der Gefahr buchstäblich in ihre Bestandteile aufgelöst hatten, als hätte früher nur die Sattheit die Teile zusammengehalten. Solche Menschen hatten sonderbare Augen, die der allgemeinen Verachtung nicht auswichen: leere, abgrundtiefe Augen, in denen außer dieser gähnenden Leere nichts zu entdekken war. Man hätte gern geglaubt, daß Verachtung ausreicht, um solche Menschen wegzustoßen, doch sie klammerten sich sogar noch an die Verachtung des anderen, sie verfolgten den anderen, wenn sie in seiner Hand auch nur den schäbigsten Zigarettenstummel entdeckt hatten. Du blickst in Augen, aus denen die Seele längst entwichen ist, und in deinem Kopf beginnt es sich vor Haß zu drehen. Und du begreifst nicht gleich, woher der Haß rührt.

Es gab nicht viele solche Leute.

Einer war mir deshalb besonders verhaßt, weil er groß und stämmig und noch ziemlich jung, so um die Dreißig, war. Er hatte offene, schamlose Augen, seine Hand griff stumm nach Essensresten und Kippen. Dieser Mann bettelte am liebsten Halbwüchsige an.

Arkadij fragte ihn einmal:

«Du hast in der Armee gedient?»

Einige Sekunden lang kam keine Antwort. Ich fürchtete, der

Mann würde sich umdrehen und fortgehen. Ich fürchtete Arkadijs Niederlage.

In der abgrundtiefen Leere gab es nichts, was diese Seele hätte gerade aufrichten können. Dann kam von irgendwoher ein Schimmer, die Gesichtszüge konturierten sich. Durch die elende falsche Sanftmut trat etwas hervor, das geradezu erschreckend wirkte. Was dann kam, blieb mir fortan unvergeßlich: die Gesichtszüge des Mannes fügten sich zum Ausdruck des Hochmuts und der Amtlichkeit:

«Ich habe gedient!»

«Als Berufssoldat?»

«Jawohl.»

«Du kommst aus dem Kessel?»

«Jawohl.»

«Du bist ausgebrochen?»

Wieder gab es einen Augenblick, als in den leeren Augen alles zu erlöschen schien. Würde auf dem Grund dieser Augen wieder bloß das ungreifbare wahnsinnige Flackern zurückbleiben?

Der Mann sagte mit einer entschuldigenden Geste:

«Nein. Wohin auch?»

Er hätte fragen können: «Und du selber: bist du aus dem Kessel ausgebrochen?» Er tat es nicht. Etwas hinderte ihn daran. Ich war begeistert von Arkadij.

Niemandem außer Arkadij wäre es eingefallen, an den Mann solche Fragen zu richten, dem nicht nur die ferne Vergangenheit, sondern sogar der gestrige Tag fehlten. Es gab für diesen Mann kein Gestern. Er schwor der Vergangenheit wie der Zukunft ab, verfügte über keine Vernunftgründe, die die durchlebten Minuten miteinander verknüpfen konnten. In diesem Mann wütete ein extremer, zerstörerischer Eigennutz, die Zeit war in ihm widernatürlich eingestürzt. Dieser in seine Bestandteile zerfallene Mensch erweckte in niemandem Mitleid. Wanjuscha hätte sich einfach von ihm abgewendet – Arkadij hatte sich über ihn empört.

Das Gespräch war zufällig in Gang gekommen und hatte scheinbar mit nichts geendet, aber alle hatten gespürt: im Lager bahnt sich etwas an.

Sogar dieser Mann hatte die Macht des Vergangenen zu spüren bekommen. Nach solchen Gesprächen wurde im Lager ein Zentrum erkennbar, das es früher nicht gegeben hatte. Man ging in die

Baracke der Kriegsgefangenen *zu einem Gespräch*. Ich entfernte mich, um nicht zu stören, aber auch ich verstand, wovon geredet wurde.

Auch Wlassowleute kamen zu Arkadij. Es waren vier Mann. Sie tauchten Anfang fünfundvierzig im Lager auf: zu unserer großen Verblüffung. Es waren Verwundete, die man entlassen und entwaffnet hatte. Mit einer solchen Wendung ihres Schicksals hatten sie wohl überhaupt nicht gerechnet und bis zur letzten Minute nicht begriffen, an welchen Ort man sie bringen würde. In ihren graugrünen Uniformen mit den blankgeschabten Aluminiumknöpfen, mit den schwarzen Verwundetenabzeichen aus Kunststoff, den an den schwarzen Armeekoppeln hängenden Feldflaschen erweckten sie, im Vergleich zu den Hilfspolizisten, den Eindruck, die wirklichen deutschen Soldaten zu sein.

Die deutschen Uniformen und Verwundetenabzeichen dieser Russen, die ihr Blut offensichtlich für Deutschland vergossen hatten, brachten unsere Polizisten in Verlegenheit. Das ging selbst für ihre Begriffe zu weit.

Der Lagerkommandant kam nicht ans Lagertor, aber anschließend ging er für eine Minute zu den Wlassowleuten hinaus. Dann kehrte er in die Wachstube zurück.

Man brachte die Neuankömmlinge gesondert unter und gab ihnen zum Schlafen normale einstöckige Betten. Einige Tage lang wurde für die Wlassowleute eine besondere Suppe gekocht, und sie bekamen eine größere Brotration als wir. Aber schon bald wurde ihre Ration an unsere angeglichen, und sie mußten fortan die allgemeine Lagersuppe schlürfen. Auch trieb man sie jetzt mit uns allen zur Arbeit.

Die Bedeutung dessen, was geschehen war, begriff als erster ein älterer, schielender Wlassowmann, der daraufhin sein Verwundetenabzeichen vom Uniformrock entfernte. Dieser Mann ging nach Weiberart gebückt, rieb sich fröstelnd die Hände, versteckte sie in den Ärmeln. Auch sein Käppi trug er wie eine Frau: über den Ohren. In seinen dunklen Augen konnte man nichts lesen. Als wolle er sich absichtlich Kränkungen und Beschimpfungen aussetzen, begab er sich am liebsten dorthin, wo viele Leute waren. Er wurde auch ausgiebig gestoßen und geschubst, und er ertrug es stumm. Jemand zog ihm das Käppi auf die Seite, der Mann trug es fortan wie eine Narrenkappe. Die eine seiner dunklen Pupillen blickte mit schauriger Härte und Geradheit, die zweite schielte zum Nasenbein runter. Diese seltsame Art zu blicken erweckte in manchen von uns den Verdacht, daß dieser Wlassowmann bei weitem nicht so dumm war, wie er tat. Jedoch die Hartnäckigkeit, mit der er ständig dorthin zurückkehrte, von wo man ihn gerade erst verjagt hatte, führte dazu, daß ihn alle bald satt hatten. Niemand nahm ihn mehr zur Kenntnis.

Der größte der Wlassowleute schepperte, wie wir es nannten, mit den Knochen. Die Brust unter dem Uniformrock war nicht in der Art einer lebendigen menschlichen Brust, sondern wie ein Gitter gewölbt. Er ging wie auf Stelzen, redete nur vom Essen und erzählte allen, er würde bald den Status eines *Volksdeutschen* und daraufhin eine Wohnung in der Stadt erhalten. Er strömte den Geruch nach deutschem Uniformtuch und nach Verwesung aus. Er verschwand bald wieder. An die Beförderung zum Volksdeutschen hatte er wohl selber nicht recht geglaubt, und im Lager zu bleiben, wo man ihn in einer Wlassowuniform gesehen hatte, war gefährlich.

Die Hilfspolizisten schien diese Flucht überhaupt nicht zu beunruhigen, während die drei verbliebenen Wlassowleute sich vor den anderen Lagerinsassen fortan zu verbergen trachteten. Sie spürten eine neue Woge des Mißtrauens und Hasses auf sich zukommen. An der Flucht dieses Wlassowmannes, über die jemand gesagt hatte: «Vielleicht hat der Mann das Pech, keinen Hunger zu vertragen!», war etwas, das uns dazu brachte, die Zurückgebliebenen näher anzuschauen. Indessen vertrugen sie die ihnen gezollte Aufmerksamkeit genausowenig wie ihr Kumpel den Hunger. Nur dem Schielenden schien alles gleich zu sein. Zwei Abende lang verließen die drei ihre Stube nicht. Aus Neugier warf ich einen Blick hinein. Sie lagen auf ihren Pritschen. Ich behielt für immer das Halbdunkel, die unbekannten Gerüche und die drei starren Augenpaare im Gedächtnis, die mich mit dieser wölfischen, qualvollen Erwartung anblickten.

Als wir einige Monate später den letzten Ort vor der Demarkationslinie erreicht hatten, sagte mir Kostik:

«Drüben in der Kaserne sind französische Kriegsgefangene. Komm, wir schauen sie uns an.»

Franzosen erweckten in uns Sympathie.

In einem halbzerstörten Raum war Stroh auf den Boden gestreut. Auf dem Stroh saßen oder lagen etwa zehn Männer in khakibraunen Uniformen, das wohlvertraute Käppi auf dem Kopf. Draußen schien die Sonne, in der Kaserne war es feucht. Ich war erstaunt, daß die Männer in der Feuchtigkeit dasaßen.

«Seid ihr Franzosen?» fragte Kostik. «Français?»

Es kam keine Antwort.

«Habt ihr euch die Zungen abgebissen?» fragte Kostik.

Die Männer blieben in der gleichen Haltung sitzen und liegen. Da rief jemand:

«Das sind belgische SS-Leute!»

Ich begriff, was an ihren Blicken so sonderbar war. Man hielt sie *für andere*. Immer und ewig für andere. Was sie wirklich waren, hätten sie selber nie preisgeben können.

Genau dies war in den Augen der Wlassowleute. Und noch etwas anderes. Sie blickten alle gleich, doch jeder war für sich allein und von den anderen Wlassowleuten abgesondert. Zum Übernachten gingen sie in ihre Stube, wie beliebige Logiergäste, am nächsten Tag waren sie sich genauso fremd wie am Vortag. Das erweckte Verdacht und nötigte zu genauerem Hinschauen. Wenn sie miteinander redeten, mutete das an, als würden sie Geheimsignale austauschen.

Nur einer von ihnen trug seine Uniform mit Herausforderung. Er hatte die Rangabzeichen eines Kommandeurs. Was besonders an ihm auffiel, waren die zapplig nervösen Bewegungen. Aus dem Lazarett in unser Lager kamen die Wlassowleute im Januar ohne Mäntel, und sie traten, um sich gegen die Kälte zu schützen, schnell von einem Fuß auf den anderen. Dieser Mann legte bei Appellen direkt einen Tanz hin. Er hatte die Gesichtsbräune eines Badeurlaubers, trug eine weite Hose, war dürr wie ein Zigeuner und besaß die Manieren eines jungen Stutzers. Er prahlte mit seinen Medaillen und Kampfspangen und ertrug die Einweisung in unser Lager schwerer als die drei anderen. Sie war für ihn nicht einfach eine unangenehme Wendung in seinem ohnehin verspielten Schicksal, sondern eine schreiende Ungerechtigkeit, der er mit Entschiedenheit begegnen mußte. Er ging provokant an dem das Lagertor bewachenden Hilfspolizisten vorbei und blieb erst jenseits des Stacheldrahtes stehen. Er stand da, die Hände tief in den Hosentaschen vergraben, wippte von den Absätzen auf die Stiefelspitzen und zurück, bot sich den Passanten, Hilfspolizisten und

Lagerinsassen zur Ansicht dar. Das ging eine Weile so hin, die Deutschen griffen nicht ein, und es gab Herzen, die für ihn schlugen. Immerhin bot er den Hilfspolizisten Paroli und schuf eine Art Gegengewicht zu ihnen. Aber dann erhielt die Lagerpolizei offenbar Anweisung, den Mann nicht mehr ans Lagertor zu lassen. Alle kleinen Privilegien der Wlassowleute wurden bald wieder aufgehoben. Noch hatte man sie nicht geschlagen, aber den Zigeunerdürren hatte man bereits bedroht. Der bekam Augen wie ein Epileptiker, der ihn bedrohende Hilfspolizist prallte zurück, der Wlassowmann packte ihn am Hemd und schüttelte ihn einmal heftig durch. Erstaunlicherweise hatte das zunächst keine nachteiligen Folgen für ihn. Er wagte es jetzt sogar wieder, vors Lagertor zu gehen, verließ bei Fliegeralarm und Bombenangriffen unsere Schutzröhre und stellte sich draußen neben die Hilfspolizisten. Es gab Leute, die mit ihm empfanden und sich seinetwegen aufregten. Unser Haß auf die Polizisten war stärker und älter.

Mit dem vierten Wlassowmann arbeitete ich zwei Wochen bei *Volkenborn* zusammen. Es war seltsam, neben einem deutschen Soldaten herzugehen, der genauso bewacht wurde wie ich. Noch verblüffender war, wie unter dem graugrünen deutschen Uniformtuch die russischen Züge hervortraten. Er war von niedrigem Wuchs und hatte einen zügigen Soldatenschritt, was ihn von uns unterschied. Sein Gesicht war von einer verhaltenen Freude erfüllt. Ein solcher Mensch empfindet Freude über sich selbst. Er war anstellig und fest im Zupacken, in solchen Augenblicken trat seine Körperkraft und -übung deutlich hervor. Wir zogen die Füße nach, wir schlurften: je später wir am Zielort eintrafen, desto besser, und mochte unser Weg auch noch so kurz sein. Dieser Mann hatte es dagegen immer eilig, ihm konnte es nicht schnell genug gehen, auch lange Wegstrecken schreckten und erschöpften ihn nicht. Trotz des Fehlens eines Mantels war er für unsere Begriffe winterfest gekleidet: das Tuch seiner Uniformjacke war solide und warm. Er roch nach Winter und nach winterlicher Straße, und das bedeutete zugleich: nach Gesundheit. Alles an ihm war normal: das war das, was zuerst und besonders stark auffiel. Doch gerade diese Normalität, in deren Bild auch das unbeschwerte Gesicht paßte, das weder Schmeichelei noch Entfremdung, noch Arglist ausdrückte, war für mich ein Geheimnis.

Ich besaß beschränkte Vorstellungen davon, aus welchen Beweggründen jemand zum Wlassowmann hatte werden können. Ich fragte ihn:

«Haben sie dir den Hof weggenommen?»

Er war sehr verwundert:

«Wieso?»

«Hat dir die Sowjetmacht was angetan?»

«Gar nichts!»

Er schien nicht einmal zu begreifen, worauf ich hinauswollte.

«Hast du es schlecht gehabt unter der Sowjetmacht?»

«Gut hab ich's gehabt!»

Und er begann, im Takt mit seinem zügigen Soldatenschritt, davon zu erzählen, wie gut er es vor dem Krieg gehabt hatte. Er war Chauffeur gewesen, verdiente einen Haufen Geld, ging ins Kino, ging zum Tanzen, kaufte sich Modellschuhe.

Je mehr Erinnerungen ihm kamen, desto froher wurde ihm zumute. Das hatte ich nun wirklich nicht erwartet.

Seine Vorkriegserinnerungen waren reichhaltiger als die meinen – ich hatte ja damals die Schulbank gedrückt! Das war mein empfindlicher Punkt: Ich beneidete die Menschen, deren Vorkriegserinnerungen größer waren als meine. Ihr durch den Krieg unterbrochenes Leben war reicher gewesen, und auch das, was ihnen nach dem Krieg bevorstand, würde sicher gewichtiger und strahlender sein als bei mir. Weder meine Erinnerungen noch meine Erwartungen konnten sich mit jenen des Wlassowmanns messen. In den zweieinhalb Jahren Deutschland war ich gewachsen und hatte manches dazugelernt, jedoch das Fehlen einer Vorkriegserfahrung wurde dadurch nicht wettgemacht. Mir ging das sehr nahe. Das war auch wohl der Grund, weshalb mich Arkadij nicht beachtete. Für ihn war ich schlicht jemand, mit dem man sich über nichts unterhalten konnte.

«Du möchtest, daß die Deutschen siegen?» fragte ich.

«Du spinnst!» staunte wieder der Mann.

«Du möchtest, daß der Zar wieder ans Ruder kommt?»

«Den Zaren brauch ich ganz bestimmt nicht.»

Ich behielt alle meine Fragen im Gedächtnis, gerade weil es ausgesprochen *kindliche* Fragen waren. Andere Fragen kannte ich nicht und konnte mir auch keine ausdenken.

«Und weshalb trägst du diesen Rock?» fragte ich endlich.

«Ach, der Rock», sagte der Mann, überhaupt nicht verlegen, hielt es aber auch nicht für nötig, mir etwas zu erklären. «Wir haben ja nur in Frankreich gekämpft.» Und er erzählte mir bereitwillig und geradezu fröhlich, wie sie gegen eine vor den Engländern fliehende deutsche Division einen Schlag führten und dann einen weiteren Schlag gegen die Engländer.

Es bestand kein Zweifel, daß ihm die Erinnerung daran, wie sie die Deutschen zerschlagen hatten, die größere Freude bereitete. Aber auch das Zerschlagen der Engländer erfüllte ihn mit Stolz.

Als sie auf die fliehenden Deutschen schossen, hatten sie den Befehl ausgeführt, den andere Deutsche ihnen gegeben hatten. Aber natürlich spielte auch der eigene Wunsch mit – und der eigene Zorn. Und sie hatten sich mächtig ins Zeug gelegt: da ihnen die Gelegenheit nun mal gegeben war. Über das Recht, die Engländer zu schlagen, dachte der Mann nicht erst nach. Doch er empfand auch dies als lobenswert. Was besagt schon der graugrüne Rock! Gott lenkt – und nicht der Mensch. Andere Leute tragen keinen solchen Rock, aber sie hatten auch keine Gelegenheit, es den Deutschen und anschließend auch noch den Engländern einmal richtig zu zeigen. Diese anderen sind vor Hunger verreckt und verfault – ohne einen Nutzen zu bringen.

Ich wußte, daß die Menschen verschieden sind. Ich erriet, daß sie zu kompliziert sind, als daß schlichte Erklärungen ausreichen könnten. Die Menschen handeln nicht immer, wie sie denken und fühlen, und sie sehen in ein und derselben Sache hartnäckig und verbissen sehr Verschiedenes. Viele suchen nicht nach ihrem Schicksal – sondern werden von ihm gefunden. Ich hatte auch Menschen getroffen, denen es nicht um Gerechtigkeit ging und die keineswegs Gerechtigkeit anstrebten. Dies alles war kein frohes Wissen, und ich wandte mich einstweilen von ihm ab. Mir fielen eher jene Menschen auf, die sich um Annäherung bemühten, ich sah, wie stark ihr seelisches Bedürfnis danach war, wie viele Kräfte sie darauf verwendeten. Überhaupt war mein erster Impuls immer: Glauben zu schenken, Einverständnis zu zeigen, sich von Sympathie ergreifen und durchdringen zu lassen. Doch den Unterschied von Gedanke, Wort und Handlung vermochte ich damals noch nicht zu erkennen. Das war eine besondere Art von Einfalt. Und ich entsann mich des Ausdrucks in den Augen jenes anderen Wlassowmannes, als ich die Tür zu ihrer Stube aufstieß. Ich begriff, aus welcher Tiefe er mich angeblickt hatte, in welche Ausweglosigkeit ihn sein Schicksal getrieben hatte. Und ich erriet auch, mit welcher Verzweiflung diese Menschen nach einem Ausweg suchten, indem sie die Waffe gegen ihre Herren genauso erhoben wie gegen jene, die ihre Bundesgenossen hätten werden können.

Und dann dachte ich noch, daß dieser Wlassowmann wahrscheinlich leichtgewichtigen Gedanken nachhing. Das Leben erfordert und verschlingt viel Kraft und Zeit, da bleibt fürs Denken nicht viel übrig. Dieser Mann war überzeugt, daß das Leben am Werktag werktäglich angepackt werden mußte, während der Feiertag den Feiertagsgedanken vorbehalten blieb. Man erinnert sich ihrer recht gern, jedoch zur Sache tragen sie nicht bei. Wer aber vorgibt, bei ihm seien die werktäglichen mit den feiertäglichen Gedanken untrennbar verknüpft, der ist ein Lügner und Aufschneider.

Dieser und der zigeunerdürre Wlassowmann gingen zusammen zu Arkadij. Irgendwie glaubte ich daran, daß sie sich einig werden würden. Die Wlassowsoldaten hatten einen mächtigen Haß auf die Deutschen, daran war zu diesem Zeitpunkt nicht mehr zu zweifeln. Überdies waren es zu allem entschlossene, gesunde, militärisch ausgebildete Leute, in einem Lager, wo es kaum gesunde Männer gab. Aber es kam nicht zu einer Einigung. Daß ich mich geirrt hatte, verschaffte mir eine Befriedigung besonderer Art. Die Erwachsenen waren also doch nicht immer zu Zugeständnissen und Inkonsequenzen bereit.

Jener Wlassowmann, der bei *Volkenborn* gearbeitet hatte, lief bald davon – wahrscheinlich wollte er Namen und Schicksal wechseln. Den zigeunerdürren Wlassowmann schlugen die deutschen Hilfspolizisten zusammen. Als er während eines nächtlichen Fliegeralarms wieder einmal nach draußen ging und sich, die Hände tief in den Hosentaschen vergraben, unabhängig und gleichberechtigt neben einem Polizisten aufpflanzte, stürzte sich dieser auf ihn. In der Nähe standen weitere Hilfspolizisten, vermutlich hatten sie sich vorher abgesprochen. Der Zigeunerdürre wurde halbtot geschlagen und anschließend in den Karzer gesteckt.

Es war der letzte Fall dieser Art im Lager.

Die Einweisung der Wlassowleute in unser Lager bestärkte mich in dem Verdacht, daß man uns am letzten Tag alle erschießen würde.

18

Volkenborn machte Anfang März zu. Der Fabrikhof war von fahrbaren Sägen zugestellt.

Bereits vorher hatte der Hunger begonnen. In der Lagersuppe war jetzt überhaupt nichts mehr.

Der Franzose Marcel war zwei, drei Mittage hintereinander nicht mehr auf mich zugegangen, doch dann tat er es eines Mittags wieder. Auch bei den Franzosen herrschte Hunger, sie bekamen keine Lebensmittelpakete von daheim mehr, ich wußte das. Aber Marcel legte Wert darauf, mir das selber zu erklären.

«Es ist nichts da!» sagte er und zeigte seine leeren Hände.

«Oh! Aber jetzt dauert es nicht mehr lange!»

Er erhob gegen jemanden drohend die Faust.

Uns Lagerinsassen setzte man zum Schneeräumen, zum Entladen von Eisenbahnwagen und zum Schippen ein.

In der Stadt wimmelte es von deutschen Soldaten, jedoch bei Luftangriffen eröffnete die Flak nicht mehr das Feuer. In der Luft hatte Deutschland an der Westfront bereits kapituliert. Die deutschen Jäger und die Fliegerabwehr waren an die Ostfront geworfen worden. In der Stille hörte man das Pfeifen der englischen Tiefflieger, die auf den Landstraßen Jagd auf Autos machten.

Unvergeßlich war der erste Artilleriebeschuß. Nicht die Granate – das Herz platzte, es wurde vor Freude zerrissen. Auf diese erste Artilleriegranate hatten wir so lange gewartet, daß wir jetzt sehr viel Kraft brauchten, um diese Freude auszuhalten. Am anderen Ende einer nicht sehr langen Flugbahn hatte jemand eine Granate in ein Geschütz gelegt und das Geschütz abgefeuert. Das war unausdenkbar! Etwas brach zusammen, das fest an seine Unendlichkeit geglaubt hatte. Der Grausamkeit, die sich nicht vor Vergeltung gefürchtet hatte, der Überheblichkeit, die ihre Grenzen nach eigenem Gutdünken und Belieben ausgedehnt hatte, schlug jetzt die letzte Stunde. Einige Minuten lang hielt noch der Zweifel an, alle blickten angespannt zum Himmel. Dann zeichnete sich, der ersten folgend, eine zweite Flugbahn ab.

Das Herz erbebte vor Glück und spürte, daß es von einem großen Gedanken ergriffen wurde.

Auf die Schwelle der Wachstubentür trat der Lagerkommandant. Seine Augen wurden blau: er suchte den Himmel nach der Flugbahn der Granaten ab. Alle Leute in der Stadt blinzelten.

Es kam ein Augenblick, da das Herz es plötzlich eilig hatte: jemand mußte überholt, irgendwas durfte nicht versäumt werden. Es ging jetzt darum, sich dem allgemeinen Los zu entziehen. Jetzt würden die Menschen in alle Richtungen auseinanderlaufen, und es war wichtig, das rechtzeitig zu bemerken.

Jemand hatte seine Pritsche mit Sacktuch verhängt – er hatte sich von den anderen abgesondert. Das war ein Verstoß gegen eines der strengsten Lagerverbote. Der Kommandant wurde zusehends bleicher, während er sich unsere Erklärungen anhörte. In seine Augen trat ein ganz unnatürlicher Ausdruck: er schien zugänglich zu sein. Man erklärte ihm, daß der Mann, der sich den Sack vors Bett gehängt hatte, krank war, und der Kommandant erklärte sein Einverständnis: als könnte dieser Umstand für ihn auch nur die mindeste Bedeutung haben.

Die Hilfspolizisten hatten hämische, bösartige Treiberaugen. Sie hörten nicht hin, sie erhoben drohend die Hand, sie griffen nach dem Gummiknüppel. Sie erlaubten sich oft rüde Scherze, doch in ihrem Verhalten war keine Arglist. Bisweilen ließen sie uns dies oder jenes durchgehen, schauten auch mal weg. Aber auch daran war nichts geheimnisvoll.

Die Hilfspolizisten waren ältliche Köter, nicht mehr. Ihre Beweggründe überstiegen nie die Ebene der nächstliegenden Sorgen und Probleme. Es war schwer dahinterzukommen, was an ihrem Verhalten angeborene Bosheit, was Mangel an innerer Disziplin, was Wachsamkeit und was professionelle Biederkeit war. Den Kommandanten unterschied von ihnen das angewiderte Zittern der peinlich sauberen Finger. Er pflegte diesen Unterschied ganz bewußt. Aber die Feinsäuberlichkeit und die Disziplin waren deshalb so infam, weil sie keine Verbindung mit dem schlichten Gedanken eingingen, daß ein kräftiger, wohlgenährter Mann einen ausgemergelten Burschen nicht verprügeln darf.

Jetzt, da die schweren Artilleriegranaten mit dem Donnern von Eisenloren ihre Bahn entlangflogen, erwarben die sich ins Blaue verfärbenden Augen des Lagerkommandanten endlich, so schien es, die Eigenschaft der Zugänglichkeit. Doch in ihr steckte etwas Furchtbares.

Auch in Iwans Augen war eine schlimme Arglist aufgeflackert.

Als könnte er trotz allem Nachgrübeln beim besten Willen nicht begreifen, ob er seine Sünden gegenüber den Kriegsgefangenen bereits abgebüßt hatte, ob er im Abbüßen fortfahren oder ob er vielleicht, solange das in seiner Macht lag, ganz anders mit ihnen verfahren sollte.

Die Granaten glitten aus großer Höhe herab: die Stadt war von Hügeln umgeben. Allmählich spielte sich die Flugbahn ein. Als die erste Freude verflogen war, stellte sich heraus, daß der Beschuß auf länger berechnet war. Das war weniger schön. Alle drei, vier Minuten kam eine Granate. Die Granaten wurden von einem weitreichenden Geschütz abgefeuert, die Front war immer noch ziemlich weit weg, bis zur Freiheit mußte man noch lange leben: auf die Gefahr hin, sie nicht mehr zu erleben. Die Augen des Kommandanten wurden wieder matt, die Gerüchte über eine von den Deutschen vorgesehene Vernichtung der Lager und ihrer Insassen machten hartnäckig die Runde.

Der Oberwerkmeister aus dem Walzwerk, jener Mann, dessentwegen mich der Kommandant geschlagen hatte, kam mit einem Revolver zur Arbeit und drohte:

«Ihr wartet auf die Alliierten? Vorher schieß ich sieben von euch über den Haufen!»

Die Deutschen wurden von uns rasch entweder als bösartig oder als teilnahmslos oder als vorsichtig eingestuft. Die Bösen verrieten sich am schnellsten. Die Bosheit wartete nicht erst eine Gelegenheit ab, sie zeigte sich unverzüglich. In der Folge wurde diese Einteilung nur selten einer Korrektur unterworfen. Höchstens, daß der Teilnahmslose, an die Seite des Bösartigen gestellt, eine jähe Anwandlung von Vaterlandsliebe verspürte und daraufhin ins Brüllen und Fuchteln kam oder einen von uns denunzierte. Bisweilen unterliefen uns Irrtümer. Die lautstarken, biederen Pedanten, die fest an die Überlegenheit des deutschen Wesens glaubten, konnte man leicht mit den Bösartigen verwechseln. Allerdings war hier die Grenze fließend. Ein lautstarker Dummkopf konnte gefährlicher werden als ein bösartiger Nazi. Auch um diesen Dummkopf mußte man einen Bogen machen. Doch am gefährlichsten waren jene, die sich nicht sofort durchschauen und einordnen ließen. Für mich war die Gefahr eine doppelte. Wenn jemand unter den herrschenden Umständen keine unmißverständliche Bosheit zeigte und übte, war ich, auf Grund meiner Charakterstruktur, versucht, Sympathie für ihn zu empfinden. Auch für den älteren Oberwerkmeister, den ich durch die geöffnete Tür der Lagerwachstube an der Seite des Lagerführers erblickte, empfand ich Sympathie. Er hatte mehrmals mitbekommen, wie ich mich einer Arbeit entzogen hatte, und mich kein einziges Mal angebrüllt oder bedroht. Eine angeborene innere Ausgeglichenheit hinderte ihn, so schien es mir, daran. Ich dachte, angeborene oder anerzogene Ausgeglichenheit würde bereits genügen, um sich gegen das, was hier vorging, zu sträuben und innerlich aufzulehnen. Der Mann hatte ein offenes und ehrliches Gesicht und trug eine deutsche Arbeitermütze, die zu solchen Gesichtern gut paßt.

Als ich neben ihm stand und die von seinen Knien ausgehende Körperwärme spürte, war ich ziemlich verlegen: denn ich empfand noch immer Sympathie für ihn. Später, nachdem man mich verprügelt hatte, blieben in meiner Erinnerung nicht nur die Schläge, sondern auch jene Sympathie. Und dazu ein Staunen, das, wie ich nicht nur an mir, sondern auch an anderen bemerkte, durch keine Lebenserfahrung abgeschwächt wird. Über das Böse, über die Gemeinheit kann man soviel wissen, wie man will: trotzdem stellt sich dieses Staunen immer wieder ein, wenn man mit einer neuen Gemeinheit konfrontiert wird oder auch nur davon hört. Glücklicherweise bildet sich bei normal veranlagten Menschen keine Gewöhnung an Gemeinheiten heraus.

Was ich bei jenem Oberwerkmeister für Ausgeglichenheit hielt, war lediglich ein extremes Maß an Hochmut. Er wußte, was uns letzten Endes zugedacht war. Jetzt, da er sich für sein eigenes Schicksal nicht mehr verbürgen konnte und genausowenig ahnte, was aus uns Russen werden würde, wurde er wild und schlug um sich. Seinetwegen kamen einige Leute ins KZ. Zur Arbeit kam er neuerdings in SA-Uniform. Seine Augen blickten jetzt schärfer und erbarmungsloser. An Sonntagen durchsuchte er das Lager, zusammen mit anderen Aktivisten. Einmal bedrohte er Wanjuscha mit dem Revolver.

In Wanjuschas Augen trat der Ausdruck einer kaum noch erträglichen Eindringlichkeit, wenn er den Oberwerkmeister sah. Er hörte nicht, was man ihm sagte, beantwortete keine Fragen mehr. Wenn man ihn berührte, spürte man die Spannung in ihm. Und es war auch nicht möglich, ihn in solchen Augenblicken wachzurütteln. Wenn man ihn schüttelte, schaute er wie abwesend, oder er wendete einem seinen übereindringlichen Blick zu. Ich fürchtete mich vor Wanjuscha in solchen Minuten, ich liebte diesen Zustand an ihm nicht.

Zu jenem Zeitpunkt hatten wir das Lager nachts schon mehrmals verlassen.

Die Zementröhre, die uns nachts als Luftschutzraum diente, war an der vom Lager abgelegenen Seite zugemauert. Schon nach wenigen Minuten wurde es in der Röhre stickig, wir begannen nach Luft zu schnappen. Besonders schlimm wurde es, wenn die Hilfspolizisten die Tür schlossen. Bei Fliegeralarm wollte jeder immer der letzte sein, der in die Röhre ging: um sich den Platz an der Tür zu sichern. Wiederholt kam es zu einer Panik: manche glaubten, man wolle uns den Erstickungstod sterben lassen. An der Innenseite der Röhre verlief eine Bank. Stehen und sogar sitzen konnte man jedoch nur gebückt. Um der Stickluft zu entgehen, brachen wir das Mauerwerk am anderen Ende der Röhre auf. Wanjuscha hatte diesen Ausgang als erster entdeckt. Als er zum erstenmal in die Schutzröhre kam, ging er bis ans andere Ende, betastete das Mauerwerk, löste Ziegelstein um Ziegelstein heraus und kletterte nach draußen. Er tat es, ohne lange nachgedacht zu haben. Er war in einen für ihn neuen Raum gekommen – und hatte nach einem Ausgang gesucht.

Als er in die Röhre zurückkehrte, wollten alle gleich wissen, was er draußen gesehen und gefunden hatte.

«Gar nichts», sagte Wanjuscha. «Nur Eisen und Draht.»

Später begann er, mich mitzunehmen. Ich war kurzsichtig, und obwohl ich versuchte, mir den Weg zu merken, wurde ich sofort von Panik ergriffen, wenn Wanjuscha in der Dunkelheit verschwand. Daß ich Erfahrungen gesammelt hätte, wäre zuviel gesagt. Aber sicher sammelte ich Dreistigkeit. Wir suchten deutsche Schuppen und Scheunen nach Eßbarem ab. Stießen bis zur Straße nach Langenberg vor oder bis zum Straßenbahngleis und achteten auf nächtliche Patrouillen und auf Gendarmerieposten.

Rauszukommen war einfacher, als wieder ins Lager zurückzukehren. Ich dachte ständig daran, was inzwischen im Lager passiert sein mochte. Du kommst wieder, und auf dich warten schon die Lagerpolizisten. Wanjuscha vergaß jedesmal, daß wir wieder zurück mußten. Für die Rückkehr fehlten ihm einfach Zeit und Interesse.

Um sicherzugehen, vereinbarte ich mit ihm vor dem Aufbruch, daß wir uns diesmal nicht verspäten würden. Wanjuscha widersprach nicht. Ihm kam aber sofort das Gefühl abhanden, das einen Menschen dazu bringt, sich umzublicken und auf die Zeit zu achten.

Einmal kamen wir an eine Straßenbahnhaltestelle und sahen mehrere Soldaten, die mit einer Taschenlampe eine Tür anleuchteten und offenbar nach etwas suchten. Als sie uns sahen, riefen sie uns herbei. Wir blieben stehen, einer der Soldaten kam auf uns zu. Wir wichen vor ihm zurück, der Soldat fragte uns nach etwas. Erst als wir zu rennen begannen, riefen die Soldaten:

«Halt! Stehenbleiben!»

Wanjuscha zeigte in eine Nebenstraße:

«Du läufst hier entlang!»

Selber rannte er in der entgegengesetzten Richtung davon. Ich rannte ihm nach. Ich hörte, wie die Soldatenstiefel gegen das Straßenpflaster prallten, wie empört die Soldaten brüllten, noch gar nicht ahnend, daß es Russen waren, denen sie nachrannten. Meine größte Angst war, hinter Wanjuscha zurückzubleiben.

Auf dem öden Platz, wo die Schuppen standen, schüttelten wir die Verfolger ab. Doch die Männer von der Patrouille kamen zu uns ins Lager und leuchteten mit der Taschenlampe die schlafenden Gesichter an.

Wanjuscha sagte:

«Du hättest in der anderen Richtung rennen müssen.»

Ich schwieg und dachte: wenn wieder so etwas passiert, werde ich wieder hinter Wanjuscha herrennen.

Als wir den SS-Mann totgeschossen hatten, blieb in mir das Gefühl: *einen* solchen Tag erlebt zu haben genügt. Ich legte mich damals scheinbar ruhig auf die Pritsche, doch die Ereignisse holten mich immer und immer wieder ein.

Sie holten mich auf andere Weise ein, als ich es in Erinnerung behielt. Genauer: in jener fiebrigen Erregung in Erinnerung behielt. Der Ausdruck auf dem Gesicht des SS-Manns, die Spuren im Wald, die man nicht vernichten konnte. Die Empfindung, auf etwas geschossen zu haben, das mich unverzüglich auslöschen mußte. Die Verwunderung darüber, daß sich die Gendarmen nicht rührten. Einen ganzen Tag lang schüttelte mich eine Art Fieber, dann wurde mein Gedächtnis wieder nüchtern. Das Säumen der Gendarmen wurde verständlich. Wanjuscha und ich konnten ihnen sowieso nicht entgehen. Ich versuchte, die Langsamkeit der Gendarmen so ausgiebig wie möglich zu nutzen. In diesen Jahren hatte ich gelernt, die Minuten wie das Brot zu zählen: krümelweise. Brot und Entspanntsein brauchten sich auf, ohne Sattheit oder Munterkeit zu spenden. Ich hoffte: nächstes Mal werde ich klüger sein. Unzählige Male versuchte ich mich an dieser Aufgabe, bevor es mir schließlich gelang, sie mir zunächst einmal richtig zu vergegenwärtigen. Jetzt bemühte ich mich, die Minuten zu zerdehnen oder zum Stehen zu bringen. Erst müssen sie die Wachstube erreicht haben, dann müssen sie den Kommandanten gerufen haben, dann müssen sie den Lagerhof überqueren, dann müssen sie die Baracke betreten. Diese ganze Zeit gehört mir. Und wenn ich nicht durchdrehe, und wenn ich unterdessen mit niemandem rede, werde ich manches überdenken können.

Doch die Minuten vergingen, die Wachstubentür wurde aufgestoßen, jemand wurde von einem Hilfspolizisten angebrüllt, Iwan der Lange lief an mir vorbei – mich aber brauchte keiner. Allmählich stellte sich das Fieber wieder ein. Ich mußte Weiteres tun. Mußte mit Wanjuscha sprechen.

Wanjuscha sagte:

«Quäl dich nicht. Denk nicht so viel nach.»

Ich hätte mich vor dem nächsten Mal fürchten müssen, trotzdem trieb ich Wanjuscha zur Eile an. Als würde das, was beim ersten Mal schlecht war, einer Korrektur bedürfen. Als wir dann auf so blöde Weise in Bedrängnis gerieten und auch wieder aus ihr herauskamen, dachte ich, daß die Soldaten und Gendarmen nicht immer alles gleich sehen und erraten. Und daß es keine hoffnungslosen Lagen gibt. Später kamen zu diesem Gedanken immer wieder neue hinzu. Nie wirst du es lernen, ein jedes Ding fehlerlos hinzukriegen. Du gehst im Dunklen, trittst leise auf und rennst gegen einen laut aufscheppernden leeren Kanister. Aber sogar in dieser nächtlichen Welt ist Platz für blechernes Dröhnen und noch für etwas anderes, das dir selbst als der ärgste Schnitzer erscheint. Und nicht darauf kommt es an, in welcher Ordnung und Reihenfolge du alles tust, sondern darauf, welche Ordnung in dir selber herrscht. Arkadij, Petrowitsch und Wanjuscha waren weiß Gott verschiedene Menschen, aber selbst wenn sie miteinander stritten, mußte man den Eindruck bekommen, daß sie etwas für sie alle Verbindliches anerkannten. Dies Etwas besaß Macht sowohl über ihre Ängste wie über ihre Wünsche. Ich begriff die Regeln, ich suchte nach ihnen. Kostik machte keinen Schritt, ohne sich etwas darauf einzubilden, daß er es im Einvernehmen mit den allerbesten Regeln tat. Fälkchen, der strenggläubige Greis, Alexander Wassiljewitsch Gromow, die Wlassowleute und sogar der Moskauer ließen erkennen, daß sie nach Regeln lebten. Ich haßte Fälkchen und die Wlassowleute samt ihren Lebensregeln. Gromow erschien ich wohl als undankbarer Bengel. Es zog mich mit aller Macht zu dem hin, was Arkadij, Petrowitsch, Nikolaj und Wanjuscha vereinte. Ich hatte natürlich schon darüber nachgedacht, wer wir wohl waren, die wir unter dieses faschistische Joch geraten waren. Wir waren viele. Mutige und Feiglinge. Willensstarke und Kleinmütige, Zivilpersonen und Armeeangehörige, Halbwüchsige und Erwachsene, Männer und Frauen. Ich wog die kaum vorstellbare Schwierigkeit der Verhältnisse und das, was der Mensch gegen sie aufzubieten vermag, gegeneinander ab. Ich sah die eigene Schwachheit. Doch meine Maßstäbe wurden dadurch nicht geändert, denn es gab immer einen, der die Verhältnisse besiegte. Und selbst wenn die schlimmsten Alpträume eingetroffen wären und nur ein einziger Mensch, am äußersten Rand der Welt, um den Preis des eigenen Lebens die Verhältnisse besiegt hätte, hätte sein Verhalten als Maß der menschlichen Dinge dienen können. Worüber auch immer gestritten wurde, ich spürte, daß jeder Streit stets darum ging, welches Maß Menschen zugemutet werden konnte.

Ich stellte fest, daß Erwachsene auch mit anderen Erwachsenen manchmal so redeten, wie sie mit Halbwüchsigen zu reden pflegen.

«Man muß nicht alles erklären oder beweisen», sagte Arkadij zu Nikolaj.

«Wie meinst du das?» fragte der.

«Ich meine das so. Es gibt Dinge, die man nur durch Lebenserfahrung begreifen kann. Außerdem ist nicht alles erklärbar oder beweisbar. Es gibt die Lebenserfahrung und es gibt die sittliche Erfahrung.»

Ich hörte zu und quälte mich, weil es mir schwerfiel, das Gehörte zu behalten und nachher Kostik zu erzählen – und weil Kostik die Neugier fehlte, solchen Erzählungen zu lauschen und sie verstehen zu wollen. Mein Interesse war geschärft, doch das Gedächtnis nicht geschult. Aber diese Worte Arkadijs habe ich behalten. Irgendwo mußte die Welt sein, wo ich eine Antwort auf die mich quälenden Fragen finden würde. Und es war sogar gut, daß diese Welt weit weg war. Die Antworten auf solche Fragen konnten nicht griffbereit herumliegen. Man mußte viel wissen, mußte sich lange darum bemühen: nur dann würde man die Antwort verdient haben. Mir war aufgefallen, welchen Stolz Leute empfanden, die die Antwort auf nicht einmal besonders schwierige Lebensfragen besaßen. Als hätten sie die Antwort nicht einfach erfahren – als hätten sie sie sich außerdem auch noch verdient. Als sei Erkennen und Verdienen dasselbe.

Wanjuscha schlug die Augen nieder. Arkadijs Worte riefen in ihm nicht die gleiche Empfindung hervor wie in mir.

Wanjuscha war wagemutiger als Arkadij, und er stand mir näher, und doch brauchte ich gerade den mir ferner Stehenden! Zum erstenmal begann mir aufzugehen, welche verbindende oder trennende Bedeutung nicht nur die Art, wie einer lebt, hat, sondern auch das, was er über das Leben denkt. Es kann geschehen, daß mir ein Mensch gefällt – seine Gedanken aber nicht. Oder umgekehrt. Ich wußte nicht, wie das zusammenhing und was dabei vorging, doch ich spürte bereits, daß man auf einen Laib Brot leichter verzichten kann als auf einen Gedanken.

Arkadij bildete sich auf sein Wissen nicht allzuviel ein, er sah darin kein Verdienst. Wenn er mit Wanjuscha oder mit Nikolaj redete, schien er zu bedauern, daß er mehr wußte als sie. Das schien ihn zu ärgern und zu reizen. Wäre sein Wissen geringer gewesen, dann hätten ihm das Gespräch und der Streit mit diesen beiden größeres Vergnügen bereitet.

Ich bemerkte, daß er manchmal nachgab. Das erregte ihn geradezu. Als würde er sich einreden, daß er gar nicht nachgab, sondern genau das tat, was erforderlich war.

Als der Entschluß fiel, jenen Oberwerkmeister zu exekutieren, sträubte sich Arkadij zunächst dagegen, schloß sich dann aber der Meinung der anderen an.

Petrowitsch hatte einmal auf einem werkeigenen Lastwagen Koks für den Meister befördert. Er erzählte, der Meister würde in einem großen Bauernhaus wohnen. Das Haus läge zwei, drei Kilometer von der Stadt entfernt. Mit dem Wagen seien es ein paar Minuten.

«Woher weißt du, daß es sein Haus ist?» fragte Arkadij. «Vielleicht leben dort Verwandte oder sonstwer?»

«Er hat es gesagt. Hat damit geprahlt. Ich habe gemeint: etwas weit bis zur Fabrik? Er hat gesagt: das ist gesund, das stählt die Muskeln, und ich hab ein Fahrrad. Dann habe ich gefragt, wer auf dem Hof pflügt und sät und das Vieh versorgt. Er hat gesagt: die Familie.»

Dem Oberwerkmeister hatte man so oft den Tod gewünscht, daß jetzt alle spürten: das ist die Gelegenheit!

Wanjuscha fragte:

«Seid ihr hin und zurück die gleiche Strecke gefahren?»

«Die gleiche.»

«Hast du sie dir gemerkt?»

«Bei der Rückfahrt hab ich es versucht, bei der Hinfahrt hab ich nicht gewußt, wohin es geht.»

«Klar. Aber vom Wagen aus merkt man sich den Weg nicht so gut.»

«Man merkt ihn sich schon.»

«Vom Wagen aus merkt man sich den Weg nur grob», zweifelte Wanjuscha. «Wenn man zu Fuß geht, ist alles anders.»

«Und nachts?» fragte Arkadij.

«Wenn es die Landstraße entlanggeht, find ich den Weg auch nachts.»

«Würdest du das Haus nachts finden?» fragte Wanjuscha. «Die Bauernhäuser sehen alle gleich aus.»

«Das Haus hab ich mir genau gemerkt.»

«Fällt es auf?»

«Für ein Bauernhaus ist es riesengroß. Zwei Stockwerke. Und ein Kuhstall ist angebaut. Und im rechten Winkel ein Schuppen für den Koks. Es ist praktisch ein Hof.»

«Würdest du das Haus von der anderen Seite wiedererkennen?»

«Da wär ich mir nicht sicher. Rein und wieder raus sind wir durchs Tor. Ich würde mich vom Tor her orientieren.»

«Diese Reden sind für die Katz», sagte Arkadij mit fester Stimme. Alle verstummten, scheinbar erleichtert.

Aber man kann das hundertmal hören. Man kann sich das hundertmal sagen. Einige Zeit später ist die Erleichterung verflogen. Die Argumente, die den Haß in der Schwebe hielten, geraten zwar nicht in Vergessenheit, doch sie verlieren ihre Gültigkeit. Neue

Argumente treten auf und werden verworfen, und die Spannung wird immer unerträglicher. Eine wirkliche Erleichterung tritt erst ein, wenn du begreifst, daß du den Hauptgedanken durch keinerlei Erwägung abschütteln kannst.

Tags drauf kam das Gespräch wieder auf das Haus des Oberwerkmeisters.

Ich begann bereits, mir dieses zweistöckige Haus vorzustellen, das mit Kuhstall und Kohlenschuppen einen nicht ganz gleichschenkligen Winkel bildete. An der freien Stirnseite des Hauses begann in Gürtelhöhe ein Zaun. Zwischen Zaun und Hauswand war eine Pforte. Dann kam ein Tor. Hinter dem Tor war der Schuppen, in den Petrowitsch den Koks geschippt hatte. Die Pforte wurde nicht verschlossen. Das Haus betrat man vom Hof aus. Die Haustür war schmal, den oberen Teil bildete ein kleines, quadratisches Fenster. Vermutlich kam man auch aus dem Kuhstall in das Haus. Die Hoffenster befanden sich auf der Höhe des Obergeschosses. Wie die Hausfassade aussah, wußte Petrowitsch nicht. Er wußte auch nicht, wo im Haus das Zimmer des Oberwerkmeisters war.

«Selbst wenn du ins Haus kommst, verirrst du dich», sagte Petrowitsch. «Es ist fast wie im Hotel.»

«Ins Haus gehen wir nicht», sagte Wanjuscha. «Sonst merken die gleich, daß wir Russen sind.»

Alle verstummten.

Arkadij sagte:

«Das Ganze ist ziemlich konfus.»

Wieder spürte ich, wie die Spannung nachließ. Waren wir nicht in eine Sackgasse geraten? Aber dann fragte jemand:

«Ist das Klo im Hof?»

«Es gibt eins im Hof», sagte Petrowitsch, «aber im Haus ist sicher auch eins.»

«Und ein Schutzraum? Ein Keller? Wo die sich bei Alarm verstecken?»

«Auf dem Dorf verstecken die sich vielleicht gar nicht.»

«Wir brauchen einen, der den Oberwerkmeister auf deutsch hinausruft», sagte Nikolaj. «Das Fenster sei nicht verdunkelt. Oder er müßte dringend ins Werk.»

«Wenn du den Mund aufmachst, hat er dich gleich erkannt», sagte Arkadij.

«Ich selber will den Mund gar nicht aufmachen.»

«Es kann passieren, daß ein anderer rauskommt», sagte Petrowitsch. «In so ein Haus gehen gut zwanzig Leute rein.»

«Wie viele hast du gesehen?» fragte Wanjuscha.

«Einen alten Mann und eine alte Frau. Tagsüber sind die meisten auf dem Feld. Nachts sind sie im Haus.»

«Zwanzig Personen», sagte Arkadij. «Dann sind auch Waffen im Haus. Und wir kreuzen drei, vier Mann hoch auf.»

«Es geht nicht um die Zahl der Personen, es geht um die Zahl der Männer», sagte Wanjuscha.

«In der Nähe stehen noch zwei, drei Höfe», sagte Petrowitsch. «Das Ganze ist so was wie ein Weiler. Selbst wenn wir den Mann rauslocken und den anderen einen Schrecken einjagen, rappeln sie sich wieder auf und heften sich an unsere Fersen. Schneiden uns die Flucht ab. Und wir kennen nur einen Weg.»

«Ist ein Telefon im Haus?» fragte Arkadij.

«Darauf hab ich nicht geachtet», sagte Petrowitsch.

Alle diese Dinge wurden unzählige Male durchgesprochen. Dann wurde in meiner Gegenwart das Thema eine Zeitlang gemieden. Ich erriet, daß ein Plan gemacht wurde und daß für mich darin keine Rolle vorgesehen war. Ich begriff, daß es Arkadijs Plan war.

In der Enge des Lagerlebens läßt sich kein noch so läppisches Geheimnis wahren. Das Geheimnis wird nicht gleich erraten, aber die sich darum scharenden Menschen sind leicht zu erkennen. Geheimnisse, in die man nicht eingeweiht wird, kränken und beunruhigen. Für Leute vom Schlag des Langen Iwan sind sie Gegenstand von Pirschzügen. Indessen fühlen sich solche Leute zu fremden Geheimnissen nicht deshalb hingezogen, weil sie sie unverzüglich weitermelden möchten. Weder Iwan noch Obmann Grischka denunzierten die Kartoffeldiebe, obwohl Kartoffeldiebstahl sofort auffiel. Auch manches andere war ihnen bekannt, drang indessen nicht bis an die Ohren der Hilfspolizisten. Während der zweieinhalb Jahre in den beiden Lagern erfuhr ich von keinem Fall einer freiwilligen Denunziation. Auch das muß vermerkt werden. Aber Iwan oder Grischka ließen sich natürlich von anderen Motiven leiten. Ein weitergegebenes Geheimnis ist nichts mehr wert. Vorteilhafter ist, es in einen endlosen Umlauf zu setzen. Jemandem angst zu machen: «Ich geh zum Kommandanten!» Jemanden anderen zu verhöhnen: «Du hast wohl Schiß?» Einem dritten gegenüber durchblicken zu lassen: «Ich weiß Bescheid, aber ich schweige. Einstweilen fordere ich nichts von dir.» Hier gab es eine Vielzahl von Nuancen – und alle waren ungeheuerlich. Noch der bravste Lagerinsasse war sich zahlreicher Regelverstöße bewußt. Sie alle verhundertfachten Iwans Macht. Er sammelte und bewahrte die nicht verratenen Geheimnisse als sein wertvollstes Kapital, das er im Falle eines Machtwechsels auch den neuen Machthabern anbieten konnte.

Alle wußten davon, daß Wanjuscha und ich während der nächtlichen Fliegerangriffe das Lager verließen. Iwan erriet wohl noch mehr. Wieviel er erriet, wußte ich nicht. Das ließ mich fiebern. Ich glaubte zu spüren, daß unsere Geheimnisse immer weitere Kreise zogen, während die Befreiung zu langsam näher rückte. Es war eine Art Wettlauf.

Jedesmal, wenn Iwan den Lagerkommandanten ansprach, ergriff mich wieder die Erregung. Iwan spürte meine und Wanjuschas Spannung und trat absichtlich öfter als notwendig auf den Kommandanten zu.

«Du bist noch so jung», sagte ihm Wanjuscha. «Hast noch so wenig gelebt.»

Iwan stemmte die Arme in den viel zu kurzen Ärmeln in die Hüften und begann zu schreien:

«Du drohst mir! Sag das noch mal!» Die blaue Ader an der Schläfe schwoll an, in die Augen kam ein irres Flackern.

Auf seinen Schrei hin drehte sich ein Hilfspolizist um. Iwan hatte geschrien, weil er einen Polizisten in der Nähe bemerkt hatte. Sein Spiel war leicht durchschaubar. Wenn der Lagerpolizist eingreift, dann hat ihn Iwan nicht gerufen, nicht einmal gesehen. Auch Iwan war bis zum äußersten angespannt und konnte jeden Augenblick durchdrehen. Manchmal hatte es den Anschein, daß er nach einem passenden Vorwand suchte.

Arkadij hatte sich wohl deshalb entschlossen, an der Hinrichtung des Oberwerkmeisters teilzunehmen, um die Eskalation der Nervenanspannung unter Kontrolle zu bekommen und um die Schwankenden zu einem festen Block zu fügen. Vielleicht war es aber auch die Hektik der letzten Tage, der sich keiner entziehen konnte.

Der Weg durch die Luftschutzröhre kam nicht in Frage. Deren

Tür war verschlossen, der Schlüssel hing in der Wachstube und fiel in die Zuständigkeit des diensthabenden Hilfspolizisten. Außerdem war der Eingang in die Röhre aus dem Fenster der Wachstube einzusehen.

Zwei Nächte waren wir damit beschäftigt, ein Schlupfloch in den Stacheldraht hinter der letzten Baracke, neben dem Lagerklo, zu reißen. Wer nachts dorthin ging oder von dort kam, erregte keinen Verdacht.

Der Draht war verrostet und gab nach. Dieser abgelegene Ort war lange nicht mehr inspiziert worden.

Jetzt stellte sich heraus, daß Arkadijs Plan auch für mich eine Aufgabe vorsah. Ich sollte nachts am Schlupfloch auf die anderen warten. Wanjuscha, Arkadij, Nikolaj und Petrowitsch gingen bei Fliegeralarm los. Der Luftangriff galt einer weiter entfernten Gegend, die Einschläge der Bomben hallten dumpf zu uns herüber. Irgendwo brannte der Himmel, die B-52 schütteten ihren Phosphor aus. Das hielt lange an. Wir wußten, daß der blutroten Himmelsfärbung eine Temperatur von Tausenden von Hitzegraden entsprach. Auf den Phosphorbombenteppich wurden tonnenschwere Sprengbomben geworfen, die sogar noch aus so großer Entfernung kleine Erdbeben hervorriefen. Über Lager und Stadt Langenberg hinweg flogen die Bomberverbände. Ihnen ging ein Zittern der Fensterscheiben, das Scheppern der Blechteile, das Knirschen der Geschoßdecken in den Häusern voraus. Erst wenn der Phosphor auf die Erde aufschlug und in dieser riesengroßen Feuerungsanlage plötzlich das Zugloch aufgerissen wurde, flammte auch auf unserer Haut die Röte auf.

Irgendwer wagte es, die Schutzröhre zu verlassen. Die Polizisten brüllten ihn nur träge an. Die Erde brannte jetzt bereits am ganzen Horizont entlang, doch den Stimmen nach zu urteilen waren die Lagerpolizisten durchaus munter.

Das feuerrote Licht beleuchtete ihre erregten Gesichter, die Koppel und Stiefel. Das Rot zerschmolz in den Barackenfensterscheiben. Hell erleuchtet waren die Baracken, der Lagerplatz, die Brücke, die zur Brücke führende Treppe und die Häuser der Stadt, deren Fensterglas jenes panische Klirren ertönen ließ.

Wir freuten uns über das Donnern und Dröhnen am Himmel, über das Industriebezirke und Städte verzehrende Feuer. In Flammen stand ein gewaltiger Kriegsindustriekomplex, den die entsetzliche Idee der Überlegenheit der einen über die anderen Menschen zusammenhielt, und es gab außer diesem kein Feuer, in dem er hätte verbrennen können. Viele Jahre nach dem Krieg las ich, in jenem Feuer seien Unschuldige verbrannt. Das kam uns damals nicht in den Sinn. Und wie hätte man die Schuld auch abwägen, wie hätte man sie vom Schuldigen trennen sollen? Wenn jemand noch nicht zum Bewußtsein seiner Schuld herangereift war: war er deshalb auch frei von Schuld? Und wenn die sittliche Pflicht unsere Kräfte übersteigt: gereicht uns das zur Entschuldigung? Die Praxis erzieht uns zur Nachsicht. Aber auch heute noch sehe ich, durch den Lagerstacheldraht hindurch, jenes Feuer, das den Stacheldraht zerstören sollte.

Auch die Polizisten waren erregt. Sie standen da, vom Feuer beleuchtet, nannten die Namen der Städte und Städtchen, auf die die Bomben fielen, und schienen sich an ihrem Scharfsinn zu erfreuen. Bis zur Befreiung blieben noch zwölf Tage. Keiner konnte das wissen, aber es lag in der Luft.

Die Kriegsgefangenen kamen zurück, Wanjuscha sagte:

«Wir haben uns verirrt. Auf der Landstraße wimmelt es von Patrouillen. Die rechnen wohl mit einem Luftlandeunternehmen.»

Sie gingen nachts noch zweimal los und erreichten auch jenen Weiler, aber es blieb ihnen nicht mehr genug Zeit, und sie kehrten wieder um. In der darauffolgenden Nacht sollte ich mitgehen.

«Das Haus ist sehr groß», sagte Arkadij.

Wanjuscha bog den Stacheldraht zur Seite, während wir anderen herauskrochen. Anschließend hielt ich den Draht. In der Dunkelheit verlor ich sofort die Orientierung und schaute nicht mehr zur Seite. Wir gingen bald vom Asphalt herunter, und ich befand mich zum erstenmal in meinem Leben nachts außerhalb der Stadt. Ich konnte mir den Weg nicht merken, meine Unfähigkeit, eine bereits zurückgelegte Wegstrecke von jener zu unterscheiden, auf der wir uns gerade befanden, brachte mich zur Verzweiflung. Was mir für immer im Gedächtnis blieb, war die Plastizität der nächtlichen Geräusche, das Dröhnen der weit geöffneten Landschaft, und dann noch das mich verblüffende Hundegebell. Eigentlich konnte an den Wechselrufen der Dorfköter nichts sein, was mich hätte in Erstaunen versetzen können. Doch etwas erstarrte in mir, als das Hundegekläff deutlich an mein Ohr drang. Dem ersten Hund erwiderte ein zweiter. Aus bereits größerer Ferne, hinter einem Hügel hervor, ließ sich ein dritter Hund vernehmen. Hinter dem Horizont stöhnten und jaulten noch einige weitere Köter auf – und ich spürte förmlich die Tiefe des nächtlichen Raumes. Kaum war ich mir darüber klargeworden, daß das kein Hundechor war, daß die weit entfernten Hunde ganz andere Ursachen zum Bellen hatten als die sich hier in unserer Gegend aufhaltenden, da bellte und winselte ganz in der Nähe ein weiterer Hund auf. Er gab uns das Geleit. Und ich begriff, daß es die bevölkerte Finsternis war, die mich so verblüffte. Für die Hunde war unsere Anwesenheit kein Geheimnis. Ich spürte die Durchsichtigkeit der Dunkelheit, ihre Kälte und schillernde Fahlheit. Ich hatte mir gleich zu Beginn vorgenommen, nicht zur Seite zu blicken: das würde nur mich selber und, wegen meiner Furcht, dann auch die anderen erschrecken. So ging ich voran, den Blick auf Wanjuschas und Petrowitschs Rükken geheftet. Erst waren Arkadij und Nikolaj an der Spitze marschiert, aber dann waren ihnen Zweifel gekommen, und man hatte die Reihenfolge geändert.

Vornean trottete jetzt der kleinwüchsige Petrowitsch. Er trug einen alten deutschen Soldatenrock und eine Arbeitshose aus Kunststoff. Rock und Hose waren ihm viel zu groß. Petrowitsch hatte die Hosenbeine und Ärmel umgekrempelt und angenäht.

In der Baracke nahm man den praktischen Petrowitsch gern auf den Arm und riet ihm, das überlange Stück einfach abzuschneiden. Auf solche Gespräche ließ er sich gar nicht erst ein. Sich zu ärgern lag ihm einfach nicht, es stand im Widerspruch zu seinem Charakter. Er war nicht direkt ein sanfter, aber ein innerlich ausgeglichener Mensch.

Ich konnte nicht begreifen, woran er in dieser Finsternis den Weg erkannte. Endlich verließ auch ihn das Gespür. Er blieb stehen und wartete auf Wanjuscha.

Eine Zeitlang bewegten sich die zwei fast auf gleicher Höhe voran, dann gab es Petrowitsch auf und blieb hinter Wanjuscha zurück.

Aber auch Wanjuscha blieb mehrmals stehen, und in solchen Augenblicken ging mir auf, daß mich an den nächtlichen Geräuschen und dem Hundegebell noch etwas verblüffte: Sie klangen vertraut. War das hier wirklich Deutschland?

Plötzlich stießen wir auf einen mit Stacheldraht geschützten

Viehzaun, versuchten erst vergeblich, um ihn herumzugehen, kletterten dann über ihn hinüber, gingen über die aufgepflügte Erde, versanken im weichen Boden, stiegen wieder über einen Zaun. Als alle es schon müde waren, Wanjuscha weiter Glauben zu schenken, sagte er, die Richtung würde stimmen, er wüßte das genau und würde sich außerdem am Autolärm orientieren, der von der nahen Landstraße zu uns herdrang.

Die Straße sahen wir bisweilen: von einer höhergelegenen Stelle aus oder in ziemlich großer Nähe, zwischen Bäumen hindurch. Dann bemerkte ich eine Veränderung der Luft. Es roch jetzt nach Kuhstall, nach Stroh und bäuerlicher Behausung.

«Wir sind da!» sagte Wanjuscha, und ich sah, daß der Fleck, der noch etwas dunkler als die ihn umgebende Dunkelheit war, jene Umrisse anzunehmen begann, die ich mir schon oft ausgemalt hatte.

Das Haus war wirklich sehr groß. Als wir uns in seinem Schatten versammelten, wußte ich, daß wir höchstens ein Viertel unserer Aufgabe erfüllt hatten. Vielleicht waren wir jetzt sogar weiter vom Ziel entfernt als während des Anmarsches.

Wanjuscha stieß die Pforte auf, ging an der Wand entlang bis zur Haustür, stieß gegen die Tür, zerrte an ihr und kehrte dann wieder zu den anderen zurück:

«Die ist fest zu. Da ist nichts zu machen.»

Petrowitsch und Arkadij gingen in den Schuppen und blieben dort ziemlich lange. Als sie wiederkamen, sagte Petrowitsch:

«Es ist das Haus. Den Schuppen hab ich mir genau gemerkt.»

Petrowitsch knirschte mit den Schuhen und sprach laut. Man zischte ihn aus. Dann blickten alle zum Fenster hinauf. In der Dunkelheit hatten wir das einzige Stirnseitenfenster nicht gleich bemerkt oder angenommen, es sei weiter weg als in Wirklichkeit. Außerdem hatten wir, wahrscheinlich vor Erregung, die Dunkelheit für undurchdringlich, für gefeit gegen Auge und Ohr gehalten. Jetzt hatte sich das Dunkel ein wenig gelichtet, und wir entsannen uns, daß wir schon längere Zeit von einem Fuß auf den anderen traten, mit dem Kies knirschten, laut flüsterten und halblaut lachten. Das Obergeschoß war hochgelegen, aber die durch uns erzeugten Geräusche hätten einen Schlafenden geweckt. Alle verstummten und starrten lange die Schwärze der Fensterscheiben an.

Nikolaj ging zu den Nachbarhäusern, um sich zu vergewissern, daß dort alles ruhig war, und kehrte wieder zurück. Wieder gab es Lärm und ungehaltenes Zischen.

Wir blickten zum Fenster hinauf. Ich glaubte zu bemerken, daß sich das Dunkel hinter der Fensterscheibe für eine Sekunde verdichtet hatte. Ich schaute Nikolaj und Wanjuscha an – sie schwiegen. Daraufhin schwieg auch ich. Dann gingen Arkadij und Nikolaj für eine Weile fort, kamen zurück, riefen Petrowitsch. Jedesmal hatte ihr Auftauchen aus der Dunkelheit etwas Bedrohliches. Wenn sie wiederkamen, waren sie erregt, aber ich spürte, daß es keinen Aktionsplan gab und daß auch keiner entstand. Arkadij nahm Petrowitsch und Nikolaj einfach deshalb mit, weil sie ihm sympathischer waren als Wanjuscha und ich.

Endlich waren Arkadij, Petrowitsch und Nikolaj wieder da. Arkadij sagte, sie würden zu dritt versuchen, über den Kuhstall ins Wohnhaus zu gelangen. Es mußte eine Verbindungstür geben. Wanjuscha sollte auf die Fassadenseite achtgeben, ich sollte dort bleiben, wo ich war, und darauf achten, daß niemand das Haus verließ. Die drei würden die Haustür öffnen und uns rufen. Wenn etwas Unvorhergesehenes und Außergewöhnliches geschähe, sollte man zum nahe gelegenen Gehölz rennen und von dort aus, ohne Fühlung miteinander aufzunehmen, einzeln ins Lager zurückkehren. Oder, je nach den Umständen, sich einen Ort suchen, an dem man sich bis zur Befreiung verstecken konnte.

Das war das Schrecklichste. Darauf war ich absolut nicht vorbereitet:

«Wo ist das Gehölz?» fragte ich Wanjuscha. Der zeigte, bevor er in der Dunkelheit verschwand, in irgendeine Richtung.

Arkadij, Petrowitsch und Nikolaj gingen, um nicht an den Fenstern der Fassadenseite vorüber zu müssen, um den ganzen Bauernhof herum zum Kuhstall. Ich blieb allein zurück und konnte vor Angst einige Augenblicke lang nichts sehen. Eine Minute lang versuchte ich mich zu erinnern, in welche Richtung Wanjuscha gezeigt hatte, doch von allen Seiten stürzte die gleiche Dunkelheit auf mich ein. Ich stieß gegen die Pforte und betrat den Innenhof, um die Tür wirksamer unter Kontrolle zu haben, durch die die drei anderen Wanjuscha und mich, im Falle eines Gelingens, ins Haus lassen sollten. Die Schritte waren verhallt, Dunkelheit und Stille herrschten jetzt wieder uneingeschränkt. Ich horchte, jedoch weder aus dem Kuhstall noch im Haus war etwas zu hören. Die Anspannung machte mich zeitweilig blind. In einem dieser Augenblicke glaubte ich zu bemerken, daß aus der Tür etwas herausschlich. Noch bevor ich mit ersterbendem Herzen begriffen hatte, daß die Tür lautlos geöffnet worden war, lief eine Katze über den Hof zum Schuppen. Ich hoffte noch, daß die Tür eigens zu dem Zweck geöffnet worden sei, die Katze aus dem Haus zu lassen, als eine stämmige und scheinbar verlegene Gestalt sich von der Tür löste. Diese Gestalt machte gleichsam fragende Bewegungen. Sie blieb kurz stehen, nahm die neben der Haustür an der Hauswand von mir bisher nicht bemerkten Mistgabeln und zeigte sie gleichsam her. Mich schien dieses Wesen nicht zu sehen. Dort, wo ich stand, war das Dunkel noch dichter. Ich wich zur Pforte zurück und entsann mich meines Revolverchens erst in dem Moment, als ich mit dem Rücken gegen die Pforte stieß. Die Pforte ging in den Hof hinein auf. Ich kauerte mich am Zaun hin und fühlte erst jetzt in meiner Hand den kleinen Revolvergriff. Unter dem Schlagbolzen in der Trommel war eine leere Kammer. Der Abzug knackte. Als hätte er diesen Laut erwartet, blieb der Mensch stehen – und nickte mit dem Kopf. Ich flüsterte ihm ein «Zurück!» zu. Nickend, als würde er sich gemäß einer mit mir getroffenen Absprache verhalten, wich die Gestalt vorsichtig vor mir zurück, und ich hörte, wie die Tür zugemacht und abgeschlossen wurde.

Das war alles! Ich mußte meinen Leuten schleunigst ein Zeichen geben.

Während wir uns auf dem Weg hierher befanden, hatte ich mich in allen Dingen auf sie verlassen. Und die Erwachsenen waren so oft unverrichteter Dinge von dieser Tour zurückgekehrt, daß ich auch diesmal wieder darauf gefaßt war. Es hätte mich nicht einmal sonderlich betrübt. Hauptsache war, mit den anderen zusammenzusein. Die Gedanken an das Ziel lagen auf Eis, und ich hatte es nicht eilig, sie von dort zu entfernen. Als wir dann doch noch den Bauernhof erreichten, hatte ich den Eindruck bekommen, daß Arkadij, Petrowitsch und Nikolaj, genau wie ich, bereits unterwegs ihren Wagemut befriedigt hatten und sich bloß nicht trauten, das vor den anderen einzugestehen. Warum hätten sie sonst ums Haus herumgehen und mich an der Tür postieren sollen! Jetzt war es passiert. Der Oberwerkmeister hatte vor mir gestanden – ich hatte ihn zuletzt doch noch erkannt –, und ich hatte ihn ins Haus zurückgejagt, hatte ihm die Möglichkeit verschafft, die Tür zu verriegeln und sich auf einen Angriff zu rüsten. Ich ging Wanjuscha suchen und wäre fast gegen ihn geprallt. Er wollte sich bei mir erkundigen, wie die Dinge hier standen. Ich starrte ihn erleichtert an, als hätte ihn die Dunkelheit in seine Bestandteile auflösen müssen – doch sie hatte ihn mir wiedergegeben. Oder als hätte er mehrere Stunden unter Wasser verbracht und sei jetzt wieder an der Wasseroberfläche aufgetaucht. Kaum hatte ich ihm davon erzählt, was mit mir gewesen war, als Arkadij, Petrowitsch und Nikolaj erschienen. Diesmal hatten sie den Weg an der Fassade entlang genommen.

«Es gibt keine Tür vom Kuhstall her», sagte Arkadij. «Nichts als Mauerwerk. Wir haben alles genau untersucht.»

«Still!» sagte Nikolaj.

Das Fenster, unter dem wir standen, wurde geöffnet. Es ging nach außen auf. Jemand blickte möglichst unauffällig hinaus.

«Jetzt hilft kein Verstecken mehr», sagte Wanjuscha, als sich das Fenster wieder geschlossen hatte. «Wir haben einen Heidenlärm gemacht.»

Wanjuscha bat mich zu erzählen, was ich erlebt hatte. Als ich meinen Bericht beendet hatte, sagte Petrowitsch:

«Eine klare Sache. Im Dunkeln schaltet man nicht gleich.»

«Ich habe den Kopf verloren», sagte ich. «Ich hätte ihn aufhalten müssen. Ich hab meinem Revolver zu wenig zugetraut.»

«Das wäre jedem so gegangen», sagte Petrowitsch.

Nikolaj begann zu zählen:

«Der Meister hat eine Pistole. Außerdem werden wohl Jagdgewehre im Haus sein.»

Es war schon öfter darüber geredet worden, wie viele Waffen im Haus aufbewahrt würden. Wir standen unschlüssig herum.

«Ich gehe und klopfe an», sagte Wanjuscha und setzte sich, ohne eine Antwort abzuwarten, dicht an der Wand entlang in Bewegung. Ihm folgten, ihre Verlegenheit und Unsicherheit niederkämpfend, Arkadij, Nikolaj und Petrowitsch. Ihnen folgte ich. Wir preßten unsere Körper gegen die Hauswand und erwarteten Schüsse aus einem der Fenster des Obergeschosses. Wir stellten uns zu beiden Seiten der Tür auf, während Wanjuscha anklopfte und sich so weit zurückbeugte, daß man ihn durch das kleine Fenster in der Tür nicht sehen konnte.

Doch die Dunkelheit hinter dem Türfenster blieb leer. Plötzlich zeigte Nikolaj, für den der Platz an der Hauswand nicht ausreichte, nach oben. Über der Tür befand sich, auf halber Höhe zwischen den beiden Stockwerken, ein Treppenfenster. Gegen dessen Scheibe preßte sich ein scharfäugendes, von uns bisher nicht bemerktes Gesicht.

«Polizei!» sagte Wanjuscha.

Der Mensch hinter der Treppenfensterscheibe wurde unruhig, ging weg, das Gesicht verschwamm.

Sekunden später preßte sich das gleiche Gesicht gegen das Türfensterchen. Der Mann hielt in der einen Hand eine Taschenlampe und beleuchtete damit die andere Hand, in der er einen Revolver hielt.

«Tür auf!» sagte Wanjuscha mit rüder Stimme.

Oben wurden mit Getöse zwei Fenster aufgestoßen, Männerstimmen riefen Drohendes. Dann rief eine der Stimmen beschwörend:

«Heinz, Heinz!»

Wanjuscha stieß mit dem Fuß gegen die Tür. Der Mann, der sich mit dem Taschenlämpchen selber angeleuchtet hatte, war der Oberwerkmeister gewesen. Der würde die Tür wohl kaum öffnen. Doch zu meiner Verwunderung hörte ich ein leises, vorsichtiges Klicken – und die Tür ging einen Spalt weit auf. Wir zögerten eine Sekunde. Dann versetzte Wanjuscha der Tür wieder einen Tritt. Jetzt ging sie ganz weit auf, und wir hörten, wie jemand durch den schmalen Korridor wegrannte. Wanjuscha rannte hinter dem Fliehenden her, stieß mich an, ich stieß gegen jemanden anderen, stieß mit den Schultern gegen die Wände des engen Ganges – und wurde plötzlich geblendet: direkt in meine Augen leuchtete ein Scheinwerfer. Durch das Leuchten hindurch sah ich schmale Treppenstufen: der Meister floh die Treppe hinauf. Da spie der Scheinwerfer zweimal hintereinander Feuer. Ich begriff, daß auf mich geschossen wurde, und schoß zurück. Wie durch Watte hindurch hörte ich weitere Schüsse und das Getrampel von Füßen. Dann fühlte ich die Leere des schmalen Ganges und rannte in die Dunkelheit hinein, verwirrt und erschreckt durch ein plötzlich einsetzendes lautes Geschepper, als hätten Dutzende von Blechwarengeschäften mit einem Schlag ihre Pforten geöffnet. Der Weiler grölte, kreischte, dröhnte, schepperte. Es war ein höllischer

Lärm, er überstieg meine Vorstellungskraft. Während wir geheimnisvoll getan und laut geflüstert hatten, hatte man uns umstellt. Ich begriff nur soviel: Wir waren auf schandbare Weise in die Falle getappt und aufgeflogen. Ich merkte, daß die Erwachsenen das gleiche empfanden wie ich.

Die Dunkelheit lichtete sich noch nicht, doch ich glaubte zu fühlen, daß es bald tagen würde.

Irgendwann merkte ich, daß sich das Geschrei und Geschepper irgendwohin zu entfernen begann. Noch erriet ich nicht, daß die Selbstverteidigung der Bauern die Gendarmen und Soldaten von unserer Spur abgelenkt hatte. Unsere Treiber kannten das Gelände, sie hatten eine feste Vorstellung davon, wo wir uns verbergen und Zuflucht suchen mußten. Es kann freilich auch sein, daß sie einfach nicht auf den Gedanken kamen, von fünf fast unbewaffneten Lagerinsassen überfallen worden zu sein. Wahrscheinlich hatten sie auf ein mit dem Fallschirm abgesprungenes Kommando getippt. Wir aber rannten, auf dem einzigen uns bekannten Weg, der Stadt und dem Lager zu.

Unter der Brücke, am Lagerzaun, horchten wir lange. Im Lager herrschte völlige Stille. Auch die diensthabenden Lagerpolizisten, die sonst immer zwischen den Baracken schlenderten, waren nicht zu sehen.

Am nächsten Morgen trieb man uns zum Schippen. Die Polizisten riefen träge unsere Namen auf. Viele von uns blieben in den Baracken. Ich drängte mich in die Formation, obwohl mein Name gar nicht aufgerufen worden war. Man führte uns an einen Hügelhang, verteilte an uns Picken und Schaufeln. Doch die Arbeit wurde nicht aufgenommen, der Vorarbeiter war plötzlich verschwunden. Die Aprilsonne hatte den Hang bereits getrocknet. Ich legte mich ins warme Gras. Die Erlebnisse der Nacht, die Schlaflosigkeit, die Schwäche und der Hunger, dazu noch die Stille und die vom Himmel herabscheinende Sonne bewirkten, daß mich zum erstenmal die Furcht verließ. Ich schlief ein.

Mich weckte die Kühle der Erde und das so wohlvertraute Erschrecken, mir eine Blöße gegeben zu haben, die die letzte Blöße meines Lebens werden könnte. Ich hörte halblaute deutsche Stimmen. Aber auch die Schläfrigkeit wollte nicht von mir weichen. Die Sonne war weitergezogen, ich wollte mir ein neues sonniges Plätzchen suchen. Ich stand auf und sah etwa zwei Dutzend deutsche Soldaten. Es waren Verwundete aus dem nahe gelegenen Lazarett. Ich empfand keine Furcht vor ihnen – sie waren ja krank. Sie kamen an den Berghang, um sich hier zu sonnen.

Einst meinten wir, daß diese Menschen gegen den Tod gefeit waren: durch ihr selbstbewußtes Benehmen, ihre Technik, sogar durch ihre unverständliche, geheimnisvolle Sprache.

Inzwischen hatte ich die Gemeinschaftsgräber auf dem Friedhof gesehen, die bereitstehenden Särge im Bürgerhaus, die an den Roststäben der Feuerungsanlage im Lazarett klebende Menschenschlacke. Ich hatte die schmerzverzerrten Gesichter der Verwundeten zwischen Krankenwagentür und Lazarettür gesehen. Heute nacht hatte ich das panische Kochtopfgeschepper gehört: die letzte Verteidigungsanstrengung der Deutschen. Ich dachte jetzt, daß sie eigentlich sogar zu leicht dahinstarben.

Im Lazarett hatten diese Verwundeten den Geruch nach faulendem Fleisch zur Genüge eingeatmet, sie wußten auch, wie ihre eigenen Verbände aus Ersatzstoff rochen. Keinem dieser Verwundeten würde es einfallen, mir etwas Böses anzutun. Wären es aber gesunde Soldaten gewesen, dann hätte einer von ihnen mich mit Sicherheit sofort angebrüllt.

Auch diese deutschen Verwundeten horchten auf das Pfeifen der Artilleriegranaten, und im Tonfall ihrer leisen Stimmen klang Erleichterung an.

Unterwegs hatten wir frisch einberufene Artilleristen gesehen, die hinter den Lafetten ihrer Geschütze antraten, um auf das Kommando des Unteroffiziers hin an ihre Plätze zu stürzen. Jeweils ein Mann einer Geschützbedienung mußte um den Geschützschild herumrennen und unter dem Rohr hindurchschlüpfen. Er beugte beflissen seinen Rücken und bog sein Kreuz gleich wieder gerade. Diese Turnübung war gar nicht so leicht, sie wiederholte sich ständig, und die Geschützrohre lagen ziemlich tief. Allerdings waren die Rekruten schlank und schmal und federnd. Sie nahmen ihre Plätze am Geschütz ein, dann ertönte ein neues Kommando, und die Rekruten stellten sich wieder in Reih und Glied auf. Und wieder kam ein Kommando, die Formation zuckte dienstfertig zusammen, rannte los, besetzte die Plätze am Geschütz, machte das Geschütz gefechtsbereit. Und wieder brüllte der Unteroffizier, und wieder liefen die Rekruten los. So ging es hin und her und her und hin.

Ich achtete auf das Verhalten derer, die unter dem Geschützrohr hindurchschlüpfen mußten. Sie schlampten kein einziges Mal, liefen nicht um das Rohr herum. Sie schwitzten in der warmen Aprilsonne. Die Rekruten trugen schwarzen Drillich, der Unteroffizier trug die übliche graugrüne Wehrmachtsuniform. Niemals wurde ein Kommando zu spät ausgeführt. Als hätten diese Rekruten die Verwundeten am Berghang nicht gesehen, als hätte das Näherkommen der unentrinnbaren Katastrophe ihnen nicht den Schleier von den Augen genommen.

Die Geschütze standen in einem dünnen Gehölz, zwischen Bäumen. Von der Stellung aus sah man die Häuser der Stadt, die Landstraße, die Brücke und, unter der Brücke, unser Lager.

Dann brach eine Nacht herein, in der die Kerkergerüche in den Baracken unerträglich wurden. Sie strömten aus allen Ritzen und Löchern. In dieser Luft konnte man keine Sekunde länger bleiben. Mitten in der Nacht stellten wir fest, daß die Wachstube unbesetzt war und daß auch das Lagertor nicht bewacht wurde. Wir brachen den Geräteschuppen auf, bewaffneten uns mit Schaufeln und Pikken, stellten einen Posten vors Tor. Mit welcher inneren Spannung dem Anbruch der entscheidenden Minute entgegengefiebert wurde, war besonders deutlich am Gesicht Iwans des Langen zu erkennen. Sein langer neugieriger Hals reckte sich, seine Augen hefteten sich sorgenvoll auf unsere Augen. In der Barackenmorgendämmerung war sein rosiges Gesicht grau und fahl geworden. In letzter Zeit hatte Iwan öfter als bisher die Rede auf seine beiden in der Roten Armee dienenden Brüder gebracht. Jedoch das Unausweichliche kam näher, und Iwan witterte, daß die entscheidende Minute auch über sein Leben entscheiden würde. Als in der Nähe MG-Garben aufbellten, lief Iwan auf die zur Brücke führende Treppe zu und rief:

«Ich lauf meinen zwei Brüdern entgegen!»

Man ließ ihn laufen.

Ich habe schon erzählt, daß das Lager zwei Ausgänge hatte: die schmale Treppe auf die Brücke hinauf sowie die Torausfahrt zur Stadt hin, die durch Stacheldraht geschützt war. Vor dem Tor war ein Soldat in Panik damit beschäftigt, Zivilkleider anzuziehen. Er warf die Uniform und das Gewehr fort. Während der Morgenstunden lasen wir mehrere solcher Gewehre auf.

Wir überlegten uns gerade, ob man mit solchen Waffen das Lager verteidigen konnte, als einige Soldaten mit über den Bauch gehängten Gewehren die Treppe herunter auf den Lagerplatz rannten. Nicht ein einziger trug eine komplette Uniform. Die Hosen waren Wehrmachtshosen, die Jacken und Westen waren bereits zivil. Ihren Mienen war anzusehen, daß sie in großer Eile waren. Sie waren von einem Lagerpolizisten hergeführt worden. Die Soldaten horchten auf das, was sich oben in der Stadt tat, und versuchten gleichzeitig, uns auf der Böschung unterhalb der Brücke zusammenzutreiben. Dort, neben der Wasserabflußröhre, standen bereits etwa fünfzehn Lagerinsassen. Die Soldaten richteten die Gewehre auf sie. Der Lagerpolizist brüllte, die Lagerbewohner sollten ihre Waffen abliefern.

Diese bereits halb zivil gekleideten Soldaten hatte man im letzten Augenblick zusammengetrommelt. An der Art und Weise, wie sie die Treppe hinabgerannt waren und sich über das Lager verteilt hatten, erkannten wir, daß es sich um richtig ausgebildete Armeesoldaten handelte. Doch sie hatten schon einmal eine Panik erlebt – daher die halbzivile Kleidung –, und außerdem waren sie nicht zahlreich genug. Sie blickten sich ständig um, um festzustellen, ob nicht noch mehr Soldaten kamen. Von unten wirkte die Treppe hoch und schmal. Der Lagerpolizist brüllte etwas, die Soldaten legten die Gewehre an. Im gleichen Moment wurden unsere vier Gewehre und Revolver auf sie abgefeuert, außerdem begann irgendwo ein MG zu hämmern. Der Lagerhof füllte sich mit Menschen, die Soldaten rannten auf die Treppe zu. Ich dachte, alle würden jetzt hinter den Soldaten herrennen, und rannte aus Leibeskräften los. Auf der Treppe stolperte ich, ergriff ein weggeworfenes Gewehr, schoß daraus und begriff im gleichen Augenblick, daß die anderen nicht auf die Treppe, sondern auf das Lagertor zuliefen. Da rannte ich ebenfalls zum Tor.

Jemand rief: «Die Panzer!»

Noch konnte ich nicht begreifen, weshalb alle rannten, von welcher Nationalität die Panzer waren und warum die Menschenmenge so verwirrt war. Ich sah mir bislang unbekannte Wagen, sah auf Panzern aufsitzende Soldaten in unbekannter Uniform, sah französische Kriegsgefangene um die Panzer herumstehen, begriff an den begeisterten Rufen der Franzosen, daß die Soldaten in den unbekannten Uniformen Amerikaner waren, konnte aber wiederum nicht verstehen, warum uns der amerikanische Panzeroffizier anbrüllte, warum er mit der Pistole in der Luft herumfuchtelte und uns vom Lagerhof vertreiben wollte. Der Panzer machte einen Ruck, drehte sich auf der einen Raupenkette um die eigene Achse, reckte seine Kanone empor. Und wieder begannen wir zu rennen, doch jetzt rannten wir ins Lager zurück. Und wieder konnte ich den Grund des Rennens nicht sofort erkennen. Einige Stimmen riefen:

«Die Geschütze!»

Ich sah eine Granate einschlagen, begriff aber nicht, warum die Amerikaner auf uns schossen. Dann erriet ich, daß die Panzer über uns hinwegfeuerten und ihrerseits von den auf dem Hügel stehenden deutschen Geschützen beschossen wurden. Ich hörte Getrampel, hörte Schreie, die hellen Abschüsse der Panzergranaten. Ich sah die Einschläge der Geschützgranaten mitten in der Menschenmenge, aber ich *hörte sie nicht*. Eine federleichte Luft, wie sie vielleicht von Vögeln eingeatmet wird, füllte meine Lungen, als ich mit denen, die bewaffnet waren, über die Brücke und den Hügel hinauf auf die deutsche Artilleriestellung zurannte. Als wir ankamen, war niemand mehr dort.

Die Panzer fuhren wieder weg, im Lager blieben zwei amerikanische Sanitäter zurück. Die Verwundeten trug man in die Luftschutzröhre. Die hochgewachsenen Sanitäter, in Stahlhelmen, weiße quadratische Sanitätstaschen über der Schulter, mußten ihren Rücken in der niedrigen Zementröhre beugen. Als sie die Verwundeten gesehen hatten, rannten sie hinter der Menge her ins Lager. Als sie wieder abziehen wollten, waren die Panzer fort.

Dann saßen sie noch einige Stunden im Schutzraum, während wir das Lager bewachten.

Jemand, der in der Stadt gewesen und wieder ins Lager zurückgekehrt war, rief verwundert:

«Die hängen weiße Laken raus!»

Das war ein unerhörter, nie gesehener Anblick: weiße Bettücher, die zu jedem Fenster hinaushingen.

Auf der Lagertreppe tauchte Jean mit einer Weinflasche in der Hand auf. Er schrie etwas. Er trieb uns zur Eile an, wir durften uns irgendwohin nicht verspäten. Wir gingen in die Stadt, vorbei an ausgebrannten Armeelastwagen. Ein Deutscher, einem Soldaten in Zivilkleidung nicht unähnlich, fragte mich nach etwas. Ich antwortete ihm. Und war verblüfft darüber, daß ich ganz unbefangen

Antwort gab und jedes benötigte deutsche Wort sofort und ohne jede Mühe fand. Mein Gedächtnis gab Wort um Wort her, obwohl ich noch eine Sekunde vorher scheinbar keines dieser Worte kannte. Es war ein Wunder, und ich fürchtete, das Wunder könne jeden Augenblick aufhören. Der Deutsche, der die Frage an mich gerichtet hatte, blickte die weißen Fahnen mit Erleichterung an. Auf seinem Gesicht stand geschrieben: «Wie gut, daß jetzt alles vorbei ist!» Doch er stand nicht allein. Insgesamt waren es fünf Deutsche, alle mit hageren, sehnigen Soldatengesichtern. Einer von ihnen sagte zum ersten Deutschen:

«Nimm ihm das Gewehr weg! Der braucht nicht mit der Flinte herumzulaufen!»

Die anderen Leute aus dem Lager waren vorausgegangen, ich stand allein mit Kostik den fünf Deutschen gegenüber. Ich begann zu schreien, legte auf den Mann an. Der war nicht erschreckt, aber der erste Deutsche sprach begütigend auf die anderen Deutschen ein. Die Deutschen gingen fort, Kostik und ich rannten los, um die anderen einzuholen. Im Rennen ergriff mich eine sonderbare Empfindung: Es hatte ein Wunder gegeben, jetzt ist an seiner Stelle Leere. Ich versuchte vergeblich, vor mir selbst die Worte zu wiederholen, die ich vorhin dem Deutschen gesagt hatte. Zum Jubel, der mich zunächst ergriffen hatte, kam jetzt der Schmerz über einen Verlust. Niemals sollte sich das wiederholen, was sich in den ersten Minuten des Sieges an mir vollzogen hatte.

Die Kriegsgefangenen und noch ein paar Leute aus unserem Lager standen neben einem sowjetischen Dreitonner, den die Deutschen irgendwann erbeutet hatten. Das Armaturenbrett war kaputt, aber Nikolaj werkelte ein wenig daran herum, stellte einen Kontakt wieder her, Treibstoff war auch noch im Tank, der Motor sprang an, der Laderaum füllte sich mit bewaffneten Lagerinsassen, und ich setzte mich an einen Platz, von dem ich schon lange geträumt hatte: auf den Kotflügel. Nikolaj fuhr den Wagen aus dem Straßengraben auf die Straße. Hinter mir spürte ich immer mächtiger die Motorkraft, vor mir war nichts als Landstraße: freilich war sie von Bombentrichtern durchlöchert. Ein lange gehegter, vermessener Traum ging in Erfüllung. Das war ich – und doch nicht ich. Und dieser russische Laster auf der deutschen Landstraße! Und hinten im Laderaum meine Kameraden, deren Charakter ich ergründen und mir einprägen wollte: weil ich dem eigenen noch nicht recht traute. Und Kostik, den ich längst nicht mehr beneidete.

Wir hielten an, um fortgeworfene Benzinkanister von der Straße aufzulesen, und es gab nur eines, wovor ich mich fürchtete: daß jemand meinen Platz auf dem Kotflügel einnehmen möchte. Doch niemand erhob diesen Anspruch. Mit jeder Minute stieg mein Vertrauen zu Nikolaj. Er hatte das Autofahren nicht verlernt, und sogar der Umstand, daß jemand auf dem Kotflügel saß und die Sicht teilweise versperrte, hinderte ihn nicht am Lenken des Wagens. Nikolaj steuerte auf die Funkstation zu. Wieder war ich in jenem Bergwald, wieder schlängelte sich die von der Sonne gebleichte, gepflegte Asphaltstraße hügelauf. Nur die Luft, die jetzt meine Brust füllte, war leicht und schwerelos. Als der Lastwagen in der Mitte des ehemaligen SS-Lagers hielt, sprang ich auf die Erde und rannte, das Gewehr in den Händen, auf die stämmigen amerikanischen Soldaten zu, die unseren Laster mürrisch betrachteten. Den hohen Sendemast hatte man gesprengt. Einen halben Kilometer weit hatte sich das lange Ding aus Zink oder Aluminium auf die hier fast ebene Landschaft gelegt. Im Fallen hatte der Mast das niedrige, einem Betonbunker nicht unähnliche Funkgebäude unbeschädigt gelassen.

Dann kamen die tollen Tage der Befreiungseuphorie. Im hellen Sonnenlicht fast unsichtbar, knisterte auf dem Lagerplatz ein großes Feuer. Es brannte trockenes, von unserem Atem geätztes Holz: die Lagerinsassen verbrannten ihre Pritschen. Ein großes Reich brach zusammen, hier aber herrschte zum erstenmal seit vielen Jahren eine solche Stille, daß man meinte hören zu können, wie die Sonne schien. Die heißen Walzen im Walzwerk waren genauso verstummt wie die Laufkräne der Nachbarfabrik. Es gab keine Personenwagen, keine Straßenbahnen – nicht einmal Fahrräder. Nur nach einem derart verheerenden Krieg konnte unter dem Asphalt und Straßenpflaster, unter den Eisenbahnschienen und den Metallgelenken der Fabrikwerkbänke hervor diese ursprüngliche Stille emporwachsen.

Das Stroh der Matratzen verglomm zu Asche. Die Bewegung der heißen Luft trug die Asche empor und hinweg. Unsere Gesichter waren dreckverschmiert, Sonne und Feuer hatten unsere Haut versengt. Wir blickten ins Feuer, blinzelten aber in die Sonne. Wir waren sie nicht mehr gewöhnt.

An einem dieser verrückten Tage sah ich auf der Treppe den Kommandanten. Ohne jemanden anzublicken, ging er auf die Wachstube zu. Etwas zittrig stieg er die Stufen hinauf und öffnete die zerschlagene Wachstubentür.

Eine Sekunde lang stockte uns das Herz. Sollte er mit den Amerikanern handelseinig geworden sein? Jemand erinnerte sich, daß sich alle Deutschen, auf Anordnung der Besatzungsbehörden, an ihrem Arbeitsplatz einzufinden hatten. Der Lagerführer hatte den Befehl befolgt. Sein Gesicht veränderte sich nach und nach. Er wartete darauf, von uns gesehen zu werden. Kämpfte gegen die Angst an, die unsere Stummheit in ihm weckte. Fühlte sich dann wohl an seine bewährte Haltung erinnert und betrat die Wachstube.

Einige Minuten später führte man ihn bereits nach Stube neun. Bei jedem Auftreten aufs kranke Bein sackte er ein wenig ab. Die Lahmheit verlieh ihm den Anblick eines edelmütigen Opfers. Die Tür der Stube wurde mit Brettern vernagelt.

«Heute abend halten wir Gericht», sagte Arkadij.

Wir konnten an nichts anderes mehr denken. Vor der Tür von Stube neun hörte das Gedränge nicht auf. Einige Stunden später fuhren zwei Dodge-Limousinen vor. Mehrere amerikanische Soldaten mit den Armbinden der Militärpolizei bewegten sich auf Stube neun zu. Ihr Anführer verlangte, daß die Tür geöffnet würde. Niemand befolgte die Anweisung. Die Amerikaner schlugen die Bretter mit den Kolben ihrer Gewehre weg. Die Tür wurde geöffnet. Der oberste MP-Mann bedeutete dem Lagerkommandanten, daß er herauskommen sollte. Die Frau des Kommandanten und die Tochter, die weiße Gamaschen und Schleifen im Haar trug, gaben dem Kommandanten gleichfalls Zeichen. Die Amerikaner hatten sie mitgebracht.

Der Kommandant hielt den lahmen Fuß ziemlich lange über der ersten Treppenstufe in der Schwebe – er konnte sich nicht entschließen, ihn auf die Stufe zu setzen. Die Militärpolizisten packten ihn unter den Armen und setzten ihn ins Auto.

Wenn fünf oder sechs Amerikaner zusammenkamen, war immer einer darunter, der russisch, ukrainisch oder polnisch sprach. Auch unter diesen MP-Leuten war einer. Man redete auf ihn ein, beschimpfte die Amerikaner.

«Ihr stellt euch vor die Faschisten!»

Der russische Amerikaner hieß Alik, er war der Sohn eines kalifornischen Farmers und nahm viel Platz im Raum ein. Das taten die meisten Amerikaner. Erst jetzt spürte ich so richtig, wie sehr wir in diesen Jahren abgemagert und eingeschrumpft waren. Einem Lagerinsassen, der sich besonders wild gebärdete, sagte Alik:

«Wirst du ihn erschießen?»

«Und ob!» sagte jener.

Alik reichte ihm seine schwere Knarre. Der andere wollte sie packen. Alik zog sie ihm vor der Nase weg.

«So einfach geht das nicht», sagte Alik. «Erschieß ihn, aber so, daß ich es nicht sehe. Wir haben unsere Anweisungen.»

Zwei Militärpolizisten setzten sich links und rechts neben den Kommandanten auf den Rücksitz. Dann brausten die zwei Limousinen davon.

Man verlegte uns in die Baracken jener SS-Einheit, die die Sendeanlagen bewacht hatte. Dann kam der Abschied von Wanjuscha und den anderen Kriegsgefangenen. Wer jünger war, kam nach Krefeld. Von dort aus sollten wir mit Flugzeugen in die Heimat gebracht werden. Jedoch die Flugzeuge stellten, aus irgendeinem Grund, den Flugbetrieb ein. Nach drei Wochen hatten wir Krefeld satt. Wir: das waren Kostik, Sanja und ich. Wir beschlossen, nach Langenberg zurückzukehren. Das Krefelder Lager wurde kaum bewacht, es war nicht schwer, es zu verlassen, doch als wir aus dem Lager heraus waren, befanden wir uns inmitten fremder Menschen, in einem feindlichen Land. Den Weg nach Langenberg stellten wir uns nur vage vor. In Krefeld bestiegen wir einen Zug Richtung Duisburg. Die Brücken über den Rhein waren gesprengt, aber jemand hatte gesagt, die Duisburger Rheinbrücke sei ganz geblieben.

Auf einem Bahnhof sahen wir einen Russen. Der sagte, er sei in der gleichen Absicht nach Duisburg gefahren, aber dort sei keine heile Brücke. Wir setzten uns in den Gegenzug, fuhren an Krefeld vorbei und stiegen kurz vor Düsseldorf aus. Düsseldorf lockte uns nicht, denn auch dort war die Rheinbrücke zerstört. Wir fragten einen Deutschen, wo es zur Fähre ginge. «Heute kommt ihr nicht mehr rüber», sagte der Deutsche.

Wenn die Brücken gesprengt sind, muß es an den Fährstellen zu Stauungen kommen. Doch was wir hier zu sehen bekamen, war unbeschreiblich, es übertraf alle Erwartungen. Gute zwei Kilometer lang zog sich eine Menschenschlange hin, deren Kleidung uns verdammt bekannt vorkam. Graugrüne Käppis und Uniformröcke, Mützen mit hohem Mützenboden, schwarze Uniformröcke. Hier standen Infanteristen, Panzersoldaten, Luftwaffenangehörige, SS-Männer, Matrosen der Kriegsmarine. Vorn auf der Brust aufgeknöpfte Uniformblusen, hochgekrempelte Ärmel, kurzgeschnittene Haare. Die aus den Lagern entlassenen deutschen Kriegsgefangenen hatten sich in Gruppen oder einzeln hierher durchgeschlagen. Auf ihrem Heimweg waren sie in einen Stau geraten und hatten sich zu einer Armee formiert. Diese Armee lenkte sich selber. Die Armee war auf dem öden Gelände aufmarschiert. Sich in der Schlange anzustellen hätte bedeutet, daß wir, mit dieser Armee, hier die Nacht verbringen mußten. Wir beschlossen, an der Schlange vorbei, bis zur Fähre vorzustoßen.

Uns, die wir den Lagerschmutz gerade abgewaschen hatten, aber noch immer ausgemergelt waren, kamen diese Menschen kerngesund vor. Überdies schienen sie sich, ganz militärisch, nach der Körpergröße aufgestellt zu haben. Es kam uns jedenfalls so vor, als stünden die Hochgewachsenen weiter vorn.

Wir fielen bald auf. Wir hörten Murren und Flüche. Wir konnten uns die Stimmung von Leuten gut ausmalen, denen eine Nacht auf bloßer Erde, mitten in dieser Menschenschlange, bevorstand. Bis zum Beginn der Sperrstunde und folglich bis zur Einstellung des Fährbetriebs blieben hochstens noch vierzig Minuten. Ich sah, wie der weiterhin schlurfende Kostik und Sanja mit den immer tieferen Runzeln auf dem kleinen Greisengesicht wie versteinert an den schimpfenden Deutschen vorbeischritten. Nicht alle Zurufe waren feindselig, aber das Schlimmste stand uns zweifellos weiter vorn noch bevor.

An der Fähre steigerten sich die empörten Rufe – wie zu erwarten gewesen war. Den Ausschlag gab jedoch eine freundlich beherrschte und zugleich befehlende Stimme:

«Sie haben das Recht!»

Stämmige, laut herumschreiende Ordner ließen uns hinter ein hölzernes Geländer. Dann wurde eine Gruppe abgezählt. Wir waren auf der Motorfähre.

Die Überfahrt von einem Rheinufer zum anderen dauerte nur drei Minuten. Während dieser kurzen Zeit konnte ich weder den

Fluß noch meine Nachbarn richtig betrachten. Das dichte, dunkle Wasser schien nicht dahinzuströmen, sondern stillzustehen. In meiner Heimatstadt war das Ufer aus Granit gewesen, aber das linke Ufer war aus Sand. Indessen prägte sich meinem Gedächtnis eher das Ähnliche als das Unähnliche ein. Die Motorfähre auf dem Rhein war eine verkleinerte Kopie jener Fähre, die bei uns den Fährbetrieb zwischen Stadt und Badestrand aufrechterhalten hatte.

In Düsseldorf zerstreuten sich die Passagiere der Fähre rasch. Wir folgten der größten Menschengruppe, von der wir annehmen durften, daß sie, wie wir, zum Bahnhof wollte. Das Nahen der Sperrstunde drängte alle zur Eile. Wir blickten uns nach allen Seiten um. Vielleicht gab es, inmitten der Trümmer, für den äußersten Notfall eine Zuflucht? Doch die meisten Ruinen waren so gründlich zerstört, daß sie nicht das kleinste Plätzchen boten. Und alles halbwegs Heilgebliebene war schon besetzt.

Die Sonne stand ziemlich tief am Himmel, ihr rotes Licht beleuchtete die zu Ziegelschotter zerriebene und zerstampfte Stadt. Die Bulldozer, um den Weg für den Militärverkehr freizumachen, hatten die Ziegelsplitter, die Ziegelsteinblöcke und den Ziegelstaub auf die Gehsteige geschoben und gegen die Grundsteine der ehemaligen Häuser gedrückt. Über dem Fundament der Mauern bildete der ziegelrote Schutt kleine Hügel, während er sich dort senkte, wo früher ein Luftschutzraum oder ein Heizungskeller war. Es war eine riesengroße, hügelige Ziegelwüste.

Ein Militärwagen fuhr vorbei, im roten Licht erhob sich roter Staub.

Die Straßen freilich wurden peinlich saubergehalten, das Pflaster war schon wieder schwarz und glänzend geschrubbt und gefahren. Diese auf Werkfleiß und Arbeitsleben hindeutende Kautschukbräune des Steinpflasters und Asphalts inmitten der ziegelroten Wüste war verblüffend und besonders deprimierend.

Dann kamen Viertel, in denen es Schatten gab. Hier gab es in den Ruinen Obergeschosse und Geschoßdecken. Da und dort sah man ein Licht brennen, das von einem Spirituskocher, einer Petroleumfunzel oder von einem kleinen Feuer herrühren mochte.

An den Straßenkreuzungen sah man schon von fern die breiten weißen Gürtel und die Revolvertaschen der Militärpolizisten. Sie stellten sich den jetzt bereits mehr rennenden als gehenden Deutschen nicht in den Weg, doch es war klar, daß die MP die Straßen unmittelbar vor Sperrstundenbeginn betrat.

Wir kamen auf einen Platz. Jenseits des Platzes standen wieder Ruinen, die wir erleichtert als den Bahnhof erkannten. Wir schlüpften, den Deutschen nach, in eine Unterführung. An der uns entgegenwogenden lebendigen Dunkelheit, an den Kasernendüften, den hier und da aufflackernden Flämmchen der Feuerzeuge und auch an den Stimmen erkannten wir, daß das hier noch eine weitere Armee war. Das waren jene deutschen Kriegsgefangenen, die bereits über den Rhein übergesetzt waren. Wir suchten nach einem freien Platz, stießen aber überall auf liegende, sitzende, sprechende und vor sich hin dösende Menschen. Im Licht der Streichhölzer, die wir manchmal entzündeten, sahen wir wache und mißtrauische Augen auf uns gerichtet. Man erkannte in uns die Russen, und wir glaubten sogar zu spüren, daß sich in unserem Rücken etwas zusammenbraute.

So wanderten wir durch diesen unterirdischen Bahnhof, bis Kostik sagte:

«Nichts als raus hier, solange wir leben!»

«Die Warnsirene hat schon geheult», sagte Sanja. «Gleich beginnt die Sperrstunde.»

«Dort sind wir wenigstens im Freien», sagte Kostik. «Hier drücken sie uns einfach tot. Zwei haben sich schon an unsere Fersen geheftet.»

Auch mir waren zwei Burschen aufgefallen, die Zivilkleider, aber einen militärischen Haarschnitt trugen. Wenn wir irgendwo hinkamen, waren die beiden auch gleich da.

In der Dunkelheit fanden wir nicht sofort den Ausgang. Endlich waren wir draußen. Wir setzten uns auf die Treppenstufen. Hier war nicht Straße – hier war auch nicht Untergrund.

«Sie kommen», sagte Kostik. «Was die wohl wollen?»

Die beiden kamen auf uns zu, blickten jedoch an uns vorbei. Der eine blieb stehen, der andere ging weiter. Der erste fragte:

«Leute, seid ihr Russen?» Seufzte gleich erleichtert auf: «Jetzt sind wir zu fünft.» Und fügte hinzu:

«Die Soldaten hecken was gegen uns aus. Sie warten nur auf den Beginn der Sperrstunde. Drüben suchen sie Verstärkung.»

Ich stellte mir die Soldaten in der feindseligen Finsternis vor und begriff nicht, was fünf Personen gegen sie ausrichten konnten.

«Was ist passiert?»

«Wir haben zwei von ihnen verprügelt.»

Da alle Sitz- und Liegegelegenheiten besetzt waren, hatten die beiden beschlossen, zwei Soldaten von ihren Plätzen zu vertreiben. Seither gingen Soldaten hinter ihnen her und warteten auf den Einbruch der Dunkelheit, um ihnen eine Abreibung zu verpassen. Darin steckte eine besondere Art von Schneid: in einer solchen Umgebung eine Schlägerei zu beginnen, sich einen Platz zu erobern, den man höchstens unter Lebensgefahr halten konnte. Ich mußte an die Kraft und Anstrengung denken, die uns bis in den Bahnhofsuntergrund von Düsseldorf geführt hatte. Aber jetzt war nichts mehr zu machen – wir waren zu fünft. Wir standen auf und begannen, fünf Mann hoch – vor dem Eingang in den Untergrund hin und her zu schlendern. Parallel zu uns schlenderte eine Gruppe deutscher Soldaten. Sie wechselten einander ab, jemand trat hinzu, jemand entfernte sich. Mit vorrückendem Uhrzeiger löste sich die Gruppe aber allmählich auf. Als nur noch einige Mann übriggeblieben waren, standen sie noch eine Weile herum und verschwanden dann zusammen.

Unsere Erleichterung hielt nur Minuten an – der Untergrund würde uns nicht erspart bleiben. Auf dem Bahnhofsplatz patrouillierten bereits Militärpolizisten. Nach Anbruch der Sperrstunde wurde ohne Vorwarnung geschossen. Unsere beiden neuen Bekannten gefielen mir immer weniger. Sie waren mir allzu gelehrige Schüler der Deutschen. Unser Gespräch stockte nach den ersten Ansätzen, als würden wir einander nicht für jene halten, die wir wirklich waren.

«Habt auch ihr beschlossen hierzubleiben?» fragte der eine.

Jetzt paßte alles zueinander. Die deutschen Klamotten, die Einsamkeit in dieser zerschlagenen Stadt und der ganovenhafte Drang, sich um jeden Preis den besten Platz zu sichern.

«Nein», sagte ich. «Wir wollen möglichst schnell heim.»

«Ich verstehe immer ‹heim›», sagte der Bursche. «Ihr Blödmänner! Die lochen euch gleich wieder ein.»

Ein offen ausbrechender Streit konnte für sie und für uns die unangenehmsten Folgen haben. Es blieb bei einer kurzen, heftigen Aussprache – dann trennten wir uns. Sie entfernten sich auf die Ruinenwüste zu, während Kostik, Sanja und ich dicht aneinandergepreßt auf den Treppenstufen am Eingang in den Untergrund den

Morgen abwarteten. Dann setzten wir uns in einen Zug und fuhren, am zerstörten Düsseldorf und anderen zerstörten Städten vorbei, nach Langenberg.

Später erzählte ich oft davon, wie ich mit Kostik und Sanja aus Krefeld nach Düsseldorf gefahren war und wie wir über den Rhein übergesetzt waren. Anfangs war das der prahlerische Bericht, wie wir furchtlos an einer Armee gereizter, feindseliger Soldaten vorbeigezogen waren, die nichts daran hindern konnte, uns den Hals umzudrehen. In späteren Versionen schwang der Stolz mit, Staatsbürger einer Siegernation zu sein. Auch die – reichlich traditionelle – Verwunderung über die unverwüstliche deutsche Ordnungsliebe schwang mit. Doch jedesmal spürte ich voller Sorge, daß etwas Wichtiges ausgespart blieb. Diese Dunkelheit und Enge im unbeleuchteten Bahnhofsuntergrund, die spärlich verstreuten Glimmlichter der Zigaretten, die Gespräche, die halblaut geführt wurden: nicht wegen der großen Enge, sondern wegen der furchtbaren Ruinen über den Köpfen der Redenden. Als würde jeder fürchten, daß man ihn persönlich dafür verantwortlich machen könnte. Als würden nicht die Dunkelheit und die niedrige Decke auf diesen Menschen lasten, sondern die Erinnerung an entsetzliche Dinge. Als würden die hier Versammelten sich scheuen, für jene gehalten zu werden, die sie wirklich waren. Wie wenig ähnelten diese Menschen den französischen Kriegsgefangenen, die ich von Langenberg her kannte!

Und dann gab es noch den erschreckenden Widerspruch zwischen den furchtbaren Verwüstungen und der Passivität dieser Menge, die nicht für ihre beiden *Kriegskameraden* eingetreten war. Als seien der militärische Drill und die Kriegsenergie überhaupt nicht mit der Willenskraft des einzelnen verbunden.

Im August wurden wir in der Gegend von Magdeburg in russische Hände übergeben. Bei Berlin demontierten wir die *Ardelt*-Rüstungswerke. Dort fand mich mein Vater, der mit seiner Einheit bis Königsberg gekommen war. Zu Neujahr 1946 war ich wieder zu Hause. Ich kehrte mit dem Gefühl heim, alles über das Leben zu wissen. Aber ich brauchte dreißig Jahre, um von den hier geschilderten Erlebnissen berichten zu können.

953/2

Geschichte griffbereit

Grundkurs und Nachschlagewerk für Studenten,
Praktiker, Geschichtsinteressierte zum Verstehen und
Behalten welthistorischer Prozesse.
Von Imanuel Geiss.

1 **Daten**
der Weltgeschichte
Die chronologische
Dimension der Geschichte
(6235)

2 **Personen**
der Weltgeschichte
Die biographische
Dimension der Geschichte
(6236)

3 **Schauplätze**
Die geographische
Dimension
der Weltgeschichte
(6237)

4 **Begriffe**
Die sachsystematische
Dimension
der Weltgeschichte
(6238)

5 **Staaten**
Die nationale
Dimension
der Weltgeschichte
(6239)

6 **Epochen**
der Weltgeschichte
Die universale
Dimension der Geschichte
(6240)

handbuch rororo

957/1

rowohlts bildmonographien

Thema Geschichte

Gösta v. Uexküll
Konrad Adenauer (234)

Gerhard Wirth
Alexander der Große (203)

Bernd Rill
Kemal Atatürk (346)

Marion Giebel
Augustus (327)

Justus Franz Wittkop
Michail A. Bakunin (218)

Helmut Hirsch
August Bebel (196)

Wilhelm Mommsen
Otto von Bismarck (122)

Carola Stern
Willy Brandt (232)

Hans Oppermann
Julius Caesar (135)

Reinhold Neumann-Hoditz
Nikita S. Chruschtschow (289)

Sebastian Haffner
Winston Churchill (129)

Reinhold Neumann-Hoditz
Dschingis Khan (345)

Jürgen Miermeister
Rudi Dutschke (349)

Hermann Alexander Schlögl
Echnaton (350)

Herbert Nette
Elisabeth I. (311)

Georg Holmsten
Friedrich II. (159)

Herbert Nette
Friedrich II. von Hohenstaufen (222)

Heino Rau
Mahatma Gandhi (172)

Elmar May
Che Guevara (207)

Helmut Presser
Johannes Gutenberg (134)

Harald Steffahn
Adolf Hitler (316)

Peter Berglar
Wilhelm von Humboldt (161)

Herbert Nette
Jeanne d'Arc (253)

Wolfgang Braunfels
Karl der Große (187)

Herbert Nette
Karl V. (280)

Reinhold Neumann-Hoditz
Katharina II. die Große (392)

Gösta v. Uexküll
Ferdinand Lassalle (212)

Hermann Weber
Lenin (168)

Bernd-Rüdiger Schwesig
Ludwig XIV. (352)

Helmut Hirsch
Rosa Luxemburg (158)

Edmond Barincou
Niccolò Machiavelli (17)

C 2053/9

rowohlts bildmonographien

Thema Literatur

Yves Bonnefoy
Arthur Rimbaud (65)

Herbert Günther
Joachim Ringelnatz (96)

Helmuth Nürnberger
Joseph Roth (301)

Paul Mayer
Ernst Rowohlt (139)

Walter Lennig
Marquis de Sade (108)

Luc Estang
Antoine de Saint-Exupréry (4)

Renate Wiggershaus
George Sand (309)

Marion Giebel
Sappho (291)

Walter Biemel
Jean-Paul Sartre (87)

Friedrich Burschell
Friedrich Schiller (14)

Ernst Behler
Friedrich Schlegel (123)

Hartmut Scheible
Arthur Schnitzler (235)

Jean Paris
William Shakespeare (2)

Hermann Stresau
George Bernhard Shaw (59)

Manfred Linke
Carl Sternheim (278)

Urban Roedl
Adalbert Stifter (86)

Hartmut Vincon
Theodor Storm (186)

Justus Franz Wittkop
Jonathan Swift (242)

Fritz Heinle
Ludwig Thoma (80)

Wolfgang Rothe
Ernst Toller (312)

Janko Lavrin
Leo Tolstoj (57)

Otto Basil
Georg Trakl (106)

Tschechow
(siehe Cechov)

Klaus-Peter Schulz
Kurt Tucholsky (31)

Thomas Ayck
Mark Twain (211)

Volker Dehs
Jules Verne (358)

Hans-Uwe Rump
Walther von der Vogelweide (209)

Günter Seehaus
Frank Wedekind (213)

Jochen Vogt
Peter Weiss (367) Juni '87

Peter Funke
Oscar Wilde (148)

Werner Waldmann
Virginia Woolf (323)

Marc Bernard
Émile Zola (24)

Thomas Ayck
Carl Zuckmayer (256)

bildmono rororo graphien

C 2058/7 c